El faro
de las Ramblas

El faro de las Ramblas

Lluc Oliveras

Papel certificado por el Forest Stewardship Council®

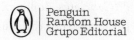

Primera edición: marzo de 2025

© 2025, Lluc Oliveras
https://www.llucoliveras.com/
Autor representado por Sandra Bruna Agencia Literaria, S. L.
© 2025, Penguin Random House Grupo Editorial, S. A. U.
Travessera de Gràcia, 47-49. 08021 Barcelona

Penguin Random House Grupo Editorial apoya la protección de la propiedad intelectual. La propiedad intelectual estimula la creatividad, defiende la diversidad en el ámbito de las ideas y el conocimiento, promueve la libre expresión y favorece una cultura viva. Gracias por comprar una edición autorizada de este libro y por respetar las leyes de propiedad intelectual al no reproducir ni distribuir ninguna parte de esta obra por ningún medio sin permiso. Al hacerlo está respaldando a los autores y permitiendo que PRHGE continúe publicando libros para todos los lectores. De conformidad con lo dispuesto en el artículo 67.3 del Real Decreto Ley 24/2021, de 2 de noviembre, PRHGE se reserva expresamente los derechos de reproducción y de uso de esta obra y de todos sus elementos mediante medios de lectura mecánica y otros medios adecuados a tal fin. Diríjase a CEDRO (Centro Español de Derechos Reprográficos, http://www.cedro.org) si necesita reproducir algún fragmento de esta obra.
En caso de necesidad, contacte con: seguridadproductos@penguinrandomhouse.com

Printed in Spain – Impreso en España

ISBN: 978-84-666-8147-6
Depósito legal: B-568-2025

Compuesto en Llibresimes

Impreso en Black Print CPI Ibérica
Sant Andreu de la Barca (Barcelona)

BS 8 1 4 7 6

Todos necesitamos alguien que nos alumbre, que nos indique el camino hacia la orilla y nos haga entender que existe un lugar, como el faro de Canaletes, donde siempre podremos ser felices y sentirnos realizados.

Autor

Hagas lo que hagas, ámalo como amabas la cabina del Paradiso cuando eras niño…

Cinema Paradiso

Me di cuenta de que estaba siendo testigo de cosas que desaparecerían rápidamente, lo presentía: al cabo de cinco años ya no habría podido hacer estas fotografías.

Francesc Català-Roca

Nota del autor

Esta novela está dedicada a todos aquellos individuos que pasaron por la vida sin ningún tipo de reconocimiento. Personas que vivieron en la misma Barcelona que ahora nos acoge y que jamás tuvieron su momento de «gloria». Almas que quedaron reflejadas en infinitas fotografías y que jamás se plantearon que los ciudadanos de un nuevo siglo las observarían en descoloridas instantáneas en blanco y negro y se harían mil preguntas. ¿Quiénes eran? ¿Cuáles eran sus anhelos? ¿Cuántos contratiempos tuvieron que superar? ¿Llegaron a ser felices?

Podría decirse que todos aquellos antepasados que dieron forma a la actual Barcelona han inspirado a los personajes de *El faro de las Ramblas*. Las calles, los comercios, la vida día tras día, sus rutinas, sus sueños…, toda esta amalgama puramente humana ha conferido a la obra una realidad que jamás habría tenido si me hubiera ceñido a la pura ficción. Personas como mis abuelos, de los que aprendí lo que significaba la humanidad y que me enseñaron a amar esta ciudad.

A todos ellos —a los que un día fueron y el tiempo les arrebató nombre y apellidos, recuerdos, presencia y legado—, gracias por vivir durante meses en mi mente y ayudarme a crear esta obra coral, esta comunidad imaginaria en la que las personas, los valores y el pasado pueden recuperar una parte de la importancia que en su día tuvieron.

A todos ellos, gracias por unirse al universo del faro de Canaletes y darle la trascendencia que se merece. Esta historia es en memoria de aquellos que jamás pudieron dejar un legado, de aquellos a quienes nadie les concedió una segunda oportunidad y de aquellos a quienes la vida azotó con dureza sin apenas ofrecer instantes de alegría. A todos los barceloneses de tiempos pasados, gracias.

PRIMERA PARTE

1908-1914

1

Barcelona, a finales de 1908

Para los barceloneses de aquel principio de siglo, nada había cambiado respecto a los últimos años del XIX. En las mismas Ramblas podían verse muestras de avances tecnológicos como el fascinante automóvil, aunque muchos lo consideraban un ataque directo a las buenas costumbres que hasta entonces habían regido sus vidas. No todos estaban preparados para abrazar una nueva sociedad más confortable y dinámica, que precisaba adaptarse a un *statu quo* diferente.

Barcelona se nutría de constantes novedades en el ámbito urbanístico. La construcción del Eixample, la progresiva anexión de las poblaciones cercanas y el auge de las nuevas industrias la empujaban a convertirse en una urbe activa y cosmopolita, donde los matices eran constantes. Se pasaba del blanco al negro en apenas unas horas, dejando entrever una infinita gama de grises. La masa obrera aumentaba sin control por culpa de aquellos que emigraban a la metrópolis en busca de oportunidades y, al mismo tiempo, la burguesía empoderada y emprendedora peleaba a cuchillo para mantener los privilegios que había acaparado hasta el nuevo siglo. El enfrentamiento, por tanto, era inevitable, y las reacciones de unos y otros, siempre cuestionables. En pocas palabras, la reivindicación se les iba de las manos a diario.

El nacionalismo catalán, buscando ensalzar las viejas glorias, se había consolidado de la mano del republicanismo moderno, la reivindicación obrera y el azote del populismo inquebrantable.

La Ciudad Condal estaba desquiciada por una expansión urbanística que la obligaba a mutar continuamente y por la incisiva reivindicación terrorista —la forma que tenían los anarquistas de dar un golpe sobre la mesa y luchar por los derechos de la clase obrera, que habían sido pisoteados durante décadas.

Esa era la razón por la que, por aquel entonces, Barcelona era conocida en el mundo entero como la Rosa de Fuego.

De hecho, en los primeros meses de 1908 habían estallado varias bombas por todo el perímetro barcelonés, y el Distrito V —la familia Ros Adell vivía en la frontera con el VI, pero se sentían hijos de la zona más humilde de la ciudad— vio cómo muchos de sus vecinos sucumbían a una muerte cruel solo por cuestiones ideológicas de difícil alcance. Como solía decir don Ramon Ros: «Si para conseguir algo positivo tenemos que asesinar a nuestros vecinos, algo en nuestra lógica está fallando estrepitosamente».

Una cálida brisa marina se adentró en la vieja aula donde los niños más afortunados del Distrito V cursaban sus estudios. Apenas eran un puñado de mentes por moldear, teniendo en cuenta que la mayoría de los críos que no llegaban a los diez años pasaban gran parte del día en las fábricas enclavadas en la Barceloneta, en el Poblenou y en la falda de Montjuïc. A esos pequeños elegidos a dedo los explotaban por apenas unos céntimos. A decir verdad, la mayoría de la población infantil de la zona se veía abocada a la mendicidad o al simple arte del trapicheo para llevar un mísero mendrugo a sus barracas. Y ni siquiera los que vivían en orfanatos, dejados de la mano de Dios y castigados con dureza por los representantes celestiales de sotana y hábito, tenían la oportunidad de un futuro mejor.

Lluïset era un crío algo atípico, dado que sus padres no formaban parte de la legión de inmigrantes que habían llegado a Barcelona para labrarse una oportunidad. Para aquellos que se nutrían de una frágil esperanza, pisar la capital catalana era como buscar fortuna en la mítica Nueva York, aunque sin toparse con la caricia de la estatua de la Libertad y con la ventaja de librarse de una dura travesía transoceánica. Además, en la capital catalana podían aho-

— 14 —

rrarse el apuro de aprender un nuevo idioma, puesto que, en una de las consideradas grandes capitales europeas, todos chapurreaban el castellano. Si no hubiera sido por el inconveniente de que muchas calles de aquella extensa urbe aún no habían sido pavimentadas, razón por la que la metrópolis era conocida como Can Fanga, la decisión de mudarse a aquel enclave delimitado por la montaña de Collserola hubiera sido fácil de tomar.

A finales de aquel 1908, la familia de Lluïset buscaba el equilibrio entre lo que podría calificarse de clase media y el grupo de los más necesitados. Don Ramon, el padre de familia, era el único heredero de un indiano que, unos años antes de morir, había perdido hasta la camisa al apostar su modesta fábrica del Poblenou en una mala mano de naipes. El abuelo de Lluïset, avergonzado por dejar a los suyos en la estacada, se había largado con el rabo entre las piernas a Cuba, abandonando a su suerte a su esposa Hortènsia y a su único hijo Ramon, de solo dieciséis años. El drama era evidente, y madre y vástago se vieron obligados a trasladarse a un cuchitril del Distrito V, quedando en una situación deplorable y precaria. El joven Ramon, viéndolas venir y consciente de lo que podía sucederles si no tomaba las riendas y la responsabilidad del oscuro presente —tenía todo el raciocinio del que carecía el paterfamilias—, se presentó en la fábrica perdida a las cartas para implorar al nuevo propietario que le mantuviera el puesto de trabajo. Llevaba allí desde los trece años y, tras escalar posiciones de forma honesta, se había convertido en la mano derecha del gerente de aquella humilde industria.

Afortunadamente, el nuevo propietario, con total desinterés por un negocio que había obtenido por azar, le concedió el puesto al mozo a cambio de la mitad de lo que había estado ganando hasta la fecha. Una rebaja de sueldo imposible de aceptar por alguien que quisiera salir adelante. Pero como era de esperar, el chico hizo de tripas corazón, agachó la cabeza y asumió el trato inhumano.

Casi media década más tarde, y cuando llevaba tres años casado con Rossita Adell y era padre de la pequeña Agnès —de casi dos años—, Ramon tuvo la oportunidad de largarse de la fábrica gracias a un inesperado golpe de suerte. Y es que a los veintiún años recién cumplidos, el hombre que lo había dejado en la estacada como a un perro sarnoso le dio la oportunidad de hacer el bien y cambiar de vida gracias a una notable fortuna labrada en tierras lejanas y que le dejó en herencia. El malnacido de su ascendiente se lo había pasado en grande en La Habana, donde remontó el vuelo con la fértil industria de la caña de azúcar y el siempre bien remunerado tráfico de esclavos.

Al conocer el origen de aquel ansiado botín, Ramon Ros, honesto como pocos y de valores inquebrantables, decidió destinar el inesperado y sucio extra pecuniario a ayudar a los demás. El primer paso fue buscarse un puesto en la famosa Maquinista Terrestre y Marítima, donde pronto destacó en el arte de la manipulación del metal pesado y la fabricación de locomotoras, un giro vital que, por otra parte, lo hizo muy conocido en el casco antiguo de la Ciudad Condal. Poco a poco, la voz fue corriendo y los vecinos supieron que un tal Ramon Ros concedía préstamos sin pedir nada a cambio. Lo mismo que prestaba era lo que debían devolverle, sin intereses ni plazos leoninos que cumplir.

La propuesta tuvo un efecto magnético inmediato y, en poco tiempo, pasó de ser Ramon el del Vapor a don Ramon.

Por su parte, la madre de Lluïset, Rossita, era un ser casi angelical. De familia también humilde y residente del Distrito V, lo había dejado todo por amor. Ramon le había secuestrado el corazón en sus primeros años de juventud, y, forzando el permiso familiar, se había casado a los dieciocho, estableciéndose en la calle Tallers esquina con Jovellanos —que era la frontera ideológica del difícil Distrito V con el VI— junto a su esposo.

De hecho, un año después de crear aquel vínculo romántico e idílico, cuando los dos superaban los diecinueve, tendrían a Agnès, su heredera. Casi como si fuera una especie de ritual de la época, fueron padres cuando empezaban a poner los cimientos de una nueva familia.

Pese a su modesto origen, ambos progenitores tenían un perfil muy diferente al de la mayoría de los vecinos del barrio y, tras establecerse en la zona, llegaron a ser muy populares. Su buena fama pasó a estar en boca de todos.

Lluïset miró insistentemente la cruz que emergía de encima de la vieja pizarra del aula con la única idea de ir a buscar a su padre. Aquel paseo hasta la Maquinista Terrestre y Marítima era un tiempo que compartía con su madre y su hermana y que disfrutaba con alegría.

Él, con solo nueve años, adoraba a Rossita, aunque su pasión, más allá de la admiración por Ramon, residía en Agnès, su hermana de trece años. Desde que tuvo uso de razón, la joven lo había cuidado con gran cariño, sin jamás negarle un capricho o un instante de atención, y, por ello, el pequeño de los Ros Adell le profesaba un amor desmesurado.

Lluís era algo menudo para su edad, pero su profunda mirada indicaba una perspicacia superior que ocultaba con sutileza. De pelo liso y sutilmente dorado, pocas veces se libraba de la gorra típica de los granujillas de la época. Capaz de mantener a todas horas una sonrisa en forma de medialuna ascendente, conseguía reblandecer los ánimos de quienes lo rodeaban. Pilluelo por culpa de haber crecido en un barrio donde la supervivencia llamaba siempre a la puerta, desprendía una bondad difícil de encontrar en aquellos primeros años del siglo xx. A simple vista, aquel chico tenía todos los números para ser alguien importante en la vida.

Cuando el maestro, de semblante duro e inquebrantable, permitió a los niños abandonar el rincón donde se los instruía para un futuro decente y apropiado, Lluïset surgió de la nada, como un rayo, para abandonar un centro escolar que parecía encasquetado, casi por la fuerza, entre dos inmuebles que se caían a pedazos.

Solo cruzar el umbral de entrada de la vieja escuela, y vislumbrar a la mujer que le había dado a luz, se lanzó a los brazos de esta para que lo engullera con amor y pudiera tranquilizar su ímpetu infantil.

—¡Hijo! ¿A qué viene este nerviosismo?

—¡Tenía ganas de veros! ¡Me aburro en la escuela, mamá! ¡Yo quiero estar con vosotras! Si Agnès trabaja contigo, ¿por qué no puedo hacerlo yo también?

Su hermana soltó una carcajada.

—Renacuajo, aún tienes mucho que aprender.

—Tu hermana tiene razón. Eres muy afortunado, hijo. A tu edad, la mayoría están condenados a pasarse infinitas horas en la fábrica. ¡Aprovecha ahora que tienes la oportunidad de hacerte más listo! Ya habrá tiempo para trabajar...

Lluïset asintió con una mueca y, sin pedir permiso, cogió del bolsillo de la falda de su madre el trocito de chocolate que siempre le llevaba. Desde que tenía uso de razón, Rossita jamás había faltado a la tradición.

—Venga, vámonos o llegaremos tarde a la fábrica. Y vuestro padre suele salir hambriento. No le hagamos esperar.

Agnès y Lluïset se cogieron de la mano de su madre que les tocaba por hábito y rango familiar. Recorrieron juntos parte del Distrito V, hasta cruzar las Ramblas y adentrarse en la Barceloneta.

Rossita Adell era la madre con la que todos soñaban. De atractivo típicamente mediterráneo, piel olivácea y labios amplios como los bosques del Pirineo, solía llevar el cabello recogido en un moño o en una frondosa trenza que dejaba colgar sobre el pecho con notable elegancia. Su mirada, luminosa y despreocupada, solía cuestionar todo lo que se le ponía por delante. La matriarca de los Ros Adell era una mujer atractiva en todos los sentidos, y su expresión habitual era la de una persona satisfecha por sus logros. De porte elegante y a veces sutilmente etéreo, solía encontrar el espacio y el momento adecuados para pronunciarse y conseguir que todos le prestaran atención.

Rossita era la otra mitad de un matrimonio equilibrado que se había hecho a sí mismo gracias al respeto mutuo. De paciencia infinita, quienes tenían la fortuna de acabar en su regazo sentían una paz máxima, dado que Rossita tenía el poder de transformar las preocupaciones en simples anécdotas de sobremesa.

Tocada por la misma varita mágica, Agnès deslumbraba por una belleza europea difícil de encontrar en los suburbios barceloneses. El equilibrio de su expresión carecía de vulgaridad y había heredado unos ojazos verdemar con los que proyectaba una inteli-

— 18 —

gencia capaz de desvelar cualquier enigma. La heredera de los Ros Adell era capaz de captar la atención de los vecinos del distrito sin apenas mover un dedo, y verla pasear era como dejarse llevar por la imagen cinematográfica de una heroína de ficción. Por su aspecto bien podría proceder de las tierras del norte de Europa o de los floridos campos de la Toscana francesa. Elegante y siempre peinada con esmero, emergía como una muchacha rodeada de un halo místico. A su magnetismo natural había que sumar el don de la elegancia y el saber estar. De haberse ataviado con ropas elegantes, nadie hubiera dudado de que se trataba de la elegida para reinar en toda una ciudad y en el corazón de sus habitantes.

Entre cantos populares, acertijos y buen humor llegaron a la Maquinista Terrestre y Marítima, donde su padre los estaba esperando. Al verlos, el hombre dejó de hablar con un grupo de trabajadores con los que había formado un corrillo y los emplazó para el día siguiente.

Ramon Ros era un hombre provisto de una dualidad desconcertante. De actitud seria, solía mutar en segundos a una de las expresiones más amables que se habían visto en las entrañas de la Ciudad Condal. Con una barba bien arreglada y siempre equilibrada y simétrica, ocultaba unos rasgos de estilo griego que le conferían la sabiduría de los antiguos pensadores. Su nariz recta y señorial y una mirada penetrante, oculta tras unos párpados bellamente rasgados, le conferían una elegancia majestuosa.

Don Ramon solía vestir con humildad y daba la impresión de que siempre estaba cavilando en beneficio de los suyos, dejando entrever la bondad que existía en su alma. No había un solo ser que lo rodeara que no le tuviera en gran estima, y, pese a ser un hombre corpulento, era capaz de desplazarse mediante movimientos sosegados. Quizá por su gentil forma de comportarse, o por la paz que desprendía su presencia, todos solían acudir en busca de su ayuda, para obtener un consejo o dejar que los escuchara.

En todo caso, don Ramon era un hombre cabal y empático capaz de arriesgarlo todo por una causa justa.

Lluïset corrió con idéntico ímpetu al que había mostrado solo una hora antes con su madre, y Ramon amortiguó el impacto con cariño.

—¿Cómo te ha ido la escuela, chiquillo? ¿Estás aprendiendo mucho? ¡Recuerda que te toca ser el más listo de la familia!

—¡Eso no es difícil, papá! —soltó el niño, en tono de burla—. Pero no me gusta la escuela… ¿Puedo trabajar contigo? ¡Prometo aprenderlo todo muy rápido!

Ramon soltó una carcajada por la ocurrencia de su hijo.

—Lluïset, paciencia. Antes de poner las ventanas de una casa, deben construirse los cimientos y las paredes. Todo llegará. Tiempo al tiempo, renacuajo.

El crío, satisfecho a medias con la explicación del único hombre al que admiraba sobre la faz de la tierra, lo cogió de la mano y empezó a arrastrarlo hasta donde los esperaban su madre y su hermana.

Cuando la familia Ros Adell estaba reunida, se creaba algo mágico; una atmósfera cálida y relajante imposible de no ser envidiada por quienes los rodeaban. Y eso era lo que más amaba Lluïset en la vida: ver siempre felices a aquellas tres personas que adoraba con toda su alma.

El graznido de las gaviotas buscando desesperadamente algo que engullir acompañaba a Rossita en la cocina. No tenía mucho más que un brasero y unos utensilios modestos, pero estaba preparando una sopa a la que había arrojado todo lo que había encontrado, para darle un sabor único. Llevaba algunas horas entre pucheros, mientras Agnès acababa de zurcir unos bajos y los puños de una camisa. Su hija, a los trece años, se había decantado por dedicarse al mismo oficio que su madre y tenía buena mano con la aguja y el dedal. Para cubrir los encargos y llegar a tiempo a todo, a veces una hacía las labores hogareñas y la otra adelantaba el trabajo de la confección. Con aquella estrategia podían ir algo más holgadas de tiempo y el día les cundía para multiplicarse. Además, la fama de Rossita había llegado a todos los rincones del barrio, lo que aumentaba exponencialmente los clientes de un día para otro.

—Lluïset, acércate al café de la esquina y tráete a tu padre. La comida no tardará.

El crío, encantado de que le encomendara dicha responsabilidad, dejó el cuaderno en el que solía dibujar a todas horas y aceleró el paso para bajar las escaleras de dos en dos y acercarse a la taberna donde su padre solía pasar de dos a tres tardes por semana.

Algunos hubieran afirmado que era por su pasión por las bebidas espirituosas, pero nada más lejos de la realidad. Lo que realmente llevaba a don Ramon al local era su necesidad de ayudar.

Gracias a la inesperada herencia, el padre de Lluïset solía recibir a los más necesitados en la mesa más oscura y esquinada del lugar, donde escuchaba sus lamentos y necesidades.

Esa era la razón por la que todo el barrio lo tenía en gran estima.

Lluïset abrió la puerta del modesto café como Pedro por su casa y se escurrió entre los parroquianos para encontrar a su padre. El crío no comprendía muy bien la razón por la que su héroe se desvivía ayudando a los vecinos, y más cuando era jefe de una fábrica de ferrocarriles, pero tampoco comprendía la forma de actuar de los adultos, así que se decantaba por ir a lo suyo y no hacer muchas preguntas.

—Dios le bendiga, don Ramon. Prometo que se lo devolveré pronto. Es usted un ángel —dijo una de las verduleras más queridas del distrito, desde lo más profundo de su alma.

—No se preocupe, Paquita. Lo importante es que su marido se restablezca del accidente y pueda volver pronto a las atarazanas. Por lo que he oído, es un hábil artesano naval.

—Así es, don Ramon. Su capataz lo tiene muy presente, pero la compañía naviera no cubre este tipo de imprevistos. Gracias a Dios, usted nos ha salvado la vida. No sé cómo…

Antes de que pudiera terminar el sincero agradecimiento, Lluïset se acercó a la mesa para sentarse sin miramientos sobre el regazo de su padre.

—No tenga prisa con la devolución. Me siento feliz de poder

ayudarla, pero recuerde que no aceptaré más de lo prestado, ¿de acuerdo? Y eso incluye cocidos y todo lo que le venga a la cabeza. Que ya nos conocemos...

La mujer, con la bondad reflejada en los ojos, no pudo irse sin antes mostrar un último agradecimiento.

—Se merece el cielo, don Ramon... Chico, ¿sabías que tu padre es un ángel? Cuida mucho de él, porque has tenido la mayor de las fortunas...

Lluïset sonrió mientras miraba a su progenitor. Para él, era como sant Jordi, el caballero que conseguía librarse del dragón gracias a su valentía.

La señora Paquita se ajustó el pañuelo oscuro que le cubría la cabeza y abandonó la taberna con la tranquilidad de que no iba a perder la casa mientras su marido estuviera convaleciente.

—Y tú ¿a qué has venido, renacuajo? ¿Te ha enviado tu madre?

—Sí. Dice que la cena está casi lista y que debemos subir a casa cuanto antes.

—Entonces no perdamos más tiempo, que ya sabes que se pone furiosa si la hacemos esperar.

—¿Por qué, papá?

—Pues porque es una falta de respeto que alguien haga algo por ti y tú no tengas ni el gesto de llegar cuando toca. Nunca lo olvides, hijo mío, la impuntualidad es una cualidad detestable...

Mientras don Ramon verbalizaba la importancia de los valores para formar un adulto más empático con su entorno, abandonaron la taberna sin pasar por caja. Aquello siempre sorprendía al niño, que le costaba comprender por qué su padre no pagaba lo que había tomado. De hecho, cada vez que se lo preguntaba, recibía la misma aclaración, seguida de un guiño: «Es porque las buenas personas, a veces, tienen su recompensa».

2

Lluïset y Agnès se arreglaron como si fuera un día de guardar. Su padre había prometido llevarlos a un lugar mítico de las Ramblas. La gran arteria barcelonesa, pese a los trabajos para abrir la Via Laietana y a un paseo de Gràcia en construcción, seguía siendo un mundo en sí misma. En aquella avenida conocida en el mundo entero podía encontrarse cualquier tipología humana. Era la ruta urbanizada que marcaba la tendencia en aquella metrópolis marina, el espacio por el que todo barcelonés, de la categoría social que fuera, paseaba con asiduidad. Allí, hombres con bombín y traje de domingo, trabajadores con su gorra y atuendo fabril, ricachones de chistera y bastón recio, mujeres con moño, gorro y vestido a la última moda parisina se confundían con líneas de tranvía, críos caídos en desgracia, jóvenes en bicicleta y antiguos vestigios de los carros de tracción animal. Floristerías al aire libre, cafés de ensueño, sastrerías y comercios dispuestos a contentar a turistas y autóctonos por igual. Barcelona era la Rambla en todos sus tramos (Canaletes, Estudis, Sant Josep, Caputxins y Santa Mònica), en sus diferentes denominaciones y en la historia que residía en cada centímetro del paseo. Todo barcelonés de pura cepa amaba aquel paseo; todo extranjero y turista que lo pisaba por primera vez se enamoraba por completo, porque en sí representaba toda una amalgama vital, un espacio atemporal que engullía amablemente la perspectiva humana.

Don Ramon había decidido llevar a sus hijos a la celebración de la última reforma del célebre quiosco Canaletas, ubicado a pocos metros de la famosa fuente que servía de lugar de encuentro para todos, sin distinción.

Sus hijos conocían el lugar por haberlo visto desde la distancia, pero jamás habían tenido la oportunidad de disfrutar de su famosa agua de azúcar, sus granizados de colores y las sodas americanas regadas con sifón, por lo que la emoción de la novedad los embriagaba.

Y es que la historia de aquel pequeño paraíso de las bebidas venía de lejos. El Ayuntamiento concedió la primera licencia de explotación a Félix Pons, en 1877, con la idea de embellecer una urbe que ansiaba pelearles la fama, codo con codo, a la luminosa París y a las otras grandes urbes europeas.

Inicialmente, Félix Pons había regentado una barraca de refrescos en el Pla de la Boqueria, más de una década antes de su gran salto a la cúspide de la Rambla, y en Canaletes construyó el primer quiosco con tan solo cuatro maderas. El objetivo simplemente era forrarse.

El nuevo quiosco Canaletas era un establecimiento simple en el que camareros de delantal blanco servían bebidas, café, agua de la mismísima fuente y, sobre todo, la famosa soda de Pons.

Trece años más tarde, ya más forrado, el propietario se rascó el bolsillo para realizar la primera reforma de su chiringuito de bebidas, pero no fue hasta principios del siglo xx, en 1901, cuando el cambio de propietario dio un giro también a la historia del pequeño paraíso barcelonés. Y es que Esteve Sala Cañadell, el gran empresario de la restauración catalana, ganó la nueva licitación del Ayuntamiento para seguir explotando el comercio callejero.

Aquel avispado hombre de negocios tenía ya algunos locales de parecida función por diferentes rincones de la ciudad, pero Canaletes era el espacio ideal para aumentar su fama y no dudó en echar mano de la inventiva para darle una nueva vida. En poco tiempo, todos los barceloneses conocían sus jarabes de sodas americanas y las novedosas patatas fritas, que deleitaban a pequeños y a mayores por igual.

El tal Sala empezó a hacerse de oro con el pequeño negocio y, aunque la concesión le costaba la friolera de trece mil pesetas anuales, él obtenía más de ciento cincuenta mil en el mismo periodo.

El dinero se le enquistaba en el bolsillo y, para airearlo a placer, solía ausentarse de la Ciudad Condal y darse largos garbeos por la romántica Europa de la época, con la intención de conocer lo último de su sector. Ojo avizor, buscaba nuevas oportunidades que importar a la ciudad catalana. De hecho, fue en París donde compró por un puñado de francos las cuatro rayadoras de patatas que acabaron encumbrándole en la metrópolis barcelonesa.

Al año siguiente de hacerse con el quiosco, se aventuró a abrir el American Soda, un espacio diseñado al estilo norteamericano, que abría las veinticuatro horas y que en cuestión de semanas creó la novedosa tradición de tomar un aperitivo antes de la copiosa comida del mediodía.

Todo lo que tocaba el tal Sala se convertía en oro. El éxito del quiosco Canaletas fue aumentando con el paso del tiempo, aunque el propietario jamás bajaba la guardia y lo reformó en 1906 para que fuera aún más confortable para los clientes y pudieran servirse productos de la máxima calidad. La idea, con la remodelación, era darle el aire modernista que tanto gustaba a turistas y autóctonos y que estaba de moda en la ciudad.

Aquella reforma dejó boquiabierta a toda la urbe, y el negocio siguió marchando viento en popa.

Dos años después, a Sala le cayó del cielo una cuantiosa ayuda económica de su tío y, para no perder la tradición de gastar a manos llenas, optó por una nueva reforma del quiosco, que encargó al conocido arquitecto Josep Godoy. Aquel era el motivo que había atraído a la familia Ros Adell.

El pequeño local se había convertido, por derecho propio, en toda una institución en los distritos colindantes, por lo que, aprovechando la invitación de su gerente, Atilio Massot, Ramon Ros decidió que sus hijos debían conocer por sí mismos el lugar.

Don Atilio —que así era como lo conocían todos los vecinos del distrito— era el camarero de mayor rango del quiosco gracias a que había trabajado en el primer local de bebidas de la Boqueria, que pertenecía al primer propietario del quiosco Canaletas. Su mano derecha y don de gentes eran tales que el mismo Esteve Sala se lo había «quedado» en propiedad y le había puesto a un compañero fijo, para que entre los dos cubrieran la nueva etapa. Pier

Aubert, el joven francés que lo ayudaba a todas horas, procedía del otro gran negocio del señor Sala, el American Soda.

Debido a la inauguración de la reforma del nuevo quiosco, el perímetro estaba hasta la bandera, y los Ros Adell tuvieron que hacer una larga cola para pedir una bebida y charlar con Atilio.

El quiosco emergía en la cúspide de la rambla de Canaletes con la majestuosidad de la máxima expresión modernista. La primera impresión era la de estar frente a una especie de ermita o casita de cuento de hadas a lo Hansel y Gretel, capaz de quebrar toda expresión artística conocida.

Con una forma prácticamente circular, el quiosco se elevaba cual seta de la Fageda d'en Jordà y generaba un potente magnetismo en los ciudadanos que pasaban a su alrededor. Nadie podía abstenerse de perder un instante de su rutina vital para apreciar la belleza de aquella pequeña catedral de los sueños. Elaborado con gran delicadeza y recubriendo toda la construcción, podía verse un mosaico de cerámica grisácea al estilo *trencadís* gaudiniano. Las formas redondeadas y curvilíneas, alejadas de la aburrida línea de concepción puramente mecánica, acercaban la estructura del quiosco a la filosofía del gran arquitecto catalán, que repudiaba todo aquello que se alejara de la naturaleza.

La barra del local recorría todo el perímetro del negocio y dejaba a los camareros a pecho descubierto delante de los usuarios; eliminaba, por tanto, las barreras imaginarias entre los habitantes de aquel pequeño mundo de fantasía. Un detalle que, aunque podía parecer menor, resultaba ideal para fomentar la máxima empatía entre quienes servían y quienes se deleitaban con los productos consumidos.

Una enorme columna central que simulaba el robusto tronco de un olivo milenario, donde se guardaban todas las botellas y vasos, resguardaba la espalda de los camareros. De la pared interior de la barra surgían los sifones con los que se servía la célebre soda del quiosco Canaletas.

Para salvaguardar el local de las inclemencias del tiempo, existía una fusión perfecta entre unas barras de hierro forjado entrelazadas y unas telas que emulaban la aerodinámica de los pesos de las maquetas de Antoni Gaudí. A simple vista, el quiosco de Canaletas evocaba las formas de la desconocida cripta de la Colonia Güell, tanto en sus formas estructurales como en sus vidrieras ovaladas, dándole un aspecto entre el misticismo de las montañas de Montserrat y las serpenteantes curvas de una gruta de los Pirineos. Para acabar de cautivar al visitante, en la parte más alta de la construcción, el quiosco mostraba unas formas que recordaban a los típicos tragaluces de arquitecturas anteriores, pero como si hubieran perdido toda su rigidez, como si el calor del magma del interior de la Tierra los hubiera cubierto por completo y los poseyera con la caricia de varias artesanías de hierro.

Aquel quiosco, en sí, era un espacio mágico a la altura de las obras más significativas de un estilo artístico que enamoraba al mundo entero. Si no fuera porque el gran Gaudí estaba inmerso en otros menesteres, uno podría pensar que se encontraba ante una obra ideada por el gran genio catalán.

Al ver a don Ramon y sus hijos, el orgulloso camarero se alegró con tal alarde de expresividad que los demás clientes creyeron que los visitantes pertenecían a la alta alcurnia de la ciudad. Sin embargo, la sorpresa les duró poco al descubrir que vestían como cualquier barcelonés humilde de la zona.

Atilio, de casi cuarenta años, era un hombre corpulento, pero de complexión amable. Una frondosa barba algo canosa y muy de la época le rodeaba por completo la mandíbula, y sus ojos, almendrados y grandes, le conferían un misticismo propio de los grandes sabios. Ataviado con el uniforme de camarero en jefe, era el rey del quiosco. Claramente lo llevaba en la sangre. Por su aspecto, y de no haber servido a los demás, podría haber sido un cazador a lo Búfalo Bill o quizá el capitán de un gran navío mercante. Solo por su forma de observar, parapetado en unos intensos ojos azules, uno comprendía que no tenía nada que temer. Era la clara muestra de la bondad humana.

Atilio profesaba una admiración y un respeto inmensos hacia el padre de Lluïset, ya que años atrás le había concedido un préstamo para poder cuidar de su madre. El camarero no tenía más familia que su amada progenitora y, aunque con el dinero de don Ramon pudo tratarla con mejores recursos, unas altas fiebres se la arrebataron con nocturnidad y alevosía. Pese a la desgracia, el gerente del quiosco había insistido en devolver lo prestado tan pronto como le fuera posible, pero el padre de Lluïset —si por algo destacaba era por su enorme corazón— había declinado las prisas y permitió que el hombre pudiera pasar tranquilamente el luto y le reembolsara lo adeudado en pequeños y cómodos plazos durante años. Aquello forjó una relación inquebrantable entre ambos hombres, y Atilio juró y perjuró que estaría en deuda con él eternamente.

Y ese era el motivo de peso por el que, al ver a su benefactor y a sus vástagos, el responsable del local se olvidara del resto de los clientes para dedicarse en cuerpo y alma a los visitantes.

—¡Don Ramon! No sabe usted lo feliz que me hace que haya aceptado mi invitación. ¿Me permite que les deje degustar nuestras famosas sodas americanas? Le prometo que no les van a defraudar...

El padre de Lluïset asintió agradecido. Sentirse tan querido por la gente del barrio era la mejor compensación por algo que hacía desde lo más profundo de su corazón. Resultaba irónico que un malnacido como su abuelo le hubiera dado la oportunidad de convertirse en una buena persona. Solo por ese último acto de buena fe a su favor, el paterfamilias de los Ros lo perdonó al pasar a mejor vida.

Mientras preparaba las consumiciones, Atilio hizo algunas preguntas de rigor:

—¿Cómo os llamáis, chicos? ¿Y qué edad tenéis? Vuestro padre suele ser muy reservado con sus asuntos personales, así que me tendréis que ayudar un poco para que pueda conoceros mejor...

—Yo soy Agnès y tengo trece años... Y este renacuajo es Lluïset...

—¡Y tengo nueve! —soltó el pequeño, buscando protagonismo.

—¡Pues aquí tenéis, jovencitos! —respondió Atilio mientras les servía los largos vasos nutridos con la soda americana—. Pier, anda, tráeme una bandeja de chips… —soltó el gerente al camarero más joven, que estaba del todo desbordado. Por su aspecto físico, a duras penas había iniciado su madurez, así que no tendría más de diecisiete años. Una edad más que idónea en aquella época para ser un aprendiz avanzado.

Las facciones de Pier eran delicadas y angulosas. Sobre un incipiente bigote fino y arreglado, destacaba una nariz desbordada en su marco facial, pero delineada casi a la perfección con una caída clásica. Visto de perfil, parecía la ejecución de un cuatro bien trazado. Como colofón a una fisionomía afrancesada, el joven poseía los párpados en actitud descendente, aunque equilibrados con el hechizo de unos ojos azules de paleta celeste. De pelo castaño oscuro, lucía una perilla en punta y unas patillas difuminadas que le daban un aspecto pulcro.

A simple vista parecía un soldado napoleónico o el típico espadachín extraído de una novela de Alexandre Dumas, y dejaba entrever, por la timidez de su mirada, que bajo la elegante fachada se escondía un alma triste y desolada. El secreto que guardaba celosamente desde su llegada a la gran metrópolis barcelonesa marcaba sin remedio su expresión.

Impecable con su delantal blanco, Pier acercó un plato nutrido con las patatas fritas especialidad de la casa, y no pudo evitar quedarse prendado de la jovencísima Agnès. Ambos no solo cruzaron sus miradas, sino que en aquel preciso instante se juraron amor eterno, aunque aún era pronto para que se dieran cuenta.

—¡Francesín, que te has quedado embobado con la niña! ¡Venga, sigue con lo tuyo! —comentó Atilio, al tiempo que la heredera de los Ros se ruborizaba y el joven despertaba del letargo a base de palos morales.

—Sí, don Atilio, perdóneme…

Todos captaron el mágico destello que acababa de crearse entre ambos, pero no le dieron mayor importancia y siguieron charlando hasta que el gerente tuvo que volver a sus quehaceres laborales y la familia Ros Adell, dar rienda suelta al paseo por las Ramblas.

—Por cierto, chicos, podéis venir cuando queráis. Aquí siempre estaréis invitados —advirtió Atilio, guiñándoles un ojo.

Antes de que terminaran la soda, Agnès habló con su padre, y Lluïset, aprovechando que no le prestaban atención, admiró casi fotográficamente aquel enclave. No tardó en comprender que se trataba de un espacio maravilloso, casi de cuento de hadas. Los clientes sonreían extasiados por la consumición y la compañía, y Lluïset supo que algún día aquel lugar sería suyo. Tuvo la impresión de que allí la vida cobraba un nuevo sentido; jamás había presenciado tanta felicidad junta. Y a él lo de ver a los demás contentos le parecía un regalo. Por primera vez en mucho tiempo, a su hermana se le había iluminado la mirada, y su padre, que siempre era amable pero discreto, se relajó como cuando estaba en casa. Verlo con aquella paz reflejada en el rostro le hizo comprender que aquel local poseía un poder superlativo. Aunque al chico apenas le importaba si existían más razones por las que enamorarse de aquel espacio callejero. A él solo le había cautivado lo que acababa de generar en dos de las personas que más amaba en el mundo.

De camino a casa, adentrándose en las calles del Distrito V, el pequeño de los Ros sintió la necesidad de averiguar algo más de un hombre que le había parecido una especie de mago. No solo servía bebidas con una maestría fuera de lo común, sino que ofrecía a los demás una experiencia familiar propia del mejor prestidigitador.

—Papá…, ¿de qué conoces a Atilio?

Don Ramon tardó unos segundos en reunir sus recuerdos y elaborar una explicación coherente.

—Verás, hijo… Su madre enfermó hace tiempo y yo le ayudé para que pudiera atenderla lo mejor posible y le comprara las medicinas que necesitaba. Todo eso valía mucho dinero, y Atilio no lo tenía.

—O sea, que le hiciste un préstamo… —aclaró Agnès, que, con trece años, era de lo más avispada y ya sabía de qué iba el asunto.

—Eso es…

—¿Y por qué das el dinero a la gente que te lo pide? ¿Somos ricos?

Don Ramon soltó una carcajada.

—No, hijo, no somos ricos. Pero a tu padre le gusta ayudar a quien lo necesita, y además tengo la oportunidad de hacerlo. ¿Verdad que a ti te gustaría que alguien te ayudara si estuvieras en problemas o necesitaras algo importante?

—Claro…

—Pues eso es lo que hago… Y puede que algún día tú lo sigas haciendo.

—¿Como si fuera una tradición familiar?

—Eso mismo —respondió don Ramon—. ¿Qué os parece si le damos una sorpresa a vuestra madre y vamos a comprar un poco de bacalao y verduras para comer como señores?

Ambos niños expresaron su júbilo. En aquellos años, una buena comida solo significaba haber tenido un buen golpe de suerte o celebrar algo importante. Haber pisado por primera vez el gran quiosco modernista se ajustaba a las buenas noticias.

3

Barcelona, a mediados de 1909

El verano ayudaba a que el sol, perezoso, tardara en despedirse. Lluïset adoraba aquella época del año porque, en el pequeño balcón de su casa, podía sentarse con los pies colgando y admirar los tejados de las casas más bajitas del barrio. Con el tiempo había aprendido a descifrarlos, a entender su idiosincrasia e incluso a amarlos. Aunque muchos no lo supieran, en el cielo de los viejos edificios existía todo un mundo. Algo parecido a las Ramblas, pero de una forma más selectiva y aérea. Allí, no solo los vecinos tendían la ropa o construían palomares, sino que se articulaba todo un sistema de pillaje estructurado por críos de su misma edad. Esencialmente, niños de la calle, fugados del orfanato o de las familias que pagaban con ellos toda su insatisfacción. Unos menores que, a veces, desde la distancia, lo miraban sin juzgarlo. Pero él no era como ellos y, aunque le llamaba la atención aquella vida salvaje al margen de toda norma, sentía que sus padres esperaban algo mejor de él y de su hermana. Se esforzaban para que no les faltara de nada, y eso lo diferenciaba de aquellos pobres desgraciados carentes de expectativas.

Alternándolo con la observación de la vida del barrio, Lluïset se entretenía dibujando en un viejo cuaderno que su padre le había regalado por su noveno cumpleaños. Con notables dotes para el esbozo, recreaba diferentes perspectivas del quiosco Canaletas.

El lugar le había causado tal impresión que, cada vez que su padre los llevaba a tomar un refresco, él aprovechaba la oportunidad para memorizar, casi como un calco, hasta el último rincón del establecimiento. Pero no solo recreaba la esencia modernista del quiosco, sino que en aquellos nuevos dibujos empezaba a plasmar la figura de los clientes.

—Lluïset, entra ya, que la cena está casi a punto y tu padre no tardará en llegar.

—¡Ya voy, mamá! ¡Solo un momento! —respondió el pequeño de los Ros mientras acababa de perfilar la barra del quiosco.

Rossita, acostumbrada a tener que repetirle las cosas más de una vez, optó por cortar la distracción de su hijo; la sopa no podía enfriarse. Así que le pidió a su hija que empezara a poner la mesa y se acercó hasta el balcón para tirar de la oreja cariñosamente a un pequeño que empezaba a hacer lo que le daba la gana.

Cuando vio lo que estaba dibujando, se llevó una grata sorpresa.

—¿Y esto? ¿Lo has dibujado tú?

—Sí… ¿Te gusta?

La madre no supo qué responder. Se quedó, literalmente, sin palabras.

—Es…, es realmente precioso, hijo. ¿Es el quiosco Canaletas?

—¡Sí! Algún día trabajaré allí, mamá, y será mío. Me gustaría ser como don Atilio.

La madre se sorprendió por el comentario.

—¿Don Atilio? Bueno, hijo, con tus estudios seguro que puedes encontrar un trabajo mucho más interesante. Fíjate lo bien que dibujas…

—A mí me gustaría trabajar en el quiosco.

Rossita sonrió por la inocencia de su vástago y dejó el tema para otra ocasión. Aún era muy pequeño para ese tipo de reflexiones, ya habría tiempo para decidir su porvenir.

—Vamos, mi amor, recoge, que tu padre no tardará en llegar. Y ya sabes que le gusta que cenemos todos juntos.

Tras una amorosa caricia en el pelo, Rossita regresó a la cocina para empezar a servir la cena y Lluïset se dirigió al cuarto que compartía con su hermana, donde guardó el cuaderno bajo el colchón y se adecentó para la ocasión.

Aquel domingo, don Ramon decidió llevar a sus hijos a tomar una soda al quiosco de las Ramblas. Las visitas al paraíso de Canaletes se habían convertido en una especie de rutina familiar. Por su parte, Rossita prefería quedarse en casa terminando algunos encargos pendientes, aunque aquella era la excusa que ponía cada vez que su familia realizaba la pequeña excursión al establecimiento cercano a plaza Catalunya. Lo cierto es que disfrutaba al ver que sus hijos tenían un espacio para estar con su padre. Las horas de trabajo en la fábrica de la Maquinista Terrestre y Marítima y las que dedicaba a ayudar a los vecinos le robaban demasiado tiempo al paterfamilias para estar con unos niños que crecían a pasos agigantados. Y ella, de alguna forma, ya compartía mucho espacio con Agnès y Lluïset, así que fomentaba aquellos paseos con su ausencia, precisamente para que pudieran estrechar sus lazos. Se trataba de un rato breve que el mismo tiempo no tardaría en arrebatarles. La infancia resultaba fugaz, y ella bien sabía lo importante que era tener unos padres amorosos para crecer con la seguridad de poderse enfrentar a un mundo incierto.

Aquel día, don Ramon optó por bajar primero hasta las golondrinas con la intención de dar un paseo en barco y animar a sus hijos.

Un año antes, en 1908, había explotado un paquete bomba en una de las célebres embarcaciones, pero el padre de Lluïset se negaba a vivir con miedo. Y eso era lo que quería inculcar a sus herederos. Nada podía evitar un destino incierto y a todos les llegaba la hora, así que, viviendo en Barcelona, no podían descartar ninguna posibilidad. El destino quedaba eternamente en el aire cuando la reivindicación social era una constante.

Para don Ramon, las golondrinas tenían un valor especial, dado que en la fábrica donde trabajaba se habían encargado de la maquinaria de vapor que las impulsaba. Por lo que sabía, el negocio lo había ideado un cubano, hijo de un indiano catalán y una francesa que, huyendo de la guerra de Cuba, se habían establecido en la Ciudad Condal. Allí, para disfrute de todos los barceloneses,

— 34 —

había levantado un negocio de embarcaciones de recreo muy parecido al que existía en la bahía de Matanzas.

Las golondrinas hacían el recorrido desde el Portal de la Pau, en el muelle justo al final de las Ramblas, hasta los baños de la Barceloneta. De hecho, no se trataba de unos simples barquitos de paseo, porque su capacidad superaba los cien pasajeros a bordo.

Desde finales del siglo XIX, las golondrinas habían hecho las delicias de niños, padres y abuelos, que se subían a ellas con la ilusión de recorrer una parte del rostro marítimo de una Barcelona compleja pero siempre en expansión.

Llegados a la pequeña taquilla, en el mismo Portal de la Pau —frente al majestuoso monumento a Colón, que muchos comparaban con la estatua de la Libertad estadounidense—, la familia Ros hizo cola pacientemente mientras veía cómo se iban llenando los tres ómnibus de la flota acuática. Para amenizar el tiempo, don Ramon explicó a sus hijos cómo funcionaba la maquinaria a vapor y la importancia de lo que construían en la Maquinista Terrestre y Marítima. Allí, el acero y los motores se convertían en el alma de los transportes urbanos que comenzaban a verse por la ciudad.

La travesía fue encantadora y los tres miembros de la familia se sintieron orgullosos de vivir en una urbe llena de oportunidades para disfrutar.

Una hora y media más tarde regresaron al muelle y, con la ilusión de haberse hecho a la mar, el trío familiar puso rumbo hacia la rambla de Canaletes, cruzando de punta a punta todos los tramos de la gran vía barcelonesa.

Como solía contarles su padre, la Rambla había sido desde tiempos inmemoriales el espacio urbano predilecto de los vecinos de la ciudad. La extensión era luminosa y amplia, y mientras que gran parte de los ciudadanos vivían enquistados en los barrios de la *ciutat vella* —donde la insalubridad y la pobreza lo acaparaban todo—, en la Rambla se abrían continuamente nuevos hoteles, teatros y cafés. En sí, era un recorrido ideal para fomentar las relaciones sociales y el verdadero motivo por el que los extranjeros no dudaban en pisar su antiguo pavimento para comprender, de raíz, la esencia de la mentalidad barcelonesa de la época.

Lluïset tenía la fortuna de pertenecer a aquella arteria romántica, de formar parte de todo un universo humano de lo más variopinto. Ser de la zona le confería una autenticidad que hubiera deseado para sí más de uno de aquellos burgueses de bolsillo a rebosar y chistera de tramoya.

Pese a que todos los barceloneses sabían que el Eixample de Cerdà empezaba a coger fuerza como alternativa social y que la futura Via Laietana estaba pensada para empoderar a los más pudientes, la Rambla seguía manteniendo su identidad. Aquel largo paseo que llevaba del mar al interior de la metrópolis seguía siendo la columna vertebral de Barcelona.

En aquellos primeros años del nuevo siglo, la Rambla se había coronado como la reina de los cafés, los quioscos de refrescos, las floristas, los pajareros, los vendedores de periódicos y libros y todo un sinfín de oficios centrados en la venta ambulante. En la diversidad residía su magnetismo.

Tras dejar Colón a sus espaldas, empezaron a subir por el tramo conocido como la rambla de Santa Mònica, un nombre que carecería de trascendencia si no fuera porque en cada tramo de la gran vía barcelonesa se reflejaba una tipología de ciudadano, unas dinámicas y unos hábitos particulares.

Por lo pronto, padre e hijos pasaron sin hacer comentarios por la zona de la plaza del Teatre, justo a pocos metros de los urinarios donde la masificación de prostitutas era un secreto a voces. Los más acomodados evitaban aquella zona según la franja horaria, y Lluïset, que no tenía ni un pelo de tonto, no les dio mucha importancia a las sombras del lugar. De hecho, estaba acostumbrado a las mujeres de vida fácil que merodeaban el portal de Escudellers. Además, las casas de baño, donde supuestamente se tomaban las aguas medicinales, conferían a ese tramo de la Rambla el aspecto típico de un barrio rojo europeo. Toda gran metrópolis tenía un gueto donde saciar hasta las perversiones más inconfesables.

Lluïset observó cómo su padre refunfuñaba para sus adentros al cruzarse con un buen número de marineros, a los que el alcohol y la búsqueda de acompañantes de baja estofa les llevaban a perder las formas. Don Ramon era un hombre serio y formal, y, aunque convivía con toda aquella fauna humana, demostraba una cierta intolerancia hacia el libertinaje y el obsesivo frenesí.

Afortunadamente para los ánimos del paterfamilias, llegaron al lugar donde unas discretas barracas de madera emergían para fomentar la venta de libros de viejo. Aquellos tenderetes se extendían por toda la rambla de Santa Mònica, y don Ramon, que conocía a un tal señor Medina, no dudó en acercarse hasta su improvisado puesto para interesarse por su estado de salud. Aquel vendedor era un acérrimo lector de Voltaire y cada dos o tres frases soltaba al tuntún un aforismo del francés. Escucharlo era realmente divertido.

Prosiguiendo con la ascensión hacia el quiosco Canaletas, la familia Ros Adell se adentró en el tramo conocido como la rambla dels Caputxins. Aquel segmento de la arteria barcelonesa marcaba la dinámica de las escenas nocturnas, junto al emergente Paralelo, donde se habían abierto las primeras salas de fiestas.

La rambla dels Caputxins atravesaba la parte más marginal de la ciudad, aunque lo hacía con intencionada separación de clases, puesto que la misma Rambla se nutría de los mejores cafés del momento, a los que acudían los burgueses, los bohemios y la gente de buen ver. El Café del Centro, el del Liceo o el del hotel Oriente marcaban el quehacer diario de aquellos que conversaban sobre política, avances sociales y urbanismo.

Por otro lado, como si fueran los vulgares peones en un tablero de ajedrez en el que estaba a punto de iniciarse la contienda, Lluïset se fijó en las numerosas sillas que se alquilaban a lado y lado del paseo. Por solo diez céntimos, don Ramon quiso tener un nuevo detalle con sus hijos y pagó por tres asientos desde los que pudieron contemplar tranquilamente la vida social barcelonesa. De alguna forma, aquellos que paseaban por el lugar estaban acostumbrados tanto a mostrarse como a observar.

Como era domingo, fueron testigos de la burguesa costumbre de estirar las piernas por un terreno aún de tierra para alardear de trajes y sombreros a la última moda parisina.

Cuando el tramo empezó a llenarse en exceso, don Ramon, que sabía que iban a quedarse un buen rato en el quiosco, animó a sus hijos a seguir paseando mientras se adaptaban, con normalidad, a la dinámica del gentío.

Aún estaban lejos de donde vivían y recorrieron la rambla de les Flors, dejándose embriagar por el olor y el colorido de los numerosos puestos dedicados al delicado arte floral. De hecho, se trataba de un espacio donde la belleza se fusionaba con el recuerdo más profundo, y no solo por el deleite del arreglo floral, sino también por la presencia de las floristas, que por tradición solían ser las mujeres más bellas de toda la ciudad.

Rodeando a las sirenas de hermosura casi mitológica, emergían el antiguo mercado de la Boqueria, que hacía poco tiempo había recibido el azote mortal de las bombas anarquistas, y el palacio de la Virreina.

Agnès se dejó llevar por la efervescencia de rosas y claveles, y Lluïset, más propenso a otras pasiones, se quedó perplejo con uno de los típicos pajareros de la suerte que deambulaban por la zona. El oficio de aquel hombre era el de la buena fortuna, y, subido a un taburete de altura media, gritaba a todo pulmón: «¿Quién desea conocer su futuro?».

El pequeño de los Ros Adell fue incapaz de resistirse a la revelación de lo desconocido y, tras insistir a su padre casi hasta la extenuación, consiguió que el pajarero le animara a pedir uno de los papelitos que se escondían en una especie de jaula abierta, donde esperaban plácidamente unos canarios. Ante la atenta mirada del chico, uno de los pajaritos, de plumas encarnadas y pico anaranjado, eligió un papelito, que extrajo para entregárselo a su dueño. El pajarero, sin perder la sonrisa, se lo dio a don Ramon, que, siempre gentil, hizo ademán de leer la advertencia que el destino le reservaba: «Como buen soñador, se cumplirá lo que desees, siempre que no olvides desearlo a diario».

Don Ramon esbozó una sonrisa por lo que le pareció un mensaje amable, y le pagó al pajarero con la sensación de haber invertido bien las monedas. Hasta la fecha, a ningún vecino barcelonés le había tocado un mal presagio, lo que confería al maestro de los pájaros una fama irrefutable.

Por los alrededores del mercado de la Boqueria, Lluïset vio a numerosos chicos de su edad esperar ansiosamente algún encargo temporal. Oportunidades que solían darles en las fondas y los hostales, con las que ganaban unas míseras pesetas para ir tirando hasta encontrar un trabajo mínimamente remunerado.

Aquel tramo de las Ramblas estaba realmente concurrido. El pequeño de los Ros incluso llegó a ver una especie de quiosco de contratación donde se ofrecían los servicios de chicas para las tareas del hogar.

Toda aquella efervescencia hacía que a Lluïset aquella gran vía barcelonesa le pareciera un submundo encantador capaz de albergar lo mejor y lo peor de sus vecinos. Uno podía sentirse allí parte de algo más grande que la propia individualidad.

Y, animados por la promesa de un buen granizado o una fresquita soda americana, cruzaron la frontera imaginaria que daba acceso a la rambla dels Estudis, el tramo donde solían emerger la mayoría de los conflictos sociales de aquel inicio de siglo y la zona de la ciudad donde se producía la mayor parte de la venta ambulante.

A la rambla dels Estudis llegaban desde lejos vendedores con todo tipo de objetos: relojes, calzado básico, ropa asequible para todos los bolsillos, reliquias y juguetes para los niños que se habían portado bien. De hecho, Lluïset se enamoró de un pajarito de juguete muy famoso en la Barcelona del siglo XX, un silbato de agua con la forma estilizada de un ave que, una vez lleno de líquido, emitía un característico silbido cuando se soplaba por un filtro.

Aunque el gran reclamo de aquella parte de las Ramblas eran los célebres almacenes El Siglo, un majestuoso establecimiento en que se alardeaba de ofertas y novedades procedentes de los mejores diseñadores parisinos. Era un templo en honor al consumismo más radical, y no en vano contaba con todo tipo de servicios, incluyendo una famosa peluquería para los más pequeños.

Pero a Lluís, más que un lugar en concreto, lo que le atraía de las Ramblas eran tanto el entorno como el factor humano, por lo que se quedó asombrado ante el incremento de niños que ya daban el callo. De entre la multitud aparecían un sinfín de repartidores de edad parecida a la suya que se dedicaban a la venta de periódicos, a la limpieza de botas e incluso al servicio de limpieza urbana. Era como si en la Rosa de Fuego cualquier edad fuera buena para ganarse la vida.

En aquel mismo tramo de las Ramblas emergían los míticos quioscos de prensa, que perdurarían en la ciudad décadas después de que todas aquellas personas dejaran de existir. Unos minúsculos puestos que absorbían la rabiosa actualidad y la filtraban mediante la prensa y las revistas que colgaban por todo su perímetro.

Fue justo en la rambla dels Estudis donde se toparon con Ricardito Morales, el hijo de uno de los trabajadores de la Maquinista que estaba a cargo de don Ramon. Pese a tener solo un año más que Lluïset, aquel crío se había encabezonado en abandonar los estudios y llevaba algunos meses labrándose un futuro incierto en la mítica vía barcelonesa. Como los progenitores de ambos eran amigos, los dos niños solían encontrarse de vez en cuando para jugar, e incluso el vástago de los Morales pasaba por el hogar de los Ros para deleitarse con una rica merienda que doña Rossita preparaba con todo el cariño del mundo. Ricardo había encontrado trabajo como repartidor de periódicos para el *Diario de Barcelona* y se pasaba casi todo el día a pie de calle para ganarse unas míseras monedas. Sus padres, de origen humilde, habían claudicado ante la obstinación del chico, enfurruñado hasta que respetaran su voluntad, y aceptaron que su único descendiente quisiera buscarse la vida desde tan pequeño.

El hijo de los Morales era conocido en el barrio como el Siciliano por su fisionomía típica del sur de Italia. De talla media tirando a discreta, pelo oscuro, labios carnosos pero angulosos y una mirada parcialmente rasgada, podría ser uno más de los críos que correteaban por las calles de Nueva York o Milán. Su nariz, reñida con el estrecho marco de su rostro, le daba un aspecto de mayor edad. Oculto casi siempre bajo su gorra, escondía una mirada triste y solitaria que desprendía la necesidad de ser querido y valorado. Y es que el hijo de Miguel Morales era un superviviente más de la zona más humilde de la ciudad.

Cuando los Ros lo pillaron de improviso, Ricardito se encontraba en la tesitura de apurar un cigarrillo de baja ralea. Avergonzado por la mirada crítica de don Ramon, hizo el gesto de arrojar la colilla y hacerse el loco.

—¿Sigues aferrado al pitillo, Ricardo? ¿No quedamos en que lo ibas a dejar? No querría tener que contárselo a tus padres, que suficientes dolores de cabeza ya tienen... Sé que me estoy metiendo donde no me llaman, chaval, pero es por tu bien —comentó el mayor de los Ros con buena intención, pero haciendo hincapié en los clásicos matices aleccionadores de la época.

—Sí, sí, señor Ramon... Es que ya sabe usted cómo es el vicio, y así, a lo tonto, me he enganchado al humo. Pero le doy mi palabra de que lo dejaré hoy mismo —argumentó el crío, intentando simular un arrepentimiento estéril.

—Más te vale... Oye, y que no me entere yo que le das a probar a mi hijo o nos las tendremos... ¿Estamos?

—Estamos, estamos...

Ricardito sonrió con picardía, consciente de que el padre de su amigo simplemente lo estaba regañando para aparentar marcialidad. Conocía a aquel hombre y tenía la certeza de que era un santo varón. Desde que su familia había pisado la Ciudad Condal, procedente de Madrid, los había ayudado a ciegas. No solo dio trabajo a su padre, sino que les prestó dinero cuando la vida estrangulaba, y se preocupó por el bienestar de todos. Don Ramon era un *rara avis* en aquella emergente metrópolis, y él se sentía orgulloso de ser amigo de su hijo. Era como si aquella relación entre críos le acercara un poco a la familia de los Ros.

—Don Ramon, ¿Lluís podría salir a jugar un rato más tarde? Si termino pronto, me gustaría pasarlo a buscar.

—Mejor mañana, Ricardito, que hoy tenemos asuntos que atender. ¿Te parece bien, hijo? —sugirió el paterfamilias para asegurarse de que su vástago estaba conforme con la nueva propuesta.

—Sí, padre.

Los dos críos sonrieron al saber que tenían el beneplácito del respetado adulto y, sin más, se despidieron hasta el siguiente día.

Antes de seguir el camino hacia la rambla de Canaletes, Lluïset se giró un instante para ver cómo Ricardito montaba una escena para llamar la atención de los transeúntes y encasquetarles los últimos ejemplares del *Diario de Barcelona*. Justo cuando se disponía a seguir a su padre, reparó en que su amigo volvía a encenderse el cigarrillo y se enfrascaba en las ventas. Si alguien destacaba en la ciudad por tener un desparpajo superlativo, sin duda ese era Ricardito Morales.

Y así fue como, tras dar un buen paseo por lo mejor y lo peor del eje identitario barcelonés, se adentraron en el último tramo de su viaje hacia el quiosco.

La rambla de Canaletes era el espacio más conocido por los hijos de don Ramon por la cercanía con su hogar, en la calle Tallers esquina con Jovellanos. En aquel tramo siempre acaecía alguna anécdota capaz de llamarles la atención, y, aunque no lo expresaran, se sentían profundamente orgullosos de haber nacido a las puertas de la majestuosa plaza Catalunya.

A la altura del hotel Gran Continental de la Rambla, el paterfamilias hizo hincapié en una vendedora ambulante que vendía ostras a ochenta céntimos la unidad. Aquel manjar era algo prohibitivo para la mayoría de los ciudadanos y solo los chicos que trabajaban para los restaurantes más lujosos de la metrópolis catalana compraban pequeñas cantidades a modo de recado.

«Algún día, hijos míos, si tenéis la oportunidad de probar una ostra, sabréis que la riqueza os ha bendecido. En la oportunidad reside la capacidad de entender hasta dónde se ha llegado en la vida», les dijo.

Lluïset, que solía escuchar a su padre con gran atención, se distrajo por culpa de unos músicos ambulantes que animaban la terraza de un café. La música, en sí misma, era uno de los elementos atmosféricos más potentes de la Rambla, uno de los que contaba con mayor peso social. Instrumentistas de todos los rincones de la ciudad —y alrededores— se dejaban caer por allí para sacarse un buen pico con las propinas de los clientes. De hecho, un número infinito de pianistas de interior solía amenizar las charlas de los clientes mientras se tomaban tranquilamente un café.

Solo el violento azote anarquista, que había espoleado el temor más profundamente arraigado de los barceloneses de bien, rompía la esperanza de futuro. Los anarquistas eran los únicos que abrazaban la idea de que la acción directa era un sistema infalible para equilibrar las desigualdades de una sociedad que, por otro lado, les iba perdiendo el miedo.

Los cafés de la Rambla eran establecimientos icónicos que regían el equilibrio humano, aunque también podían verse pequeños puestos en los que se ofrecía café con leche a un precio popular. Un discreto taburete y una modesta e improvisada mesa a pie de calle daban a aquellas barracas el aspecto de un salón callejero, pero exclusivo de las clases trabajadoras.

4

A unos metros del quiosco Canaletas, Atilio vio con gran alegría acercarse a la familia Ros. Aquellas visitas también le daban una cierta paz al gerente del local, dado que eran nuevas ocasiones en las que podía devolverle el favor al padre de los dos críos. Iba a estar eternamente en deuda con aquel hombre bondadoso, a quien agradecía que le hubiera dado el préstamo cuando más lo había necesitado, sin trabas ni condiciones. Así que, para Atilio, don Ramon era poco menos que un santo que aún pisaba la tierra.

—¡Dichosos los ojos! ¡Si son don Ramon y sus cachorros! ¡Bienvenidos al quiosco más singular de la ciudad! —soltó el gran camarero, despertando en el acto el interés de Pier, el aprendiz del quiosco, que no tardó en mirar fugazmente a Agnès y ruborizarse.

—Los chicos ya te echaban de menos, Atilio, así que me he visto forzado a traerlos para no tener que escuchar sus lamentos a todas horas —soltó el padre con buen humor.

El gerente le devolvió el guiño con una expresión de cordialidad. Él, que no tenía descendencia, ya le había cogido un gran cariño a aquel par de angelitos.

—Os pongo lo de siempre, ¿no?

—¿Os apetece una soda? —preguntó Ramon a sus hijos, que respondieron afirmativamente y al unísono.

—Pier, tráeme un buen plato de patatas fritas para la familia Ros. Así, la soda les sabrá a gloria.

—¡Qué zalamero eres, Atilio! ¡Se nota que detrás de la barra estás en tu salsa! —comentó Ramon, sin perder la sonrisa.

—Ya son años sirviendo a todo quisque, don Ramon. No le voy a engañar. Esto es mi vida…

Atilio y Pier prepararon el aperitivo con calma, aprovechando que no había ningún otro cliente en el quiosco, y, para matar el rato, don Ramon jugó con Lluïset. Una vez servidos, y para amenizar la consumición, los dos hombres empezaron a charlar sobre lo que estaba sucediendo en la ciudad, no sin que antes Atilio hiciera un último comentario a los dos invitados de menor edad.

—¿Os gustaría ver cómo es el futuro? Sabéis que este quiosco es como uno de esos artilugios que aparecen en las novelas de Julio Verne, ¿verdad?

Lluís se quedó alucinado por el comentario del gran camarero, mientras su hermana tenía claro que les estaba vendiendo un cuento para niños. Pero, para el pequeño, aquellas palabras se convirtieron en realidades paralelas y el quiosco se transformó automáticamente en un cachivache propio de la conquista del espacio o del mismísimo centro de la Tierra.

—¡Sííí! —gritó Lluïset, emocionado.

—Pues venga, id por detrás, que Pier os abrirá y os hará una *tournée* por el chiringuito.

Los dos hijos de don Ramon se adentraron en el quiosco por la parte posterior, que daba al lateral de la Rambla, y Pier, sonriente, les enseñó la cafetera, el sifón que añadían a las sodas y las novedosas máquinas con las que hacían las patatas fritas. A Lluïset el quiosco le pareció como el interior de un submarino, una maquinaria casi futurista que le robó definitivamente el corazón.

Don Atilio, atento a la emoción de Agnès y Lluïset, intervino para amenizar la breve visita:

—¿Qué os parece, chicos? ¿Es o no es maravilloso?

—Es un lugar muy especial, don Atilio —comentó Agnès, algo avergonzada; sentía la mirada de Pier clavada en la espalda. Aquel chico la hacía palpitar hasta el punto de que se le cortaba el aire al tenerlo cerca. Porque, aunque aún no lo hubiera descifrado, estaba ante su primer gran amor.

—¡Algún día será mío! —soltó Lluïset, ante la sorpresa de los presentes. Que el crío sentía pasión por aquel quiosco de bebidas

— 45 —

modernista era evidente. De hecho, Atilio tenía bajo el mostrador una caja con algunas pertenencias y un dibujo que el propio Lluís le había regalado semanas antes.

—¡Vaya, tenemos a un señor propietario! —dijo una voz inesperada.

Todos se volvieron para encontrarse con un hombre de buena planta, acompañado de una preciosa niña de la edad de Lluïset. Se trataba de Isaac Pons, un burgués propietario de una empresa textil ubicada en el Poblenou, una zona a la que años atrás habían bautizado como la Mánchester catalana. El señor Pons era un hombre de buen ver, ataviado con un discreto bombín y un impecable traje a juego, aunque su porte no era el de un vanidoso ricachón de los que solían acercarse despóticamente al quiosco en su ruta por los bancos de la zona.

La expresión corporal de aquel hombre daba a entender que la riqueza no determinaba su compostura y que, tras las buenas telas, se escondía un individuo amable y deseoso de formar parte de un bien superior.

Las facciones de Isaac eran equilibradas y sutiles, confiriéndole un atractivo innegable, y si a la excelente primera impresión se le sumaba una mirada de tonalidad miel limón, el equilibrio resultaba casi perfecto. De hecho, sus ojos se aclaraban casi por arte de magia cuando el influjo solar jugaba a despejar el cielo manipulando las nubes. Con una expresión cálida, amable y cautivadora, parecía un galán de Hollywood en sus primeros pasos como estrella del celuloide.

Por su parte, Laura Pons, la hija del amable cliente, había heredado la belleza de su progenitor, aunque con el poder de deslumbrar al entorno gracias a unos infinitos labios brillantes y carnosos y una mirada almendrada típica de las regiones italianas. De piel algo olivada, en contraposición a la de su padre, daba la impresión de que se trataba de una aparición angelical.

Laurita era la fusión perfecta entre distintas culturas e irradiaba un profundo misticismo ancestral a una edad muy temprana. Vestida con un hermoso aunque discreto traje de punto blanco, a Lluïset le pareció una hermosa hada de los bosques irlandeses perdida en la gran ciudad. Provista de un elegante recogido capilar que favorecía la calidez de su expresión, según el juego de luces y sombras, desprendía una sutil elegancia nórdica. El creador de aquel maravilloso peinado solo podía ser calificado de maestro.

Y Lluís, que jamás se había fijado tanto en una niña, deseó poder cogerla de la mano al instante para, con una fugaz mirada, invitarla a dar un largo paseo por aquella avenida que llevaba en el corazón.

Atilio se quedó desconcertado durante unos instantes por la interrupción del caballero, pero pronto despertó del letargo al sentir que en ningún caso había sido impertinente o que había faltado al respeto a don Ramon. Así que lo atendió con total normalidad. Él era el responsable de aquel lugar y nadie le vacilaba a otro cliente, por muy forrado de pesetas que pudiera estar. Para eso existía el derecho de admisión.

—Qué les sirvo, caballero…

—Me han hablado maravillas de su café, así que me decanto por uno corto. Por otra parte, creo que mi hija podría preguntarle al futuro dueño del quiosco cuál es su recomendación. Estoy seguro de que sabrá orientarla de la mejor manera. ¿Le parece bien, señor propietario? —soltó Isaac Pons, con mucha empatía y mano izquierda.

Lluís sintió cómo le subían los colores; lo mismo que le sucedía a su hermana cuando estaba en presencia de Pier. Un rubor que no había sido causado por la broma del nuevo cliente, sino por la simple presencia de la niña. ¿Había caído entonces en las redes de aquello que todos llamaban amor? Fuera cual fuese la respuesta, era incapaz de apartarle la mirada.

—Pues… yo le serviría un granizado de fresa, don Atilio.

El gerente asintió con elegancia y se dispuso a atender a los nuevos clientes, mientras Agnès y Lluïset salían del interior del quiosco para regresar con su padre.

La cafetera del quiosco silbó sonoramente al tiempo que el vapor salía a presión y avisaba a la Rambla entera de que el café estaba recién hecho. Isaac Pons, fascinado por lo que estaba viendo, quiso indagar un poco más sobre aquel artilugio casi futurista.

—Disculpe..., no querría entrometerme donde no me llaman, pero ¿dónde podría comprar una maravilla como esta?

—Mucho me temo que tendrá que ir hasta Italia, caballero. El dueño del quiosco la compró en la elegante Cinzano de Turín. Es lo último en cafeteras, ¡pura maquinaria puntera! Pruebe el café, pruebe..., a ver qué le parece.

Issac Pons degustó el cálido mejunje antes de quedarse boquiabierto. Aquel era, sin duda, el mejor café que había probado en toda su vida. La textura, el sabor, la cantidad en la pequeña taza... Una pura armonía para los sentidos.

—Solo le diré que acaba de ganarse un fiel cliente para años. El café es una de mis perdiciones, y este, se lo digo con la mano en el corazón, es el mejor que jamás he degustado... ¡Qué mano tiene usted, señor!

Atilio le agradeció el cumplido, aunque cambió rápidamente el semblante.

—Ya pueden irse preparando, porque la tranquilidad ha terminado, caballeros —murmuró el gerente a los dos padres de familia—. En cinco minutos verán cómo se pone este tinglado... Quien avisa no es traidor. Luego no me vengan con milongas...

—¿Qué sucede? —preguntó inocentemente el burgués, que era nuevo en las dinámicas sociales y en el humor de la zona.

—Pues que el sonido de la cafetera se escucha por toda la Rambla y, ahora que los vecinos saben que el café está recién hecho, el quiosco no tardará en llenarse. No falla. Y no les engaño si les digo que en un día llegamos a servir hasta mil cafés...

Tal y como el gerente había advertido, el pequeño local callejero no tardó en abarrotarse y fue engullido por una pequeña aglomeración de adictos a la amarga infusión de tonalidad nocturna.

Pese al gentío, don Ramon optó por distraerse con sus hijos, mientras Isaac Pons hacía lo mismo con su hija, pero con mayor dificultad. Se notaba que no estaban tan unidos como la familia Ros Adell.

Con el quiosco de nuevo vacío, en un momento en el que el silencio mostraba sus credenciales, el burgués intentó romper el hielo. Se veía a la legua que tenía ganas de conversar con algún igual.

—Disculpe que le moleste, caballero. Antes no he pretendido importunar a su hijo. Solo era una broma con la mejor de las intenciones.

Don Ramon aceptó de buen grado la explicación. En ningún caso se había molestado.

—No se preocupe. Mi hijo está decidido a convertirse en el dueño de este lugar. Desde que lo conoció, es una idea que ni su madre ni yo le hemos podido sacar de la cabeza.

El burgués sonrió comprendiendo perfectamente el ímpetu infantil. Él mismo había tenido un carácter parecido al del pequeño.

—Permítame que me presente como Dios manda. Mi nombre es Isaac Pons, y esta señorita es mi hija Laura, de diez años.

Al escuchar la edad, Lluïset intervino casi inconscientemente.

—Yo también tengo diez años… No hace mucho que los he cumplido…

—Entonces seguro que os vais a llevar a las mil maravillas. Laura es nueva en la ciudad. Podríais jugar un poco mientras los adultos conversamos de cosas aburridas. ¿Qué os parece?

Los dos niños asintieron y, junto a una Agnès que se encargó de vigilarlos en todo momento, los dos hombres iniciaron la cordial conversación.

—Disculpe que me haya saltado el turno de presentaciones. Mi nombre es Ramon Ros y, como habrá deducido, soy el padre de estos dos jovencitos. Aunque no sé qué decir de Agnès, que ya hace tiempo que ha dejado la niñez —comentó don Ramon mientras le hacía un guiño a su hija.

—¿Y a qué se dedica, señor Ros?

—Soy capataz en la Maquinista Terrestre y Marítima…

—Entonces estará familiarizado con el hierro y las locomotoras. Déjeme decirle que siempre me han parecido unas creaciones fascinantes.

—Créame que lo son… Es todo un mundo, señor Pons… ¿Y usted? ¿A qué se dedica, si no es mucha impertinencia?

—¡Impertinencia ninguna! Siéntase cómodo de preguntarme lo que quiera. Por decirlo de una forma, yo me dedico a capitanear.

—¿A qué se refiere?

— 49 —

—Mi padre, que en paz descanse, me dejó una pequeña fábrica textil en Poblenou. Como soy hijo único, me ha tocado responsabilizarme del patrimonio familiar. Se trata de una gestión de despachos y, siéndole franco, a veces me resulta de lo más soporífera...

—Pues ya le cambiaría el cargo de vez en cuando... —soltó Ramon Ros, provocando la carcajada amistosa de su interlocutor.

Antes de que pudiera tomar el turno de palabra, entre el gentío se escurrió un pequeño ladronzuelo de unos doce años que, aprovechando el despiste del burgués, le cazó al vuelo la cartera antes de salir corriendo.

Isaac Pons fue incapaz de reaccionar a tiempo por la rauda maestría del ladronzuelo, pero don Ramon, que estaba acostumbrado a ese tipo de situaciones, no tardó en intervenir.

—¡Eh! ¡Mocoso! ¡A quién crees que le estás robando! —gritó ante la atenta mirada de los demás clientes, de los niños, de Atilio y de Pier.

El ladronzuelo hizo caso omiso a la amenaza y siguió corriendo, hasta que escuchó las palabras clave. El código verbal lo cambió todo.

—¡Si no vuelves ahora mismo, hablaré con Emiliano! ¡¿Me estás escuchando?!

El pícaro frenó en seco. El nombre de Emiliano aterrorizaba a todos los menores que precisamente trabajaban para él. Se trataba de un proxeneta que tenía una pequeña legión de críos que se dedicaban a afanar carteras, relojes de cadena y alguna que otra joya. Un tipo que, curiosamente, en sus inicios pidió dinero prestado a don Ramon para una buena causa. El hermano de Emiliano, a quien todos conocían como el Arcángel —junto a su hermano proxeneta, creció en varios orfanatos de la ciudad—, había caído enfermo a consecuencia de unas fiebres altas, que lo tenían al borde de pasar a mejor vida. El tratamiento médico no era económico, por lo que el proxeneta acudió a don Ramon, el único prestamista decente de la zona. Había otros tipos que se dedicaban a lo mismo, pero eran unos ladrones de mucho cuidado, y tratar con ellos hubiera supuesto tener que hacer demasiadas concesiones. Y Emiliano no estaba dispuesto a perder terreno, por mucho que se tratara de una urgencia consanguínea. Así que, desde aquel episodio, Ramon Ros se había convertido en alguien intocable por sus hombres.

Tras escuchar el nombre del malnacido que lo tenía sometido, el ladronzuelo se lo pensó unos instantes y, tomando una sabia decisión de presente, se acercó al padre de Lluís para devolverle la cartera que había robado al burgués. Al verlo con la cabeza gacha, don Ramon supo que el crío estaba arrepentido. Lo que podría hacerle Emiliano al enterarse era un castigo que no hubiera querido ni para el peor de sus enemigos.

—Tranquilo, chico… Emiliano no sabrá nada, pero no te lo diré dos veces. Ya puedes ir corriendo la voz de que nadie debe operar por el quiosco Canaletas. ¿Me comprendes? Esta es buena gente y no merece que los dejéis sin blanca. ¿De acuerdo?

—Sí, señor —se limitó a decir el chaval, sin levantar la cabeza.

—Anda, vete y que no vuelva a verte por aquí…

El ladronzuelo no tardó ni un segundo en desaparecer como un rayo ante la atenta mirada del resto de los clientes, que en apenas unos segundos volvieron a lo suyo. Nadie comentó nada, dado que la gran mayoría de los presentes sabían muy bien quién era el señor Ros.

—Tome, buen hombre. Debe tener cuidado, porque por aquí está lleno de críos que le dejarán pelado. No se lo tenga en cuenta. Hacen lo que les ordenan, y ellos no son más que unas víctimas de la situación.

—¡No sabe cuán agradecido le estoy, señor Ros! Hubiera supuesto un importante contratiempo perder la documentación que llevo encima. Déjeme que se lo agradezca pagando sus consumiciones. Es lo mínimo que puedo hacer como muestra de agradecimiento.

Al escuchar la propuesta, Atilio intervino al instante:

—¡Ni se le ocurra abrir la cartera! ¡De la familia Ros ya se encarga siempre un servidor! ¡No toque a mis protegidos!

El burgués asintió contrariado.

—Entonces acepte de nuevo mi agradecimiento. Estoy seguro de que volveremos a vernos. Este café es una auténtica delicia

— 51 —

y, ahora que ya sé a qué peligros atenerme, mis paseos por la zona serán más plácidos. Gracias de nuevo por haber recuperado mi cartera.

—Ni se preocupe, señor Pons. No ha sido nada —sentenció don Ramon antes de llamar a sus hijos y dar por terminado el largo paseo del día—. Bueno, Atilio, un placer, como siempre. Y a usted, caballero, le deseo lo mejor hasta la próxima —dijo Ramon, tendiéndole la mano para dar por finalizado el encuentro.

—Lo mismo digo, señor Ros.

Tras la despedida, Lluïset, Agnès y su padre tomaron el camino de regreso a casa, en la calle Tallers, que se encontraba muy cerca del quiosco. A los pocos metros, sorprendido por una especie de intuición, el heredero de los Ros Adell se volvió para observar por última vez a Laura.

Casualmente, la niña ya lo estaba mirando y no dudó en sonreírle. A Lluïset aquel inocente gesto le supo a gloria y comprendió que su camino ya estaba trazado.

Ahora no solo tenía claro que algún día el quiosco sería suyo, sino que se prometió a sí mismo que aquella niña se convertiría en su futura esposa. Sí, podía parecer precipitado, pero si en algo destacaba Lluïset era en que siempre cumplía con lo que se proponía.

Antes de que el sol empezara a claudicar y perdiera la característica intensidad de las caricias del atardecer, Ricardito llamó a la puerta de los Ros con la intención de pasar un rato con el pequeño de la casa. Dejándose llevar por una rutina siempre pactada, el heredero de los Morales solía ir a buscarlo de vez en cuando para compartir un rato en la azotea o por las calles cercanas a las Ramblas.

A decir verdad, el pequeño de los Ros sentía cierta admiración por Ricardito, posiblemente porque se había espabilado a temprana edad en aquello de vender periódicos en la gran vía barcelonesa. Su padre, en cambio, era reacio a que se vieran con demasiada frecuencia, por miedo a que su vástago se contagiara de lo de olvidarse de los estudios; el hijo de uno de sus empleados más preciados no era la mejor de las influencias. Pese a las reticencias, don Ramon toleraba aquellos encuentros por lealtad y respeto a su trabajador, y porque el chaval, después de todo, tenía un corazón que no le cabía en el pecho. En la fábrica, todos eran como una familia y, en consecuencia, el aprecio se extendía a los allegados.

—Pasa, hijo, que Lluís está terminando de recoger sus cosas. Creo que quiere enseñarte sus dibujos y ya sabes que valora tu opinión, así que no me lo desanimes mucho, que lo veo muy ilusionado con esto de pintar. Mejor que le dé al lápiz a que se nos pierda por las calles del distrito —comentó doña Rossita con la intención de aliarse con el invitado.

—Es muy bueno en lo de pintar, señora Adell. Ya se lo digo yo siempre...

La madre de Lluïset sonrió por la amabilidad del niño y, antes de que pudiera seguir con las ligeras advertencias, su hijo salió de la pequeña estancia que compartía con Agnès dispuesto a pasar un buen rato con el chico de los periódicos.

—Listo. ¿Vamos? —comentó el pequeño de los Ros en presencia de la madre, que no quiso perder la oportunidad de averiguar a dónde tenían pensado ir. Por edad, a Lluïset aún no le tocaban muchas horas de callejeo.

—¿Y a dónde vais a ir, si puede saberse?

—A la azotea. No se preocupe, que apenas nos vamos a alejar —dijo Ricardito, con la intención de ganarse definitivamente el favor de la madre de su compañero de batallas.

—Pues anda, tomad estas tostadas que os he preparado y unas onzas de chocolate, que «pan con pan es consuelo de tontos».

Los dos niños rieron por la ocurrencia de la matriarca y abandonaron el piso para subir brincando las vetustas escaleras que llevaban a la azotea del inmueble. Lluïset hurgó en una ranura del último escalón y extrajo una llave medio oxidada que abría el acceso al exterior.

Y, sin más, arrancaron a saltar como locos por lo que consideraban su reino de los cielos. Allí, entre ropa tendida, palomares construidos en estrechas parcelas y vecinos tomando el fresco, Barcelona parecía otro mundo. Existía el imperio de las calles,

— 53 —

pero también el océano de los tejados, un espacio solo disponible para los más atrevidos y los que no les importaba sentir el aire húmedo que el mismo oleaje del puerto enviaba hacia las entrañas de la ciudad.

—¡Venga, vamos hacia las Ramblas! En el último edificio de la calle la vista es inmejorable —comentó Ricardito, emprendiendo el vuelo hacia el paseo por el que sentía una gran devoción.

Los dos críos, con agilidad y actitud temeraria, saltaron de edificio en edificio por aquellas medianeras que conocían de antemano. Solo el último tramo, a decir verdad, era algo peligroso, pero el joven repartidor de periódicos era perro viejo en aquellos menesteres y sabía dónde se escondía un tablón lo suficientemente resistente para que les sirviera de pasarela. Las vistas, pese al riesgo de desplomarse, bien merecían la pena, y cruzar aquel tramo era como estar en un barco pirata y caminar por la plancha antes de ser arrojado a los tiburones.

Superado el contratiempo, llegaron al alféizar del último edificio de la calle y, apurados para aprovechar al máximo la luz de la tarde, se sentaron en unos escalones muy empinados para repartirse la merienda. Entre los mordiscos al chocolate y la buena compañía, disfrutaron de un instante irrepetible. Si algo tenían claro era que nada volvía a ser exactamente igual a como se vivía, por lo que cada momento era único e irrepetible.

Tras terminarse su parte de la merienda, Ricardito extrajo del interior de su americana infantil, recosida cientos de veces, un sobre desgastado. Sin prisa, lo abrió para enseñarle a su amigo un fajo de postales y recortes de periódico con fotografías callejeras de las Ramblas.

—¿Quieres ver lo mejor del mundo? —preguntó el chico con la intención de compartir su pequeño secreto.

—Claro, ¿a ver? —soltó Lluïset mientras cogía las postales y los recortes que su amigo le iba dando después de que este les echara primero una mirada—. ¿Cómo es que tienes tantas fotografías?

—Porque de mayor seré como Brangulí, Mas o los Napoleón.

—¿Los Napoleón de las Ramblas? ¿Los fotógrafos?

—Esos…

Lluís resopló al conocer el sueño de su amigo. Ser fotógrafo era realmente difícil en una época en la que el arte de la inmortalidad estaba al alcance de muy pocos.

—Tú quieres dibujar, ¿no? —preguntó Ricardito, consciente de que ambas modalidades artísticas no estaban tan alejadas.

—¡Claro! ¿Quieres ver alguno de los nuevos dibujos que he hecho? —preguntó Lluïset, aprovechando que su amigo había sacado el tema.

El heredero de los Morales asintió enérgicamente. Con cierta timidez, el pequeño de los Ros le dejó ver algunos esbozos de la libreta que solía usar para hacer sus composiciones. Ricardito los miró con atención.

—¡Madre mía, chaval! ¡Mejoras a la velocidad del rayo! Yo diría que esto se te va a dar muy pero que muy bien.

Lluïset se sintió feliz por el comentario de su amigo; valoraba muchísimo su criterio. Él, que trabajaba vendiendo papeles mal impresos, solía ver muchas ilustraciones y fotos en los periódicos, por lo que tenía buen ojo para determinar si algo tenía algún valor.

—¿Sabes, Lluïset? No estamos tan alejados tú y yo... Dibujar y fotografiar tienen cierto parecido, así que puede que ambos lo logremos algún día.

—¡Dios te oiga! Es lo que más me gustaría.

Ricardito asintió antes de extraer del bolsillo de la americana un paquete de tabaco casi vacío y encenderse un cigarrillo. Tras unas profundas caladas, soltó el humo emulando una de las larguísimas chimeneas de las fábricas del distrito.

—¿Quieres? ¿O aún no te has decidido? —preguntó el joven de mayor edad para hacerle rabiar. En el fondo, admiraba que Lluïset se mantuviera firme y no sintiera debilidad por un vicio carente de beneficios.

—Mejor no. Todo para ti...

Ricardito sonrió satisfecho de la respuesta de su amigo y volvió a mirar las postales y las fotos que guardaba como si fueran un preciado tesoro.

—Algún día fotografiaré estas calles... Nadie mejor que nosotros para enseñarle al mundo dónde pasamos nuestra infancia.

Lluïset no dudó en apostillar la promesa que su amigo acababa de lanzar al aire:

—Entonces yo prometo retratarlas...

Ambos se miraron unos instantes antes de soltar una sonora carcajada por el acuerdo al que acababan de llegar. Quizá nunca conseguirían sus sueños, pero nadie iba a arrebatarles aquellos instantes de fraternidad infantil en los que creían que todo era posible y que nadie podría pararles los pies. Las Ramblas, bajo el embrujo del anochecer, era el lugar idóneo para creer en los milagros.

Aquel par de críos, pese a jugar con una notable desventaja respecto a los descendientes de los más acaudalados, poseían algo mucho más valioso: la capacidad de jugárselo todo a la simple consecución de sus deseos.

5

1909

A raíz de aquel primer encuentro, en el que don Ramon logró lo imposible e Isaac Pons se libró de pasar por el apuro de quedarse pelado como una rata, los dos padres de familia empezaron a coincidir en el quiosco de las Ramblas.

Atilio, siempre amable y dispuesto a que el hombre que lo había rescatado de sus problemas familiares se sintiera como en casa, no dudó en dar rienda suelta a su don de gentes para que los dos hombres empatizaran café tras café.

Isaac era capaz de engullir varias tazas de un mejunje que le recordaba a su admirada Italia, a su gente y sus delicias culinarias, y don Ramon disfrutaba de una soda americana que solía compartir alegremente con sus hijos.

Agnès poco a poco empezó a decantarse por la zona de la barra en la que Pier simulaba trabajar mientras se le caía la baba con la joven de los Ros, y Lluïset, cada vez más obsesionado con aquel paraíso de las bebidas urbanas, se sentaba junto a Laura Pons, a pocos metros de la fuente de Canaletes, para esbozar infinitas perspectivas del quiosco en su cuaderno de dibujo. La pequeña admiraba la destreza de Lluïset, y este, convencido de que algún día aquella magia de la arquitectura modernista sería de su propiedad, hablaba por los codos para convencerla de que el futuro, juntos, estaba en aquel lugar.

Laura, al escucharlo, se ruborizaba en cuestión de segundos y apenas conseguía aguantarle la mirada a un crío con aires de emprendedor y pasión de artista del Renacimiento.

Los encuentros del fin de semana se convirtieron en un hábito ineludible, y la amistad de Ramon e Isaac se forjó desde la más profunda empatía y el mayor de los respetos.

El recién llegado a la ciudad tenía al prestamista como un hombre de honor, capaz de dar lo suyo a quien necesitaba verdadera ayuda, y el tema de los préstamos sin recargo se convirtió en una cuestión de gran interés para el empresario. En cierta forma, él también sentía la imperiosa necesidad de ayudar al prójimo, quizá como válvula de escape emocional a una vida en la que el sentido del vacío lo atrapaba desde las fases de su sueño más ligero. Sin pronunciarse al respecto, comprendía perfectamente lo que había llevado a don Ramon a compartir toda su fortuna con auténticos desconocidos.

Aquellas largas semanas crearon un ambiente casi perfecto, haciéndoles sentir que vivían arropados por una mítica y luminosa ciudad. La situación social y la obrera seguían siendo un polvorín, siempre a punto de estallar en mil fragmentos, pero en las Ramblas la vida parecía reducirse a un submundo que conducía siempre hacia el mar, un lugar donde poder expiar los pecados y empezar de cero. El mundo era gigantesco, infinito, pero quien deambulaba habitualmente por aquella vía urbana no necesitaba nada más. La humanidad en todas sus expresiones quedaba reflejada en el paseo preferido de los barceloneses. Y, en cierta forma, ambas familias se sentían partícipes de aquel juego de virtudes que se había desarrollado durante siglos en el mejor enclave del mundo.

Ricardito y Lluïset se sentían emocionados tras haber merendado nuevamente en casa de los Ros. Como era habitual, el hijo de Miguel Morales había cumplido con el ritual alimentario como condición *sine qua non* para estar un rato con su amigo.

Desde que había empezado como repartidor de periódicos, los estudios habían pasado a un segundo plano, o mejor dicho, al plano del olvido eterno. Al chico no le apetecía perder su tiempo hincando los codos, y la vida callejera, centrada en las Ramblas, se había convertido en su particular deleite.

— 58 —

Y es que vender periódicos no solo le hacía ganar unas monedas cada día, sino que consideraba el tiempo que pasaba en la gran vía barcelonesa como un aprendizaje vital de alta categoría. Entre clientes y conocidos, aquel chico siempre era bien recibido, y todos conocían su pasión por los fotógrafos más reconocidos de la época.

Aquel día, la irradiante emoción de los dos muchachos tenía todo el sentido del mundo. Ricardito había escuchado que el célebre Josep Brangulí, popularmente conocido como el Prestidigitador de Barcelona, estaba enfrascado en una sesión fotográfica en la parte baja de las Ramblas, cerca del monumento a Colón. Aquel admirado profesional, especializado en captar la realidad barcelonesa, era de los pocos que habían sido capaces de inmortalizar las profundas mutaciones sufridas en la Ciudad Condal desde principios de siglo. Sus instantáneas eran pura vida, con alma y veracidad.

Brangulí ocupaba un puesto preferente en el heroico pódium del pequeño Morales por ser el único capaz de desplazar con imaginación todos los elementos urbanos para conseguir una composición simplemente perfecta. La vida bailaba con el movimiento, era dinámica y gentil, y Brangulí sabía cómo colocarse en cada toma para adquirir la mejor perspectiva. Era simplemente un genio de la inmortalidad.

Con el corazón a punto de salirle del pecho, Ricardito corría como si estuviera poseído por el diablo, sin olvidarse de controlar de vez en cuando a su amigo algo más pequeño, al que le costaba seguir el ritmo. Consciente de que la emoción le confería el poder de la velocidad, el pequeño Morales intentaba no alcanzar su límite para no dejar atrás a un Lluís que siempre cumplía. Allí donde se le necesitase, el hijo de don Ramon hacía acto de presencia, y su amigo lo tenía en gran estima por ello.

Sin embargo, tanta prisa no solo tenía como objetivo observar cómo trabajaba el gran prestidigitador fotográfico, sino que albergaba otros motivos de peso. Ricardito, después de mucho pensarlo, se había armado de valor para presentarse a la vacante de aprendiz anunciada en el taller de los famosos fotógrafos Napoleón. Instalados en un pequeño palacete que habían levantado de la nada tras derribar su anterior local, aquella estirpe de impecables retratistas había abierto sus puertas de par en par a los más pudientes de la ciudad para darles la oportunidad de la existencia eterna. En el número 15 de la rambla de Santa Mònica, los Napoleón hacían alarde de todo su poderío.

Llevaban en danza desde mediados del siglo anterior y se habían ganado a pulso el merecido título honorífico de ser el estudio más célebre de la capital catalana. En sus archivos podían encontrarse infinitos retratos de las clases altas y de personalidades de cada etapa histórica, así como alguna que otra instantánea picante que mantenían en la sombra para no levantar ampollas.

De hecho, se habían convertido en los fotógrafos exclusivos de la monarquía española, con sede también en la capital, así como en los únicos representantes de los hermanos Lumière en Barcelona. Durante décadas, sus cinematógrafos habían hecho las delicias de los más acaudalados.

Y esa era, precisamente, la razón por la que Ricardito quería ser su aprendiz, porque allí iba a poder conocer las mejores técnicas de retoque y captación visual, así como las máquinas más punteras del momento. Una experiencia que podría abrirle las puertas a trabajar algún día con Brangulí o con alguno de los grandes fotógrafos del momento. Solo si conocía la técnica de pe a pa sería capaz de encontrar su propio estilo.

Escurriéndose entre el gentío que se iba acumulando según se acercaban a la rambla de Santa Mònica, los dos críos alcanzaron la posición de una farola capaz de proporcionarles una visión privilegiada desde las alturas. Sin escuchar a nadie más que no fuera a sí mismo, Ricardito animó a Lluïset a trepar por la farola hasta superar la altura media de los transeúntes que admiraban el trabajo del gran inmortalizador de almas. Casi como si se tratara de un perro ovejero, cada vez que el artista daba unos pasos, la masa se adaptaba a la distancia y le seguía. Verlo en acción era pura fantasía para los sentidos.

Durante más de una hora, apreciaron la forma de trabajar del genial prestidigitador. Cuando el gentío se disolvió, se acercaron al taller de los Napoleón en busca del trabajo.

Lluïset estaba feliz de poder acompañar a su amigo, consciente de la importancia que suponía conseguir aquel empleo. Aunque le pagaran unas pocas monedas, daría un paso de gigante en sus aspiraciones, y el pequeño de los Ros conocía a la perfección cuáles eran.

Antes de entrar, Ricardo se paró en seco.

—Espérame fuera. Creo que, si me ven solo, podré convencerlos mejor. No quiero que piensen que somos dos buscavidas más que intentamos tomarles el pelo.

El hijo de don Ramon comprendió el argumento de su amigo y no dudó en seguir las instrucciones. Al fin y al cabo, lo de ser aprendiz de los Napoleón era el sueño de su colega, no el suyo.

Con todo aclarado, mientras esperaba pacientemente, Lluïset extrajo unas hojas, plegadas en cuatro partes para que le cupieran mejor en el bolsillo, y un pequeño lápiz al final de su vida útil para empezar a bosquejar el tramo de las Ramblas que tenía justo delante. Absorto en su propio proyecto, perdió la noción del tiempo, hasta que Ricardito lo despertó del letargo.

—Eh, chavalín…, ¿sabes quién es el nuevo aprendiz de los Napoleón? —soltó emocionado el hijo de Miguel Morales.

—¿De verdad te lo han dado? —preguntó Lluïset, tan conmovido como su amigo.

—¡No solo lo he conseguido, sino que ahora mismo vamos a ir a celebrarlo! ¡Venga, que te invito al dulce que quieras!

—¡Pero si apenas te llega para ayudar en casa!

—Un día es un día, chavalín, y quiero disfrutarlo con mi mejor amigo. ¿Vamos o no?

Lluïset se incorporó con un enérgico brinco y, tras guardarse el boceto en el bolsillo, echó de repente a correr para sorprender a su amigo y ponerse en primera posición.

A un dulce uno jamás podía negarse, y menos si era para celebrar una gran noticia.

El calor en la fábrica resultaba asfixiante. El metal, rugiendo de agonía, desprendía un vaho insoportable. Trabajar en la metalurgia, construyendo máquinas de tren, era todo un reto, y más cuando el clima llevaba un tiempo enrarecido. Porque no solo el calor marcaba la cadencia del trabajo y de los operarios, sino también la sensación de que algo estaba a punto de dar un giro radical.

Aquel viernes, Ramon Ros se había levantado con la mosca detrás de la oreja. El sol empezaba a golpear incluso antes de ofrecer los buenos días y, tras horas de esforzarse junto a sus hombres para terminar una máquina que debía viajar con destino al centro del país, decidió que hicieran un parón. Empapados de sudor y con una notable capa de grasa y aceite que les cubría casi todos los surcos de sus facciones, empezaron a desayunar los discretos manjares que sus esposas les habían preparado de madrugada.

Don Ramon, amante de la ligereza del huevo duro, comía con calma una de las tres unidades que Rossita Adell le había preparado, junto con una rebanada de pan de payés bañada con tomate, sal marina y un ligero chorro de aceite. Eso y las anchoas eran su perdición culinaria. Dieta mediterránea en su más pura expresión.

Antes de que pudiera devorar la última pieza, apareció una cuadrilla de soldados con semblante serio y un tsunami de gotas de sudor que descendían lentamente por el lateral de la gorra. Ver soldados por aquel rincón de la ciudad era, como mínimo, preocupante.

Poseído por las prisas, el que parecía el líder del discreto «regimiento» no dudó en truncarles bruscamente el desayuno.

—A ver, ¿aquí quién es el responsable?

Don Ramon, cauteloso, no dudó en asumir su cargo:

—Yo mismo. Usted dirá…

El soldado, resoplando, abrió la bandolera de piel que cargaba en su lado derecho y extrajo varias notificaciones. Sin pestañear, se las entregó al capataz.

—Tienen que presentarse en dos días en el muelle. Estamos en guerra y el deber les llama…

Ramon puso en el acto los ojos como platos. «¿En guerra? Pero ¿qué narices está diciendo este imbécil?», pensó sin ninguna intención de verbalizarlo.

—¿De qué guerra está hablando? La mayoría de nosotros somos reservistas y ya cumplimos con el ejército. Somos trabajadores con familia, señor…

El soldado se alisó ligeramente el bigote, sin prestar mucha atención al capataz, y siguió su exposición con un grado mayor de soberbia:

—A ver, ¿está usted sordo? ¡Le he dicho que estamos en guerra! ¡Su obligación es presentarse en el muelle para embarcar hacia Marruecos! ¡Y punto! ¡El Estado requiere su presencia para combatir en el Rif! ¡Haga el favor de no obligarnos a detenerlos por insurrección o cobardía! Si quieren librarse, sufrague las mil quinientas pesetas que ha ordenado el gobierno...

Por mucho que intentaba prestar atención, don Ramon seguía sin comprender nada, aunque optó por no entrar en un debate estéril con un individuo que lo último que quería era mostrar un ápice de empatía. Tras entregar las notificaciones, el líder de la cuadrilla militar marcó el ritmo hacia la salida, con intención de seguir reclutando a hombres a los que la guerra arrebataría su aliento y el de sus familias.

Los trabajadores, que se habían mantenido a la expectativa, se acercaron al capataz para ir recibiendo las notificaciones que iban a su nombre; entre ellos, Miguel Morales, el padre del repartidor de periódicos. La última llevaba inevitablemente el nombre del señor Ros.

Ramon, nervioso, abrió el sobre con brusquedad para leer la misiva y comprender por primera vez que había pasado por alto lo que sucedía a su alrededor. A él, lo político y las luchas de poder siempre le habían importado un pimiento, y se había centrado en la vida del barrio y en la de sus vecinos. Y ahora, por primera vez, se encontraba en una encrucijada: o se iba a Marruecos para luchar por una España con la que nunca había comulgado, o se dejaba hasta la última peseta que tenía por quedarse junto a su familia y protegerlos. El dilema era importante, aunque a nivel moral lo tenía más que claro: los suyos eran su máxima prioridad.

Según la notificación que le había entregado el militar, la obligación de hacer acto de presencia estaba vinculada a la guerra de Marruecos, un conflicto armado que el gobierno de Madrid mantenía en el protectorado del Rif para defender los intereses de las grandes oligarquías afines al régimen. El problema se había originado con la nefasta organización militar española; tras una serie de duras derrotas, el ministro de la Guerra tuvo la genial idea de solucionar el entuerto con la movilización de refuerzos, sin importar la edad o la condición. Por esta razón, cuarenta mil hombres debían salir de la ciudad con total premura y con la intención de que los marroquíes claudicaran por temor a la patria histórica. La guarnición de Barcelona incluía a los reservistas, que en general eran padres de familia y trabajadores de a pie que ya habían hecho el servicio militar y no disponían del capital con el que librarse del conflicto armado. Como solía decirse por las calles más humildes de los distritos cercanos al mar, todo era cuestión de dinero: «Pagando, san Pedro canta».

La situación pendía de un hilo y Ramon entendió que debía hacer cualquier cosa por no dejar en la estacada a los suyos, de modo que dio por terminado el turno y mandó a todos sus hombres a casa para que pudieran gestionar lo mejor posible la situación.

Sin perder tiempo, el paterfamilias de los Ros cargó en una bolsa de tela todas sus pertenencias y se encaminó hacia la calle Tallers para contarle las malas noticias a Rossita y, sobre todo, empezar a trazar una estrategia para salir del apuro.

El primer embarque de tropas en el puerto de Barcelona con destino a Melilla se produjo el 12 de julio, a bordo de los vapores Montevideo y Buenos Aires. El muelle se convirtió rápidamente en una colmena de soldados aterrorizados, esposas desconsoladas y criaturas gimiendo a moco tendido.

Durante los siguientes días, partieron más buques hacia un destino incierto y se produjeron alborotos bajo el lema de «Abajo la guerra». Ningún civil estaba tranquilo y fueron muchos los soldados que arrojaron y pisotearon los presentes ofrecidos por las damas de alta alcurnia. Como si fueran tan idiotas que un obsequio en mano los animase a viajar hacia la muerte.

Mientras los barcos surcaban temerariamente el oleaje con la intención de llevar a cientos de hombres hasta un conflicto armado en que tenían todas las de perder, don Ramon removía cielo y tierra para conseguir las mil quinientas pesetas que necesitaba para librarse de ir al frente. Una tarea nada fácil.

Tras contar con su esposa el dinero que les quedaba y reunir un total de mil pesetas, el prestamista no tuvo más remedio que intentar recuperar una parte de lo que había ido concediendo a los más necesitados. Las arcas de los Ros estaban bajo mínimos porque a todo el mundo le costaba horrores saldar las deudas. Las familias humildes recurrían a él por un motivo de imperiosa necesidad, y su capacidad de devolver parte de lo percibido se reducía a lo imposible.

Para conseguir acelerar el proceso, don Ramon optó por ir en busca del Tuerto, un navajero del barrio por el que sentía un afecto especial. Años atrás, cuando apenas era un niño de diez años, su madre, una conocida prostituta del Distrito V, le había pedido ayuda. A la desesperada, quería someterse al tratamiento de un curandero que estaba de paso y que parecía ser su salvación. La mujer sufría una enfermedad terminal, por lo que se trataba de ceder a la sangría del matasanos sin título o dejar solo a un pobre Pablito sin oficio ni beneficio. Desgraciadamente, la mujer expiró antes de lo esperado, y Ramon trató de ayudar a un crío que, rabioso con el destino, acabó presa de las fauces de un barrio inclemente y hostil. Pablo pasó a enrolarse en una de las bandas que vivían del saqueo por los terrados del gueto barcelonés, con tan mala suerte que en una reyerta perdió un ojo. El Tuerto respetaba a don Ramon como si fuera su propio padre, no olvidaba lo que el prestamista había hecho por su madre. Siempre que este lo reclamaba, el delincuente acudía en su ayuda sin preguntar de qué se trataba.

El Tuerto era un joven fornido, de veinte años y de facciones duras pero equilibradas y el torso de metal. Como recuerdo de los infinitos desencuentros que había tenido desde pequeño, destacaba por una nariz aplastada y desproporcionada que le daba el aspecto rudo de un guerrero ateniense. De cejas pobladas, oscuras y descendentes, a simple vista parecía un boxeador con los años de experiencia grabados en el rostro. Pese a la dureza de su expresión, su mirada dejaba entrever una bondad que solo había mostrado al paterfamilias de los Ros Adell.

La difícil infancia de Pablo había determinado sin remedio su extrema capacidad de supervivencia, y don Ramon había asumido con el tiempo el papel de tutor.

Con el conflicto social creado por una incendiaria llamada a filas, don Ramon pidió al delincuente que visitara la larga lista de personas a las que había ayudado, explicándoles la urgencia de la situación. Si podían adelantar algo de lo que debían, les estaría esperando un día antes del embarque hacia Marruecos en el quiosco de las Ramblas. Aquel enclave se había convertido en su lugar de confianza, y Atilio había insistido en que el local a pie de calle era el mejor lugar para recibir los adelantos de sus «clientes».

Con la lista en la mano, el Tuerto no dudó en llamar puerta por puerta a todos los implicados para rogarles que ayudaran al que en su día se había convertido en su benefactor.

La voz corrió como la pólvora y muchos fueron los que acudieron al quiosco en señal de respeto al hombre que cuidada de su gente. El señor Ros era muy querido en el Distrito V, y los vecinos hicieron un esfuerzo sobrehumano para no dejarlo en la estacada. Algunos apenas pudieron devolverle unas pesetas y otros saldaron la deuda casi por completo, conscientes de que la situación sociopolítica podía engullir al hombre que les había tendido la mano por puro altruismo.

En unas horas, con la ayuda de Atilio —se encargó de controlar la larga cola que se formó en la rambla—, don Ramon consiguió el dinero que le faltaba para librarse de las dunas y del calor asfixiante. Y le fue por los pelos, porque las pocas noticias que llegaban del lejano territorio africano no eran en absoluto alentadoras; los combatientes con la bandera nacional caían como moscas.

La tarde previa al embarque, el prestamista se presentó en la capitanía del muelle más cercano para pagar el «impuesto» que le daría la oportunidad de alejarse de una travesía incierta.

Ante la mirada de muchos hombres que conocía, entre los que estaba Miguel Morales, don Ramon tuvo que morderse la lengua y mantenerse firme por su familia. Odiaba no ser uno más, como siempre lo había sido, pero no podía dejar a los suyos de lado. Apenas le quedaban reservas económicas en casa, pero había cumplido con el Estado y, tras conseguir comida para aguantar unos días, su intención era encerrarse en el hogar familiar hasta que todo hubiera pasado. El primer objetivo para salvar el pellejo estaba cumplido.

Antes de que don Ramon se recluyera en casa con su familia para protegerlos de los posibles altercados, se produjeron varias manifestaciones en contra de la guerra, que fueron disueltas con brutalidad por la policía. La atmósfera de revuelta popular crecía a pasos agigantados y se convocó una huelga general que acrecentaba el riesgo de tensión y violencia en las calles.

Desde el terrado del edificio de la calle Tallers donde vivía la familia Ros, don Ramon y su hijo Lluïset observaban la aparente tranquilidad de las calles. No había ni un alma en la zona, más allá de los puntos calientes en que las reivindicaciones eran cada vez más virulentas.

El lunes 26 de julio, nadie acudió a sus obligaciones laborales; las fábricas, los negocios y los talleres se convirtieron en simples esqueletos sin alma.

El Tuerto, siempre fiel al servicio de don Ramon, consiguió un ejemplar de un periódico para tener más información sobre lo que estaba sucediendo. En apenas cuatro líneas, *La Publicidad* informaba de la inminencia de una huelga general pacífica y ordenada, aunque aquel iba a ser el último artículo que se publicaría hasta una semana después, con la tragedia ya bajo control.

Aquellas líneas dejaron a don Ramon muy preocupado por todo lo que acontecía. Por un lado, no podía dejar de pensar en la mala suerte de sus compañeros que habían tenido que ir al frente, obligados por el Estado. Padres de familia como él que no habían tenido la oportunidad de librarse de un compromiso mortal por una simple cuestión económica. Por otro lado, ¿cómo iba a proteger a su familia, si aquello se alargaba? En algún momento tendría que salir en busca de alimentos para abastecer las necesidades mínimas. Y pisar la calle suponía arriesgarse a ser víctima del fuego cruzado entre civiles y militares.

Irremediablemente, el paro general se convirtió en la dinámica que agitó la ciudad. Solo circulaban algunos tranvías protegidos por los cuerpos policiales como si fueran auténticos lingotes de oro, aunque numerosos huelguistas, identificados con un lacito blanco en la solapa, pusieron todo su empeño para bloquearlos. Desde las alturas, don Ramon tuvo la oportunidad de observar que los enfrentamientos aumentaban a cada hora. Aunque suponía un peligro mayúsculo bajar a la calle, quiso aventurarse en compañía del Tuerto para contemplar en persona el curso de los acontecimientos.

Como era de esperar, la voz popular se expandió a un ritmo frenético y pronto supo la familia Ros que el capitán general acababa de proclamar el estado de guerra. Las tropas empezaron a tomar las calles, y la mayoría de la población, a encerrarse en sus precarios hogares.

A don Ramon aquella situación le recordó a la mítica Revolución francesa que había releído cientos de veces en los libros de historia que encontraba en los puestos de segunda mano de las Ramblas, y el miedo se le metió hasta los tuétanos. Él era un hombre pacífico que deseaba criar a sus hijos bajo el influjo de la bondad y el respeto por los demás, y un conflicto armado mostraba todo lo contrario.

A la mañana del siguiente día de huelga, pudo contemplar desde el terrado más cercano a la rambla de Canaletes cómo una frondosa manifestación, formada mayormente por mujeres y niños, bajaba por la gran vía barcelonesa con gritos de tendencia revolucionaria y vivas al ejército. La intención era que los soldados empatizaran con los civiles, pero el gentío no tardó en disolverse virulentamente por culpa de la feroz insistencia de los cuerpos policiales. Era indudable que la huelga se les había ido de las manos a unos y a otros, y que los ánimos empezaban a dar un giro peligroso hacia una revuelta social con todas las de la ley.

Por miedo a que la animadversión en las calles se apoderase de las personas de a pie, la familia Ros Adell decidió quedarse definitivamente encerrada en casa. Las horas transcurrían con una lentitud hipnotizante; la tensión y el miedo podían cortarse con un afilado cuchillo. Lluïset, absorto en su propio mundo, se volcó en dibujar cientos de bocetos del quiosco que tanto amaba y de Laura, la heredera de la familia Pons, con la que estaba seguro de que algún día iba a casarse. No quería mostrar sus deseos en voz alta para evitar las preguntas siempre molestas de su madre y su hermana, pero al menos tenía la oportunidad de recordarla con sus dibujos. Quizá no fueran muy buenos, pero se sentía capaz de visualizar a su amada en un simple borrón de carboncillo.

Entre aquellas cuatro paredes apenas se sabía nada de lo que sucedía en el exterior, y la falta de información aumentó los temores del padre y la madre. Don Ramon intentó que el Tuerto le consiguiera algún ejemplar de la prensa extranjera en la Librería Francesa de la Rambla, pero las colas eran de tal extensión que al delincuente le fue imposible obtener noticias antes de que empezaran a mirarlo mal. Su fama le precedía y, pese al estado de alerta generalizado, lo de juzgar a los demás seguía siendo un mal hábito nacional.

A los tres días de reclusión, don Ramon tomó cartas en el asunto y se aventuró a bajar a la calle para acercarse a la tienda de comestibles de Josep, el único comerciante que había tenido el valor de abrir entre horas para abastecer a sus vecinos. Casi furtivamente, el líder de los Ros consiguió harina, huevos, leche, algún manojo de verduras y algo de panceta para subsistir hasta que los mercados volvieran a abrir las tiendas. Aunque para eso aún tendría que transcurrir prácticamente una semana.

Para paliar las horas de espera, algunos vecinos empezaron a pasar más tiempo del habitual en los terrados, con la intención de compartir información y darse apoyo mutuo. Todos estaban asustados por lo que podía llegar a suceder y la camaradería de la vecindad adquirió un matiz puramente humano. En situaciones extremas, el calor de otra persona podía ayudar a soportar el peso del miedo, y aquel grupo de barceloneses bien lo sabía.

Según unos y otros, la revuelta estaba adquiriendo un signo claramente anticlerical. La mayoría de los manifestantes se enfrentaban a una Iglesia que seguía rindiendo pleitesía a los acaudalados y que era implacable con aquellos que carecían de recursos.

Acongojados, como era lógico, ante una situación de gran incertidumbre, a nadie se le ocurrió pisar su puesto de trabajo durante los días de huelga; las tiendas optaron por acogerse a la ley del silencio y mantener la persiana bajada. El transporte, la prensa y las comunicaciones telefónicas y telegráficas eran inexistentes, y Barcelona simplemente se aisló del mundo exterior.

En numerosos puntos estratégicos de la Ciudad Condal, los obreros que se habían tomado aquella causa muy a pecho se dedicaron a arrancar adoquines del pavimento urbano, volcar tranvías como si fueran gigantes mitológicos y apilar muebles y somieres, desarrollando una inusitada habilidad constructiva para crear fornidas barricadas con las que bloquear el paso de los soldados y evitar así que tomaran las calles. La guerra de guerrillas estaba servida.

Los vecinos, apilados como sardinas en los terrados, empezaron a escuchar asombrados que en la capital de España habían vendido la revuelta por lo del Rif como un alzamiento separatista. Es decir, se valían del cuento de siempre para justificar el ataque militar y dar mala prensa a la población catalana ante el país entero. Los malentendidos habituales se originaban en la manipulación más absoluta, ya que los barceloneses no querían ir a la guerra, pero tampoco tenían nada en contra de los ciudadanos del resto de la península. No era una cuestión ideológica, sino de principios y en oposición a un conflicto armado injustificado que nada tenía que ver con la población. Y como alguien tenía que pagar los platos rotos, la rabia popular se centró en saquear y quemar la mayor cantidad posible de iglesias, conventos e instituciones religiosas.

Durante los últimos días del conflicto urbano, se destruyeron un sinfín de edificios eclesiásticos, se saquearon sus arcas e incluso tuvieron las narices de desenterrar los cuerpos de varios fieles del Señor para exhibirlos frente a las ruinas de lo que se habían llevado por delante. El panorama era dantesco, tétrico e inaceptable, como si un virus se hubiera apoderado de la razón colectiva y hubiera borrado por completo la importancia de mantener el bien entre los vecinos.

Don Ramon, desde el privilegio que le conferían las alturas, no dejaba de pensar en lo absurdo que era el ser humano y en los extremos a los que era capaz de llegar. Que no se estuviera de acuerdo con el conflicto militar no justificaba cometer el sacrilegio de exponer en la calle los restos de hombres y mujeres que deberían estar descansando en paz para toda la eternidad. Sus pecados ya estaban más que expiados por el paso del tiempo. Presenciar aquella salvaje reacción le hizo darse cuenta de que, más allá de las Ramblas, la ciudad era un mundo desconocido y habitado por individuos de toda calaña. Solo en su zona de confort podría mantener a salvo a quienes quería.

El día 30 de aquella infinita semana, la voluntad revolucionaria empezó a flaquear y muchos abandonaron las barricadas, agotados por tanta tensión estéril. Ramon Ros, al igual que muchos de sus vecinos, volvió a pisar la calle para abastecer a la desesperada a su familia. En tiempos en que el refrigerador solo era un sueño de futuro, los alimentos apenas aguantaban un par de días en las condiciones climáticas más favorables. La misma noche de la «liberación» urbana regresó el alumbrado público, y la sensación de que el conflicto estaba a punto de finalizar empapó la esperanza popular.

A partir del día siguiente, los soldados empezaron a desmontar las infinitas barricadas que aún cosían las arterias de la ciudad. Por fin, el capitán general publicó un bando en el que se pedía a la población que retomara la vida normal.

El domingo 1 de agosto, la prensa publicó una misma nota en la que se resumían los hechos de la revuelta popular, bajo el título de «Los sucesos de Barcelona».

Don Ramon, tomando un café con su esposa, leyó en voz alta los datos oficiales: «Han fallecido más de cien civiles, tres religiosos y hay ciento veinticuatro policías y militares heridos. Los heridos civiles llegan a los trescientos. Amor mío, la gente ha perdido la cabeza… ¿Tan difícil es vivir en armonía y tener en cuenta la opinión de unos y de otros? ¿Cómo podemos haber llegado a tal punto de desequilibrio?».

Justo una semana después del inicio de la huelga, el líder de la familia Ros regresó a su puesto de trabajo, al igual que el resto de los trabajadores de la ciudad, aunque la plantilla de la Maquinista había sufrido varias pérdidas. La más notable fue la de Miguel Morales, el padre de Ricardito, que afectó notablemente a don Ramon, a quien le invadió un terrible sentimiento de culpa por haberse librado del campo de batalla a tocateja.

Para rebajar la tensión de los obreros, el patrón de la fábrica pagó la semana no trabajada y, pese a que se trataba de una compensación miserable, unos y otros dieron por cerrado el conflicto.

Aquel gesto fue repetido, casi como si clonaran la solución, en todas las fábricas de la ciudad, pero los mandamases no estaban dispuestos a olvidar tan rápido y las represalias no tardaron en hacer acto de presencia.

Por lo pronto, la jurisdicción militar se ensañó con los dos mil detenidos durante la «Semana Trágica», como así se dio a conocer; ajustó las cuentas en cinco juicios sumarísimos, infinitos consejos de guerra y procesamientos que terminaron en sentencias de muerte, cadenas perpetuas y penas de prisión mayor. Los condenados a la pena capital acabaron expirando bajo la ley del cañón en los fosos del castillo de Montjuïc. La intención era dejar bien claro a la población que toda revuelta tenía sus cabezas de turco.

El conflicto le dejó un mal sabor de boca a don Ramon, que odió un poco más a los políticos y sus tejemanejes. Jamás había sido muy partidario de unos u otros, acogiéndose a una neutralidad que le ayudaba a vivir en paz, pero al ver de lo que eran capaces quienes se mantenían al mando, comprendió que el ser humano se equivocaba al inclinarse por un bando. Y más si era por cuestiones de bandera, pedazos de tierra o por la clásica lucha por el poder que se repetía cíclicamente desde el inicio de la historia. Él solo deseaba vivir en paz con su familia en un entorno donde nadie tuviera que sucumbir por las necesidades más básicas. Ese sí le parecía un derecho por el que pelear con uñas y dientes, y no esas disputas de bandera.

6

1910

Los meses siguientes a la Semana Trágica fueron complejos. La sensación de que el equilibrio podía resquebrajarse en cualquier momento sobrevolaba las Ramblas y encogía el corazón de sus habitantes. Aquellos que hacían vida en la gran vía barcelonesa se mantenían recelosos de perder su pequeño paraíso. Algunos se consideraban descendientes de pura sangre catalana; otros, hijos de la histórica hegemonía española; los más, exclusivos ciudadanos de un mundo que se reducía a aquel singular espacio que unía el oleaje de bienvenida con el majestuoso centro de lo que sería la nueva ciudad. Era su particular patria y solo quienes habían nacido en los distritos más pobres de la metrópolis catalana sentían el resonar de su llamada en el epicentro del alma. Una sensación identitaria hasta el tuétano.

Don Ramon, con apenas el sueldo de la Maquinista y la economía familiar bajo mínimos, optó por volcarse por completo en su trabajo ferroviario, y solo por las tardes, cuando el sol empezaba a dejarse llevar por una leve ensoñación, acudía al quiosco para recuperar la confianza de sus adeudados y el buen nombre que se había labrado en el barrio.

Atilio, siempre dispuesto a liderar a sus seguidores más incondicionales, le propuso que utilizara el quiosco como la génesis de una nueva era en su trato con los más necesitados. El lugar era céntrico y albergaba una fama excelente, y si en el barrio sabían que allí podían encontrarlo, la gestión humana sería más confortable para todos.

El generoso prestamista necesitaba disculparse en cierta forma con aquellos que habían hecho un sobreesfuerzo para ayudarlo. Aunque en su filosofía altruista no existían ni los intereses ni las prisas, el buen corazón de quienes habían acudido a él en un instante de necesidad extrema había roto en cierta forma el equilibrio preestablecido.

Tras valorarlo con su esposa, el prestamista más querido del Distrito V optó por aceptar la propuesta de don Atilio y pidió a su tutelado, el Tuerto, que volviera a hablar con todos aquellos que habían hipotecado lo poco que tenían para echarle una mano.

Y así fue como don Ramon empezó a visitar el quiosco con una frecuencia casi diaria, entre las cinco y las seis de la tarde, para atender a quien necesitara su ayuda. Eso sí, se impuso como norma dar prioridad, durante las primeras semanas, a las personas a las que debía una disculpa.

Fruto de la insistencia de Lluïset, que veía el quiosco de bebidas como el Olimpo de los dioses, y de su hija Agnès —por motivos que su padre aún no había podido hilvanar—, el paterfamilias de los Ros Adell accedió a pasar por alto las obligaciones de los menores y dejó que lo acompañaran. Con esa decisión, podía compartir más tiempo con sus hijos, mientras que su esposa Rossita manejaba a su antojo aquel rato para trabajar sola y sin la presión de los quehaceres hogareños.

—Señora Margarita, lamento haber acudido a usted cuando sucedieron los lamentables hechos de la Semana Trágica. Permítame que me disculpe por haber roto nuestro acuerdo… —susurró avergonzado el prestamista, ante la triste mirada de sus hijos.

—¡Por Dios, don Ramon! Pero ¡si es usted un santo! Todo el barrio sabe que motivos no le faltaban para replantear los acuerdos. Proteger a la familia es la prioridad de toda persona sensata y responsable. Así que no vuelva a disculparse, buen hombre… ¡Y no se apure, que la vida son dos días! Bien lo sabemos quienes hemos nacido entre tanta pobreza.

—No le quito la razón, doña Margarita, pero ustedes ya sufren lo suyo, y en nuestro acuerdo no estaban contempladas ni las prisas ni los adelantos de los pagos. Insisto, deje que me disculpe y

— 74 —

le prometa que no volverá a suceder. Y, por favor, no tenga prisa en saldar lo que le quede. Puedo esperar el tiempo que usted necesite...

Doña Margarita, una vendedora humilde del mercado de la Boqueria, asintió emocionada. En el reflejo cristalino de sus ojos, don Ramon puedo entrever el agradecimiento eterno de alguien acostumbrado a pasarlas canutas.

Tras tomar un último sorbo del delicioso café del quiosco, la mujer se despidió casi besándole la mano a un hombre que admiraba con honestidad y, sin más, se escurrió entre el gentío que se había formado alrededor de la fuente de Canaletes.

Apesadumbrado, Lluïset hacía verdaderos esfuerzos por terminarse las verduras que su madre había cocinado con todo el amor del mundo, pero el horno no estaba para bollos. Dadas las circunstancias, el crío tenía la impresión de que aquella era la cena más triste de su vida. Se respiraba una atmósfera de cariño hacia el invitado, pero todos conocían los verdaderos motivos por los que Ricardito compartía plato con la familia Ros Adell.

Y es que de la maldita guerra de Marruecos no todos se habían podido librar como don Ramon. El conflicto armado era tan incierto como aleatorio en cuestiones del destino, y Miguel Morales, el padre del amiguito de Lluïset, había sucumbido al fuego enemigo. Una desgracia con consecuencias no solo emocionales, sino familiarmente tangibles y económicamente determinantes.

Al conocer la dramática noticia, don Ramon se había ofrecido a ayudar a la viuda, facilitándole dinero con el que empezar de nuevo o, al menos, ir tirando hasta que sus finanzas se equilibraran mínimamente. Sin embargo, superada por la pérdida y sintiéndose incapaz de salir adelante sin su marido, la mujer había decidido dejar Barcelona para dirigirse a Madrid en busca del cobijo de unos familiares lejanos. No tenía ninguna certeza de que el cambio fuera lo idóneo, dada la situación, pero, ante un mar de dudas, la aparente seguridad familiar lo era todo.

—¿Quieres repetir, bonito? —preguntó Rossita a Ricardito, poniéndolo todo de su parte para que el chico se sintiera cómodo.

—Gracias, señora Ros, pero estoy bien —se limitó a decir el amigo de Lluís, con un nudo crónico en la garganta. No pretendía ser descortés, pero no estaba para mucha cháchara.

La madre de la familia asintió mientras empezaba a recoger la mesa y advertía a su hija, con un gesto de la cabeza, de que era el momento de ayudarla a enjuagar los platos.

—Padre, ¿podríamos subir a tomar el fresco con Ricardito? —preguntó el pequeño de la casa, que ansiaba estar a solas con su compañero de charlas. Si esa tenía que ser la despedida, al menos que les dieran tiempo para no dejarse nada en el tintero.

—Por supuesto. Cuando sea la hora de volver a casa, subiré a buscaros, pero igualmente no vayáis muy lejos…

Los dos niños asintieron obedientemente y, tras mirarse un instante en busca de la complicidad habitual, abandonaron la pequeña estancia central de la casa, rumbo a la azotea.

Durante el trayecto ascendente, el silencio tomó posesión de una atmósfera enrarecida. En realidad no había mucho que decir, así que disfrutar de una compañía que quizá no iba a repetirse en mucho tiempo ya era un regalo del cielo.

Una vez en el exterior, el manto de la nocturnidad barcelonesa los invitó a acercarse a unas escaleras desde las que, a media altura, podía apreciarse la ciudad cubierta por las sombras. Existían destellos de las sutiles velas en algunos hogares, pero la pobreza del barrio tampoco ayudaba a la alegría tras la caída del sol.

Acomodados en los escalones, Ricardito extrajo un cigarrillo del bolsillo interior de su americana roída y, con la ayuda de una cerilla húmeda, lo encendió con dificultad. La humedad siempre podía con todo.

Tras dos profundas caladas, se lo ofreció a su amigo.

—¿Vas a decidirte hoy? No tendrás otra oportunidad, chaval… Al menos, de momento.

Aquellas palabras hicieron que Lluïset reflexionara sobre la pérdida. Aún no podía creerse que la madre de Ricardo truncara su amistad de una forma tan abrupta y egoísta.

—Anda, dame… —soltó el pequeño de los Ros, con el temor de que su padre apareciera por la azotea y lo pillara con las manos en la masa.

A pesar del miedo, dio tres profundas caladas al pitillo antes que la irrupción de una tos canina le hiciera descartar cualquier posibilidad de encontrar en aquel acto algo agradable.

Ricardito no pudo evitar reírse sin maldad.

—Trae, que aún estás verde para estas cosas…

El silencio volvió a reinar en la azotea de aquel modesto edificio de la calle Tallers, ubicado en la frontera entre el Distrito V y el VI. Los dos chicos, inocentemente, quedaron atrapados por el magnetismo de una luna llena que insistía en alumbrar la tristeza de sus corazones.

—Lo que daría yo para que no te fueras… —susurró Lluïset, azotado emocionalmente por una nostalgia anticipada.

—Algún día volveré…, así que mejor dejémonos de despedidas, que solo empeorarán nuestro último momento.

Lluís asintió alineándose con las palabras de su amigo. Quizá, si no verbalizaban el adiós, ambos estarían obligados a reencontrarse en un futuro para saldar la cuenta pendiente.

—Espero que no dejes de dibujar, chaval… Cuando vuelva, tendremos que comprobar si es mejor uno de tus retratos o una de mis fotos.

Lluís sonrió por primera vez desde la cena. El reto, aunque inocente, le parecía motivador. Mientras estuvieran lejos el uno del otro, podrían invertir el tiempo en mejorar sus técnicas, así que la alternativa al alejamiento no parecía tan mala.

—Siento lo de tu padre, Ricardo… —dijo inesperadamente Lluïset, pese a que don Ramon les había pedido no tratar el asunto de la pérdida con el joven. Aceptar el fallecimiento de un padre y tener que cambiar radicalmente de vida suponía salvar una dura tormenta para cualquiera. Pero si alguien tenía la fortaleza para superarlo, ese era el mejor vendedor de periódicos de la ciudad.

Antes de que el hijo de Miguel Morales pudiera expresar su visión sobre la pérdida vivida, don Ramon apareció por la azotea. Había llegado el momento de separar los caminos.

—Ricardito, tenemos que irnos. No quiero preocupar a tu madre, y le he dado mi palabra de que te acompañaría a casa...

—Voy enseguida, don Ramon.

El joven se puso de pie tras un inesperado aspaviento, fruto del desequilibrio, y se abrazó a Lluïset.

—Tenemos una competición en marcha... Más te vale practicar mucho —susurró Ricardito a su mejor amigo.

La suerte estaba echada.

—Hijo, ve a casa, que tu madre te espera para acostarte. Enseguida volveré.

El pequeño de los Ros asintió sin rechistar y siguió a su colega hasta el interior del edificio. Una vez que llegaron a su rellano, don Ramon y Ricardito siguieron descendiendo ante la atenta mirada de Lluïset, que vio cómo se empequeñecían al tiempo que se dejaban engullir por las tinieblas de la escalera. Echándole ya de menos, el heredero de los Ros pensó en que el chico de los periódicos se había convertido en el mejor amigo que jamás había tenido.

Mientras Ramon Ros repasaba un pequeño cuaderno en el que tenía apuntadas todas las citas de aquella tarde, Isaac Pons lo observaba atentamente. Las buenas obras de su amigo lo tenían encandilado, hasta el punto de que llevaba tiempo dándole vueltas al asunto. En cierta forma, sentía la necesidad de realizar algo parecido; dar sin recibir, la forma más pura y sincera de altruismo. Había heredado una fortuna quizá sin merecerlo, e intentaba por ello alinearse con la bondad y las buenas acciones en su iglesia, pero seguía sin sentirse realizado. Vivir tenía que basarse en algo más que en acumular riqueza y bienestar, pero, aunque se sabía la lección de carrerilla, jamás había encontrado ni el cómo ni el cuándo. No fue hasta presenciar cómo su nuevo amigo recibía el cariño de tantas personas cuando entendió que debía formar parte de aquella singular aventura.

Isaac llevaba muchas semanas intentando tratar el asunto con Ramon, por lo que, tras la última «visita» del día, y aprovechando que Lluïset y Laura estaban distraídos jugando alrededor del

— 78 —

quiosco, se armó de valor. Lo último que deseaba era ofender a su buen amigo, pero algo le quemaba por dentro y necesitaba expresarlo con el máximo respeto.

—Ramon, amigo mío, ¿tienes un minuto?

El prestamista, siempre sonriente, asintió mientras dejaba la taza de café sobre el mostrador y cerraba momentáneamente la libreta.

—Desde luego, Isaac. Para los amigos tengo tantos minutos como necesiten. Dime, ¿te preocupa algo?

El señor Pons respiró hondo mientras sonreía para romper lo que le parecía una situación delicada. ¿Quién era él para hablarle tan directamente a aquel buen hombre?

—Verás…, llevo tiempo observando que muchísimas personas del barrio acuden a ti. Es de lógica, porque les has ayudado prestándoles dinero… Y no quiero poner en duda de dónde sale esa pequeña fortuna, porque no es de mi incumbencia, pero querría colaborar en tu causa…

Don Ramon, extrañado, lo miró atentamente.

—¿Ayudarme? ¿A qué te refieres?

—Bueno, tengo un capital que me gustaría ofrecerte para poder ayudar a más vecinos… Escuchando tus últimos encuentros, entiendo que con lo invertido para librarte del Rif te habrás descapitalizado y, si no cobras intereses por los préstamos, tu capacidad de ayuda habrá menguado notoriamente…

—Eres buen observador, Isaac… Siendo sincero, ya no tengo la capacidad de ayuda de antaño… y en el distrito sigue habiendo muchas necesidades que nadie puede cubrir.

—Entonces, amigo mío, déjame ayudarte. ¡Aunemos fuerzas por el bien de los más necesitados!

Don Ramon lo meditó durante unos segundos. La propuesta era interesante e Isaac se había convertido en un buen amigo en quien confiar, pero a su vez conocía las consecuencias del altruismo y cómo afectaba a la propia familia.

—Isaac, respeto y admiro tu noble gesto, pero debes saber que…

El cabeza de la familia Pons no dudó en interrumpir bruscamente a su colega:

—Ramon, entiendo el riesgo de hipotecar mi patrimonio, pero necesito darle un sentido a una vida que, a veces, se me hace minúscula y miserable. Desde hace años colaboro con la parroquia de mi barrio para ayudar al prójimo, pero lo que tú haces posee un valor infinito. Y eso, amigo mío, es algo que necesito experimentar de primera mano. Tengo la oportunidad de dar una parte de lo que tengo sin por ello poner en riesgo mi pequeña fortuna. La fábrica es estable y aumenta los beneficios año tras año, así que, en agradecimiento por mi buena fortuna, necesito dar sin esperar nada a cambio. Estoy seguro de que precisamente tú me comprenderás.

Don Ramon escuchó atentamente a su amigo y, sin necesidad de sopesarlo, le tomó la palabra. Si tenía que asociarse con alguien para mantener el sentido de sus buenas obras, Isaac Pons era el más indicado. Pese a que su amistad era relativamente reciente, ya ponía la mano en el fuego por él.

—Está bien, entonces no hay más que hablar. Asociémonos, querido Isaac. Escucharé con mucho gusto tus condiciones…

El burgués sonrió con una satisfacción que no le cabía en el pecho. Don Ramon acababa de ofrecerle un regalo impagable dejándole participar en una obra tan maravillosa, y sintió la necesidad de rematar el acuerdo con dos singulares propuestas.

—Solo tengo dos condiciones, mi querido amigo… La primera es que, para celebrarlo, este domingo tu familia venga a comer a la humilde morada de los Pons. A mi esposa, a mi hija y a mí nos hace una ilusión indescriptible. Sería un honor que aceptaseis la invitación. La segunda es que continuemos la misma estrategia y el mismo criterio que has seguido hasta ahora. No creo que sea necesario cambiar nada. Simplemente ayudemos a quien más lo necesite. ¿Te parece bien? —preguntó Isaac, al tiempo que tendía la mano a Ramon.

Este se la estrechó con fuerza para cerrar un pacto de caballeros que duraría hasta el fin de sus días.

Atilio, atento al trato, pese a que solía hacerse el sueco cuando la cosa no iba con él, les sirvió inesperadamente un par de copas de coñac de la mejor categoría.

—¿Y esto, Atilio? —preguntó Ramon, extrañado de recibir una consumición que no había pedido.

—Esto es para sellar con ley el acuerdo. No saben ustedes lo feliz que me hace que vayan a colaborar en ayudar a tantos necesitados. El mundo, queridos señores, necesita más seres humanos de su categoría. ¡Así que brinden por sus futuras buenas obras!

Ramon e Isaac, emocionados por las palabras del camarero, no dudaron en rozar sus copas y beberse de un trago el coñac. Acababa de nacer la sociedad Ros-Pons para la fortuna de los más necesitados.

Escondidos en la trasera del quiosco, Lluïset y Laura sonrieron al ver a sus padres tan felices y, casi intuitivamente, el pequeño de los Ros cogió con suavidad la mano de su amada. De alguna forma, aquella alianza paterna les dejaba vía libre para desarrollar un amor infantil que no tardaría en convertirse en un sentimiento eterno. Y es que ambos sabían que no podía existir nadie más, ni en las Ramblas ni fuera de su particular mundo, capaz de arrebatarles una unión que parecía haberse iniciado en otra vida.

La tarde era plácida y los transeúntes, escasos en la zona de Canaletes. En el quiosco apenas había movimiento y Atilio, encantado de transmitir su legado al pequeño Lluïset, se esmeraba en enseñarle todo lo que había aprendido con los años tras la barra.

—Una vez has puesto dos cucharadas de café con este medidor, tienes que revisar que el agua de la máquina llegue hasta esta marca… ¿La ves? —preguntó Atilio, asegurándose de que Lluïset le seguía el ritmo.

Enseñarle cómo funcionaba el quiosco suponía pasar tiempo de calidad con un muchacho que se había convertido en alguien muy especial en su vida. Aquel crío, sin apenas hacer nada del otro mundo, era ya lo más parecido al hijo que jamás tendría. La familia Ros Adell pasaba mucho tiempo en el quiosco Canaletas, y cada miembro lo hacía por una razón diferente: don Ramon, para seguir con los préstamos desinteresados en colaboración con su nuevo socio; Agnès, para charlar con Pier mientras se hacían ojitos, y Lluïset, con la intención poder trabajar allí algún día como aprendiz. Su obsesión por aquel privilegiado enclave de la Rambla no había menguado con los años, sino todo lo contrario.

Bajo la batuta de Atilio y con el permiso de su padre, el joven, que ya se acercaba a los once años, mostraba una fascinación fuera de lo común por cuestiones que pocas veces interesaban a los críos de su edad.

—Comprendo, Atilio... Pero entonces ¿cómo narices sale el café?

—Cachorro, lo hace cuando se calienta la cafetera por este lugar —continuó el gerente sin perder su eterna sonrisa —. Esperas a que suene el silbido del vapor a presión y *¡voilà!* Y entonces...

—Es cuando los vecinos de las Ramblas saben que el café está recién hecho y no tardan en presentarse... ¿No es así?

—¡Así es!

Lluïset sonrió satisfecho. Inicialmente, lo de ser camarero parecía abrumador, pero si todo estaba controlado, no había nada que temer. Era entonces cuando el gran profesional debía pasar a la fase de la relación con el cliente. Y, en ese aspecto, Atilio era insuperable.

No importaba si el parroquiano era un aburguesado hombre de negocios, una maltrecha prostituta con una sífilis mal curada, un soldado incapaz de determinar si su oficio tenía sentido o una mujer de avanzada edad. Atilio siempre sabía qué tecla tocar para que la armonía envolviera al cliente. Unas veces se adentraba en sus recodos mentales hablando de política, otras halagaba la forma de vestir o el comportamiento del consumidor para atraerlo a su terreno. La cuestión era darle un motivo por el que debía regresar al quiosco, y con ello afiliar a quienes se paraban en la barra para tomarse algo rápido.

—¡Hasta luego, Atilio! ¡Guárdeme una taza de café para cuando regrese! —gritó el conductor del tranvía que recorría aquella parte de la Rambla y acababa de bajar un instante del monstruo metálico para beber de la fuente de Canaletes.

—¡Aquí lo tendrás esperándote, Enric! ¡A buen recaudo y bien calentito! —exclamó Atilio, arrancándole una sonrisa al conductor.

A todos les gustaba sentirse comprendidos, atendidos y respetados, y el camarero en eso era un genio con un don indiscutible.

—Atilio, ¿me pones un café con leche? —pidió Aurora, una *minyona* que solía pasarse por la barra todos los días y a la misma hora, cuando estaba de servicio. Tras recoger la compra en la Boqueria, subía hasta el quiosco para tomarse aquel turbio mejunje que la activaba de mala manera, y así recuperaba fuerzas y encaraba la segunda mitad de su jornada en casa de unos señoritos del Eixample.

—Hoy, Aurorita de mi corazón, te lo pondrá Lluïset. ¡Oficialmente, acabo de nombrarle mi ayudante favorito!

Aurora sonrió por el comentario y al pequeño se le erizó la piel de la emoción.

—Solo que esté la mitad de rico que el que tú sirves, ¡será un gerente excelente! Lluïset, ya debes de estar preparado, ¿no? ¡Estar a la altura del gran Atilio es una gran responsabilidad!

El chico sonrió mientras su padre, don Ramon, observaba la escena en silencio y con orgullo. Si algo tenía su pequeño era que solía despertarle la constante sensación de que lo había criado bien. Su hijo siempre se había mostrado más espabilado de lo normal, más avispado y empático que incluso muchos hombres de la zona. Y eso era un auténtico don, más allá de dibujar con gran destreza y aprender un oficio a un ritmo vertiginoso.

Lluïset tiró el café hasta la medida justa en la taza y rebajó el contenido con un poco de leche.

—¡Recuerda ponerle una pizca de magia! ¡Alíñalo con sueños! —comentó Atilio mientras observaba todos los movimientos de su aprendiz.

El joven, asintiendo, espolvoreó un poco de cacao en polvo, unas virutas de café crudo y bordeó la taza con un discreto bloque de nata fresca antes de ponerla en un platito hondo, junto a una cucharita larga y un sobrecito de azúcar.

Al ver la obra de arte, a Aurora se le hizo la boca agua.

— 83 —

—¡Estás creando un maestro del arte cafetero, Atilio! ¡Vigila, que pronto te quitará el trabajo!

El camarero, sin perder la sonrisa, le siguió el juego:

—Ya hace tiempo que me lo arrebató, Aurora... Lo único que me compensa es que os voy a dejar en buenas manos. Entre Pier y Lluïset, ¡el legado está servido!

Tras el comentario, incluso a don Ramon se le escapó una sonrisa.

—Atilio, entonces ¿soy el aprendiz oficial? —preguntó inocentemente el Cachorro del quiosco.

—¿De los de suelo y delantal?

—¡De esos!

—Para eso aún te quedan un par de pasos... Primero, que tu padre te permita trabajar aquí sin que dejes los estudios. Un buen camarero no puede ser un zoquete. En segundo lugar, que surja una vacante, aunque estoy seguro de que el señor Esteve muy pronto te ofrecerá la oportunidad.

—El permiso paterno lo tiene siempre que cumpla con sus obligaciones y tenga los catorce años. De momento, creo que nos vale con las prácticas, ¿verdad, Lluïset?

El niño asintió con una forzada mueca, dejando la barra con enfado y desplazándose hasta la zona del pequeño almacén del quiosco con la intención de revisar qué faltaba. Y, sin más, empezó a releer una lista colgada en un lateral de la caja registradora.

—¿Falta algo, Cachorro? —preguntó Atilio, consciente de la desilusión del pequeño.

—¡Ni falta ni se espera que falte!

—Entonces va, deja el traje de faena y sal del quiosco, que tu padre querrá volver a casa. Es tarde y el faro de las Ramblas no se irá a ninguna parte. Aquí somos eternos..., nosotros guiamos a los rambleros entre el oleaje humano. Este es nuestro cohete para viajar el centro de la Tierra.

—Vamos, hijo, que se hace tarde... —comentó don Ramon mientras miraba de refilón a Pier y a Agnès, que llevaban todo el encuentro hablando más apartados—. Agnès, sigue los pasos de tu hermano y despídete, que tenemos que irnos.

La hija del prestamista asintió obediente para dejar a medias la charla con el joven camarero y unirse a la comitiva familiar, que llegaba tarde a la cena.

En el quiosco siempre surgía algo nuevo y especial que hacía difícil las despedidas, y la familia Ros Adell lo tenía claro. Para ellos, aquel mágico enclave llevaba tiempo asumiendo el papel de un confortable segundo hogar.

7

1911

Aquella mañana, Agnès estaba más nerviosa de lo normal. Con la excusa de que tenía que entregar los arreglos de unas prendas a doña Marga, la propietaria de la única panadería de la zona, se había acicalado con esmero para dar una supuesta buena impresión. Su madre no había sospechado de la anomalía en su hija, dado que consideraba que se hacía mayor y entendía el sentido de la buena presencia. Una persona arreglada y aseada era símbolo de respeto hacia los demás y hacia sí misma. Con el pelo recogido y una blusa y una falda impecables, su madre la observó con amor. Su pequeña ya era toda una mujer, y no solo por su aspecto, sino por tantos otros detalles que la hacían sentir orgullosa de cómo estaba haciéndose adulta.

Antes de abandonar el hogar familiar, su madre le pidió que comprara unas verduras en el mercado de la Boqueria; en concreto, en el puesto de Josep Maria, un campesino encantador que siempre les hacía precio gracias a un acuerdo comercial. La familia Ros le arreglaba ropa de vez en cuando a un precio especial, y él les devolvía la gentileza con los alimentos que tenía en su improvisado tenderete.

Cuando Agnès ya estaba a punto de partir, Lluïset se apresuró a unirse a la aventura.

—¿Podemos pasar por el quiosco?

Su hermana, simulando sorpresa, accedió:

—Claro que sí, pero solo un momento, que tengo mucho que hacer antes de la hora de comer.

—¡Solo quiero darle a Atilio este dibujo que le he hecho! —comentó el pequeño, mostrándole a su hermana un esbozo de lo que claramente era el camarero dentro del local de bebidas de las Ramblas.

—Seguro que le encantará. ¡Vamos!

Lluïset afirmó con entusiasmo y los hermanos abandonaron el discreto piso donde vivían para recorrer las calles del Distrito V y llegar hasta las Ramblas.

Antes de alcanzar el popular gran mercado barcelonés, se acercaron hasta la panadería de doña Marga para entregar el pedido realizado. El local era tan minimalista como vetusto. En aquellos años, la opulencia vivía al otro lado de la plaza Catalunya; en uno de los barrios más humildes y antiguos de la ciudad, los comercios apenas podían reponer las estanterías con sus productos. Parecían, a simple vista, bocas desdentadas.

Mientras esperaban su turno, Lluïset se quedó prendado de un par de bizcochos que reposaban tranquilamente en un escaparate improvisado. El azúcar glasé le llamaba la atención por su tonalidad blanquecina, como si el postre fuera la recreación de una montaña con su cúspide nevada.

Mientras el pequeño de los Ros soñaba con una porción de aquel manjar de los dioses, doña Marga atendió a su hermana:

—Gracias, bonita. Espera un momento, que lo dejo en la trastienda y te pago.

Agnès asintió con amabilidad.

Mientras la panadera se escurría por una puerta azotada y cuarteada por los años, la joven observó cómo su hermano se comía con la mirada el bizcocho y no dudó en sonreír. Le tenía preparada una sorpresa por haberla acompañado, ya que, de alguna forma, le agradecía que le sirviera de excusa para poder visitar a Pier. Desde hacía meses, el joven camarero del quiosco Canaletas se había apoderado de su corazón. Pensar en él la enloquecía. Sus ojos, sus labios, su forma de tratarla... Poco a poco había entendido que aquella sinrazón era realmente amor y solo deseaba estar en su compañía para compartir la vida. No importaba si era en silencio o contándose mutuamente sus vicisitudes. Pier era el hombre que había elegido y con el que deseaba casarse. Y no era en vano, dado que el mismo joven le mandaba señales de que su amor era correspondido.

—Aquí tienes, bonita. Dale las gracias a tu madre, y gracias a ti, claro, que sé que también tienes mano en los arreglos —dijo doña Marga, satisfecha.

Agnès cogió amablemente el dinero y, antes de abandonar la panadería, se atrevió a revelar el verdadero motivo de aquella visita.

—Doña Marga, ¿podría ponerme dos porciones de ese bizcocho tan hermoso? —pidió la joven de los Ros, señalando justo donde estaba su hermano.

La panadera asintió con amabilidad y se acercó hasta el escaparate para coger el plato de cerámica sobre el que reposaba el pastel.

Con cierta lentitud por culpa de la cansada jornada, lo llevó hasta el mostrador, donde cortó dos generosas porciones ante la atenta mirada de Lluïset y de su hermana.

Tras envolverlos con un suave papel marrón, se los entregó a Agnès.

—¿Qué le debo?

—Nada, bonita. Hoy invito yo —aclaró la panadera con la satisfacción de estar haciendo una buena obra. Desde el primer minuto había observado que los hijos de don Ramon no le habían quitado el ojo al bizcocho, y la familia Ros Adell era muy querida en el barrio por su interés por el prójimo.

—Pero… no puedo aceptarlo…

—¡Puedes y debes! No te preocupes, bonita, que estos trozos no me sacarán de pobre. Disfrutadlos. Con eso ya me doy por satisfecha y bien pagada.

Agnès asintió aliviada y, tras dar mil gracias, cogió las dos porciones y abandonó el comercio con su hermano.

Ya a pie de calle, Lluïset no pudo contenerse. Se le hacía la boca agua solo de pensar en la textura del bizcocho.

—¿Puedo comerme ya mi trozo? ¡Voy a enloquecer si no me lo das ahora mismo!

Su hermana, siempre comprensiva, no dudó en ahorrarle la espera.

—Va, toma. ¡Mira que eres goloso!

Con un acto fugaz, el pequeño abrió el envoltorio y empezó a devorar el dulce.

—¡Madre mía! ¡Esto sabe a gloria!

Agnès se rio por la ocurrencia de su hermano y, apoyando con cariño la mano sobre la espalda del pequeño, le animó a que se diera prisa.

—Vamos, que si no nos apuramos, no podremos pasar por el quiosco.

Ambos hermanos aceleraron el paso hacia la Boqueria para comprar las verduras encargadas por su madre y acercarse luego al célebre local de bebidas de las Ramblas. Para ambos, el quiosco se había convertido en algo parecido a un refugio de las esperanzas. En la barra del discreto comercio podía verse la vida de la ciudad desde una perspectiva privilegiada, al igual que las majestuosas edificaciones costeras que alumbraban el destino de los barcos que pretendían arribar a puerto. Un faro era casi un emblema mediterráneo, y el quiosco de Atilio y Pier alumbraba el curso de sus vidas hacia un lugar siempre privilegiado.

A pocos metros del quiosco, Atilio advirtió su presencia. Pese a que había bastantes clientes a esa hora, el camarero tenía una visión casi angélica. Como experto cuidador social, intuía cuándo se acercaban los buenos clientes o las personas que formaban parte de su núcleo más íntimo, y no dudó en saludarlos con un gesto para que se acercaran hasta una zona de la barra en la que quedaba un espacio libre. Los hijos de don Ramon siguieron sus indicaciones a rajatabla.

—Pero ¡si son mis chicos preferidos! ¿A qué se debe esta visita?

Agnès no dudó en tomar la palabra con la intención de ofrecer una excusa creíble que ocultara sus verdaderas intenciones.

—Pues aquí, mi hermano, que quería darle un regalo…

—¿Un regalo? ¿De qué se trata, Lluïset?

El pequeño de los Ros extrajo el dibujo de su bolsillo, que había plegado en dos partes, y se lo ofreció a Atilio. Al verlo, el camarero se emocionó, aunque hizo todo lo posible para disimular. El cariño que le tenía al crío era infinito.

—Le he hecho un dibujo y me hacía ilusión que lo tuviera...

—Pero si es..., es una maravilla. ¡Qué talento tienes, chico! ¿Estás seguro de que quieres ser aprendiz de camarero? Porque esto de dibujar es algo que se te da muy bien, Cachorro.

—¡Sí, don Atilio! ¡Puedo hacer ambas cosas! ¡No son incompatibles! —soltó el pequeño de los Ros con seguridad, arrancándole una sonrisa al capataz del lugar.

—En esto tienes toda la razón del mundo... ¿Qué te parece si lo pongo aquí, sobre la cafetera, para que todo el mundo pueda verlo? Un regalo así debe ocupar un lugar preferente.

Lluïset asintió con una felicidad rebosante. Que don Atilio quisiera ponerlo en un espacio tan privilegiado significaba que le había gustado de verdad, y no podía sentirse más satisfecho.

Tras las mutuas alabanzas, mientras el pequeño hablaba con el gran camarero, Agnès hizo un sutil amago para escurrirse entre los clientes y colocarse en la zona de la barra atendida por Pier, que se había quedado momentáneamente libre.

—Buenos días, señorita Ros... —soltó cortésmente el segundo de a bordo en el quiosco.

—Buenos días, Pier... Creo que a estas alturas ya puedes tutearme...

—Es la costumbre... Disculpa, Agnès. ¿Qué os trae por aquí? ¿Habéis venido solos?

Agnès intentó sacar el valor necesario para dejarle claro al joven francés que él era el único motivo de su visita.

—Sí. Mi hermano quería darle un dibujo a Atilio y mi padre aún está en el turno de la fábrica. Además, tenía que hacer algunos encargos para mi madre, así que nos hemos desviado un poco con su permiso...

El camarero sonrió, consciente de que quizá aquel no era el verdadero motivo de la visita de una joven que lo tenía encandilado.

—Bueno, siendo sincera, quería traerte algo...

—¿A mí? —preguntó sonriente Pier.

—Sí... El último día me comentaste que lo que más extrañabas del pueblo donde naciste eran los bizcochos...

—*Mon Dieu!* ¡Ni me lo recuerdes! Si cierro los ojos, aún soy capaz de saborear su textura y percibir su aroma...

Agnès, sin perder la compostura, extrajo el segundo trozo de bizcocho y lo ocultó un instante para generar un ligero suspense.

—Cierra los ojos... —pidió al camarero, que, obediente, le siguió el juego.

La hija mayor de los Ros dejó la porción sobre la barra, dispuesta a darle una alegría al chico del que estaba profundamente enamorada.

—Ya puedes abrirlos...

Al ver el bizcocho, Pier puso los ojos como platos. El aspecto era de lo más apetecible y atraía irremediablemente por la vista, pero lo que realmente le sorprendió fue que aquella bella joven tuviera un detalle con él.

—No..., no sé qué decir, Agnès... ¿Es para mí?

—¡Claro, tonto! ¡Para quién iba a ser si no!

Durante unos segundos, el camarero se mantuvo en silencio. La emoción le había congelado la musculatura.

—¡Chico, ponme una soda! —pidió un hombre de traje y bombín, que lucía acalorado y no respetó la intimidad de los jóvenes.

Pier, salvado por la petición, sirvió la bebida al cliente y, tras cobrársela, regresó con Agnès, que no tuvo inconveniente en esperarlo.

—¡Vamos, pruébalo! —sugirió ella, ansiosa por tener un veredicto del experto catador.

Emocionado, el camarero dio un primer bocado al bizcocho y lo masticó con gran cuidado para saborear hasta el último de los ingredientes.

—¿Y entonces? ¿Se acerca al de tu pueblo?

—¡No solo se acerca, sino que lo mejora! ¡Está delicioso!

—Es de la panadería de doña Marga. Tiene mucha fama y sé que la receta es de Viena, porque un día se lo contó a mi padre. Me alegra que te haya gustado...

Pier sonreía encantado mientras escuchaba a la joven.

—No sabes cómo te lo agradezco, Agnès. ¿Puedo invitarte a una soda?

La joven accedió encantada.

—¿Sabes? Este lugar sería aún mejor con algo dulce. Quizá unos bizcochos o algún producto de pastelería. Como me dijiste que pasa en París. Allí sirven de todo, ¿verdad?

—En París, los dulces son una prioridad… Y la verdad es que tienes razón. Si sirviéramos más dulces, seguro que el quiosco estaría a todas horas hasta la bandera. Somos un lugar muy popular, pero los dulces serían la guinda del pastel —comentó el camarero mientras le servía cariñosamente la bebida.

Agnès, algo nerviosa, empezó a beber la soda con delicadeza.

—Cuando el señor Esteve pase, se lo comentaré. Y le diré que ha sido idea tuya…

—¡Qué vergüenza! ¡Cómo le va a hacer caso a una simple aprendiz de modista!

Pier pensó con rapidez en cómo enfocar la conversación. De alguna forma habían roto el hielo y era la ocasión perfecta para mostrar lo mucho que Agnès le gustaba.

—Bueno, creo que eres mucho más que una aprendiz de modista…

Ambos se ruborizaron ante la sutil declaración del francés.

—¿Te gusta el oficio? Trabajas con tu madre, ¿verdad? —añadió.

La hija mayor de los Ros se recompuso rápidamente. Para ella, aquella conversación también resultaba crucial.

—Me gusta trabajar con mamá. Eso me permite pasar muchas horas con ella, pero la verdad es que lo que me apasionaría sería tener un quiosco como este, lleno de pasteles y dulces. ¡Creo que, si tu jefe no acepta, algún día tendré que abrir mi propio quiosco!

Ambos soltaron una sonora carcajada por la ocurrencia.

—No sé si le haría mucha gracia al señor Esteve…

Agnès volvió a tomar un sorbo de soda mientras apartaba un instante la mirada para observar a su hermano, que estaba ocupado con Atilio. Con toda la intención del mundo, había entrado en el interior del quiosco para ayudarle con el recuento de las bebidas.

—Si los hermanos Ros unen fuerzas, podréis abrir un quiosco

mucho mejor que este. Es increíble lo mucho que Lluïset adora este lugar... —comentó Pier con cariño.

—Ni te imaginas lo que significa para él. Está realmente obsesionado con lo del faro de las Ramblas de Atilio, y con vosotros...

Pier sintió que aquella frase contenía mucho más que una simple explicación, e intentó que no se le notara la emoción.

—¿Y a ti? ¿Te gusta?

Agnès calló un instante. El joven francés le acababa de servir en bandeja la oportunidad de confesarse y su corazón latía desenfrenadamente.

—No solo me gusta el quiosco... —se sinceró la hija mayor de los Ros ante la satisfacción del camarero. Por fin se había podido deleitar con una declaración encubierta, así que la suerte estaba echada. Solo sintió la necesidad de cruzar los dedos para que sus sentimientos fueran correspondidos.

—Y yo adoro que vengas a visitarnos... —susurró Pier, conectándose profundamente con la mirada de la catalana. Acababa de crearse un vínculo que los llevaría a comprometerse el uno con el otro hasta que la vida quisiera separarlos para siempre.

Antes de que Agnès pudiera responder, el estruendo de un avión llamó la atención de todos los habitantes del gran torrente barcelonés. Niños y adultos miraron hacia el cielo para ver cómo un aparato sobrevolaba la Rambla, superaba el quiosco y se dirigía hacia el hipódromo de Can Tunis.

—¡¡¡Atilio!!! ¡¿Ha visto eso?! ¡Yo quiero surcar el cielo como ese avión!

Atilio acarició el pelo de aquel crío que le tenía el corazón robado y le instó a seguir con el aprendizaje para, algún día, pasarle el testigo.

Ninguno de los presentes supo lo que acababan de presenciar hasta el día siguiente, en el que la prensa contó la hazaña de la mítica piloto belga Hélène Dutrieu, que acababa de sobrevolar la Ciudad Condal. Sin darle mayor trascendencia, habían sido testigos de la proeza de la primera mujer en surcar el cielo de la emergente Barcelona, sobrevolando sus preciadas Ramblas.

8

—¡Señora Ros! ¡Qué grata sorpresa! ¡Llevaba varias semanas sin deleitarnos con su presencia! —exclamó Atilio ante Rossita Adell, la esposa de don Ramon. Por norma general, la madre de Agnès y Lluïset solía darse un respiro los domingos después del paseo matutino por las Ramblas, pero el trabajo y las dificultades económicas la habían obligado a ausentarse de las caminatas festivas por un tiempo.

Durante la semana, las labores hogareñas, el cuidado de sus hijos y, sobre todo, su trabajo como modista apenas le dejaban tiempo para disfrutar de la vida. Pero, a decir verdad, el día en el que la mayoría de los habitantes de los distritos colindantes a las Ramblas solían hacer vida en la gran vía barcelonesa, Rossita adoraba pasear con su esposo y sus ya no tan pequeños hijos. Un recorrido de mar a montaña que solía terminar con una bebida dulce y unas patatitas fritas en el espacio en que su familia parecía haberse establecido.

La matriarca tenía muy claros los motivos por los que los suyos hacían casi más vida en el local de bebidas que entre las cuatro paredes de su hogar, y, lejos de importarle, le resultaba incluso agradable. Atilio era un hombre de los de admirar: sencillo, bueno y una gran influencia para sus vástagos. Agnès, aunque quisiera ocultarlo, parecía tener un especial interés en el joven camarero francés, que su madre, por otro lado, apreciaba. Conocía la triste historia que su hija le había contado, entre remiendos y zurcidos, de cómo Pier había acabado en la Ciudad Condal, y no podía hacer otra cosa que respetarlo por ello.

— 94 —

Y es que la razón por la que el joven camarero había cambiado de residencia era de lo más honorable. Procedente de un pueblecito de la costa francesa, y con solo quince años, Pier abandonó el lugar donde lo tenía todo para buscar a su hermana mayor, que años atrás se había escapado con un facineroso, más encantador de serpientes que persona legal. El camarero, amante de las bicicletas y aprendiz desde los trece en un discreto taller cercano a su casa, había visto cómo un joven y apuesto latino, que iba de pueblo en pueblo fotografiando a la gente inculta —y sacándoles las pocas monedas que tenían—, había convencido a su querida hermana de que podía llevarla al estrellato lejos del lugar que la había visto nacer. Lo cierto era que Sophie, que tenía un par de años más que Pier, poseía una belleza deslumbrante, así como una voz angelical, y el estafador, tras hacerle una sesión de fotografías, le había hecho creer que en España iban a darle trabajo en cualquier modalidad artística que se le antojara. Y ella, que adoraba bailar y cantar, se había decantado por pedirle un teatro de gran ciudad para desempeñar sus virtudes. Alfonso, el hombre en cuestión, le había prometido la gloria en el mismísimo Liceo barcelonés, el lugar perfecto para que la alta burguesía apreciara su voz y su aerodinámico movimiento sobre las tablas.

Como era de esperar, Sophie abandonó el nido familiar para convertirse en una estrella, y un año más tarde solo pudo enviar una carta en la que les pedía ayuda. Alfonso no solo la había «vendido» a los burgueses para que saciaran su perversidad con películas eróticas —empezaban a estar en auge entre los más pudientes—, sino que por el Liceo no había pasado ni para limpiar las butacas. La habían arrastrado hasta una sala de fiestas del Paralelo barcelonés, donde, entre borrachos e individuos de vida turbia y descarriada, había logrado una cierta estabilidad como bailarina francesa.

Tras leer la carta, Pier no se lo había pensado dos veces. Subido a una bicicleta que él mismo había reparado cientos de veces, recorrió una parte de su país y del territorio catalán para llegar a la gran metrópolis abrazada por el mar y remover cielo y tierra con la intención de llevarse con él a su hermana. La búsqueda estéril lo

— 95 —

llevó a tomar la decisión de establecerse durante un tiempo en Barcelona, para seguir las pocas pistas que había encontrado.

Y de eso ya habían pasado casi tres años, en los que había encontrado trabajo como camarero y procuraba ganar tiempo para regresar a casa con buenas noticias. Aunque, desde que había conocido a Agnès, sus prioridades habían empezado a cambiar. Ya no solo quería volver con su hermana, sino aparecer con su esposa y abrir un quiosco en la plaza del pueblo donde servir dulces y refrescantes sodas.

La historia de Pier había calado hondo en una Rossita que ya había hablado con su esposo para anticiparse a las noticias. Era evidente que el joven camarero y su hija se gustaban y no tenía ninguna intención de romper aquella conexión, consciente de que casarse por amor era garantía de tener una vida feliz. O al menos de acercarse a ella.

Tras pedir las consumiciones habituales y encontrarse con los Pons al completo, las dos familias empezaron a distribuirse alrededor del quiosco. Los padres de Lluïset y Laura iniciaron una interesante conversación sobre los últimos eventos sociales de la ciudad y, esencialmente, sobre el funcionamiento de la fábrica de los Pons, que parecía ir viento en popa.

Por otro lado, Agnès se colocó sutilmente cerca de Pier para seguir la conversación en el punto en que la habían dejado. Los padres de la joven los observaban de reojo y se sentían bien al ver la felicidad reflejada en su rostro. Que la hija mayor de los Ros estaba enamorada era una evidencia, y ellos, que se habían elegido precisamente por amor, conocían las virtudes de un enlace de tales características.

Mientras los adultos y los adolescentes tomaban sus propios caminos, Lluïset y Laura estaban pendientes de las enseñanzas de Atilio, que disfrutaba del arte de delegar vida y conocimientos a dos críos que estaban a punto de adentrarse en una nueva etapa vital. Laura solía mantenerse callada y atenta, todo lo contrario que Lluïset, que era la llama de la vida en toda su expresión y necesitaba no solo aprender, sino llevarlo a cabo casi al instante.

Los tres, tras la barra del quiosco, observaban tranquilamente la vida de las Ramblas.

Atilio simplemente miraba y emitía algunos sonidos al reconocer a uno u otro transeúnte, mientras los niños parecían imitarlo sin saber muy bien el porqué. Ese proceder tan mecánico como las acciones de un autómata cambió radicalmente cuando de entre el gentío acumulado en la fuente de Canaletes apareció doña Carmen.

Al verla, el camarero se puso en posición.

—Cachorro, prepara un café cargado de coñac, tal y como te he enseñado. ¿Crees que podrás?

Lluïset asintió en silencio mientras Atilio levantaba la mano para atraer a la clienta hacia el quiosco.

Pintarrajeada como un loro, pero con porte firme y orgulloso, la mujer se acercó hasta la posición de Atilio, que rápidamente le tomó la mano para besarla con respeto.

—Buenos días, doña Carmen. Dichosos los ojos de verla por aquí.

La mujer esbozó una sonrisa sin darle mucho margen al camarero. Era de las que necesitaban mantener la compostura, al menos durante los primeros minutos del encuentro.

—Buenos días, don Atilio. Después de misa, he creído conveniente pasear por mis queridas Ramblas. Y no hay paseo sin visita al hombre más amable que conozco. ¡Y mira que he conocido hombres!

Atilio sonrió agradecido por las buenas palabras y se volvió para coger el café con coñac que Lluïset había preparado.

—Aquí tiene, doña Carmen. Su cafelito con gotas. Tal y como a usted le gusta.

La mujer no dudó en darle un sonoro sorbo y dejar que el líquido le acariciara el paladar. En el acto entreabrió los ojos mostrando el deleite.

—Atilio, se supera usted cada día. Esto es una verdadera delicia.

El camarero, agarrando a Lluïset del hombro, lo colocó frente a él.

— 97 —

—El honor debe dárselo a este jovencito de aquí... Él será quien tome mi relevo, doña Carmen.

Lluïset se sonrojó al escuchar las palabras del gerente.

—Entonces debo decir, pequeño, que has aprendido bien de Atilio. Hazle caso, porque es un hombre sabio y cabal como pocos. Dos virtudes difíciles de encontrar hoy en día.

El pequeño asintió agradecido, dándose cuenta de que los Ros y los Pons estaban observando el encuentro.

—¿Y cómo está su hijo, doña Carmen? ¿Sigue en el mar? —preguntó Atilio con cierta cautela.

La mujer, sin perder la compostura, dio un nuevo sorbo al café y compartió con el camarero lo último que sabía de su vástago:

—No me hable de Jesús, don Atilio, que desde la Semana Trágica no sé dónde está. Mire que a mí, que soy su madre, no me ha enviado ni una sola carta. Nada. Se quedó por Marruecos sin decir ni mu..., aunque yo creo que debe de andar ciego de grifa y perdido por las tierras «donde nuestro Señor perdió las *espardeñas*».

Atilio asentía mientras escuchaba a la exmadama. Aquella mujer había sido toda una institución en los distritos más humildes de la ciudad, y por su casa de alterne había pasado la mayoría de la población autóctona y extranjera de la época.

—Mal asunto lo de la grifa, doña Carmen. Pero ya conoce al Jesús..., seguro que en algún momento volverá. Aunque sea para pedirle dinero...

—Y no sería la primera vez.

Tras darle un último sorbo a la minúscula taza, la clienta se despidió con aires afrancesados y prosiguió su paseo por las Ramblas como si de una marquesa se tratara. Aunque no pertenecía a la nobleza, doña Carmen había sido la reina de los bajos fondos y aquel título se lo había ganado en propiedad.

Lluïset acompañó con la vista la estela de la exmadama hasta que se disolvió entre el gentío y, siempre dispuesto a comprender aquello que se le escapaba, no dudó en preguntar al gerente del quiosco:

—Atilio, ¿cómo ha sabido lo que iba a tomar la señora Carmen sin que se lo hubiera pedido antes?

—Cachorro, en nuestra profesión uno debe dominar el arte de la anticipación, así como el de la empatía.

—¿Y qué tienen que ver con lo que pide la gente?

—Mucho más de lo que crees, chico. Verás… Algunos vienen al quiosco como un acto rutinario. Saben lo que desean y les gusta el ritual de hacer lo mismo cada día. Para esos clientes, no necesitas más que ofrecerles lo que quieren con amabilidad y buenas maneras…

—¿No son la mayoría?

—En parte sí, aunque no son los más importantes. Los clientes que marcan la diferencia son los que vienen al quiosco porque se sienten solos. Charlar conmigo o con Pier les ayuda a saciar la sensación de que pueden confiar en otra persona, de que le importan a alguien.

Lluïset atendía especialmente a aquella parte de la lección de don Atilio.

—Tú, querido Cachorro, tienes a tus padres y a tu hermana. Incluso tienes a Laura. Pero ciertas personas se han quedado solas en la vida y necesitan compartir sus miedos e inquietudes. Así que, si quieres trabajar en el quiosco, tendrás que comprender que vas a ser algo más que un camarero. Para muchos te convertirás en su único amigo. Esa es casi una obligación que viene con el cargo. Convertirse en el confidente de las Ramblas será tu obligación. ¿Entiendes a lo que me refiero?

—¡Pues claro! Me gusta ayudar a la gente como lo hace mi padre —soltó Lluïset, llamando la atención de don Ramon, que estaba distraído hablando con su esposa y los Pons. Al escucharlo, el prestamista sintió la necesidad de pronunciarse.

—Escucha a Atilio, Lluïset. Es el hombre más sabio de estos parajes. ¡Es el auténtico rey de las Ramblas! —exclamó su padre, robándole a su vez un gesto amable al camarero.

—Bueno, bueno, don Ramon. Eso es que usted me mira con buenos ojos.

—No me seas modesto, Atilio, que el papel no te queda bien. ¡No se acaba el mundo por reconocer lo que resulta evidente!

Atilio, emocionado por las palabras de un hombre al que admiraba con lealtad, empezó a escurrir el bulto simulando que tenía trabajo por hacer, aunque todos los presentes vieron que se escabullía por vergüenza. A los más grandes, a los seres humanos que están en otro nivel siempre les incomoda sentirse el centro de atención. Y Atilio, pese a su aparente sociabilidad, albergaba una gran dosis de pudor cuando el asunto no podía desviarse de ninguna manera.

Lluïset abandonó el edificio escolar como si el mismísimo diablo le estuviera pisando los talones. Aquella tarde se había citado con Atilio en el quiosco para aprender a cortar y a cocinar las famosas patatas chips que el señor Esteve había importado tan inteligentemente. El quiosco era el único lugar en toda Barcelona donde servían semejante manjar, y el pequeño de los Ros estaba como loco por absorber hasta el último secreto del mágico enclave de la gran vía de la Ciudad Condal.

Sin perder tiempo, el pequeño llegó a casa, arrojó con cuidado la cartera sobre su cama, arrancó con suavidad de la mano de su madre el bocadillo que le había preparado y puso tierra de por medio.

—¡No llegues tardes, Lluïset! ¡Que mañana tienes colegio! —gritó la matriarca cuando el pequeño ya había alcanzado casi el portal de entrada del viejo edificio donde vivían.

Don Ramon salió al discreto balcón para controlar que su hijo se dirigía hacia la Rambla y, satisfecho, se sentó a la mesa del comedor, donde su esposa y su hija le estaban esperando para tomar una ligera merienda. Aunque el motivo de aquella reunión era más trascendental que el simple placer de compartir tiempo de calidad.

—Hija, tu madre y yo queremos hablar contigo… —empezó a decir el paterfamilias de los Ros Adell, mientras Rossita le servía café de la vieja cafetera que reposaba sobre un mantel maltrecho en el centro de la mesa.

Agnès no tardó en comprender que toda aquella encerrona no era tan grave como parecía. Sus padres siempre habían sido muy cariñosos y liberales, y estaba segura de que, si les exponía claramente el amor que sentía por Pier, no iban a ponerle ninguna traba.

—¿Qué sucede, padre? ¿He hecho algo mal?

—En absoluto, hija. Solo queremos hablarte con franqueza de un asunto que nos preocupa... —intervino Rossita antes de que se generase un malentendido.

—Agnès, sabes que siempre hemos sido respetuosos con tu voluntad y que nunca te hemos obligado a hacer algo que no quisieras. De hecho, trabajas con tu madre porque tú misma insististe en aprender el oficio y abandonar los estudios.

—Sí, papá, lo sé... Soy consciente de lo afortunada que soy de teneros.

Don Ramon tomó un primer sorbo de café antes de continuar con una exposición que llevaba tiempo rumiando.

—Verás, hija... Atilio nos ha contado que visitas a Pier con frecuencia, y lo cierto es que no tenemos ningún inconveniente en esos encuentros. El joven es responsable y parece buena persona y educado, por lo que no podríamos pedirle más a quien se lleve tu corazón...

Agnès se ruborizó. Intuía que aquella charla iría por aquellos derroteros, pero escucharlo de propia voz de su padre imponía más de lo esperado.

—No pretendía poneros en evidencia ni molestaros —admitió su hija con sinceridad.

Rossita, en un acto instintivo, la abrazó. Agnès, con dieciséis años recién cumplidos, ya era toda una mujer y no había cometido ningún acto cuestionable. ¿Que se había enamorado de Pier? Estaba en edad para ello; no sucedía nada.

—Cariño, ni tu padre ni yo estamos molestos. Pier nos parece un buen chico y no tendríamos inconveniente en que os comprometierais, pero creemos que aún es pronto para eso.

—Pero ya tengo la edad, mamá. Y lo amo con toda mi alma.

Ramon y Rossita se miraron, cómplices. Necesitaban solucionar una cuestión que, en aquella época, tenía una cierta trascendencia social y familiar.

—¿Qué te parece si esperas hasta los diecisiete para comprometeros? Queda solo un año y os apoyaremos incondicionalmente —propuso don Ramon con amabilidad.

Agnès meditó durante unos segundos las palabras de su padre y, decidida, no dudó en pronunciarse:

—Me parece bien, padre…, pero ¿puedo decírselo a Pier? Lleva días proponiéndome hablar con vosotros para explicaros sus intenciones. Dice que me ama como jamás ha amado a nadie y que esperará lo que sea necesario. Tiene muy claro que estamos hechos el uno para el otro.

Rossita sonrió emocionada por la idea de que su hija hubiera encontrado a su propio Ramon. Ya eran dos las mujeres de la familia que habían acertado al cruzarse con un compañero para toda la vida, y eso confería a su hija una ventaja respecto a los miles de mujeres desdichadas que seguían siendo obligadas a pasar por el aro de un machismo diluido en el lastre de la tradición.

—Entonces, mi amor, habla con Pier y explícale que aceptamos encantados que te corteje… —soltó Ramon, arrancándole una sonrisa a las mujeres de su vida—. Eso sí, de momento preferimos que os encontréis en el quiosco para que os podáis ver sin que tengáis que estar pendientes del qué dirán. Y con eso nos ahorraremos haceros de carabina mientras no estéis comprometidos.

Agnès, feliz como nunca se había sentido, se arrojó a los brazos de su padre para acribillarlo a besos. Su madre, orgullosa, se libró sutilmente de un par de lágrimas que habían irrumpido por la emoción.

Escurriéndose entre el gentío de la calle Tallers y de la Rambla, Lluïset tomó un atajo para alcanzar antes la fuente de Canaletes.

A lo lejos pudo ver que el quiosco estaba vacío. Solo había un cliente, que parecía ensimismado con sus cosas. El joven de los Ros no dudó en acelerar el paso para cumplir con su palabra y acudir a la cita en la que Atilio iba a enseñarle el secreto de las famosas patatas chips.

Cuando apenas estaba a unos metros, Atilio se volvió por intuición en dirección a su aprendiz. Como ya era habitual en él, parecía tener un radar capaz de alcanzar a las buenas personas en un amplio radio de las Ramblas.

—¡Lluïset, corre! ¡Ven, que quiero mostrarte algo!

El niño no tardó en serpentear los metros que le quedaban para no toparse con los transeúntes y, sin pensarlo, entró por la parte trasera del quiosco.

—¿Qué es tan urgente? —preguntó el crío, jadeando por la carrera.

—Ven, acompáñame… —susurró Atilio mientras lo tomaba de la mano y lo llevaba al último asiento de la barra, ubicado en el lado contrario al que estaban.

Allí, Lluïset pudo ver a un hombre esbozar algo en un cuaderno, y comprendió en el acto el interés del camarero.

—Acércate, acércate. Verás qué gran maestro nos ha visitado por primera vez…

El niño se acercó silenciosamente hasta la posición del artista, que, pese a advertir su presencia, no dejó de dibujar en un cuaderno de piel oscura con la simple ayuda de un carboncillo.

Sin mediar palabra, el pequeño trepó por la barra y se ubicó junto al dibujante para observar lo que hacía. Aquel instante le impactó de tal manera que comprendió que no solo debía potenciar su capacidad de dibujo, sino que jamás iba a dejar de aprender.

Mientras Lluïset admiraba el retrato de Pier, que ya casi estaba finalizado, el hombre reaccionó inesperadamente.

—Tú debes ser el artista que ha creado esa maravilla que está sobre la cafetera, ¿no? —preguntó cortésmente el pintor.

—Sí, señor…, pero no tengo el talento que usted tiene… ¿Cuántos años ha tardado en dibujar así?

El artista sonrió y dejó entrever que era de esas personas que jamás ofrecían un halago gratuito.

—Empecé cuando era más pequeño que tú y desde entonces no lo he dejado ni un día. Te confesaré que la constancia es el único secreto para conseguir lo que uno desea.

Lluïset tomó nota del consejo e intentó no tener un comportamiento molesto. Le ilusionaba pensar que aquel maestro volvería pronto a su faro de las Ramblas. Solo así podría pedirle que le enseñara en un futuro.

—¿Le molesta si miro?

—Puedes mirar todo lo que quieras, chico. ¿Cómo te llamas?

—Lluís, pero todos me llaman Lluïset…

—Y algunos, incluso, Cachorro… ¿Verdad, pequeño? —comentó Atilio, que a veces simplemente parecía dominar el arte de la invisibilidad.

—¡Ese apodo solo lo usa mi maestro, aquí de cuerpo presente! —exclamó el benjamín de los Ros entre carcajadas.

Mientras el aspirante se deleitaba observando la delicadeza de los trazos del dibujante, Atilio preparó un café con leche, que dejó sobre la barra, y sin prisa permitió que el chiquillo y el recién llegado tuvieran su propio espacio.

—¿Y usted? ¿Cómo se llama, señor?

—Adrién Musha…

—Déjeme decirle que no he visto a nadie dibujar tan bien como usted…

El retratista sonrió agradecido. Las buenas palabras siempre eran recibidas con respeto y satisfacción.

Antes de que el aprendiz pudiera seguir indagando en el misterioso cliente, Atilio quiso ofrecerle una nueva lección:

—Lluïset, deja un momento en paz al señor Musha y lleva este café con leche a ese señor que está junto al árbol. Allí, a unos metros… ¿Lo ves?

El chico afirmó y, con una energía propia de quien le queda toda la vida por delante, salió del quiosco para recoger el vaso desde el exterior de la barra.

—Se llama Julián y puede que parezca confuso… Ha olvidado quién era, así que ten paciencia con él —comentó el camarero.

—Sí, don Atilio… ¿Tengo que cobrarle?

—En absoluto. Solo has de llevárselo y le dices que es un regalo de su viejo amigo del quiosco. ¿Queda claro?

Lluïset afirmó y, manteniendo el equilibrio con cierta dificultad, le llevó el café a un hombre que, a simple vista, parecía vivir en la calle.

Mientras el crío se alejaba, Atilio pensó en lo que le hubiera gustado tener un hijo como aquel chaval.

Con cierta dificultad, el pequeño de los Ros recorrió los metros que le separaban del inesperado cliente, totalmente concentrado. Quería hacerlo a la perfección para que su maestro estuviera orgulloso de sus capacidades.

Llegado al destino, vio que el señor Julián ni siquiera se había dado cuenta de su presencia. Parecía estar absorto en su propio mundo.

—Disculpe, señor. Le he traído este café de parte de don Atilio, el camarero del quiosco.

El hombre entreabrió lentamente los ojos. Daba la impresión de que el influjo solar le importunaba. Durante unos instantes miró al muchacho, intentando recordar quién era, pero su esfuerzo fue en vano.

—¿Qué quieres, chico? ¿De qué me hablas? ¿Acaso te conozco?

Lluïset, ya prevenido por el gerente, respiró hondo para no parecer impaciente ni maleducado.

—Me llamo Lluís y le traigo este café de parte de aquel señor de allí, ¿lo ve? —comentó el pequeño, señalando hacia donde estaba su mentor.

—¿Lluís? Yo no conozco a ningún Lluís…

—¿Y a ese hombre de allí? ¿A don Atilio lo conoce? —insistió el crío.

Julián, bloqueado, observó al camarero mientras dejaba la mirada perdida en el horizonte. Era como si simplemente lo traspasara.

—No sé de qué me hablas, chico… Déjame en paz…

Lluïset, desconcertado, tomó una decisión al momento. Intentar que aquel hombre reconociera a alguien parecía una misión imposible, por lo que asumió que don Atilio le había dado aquel encargo para comprobar su capacidad de decisión, y se dispuso a estar a la altura.

Sin más, dejó el café junto a Julián y decidió regresar al quiosco.

—Señor Julián, le dejo este café. En un rato volveré a recoger el vaso.

El indigente apenas le prestó atención. Solo cuando el pequeño se giró para volver a la barra, el hombre tomó un sorbo del café. En el acto, dijo lo único que su mente pudo discurrir:

—Espera, chaval…, que lo termino y puedes llevarte el vaso. Qué pérdida de tiempo hacer dos viajes…

Al escuchar aquellas palabras, Lluïset se quedó a cuadros. Semejante reacción era lo último que hubiera esperado de un hombre que parecía haberlo olvidado todo.

Antes de que el menor de los Ros regresara al quiosco, mientras Julián se terminaba el café, el pintor que estaba en la barra quiso dar su punto de vista acerca del autor del dibujo que Atilio tenía en un lugar privilegiado del comercio.

—Este chico tiene un gran talento… Debería dibujar a diario porque posee un gran potencial. Sería un pecado desperdiciar un don de tal magnitud… Esto solo lo tienen los elegidos.

Atilio tomó nota mentalmente de las palabras del artista para, llegado el momento, transmitírselas al padre de la criatura, aunque ya estaba del todo alineado con la opinión del retratista.

—Y usted, señor Musha, ¿tiene previsto quedarse mucho tiempo por la ciudad?

—Aún no lo he pensado, pero diría que deseo establecerme en las Ramblas y dibujar a sus habitantes. De hecho, llevo ya varias semanas por la zona, pero no me había decidido a subir hasta Canaletes, y le diré que me he llevado una grata sorpresa. Me habían aconsejado tomarme un café en su establecimiento, y reconozco que desconfié hasta que lo he podido degustar. Ya tiene un cliente diario hasta el día que abandone la ciudad.

Atilio sonrió por la confesión y aprovechó la coyuntura para proponerle algo al recién llegado:

—¿Qué me diría de darle clases al chico? Podría pagarle unas sesiones a cambio de un buen precio y de café gratis… ¿Qué le parece?

Musha dejó de esbozar durante unos segundos para valorar una propuesta que le pareció de lo más oportuna. Las ganancias de un pintor no eran ninguna maravilla, ni siquiera en una de las ciudades más importantes del mundo. Y él, que había crecido en la mítica Praga, bien lo sabía.

— 106 —

—¿Sabe qué le digo? ¡Acepto su propuesta! No me irán nada mal unas monedas y este mejunje sin límite…

—¿Y cuándo podría comenzar?

—¿Qué le parece ahora mismo?

Atilio sintió una gran satisfacción al ver que acababa de cerrar un acuerdo muy beneficioso para Lluïset, y no dudó en servirle otro café corto al artista.

—Bienvenido al faro de las Ramblas, señor Musha. Desde aquí verá lo más interesante y auténtico de esta ciudad —afirmó con orgullo el camarero mientras observaba cómo Lluïset regresaba al quiosco con una sonrisa de oreja a oreja.

9

1912

Tras el acuerdo entre Atilio y Musha para instruir al joven Lluïset y que el camarero tratara el asunto con don Ramon, el benjamín de los Ros empezó a asistir a las clases improvisadas de dibujo en el quiosco todas las tardes, al salir de la escuela.

Adrién era un profesor algo anárquico y caótico, pero su talento estaba fuera de toda duda. Sentados en la parte final de la barra del quiosco, junto a una cristalera que delimitaba la entrada y la salida del célebre inmueble de Canaletes, el pintor le enseñó el orden lógico de los trazos y el procedimiento que había aprendido de los mismísimos maestros del Renacimiento. Para Musha, Da Vinci había sido el más grande pintor de la historia, y su metodología era algo que había interiorizado en la Escuela de Bellas Artes de Praga. Allí, entre bohemios y soñadores, había adquirido la base de un estilo que había desarrollado en sus viajes por Europa.

Lluïset aprendía con una celeridad alarmante, y pronto Musha decidió que había llegado el momento de empezar el trabajo de campo. Un retratista debía empaparse de la realidad, de un entorno orgánico compuesto de miles de detalles que los transeúntes normales solían pasar por alto. Las Ramblas eran un torrente de detalles silenciados en un mundo singular, y nada mejor que las diferencias plasmadas en sus tramos para que Lluïset se empapara de la esencia que todo artista debía albergar en su proceso creativo.

Así que, con la autorización de don Ramon y en compañía de Agnès, encargada de supervisar las salidas, genio y aprendiz empezaron a recorrer la gran vía barcelonesa, todas las tardes, en busca de diferentes enclaves donde realizar los retratos.

En la primera sesión lejos de la cobertura del quiosco, Musha decidió sentarse cerca del Liceo, en la rambla dels Caputxins, para aprovechar el ir y venir de los más adinerados, que solían disfrutar de su paseo diario.

Hombres con bombín, sombrero de copa o el estiloso panamá de paja gozaban de la brisa marina en compañía de sus esposas o familias. Aquella era, muy posiblemente, la zona más presuntuosa de todo el paseo catalán.

Musha, que no dejaba de observar a su alrededor, decidió recostarse en uno de los árboles del perímetro para iniciar la lección. Sin más, abrió su cuaderno de dibujo, amarrado con un cordel para no perder las páginas sueltas que albergaba con recelo, y empezó a bosquejar una escena.

Mientras el genial pintor realizaba el boceto de un vendedor ambulante de dulces, que estaba a apenas unos metros del gran teatro del Liceo, Lluïset se empapaba de las enseñanzas del praguense. Pese a que el silencio era indispensable para la buena ejecución del retrato, el pequeño de los Ros solía hacerle cientos de preguntas.

—¿Por qué empieza esbozando la pose del hombre? ¿No sería mejor empezar con el rostro? —preguntó Lluïset, con serias dudas de por dónde convenía iniciar el trazo.

—Chico, lo primero que debes tener en cuenta es aquello que decides observar. Antes de enfocarte en lo que parece principal, debes definir el contorno, la atmósfera del sujeto. Estás captando un instante, una realidad…

—¿Como una fotografía?

—¡No! La fotografía es un corte abrupto de lo real. El retrato es la esencia infinita de alguien que ha existido y a quien tú, al plasmarlo en el papel, darás vida eterna. ¿Lo comprendes? —reflexionó Musha sin dejar de trazar sobre un cuaderno que, con el tiempo, se había convertido en una extensión de su propio ser.

—No entiendo la diferencia, la verdad…

El pintor suspiró resignado. Ciertos conceptos eran de difícil transmisión, y más a un chico de trece años. Lluïset carecía de la madurez del gran artista, aunque tenía un gran margen de mejora por delante para experimentar e interiorizar la magia de la visión.

—Digamos que el retrato es vida y la fotografía, un simple recurso que engaña a nuestras sensaciones.

—Y eso ¿por qué?

—Pues porque nuestro aspecto o la pose que tenemos en un momento determinado refleja lo que sentimos en ese preciso instante. Y es esa magia la que sigue captando nuestra atención, aunque transcurran milenios. Con la fotografía nos quedamos con el corte de un reflejo inmóvil, pero el retrato sintetiza el tiempo en una serie de trazos. Es por tal razón que el retrato tiene una vida infinita.

Lluïset asintió, aun sin entenderlo del todo, y observó durante un rato cómo Musha seguía definiendo los detalles del vendedor ambulante.

—Maestro, ¿por qué siempre usa un cuaderno y no un lienzo?

—En el cuaderno puedo cometer errores y aprender de ellos. Puedo dibujar lo que sienta en ese instante sin miedo a que sea definitivo. En estas páginas, todo es orgánico y cambiante; puedo ser sincero conmigo mismo.

—¿Y en un lienzo no?

—En un lienzo dilatas el proceso y juegas con la perfección, pero en el cuaderno lo que captas es lo auténtico; es justo lo que estás viendo en ese momento. Fíjate en el modelo que estoy usando. ¿Ha permanecido quieto mientras lo estoy dibujando?

—No.

—¿Y ves cómo construyo su movimiento usando mi imaginación?

—Sí, ahora lo entiendo…

—Bien, pequeño…, poco a poco.

Durante un buen rato, Musha siguió trazando y definiendo el retrato. Agnès, que también se sentía atraída por el talento de aquel hombre, no dudó en acercarse y sentarse a su lado. La presencia de los hijos de los Ros no importunaba en absoluto al pintor.

—Cuando retrates, Lluïset, debes tomar los elementos de la realidad y, con tu estilo personal, crear algo que trascienda a lo que estás observando. Dibujar no es solo trazar unas líneas sobre un papel: es un reto infinito contigo mismo que te ayudará a entender el universo que te rodea y lo que se remueve en tu interior.

Lluïset atendía con un deseo máximo a su mentor, empapándose de aquellos conocimientos, y Agnès, que se lo tomaba con otra intensidad, se fijó en varios cuadernos que el retratista llevaba en una bolsa de la que jamás se separaba. Curiosa, intentó llamar la atención del retratista.

—Señor Musha, ¿podría mirar los dibujos de sus cuadernos?

—Claro que sí, jovencita.

Agnès, satisfecha, empezó a ojear los numerosos bocetos que el praguense había realizado durante años. Un sinfín de rostros, edificios, gentío y parajes, entre los que le llamó la atención el retrato de un joven con un rostro que reflejaba una gran tristeza.

Impresionada por la emoción contenida en aquellas líneas, no pudo evitar preguntarle al pintor sobre la identidad del modelo.

—¿Quién es este hombre, señor Musha?

El retratista se detuvo un instante y miró su propia obra.

—Veo que Franz te ha llamado la atención…

—¿Por qué está tan triste?

—Franz es un genio incomprendido, Agnès…, un escritor que algún día será valorado como se merece. No olvides su apellido, porque estoy seguro de que, al igual que tú has captado su esencia, sus lectores quedarán cautivados por el mismo enigma de sus relatos.

—¿Es su amigo?

—Sí, jovencita. Franz Kafka es un hombre que navega a la deriva entre dos mundos, un gran amigo al que añoro.

—¿Y dónde vive? ¿En Praga?

—Así es.

Agnès simplemente asintió y siguió observando los retratos de Musha, mientras su hermano y el pintor seguían con la lección del día.

—Maestro, entonces ¿por dónde debo empezar el retrato?

—Existen dos elementos fundamentales para crear un retrato. El primero es la estructura. Para retratar un rostro, lo más importante es la simetría y la alineación, además de la perspectiva. ¿Ves cómo el rostro de nuestro modelo está equilibrado?

—Sí, señor.

—Bien, el segundo elemento es la iluminación. Dependiendo de la posición y del contexto del modelo, encontrarás distintas luces y sombras. Poco a poco aprenderás que la luz lo es todo...

—¿Y cómo se plasma?

—Con práctica, un buen carboncillo y papel. El arte de dibujar es simple y solo requiere de tu visión, de tu capacidad de aislar la escena y encontrar lo esencial. Cuando aprendas a ver, todo lo demás surgirá solo. Es una simple cuestión de paciencia, pequeño.

Lluïset asintió, quedándose de nuevo en silencio mientras Musha finalizaba la estructura abstracta del personaje que había ido desarrollando durante la sesión. Un desarrollo que había extendido a la luz y las sombras, al suavizado de las texturas y al arte de plasmar meticulosamente los últimos detalles.

Antes de que finalizara el boceto, se les acercó una pareja de mediana edad elegantemente vestida. Al parecer, ya conocían al pintor.

—Buenas tardes, señor Musha. Me alegra encontrarle por la zona. De hecho, le estaba buscando —comentó el hombre mientras se retiraba el bombín en señal de cortesía. Su esposa, amarrada a su brazo, sonreía con entusiasmo.

—Buenas tardes, señor Vives. ¿Están disfrutando del apacible paseo por la mejor vía del mundo? —preguntó gentilmente el pintor, dando a entender que su relación era fluida y cordial.

—Usted ya sabe que pasear con mi esposa es siempre un infinito acto de felicidad. Ella alumbra mi vida con la misma intensidad que la luz del sol de media tarde acaricia nuestras queridas Ramblas.

Los presentes sonrieron ante las zalameras palabras del burgués.

—Veo que está bien acompañado —comentó la señora Vives mientras descubría con el rabillo del ojo que Agnès la observaba con atención. Se notaba que se deleitaba con su bello vestido de encaje, importado directamente de París.

—No podría tener mejor compañía. Les presento a mi aprendiz, Lluïset, y a su adorable hermana, Agnès, que hoy ha decidido acompañarnos en las lecciones de campo.

— 112 —

Agnès y Lluïset hicieron una ligera reverencia.

—Un placer, chicos —comentó el hombre, con tono amable y sincero—. Mejor vamos a dejarlos tranquilos con sus quehaceres, pero antes querría preguntarle si el sábado podría pasar por nuestro hogar. Deseo regalarle un retrato a mi amada madre por su ochenta cumpleaños. Ya sabe que adora su arte y lleva semanas insistiendo en tener otra obra suya.

Musha sonrió agradecido.

—Desde luego, señor Vives. Allí estaré a media mañana.

—Le esperaremos entonces, con ansia.

El pintor hizo una leve reverencia en señal de cordialidad.

—Que tengan una buena tarde y disfruten de la sesión. Chico, tienes un maestro estupendo, así que aprovecha sus lecciones, porque pocas veces tendrás una suerte igual.

Lluïset abrió mucho los ojos al ver el reconocimiento que tenía su mentor. Aprender del mejor era un plus motivacional.

Tras una amable reverencia, la pareja se alejó a ritmo pausado con la intención de empaparse de la atmósfera de las Ramblas. El aún lejano runrún del puerto era un reclamo único para los transeúntes del lugar.

Mientras los dos burgueses se esfumaban entre la multitud, Musha terminó de esbozar el retrato del vendedor de dulces y se incorporó rápidamente para acercarse hasta el hombre.

En un acto generoso, le regaló el boceto, acompañando el gesto con un par de monedas.

El vendedor, desconcertado, no puedo emitir más que un escueto «gracias, señor». Una donación siempre era bien recibida y no quiso entrar en un debate que podría poner en riesgo el aumento de su riqueza.

Mientras el hombre le daba vueltas al asunto, el pintor y los dos vástagos de los Ros retomaron el rumbo hacia el quiosco para dar por finalizada la clase magistral.

Solo cuando Adrién saboreaba el último café del faro, casi como si fuera un ritual místico, sentía que la lección había terminado.

10

Agnès apareció por el quiosco cuando apenas quedaba un cuarto de hora para el cierre. Al verla cruzar la fuente de Canaletes, Pier sonrió nervioso. Pese a que llevaban meses cortejándose y compartiendo sus ansias de vivir el presente, aquella era una jornada especial.

La hija mayor de los Ros había hablado con sus padres en un desesperado grito de auxilio en favor de su amado. Aunque Pier no había perdido la esperanza y seguía buscando incansablemente a su hermana desaparecida, sus recursos empezaban a ser escasos y los contactos en los bajos fondos barceloneses, inexistentes. Atilio había removido el avispero en busca de alguna pista, pero Sophie parecía haberse esfumado de la faz de la tierra.

Lo último que sabía el joven francés era que su hermana había trabajado en un pequeño local del Paralelo, más conocido por ser una guarida de ladrones y engendros de mala vida que por un establecimiento de exaltación cultural y folclórica.

En los paseos que los dos amantes daban a diario después de que Agnès le llevara la comida al quiosco, cuando el camarero la acompañaba a casa, solían hablar del compromiso que pronto les ayudaría a dar un paso adelante en su relación, de un futuro en común y del amor que sentían el uno por el otro. Aunque, de vez en cuando, el joven francés mostraba un preocupante decaimiento del ánimo al pensar en la pérdida familiar. Por mucho que la vida pareciera sonreírle con el amor de su vida, el vacío por carecer de una certeza sobre el destino de Sophie lo atizaba cuando menos lo esperaba.

Por esa razón, Agnès había suplicado a su padre ayuda a la desesperada. Consciente de que el paterfamilias tenía amigos en las entrañas de los distritos IV y V —las Atarazanas y la zona más degradada del entorno de las Ramblas tocando a mar—, pensó que nadie más que él podría ayudar a su futuro marido. Por Pier, Agnès hubiera ido hasta el monasterio de Montserrat descalza y en señal de penitencia. Sentía que lo amaba con una intensidad que solo ellos dos podían interpretar en todos sus matices.

—¿Estás listo? Mi padre nos espera —soltó Agnès mientras Pier guardaba el delantal en un rincón del quiosco y se enfundaba una americana humilde y un discreto bombín que le daba un toque señorial. La moda era la moda, y él, que procedía de una bella zona de la costa francesa, sabía de la importancia de una correcta apariencia. Además, si iba a visitar a su futuro suegro, no podía dar una mala impresión.

—Solo un momento y salgo.

Agnès asintió y esperó pacientemente en la zona acristalada que daba acceso al pequeño negocio callejero.

—Buenas noches, Atilio. ¿Seguro que no es inconveniente que salga un poco antes? —preguntó educadamente el camarero.

—¡Anda! ¡Vete y no hagas esperar a esta bella señorita! —soltó el gerente del Canaletas mientras le guiñaba un ojo a Agnès.

La joven de los Ros sonrió cómplice y cogió de la mano a Pier cuando apenas había abandonado el interior del quiosco. Con paso acelerado, descendieron solo unos metros por las Ramblas para dirigirse al lugar en que se habían citado con don Ramon.

Cuando apenas habían llegado a la cercana calle Tallers, Agnès quiso advertir a su amado:

—Mi amor, mi padre me ha pedido que no alberguemos muchas esperanzas. Está decidido a ayudarte, pero después de tanto tiempo puede que Sophie ya no se encuentre en la ciudad.

Pier asintió con cierta resignación.

—Lo sé, pero necesito intentarlo hasta el final. Sophie habría hecho lo mismo por mí...

La joven paró en seco para besarlo con pasión y acariciarle la mejilla con suavidad.

— 115 —

—Verás que esta vez habrá suerte. Esta mañana he puesto una vela en la iglesia de Betlem para que la Virgen María nos ilumine el camino.

Pier sonrió al conocer el detalle de su amada y, sin perder tiempo, apretaron el paso para no demorarse en un encuentro que se adivinaba trascendental.

Al pisar el último escalón que daba acceso a la desconchada azotea del edificio donde vivía la familia Ros, Agnès descubrió la figura a contraluz de su padre acompañado del Tuerto. El navajero se había convertido en una figura muy allegada al prestamista, y nadie mejor que él para peinar los bajos fondos sin que los implicados huyeran o se pusieran a la defensiva.

En silencio, los dos amantes se acercaron hasta donde estaba don Ramon, que fumaba en pipa mientras observaba la ciudad a sus pies. Desde los acontecimientos de la Semana Trágica, las alturas se habían convertido en el espacio en que el paterfamilias pasaba horas meditando el porvenir de sus allegados.

Sintiendo su presencia, el delincuente se giró rápidamente para controlar quién se acercaba. Al ver que se trataba de Agnès y Pier, relajó la postura.

—Papá, sentimos el retraso… —comentó su hija mayor en tono relajado y conciliador.

Don Ramon se volvió amablemente.

—No hay prisa, cariño. Lo importante es que hayáis venido… —argumentó el prestamista mientras se acercaba a Pier para estrecharle la mano.

En cuestión de segundos, los cuatro se posicionaron en círculo para tratar el asunto.

—Mi hija me ha comentado la situación de tu hermana…

Pier asintió en silencio, con la intención de simplemente dejarse llevar y aceptar cualquier tipo de ayuda.

—Ante todo, déjame decirte que admiro tu determinación por encontrar a Sophie… Sé que no debe de haber sido fácil venir de tan lejos sin medios y siendo tan joven. Dice mucho de ti y de tus valores como persona que no hayas perdido la esperanza después de tanto tiempo sin noticias suyas.

—Es desmoralizante, don Ramon… Ya no sé qué más hacer o dónde buscarla… Es como si jamás hubiera estado en la ciudad.

—Posiblemente se habrán esforzado en silenciarla. El tipo con el que vino no tiene buena reputación ni en los bajos fondos… —dijo el Tuerto, demostrando que ya lo habían puesto en antecedentes.

—Supongo que recordarás a Pablo… —comentó el señor Ros, refiriéndose al navajero por su nombre de pila.

—Sí —respondió escuetamente el camarero mientras le tendía la mano para estrechársela con cordialidad.

—Pablo conoce estas calles mejor que nadie, así que, si tu hermana está por la zona, acabará por encontrarla.

—Dios lo quiera, don Ramon —dijo Pier.

—El viernes por la noche le haré una visita al dueño del local donde supuestamente bailaba tu hermana. Sé que ese día suele pasarse por el negocio, y puede que me cuente algo que nos ayude. Me debe una…

El francés asintió de nuevo en silencio. Lo último que deseaba era decir algo improcedente y quebrar la confianza de don Ramon y de su mano derecha.

—Pier, solo te pediré que nos dejes actuar y que consideres la opción de que a Sophie la haya abandonado la suerte. Debemos estar preparados para lo peor…

—Lo comprendo. No se preocupe. Les agradezco la ayuda…

El paterfamilias de los Ros tomó al chico del hombro y con un gesto amigable intentó desdramatizar la situación.

—Mi esposa os está esperando para cenar, así que id bajando. No tardaré.

Los dos chicos, obedientes, se retiraron para no hacer esperar a Rossita, que odiaba que la comida que tanto le costaba preparar se enfriase por algo que no fuera una urgencia.

Una vez que Agnès y Pier se hubieron esfumado por el acceso a la azotea, don Ramon quiso tener unas últimas palabras con el Tuerto:

—Ante todo, no te expongas y evita cualquier peligro. Valoro tu ayuda, pero más aún tu compañía, así que haz lo que puedas sin comprometerte demasiado.

—Así lo haré, don Ramon. He crecido entre las Atarazanas y el bajo Montjuïc, así que los más peligrosos son amigos de la infancia. Preguntar no me compromete a nada. Si existe una mínima opción de encontrarla, daré con ella.

—Gracias, Pablo. Cuento contigo —dijo don Ramon mientras lo cogía por el hombro y lo achuchaba ligeramente, como un padre hace con su hijo.

Tras la muestra de cariño, el prestamista extrajo del bolsillo una bolsita de piel.

—Toma. Espero que con esto te llegue para sacarla de donde esté...

El delincuente cogió la bolsita con el dinero y se la guardó en el bolsillo interior de la americana.

—Será de gran ayuda...

—Atilio, ¿puedo prepararle yo el café a Musha? —preguntó inocentemente Lluïset, con la intención de parar unos minutos la lección pictórica del día.

—Claro que sí, Cachorro. Va, entra y encárgate tú. Así tu maestro se toma un respiro.

El pequeño dio un brinco y con entusiasmo se adentró en el quiosco dispuesto a prepararle el mejor café del mundo a su mentor, que, aprovechando el descanso, se encendió un cigarrillo y repasó los bocetos que estaban haciendo.

Dándole total libertad al crío, Atilio se ocupó de un par de clientes que ansiaban un café bien cargado para seguir con su jornada laboral.

Lluïset preparó el célebre mejunje valiéndose del grano especialmente molido para la marca del señor Esteve. Con ágiles movimientos, calentó la máquina importada desde la bella Italia hasta que el silbido del vapor avisó a los habitantes de las Ramblas de que el preparado estaba recién hecho. Tras servirlo en una taza

— 118 —

presidida por un platito de porcelana, sin cucharita ni azúcar, se lo sirvió a su maestro. Atento a la reacción de Musha, el aprendiz se quedó en el interior del quiosco, expectante por conocer el siguiente paso.

Como si del mismísimo ritual del té japonés se tratara, el retratista se dejó llevar por el amargor y el aroma del escueto expreso. En el acto se relamió el bigote, pasó la página del cuaderno de bocetos y volvió a concentrarse en la enseñanza.

—Recapitulemos, benjamín... ¿Qué es lo primero que has de tener en cuenta antes de empezar el retrato?

—Tener la mente abierta y estar lo más receptivo posible...

—¿Y...?

—Y no tener miedo a equivocarme.

—¡Excelente! Conseguirás la experiencia adecuada cuando acumules cientos de retratos. No olvides que se trata de un proceso interminable, pequeño, y no tengas prisa por buscar la perfección, porque no existe.

—¿Conseguiré algún día ser tan bueno como usted, maestro?

—¡Yo diría que incluso más! Entrena tu observación, el modo en el que reconstruyes lo que tienes enfrente, y verás que, sin darte cuenta, controlarás todos los secretos del dibujo. Así es como lo han hecho los grandes de la historia.

Lluïset intentaba enfocarse en lo que le decía Musha. Sus palabras eran claras, pero a veces perdía el ritmo de la disciplina. Ser tan grande como el praguense le parecía una utopía, como si estuviera a muchas millas del éxito.

El pintor dejó abruptamente de bosquejar para hacerle una propuesta irrechazable:

—Vamos a hacer un ejercicio. Ahora iré hasta aquel limpiabotas que está junto a la fuente de Canaletes. ¿Lo ves?

—Sí, señor.

—Bien. Mientras trabaja, nos dibujarás. No me importa lo exacto que sea el retrato, sino que seas capaz de captar la esencia de la escena. No es fácil, lo sé, pero sabrás cómo resolverlo.

Lluïset respiró hondo. Aquel era el primer reto serio que su maestro le imponía y no quería defraudarlo.

Musha apuró el cigarrillo, se levantó y caminó tranquilamente hasta la fuente, que estaba apenas a unos metros del quiosco. Tras negociar con el hombre la tarifa, reposó el pie derecho sobre el maletín de limpia y se dedicó a observar el entorno para facilitar el trazo del pequeño artista.

Lluïset, actuando con rapidez para no perderse ni un detalle, abrió el cuaderno que su maestro había dejado sobre la barra y, tras acariciar el carboncillo, empezó a trazar las líneas maestras de la escena. Atilio, curioso, se acercó para observarlo en acción. Ver cómo el pequeño de los Ros mejoraba lo llenaba de satisfacción.

—Madre mía, Cachorro… Esto se te da realmente bien.

—¡No me distraiga, Atilio! ¡Que observar es un trabajo de mil demonios! —soltó Lluïset, algo agitado.

El gerente del quiosco, ocultando una carcajada inminente, se alejó para no alterarlo.

—Haga usted tranquilo, su majestad…

El pequeño, en una burla inocente, le sacó la lengua para mofarse.

Sin perder tiempo, el joven artista bosquejó y trazó, creó y reprodujo aquello que veía con la máxima fidelidad posible. «Si retratar a una sola persona ya es difícil, ¡dos es una odisea!», pensó Lluïset mientras se esmeraba a conciencia.

El ejercicio duró unos minutos, hasta que Musha pagó por el servicio y regresó a la barra del quiosco.

—Atilio, si es tan amable, póngame otro café…

—¡Marchando!

—A ver, chico. Enséñame lo que has hecho…

Durante unos segundos, el maestro praguense observó el retrato con expresión de sorpresa. Que Lluïset tenía un talento innato era tan evidente como que él adoraba la vida bohemia. Si practicaba lo suficiente, iba a poder ganarse muy bien la vida como retratista.

Sin decir nada, Musha arrancó el dibujo del cuaderno y volvió a dirigirse al limpiabotas para regalárselo. Mientras el pintor señalaba hacia donde estaba el pequeño de los Ros y el limpiabotas levantaba la mano para saludar, Lluïset se sintió desconcertado. «¿Por qué siempre regala lo que dibujamos?», se preguntaba.

Al regreso, el maestro cerró el cuaderno y miró a su aprendiz atentamente.

—Entonces… ¿qué lección extraes de lo que ha sucedido?

—¡Pues que siempre regalamos nuestros retratos! Yo quería enseñárselo a mis padres para que vieran cómo voy avanzando…

—¿Solo te preocupa eso?

—Es que no entiendo por qué lo ha hecho…

Musha, con la ironía reflejada en su expresión, se terminó el café y volvió a enfocarse en sus argumentos:

—A ver, chico… No olvides que retratamos por el simple placer de captar la esencia de los demás. Es por tal razón que regalar los retratos es un gesto honesto y humano… Si no necesitas venderlos para vivir, ¿por qué no regalar tu arte?

Lluïset pensó en las palabras de su maestro mientras observaba cómo Atilio lo miraba con una expresión cómplice. Lo cierto es que los razonamientos de Musha tenían todo el sentido del mundo, pese a que se sentía enojado con él por haberle robado la posibilidad de compartirlo con su familia. Solo deseaba que se sintieran orgullosos de él.

Tras una efímera reflexión, el chico bajó del burro:

—Tiene razón, maestro…, discúlpeme…

—No pasa nada, chico. Todos pasamos por ese apego emocional. Y ahora dime, ¿qué has aprendido sobre el cuaderno?

Lluïset, recuperando ligeramente el ánimo, se dispuso a sorprender a su profesor. Quería demostrarle que no solo le escuchaba activamente, sino que se empapaba de cada lección, de cada palabra que compartían.

—Pues que el cuaderno es mi mundo y que no debo temer equivocarme ni ensuciarlo.

—Y eso porque…

—Porque los errores son enseñanzas y porque tengo que dibujar sin miedo.

—¡Correcto! —soltó el praguense, de mejor humor.

Atilio aplaudió enérgicamente por los logros de Lluïset.

—¡Atilio! ¡Pare! ¡Qué vergüenza!

—¡Sí, su señoría! —exclamó el gerente, arrancando la sonrisa de un par de clientas que estaban con la oreja puesta en la conversación.

Musha miró la hora en su reloj de bolsillo y comprobó que apenas quedaban unos minutos para dar por finalizada la sesión de la jornada.

—Eso es todo por hoy. ¿Don Ramon recogerá al chaval? —preguntó el pintor a Atilio.

—Sí, Adrién. No te preocupes.

—Entonces os dejo, que tengo algunos asuntos por atender. Mañana, a la misma hora, te espero, pequeño Botticelli…

Musha recogió sus cuatro pertenencias y se alejó del quiosco a paso relajado y con la elegancia que lo caracterizaba, dejándose engullir por la misma esencia de unas Ramblas que formaban un todo indivisible y orgánico.

Vecinos, trabajadores, visitantes y almas errantes constituían la fauna de un espacio que bien podría considerarse como la Babilonia de aquellas primeras décadas del nuevo siglo. Un rincón del mundo del que Lluïset, sin darse cuenta, se iba empapando. Aquella larga calle albergaba una sabiduría milenaria y el poder de anclar existencialmente a sus vecinos para toda la eternidad.

Quien nacía en las Ramblas tarde o temprano regresaba para vivir allí sus últimos días de existencia. El vínculo con aquella arteria urbana era atemporal, místico y hasta cierto punto cósmico.

11

En un callejón maloliente que por detrás daba acceso a un viejo local de fiestas del Paralelo, un hombre apuraba un cigarrillo que le sabía a gloria. Con un sobrepeso evidente, la piel grasa y rojiza y apenas los restos laterales de una cabellera mal cuidada, esperaba junto a una puerta fuera de marco y roída por el óxido de los vapores de la industria textil que presidía la zona.

El Tuerto, con paso ligero y sobrevolando los numerosos charcos de orina y agua estancada del basto empedrado, se acercó al hombre como si fuera a atracarlo.

—¡Chemita! Veo que sigues dándole a la grifa... Lo del Rif te habrá dejado huella...

El hombre, con gesto tranquilo, lanzó la colilla al suelo y se sacudió la vieja americana remendada cientos de veces.

—¡No grites, puñetas! A ver si nos va a ver alguien y me pones en un compromiso... —soltó con un sarcasmo barato.

Con cariño, los dos se abrazaron. Hacía tiempo que no se veían.

—¿Cómo te va, viejo cabrón? ¿Aún jodes con esas jovencitas? No sé cómo aún no te ha apuñalado alguno de sus chulos...

—Ya sabes, Pablito... Las trato bien, y eso es más de lo que los malnacidos de por aquí hacen...

El Tuerto extrajo un paquete de cigarrillos y le ofreció uno. Chema, lejos de hacerle ascos, lo cogió con ganas.

—¿Qué es eso tan urgente que te trae por aquí después de tanto tiempo? ¿No estabas trabajando para el prestamista ese que ayuda a la gente?

—¿Don Ramon? Sí, le debo más de una y me trata como a un hijo. Es familia.

Chema gesticuló sorprendido. No hubiera esperado jamás que aquel temido navajero acabara amaestrado.

—Un poco de decencia era lo que necesitabas... —soltó el tipo con una abrupta carcajada.

—Habla el rey de Roma...

Ambos se dieron un leve golpe en el antebrazo en señal de camaradería.

—Chemita, estoy buscando a alguien que trabajó aquí. Al menos, esa es la información que tengo.

—¿Una de las chicas? Cuidado con lo que preguntas... Ya sabes de dónde vienen y dónde suelen acabar.

—Lo sé —soltó el Tuerto mientras le daba una profunda calada al cigarrillo—. Era una de las chicas de Alfonso..., una francesa de unos veintidós, más o menos...

El individuo hizo un gesto desconfiado mientras pensaba la respuesta. Se debatía entre ayudar a su viejo amigo y ser un soplón. A las ratas nadie las quería cerca.

—Las de Alfonso son las que terminan peor... Creo recordar a quién te refieres...

—¿Sabes dónde puedo encontrarla?

—Si aún sigue en pie, diría que en las casas de las Atarazanas. Solía ir puesta hasta las trancas —comentó el propietario de la sala de fiestas.

—¿Las del opio?

—Las mismas...

—Me *cagüen* todo...

—Exacto.

—¿Cuánto hace que no la ves?

Chema dio una nueva calada al cigarrillo antes de acariciarse nerviosamente la barba sucia y desordenada.

—Meses..., puede que un año...

—¿Comprometió a alguien que no debía?

—Alfonso la tenía en lo de las películas picantes... y ya sabes quién las paga... Mantenerla con vida supone un riesgo elevado cuando ya la has usado mucho..., así que, si aún no le han rajado el pellejo, estará entre las sombras...

—Espero llegar a tiempo... ¿Recuerdas su nombre? —preguntó el Tuerto para asegurarse de que estaban hablando de la misma chica.

—Déjame pensar... Anna..., no, Sophie. Sí, diría que Sophie.

El antiguo navajero asintió al escuchar el nombre. Sin duda era quien estaba buscando.

—Hazle una visita a doña Lucrecia, puede que esté trabajando en su burdel. O está ahí... o en el fondo del mar.

El delincuente asintió antes de escupir una flema causada por el tabaco y dar el encuentro por terminado.

—Te debo una, Chemita... Gracias por el cuento.

—Déjate de deudas y olvida lo que te he dicho. Tengo tanto que perder como tú si alguien rasca la superficie. Yo no te he dicho nada.

El Tuerto le dio un cachete cariñoso y se despidió antes de perderse entre una niebla que, a ciertas horas de la noche, se escurría hacia la montaña del Tibidabo desde el muelle más cercano.

Que Sophie estuviera viva sería un milagro, pero por su mentor, don Ramon, iba a terminar con el encargo. Además, aunque él mismo era un exponente más de la carroña barcelonesa, lo de traficar con mujeres siempre le había parecido lo más degradante del ser humano. Y ser un amante de la mala vida no estaba reñido con tener ciertos valores vitales. Encontrar a la francesa se había convertido en una cuestión personal.

La profundidad de la noche había engullido hasta los demonios más ásperos de las Atarazanas barcelonesas. Algún que otro marinero desconcertado por el exceso de vino y los maleantes orgullosos de la mala vida, en busca de un mísero botín, surcaban la zona sin suerte.

El Tuerto, con cara de pocos amigos y las solapas de su viejo abrigo alzadas para protegerse del gélido azote de una atmósfera incómoda, recorría una vía desdentada y mal empedrada que en otra época había albergado a los mejores artesanos del arte naval.

La zona estaba dejada de la mano de Dios, al margen de la transición hacia una Barcelona mejor que se había olvidado de sus vecinos más pobres.

Entre las ruinas del lugar había un pequeño edificio de dos pisos, entumecido y al borde del fallecimiento estructural. Un navajero vigilaba la entrada, sentado en una silla de esparto, mientras daba repetidos tragos a un botijo de vino barato.

El Tuerto, dispuesto a todo, se acercó al guardián del averno navaja en mano. Cuando estaba a pocos metros, destapó el rostro para ser reconocido.

—¡Hostias, Pablo! ¿Qué coño se te ha perdido por aquí? —preguntó el maleante que custodiaba la entrada.

—Tengo que hablar con doña Lucrecia…

El vigilante, extrañado, se incorporó con dificultad. Entumecido, sintió que el abuso de vino le proponía un vals a su equilibrio. Tras unos instantes de inseguridad, recuperó la movilidad.

—Maldito garrafón… Sígueme —dijo mientras entraba en el edificio acompañado por la mano derecha de don Ramon.

El interior del inmueble era aún más decrépito que el exterior. Yacer entre las ruinas de un vetusto cementerio rumano, a cielo abierto, hubiera sido más confortable y seguro.

Tras subir por unas escaleras a las que les faltaban varios peldaños, se adentraron en una estancia humilde e indigna. Junto a una chimenea que se alimentaba de viejos tablones, jugueteando con una mecedora centenaria, una mujer de unos sesenta años mal llevados y embadurnada como un loro caribeño miró al visitante con desconfianza. Dando desagradables sorbos a una taza de metal desconchada, intentó reconocer al Tuerto con su único ojo sano. Una enfermedad inclemente la había dejado tuerta años atrás, cuando aún era una mujer de buen ver.

—Doña Lucrecia, tiene visita —anunció el vigilante, que, sin esperar respuesta, regresó a sus quehaceres.

Durante unos minutos, el antiguo buscavidas y la vieja madama se observaron con recelo.

—Y tú ¿qué coño quieres? —soltó de mala gana la mujer.

—Busco a alguien que quiero recuperar...

La madama dio un sorbo a la infusión.

—Aquí no hay nada para ti, chico... Si buscas compañía, con medio real te alcanza..., aunque no sé si te compensará el gasto...

—Más que compañía, busco a una que no debería estar aquí... Pagaré bien por llevármela y mantenerlo en silencio.

La vieja arpía, interesada por el objeto de la búsqueda, vio la oportunidad de llenarse el bolsillo con una mayor cantidad de calderilla. Y, a decir verdad, estaba harta de aquella vida ruin. Hacer la vista gorda, si el pago era notorio, parecía un golpe de suerte.

—¿Nombre?

—Sophie..., una francesa que cantaba bien y ya cumplió con su cometido.

—Una de las de Alfonso... No entiendo cómo siguen dejándose engañar por ese malnacido.

—Eso mismo pensé yo...

Doña Lucrecia chasqueó la lengua entre los descolocados dientes de su putrefacta boca y se dispuso a iniciar la negociación:

—Esto te costará un buen pico... Piénsatelo, porque no habrá devoluciones...

—Asumo el riesgo. Entonces ¿aún sigue en la ciudad?

—Seguir, sigue a medias... Se pasa más tiempo allá que aquí... Si no fuera porque aún tiene un cuerpo decente, no habrías tenido suerte.

El Tuerto respiró hondo ante el comentario. De haber podido, le habría arrancado el corazón con sus propias manos.

—Dime cuánto quieres por ella y olvidaré que nos hemos cruzado.

—Cinco piezas de plata. Y un real por el certificado de defunción. No querrás que Alfonso te persiga porque te has llevado su gallina de los huevos de oro...

—A mí, Alfonso me la trae al pairo, pero está bien —dijo el navajero mientras extraía del bolsillo de su chaqueta la pequeña bolsa de piel que le había dado don Ramon. Sin apenas inmutarse,

— 127 —

se acercó a la madama y le arrojó el precio estipulado para cerrar el trato.

Doña Lucrecia contó las monedas, casi relamiéndose por el negocio que acababa de hacer. Tras guardárselas en el bolsillo de su falda, se levantó con parsimonia.

—Sígueme… —ordenó la mujer.

Se adentró en un estrecho pasillo con puertas a ambos lados. Al fondo, en la zona más oscura, había una estancia con la puerta rota. La madama, tras acompañar al antiguo delincuente hasta el umbral, quiso darle una última advertencia:

—Aquí está lo que has comprado. Llévatela y sal por la puerta trasera del piso de abajo. Que nadie te vea marcharte por la puerta principal.

—Bien.

—Y no vuelvas… Aquí ya no hay nada más para ti.

El Tuerto ni siquiera le contestó, adentrándose en la estancia.

La oscuridad consumía hasta el más discreto de los rincones de la habitación. El olor a orina tiraba para atrás, y entre las sombras parecía moverse algo que el delincuente dedujo que eran ratas.

Bajo un fino haz de luz, procedente del destello lunar que se adentraba por una grieta de la pared, un bulto pequeño permanecía inmóvil. El Tuerto se acercó despacio para no asustar a una chica que todavía no había percibido su presencia.

Con suavidad, apartó una parte de la fangosa manta que cubría la silueta y dejó al descubierto el cuerpo sucio y esquelético de una joven totalmente ida por el opio. Durante unos segundos dudó de que realmente estuviera viva.

Antes de alejarla de aquel infierno, quiso ponerla en situación, sin muchas esperanzas. Posiblemente había llegado demasiado tarde.

—Sophie…, me envía Pier… Voy a sacarte de aquí.

Al escuchar el nombre de su hermano, la joven emitió un minúsculo suspiro.

Sin perder más tiempo, el Tuerto la cargó en brazos con ternura. Mientras bajaba al piso principal, pensó en la maldad humana y se prometió a sí mismo que, si algún día se cruzaba con el maldito Alfonso, le iba a dejar un buen recado.

Sophie parecía pesar apenas unos gramos, y Pablo aceleró el paso para sacarla lo antes posible de aquel cementerio. No tenía ninguna intención de pasar ni un segundo más en un estercolero capaz de mostrar la peor miseria de la ciudad.

Ya en la calle, antes de que pudiera alejarse unos metros del acceso trasero del edificio, escuchó un silbido previo a una rotunda advertencia:

—¿A dónde te crees que vas, héroe? ¿Creías que te la ibas a llevar tan fácilmente?

El Tuerto se volvió con parsimonia para identificar la amenaza. Tal y como había deducido, el malnacido de Alfonso estaba dispuesto a detenerlo.

Resignado por tener que entrar en acción, el navajero depositó con suavidad a Sophie en el suelo y, sin pensarlo, recuperó su estilete de hoja larga. O se llevaba a la chica, o salía de allí con los pies por delante.

—Habla con la vieja si no estás de acuerdo. El trato está hecho.

Alfonso, irónico, extrajo su navaja del cinto para dejar claras sus intenciones. El conflicto a vida o muerte era inminente.

—Aquí mando yo, no la vieja. No te vas a llevar una mierda.

Mientras el proxeneta rotaba en el aire la hoja de su arma blanca, doña Lucrecia, en el marco de la puerta trasera, sonreía. Desde el principio, todo había sido una patraña. Jamás iban a soltar a Sophie, porque era una de las chicas más solicitadas del lugar. En una buena noche, varios marineros sin temor a las ladillas estaban dispuestos a pagar un precio decente por usarla como mero recipiente de sus ardores más íntimos.

—Venga, héroe…, ven a ganarte su libertad… —soltó con ironía Alfonso.

El Tuerto respiró hondo, enturbió la mirada y se lanzó ferozmente contra el proxeneta, que apenas pudo esquivar el ataque y se llevó una estocada en el plexo solar. Con violencia, el navajero extrajo la hoja de la navaja, rasgando con profundidad las entrañas de aquel malnacido, que cayó fulminado.

Pablo, con el reflejo de la rabia en sus ojos, observó cómo su oponente expiraba en cuestión de segundos. Por vanidad, había cometido un error de bulto. Si hubiera conocido la fama que le precedía, no lo hubiera retado de aquella manera. Y es que el Tuerto tenía un historial de bajas a la altura de los más temidos guerreros atenienses.

Tras una mirada amenazante a la vieja y el sutil saludo del vigilante, con quien había compartido desventuras por las Ramblas, el delincuente recogió a Sophie del suelo y se escurrió entre la oscuridad de las calles más sangrientas y decrépitas de una ciudad que seguía empecinada en adquirir prestigio mundial sin antes limpiar sus escombros.

Tras contar lo sucedido a don Ramon y ante la insistencia de su esposa Rossita, Sophie se quedó unos días en el piso del prestamista, antes de que su hermano pudiera visitarla. El estado de la joven era tan deplorable y delicado que la posibilidad de que enfermara o sucumbiera a una infección parecía inminente. Y la caída, después de todo, se habría llevado por delante la heroicidad de la mano derecha del señor Ros. Así pues, era de recibo que la familia se encargara de la recuperación de la secuestrada.

El doctor Sanz, amigo íntimo de don Ramon y el querido galeno del barrio, se encargó de la prescripción adecuada para que la joven se recuperase con garantías de sus dolencias. A su vez, dio las directrices convenientes para que Rossita pudiera ayudarla a limpiarse de una adicción que le había servido para entumecer la razón y olvidarse de las múltiples violaciones a las que había sido sometida. Drogada a todas horas, apenas se había percatado de la sucia manipulación que habían hecho incansablemente con su sexo.

Don Ramon habló personalmente con Pier para darle, por un lado, la buena noticia de que su hermana estaba viva y, por otro, pedirle que la dejara en sus manos hasta que se restableciera mínimamente.

Lógicamente, la felicidad del francés llegó a tal extremo que accedió a todo lo que le pidieron, prometiéndole a su futuro suegro que estaría eternamente en deuda con él. Recuperarla, tras creer que estaba bajo tierra o a incalculables millas de la Ciudad Condal, fue un bálsamo para su alma.

Los Ros Adell se habían convertido en la familia que siempre había deseado desde pequeño, y Agnès, en el ángel que la vida había puesto en su camino para recompensar su buen corazón. Nada podía ser mejor en aquella etapa de su vida.

Barcelona, por fin, le daba un respiro.

12

Aunque la brisa marina soplaba aleatoriamente y la primera luz del día se resistía a tomar el relevo de una gélida noche, la familia Ros decidió acompañar a Pier y a Sophie al Moll de la Fusta para despedirse.

La joven francesa se había recuperado mejor de lo esperado y, pese a que aún se mostraba débil, le había pedido a su hermano que la llevara a casa. La experiencia sufrida había menguado su voluntad, y no eran pocos los instantes en los que la angustia por no degustar el opio que la evadía de su terrible vivencia le nublaba la razón.

Sophie sentía la necesidad de volver a abrazar a su madre, de sentir la húmeda textura de los pastos entre los dedos de los pies y de saborear el bizcocho dulzón de la pastelería del pueblo. Necesitaba recuperar la esperanza y la ilusión de vivir, borrando por completo la etapa en la que se había convertido en poco más que un despojo humano.

Pier, dispuesto a todo por satisfacer un amor puro y fraternal, optó por hacer las maletas temporalmente y acompañarla a la villa francesa en la que los hermanos habían pasado una cálida infancia. Una vez reestablecida y fuera de peligro, podría volver a la Ciudad Condal para recuperar al amor de su vida y dar el siguiente paso para formar una familia.

Con sus amables gestos, los Ros se habían convertido en un soporte vital indispensable. Gracias a las gestiones de su futuro suegro, Pier pudo adquirir dos pasajes hasta Marsella, bordeando el Mediterráneo. El medio naval era el más rápido y seguro de la época, por lo que aquella mañana iban a embarcarse rumbo a un hogar que prometía una recuperación completa. Sin saberlo, estaban ante meros cantos de sirena.

Entre la comitiva que arropaba a los dos jóvenes franceses se encontraba un triste Atilio, al que las despedidas le sofocaban el corazón. A Pier lo había adoptado como un hermano pequeño, por lo que perder el roce diario le suponía un vacío difícil de aceptar. El gerente del quiosco hizo verdaderos esfuerzos para no montar un drama siciliano impropio de un hombre de su edad y, recurriendo a factores externos, no se separó del joven Lluïset, al que todo aquello le parecía una especie de sueño. ¿De verdad Pier iba a irse tan lejos?

El pequeño de los Ros comprendía la situación y había sido testigo en primera línea de lo que le había costado recuperarse a Sophie. Pero, a su vez, también se había acostumbrado a tenerla en casa y a que los visitara a diario el que pronto sería el prometido de su hermana. Pensar en que iba a formar parte de la familia, casándose con Agnès, era algo que le agradaba especialmente.

Mientras Atilio jugueteaba con Lluïset para evitar que el frío se le metiera hasta las entrañas y don Ramon y su esposa se despedían con cariño de Sophie, los dos novios se juraban amor eterno contra viento y marea. La separación solo era temporal, pero punzaba con la intensidad de la herida que insiste en no cerrarse.

—Mi amor, volveré más pronto de lo que crees. No tendrás tiempo ni de extrañarme —prometió el joven camarero, con el corazón recosido por las circunstancias. Pretendía ser fuerte por ambos, pero se le veía la debilidad a la legua.

Agnès, abrazada a su chico y con la mejilla derecha reposando sobre su pecho, apenas podía hablar. El disgusto le impedía ser cabal.

—Solo serán unos meses. Hasta que Sophie esté fuera de todo peligro y pueda volver a tu lado, sin miedo a que le suceda algo. Lo que ha vivido ha sido tan terrible que temo que cometa alguna locura...

— 133 —

Agnès hizo un esfuerzo por darle la razón:

—Lo sé…, pero ya te extraño tanto… No te has ido y ya me falta la ilusión por vivir.

Pier, consciente de lo difícil que era aquel instante, intentó argumentar un pronto regreso para menguar el desconsuelo:

—Prometo que volveré antes del verano y que hablaré con tus padres para adelantar el enlace. Te amo tanto que no quiero esperar a que seas mayor de edad. Sé que lo entenderán, aunque ahora no es el momento de ponerlos en esa tesitura. Confía en mí, mi amor…

Agnès se limpiaba con torpeza las lágrimas sin darse cuenta de que su madre la observaba con preocupación y sufría al verla tan abatida.

—Atilio me ha asegurado que me guardará el trabajo. Le he prometido que no iba a contarlo, pero ha hablado con el señor Sala, el propietario del quiosco, y ha aceptado que tu hermano me sustituya como aprendiz mientras yo esté en Francia.

Agnès se sorprendió.

—¿Lluïset?

—Sí. Creo que antes tiene que hablarlo con tu padre, pero está seguro de que es la mejor solución en mi ausencia. Así, mi puesto de trabajo no quedará vacante y tendré un motivo más para regresar y conseguir el dinero para mantenernos.

La explicación de Pier convenció a Agnès, que se mostró algo más relajada con la situación. Si su hermano cubría la baja de su amado, nada cambiaría en unos meses.

—Está bien, mi amor… Ve con Sophie y ayúdala en todo lo que puedas. Después de lo que ha vivido, merece todo el amor que puedan darle. Te esperaré lo que haga falta…

Pier la abrazó como si aquel fuera el último instante juntos. Cuando dos cuerpos se funden en una intensidad semejante, el amor se transforma en el génesis de la existencia. Y es que todos, en aquella ciudad y en aquel continente, deseaban ser amados y amar como si no existiera más tiempo que el presente.

Mientras se regalaban unas últimas palabras de compromiso, respeto y lealtad, el Nautilus dio el aviso de embarque. Pier, tras besar apasionadamente a su amada, se dio cuenta de que sus futuros suegros lo regañaban con la mirada por una acción impropia. Se acercó a Sophie para coger las maletas y se encaminaron hacia la pequeña embarcación que iba a conducirlos hasta el gran navío.

—Don Ramon, doña Rossita…, no tengo palabras de agradecimiento. Lo que han hecho por nosotros no lo haría ni un padre. Prometo volver muy pronto para poder comprometerme con Agnès y ser digno de su favor y aprecio.

Los padres de la joven catalana sonrieron casi al unísono.

—Id tranquilos, chico. Ha sido un honor poder ayudaros. Nuestra casa siempre será la vuestra —susurró amablemente don Ramon.

Pier hizo una leve reverencia y, dejando que su hermana lo cogiera del brazo, se dispuso a embarcarse sin mirar atrás. A un par de pasos de la pasarela, sintió la necesidad de volverse para apreciar por última vez el bello rostro de su amada. Con un leve movimiento, sus labios dictaron la despedida: «Te amo».

Agnès, capaz de descifrar aquel código, se agarró a su padre en busca de consuelo. Ver partir al amor de su vida era como si le arrancaran de cuajo el sentido de la existencia.

La comitiva formada por la familia Ros Adell y Atilio esperó en silencio a que los dos jóvenes subieran a bordo de la barca y fueran engullidos por el mar y el cascarón del majestuoso navío. El movimiento humano del muelle se aceleró para dejar espacio a otros viajeros; sin embargo, hasta que el buque no se perdió por el horizonte, no tomaron el rumbo a casa.

Los primeros pasos estuvieron marcados por el mismo silencio que se había apoderado del grupo en el muelle. Solo al llegar a la zona más baja de las Ramblas, la que daba al majestuoso monumento a Colón, Atilio se armó de valor para romper un mutismo triste e incómodo:

—Don Ramon, ¿por qué no se pasan usted y Lluïset por el quiosco a eso de las cuatro de la tarde? Me gustaría enseñarles algo.

El paterfamilias de los Ros hizo un gesto de aprobación.

—Allí estaremos, ¿verdad, hijo?

—¡Claro, papá! Pero ¿no podríamos ir ahora? Puede que esté Musha y quiera enseñarme los retratos de ayer.

—Mejor por la tarde, pequeño —comentó Atilio—. Esta mañana tengo inventario y sin Pier no voy a dar abasto. Además, creo que es bueno que todos descanséis un poco. Las despedidas aturden para evitar que pensemos mucho en la ausencia y la distancia.

Don Ramon, de nuevo, dio la razón al camarero con un simple gesto de la cabeza.

Lluïset, resignado, aceptó que no era el momento de tirar más de la cuerda, y la comitiva reemprendió el paso hasta llegar a la zona de las Ramblas en la que tomarían rumbos diferentes. La familia Ros se adentró por la calle Tallers y Atilio siguió escalando unos metros más de la riera central de la ciudad hasta llegar a su segunda casa y abrir el chiringuito. Aquella jornada se adivinaba dura por la ausencia de Pier. Llevaban mucho tiempo formando un equipo y, cuando las cosas funcionaban, lo peor era alterarlas.

A la hora convenida, don Ramon y su hijo se presentaron en la barra del quiosco con la incógnita por resolver. Las palabras de Atilio habían sido enigmáticas, y padre e hijo ardían en deseos por descubrir aquello que tanto deseaba mostrarles.

—¡Bienvenidos! Como siempre, puntuales como un reloj recién revisado.

—¡Atilio! ¿Qué es eso que quería enseñarnos? ¡No puedo aguantarme más!

El gerente del lugar sonrió ante la ansiosa emoción del pequeño. Aún no era consciente de la noticia que iba a recibir.

—¡Tranquilo, fiera! Todo a su tiempo. Va, ¿qué os pongo?

—¡Yo quiero una soda! —exclamó excitado Lluïset.

—¿Quieres servírtela tú mismo?

—¡Sí! ¿Puedo?

—¡Desde luego! Si a tu padre le parece bien, ya sabes cómo hacerlo.

Don Ramon sonrió ante el ímpetu de su hijo.

—Venga, que ya tardas... —soltó el paterfamilias mientras lo observaba atentamente.

—¿Y usted, don Ramon? ¿Un cafelito?

—Pues sí... Mánchamelo un poco de licor, que aún tengo un nudo en la garganta por lo de esta mañana...

—Qué me va a decir a mí... Ya extraño a ese sinvergüenza y apenas debe de estar a unas pocas millas de aquí. En fin... Ley de vida, don Ramon.

El prestamista asintió con una ligera caída de párpados antes de extraer su pipa del bolsillo de la americana y prenderla pacientemente. Tras un par de profundas caladas y de mojarse los labios con el sabroso café, quiso conocer el motivo de aquel encuentro:

—Y bien, Atilio. ¿De qué se trata?

El camarero, esbozando una sonrisa inesperada, se ajustó el delantal que formaba parte de su uniforme, carraspeó y miró fijamente al hombre que consideraba más que un amigo.

—Ya lo ha visto, don Ramon. ¿Qué le parece cómo se ha espabilado su hijo?

El prestamista, algo desconcertado, dejó que el gerente le aclarara las cosas.

—Bien, muy bien, pero no entiendo a qué te refieres...

—Mire, don Ramon, le hablaré con la franqueza que se merece nuestra amistad. ¿Qué le parecería que Lluïset empezara a trabajar en el quiosco? Sé que aún está de camino a los catorce y es un crío, pero sería como aprendiz y en un horario que le permitiera terminar los estudios.

Ramon se sumergió en un desconcierto mayor. Aquella propuesta era tan inesperada como difícil de digerir.

—¿Cómo dices?

—No se asuste, que se lo explico en un santiamén... Verá, cuando Pier me pidió que le guardara el puesto, tuve que hablar con el propietario, el señor Sala, para darle una alternativa factible. De lo contrario, le habría ofrecido al puesto a cualquier otro pelacañas por cuatro duros, y ambos sabemos que Lluïset pasa mucho tiempo en este lugar. Así que, siéndole franco, todos salimos ganando. Pier recuperará su puesto de trabajo cuando vuelva en unos meses y Lluïset cumplirá su sueño de ser uno más del chiringuito.

Don Ramon gesticuló con comprensión. Bien pensado, aquella propuesta no era tan descabellada. Su hijo tenía la edad de los aprendices más precoces, pero conocía al dedillo aquel oficio. Él mismo había empezado a trabajar en la fábrica de su padre a los trece, así que si se comprometía a no olvidarse de los estudios, podían darle una oportunidad. Para más inri, nadie mejor que Atilio para hacerle de cicerone en el difícil mundo laboral.

—¿Qué te parece la idea, hijo? —preguntó don Ramon al pequeño, siempre dispuesto a escuchar la opinión de los suyos.

—¡Sería un sueño, papá! ¡Sabes que quiero trabajar en el quiosco desde la primera vez que vinimos! ¿De verdad puedo?

Atilio y don Ramon se miraron con una complicidad sana y afectiva.

—Si Atilio lo tiene tan claro y tú lo deseas, por qué no… Si cumples con tus obligaciones educativas, la oportunidad es tuya.

—¡Hostia santa! —exclamó emocionado Lluïset, sin darse cuenta del improperio que acababa de soltar.

—¡Chaval, esa lengua! —soltó Atilio antes de que los tres se regalaran entre sí una sonora carcajada.

Atilio lo despeinó con cariño y dio por cerrado el acuerdo.

—Va, Cachorro, ve con tu padre, que hoy aún eres un cliente. El señor Sala está conforme en que empieces el lunes. El salario es mínimo, pero la oportunidad es lo que cuenta. Y así podrás cuidar del puesto de Pier para que pueda volver con un trabajo asegurado.

Lluïset abandonó rápidamente el interior del quiosco y se abalanzó sobre su padre.

—¡Gracias, papá! ¡Cumpliré con mi palabra!

—Vamos, vamos…, que me vas a tirar. No eres consciente de que te haces mayor y cada vez tienes más fuerza. Y las mías menguan año tras año —comentó don Ramon con ironía.

Aunque fuera algo precoz, se sentía orgulloso de que Lluïset sintiera pasión por algo tangible y real. Ser aprendiz era una oportunidad para comprender las dinámicas de la sociedad en la que vivían y, ante todo, una oportunidad de madurar antes de lo espe-

— 138 —

rado. Ya habría tiempo de buscar otro trabajo con mejores recursos y condiciones.

Atilio era el mejor jefe que el crío podía tener en sus inicios laborales, pero, principalmente, se trataba de un hombre a quien don Ramon admiraba y respetaba por su franco valor humano. Y si de algo no dudaba el prestamista era de que las lecciones que Lluïset aprendería en el quiosco iban a convertirse en profundas reflexiones vitales.

13

1913

—A dónde iremos a parar, Atilio... Que Dios nos coja confesados —comentó a regañadientes Gabriel, el párroco de la iglesia de Betlem.

Tras la misa de media mañana, la mano derecha del Todopoderoso solía pasar por el quiosco para tomarse un cafelito y hojear la prensa. Era hombre de costumbres y, a fuerza de ir una y otra vez, había trabado una cierta amistad con el gerente del local.

—Marchando, don Gabriel... —respondió el camarero, antes de darse media vuelta y preparar el café con todo el amor del mundo. Si de algo podía presumir Atilio era de que se tomaba su trabajo muy en serio.

A los pocos minutos sirvió el café de forma ordenada y simétrica. Una buena presentación lo era todo. Una máxima que había aprendido por la fuerza, después de tratar con miles de clientes meticulosos y tiquismiquis.

—¿Qué eso que tanto le preocupa? —preguntó Atilio como si no tuviera ni la más remota idea de qué iba el asunto. Dejar que los clientes se sintieran los amos de la exclusiva siempre aportaba un plus a la relación cliente-camarero.

—El agua potable, amigo mío...

Atilio siguió haciéndose el loco con la intención de que el eclesiástico siguiera dándole palique.

—Algo he oído... Dicen que no conviene usarla en casa... Cuestiones de salud.

—Efectivamente... Es bien sabido que las urbes de mar suelen sufrir problemas de potabilidad, pero esto empieza a ser preocupante. Mira, mira... —comentó el cura, señalando la noticia en el periódico arrugado que había releído varias veces aquel mismo día—. Ahora resulta que el Ayuntamiento adquirirá los manantiales de Dosrius en contra de la opinión médica, que asegura que son puro veneno.

—Pues mal asunto... Esto traerá cola. Suerte que usted con el vino y la hostia no tiene problema de suministro —soltó el camarero, arrancándole una sonrisa al clérigo.

—No blasfemes, Atilio, que el infierno está lleno de garitos que buscan quien los gestione —respondió con humor don Gabriel—. El problema es que ahora unos quieren la municipalización del agua y otros se niegan a pagar más impuestos por un mejunje de dudoso beneficio corporal.

—Esto es preludio del caos. Ya me ha comentado el propietario del quiosco de periódicos que muchos comercios se están movilizando para bajar las persianas en señal de protesta...

—¿Y vosotros qué haréis?

—Aquí no bajamos ni los precios, monseñor. De momento, seguiremos como siempre...

El cura suspiró resignado y siguió perdiéndose por el interlineado de la noticia sobre el suministro básico.

Pese a aquella sana discusión social, el quiosco apenas tenía clientes.

Lluïset, algo aburrido por la carencia de trabajo, observaba el entorno de la zona alta de las Ramblas y bosquejaba las líneas maestras del paisaje que lo rodeaba. Trataba de enfocarse en su visión, sin dejarse influenciar por nada, pero el aumento de los coches y las motocicletas lo confundía. En el transcurso de unos pocos años, el número de vehículos motorizados había aumentado exponencialmente, dando la impresión de que el progreso era inminente. Quizá demasiado fugaz para su gusto, ya que el carro de toda la vida y el tranvía le parecían suficientes muestras del potencial humano.

Absorto en su ensoñación, no percibió la llegada de Alfonsito, el cartero del barrio, al que todos solían perseguir calle arriba, calle abajo, en busca de buenas noticias. En aquella zona de la Ciudad Condal, quien más quien menos tenía familiares repartidos por la geografía española, y saber que estaban sanos y salvos era un peso menos con que cargar.

Alfonsito, silbador y alegre como un gorrión, dejó la gorra sobre la barra y se dispuso a deleitarse con algo bien fresquito.

—Hombre, Alfonsito... ¿Una sodita?

—¡La pregunta ofende, don Atilio! ¿Qué iba a sacarme la sed sino ese brebaje que causa una adicción suprema? ¡Póngala bien cargadita, que la vida son dos días!

Atilio, contagiado por el buen humor del cartero, pidió a Lluïset que se encargara del servicio.

—¡Cachorro, ponle una sodita a Alfonsito, que nos viene acalorado!

El joven de los Ros brincó de la caja de madera en la que estaba sentado y preparó la bebida en un santiamén. Mientras el aprendiz se encargaba del pedido, el cartero abrió su bandolera para rebuscar en el interior y extraer buenas noticias. Satisfecho por el trabajo bien hecho, entregó una carta al gerente del quiosco.

—Aquí tiene, don Atilio. Parece que por fin le han respondido.

El hombre simuló no dar importancia al asunto y cogió el sobre para guardarlo en el bolsillo de su americana, que colgaba de una percha en el interior del local.

Lluïset, siempre atento a cualquier movimiento, se fijó en la extraña reacción de su mentor. ¿Por qué no la abría allí mismo? No era propio de Atilio tanto secretismo.

—Gracias —se limitó a decir al cartero, que, lejos de molestarse, se arrojó a ingerir la merecida recompensa burbujeante.

A la hora de cerrar el quiosco, Atilio se apresuró más de la cuenta. Asegurándose de que todo estaba en su sitio, se despidió rápidamente del aprendiz. Por regla general, si nadie de la familia de los Ros pasaba a recoger al heredero, el propio gerente lo acompañaba un buen trozo del camino, pero aquel día Atilio parecía inquieto.

Con una evasiva, tomó un rumbo distinto al habitual, descendiendo por la Rambla.

—Hasta mañana, benjamín... Ve directo a casa para no preocupar a tus padres. Hoy no puedo acompañarte. Tengo asuntos que atender.

Lluïset movió la cabeza para dar su conformidad y se desvió con la intención de adentrarse en el Distrito V por la calle Tallers.

Pasados unos segundos, cuando Atilio casi se había perdido en el torrente humano de la gran vía barcelonesa, el joven camarero dio media vuelta y se esmeró por no perder la pista de su mentor. Sentía una curiosidad infinita por conocer el motivo por el que se estaba comportando de una forma tan excéntrica.

Escurriéndose entre el gentío, Lluïset observó cómo el gerente del quiosco se dejaba engullir por una de las casetas de escribientes que había en las mismas Ramblas. Se trataba de un negocio hasta cierto punto improvisado al que acudían aquellos que eran esencialmente analfabetos.

El pequeño de los Ros hizo una deducción de primero de bachiller: «Esto tiene relación con la carta que ha recibido». De hecho, hizo memoria y descubrió que jamás había visto a Atilio leer un libro o la prensa, ni tampoco escribir una mísera línea. Era como si solo tuviera capacidad de hacer las mínimas cuentas para gestionar el quiosco, y con eso le bastara.

Lluïset esperó casi diez minutos agazapado y oculto entre la masa, hasta que Atilio abandonó un negocio propio de ilustrados callejeros. Por su expresión, la carta debía portar excelentes noticias.

Inmóvil para evitar que su maestro lo descubriera, Lluïset aguardó a que este superase su posición para reemprender la investigación sobre aquel comportamiento tan impropio de un hombre al que admiraba. Cuando apenas se habían distanciado unos pasos, Atilio paró en seco y se dio la vuelta para mirar hacia donde estaba el pequeño. Con ironía, dejó claro que se había percatado de su presencia desde el principio.

—¿Vas a salir de ahí o pretendes convertirte en una estatua de las Ramblas? Quién sabe si has inventado un negocio, chico... —dijo sin evitar reírse.

Lluïset, rendido, salió del cobijo de una escuálida farola y se acercó a su mentor para disculparse.

—Lo siento, Atilio… Es que tenía mucha curiosidad por saber a dónde iba. ¿Es por la carta de esta tarde?

Atilio suspiró y abrazó al pequeño por el hombro.

—Vamos, que te lo cuento mientras te acompaño a casa. Tus padres deben estar preocupados, cabeza de chorlito.

Casi como si fueran padre e hijo, recorrieron un buen trecho de las Ramblas y se adentraron en la calle Tallers.

Sin miedo a ser juzgado, Atilio confesó a su protegido que apenas sabía leer y escribir con fluidez, y que aquella carta procedía de la única mujer a la que había amado: una antigua novia que en última instancia se había comprometido con un soldado, alejándose de la Ciudad Condal y, de paso, del camarero.

El transcurso del tiempo no había enfriado aquel enamoramiento, que seguía a flor de piel, y desde hacía tiempo se carteaban una o dos veces al año. Florencia, la mujer en cuestión, había formado una familia, y las obligaciones en su masía de los Pirineos la tenían «secuestrada», por lo que el amor seguía fluyendo solo mediante las misivas que se iban enviando.

La historia emocionó a Lluïset, que, lejos de juzgar a su maestro, comprendió que el amor lo era todo y que no existían barrera ni impedimento cuando los sentimientos eran sinceros y recíprocos.

—Atilio, ¿y si yo le ayudo? Puedo leer y escribir lo que necesite.

El gerente del quiosco, sorprendido por una oferta que estaba dispuesto a aceptar de buen grado, sintió que aquel renacuajo valía un imperio.

—Pues no te diré que no, Cachorro. Prefiero darte a ti lo que me sangra el escribiente. Así puedes ir ahorrando para cuando seas mayor y necesites ofrecerle tu amor a Laurita… ¿O estoy equivocado?

Lluïset se sonrojó al comprender que sus sentimientos no eran tan secretos como él creía.

—¡Calla, que me pongo colorado! —le dijo, tuteándole por primera vez sin apenas percatarse.

— 144 —

El gerente se sintió satisfecho de ponerlo contra las cuerdas.

—¿Ya has respondido a Florencia? —preguntó el Cachorro, ansioso por conocer el desenlace de aquella situación.

—No, pequeño. Solo me han leído su carta, y me he permitido un poco de tiempo para pensar en las palabras adecuadas.

—Pues yo te ayudo a escribirla y, de paso, vas a enviarle un retrato tuyo para que Florencia pueda verte después de tanto tiempo...

Atilio se quedó de piedra ante la propuesta. Si lo pensaba, llevaban muchos años sin verse y, aunque en una ocasión se había planteado hacerse una de esas fotos de las que la mayoría hablaba maravillas, el miedo a que su amada viera la realidad había bloqueado su intención.

—No sé yo, Cachorro... Quizá ya sea demasiado tarde para que me vea...

—Pero ¡qué dices, Atilio! ¡Si eres un hombre muy apuesto! —exclamó el pequeño para potenciar el buen humor de la conversación.

Atilio lo pensó unos segundos.

—Está bien, está bien... Tú ganas. Enviémosle ese retrato.

—¡Pues no se hable más! Mañana escribiremos la carta y te haré el retrato. ¡Ya no puedes echarte atrás!

El gerente del quiosco asintió amablemente antes de dejar al chico en el portal de su casa, darle un achuchón y regresar a su humilde morada. Aquella noche iba a ser larga, dado que pensar en todo lo que quería decir al amor de su vida requería ponerse en situación. Además, si iba a ser inmortalizado, lo mejor era vestirse de una forma más elegante de lo habitual. El traje de tres piezas del domingo era la mejor elección.

Un retrato, según la importancia del modelo, podía durar cientos de años.

Hasta aquella hora de la tarde, la jornada en el quiosco había transcurrido con tranquilidad. Los feligreses habituales del templo de las bebidas habían hecho acto de presencia, charlando con Atilio y

Lluïset. Con solo dos efectivos había sido suficiente, pero la atmósfera mutó de repente.

Con celeridad, varios empleados de los periódicos que tenían sus sucursales en las mismas Ramblas, cerca del quiosco, se esmeraron en colgar, en las fachadas de sus edificios, unas pizarras gigantes en las que podían leerse los resultados deportivos de la jornada. Para sorpresa de los dos camareros, el Fútbol Club Barcelona acababa de ganar su tercera Copa del Rey de la historia ante la Real Sociedad.

El Barça, que así se conocía al club popularmente en la ciudad, había ganado el tercer partido, el de desempate, en el campo de la calle Indústria. El club se había alzado con el triunfo tras mucho esfuerzo, remontando un penalti en contra con los goles de Berdié y Apolinario.

Y eso solo podía significar que en un santiamén la zona se iba a colapsar, albergando una masa infinita de seguidores y forofos. Los culés —así llamaban a los aficionados del club que se sentaban en los muros del campo, mostrando las posaderas a los transeúntes— no iban a tardar en hacer acto de presencia. Los barcelonistas habían adoptado aquella zona de la ciudad para celebrar los triunfos de su equipo por todo lo alto. Y el quiosco, para suerte de ambos, se había transformado en una especie de delegación informativa del club, a la que acudían los seguidores todos los días de partido para comentar los encuentros y macerarlo todo con bocadillos y bebidas a destajo.

La noticia era el pistoletazo de salida para que Atilio, Lluïset y un par de camareros de refuerzo que estaban por llegar empezaran a preparar los tentempiés y las bebidas, evitando quedarse sin existencias antes de lo deseado.

El rotativo *La Rambla* —semanario de deportes y actualidad fundado por Josep Sunyol i Garriga, político y, tiempo después, presidente del F. C. Barcelona— se esmeró en recalcar el triunfo barcelonista con letras superlativas, al igual que *Las Noticias* y el diario madrileño *El Sol*, cuya delegación se encontraba en el número 9 de la rambla de Canaletes. Todos ellos anunciaron el triunfo como si se acabara el mundo.

Recién terminado el encuentro, mientras los jugadores de ambos equipos lo celebraban fraternalmente en el campo, la masa de culés abandonó la Escupidera. El terreno del Barcelona en la calle Indústria había sido bautizado con aquel mote por sus reducidas dimensiones, pese a poder albergar hasta seis mil feligreses. Aquel campo era el primero que el club había adquirido en propiedad, y sus instalaciones estaban a la vanguardia de los mejores estadios del mundo del balompié, un deporte de notable influencia británica que, día tras día, captaba aficionados a granel.

En la Escupidera, el Barça llegaría a vivir su primera época dorada con ocho títulos de Cataluña y cinco del campeonato de España. El equipo se nutriría de leyendas como Samitier, Paulino Alcántara, Emilio Sagi y el mítico cancerbero Ricardo Zamora. Lo cierto era que, ya en aquellos primeros años del siglo XX, el deporte en general tenía en la Ciudad Condal una presencia destacada. Aunque aquello de dar patadas a un balón hacía las delicias de grandes y pequeños.

Una hora más tarde de aparecer el anuncio en las pizarras, no cabía ni un alfiler en todo el perímetro del quiosco. Padres, hijos y abuelos demandaban con ansia bebidas y bocadillos, y los cánticos celebrando el triunfo eran insaciables. La alegría había poseído a una población que por aquel entonces vivía pendiente de las huelgas laborales, los problemas con el suministro de agua y una expansión urbanística sin límite.

Barcelona era una estructura gigantesca y orgánica que modificaba sus remiendos a cada hora. La población necesitaba razones para sentirse viva, y aquella victoria los hacía sentir como los mejores del globo terráqueo.

Pese a que los trabajadores del quiosco estaban exhaustos, al terminar las existencias decidieron sumarse al júbilo generalizado. Aquel fue el primero de muchos triunfos que Lluïset viviría en el quiosco y posiblemente el punto de partida, por una simple cuestión de empatía, que lo llevaría a convertirse en un culé más.

Don Ramon llegó al quiosco cuando la mayoría de los aficionados y clientes ya se habían disuelto. Algún que otro bebedor en exceso y pequeños grupos de seguidores que aún comentaban la gran victoria daban color a una noche que acababa de transformar la gran columna vertebral de la ciudad en la catedral del balompié.

—Ve con tu padre, Cachorro. Nosotros ya nos encargamos de cerrar —comentó Atilio, notablemente cansado.

Lluïset, agotado, asintió sin oponer resistencia y, mientras se alejaba del quiosco abrazado a su padre, pensó en la maravillosa experiencia que acababa de vivir. Si ser culé significaba sentirse de aquella manera, él ya lo era para toda la vida.

A mediados de 1913, Agnès recibió inesperadamente una carta de su amado.

A su partida, habían acordado que el francés regresaría antes de los meses estivales para reincorporarse al quiosco y acelerar el compromiso de boda. Ambos estaban decididos a hablar con don Ramon y su esposa para reducir el periodo de noviazgo y avanzar el compromiso oficial para convertirse en marido y mujer.

Los acontecimientos con Sophie habían estrechado los lazos entre todas las partes, y Agnès ya había tanteado a su madre, recibiendo una especie de sutil confirmación. Si Pier regresaba con todos los asuntos familiares resueltos, podrían pasar a la siguiente fase.

La mayor de los Ros había esperado ansiosamente noticias de su amado, pero aquella carta le dejó una sensación agridulce. Lo normal era haberla recibido antes, pero, sobre todo, que Pier ya estuviera en Barcelona.

Nerviosa, subió a la azotea en busca de un espacio solitario. Necesitaba leer al francés sin ninguna interferencia y no tardó en sentarse en una vieja silla que su familia guardaba en un trastero improvisado. Todos los vecinos del inmueble tenían su respectivo espacio en el terrado, que algunos utilizaban para lavar la ropa y tenderla o simplemente para dejar la colada bajo llave, puesto que en los últimos tiempos el robo de sábanas era frecuente. En las alturas barcelonesas existía otro mundo, otra vida, y muchos vecinos se sentían a salvo en un perímetro alejado de las calles.

Con un ligero temblor de manos, Agnès abrió el sobre y se

encontró con una carta escueta y directa. Pier no era un literato ni un poeta capaz de remover emociones con versos y rimas propias del Renacimiento, por lo que tampoco le extrañó la extensión. Sin más, releyó la misiva una y otra vez:

Mi amada Agnès:

No sabes cuánto me faltas y lo lejos que siento que estamos el uno del otro. Estos meses han sido más complicados de lo que esperaba, tanto en casa como lejos de ti. Te extraño a todas horas y las preocupaciones familiares no hacen más que aumentar la soledad que siento lejos de tus besos y tu amor.

Sophie se está recuperando poco a poco, pero, superada la adicción a la que fue empujada a la fuerza, ha desarrollado un miedo extremo a salir de casa. Teme que vuelvan a secuestrarla y me preocupa su estado mental. En este pueblo apenas tenemos un médico capaz de ayudar a sus habitantes, y por sus capacidades naturales y preparación está lejos de poder atender las cuestiones de salud mental. Es por ello por lo que no tengo más remedio que postergar mi regreso, en beneficio de mi querida hermana. Sé que lo comprenderás, mi amor. Nadie más que tú es capaz de entender por lo que estamos pasando. Para agravar la situación, nuestra querida madre enfermó el mes pasado. Unas fiebres la han postrado en la cama y me veo obligado a ocuparme de las cuestiones familiares, aparte de trabajar algunas horas en el ateneo del pueblo. Mi experiencia como camarero me ha abierto la posibilidad de poder ayudar también económicamente a mi familia. Estoy seguro de que esta demora no se alargará más que unos meses. Me pongo como plazo máximo regresar después de las fiestas navideñas. Te prometo que haré todo lo que esté en mi mano para que así sea.

Por favor, saluda a tu familia y a Atilio. Espérame solo un poco más.

Siempre tuyo,

PIER

Agnès releyó el último «siempre tuyo» hasta que sol de la tarde dio paso a la cálida noche barcelonesa. La cuestión no era esperarlo un poco más, sino el vacío que acababa de sentir en el vientre al leer las palabras de su amado.

¿Y si no volvía nunca? ¿Y si jamás volvían a estar juntos? Al torturarse con aquellas hipótesis, comprendió que el amor, cuando está lejos del propio alcance, puede causar una locura irracional.

Si algo tenía claro era que Pier era el hombre de su vida y que, sin él, todo carecía de sentido. Pero el simple acto de extrañarle tan intensamente la había desconcertado.

Amarlo empezaba a ser una condición difícil de gestionar.

14

El sofocante y típico calor del agosto barcelonés no impidió que se congregaran en la plaza Catalunya más de dos mil obreras vestidas de blanco y con el atuendo que solían llevar en sus respectivas fábricas. La mayoría iban acompañadas por sus hijas. La concentración se debía a unos hechos que llevaban meses gestándose y habían estallado aquel día por el hartazgo generalizado.

A lo lejos, Lluïset, Atilio y todos los clientes del quiosco esperaban acontecimientos. Se trataba de una fecha importante; también habían hecho acto de presencia Isaac Pons y don Ramon, conscientes de que algo se cocía después de casi cinco semanas de huelga.

La reivindicación era sencilla: pasar de once a nueve horas laborales por jornada y mejorar algunas condiciones que eran del todo abusivas. La queja se había extendido sobre todo en el sector textil y en particular en las mujeres, que apenas llegaban a la mitad de lo que percibían los hombres y estaban hasta las narices de poner la otra mejilla.

Y el hartazgo no era menor, dado que la indignación se había convertido en una oleada de veintidós mil huelguistas arropadas forzosamente por doscientas cincuenta fábricas, entre Barcelona y las poblaciones cercanas.

Los empresarios se habían negado en redondo a mejorar unas pésimas condiciones laborales que hasta la fecha les habían llenado los bolsillos sin mucho reparo, pero Isaac, propietario de una de las fábricas textiles más importantes del Poblenou, opinaba todo lo contrario. Sus empleadas habían hablado directamente con él para exponer una situación del todo desigual, y el amo de la empresa había tomado nota de todas sus demandas, siempre partidario de escuchar a quienes trabajaban para él. Aquel acto había provocado la fuga de su capataz de confianza, que creía más en la mano dura que en la igualdad, y precisamente aquel día, avisado por sus trabajadoras, el señor Pons había querido darles apoyo, aunque fuera desde la distancia del quiosco.

Isaac era un hombre de buen corazón atado por las circunstancias. El mero gesto de escuchar a sus trabajadoras ya le había llevado a sufrir ciertas hostilidades en su empresa y su domicilio. Por esa razón había optado por cerrar la fábrica durante unos días, a la espera de que el gobierno tomara cartas en el asunto y el resto de los empresarios textiles no le consideraran un piquete y un enemigo de la causa.

Por aquel entonces, los Pons se habían trasladado definitivamente a un piso de un edificio del Eixample cercano, que compraron a su llegada a la Ciudad Condal para alquilarlo y obtener beneficios pasivos. Al menos, lejos del Poblenou, la familia iba a estar más segura y tendría plenas garantías de no sufrir agresiones.

Por mucho que Isaac lo hubiera intentado evitar, el *statu quo* estaba al borde del colapso. Los empresarios estaban seguros de que el gobierno iba a alinearse con su postura restrictiva, pero las huelguistas empujaban con fuerza para que todas las partes se sentaran a la mesa y llegaran a un acuerdo que devolviera las aguas a su cauce.

Las mujeres empezaron el recorrido de la manifestación bajando a ritmo pausado desde la rambla de Canaletes. Los parroquianos del quiosco observaron cómo formaban en grupos de cuatro, cogidas del brazo y acompañadas por sus vástagos. El objetivo era poner de relieve una reivindicación lícita y justa hasta alcanzar el monumento a Colón y, más adelante, el edificio del Gobierno Civil.

Musha, siempre atento a lo que la realidad podía ofrecer a un gran observador, puso en alerta a su discípulo:

—¡Venga, chico! Coge rápido el cuaderno y reproduce la escena que estás viviendo. ¿Ves a todas esas mujeres reivindicando lo que consideran justo? Es una oportunidad única para que inmortalices algo histórico.

Lluïset, sin perder tiempo, miró a Atilio para pedirle permiso, y el gerente, que se lo permitía todo, le autorizó de inmediato.

—¡Vamos, Cachorro! ¡Musha tiene razón! ¡Algo así no se ve todos los días! ¡Haz justicia a quien pelea por unos derechos que acabarán siendo los de todos!

El joven aprendiz cogió el cuaderno que tenía guardado en un rincón tras la barra y empezó a bosquejar como si el tiempo fuera aún más efímero de lo que realmente era. A una velocidad superlativa, se esmeró en captar aquella manifestación cuya verdadera esencia se componía de la fusión de miles de almas dispuestas a todo por una vida más equitativa.

Mientras observaban en silencio la comitiva, un grupo de manifestantes reconoció a lo lejos a Isaac Pons. Con respeto, lo saludaron conscientes de que su jefe no era un malnacido más de los que explotaban a un gran número de barceloneses. Si se alineaban con el más puro concepto de justicia, no podían pasar por alto el buen comportamiento de su patrón.

—No sabes lo que significa todo este lío, Ramon —comentó Isaac, resignado ante las circunstancias—. ¿Sabes cuando uno quiere hacerlo bien y, aunque se esmera con todas sus fuerzas, existen factores externos que le obligan a comportarse como un malnacido?

El prestamista asintió dejando que su amigo soltara el lastre que cargaba en la conciencia.

—Y encima Ataúlfo se ha largado a la torera, así que no tengo capataz para controlar toda esta situación…

—¿Se ha ido? Y eso ¿por qué?

—Pues porque es corto de miras y no comprende nada. Si por él fuera, nada cambiaría. A muchos les jode perder su estatus de ganadores, amigo mío… —comentó Isaac, resignado.

Durante unos minutos, los presentes en el quiosco quedaron cautivados por el torrente de huelguistas que descendía por las Ramblas; con la retina rememoraban las duras manifestaciones de

— 153 —

la Semana Trágica. Por mucho que cambiaran los tiempos, lo esencial seguía pidiendo paso a lo estrictamente racional.

Lluïset, absorto en su tarea, seguía dibujando mientras su maestro juzgaba los avances y saboreaba a sorbitos un café que le parecía delicioso.

Cuando las mujeres se perdieron en el horizonte de la gran vía barcelonesa, la atmósfera fue recuperando su dinámica habitual. Los ciudadanos de aquella gran urbe portuaria en expansión estaban acostumbrados a vivir una de cal y otra de arena.

—Y entonces ¿qué harás? Porque creo que esto va para largo. En la Maquinista están todos que trinan, así que... —comentó don Ramon a Isaac, que lógicamente seguía mostrándose preocupado.

—Pues contratar a alguien capacitado e intentar buscar el equilibrio entre escuchar a mis trabajadoras y contentar a los cretinos que no quieren cambios. Por cierto, ya que ha salido el tema, precisamente de eso quería hablarte... —soltó Isaac, como preámbulo de una propuesta a la que venía dándole vueltas desde hacía tiempo—. ¿Qué te parecería hacerte cargo de la vacante? No se me ocurre nadie mejor que tú para conseguir que la fábrica funcione a las mil maravillas... Además, he pensado que Rossita podría sumarse al equipo como capataz de las costureras. Con su experiencia con los patrones, estoy seguro de que el grupo la aceptaría con los ojos cerrados.

Don Ramon pensó en la propuesta mientras terminaba su café manchado de coñac.

—Eres muy amable, amigo mío, pero sería un imperdonable contratiempo dejar a mis hombres en la estacada. Son buena gente y creo que encajamos adecuadamente. Además, Rossita se siente feliz trabajando con Agnès en casa, y dudo que quiera romper el equilibrio que ha creado con su hija. Trabajan muy a gusto juntas.

Isaac aceptó amablemente que su colega declinara la oferta, aunque no era de los que se daban por vencidos a las primeras de cambio. Simplemente comprendió que no era el lugar ni el día adecuados para insistir en la propuesta.

—De todas formas, prométeme que lo vas a pensar. De momento probaré qué tal nos va sin el imbécil de Ataúlfo, pero siempre serás bienvenido si lo reconsideras.

Ramon le sonrió cariñosamente y se dispuso a dar un giro a la conversación para que su amigo no se sintiera mal. Lo último que quería era que se tomara su negativa como una ofensa.

Antes de que el prestamista pudiera pronunciarse, Lluïset terminó el boceto y lo dejó sobre la barra ante la admiración de los presentes. Musha y Atilio sonrieron al comprobar que las esperanzas que habían depositado en el chico eran más que justificadas: su talento estaba fuera de toda duda.

Por su parte, Isaac y Ramon se sorprendieron del alto nivel plasmado en el boceto. Los avances del pequeño eran estratosféricos y ante ellos tenían un claro testimonio de lo que supondrían aquellas reivindicaciones para todos los barceloneses.

Y es que la pequeña pero efectiva revuelta labrada con esfuerzo por un número infinito de mujeres obtendría sus frutos poco tiempo después. A finales de ese mismo mes de agosto, el gobierno redactaría un real decreto ley en el que se establecería la reducción de la jornada laboral a sesenta horas semanales. Como era de esperar, la modificación irritaría a los empresarios, obcecados en pelear contra la igualdad. Por su parte, los sindicalistas y algunos líderes empresariales de alma blanca como Isaac, siempre dispuestos a abrazar un progreso más justo, sintieron la satisfacción de un triunfo histórico.

Gracias al real decreto ley, los Pons pudieron reabrir su fábrica textil y recibir por todo lo alto a sus trabajadoras. Todo lo contrario que muchas otras empresas, que continuaron cerradas por orden de la patronal. Era el turno de los mandamases de devolver el golpe a quienes se les habían sublevado.

Aquella soleada y apacible mañana de sábado, semanas después de que los conflictos laborales hubieran cesado, Isaac Pons decidió salir a pasear en compañía de su hija Laura, para recorrer las Ramblas y realizar algunos recados.

Casi como un ritual, pasaron primero por el quiosco Canaletas para saludar a Atilio y a Lluïset; tras la parada, tomaron con buenos ánimos la maravillosa ruta ramblera y se adentraron en la célebre Casa Beethoven, fundada más de treinta años antes, en 1880. Allí Isaac compró varias partituras para piano, a fin de que su hija fuera avanzando en las clases particulares que recibía de un célebre intérprete, muy reconocido y admirado por sus actuaciones en el Liceo y en el Palau de la Música.

Con el rollo de papel de la gramática musical bajo el brazo, padre e hija penetraron en las calles de un barrio reconstruido al gusto de quienes mandaban con los restos descartados de la recién estrenada Via Laietana. En un futuro, todos llamarían a aquel espacio creado piedra a piedra, como si fuera uno más de los novedosos parques temáticos de la ciudad, el barrio Gótico.

El paseo de los Pons fue de lo más agradable gracias a una imponente arquitectura artificial que rememoraba las supuestas gloriosas etapas del pasado de la ciudad. Antes de llegar al Pla de Palau, en las Ramblas, decidieron rebuscar entre los puestos callejeros de libros de viejo con la intención de toparse con alguna joya escrita.

Con paciencia, fueron brincando de uno a otro tenderete. Isaac se interesaba por las obras de los librepensadores y Laurita, por las míticas historias de desamor de la literatura universal. La pequeña había sido instruida sobre todo con los clásicos, dejando de lado las letras contemporáneas, pero hubo un libro que le llamó la atención. Se trataba de dos ejemplares idénticos, atados con una delicada cinta de seda roja.

El vendedor, al ver que la pequeña los miraba con interés, se aprovechó de su gran maestría en el arte de la retórica a pie de calle para camelarse a la niña. Si tocaba las teclas correctas, aquella era una venta segura.

—¿A que son hermosos, señorita? ¿Sabe por qué están juntos?

—No, señor... —respondió tímidamente la heredera de los Pons, al tiempo que la pregunta del vendedor captaba el interés del padre.

—*Los sufrimientos del joven Werther* es la mejor novela de amantes que jamás se haya escrito... Y es por esta razón que ambos libros son idénticos y están juntos, porque pertenecieron a dos amantes que los vendieron con una estricta condición.

—¿Y cuál fue? —preguntó la niña.

—Que el comprador se comprometiera a no separarlos jamás...

A Laurita le brillaron los ojos. Solo de pensar que habían pertenecido a unos amantes tan unidos como Romeo y Julieta, sintió la necesidad de llevárselos con ella. Sin duda eran más que dos libros de segunda mano.

—Papá, ¿podríamos comprarlos? Por favor...

Isaac cogió los libros y los revisó por encima, sin desatarlos. Al ver el precio, pensó que eran una ganga, y más tratándose de una obra del gran Goethe, por lo que quiso darle una alegría a su heredera.

—Claro que sí, hija... —dijo el paterfamilias de los Pons, sumándolos a otros dos que había elegido para una futura lectura.

Saldado el importe de las nuevas adquisiciones, y antes de regresar al nuevo hogar del Eixample, Isaac Pons insistió en dar un paseo acuático por el puerto en una de las recientes golondrinas que se habían unido a la flota ya existente, de las que todo el mundo hablaba maravillas por su tamaño y confortabilidad.

Al amable empresario, aquellos instantes junto a su pequeña, en un entorno con tantas posibilidades, le hacían sentirse profundamente vivo. Barcelona era una ciudad sin parangón que los había acogido con los brazos abiertos. Incluso en momentos de cierta complejidad social, como la reciente huelga laboral, había sentido que tenía más allegados a su favor que no ciudadanos en contra, y que en la Ciudad Condal podía cumplir sus sueños y objetivos.

Aquel paseo, sin embargo, no era tan solo una actividad familiar más, propia de los festivos, sino la última que iban a hacer juntos durante un largo tiempo. Sin que Laura lo supiera, sus padres habían decidido enviarla a París para que siguiera con sus estudios.

Su esposa tenía familia en la mítica Ciudad de la Luz, y allí Laurita iba a recibir la mejor formación posible para poder heredar la fábrica en un futuro. Y es que Isaac, al contrario que muchos de sus coetáneos, veía en su hija a la descendiente perfecta a quien dejar su legado cuando él ya no estuviera. Para ello debía estar preparada para desenvolverse en un mundo esencialmente masculino en que la igualdad seguía siendo un tema por resolver.

—¿Seguro que vendrá? —preguntó don Ramon a Atilio al comprobar en su reloj de bolsillo que pasaban más de veinte minutos de la hora pactada.

—Solo espere un poco más, don Ramon… La chica se comprometió a venir. Necesita ayuda y le insistí en que no tenía nada que perder. Desde que su marido falleció, lo ha estado pasando realmente mal —aseguró Atilio, intentando mantener la calma.

El prestamista gesticuló con comprensión. Por lo que el gerente del quiosco le había contado, Marina bien merecía ser escuchada y atendida. Llevaba un año sola, cuidando de su hija Marta, de cinco añitos y que desde los dos sufría de poliomielitis y de una preocupante sordera en el oído izquierdo. Era una joven de veintidós años recién cumplidos que, tras el fallecimiento de su esposo en un accidente en la fábrica naval más importante de la ciudad, afrontaba la viudedad sin apenas recursos. La suya era una más de las miles de familias sin apenas capacidad de maniobra, y solo gracias a que el marido de Marina era amigo de Atilio había logrado salir del atolladero. Sin estudios ni habilidades especiales, había logrado un puesto de sirvienta en casa de unos nuevos ricos del creciente barrio del Eixample. El gerente del quiosco, siempre dispuesto a conectar personas y necesidades, había logrado el favor de uno de los clientes del local, que trabajaba precisamente en uno de los rotativos más importantes de las Ramblas.

Marina llevaba pocos meses en sus nuevas labores, pero al menos había logrado parar el acoso del casero, que insistía en ponerlas de patitas en la calle si no se ponía al día del alquiler de un mísero cuchitril en la zona más pobre del barrio, en la calle del Migdia.

Mientras Lluïset servía una soda a su padre para relajar la espera, el Tuerto terminaba su café atento al entorno. Si en algo destacaba era en tener todos los sentidos siempre alerta. Don Ramon le había pedido que lo acompañara al encuentro, dándole cada vez más confianza y capacidad de mando. Para el prestamista, el navajero ya era como de la familia, y odiaba la idea de que se sintiera como un simple matón. Para él, Pablo era una especie de aprendiz, un hijo mayor. No le importaba su pasado ni lo que había tenido que hacer por pura supervivencia, y consideraba que aún tenía unas altas posibilidades de enderezar el rumbo de su vida y prosperar a su lado.

—Don Ramon, ¿quiere que vaya a buscarla? Si Atilio me dice dónde vive, puedo ir a comprobar que todo esté en orden. Ya sabe que en el barrio uno nunca está del todo seguro.

—Tranquilo, Pablo. Esperemos un poco más…

El Tuerto aceptó la propuesta y se dispuso a seguir bromeando con Lluïset, que, pese a ser el más pequeño, ya era uno más de la comitiva.

—¿Cómo lo llevas, chavalín? ¿Te gusta trabajar aquí?

Lluïset acabó de secar un vaso con el paño que solía llevar colgado del uniforme que requería el puesto y se relajó en compañía del Tuerto. Total, tampoco había nadie en el quiosco que pudiera requerir de sus servicios.

—Pues sí. Atilio ya se ha encargado de ponérmelo fácil.

—¿Es lo que esperabas?

—¡Incluso mejor! —soltó con alegría el aprendiz.

—Está bien que lo disfrutes, hijo, pero recuerda que es algo temporal y que no debes olvidar los estudios —comentó Ramon para dar un toque de atención a su vástago.

—Haz caso a tu padre, que ya ves cómo acaba uno cuando no ha pisado una escuela… —sentenció el navajero, ante la sorpresa de los presentes. Allí nadie le tenía en cuenta su pasado ni tampoco su carencia de estudios. Para ser un hombre de bien, no se requería más que un buen corazón y un altruismo justificado.

—Nada que no podamos solucionar con el tiempo, Pablo… —sentenció el prestamista, que se esforzaba en potenciar las buenas cualidades de su protegido.

Antes de que pudieran seguir con una reflexión de matices típicamente humanos, Atilio vio a Marina y a Marta cerca de la fuente de Canaletes.

—¡Ahí están! ¡Le dije que vendrían, don Ramon! —exclamó el

gerente mientras gesticulaba tras la barra para atraer la atención de las visitantes.

Cuando el Tuerto se giró, quedó atrapado por la belleza de Marina. La presencia de la joven le cautivó al instante y experimentó la sensación de estar por primera vez ante el amor de su vida. Jamás una mujer le había causado tal impresión.

Aun consciente de que era observada por los parroquianos del quiosco, Marina caminó al ritmo lento que requería la enfermedad de su hija. Marta se esforzaba por ir más rápido, pero el azote de la polio había mermado su pierna derecha más de lo que podía soportar solo con buena voluntad.

Apenas a un par de pasos de haber superado la fuente, el Tuerto pudo ver la expresión de desprecio de un grupo de mujeres que estaban llenando sus botijos de agua. Al parecer, la fama de Marina no era la mejor después de haber enviudado. Entre susurros, el grupo de brujas estrechó el cerco para obstaculizar a la joven madre y dejarle claro que no era bienvenida en la zona.

—Mírala ella, siempre tan digna. Si tu esposo supiera lo que has hecho en su ausencia… Seguro que debe de estar removiéndose en la tumba —vociferó la mayor de aquella cofradía de desgraciadas, con intención de mermar la moral de Marina.

Al intuir el desagradable momento por el que estaba pasando la mujer acorralada, el navajero reaccionó bruscamente, soltó la consumición que tenía entre los labios y emprendió el rumbo hacia la fuente para asistir a las dos visitantes. En apenas unos segundos, se plantó en la posición de las acosadas y con una simple mirada dejó claro que eran sus protegidas. Si a alguien respetaban en las Ramblas era a Pablo y a don Ramon, por lo que las mujeres, asustadas por lo que imponía el delincuente, abandonaron rápidamente la fuente, incluso olvidándose de uno de los botijos que habían llenado hasta media medida.

—¿Me permite ayudarla, señora? Deduzco que usted será Marina, ¿no? —preguntó amablemente el Tuerto.

—Sí. Disculpen el retraso, pero Marta va todo lo rápido que puede y, aunque el médico le aconsejó el ejercicio diario, ya ve que nos tomamos nuestro tiempo.

— 160 —

—No se preocupe. Soy Pablo. Permítame que la acompañe hasta don Ramon.

La joven sonrió, agradecida y aliviada tras el mal trago vivido, y dejó que las custodiara. Estaba harta de soportar las habladurías y los juicios morales carentes de objetividad. Y es que aquella mala fama venía precedida de un malentendido o, mejor dicho, de la mala intención del panadero del barrio. Un malnacido que, al ver que la joven estaba libre de compromiso, había intentado intercambiar el trato de favor por unas onzas de pan. Pero el tiro le salió por la culata, porque Marina no se dejó seducir ni abusar. Por mucho que su aspecto siempre atrajera a hombres desesperados o ansiosos de degustar con afán su carne, su reacción siempre era la misma: «No soy ninguna furcia. Puede que pobre, sí, pero digna como la que más».

—¡Bienvenidas! Celebro que finalmente hayas decidido venir, Marina. Te presento a don Ramon y a su hijo, este Cachorro que ahora me ayuda en el quiosco —soltó Atilio para romper el hielo.

Notablemente ruborizada, Marina asintió sin perder la pureza de su rostro.

—Disculpen el retraso…

Don Ramon, con expresión amable, intentó que las visitantes pronto se sintieran como en casa.

—Atilio, ponles, por favor, lo que quieran tomar. Será un placer invitarlas a lo que deseen.

—Gracias, don Ramon. Es usted muy amable.

Atilio reaccionó al instante e intentó crear cierta armonía en el ambiente. Su máximo interés era que el prestamista pudiera charlar tranquilamente con la chica, así que enseguida removió el cotarro.

—Martita, ¿qué te parece si entras en el quiosco y le pides a Lluïset que te enseñe sus dibujos? ¡Es un retratista excelente! —dijo Atilio, haciendo alarde del arte del buen anfitrión.

La niña, tímida, simplemente asintió.

—¿Te apetece que te acompañe? —preguntó el Tuerto, que, al segundo de recibir la autorización de la niña, la cogió en brazos y la llevó hasta el acceso trasero del local.

— 161 —

—Marina, ¿qué os pongo? —preguntó Atilio, siguiendo con sus funciones de cicerone.

—Un café sería estupendo. Y una limonada para Marta, si no es mucha molestia.

Don Ramon miró cómplice a Atilio para que se encargara del servicio, en tanto él tomaba las primeras impresiones.

—Y bien, Atilio me ha comentado que necesitas ayuda con Marta. ¿Cómo podría serte útil? —preguntó el prestamista con amabilidad, al tiempo que le tendía sutilmente la mano. Por el aspecto de la joven, no estaba pasando una buena época.

Marina, intentando encontrar la calma y las palabras justas para exponer sus necesidades, carraspeó un poco mientras veía cómo su hija estaba tranquilamente con Lluïset.

Atilio sirvió las bebidas y el Tuerto optó por retirarse unos metros para ofrecerles la intimidad que requería la situación.

—Verá, don Ramon… Supongo que don Atilio ya le habrá puesto en situación…

—Algo me ha contado, pero, por favor, me gustaría escucharlo de ti.

Marina dio un discreto sorbo al café y se dispuso a poner las cartas sobre la mesa. El gerente siempre la había ayudado y, si le había insistido en hablar con aquel hombre, era porque realmente podía sacarla del apuro. Además, la fama de don Ramon en el barrio le precedía.

—Mi marido falleció el año pasado en un accidente en la fábrica donde trabajaba. El dueño apenas me dio una compensación y, como solo trabajaba mi esposo, me encontré en una situación dramática de un día para otro. Mi hija enfermó de polio cuando tenía dos años y resulta muy difícil cuidarla y salir adelante.

—Comprendo…

—Don Atilio nos ayudó cuando el casero pretendía echarnos, pero con lo que gano como sirvienta apenas podemos mantenernos…

—Entonces ¿necesitas dinero para poder ir tirando? —preguntó el prestamista con tono relajado y empático.

—Lo cierto es que es más que eso, don Ramon. Marta está empeorando de la polio y apenas puedo sufragar el coste del doctor del hospital de Sant Pau que la ha llevado desde que contrajo la enfermedad. Fue él quien me habló de un médico privado que tiene la consulta al pie del funicular del Tibidabo. Es una eminencia en este tipo de dolencias crónicas. Dicen que está probando un tratamiento que parece esperanzador, pero no puedo permitirme lo que vale. Y, como entenderá, sufro por mi hija. Verla enfermar día tras día me consume el alma.

Don Ramon, que había atendido con interés a las explicaciones de Marina, sintió un vacío en el alma. Él, como padre, comprendía la preocupación de aquella joven, y, siendo honesto consigo mismo, aquel era el tipo de préstamo por el que había empezado la aventura de ayudar al prójimo.

Durante un instante observó con cariño a Marta. La pequeña parecía estarlo pasando bien con su hijo, que había empezado a hacerle un retrato. Seguro de hacer lo correcto, el prestamista tomó la decisión.

—No hace falta que me cuentes más... Te ayudaré con lo que pueda. Por favor, averigua el coste del tratamiento completo para Marta, y Pablo se encargará de llevarte los pagos, así como de acompañaros a ti y a la pequeña a la consulta de ese médico.

—Es muy generoso de su parte, don Ramon, pero ¿cómo podré devolvérselo?

—Ahora no es momento de preocuparse de ese detalle. Piensa que no ayudo para sacar un rédito al dinero, sino para dar segundas oportunidades a quienes lo merecen. De momento, lo importante es que Marta pueda gozar de la posibilidad de recuperarse o de mantener la enfermedad controlada. Ya llegarán días mejores en los que puedas saldar el tratamiento. No se trata de poner una fecha, sino de que ambos nos comprometamos por una buena causa.

Marina, emocionada, rompió a llorar como si algo se hubiera desbloqueado en su alma. El nudo que se había estrechado desde la muerte de su marido parecía aflojarse por fin. En un acto instintivo, se arrojó a don Ramon para darle un abrazo sincero, un amable gesto nacido del corazón.

—Está bien, está bien... —soltó el prestamista, algo sorprendi-

— 163 —

do. Aquella era la primera vez que alguien a quien ayudaba reaccionaba con tanta efusividad. La prueba irrefutable de que debía dar aquel préstamo.

Tras la decisión, el paterfamilias de los Ros charló con la joven un buen rato, siendo consciente de todas las penurias por las que Marina había pasado. El aún llamado Distrito V solía ser cruel con los más débiles, y ella había soportado una carga descomunal e injusta.

Después de una hora de conversación, y de que Lluïset le regalara un retrato a Marta, madre e hija regresaron a casa en compañía del Tuerto. Visto cómo las habían tratado, don Ramon insistió en no dejarlas solas, también con la intención de que las vieran con Pablo y supieran quién les estaba dando cobijo. A veces, el simple hecho de que todos advirtieran que se tenía una relación cercana con alguien influyente calmaba las aguas. Ya se encargaría él de que todos supieran que el episodio con el panadero había sido un malentendido interesado. El prestamista detestaba todo tipo de abuso verbal o físico.

Marina, agradecida como si un santo la hubiera bendecido, aceptó la ayuda y dejó que el navajero cargara a hombros con su hija para evitar que tuviera que hacer la vuelta caminando.

Mientras se alejaban por las Ramblas, el patriarca de los Ros pensó en cómo había cambiado Pablo desde que lo conoció y en el bien que le haría tener una familia a la que cuidar y dedicarse. Un pensamiento que pronto se diluyó cuando revisó de nuevo la hora y comprendió que era momento de regresar a casa.

15

Aunque el festín era digno de reyes y los Ros Adell no estaban acostumbrados a tanto lujo, Lluïset sentía un vacío en el epicentro de su corazón.

Aquella noche, la familia Pons había invitado a sus amigos para celebrar la marcha de Laurita a París. Como consecuencia de la incertidumbre que aún se respiraba en Barcelona por las huelgas en el sector textil, y aprovechando que la madre del gran amor del pequeño de los Ros tenía familia bien posicionada en la Ciudad de la Luz, habían decidido que su heredera recibiera la mejor educación posible. Una noticia que Isaac Pons quiso transmitir de propia voz a la familia de su socio en los préstamos, durante una cena en el piso del Eixample al que se habían trasladado al principio de la revuelta textil. El edificio aún estaba por habitar en su gran mayoría, pero los dueños del inmueble habían querido ser los primeros en tomar posiciones en lo que parecía una fortaleza en comparación con las viviendas del Distrito V.

A Lluïset, el piso le había impresionado desde el primer momento, aunque, al ver a Laura callada y triste, había sentido que aquello no era más que una encerrona para mantener las formas.

Durante la velada apenas se habló de otras cuestiones, y solo cuando los mayores se dispusieron a disfrutar de la sobremesa con la degustación de una selecta bandeja de repostería típicamente catalana, alcohol refinado y puros cubanos, los descendientes más pequeños de ambas familias pidieron permiso para visitar la recién inaugurada biblioteca familiar. Laura quería enseñar a Lluïset las últimas adquisiciones culturales. Si bien al pequeño de los Ros le importaba poco lo de leer y mucho lo de pintar, no dudó en aceptar la invitación del gran amor de su vida. Necesitaba quedarse a solas con Laura para despedirse a su manera. Aunque sus padres no quisieran aceptarlo e hicieran la vista gorda, entre ellos había surgido algo especial desde el primer día en que coincidieron en el quiosco de las Ramblas, y aquella separación forzosa era más de lo que podían soportar.

Cuando entraron en la biblioteca, Lluïset suspiró por el impacto que le causó la estancia. Isaac Pons era un gran amante del estilo modernista y había decorado la biblioteca con estanterías de ensueño y elementos propios de los cuentos de hadas.

—¡Qué maravilla! ¿De verdad tu padre se ha leído todos estos libros? —preguntó inocentemente el aprendiz de camarero.

—Ni por asomo... A papá le gusta más coleccionar que leer, aunque pondría la mano en el fuego por que se ha leído los más importantes... ¿Vosotros no tenéis biblioteca?

Lluïset soltó una irónica carcajada por la inocente pregunta de la anfitriona.

—Ni biblioteca ni la mitad de las habitaciones de tu casa... Esto es como un palacio...

Laurita lo miró con ternura por el comentario antes de dirigirse hacia el piano que su padre había instalado en la estancia con la intención de escucharla tocar mientras él se relajaba con la lectura. No es que acariciara aquel instrumento con delicadeza ni maestría, pero empezaba a defenderse gracias a las clases recibidas.

Durante unos segundos, la joven posó suavemente los dedos sobre las teclas antes de decidir que no era el momento de mostrar sus dotes musicales. Aquella despedida requería de otras circunstancias más favorables a las emociones que sentía por Lluïset.

Casi con movimientos felinos, mientras el pequeño de los Ros se quedaba embobado con las estanterías a rebosar de ejemplares de todas las épocas, Laurita se acercó a un rincón para extraer dos libros atados con una cinta de seda roja.

Sonrojada, tomó a Lluïset de la mano y lo llevó hasta el piano. Con un juego de miradas, lo invitó a esconderse bajo la gran es-

— 166 —

tructura de madera. El aprendiz aceptó encantado, notando que el corazón se le salía del pecho. A cada latido se sentía más y más enamorado. Cuando Laura estaba cerca, se desconcertaba por completo y advertía, simplemente, que estaban predestinados. ¿Y si se hubieran conocido en otra vida o en otra época? ¿Habrían sido amantes a la altura de Romeo y Julieta?

Sentados con las piernas cruzadas, el uno frente al otro, Laurita tomó la iniciativa. Aquel era su dominio, su casa, y debía ser fiel al poder de mando.

Sonriente, la niña desató el nudo de la cinta para separar los dos ejemplares y entregarle uno a Lluïset. Sorprendido, el chico lo cogió con cuidado y acarició la textura de la portada.

—¿Por qué tienes dos libros iguales? Son preciosos…

La pequeña le tomó la mano para mirarlo fijamente. No podía alejarse de la ciudad sin antes decirle lo que sentía por él.

—Pertenecieron a dos amantes… y cada uno tenía un ejemplar para recordar lo mucho que se amaban…

Lluïset se ruborizó, consciente de que algo mágico estaba a punto de suceder. Aunque su duda era quién de los dos ardía con mayor deseo por jurarse amor eterno.

—Laura…, yo… —susurró el pequeño de los Ros con cierta torpeza, antes de que ella simplemente se acercara a pocos centímetros y lo besara.

Ambos cerraron los ojos en una sincronía perfecta, sintiendo que nada más en el mundo importaba. Incluso la tristeza de una despedida inminente se esfumó mientras experimentaban uno de los instantes más preciosos que compartirían en su vida. Aquel momento sería su primer secreto, el recuerdo de por qué iban a acompañarse el uno al otro hasta el último suspiro.

Mientras sus labios se fusionaban con el sabor y la textura de una pasión casi adolescente, sus manos se entrelazaron por encima de los dos ejemplares que reposaban sobre su falda.

Aquel instante les supo a toda una vida, a un compromiso eterno capaz de sobrevivir a cualquier lejanía espaciotemporal.

Al separar los labios, ambos sonrieron por el efecto sutil de la vergüenza. No era necesario buscar un argumento coherente para explicar lo que acababa de suceder ni lo que ambos sentían. La magia de aquel fugaz contacto era la prueba irrefutable de que estaban hechos el uno para el otro y decidieron disfrutarlo en silencio. Por fin entendían lo que suponía enamorarse por primera vez, una sensación que hasta el más escéptico sobre la faz de la tierra buscaba durante toda su existencia. Traspasar sin haber encontrado a tu otra mitad se convertía en una cuenta pendiente ligada irremediablemente al fracaso emocional. En aquella ciudad abierta al mundo, todos buscaban el amor, de principio a fin.

—Yo… no sé qué haré mientras estés tan lejos… —dijo Lluïset, abanderando su máxima sinceridad.

—Solo espérame… Volveré, te lo prometo. Y entonces tendremos la edad para comprometernos…

Lluïset afirmó mordisqueándose ligeramente el labio inferior, en tanto extraía un papel del bolsillo trasero de su pantalón. Estaba plegado en cuatro partes y algo arrugado por el roce. Acompañado de la sonrisa que había enamorado a Laurita desde el primer día, se lo entregó con un movimiento pausado. En cuestiones del corazón, las prisas eran el principal enemigo.

La pequeña de los Pons lo abrió como si prácticamente lo acariciara, descubriendo el retrato que el aprendiz le había hecho de memoria. Nunca había posado para él, pero Lluïset había captado hasta el más mínimo de los detalles. Si aquel no era el chico con el que iba a casarse, prefería que se le pasara el arroz.

—Es… increíble… ¿Cómo has podido hacerlo sin verme?

—Sí te veía…, pero en mi cabeza… Es como si siempre estuvieras conmigo.

Laurita suspiró por aquella confesión de amor mientras acercaba el retrato a su pecho. Poco después lo volvió a plegar con delicadeza para guardarlo dentro de su ejemplar.

—El vendedor me dijo que esta es la mejor historia de amor que se ha escrito nunca… Me gustaría que tuviéramos cada uno un ejemplar; como los amantes a los que perteneció. Yo lo llevaré siempre conmigo y así podré recordarte a todas horas.

—Yo haré lo mismo.

Ambos suspiraron, reacios a aceptar que la despedida era inminente. Sabían que el tiempo se les estaba escurriendo por momentos, pero solo podían pensar en fundirse en un solo ser.

Lluís, que hizo el ademán de volver a besarla, vio truncado su deseo al escuchar la llamada del padre de Laurita:

—¡Chicos! ¡Venid al comedor, que aún no habéis probado el biscuit de la reina que hemos comprado en la dulcería La Colmena! ¡Es el mejor de toda la ciudad!

Los dos niños, dispuestos a despedirse a su manera, se besaron furtivamente y, tras reírse por el atrevimiento, abandonaron la biblioteca no sin que antes Laura dejara su libro en la estantería pertinente y Lluïset se guardara su ejemplar en la parte posterior del cinto.

Aquel iba a ser su eterno secreto y la prenda del compromiso al que habían llegado de esperarse el tiempo que fuera necesario.

Si algo tenían claro era que, pese a no tener la edad conveniente, su amor perduraría hasta que volvieran a encontrarse. Y el amor lo era todo en un mundo que progresaba a una velocidad aterradora.

La marea humana era digna de los grandes acontecimientos. Aquel 11 de septiembre, la Diada de Catalunya, gran parte de los habitantes de la Ciudad Condal se habían concentrado en la plaza Catalunya y las Ramblas.

Atilio, Lluïset y dos camareros extra, enviados especialmente por el dueño, Esteve Sala, servían consumiciones a destajo. Cafés, sodas y numerosos platos con patatas fritas hacían las delicias de unos barceloneses que deseaban disfrutar de una fecha tan señalada para su moral histórica y patriotismo desenfrenado. Desde siempre, los miembros de los pueblos más oprimidos solían dejar un pequeño rincón en sus almas para albergar la posibilidad de un futuro alzamiento popular. Pero, casi siempre, no eran más que sueños irrealizables.

Cuando parte de la comitiva social parecía tomar rumbo hacia el puerto y empezaba a descomprimirse la afluencia en la zona, Lluïset sintió la necesidad de tomarse un respiro. Aquella jornada estaba resultando inhumana y Atilio, preocupado por el exceso al que se había sometido su aprendiz, no dudó en darle un descanso, aprovechando que don Ramon, doña Rossita y Agnès acababan de llegar para saludar y ofrecerles un poco de compañía. La zona aún estaba llena de asistentes, pero el chico bien merecía recuperar el aliento para volver al trabajo con más energía.

—Cachorro, va, sal un rato y ve con tus padres, que bien te has merecido un descanso. Ya me encargo yo de tus clientes mientras tanto.

Lluïset, sin dudarlo, dejó el trapo con el que limpiaba las tazas y los vasos del quiosco, y salió del pequeño recinto para abrazar a sus seres queridos. Posiblemente, pocas veces se había alegrado tanto de verlos y de compartir la agradable compañía.

Su madre y su hermana parecían absortas en otros asuntos. Al otro lado de las Ramblas se había colocado una vendedora ambulante que ofrecía ramos de flores a precios de risa. No era difícil que, desde la lejanía, uno se dejara llevar por la belleza y el colorido de cada ejemplar. Decidieron acercarse a la vendedora para adquirir un ramo de flores digno del centro de mesa del comedor.

Lluïset, extenuado por el esfuerzo de la jornada, recorría más lento de lo habitual un tramo que en otro momento apenas le hubiera durado unos segundos. Pero el cansancio fue su salvación, el ligero contratiempo que le ayudó a evitar una terrible tragedia.

Fue al mirar por instinto hacia su derecha cuando advirtió un peligro inminente. Entre el gentío, un chaval de apenas veinte años, con una expresión salvaje y criminal, se acercaba a paso acelerado.

Al verlo, Lluïset intuyó que el destino de aquel extraño era precisamente el lugar donde le esperaba su padre. Sin dudarlo, aceleró el paso cuando observó que el agresor empezaba a extraer una navaja del cinto. Reaccionar a tiempo era una cuestión de vida o muerte y, cuando apenas le faltaba un metro para anticiparse al ataque, se arrojó por inercia para cubrir el cuerpo de su progenitor.

El prestamista, extrañado por la reacción de su hijo, apenas pudo comprender que estaba a punto de ser atacado. El navajero, ágil como un perro de presa, intentó asestarle una puñalada en la

— 170 —

zona de los riñones, aunque acabó encontrando el brazo de Lluïset como destino final. El filo de la navaja rasgó la carne del antebrazo del crío, al tiempo que los testigos más cercanos gritaban de terror.

—¡Lluïset! —exclamó el prestamista, aventurando lo peor.

El pequeño, con apenas un desesperado suspiro de dolor, cayó al suelo en redondo, al mismo tiempo que lo hacía el arma homicida. El paterfamilias de los Ros se arrodilló instintivamente para albergar entre sus brazos a su vástago y comprobar que no hubiera sucumbido al ataque.

Mientras el agresor intentaba huir torpemente entre la multitud, Atilio, testigo de lo que acababa de suceder, gritó para que alguien lo detuviera a la carrera:

—¡Cogedle! ¡Ha intentado matar a una persona!

Un grupo de trabajadores, vestidos con el traje de tres piezas de los domingos, reaccionaron en el acto, se abalanzaron sobre el prófugo y lo inmovilizaron.

La reacción popular no se hizo esperar. Mientras unos increpaban al navajero, otros gritaban de horror, conscientes de que la escena podría haber terminado en tragedia.

Rossita y Agnès pronto comprendieron que había sucedido algo en el quiosco y, dejando el ramo que habían elegido en manos de la florista ambulante, corrieron desesperadas con el temor de que alguno de los suyos hubiera sufrido cualquier daño. Y no iban desencaminadas.

—¡Lluïset, hijo mío! ¿Estás bien? —preguntó don Ramon al pequeño, que se debatía entre la reacción y el desmayo fruto del ataque y el susto recibidos.

El antebrazo del aprendiz sangraba exageradamente y su padre, consciente de que se podía tratar de una situación límite, se arrancó una parte de la manga de la camisa para practicarle un improvisado torniquete.

Atilio, presa del nerviosismo, colaboró con una potente llamada de auxilio.

—¡Un médico, por favor! ¡Necesitamos un médico!

La masa se había quedado paralizada por completo, y solo la reacción de Ramon rompió el hechizo. Alternativamente, dos municipales empezaron a espantar a los mirones, mientras tres compañeros suyos detenían al agresor, que había sido reducido por los trabajadores que paseaban por las Ramblas.

—¿Está bien, señor? —preguntó uno de los municipales, más por mera deferencia que por auténtico interés.

—Sí, yo sí, pero es mi hijo quien ha recibido un navajazo. ¿Es que no lo ve?

El policía, altivo, paró los pies al prestamista:

—Oiga, no se me altere, que aquí estamos intentando ayudar.

Don Ramon no le hizo ni caso y se centró de nuevo en su pequeño.

Justo cuando Lluïset parecía recobrar el sentido, aparecieron las dos mujeres de la familia, presas de una ansiedad sin igual.

Gracias a Dios, el pequeño pudo recomponerse y poco a poco se incorporó, logrando que los ánimos se relajaran mínimamente. Al poco irrumpió en escena un hombre elegantemente vestido, dando fe de que era médico. Al momento deshizo el improvisado torniquete elaborado por don Ramon y valoró el alcance de la herida sufrida. Afortunadamente, la misma dinámica del encontronazo había hecho que el filo del arma no lograra seccionar ni arterias ni nervios vitales, y todo había quedado en un tajo profundo y escandaloso.

Mientras Rossita y Agnès, acompañadas por uno de los municipales y el doctor, llevaban al pequeño Lluïset a su hogar, don Ramon ofrecía el pertinente testimonio de lo sucedido. Con rabia, reconoció al navajero detenido y aceptó ir con el otro policía a la comisaría del distrito para interponer una denuncia y firmar su declaración.

La fortuna había estado del lado de los Ros, que recordarían aquel 11 de septiembre del 1913 durante toda su vida. Aunque quien quedó más afectado por los hechos fue el propio prestamista, consciente de que, si su hijo no hubiera intervenido, aquella Diada hubiera significado el último paseo familiar. Quien había decidido sacárselo de encima no iba a dejarlo correr tan fácilmente, y las posibles represalias empezaron a torturarlo.

16

Ramon e Isaac paseaban por el muelle de Sant Bertran una semana más tarde del ataque. La tarde era plácida y la atmósfera, encantadora, pero la preocupación de ambas familias nublaba las virtudes de la cálida Ciudad Condal.

Afortunadamente, la agresión había quedado en un susto, pero al prestamista la situación le había llevado a tomar ciertas decisiones. Quizá había ido demasiado lejos en su afán por ayudar a los demás, molestando a quienes se llenaban los bolsillos con préstamos leoninos e intereses desmesurados.

Ahora que habían ido a por él, era el momento de replantearse las ayudas.

Por seguridad, el Tuerto empezó a pasarse el día en el quiosco custodiando al pequeño de los Ros, con la intención de que nadie se atreviera a repetir el ataque. Aquellas eran órdenes expresas de don Ramon, que había decidido encontrarse con Isaac para expresarle su deseo de terminar la sociedad conjunta, en un amplio espacio donde pudieran detectar cualquier posible seguimiento o nueva agresión. Más allá de un resbaladizo empedrado y un par de majestuosos edificios portuarios, apenas había paseantes por la zona, y sobre todo ningún espacio donde esconderse para un posible atacante.

—Isaac, sabes que llevo años dedicándome a ayudar a quienes más lo necesitan, pero creo que ha llegado el momento de poner fin a esta causa. No quiero exponer a mi familia.

Isaac dejó reposar las palabras de su socio antes de tratar de convencerlo de que debía seguir al pie del cañón.

—Entiendo tu enorme preocupación, amigo mío, pero rendirse significaría enviarles el mensaje de que han ganado. Y eso, ante las complicaciones de la vida, no podemos ni debemos contemplarlo. El miedo es un instrumento mezquino e intolerable para limitar nuestra existencia...

El prestamista pensó su respuesta, algo dubitativo.

—Podría haber sido una tragedia...

—Lo sé, pero no ha sido así, ¿verdad?

Don Ramon simplemente asintió con desgana.

—¿Puedo serte franco? ¿Puedo compartir contigo lo que yo haría en tu lugar?

—Desde luego. Somos amigos, Isaac. Tu opinión es importante en mi toma de decisiones.

El burgués, recolocándose levemente el bombín y presionando con fuerza la empuñadura de un bastón que lucía más por moda que por necesidad física, se dispuso a poner las cartas sobre la mesa:

—Creo que ha llegado el momento, amigo mío, de que dejéis el distrito. Ese es el entorno en verdad peligroso para tu familia. Ya te lo ofrecí no hace mucho, pero insistiré: ven a trabajar conmigo y mudaos a uno de los pisos del edificio del Distrito VI donde vive mi familia. La calidad de vida es esencial, Ramon..., y vuestra tranquilidad y bienestar están por encima de cualquier romanticismo.

El prestamista asintió mientras escuchaba con atención el argumento de su colega. Sabía que tenía más razón que un santo y que alejarse de aquellas calles infectas solo podía beneficiarlos.

—Debería consultarlo con Rossita, pero te agradezco el ofrecimiento. Puede que tengas razón y sea lo más sensato.

—Lo es, amigo mío... Y bien que lo sabes.

Ambos, manteniendo el paso en aquel paseo agridulce, se quedaron en silencio mientras observaban el bello entorno barcelonés.

—Considero que, viviendo en el Eixample y trabajando en mi fábrica, el mensaje que mandarás al barrio será claro. Y para seguir con los préstamos solo tenemos que encontrar una nueva ubicación. Podemos hablar con Pablo para que nos acompañe en todo momento y así asegurarnos de que este desagradable suceso no se repite.

—Pero ¿y Lluïset? Yo era el destinatario del ataque, pero temo que ahora la hayan tomado con mi hijo.

—De momento, habla con Rossita y los niños y aceptad mi propuesta. Pablo puede vigilar a Lluïset mientras trabaja en el quiosco, y ya veremos cuáles serán los siguientes pasos cuando todo vuelva a la normalidad. Por favor, amigo mío, no le des más vueltas y acepta mi ayuda. Sería un verdadero honor que fuerais nuestros vecinos.

Don Ramon se paró en seco e inesperadamente ofreció un sentido abrazo a su amigo. Aquella era la primera vez, desde que se conocían, que manifestaba tal muestra de cariño, dejando las barreras emocionales de una férrea educación en el pasado. Expresándolo en silencio, el prestamista le transmitió a su amigo el valor que daba a aquel vínculo casi fraternal. Tenerlo a su lado en un momento de profundas dudas era precisamente la llave de una amistad eterna, carente de condiciones ni obligaciones: una unión invisible pero inquebrantable.

Por primera vez en mucho tiempo, una sutil niebla se difuminaba en el humo procedente de las fábricas del distrito. Empezaba a refrescar, y el sol, tenue y azulado, apenas mantenía su presencia en el antiguo hogar de los Ros.

Don Ramon, algo nervioso, fumaba en pipa en el discreto balcón del inmueble, dejando que su figura se recortara a contraluz.

Agnès y Lluïset se mantenían a la expectativa de lo que su padre quería contarles y temían medidas drásticas después de lo sucedido, sobre todo por el tono con el que habían sido convocados. Sentados a la mesa del discreto comedor, con una taza de chocolate caliente, los dos vástagos acompañaban a Rossita, que no era más que una cómplice de la decisión que les iban a comunicar.

Sus padres ya se habían decantado por el siguiente paso a dar como familia, y lo justo era transmitirles los cambios de una forma

— 175 —

tranquila y amorosa. Si algo tenían claro Ramon y Rossita era que el miedo no podía instalarse en su rutina.

Tras dar una profunda calada a la pipa, el paterfamilias carraspeó ligeramente para iniciar su discurso:

—Hijos míos, vuestra madre y yo os pedimos que os quedaseis hoy para hablar con vosotros...

Ninguno de los presentes quiso interrumpir a Ramon.

—Como sabéis, lo que sucedió es posiblemente una advertencia. Puede que haya vecinos que estén molestos por la ayuda que hemos estado ofreciendo, así que, tras valorar una generosa oferta de Isaac, vuestra madre y yo hemos aceptado algunos cambios...

Agnès, extrañada, fue la primera en reaccionar:

—¿Cambios? ¿A qué te refieres, papá?

—Hija, deja que vuestro padre os lo pueda explicar bien. No seas ansiosa... —comentó Rossita para allanarle el camino a su esposo ante una posible queja.

—Agnès, hemos decidido dejar el barrio porque es demasiado peligroso. Quedarnos aquí supondría estar alerta a todas horas, así que consideramos que un cambio no solo será positivo, sino que también nos ayudará a normalizar nuestras vidas.

—Pero yo no quiero dejar de trabajar en el quiosco, papá. Tengo que guardarle el sitio a Pier hasta que regrese —soltó Lluïset, más dócil que su hermana.

—No te preocupes, hijo. Podrás seguir yendo al quiosco, aunque de momento Pablo estará cerca para asegurarse de que no hay peligro. Será solo durante un tiempo. ¿Te parece bien?

—Pablo es un buen amigo... Con él cerca, nadie se atreverá a hacerme daño.

—Eso es, Lluïset.

Agnès, aún nerviosa por la incertidumbre, insistió en sembrar ciertas dudas:

—Pero ¿qué más cambios habrá? Si Pablo cuida de Lluïset, ¿no estamos ya bien?

Don Ramon dio una profunda calada más a su pipa antes de proseguir:

—Verás, hija, Isaac nos ha ofrecido un piso en el mismo edificio donde viven, y a mí, trabajar como capataz en su fábrica. Lo hemos hablado con tu madre y hemos decidido aceptar. Creemos que es lo mejor para todos.

—¡Eso está genial! ¡Así podré estar más cerca de Laura cuando regrese! —exclamó inocentemente Lluïset.

Agnès, por su parte, no opuso más resistencia. La idea de vivir en el nuevo Eixample era demasiado tentadora. Iban a dejar aquel cuchitril por una nueva vida más confortable y llena de oportunidades.

—Entonces ¿qué te parece la idea, hija?

—No negaré que me atrae el cambio… —comentó la heredera de los Ros mientras dejaba entrever una sutil sonrisa—. Pero entonces ¿ya no seguiremos trabajando para los clientes del barrio?

—Claro que sí, Agnès —respondió Rossita—. Ya he hablado con ellos y, a partir de ahora, los encargos los recogerá y entregará Pablo. Nosotras seguiremos trabajando en la casa nueva, aunque esta vez en mejores condiciones. Viviremos en los bajos, que tienen un patio interior maravilloso y una luz natural inigualable…

Agnès sonrió satisfecha. Las noticias, después de todo, eran realmente positivas.

—Y, si lo quieres, puedes trabajar en la fábrica de Isaac. Tanto tu madre como tú tenéis la oferta de formar parte del equipo de costureras. Los Pons son buenas personas y tratan a sus trabajadores como en ningún otro lugar —añadió Ramon para acabar de convencer a su hija.

La mayor de los Ros sonrió sin pronunciarse. Las noticias eran demasiado abrumadoras para pensar en todo, y de alguna forma se sentía desconcertada en sentido positivo.

—¿Y cuándo nos iremos, papá? ¿Podré tener mi propia habitación?

—Ambos la tendréis, Lluïset. De momento, mañana iremos a visitar la nueva casa, y a final de mes nos mudaremos.

—¡Pero si aún faltan más de dos semanas!

—Paciencia, hijo. Antes tengo que resolver algunos asuntos. Quince días pasan en un suspiro.

El ambiente se alumbró instantáneamente y, aunque nadie lo

verbalizó, sintieron que el ataque se había convertido en el punto de inflexión que necesitaban como familia. Llevaban demasiados años en el distrito y la mejor forma de provocar cambios era iniciar una etapa mucho más próspera y amable. Había llegado el momento de los Ros Adell, y ninguno de sus integrantes tenía intención de dejar pasar aquella oportunidad de oro.

En el Distrito V, las tabernas solían estar dejadas de la mano de Dios; eran espacios decrépitos y cochambrosos que superaban exponencialmente a los bodegones, botillerías, bares y cafés, aunque estos últimos eran frecuentados solo por los individuos de bolsillo acaudalado. Las tabernas se abrían en pisos, en tiendas, a pie de calle, a modo de tascas dormitorio e incluso como burdeles encubiertos. Como característica diferencial, se las reconocía por los toneles de vino que se encontraban en la misma entrada, los mostradores de madera o mármol y las pequeñas mesas, taburetes y banquetas. Eran templos para la pobreza, de entre los que destacaba, por su mala fama, el Torreón.

A paso relajado, el Tuerto se paró frente a aquella decrépita taberna para apurar una colilla que casi se había consumido. Ante la atenta mirada de los dos navajeros que custodiaban la infernal gruta, Pablo se lo tomó con calma, casi desafiándolos. Él se había labrado un nombre en los bajos fondos por cuestiones obvias. Sin más dilación, se acercó a la entrada del Torreón para dejar claro que quería hablar con el rey de la zona, el tipo que había dado la orden de apuñalar a don Ramon.

—¿Qué coño quieres, Tuerto? Aquí no eres bienvenido.

—Anda y no me toques los cojones, que la cosa no va contigo. Quiero ver al Satanás.

Los dos delincuentes que custodiaban la entrada se miraron sorprendidos. Aquella visita era de lo más inesperada y la petición, prácticamente una sentencia de muerte.

—¿Y el motivo de tu exigencia? ¿Qué le digo? —preguntó el otro criminal, dispuesto a negarle la entrada.

—Tenemos algo que negociar…

El esbirro, con desprecio, lo miró de arriba abajo antes de adentrarse en la taberna y dar aviso de su visita. Mientras esperaban noticias, el Tuerto y el otro matón intercambiaron unas palabras:

—Dicen que te has pasado a la buena vida y te has liado con la madre de la niña lisiada. Quién te ha visto y quién te ve, Pablito...

—Dicen muchas cosas y no siempre buenas. Cada cual elije su camino... y el mío no era seguir con esta mierda.

—Tú sabrás, pero cuidadín..., que ya no caes en gracia como antes.

El Tuerto se enjuagó la boca con la saliva y el sabor a tabaco, y escupió lejos del alcance del navajero de la entrada.

—Lo tendré en cuenta...

Antes de que pudieran seguir con la incómoda conversación, apareció el otro delincuente, que con un gesto despectivo le pidió que lo acompañara.

—Sígueme...

El interior del Torreón era digno de las entrañas de los círculos infernales de Dante, destacando todo lo malo que podía albergar un lugar que estaba maldito. Quienes habitaban aquel cuchitril eran lo peor de cada casa, y, desde luego, del Distrito V.

Aquel tugurio esperpéntico y carente de luz estaba poseído por una densa atmósfera que apestaba a tabaco y perfume barato. A medida que los dos hombres avanzaban por aquella gruta infecta, el pasillo se iba ensanchando para albergar varias mesas de madera y unos bancos sobre los que reposaban los inquilinos del particular estercolero. Tipos propios de los bajos fondos que deleitaban el paladar con ron, anís y demás aguardientes que arremetían con todo de camino al estómago. Como colofón a un ambiente terrorífico, un buen número de hampones se entretenían en las mesas del fondo del local jugando al célebre burro, al siete y medio y a los dados.

En las profundidades de la taberna, en la estancia más apartada y oscura, se escondía el Satanás, uno de los prestamistas más duros de la ciudad y una escoria que temer por el simple hecho de escuchar su nombre. El Tuerto, que había tratado con aquel tipo en varias ocasiones, bien sabía que carecía de palabra y honor. Solo el peso de las pesetas y los excesos de la mala vida le permitían disfrutar de una existencia corrompida.

Pablo, consciente de la inutilidad de aquella visita, hizo de tripas corazón. Había dado su palabra a don Ramon de que iba a abrir una vía de negociación pacífica para zanjar definitivamente el asunto del ataque en el quiosco.

—Dichosos los ojos… El Tuerto en persona viene a negociar conmigo…, como si no supieras que estás perdiendo el tiempo…

Pablo, manteniendo la compostura y un semblante de hierro forjado, se dispuso a llevar a cabo el trámite.

—Vengo en son de paz, así que no nos pongamos tontos sin motivo…

—Pablito, Pablito… Te permito que me hables de esta manera porque tenemos un pasado, pero ni se te ocurra vacilarme porque no sales vivo de aquí… Venga, siéntate y terminemos de una vez, que me jode perder el tiempo.

El Tuerto se sentó en una silla esquelética que desafiaba la ley de la gravedad y miró fijamente al Satanás. Él no era de los de apartar la mirada.

—Vengo de parte de don Ramon. Se muda del barrio y quiere cerrar el asunto para siempre. Ya sabes que no te ha denunciado ni lo hará, así que podemos olvidarnos de esta reyerta absurda…

El capo de la taberna dio un trago a un vaso que apestaba a orujo y se dispuso a dictar sentencia:

—Ni lo sueñes. Esto terminará con la vida de uno de los dos. O él o yo, así que no hay trato que valga. Lleva años jodiéndome con los préstamos y ya me he hartado del buen samaritano.

—¿Y si se olvida de ayudar en el barrio? Está dispuesto a seguir en otro lugar con sus buenas obras. No interferirá en tus asuntos.

—Las buenas obras se las puede meter por el culo. El perjuicio ya está hecho. Dile que se cuide las espaldas, porque apareceré cuando menos se lo espere. Y ahora, lárgate, que tu simple presencia me pone de mala hostia.

El Tuerto, consciente de que la negociación jamás había tenido recorrido, se levantó con desgana y se dispuso a abandonar la estancia. Cuando apenas se encontraba a un metro, el Satanás lo retó:

—Cuando quieras dejar las mariconadas, ya sabes que aquí podrías labrarte un futuro. Tu mundo es este, Pablito...

El antiguo navajero, sin inmutarse, abandonó la estancia. Aquella visita solo confirmaba que el asunto debía arreglarse a la vieja usanza, dado que algunos individuos eran incapaces de cambiar el rumbo de sus decisiones.

Dejando atrás el mal trago, el Tuerto visitó uno a uno a todos los vecinos del distrito a los que don Ramon había prestado dinero. Siendo el portador de ciertos cambios, comentó a los deudores que el nuevo lugar de encuentro iba a ser el famoso Zúrich de plaza Catalunya. Estaba a pocos metros del quiosco Canaletas, aunque a la distancia suficiente para trazar una imaginaria línea divisoria con el pasado.

Don Ramon abandonaba el barrio, pero no sus asuntos ni sus ayudas, por lo que nadie debía preocuparse de que se produjeran algunos cambios en el lugar de las reuniones. Al mismo tiempo, el antiguo navajero pidió a los interesados que corrieran la voz por si alguien necesitaba ayuda. La sociedad Ros-Pons seguía con su filosofía de ayudar al prójimo más necesitado.

Tras recorrer las calles del Distrito V y transmitir el mensaje, el Tuerto se acercó hasta el conocido Zúrich para pasar el parte de lo sucedido y dar las obligaciones de la jornada por finalizadas.

Aquella chocolatería era un local de gran éxito en la época y el espacio en el que la nueva sociedad de préstamos iba a seguir operando. Originariamente había sido una cantina ubicada en la estación de trenes que se había construido en las afueras de la ciudad vieja, y que ahora era la flamante plaza Catalunya, el punto de unión central de la Barcelona moderna y el resto de las poblaciones cercanas.

La cantina, que llevaba abierta desde aproximadamente 1860, fue conocida originariamente como La Catalana, un espacio discreto y funcional donde los viajeros y trabajadores podían consumir bebidas y bocadillos. Durante décadas, las pretensiones del local se ajustaron a las necesidades del momento, pero, superada la década

— 181 —

de 1910, su propietario decidió cambiar el rumbo comercial. El señor Serra había vivido en Zúrich durante un tiempo y, listo como pocos, consideró la posibilidad de aumentar sus ingresos tomando la moda de la mano y empezando a ofrecer sabrosos chocolates a la taza. Aquello marcó definitivamente el cambio de la marca a Zúrich y también el tipo de clientes que disfrutaban de sus productos.

Aquella chocolatería era el lugar perfecto para pasar inadvertidos y dar un aire nuevo al tema de los préstamos. En una de las mesas más apartadas del local, Ramon e Isaac charlaban tranquilamente mientras degustaban un amargo chocolate de intensidad superior. Al ver a Pablo, uno de los prestamistas levantó la mano para que se acercara hasta su posición.

Amablemente, Ramon pidió a su hombre de confianza que tomara asiento y le pidió otro chocolate. El Tuerto, agradecido, se tomó un ligero respiro.

—¿Cómo ha ido? ¿Has podido llegar a un acuerdo?

Pablo se encendió un pitillo antes de responder.

—Como va a mudarse, no habrá problema, don Ramon. Cada uno tendrá su territorio y no habrá represalias. No se preocupe... —comentó el Tuerto, alterando notablemente la realidad de los hechos.

El paterfamilias de los Ros respiró aliviado. Tener al Satanás pisándole los talones no era del agrado de nadie.

—¿Has podido avisar de los cambios a nuestra gente?

—Sí, señor. Cuando quieran hablar con usted, vendrán aquí. Está todo en orden.

Don Ramon, satisfecho, quiso reconocerle el buen trabajo a su discípulo:

—Gracias, Pablo. No sé lo que haría sin ti. Agradezco que te hayas hecho cargo de todo esto. La mudanza y los cambios de trabajo no son plato de buen gusto.

—Lo comprendo, señor...

Isaac, que iba siguiendo la conversación, también quiso mostrar su agradecimiento a la gestión del antiguo navajero. Aunque fuera de momento por una simple asociación, aquel triángulo estaba plenamente conectado.

— 182 —

—Pablo, no cabe decir que contamos contigo aquí y en la fábrica. Lo he estado pensando y me gustaría que te ocuparas de la seguridad del recinto. Tendrías un equipo de dos personas a tu cargo y estoy seguro de que se terminarían las represalias que, de vez cuando, perturban nuestra tranquilidad.

El Tuerto asintió con atención. El viento, al parecer, empezaba a soplar a favor.

—Le tomo la palabra, don Isaac.

—¿Cómo va con Marina? Atilio me comentó que os estáis viendo... —preguntó con repentino interés don Ramon.

—Diría que congeniamos y que puede funcionar. Nunca he sido de una sola mujer, señor Ramon, pero puede que haya encontrado a la persona adecuada.

—Solo es cuestión de paciencia, amigo mío. Sin prisas llega todo lo bueno —comentó Isaac, dándole un giro a la conversación y restándole trascendencia al debate.

—Puede que sea eso...

—Entonces ¿aceptas lo de encargarte de la seguridad de la fábrica? Sé que ya te ocupas de varios asuntos, pero nos encantaría tenerte allí con nosotros. Y, como decía, no es un puesto fijo que te obligue a fichar. Podrás entrar y salir para ayudarnos con los otros asuntos.

Pablo apuró el pitillo y, tras apagar la colilla en el cenicero de la mesa, mostró su mejor versión:

—Claro, señor Pons. Cuente conmigo...

17

1914

El Tuerto bajó con cuidado a Marta de su lomo para no hacerle daño. Después de cada visita al especialista y recibir el novedoso tratamiento, la pequeña solía quedarse dolorida durante un par de días. Por tal razón, Pablo insistía en cargarla de regreso a casa, ya que el trayecto de ida, al pie del funicular, solían recorrerlo en tranvía entre sonrisas y bromas. Poco a poco se había desprendido de su actitud endurecida, convirtiéndose en un hombre que Marina amaba en silencio. Siempre precavida, para no molestarle, mantenía un trato agradable y educado con el hombre de su benefactor, aunque las miradas lo decían todo. La pequeña Marta, que era lista como un búho, había intuido lo que su madre y ese chico sentían, y siempre procuraba que se sentaran juntos, o incluso trataba de acercarlos. En una ocasión, sin que se percatasen, logró que se dieran la mano durante un instante. La pequeña fue consciente de que estaba cometiendo una jugarreta inocente, pero notó cómo los dos adultos habían dilatado el contacto pese a saber que debían mantener las distancias.

El amor siempre surgía sin pedir permiso y, aunque eran seres heridos por las circunstancias, ambos fueron incapaces de eludir lo inevitable.

—Vamos, listilla, que me estoy deslomando... —comentó en tono de broma el Tuerto, una vez que Marta hubo tocado el suelo—. ¿Te duele?

La niña hizo una mueca, seguida de una expresión despreocupada. No quería que aquel tipo al que empezaba a apreciar como a un padre se preocupara en exceso por ella.

—Solo un poco, pero pasará.

Él le acarició sutilmente la mejilla mientras Marina abría el portal. Si hubiera dependido de ella, jamás le hubiera dejado ir. Pablo, con movimientos felinos, extrajo un sobre del bolsillo interior de su chaquetón y se lo entregó a la joven madre, mientras la pequeña entraba despacio en la humilde morada.

—Don Ramon me ha pedido que te deje dos sesiones más por adelantado. No quiere que tengas ningún problema y siempre puede surgir algún imprevisto.

Marina, con respeto, tomó el sobre rozando ligeramente el dedo meñique de su acompañante. Era su forma de decirle que extrañaba tenerlo cerca.

—¿Vas a quedarte a cenar?

El Tuerto, esbozando una leve sonrisa, tuvo que negarse por primera vez.

—Me encantaría, pero esta noche tengo que encargarme de un asunto… Vendré tarde.

—De acuerdo, pero ve con cuidado. Con este frío vas a coger una pulmonía.

Pablo sintió la maravillosa emoción de sentirse querido. Nadie antes, en su vida, se había preocupado tanto por él, y daba un valor superlativo a lo que le ofrecía Marina.

—Descuida, me abrigaré bien. No me esperéis despiertas.

Marina asintió antes de besarlo y susurrarle algo al oído mientras le daba un último abrazo: «No lo olvides… Te quiero…».

Pablo volvió a besarla antes de separarse y abandonó el domicilio. Aquella vez le costó horrores alejarse de ellas. Mientras descendía por el primer escalón, hacia la portería, escuchó cómo Marta se burlaba amorosamente a lo lejos: «Uy, Uy, los enamorados… ¡Que se besen otra vez!».

Robándole una expresión de felicidad, el exdelincuente se dispuso a llevar a cabo una promesa que se había hecho a sí mismo. Nadie iba a volver a poner en peligro a quienes amaba.

Antes prefería morir con la cabeza bien alta.

El frío de aquella oscura noche de invierno empezó a metérsele hasta en los huesos. Aunque intentaba calentarse fumando un cigarrillo tras otro, el Tuerto se acordaba de la advertencia de Marina.

Se encontraba en uno de los tramos más tenebrosos de la calle Conde del Asalto, solo alumbrado por un par de farolas a medio gas y la luz de un par de tabernas presididas por un edificio donde se encontraba el prostíbulo más conocido del lugar. El Oriente estaba oculto entre los pisos de un edificio en un estado deplorable, aunque su interior albergaba todo el lujo que el distrito era capaz de ofrecer. A aquel lupanar solían acudir los más acaudalados de la zona, dado que sus chicas eran de otro nivel. Al menos estaban limpias como patenas y eran aptas para satisfacer las perversidades de burgueses y políticos.

Pablo había hurgado entre la mugre para descubrir que todos los viernes, desde hacía un par de años, el Satanás visitaba a Ariadna, un joven gerundense de belleza griega y formas femeninas que hacía las delicias de los más morbosos. Aquel joven travestido tenía una larga lista de espera y todos sus clientes abandonaban el lugar con la satisfacción de haber saciado sus deseos más ocultos bajo la más absoluta discreción. Ariadna era la princesa del distrito y nadie osaba poner en entredicho ni su género ni sus habilidades en cuestiones de deleite sexual.

Gracias a que el Tuerto había trabajado un tiempo para doña Úrsula, la madama del Oriente, y que esta le seguía estando muy agradecida por la protección recibida, había conseguido la información necesaria para seguir al malnacido que pretendía deshacerse de su mentor. Para que don Ramon pudiera dormir a pierna suelta, solo quedaba la opción de hacerle entender al despreciable usurero que la reyerta debía terminar. Aunque debía hacerlo en un lugar neutral, donde la conversación fuera de tú a tú. En la taberna donde habían tratado el asunto, el Satanás estaba demasiado protegido por sus esbirros y el Tuerto quería enfrentarse para dejar la cuestión zanjada de una vez por todas.

Pablo se encendió un nuevo cigarrillo, oculto entre las sombras, y se estrechó el cuello del chaquetón para resguardarse de una gelidez que empezaba a oprimirle la garganta.

Cuando hacía el ademán de controlar la hora en el reloj de bolsillo que don Ramon le había regalado en una ocasión especial, el usurero salió del edificio para perderse por las calles que llevaban al puerto. El Tuerto, atento a cada movimiento, dejó una distancia prudencial para seguirlo sin ser visto. Su intención era esperar al lugar adecuado para mantener una conversación que podía terminar en tragedia. El Satanás era de los que preferían apuñalar antes que dialogar, un adicto a mancharse las manos sin remordimientos de conciencia.

Llegando casi a la zona de las Atarazanas, el delincuente se paró en un comercio de mala muerte conocido como la Cueva, una casa de empeños de dudosa legalidad que se había convertido en la catedral de la venta de todo lo que se hurtaba en la ciudad. Aquel era un antro apestoso, húmedo y oscuro, regentado por un truhan de poca monta que se había enriquecido de lo lindo a costa de los necesitados y de los chorizos del distrito. Un tipo devoto de la virgen del puño que vivía como un auténtico indigente.

El Barbas, el dueño en cuestión, llevaba años soportando aquel mote por lucir una larga y sucia barba que le llegaba hasta medio pecho. Tenía el aspecto de un cochambroso carcelero del Medievo y solo sonreía cuando se le entregaba algo brillante; poseía idénticos gustos que un cuervo.

Sin más, el Satanás golpeó en tres ocasiones la puerta y esperó a que le dieran acceso al particular reino de la criminalidad barcelonesa.

Pablo observó cómo el Barbas abría y durante unos instantes escuchaba los argumentos de su visitante, al tiempo que este extraía del bolsillo un pañuelo y le mostraba algo. Por lógica debía ser un objeto de valor, como un reloj de oro o alguna joya, que el Satanás quería sacarse de encima para obtener un extra. Sus esbirros solían tributarle todo lo que robaban por las Ramblas, pero de vez en cuando —todos lo sabían— se quedaba lo más valioso para venderlo sin repartir ni un céntimo con aquellos que le rendían

— 187 —

cuentas. Y sufragar los servicios de Ariadna no era precisamente barato, así que posiblemente iba a por más fondos con los que pagarse un nuevo asalto.

Después de que el Satanás hubiera entrado en la Cueva, el Tuerto dejó pasar unos minutos antes de acercarse a la puerta y golpear en tres ocasiones. Si aquello era una especie de santo y seña, merecía la pena sacarle beneficio.

A los pocos segundos abrió el Barbas, que se sorprendió de su presencia. Hacía tanto que no se veían que durante un instante dudó de su identidad.

—¿Pablo? Pero ¿qué haces tú aquí?

El Tuerto sacó rápidamente la navaja del bolsillo del chaquetón para ubicarla en la garganta del perista y obligarlo a entrar.

—Venga, para dentro… y tranquilito.

Ambos accedieron rápidamente a las entrañas del local. El Satanás, que estaba distraído mirando unas armas desplegadas sobre el mostrador, apenas percibió el peligro.

—¿Quién coño era? —preguntó el usurero al Barbas, sin girarse y seguro de que el comerciante había despedido al visitante.

—Tenemos un asunto que tratar… —sentenció Pablo al tiempo que provocaba una reacción inmediata de su contrincante.

—Pero qué hostias…

El Tuerto se acercó a un par de metros de su rival y dejó ir al Barbas sin ocasionarle daños.

—Tú pírate a la trastienda, que esto no va contigo…

El perista, consciente de que acababa de salvar el pellejo, obedeció dejándolos solos en un escenario esperpéntico.

En el perímetro podían verse desde uniformes militares recosidos en mil campos de batalla hasta instrumentos navales averiados, sombreros agujereados y todo tipo de prendas con años de historia impregnados en sus texturas. El local apestaba a naftalina, humo y pobreza, y unos anchísimos armarios cubrían prácticamente todas las paredes. Como colofón, de las viejas vigas del techo colgaban embutidos, instrumentos y todo tipo de cacharros que habían pasado a mejor vida, olvidados tiempo atrás por clientes de bolsillo roto y urgencias económicas.

—¿Qué coño buscas, tarado? ¿Quieres que te abra en canal aquí mismo? —dijo en tono amenazante el Satanás, que en el transcurso de la presentación ya se había armado con una de las navajas que reposaban sobre el mostrador.

—Solo quiero que dejes en paz a don Ramon. Yo me encargaré de que no interfiera en tus asuntos, pero el conflicto termina aquí y ahora.

El Satanás se mofó en el acto:

—Lo llevas claro, imbécil... Tú mejor que nadie sabe que esto no se deja así como así. Que se lo hubiera pensado mejor antes de joderme.

Pablo respiró hondo consciente de que no había vuelta atrás y de que tenía que actuar. Lo había intentado por las buenas, pero el conflicto estaba en su punto más álgido.

—Entonces todos sabrán lo tuyo con Ariadna... Y quién sabe, puede que pierdas el respeto que has conseguido con la navaja.

El semblante del Satanás cambió radicalmente. Aquella amenaza era seria y comprometida, y no podía permitir que el barrio entero conociera su debilidad.

—Si quieres que tu jefecito esté a salvo, tendrás que matarme...

El Tuerto, buen conocedor de la ley de la calle, asintió instantes antes de arremeter contra su oponente. El forcejeo apenas duró una decena de embestidas. La agilidad del antiguo navajero alcanzó el pecho de su rival y le arrebató la vida de cuajo. En el distrito, las reyertas apenas duraban unos minutos, y el oponente más veloz y experimentado era siempre quien lograba mantener la vida a buen recaudo.

Mientras Pablo observaba el cuerpo aún caliente de aquel malnacido convertido en un simple cascarón inerte, extrajo un pañuelo del bolsillo para limpiar el filo de su arma y guardarla en el cinto. El Barbas, que había abandonado su forzado escondite justo al final de la tragedia, lo miraba acojonado.

Era un testigo, y eso siempre resultaba comprometido.

—Necesito una alfombra grande y el carro que tienes en la entrada. Te pagaré bien por eso y por tu silencio. Si hablas, acabarás como este malnacido.

El perista afirmó temeroso. No tenía ninguna intención de romper su palabra, así que hurgó por el almacén hasta que encontró una alfombra de grandes dimensiones apoyada en una estantería. Cagado de miedo, se la acercó al Tuerto.

—Volveré a dejarte el carro en la entrada. Y aquí no ha pasado nada.

—Sí, sí. No diré nada, lo juro.

El Barbas presenció una de las formas más antiguas de hacer desaparecer un cadáver. En apenas diez minutos, vio cómo el Tuerto enrollaba sin ayuda el cuerpo del Satanás en la alfombra y lo cargaba en el carro de la entrada con discreción. El trabajo estaba hecho y solo quedaba eliminar cualquier rastro de culpabilidad.

Mientras Pablo se alejaba en el carro en dirección a la cantera de Montjuïc, el Barbas abrió la bolsa que contenía el pago por su silencio. Sorprendido, contó un importe muy superior al que se esperaba, lo que apaciguó sus ansias de difundir lo que había sucedido. El negocio era redondo. Tanto por la magnitud de lo ganado como por mantener el pescuezo a salvo, no merecía la pena arriesgar la vida.

Para los que nacían y morían en el Distrito V, una muerte a cuchillo no dejaba de ser algo habitual.

Para todo, incluso un deceso, existía una razón de peso.

18

Agnès llegó al quiosco notablemente acalorada. Más que por el intenso calor de finales de julio, era por las prisas para acercarle la comida a Lluïset, que aquel día no había podido pasar por casa y Rossita le había preparado algo que llevarse a la boca en el quiosco. A la mayor de los Ros le gustaba cuidar de su hermano pequeño, pero aquellas visitas escondían en verdad su deseo de obtener noticias de Pier. Las cartas de su amado no siempre llegaban a casa y el local de bebidas era el punto alternativo en el que a veces también aparecían las misivas del francés. Puntualmente, Atilio recibía buenas nuevas del camarero y la petición expresa de que siguiera guardándole su puesto de trabajo.

Los asuntos familiares habían demorado en exceso el retorno de Pier, pero Agnès seguía albergando la ilusión de volver a verlo. En algún momento, su amado regresaría a sus brazos y podrían seguir con su compromiso en el mismo punto en que lo dejaron por una causa de fuerza mayor.

Al alcanzar la barra del quiosco, la mayor de los Ros se encontró con una soda recién servida y una carta a su nombre. El gerente, que la había visto llegar, lo había dejado todo a punto para recibirla con un claro trato de favor.

—Gracias, Atilio. Eres un sol.

El hombre, siempre sonriente, no dudó en mostrarle su cariño:

—Aquí siempre serás recibida como una princesa.

Agnès mostró un gesto de agradecimiento y no dudó en darle un largo sorbo a la refrescante bebida. Acto seguido, cogió el sobre y lo remiró atentamente. Llevaba muchos días esperando noticias de su amado y la emoción se apoderó de su equilibrio interior. Necesitaba urgentemente leer las palabras de Pier.

Sin perder tiempo, interrumpió a Lluïset, que estaba en el lado contrario del quiosco conversando con Musha.

—Hermanito, te dejo la comida que ha hecho mamá. Me ha dicho que hoy no te demores en llegar.

Lluïset, que desde la distancia levantó el pulgar en señal de que había recibido el mensaje, no le hizo mucho caso. La conversación con su maestro parecía mucho más trascendental.

—Pero, maestro, aún me queda mucho por aprender. No puede irse ahora... —suplicó el aprendiz mientras su hermana se diluía entre el gentío del tramo superior de la Rambla y Atilio se acercaba para seguir la conversación.

Al parecer, estaban ante el último día de Adrién en la ciudad.

—¿Por qué tantas prisas? ¿Por qué no te quedas un poco más y esperas a ver cómo transcurren los acontecimientos? —preguntó el gerente, que no dudó en unirse a la charla.

—Atilio, ya me conozco yo cómo empiezan las guerras, y esta tiene mala pinta... Francia, Alemania... Es el momento de seguir mi camino y visitar Oriente. Siento que aún tengo mucho que aprender de esa enigmática cultura.

El aprendiz y el gerente, conocedores de que era una decisión tomada a conciencia, comprendieron que poco podían hacer para que el pintor cambiara de opinión.

—¿Y qué voy a hacer ahora sin usted, maestro?

—Chavalín, ya lo has aprendido todo de mí... Solo te queda abrirte al mundo, observar y seguir practicando. Pienso volver, pero cuando todo esto pase y Asia me lo haya ofrecido todo.

—Cachorro, habrá que respetar la decisión de Adrién... ¿Qué te parece si le invitamos a un último café de esos que tan bien preparas?

Al aprendiz, apenado, asintió para encargarse rápidamente de poner la cafetera en marcha. Atilio aprovechó el momento para pedirle algo a Musha:

—Aunque tardes, regresa algún día. Este crío te adora y te va a extrañar...

El pintor, consciente de la sugerencia del gerente, no dudó en comprometerse y escribió en el esbozo que estaba haciendo con Lluïset un claro «Volveré».

Agnès se acomodó en el pequeño espacio bajo las escaleras de la azotea de su antigua casa, donde siempre leía las cartas de Pier. Para la joven era lo más parecido a un ritual de la buena suerte y lo repetía inocentemente para asegurarse de que su amado estaba sano y salvo. Las noticias jamás eran las que deseaba leer, pero al menos descubría más detalles de cómo le iban los asuntos en su Francia natal y sentía que todo iba a terminar con nuevas favorables. Pier estaba lejos y la comunicación era complicada, pero aquellas cartas la ayudaban a seguir albergando esperanza.

Nerviosa, cortó con delicadeza el sobre con los dedos y, tras respirar hondo, empezó a leer unas líneas que volverían a echarle encima un jarro de agua fría.

Mi amada Agnès:

No sabes cuánto te extraño y lo lejos que siento que estoy del lugar donde desearía ser feliz. Tú y lo que dejé atrás en Barcelona me faltáis más que nunca.

Discúlpame por unas líneas tan escuetas, pero apenas puedo escribirte esta misiva. Debo poner rumbo hacia mi entrenamiento militar. A unas obligaciones familiares que ya conoces y que parecían estar cada vez más en orden, se ha sumado la mala noticia de mi incorporación obligatoria al ejército de mi patria. Como supongo que ya habréis escuchado en Barcelona, está a punto de iniciarse un conflicto armado que no puedo eludir. Uno de mis mejores amigos en el pueblo intentó huir hace unas semanas y fue detenido por deserción. De momento, solo nos están reclutando para que podamos recibir la instrucción militar adecuada, pero debo acatar mis obligaciones. Lo último que deseo en estos momentos es combatir por razones que no comprendo, pero el deber nacional no me da elección.

— 193 —

Prometo escribirte lo antes posible y regresar a tu lado cuando toda esta locura haya finalizado. La guerra que se avecina será la única razón que separará nuestros caminos, por el momento.

Te amo más que nunca, Agnès, y solo pienso en ti y en la vida que crearemos juntos cuando por fin pueda regresar a tu lado. Por favor, solo te pido que me esperes un poco más.

Siempre tuyo,

PIER

Tras leer la última frase, Agnès rompió a llorar desconsolada. Una guerra suponía un peligro real y un motivo de peso para aumentar su preocupación. El destino se empecinaba en separarla de su amado, pero necesitaba hacerse fuerte porque no estaba dispuesta a ceder a la tristeza y a la derrota. De nuevo iban a superar cualquier contratiempo, estaba segura. Jamás había amado a nadie como al francés y su compromiso iba a seguir inquebrantable.

9 de septiembre de 1914. Primera batalla del Marne, Francia

Agazapados junto a la orilla del río Marne, los soldados del VI Ejército francés seguían resistiendo estoicamente el insistente ataque del ejército alemán de Von Kluck. El gobernador de París había requisado todos los taxis disponibles en la Ciudad de la Luz para enviar a seis mil reservistas al campo de batalla, pero, pese a los refuerzos, los franceses seguían contra las cuerdas.

Aquella maldita jornada, bajo un cielo encapotado, se había desarrollado con una intensidad bélica bestial entre los bandos que cubrían ambas orillas del río. Y el fuego cruzado no había cesado hasta el mediodía, gracias a una oportuna tregua.

Pier, agotado, recuperaba el aliento mientras descansaba junto a François, el único amigo que había hecho desde su reclutamiento. Seguía sin tener ni idea de cómo había llegado hasta allí. En unas semanas fugaces, habían sido instruidos y enviados al campo de batalla sin apenas saber cómo apretar el gatillo, y la sensación de que sus vidas pendían de un hilo era constante.

Intentando relajarse, Pier extrajo del bolsillo un papel sucio y arrugado y lo abrió para descubrir el retrato de Agnès que Lluïset le había regalado antes de abandonar Barcelona. El pequeño de los Ros había captado con maestría la esencia de su amada, y gracias a ese detalle al menos podía seguir viéndola. La extrañaba hasta el punto de padecer un dolor crónico en el corazón y el conflicto insistía en arrebatarle cruelmente la esperanza. Había visto morir a tantos como él que seguía sin comprender cómo aún estaba vivo. Quizá la providencia tenía mejores planes para su futuro.

François, al verlo distraído, intentó animarlo:

—Seguro que pronto volveremos a casa. Solo aguanta un poco más, amigo mío.

Pier asintió sin pronunciarse. Poco más podía aportar a aquella reflexión.

—Cuéntame algo más de Barcelona…, algo que me haga soñar y me lleve lejos de este infierno, Pier.

El francés miró sorprendido a su amigo y se dispuso a ponerlo en situación. Aquel alto el fuego bien merecía recordar los momentos más bonitos que había vivido en la Ciudad Condal.

—Barcelona es parecida a París, pero más tranquila y luminosa. Es una ciudad de oportunidades y, aunque fui en busca de mi hermana, acabé encontrando el lugar donde quiero pasar el resto de mis días… Agnès lo es todo y el quiosco de bebidas, una auténtica maravilla. Deberías verlo, amigo mío.

François escuchaba atentamente un relato que le parecía propio de un cuento de hadas.

—Por lo que cuentas, eres muy afortunado.

—Sin duda… Allí todos me aprecian. A veces creo que los clientes vienen a vernos buscando algo más que un café. Vienen a conversar, a explicarnos sus vidas… No sé, pero es el mejor trabajo del mundo.

—Has encontrado tu Ítaca…

—Así es. Y no solo te hablo del quiosco, sino de las Ramblas, de su gente, de los negocios en expansión. En Barcelona te sientes parte de algo infinito, François…

Los dos soldados cerraron los ojos durante unos instantes para transportarse a aquella ciudad tan romántica. François recreó las Ramblas y el quiosco, y el antiguo camarero, a Agnès bajo el influjo de la luz que siempre la envolvía.

—Cuando todo esto termine, debes regresar… No pierdas más tiempo, amigo mío.

—Me casaré con Agnès y, con el tiempo, conseguiré la licencia del quiosco. Yo serviré las sodas y los cafés, y ella se encargará de los dulces para acompañar las bebidas. No deseo nada más…

François sonrió, haciéndose temporalmente suyo el sueño de su único amigo en el campo de batalla, y se incorporó para buscar un cigarrillo. En un acto reflejo, le ofreció un pitillo a Pier, que aceptó agradecido. Ambos empezaron a fumar esperando a que dieran por finalizada la tregua y se reemprendiera el combate.

Antes de que pudieran apurar el pitillo, regresaron las ráfagas del ejército alemán, obligando a los soldados del VI Ejército francés a retomar sus posiciones para evitar que los cogieran por sorpresa.

Pier y François se ocultaron tras la maleza de la orilla del río y abrieron fuego a discreción. Durante unos minutos, el silbido de las balas alemanas estrechó el cerco y los soldados franceses soportaron el asedio con gran dificultad. Tras más de media hora de incesante acoso, se produjo un instante de silencio a la espera de que uno u otro bando reemprendiera el tiroteo.

Con el corazón en la boca y sometido a una tensión descomunal, Pier intentó tranquilizarse diciéndose a sí mismo que iba a salir con vida de aquella trampa al aire libre. Pensar en Agnès le ayudaba a conservar la esperanza.

Aprovechando el ligero parón, sin perder la posición, el francés hurgó en el bolsillo para comprobar que el retrato de Agnès seguía en su sitio. Aquel boceto era el amuleto que lo mantenía con vida y necesitaba tocarlo de vez en cuando para apaciguar el miedo.

Al instante advirtió que había desaparecido. Para salvar el pellejo y responder al fuego cruzado, no había tenido tiempo de guardarlo y, sin darse cuenta, se le había escurrido a unos metros de su posición.

Agobiado, sintió la urgencia de recuperarlo y, sin ser consciente de que iba a delatar su posición, se lanzó a por el retrato. La mala decisión concedió la oportunidad a un tirador alemán de localizarlo entre la maleza y abrir fuego.

Antes de que pudiera alcanzar el dibujo que le había regalado Lluïset, una certera bala le atravesó el pecho. Cayó fulminado ante la atenta mirada de un François que apenas pudo reaccionar.

Mientras el resto de los soldados del VI Ejército francés intentaban no perder la posición ni sus vidas, el cuerpo de Pier yacía sin vida en medio de la nada. Su brazo, extendido en el terreno fangoso, apenas había quedado a un metro de un retrato que saltaba una y otra vez por el impacto de las balas y la brisa del río.

Pier no podría cumplir su palabra y jamás regresaría a la Ciudad Condal. Aquel amor que se había forjado en los cimientos del quiosco Canaletas quedaría truncado para toda la eternidad.

Isaac Pons y don Ramon se esforzaban en enseñar a Pablo lo más importante de la empresa textil. El navajero había aceptado encargarse de la seguridad del recinto fabril y necesitaba conocer la zona de los carros, en la que se cargaba la mercancía, así como las instalaciones donde se ubicaban la maquinaria y las oficinas. Junto a una valla y un alto muro de obra vista estaba la garita donde los dos hombres al servicio de Pablo iban a repartirse las tandas de vigilancia.

—Tú te encargarás de que se cumplan los turnos y de que no haya conflictos ni atentados. Ya sabes cómo están las reivindicaciones laborales y aún podemos esperar ataques por cualquier flanco —comentó Isaac ante la atenta mirada del Tuerto.

—La propuesta del señor Pons es que estés aquí mientras cubrimos nuestros turnos en la fábrica, y que nos acompañes al Zúrich cuando tengamos que ocuparnos de los asuntos de los préstamos —terció don Ramon—. Ya sabes que la compensación será generosa y que se trata de una oportunidad para que te alejes finalmente de las calles del distrito.

—Lo sé, y estoy dispuesto a hacer lo que precisen. Pueden contar conmigo para lo que sea necesario.

—No tenemos ninguna duda de tus capacidades, Pablo. Mañana empiezas a las ocho —sentenció Isaac antes de dejar la comitiva—. Tendréis que disculparme, pero debo resolver un asunto con un proveedor. Ramon, enséñale el resto de la fábrica a Pablo y ven cuando te sea posible. Quiero comentarte un problema con los telares. Nos está retrasando la producción.

—Descuida, no tardo —comentó el líder de los Ros, que ya llevaba meses en el puesto y se sentía una pieza clave de la fábrica. El cambio le había sentado realmente bien tanto a él como a su familia, y empezaba a sentirse muy cómodo con su nuevo trabajo.

Mientras Isaac regresaba a la oficina, don Ramon y Pablo siguieron con la ruta para conocer las zonas más importantes del recinto. Aprovechando aquel rato en que se habían quedado solos, el Tuerto quiso saldar cuentas con su mentor.

—Don Ramon…, quería comentarle algo…

El prestamista se quedó algo sorprendido. Aquellas palabras acostumbraban a ir seguidas de malas noticias o de posibles contratiempos.

—¿Tengo que preocuparme? ¿No te parece bien algo del trabajo?

—No, no. No es eso. Verá, quería darle algo —se sinceró el navajero, que extrajo del bolsillo interior de su chaquetón un fajo de billetes atados con un cordel y se lo entregó a su capataz.

—¿Y esto?

—Es a cuenta de lo que le debe Marina… Querría saldar una parte de esa deuda.

El patriarca de los Ros, desconcertado, le retiró la mano sin aceptar el dinero.

—No digas tonterías, Pablo. No puedo aceptarlo.

—Don Ramon, ya sabe que Marina y yo…

—Sí, claro que lo sé, pero eso ¿qué tiene que ver con el préstamo que le di?

— 198 —

—Pues que quiero asumirlo como propio. Quiero ayudarla a ella y a la niña...

El prestamista se sintió infinitamente orgulloso de aquel chico al que de alguna manera había sacado de la mala vida. Ya era como su hijo mayor, y el gesto que acababa de tener lo honraba como ser humano. Nadie con honor y valores hubiera podido aceptar aquel dinero.

—Guárdalo y úsalo para que podáis vivir más tranquilos. Dile a Marina que no me debe nada y que seguiremos igual hasta que la pequeña termine el tratamiento.

—Pero, don Ramon, eso es...

—Déjate de deudas y disfruta de la oportunidad de trabajar aquí. Puede que la vida nos esté cambiando para bien, y debemos aceptarlo con ilusión. El dinero viene y va, pero lo que hacemos y somos perdurará para siempre...

El Tuerto, emocionado, abrazó a don Ramon, que aceptó de buen grado el gesto de estima. La satisfacción de ver que las propias acciones resultaban útiles era lo mejor que podía sentir un hombre de bien.

Y el prestamista se había convertido en un experto en coleccionar momentos memorables.

Las últimas palabras de aquella breve misiva hicieron que Agnès quisiera desaparecer del mundo. Perder a quien se amaba con toda el alma era como recibir una cruel sentencia de muerte, y la heredera de los Ros sentía un dolor tan profundo que apenas podía respirar ni moverse. Estaba literalmente agarrotada.

Pier había fallecido en el campo de batalla y jamás volvería a besarla ni abrazarla. Agnès jamás volvería a sentirlo en sus brazos.

El destino era un malnacido, o quizá lo fuera el Dios al que rezaba con regularidad y al que solo le había pedido reencontrarse con el amor de su vida. ¿Por qué les había tocado a ellos sufrir aquel final tan devastador? ¿Por qué tenían que enviar a inocentes a combatir por las decisiones de quienes jamás pisaban un campo de batalla?

El dolor era tan insufrible y la angustia tan sumamente intensa que Agnès se incorporó en su escondrijo y, en un acto inconsciente, gritó con desesperación para deshacerse del dolor que se había apoderado de su razón y sus sentidos. Era imposible encontrar un motivo por el que vivir, por el que seguir adelante.

Sin Pier, su vida también había llegado a su fin.

Ni siquiera el ritual de leer las cartas de su amado en el escondite de su vieja casa de la calle Tallers había surtido efecto. Ahora estaba sola, vacía, perdida entre las sombras.

Presa de un repentino mareo, deambuló torpemente hasta el alféizar de la azotea e, incapaz de contener el sollozo ni la respiración entrecortada, se apoyó en el pequeño antepecho de piedra que la separaba del vacío.

Al instante supo que tenía la oportunidad de terminar con la enormidad de aquel dolor tan profundo y asfixiante. Nada tenía sentido. Su existencia ya no albergaba ni un presente ni un futuro, solo una eterna penitencia. La pena de amor podía ser la más terrible de las enfermedades, y Agnès, que había soñado con pasar el resto de su vida junto a Pier, decidió que era el momento de bajar los brazos, de dejarse vencer. Ya no existía consuelo, ya no existía remedio al azote de la muerte.

Desesperada, se asomó por el alféizar y calculó el resultado de la decisión que estaba a punto de tomar. Nadie más que ella podía decidir cómo quería vivir y morir, y, en un acto reflejo e inconsciente, se sentó en la fina barandilla, con los pies colgando sobre la fachada exterior.

Durante un instante observó la realidad que se extendía ante su mirada. Los vecinos del barrio seguían con su vida como si nada, mientras ella se sentía muerta por dentro, consumida y putrefacta. A nadie le importaba su pérdida ni su posible ausencia, porque ningún ser humano tenía el poder de detener el ritmo del mundo. Nada era tan trascendente como para provocar un cambio real en un entorno estancado. El tiempo se encargaría de borrar las huellas de quienes habían sido. Ambos acabarían siendo un recuerdo sepultado irremediablemente por el trascurso de los años. ¿Qué sentido tenía vivir con aquel dolor eterno?

Sin darle más vueltas, Agnès abrazó la carta en la que Sophie, la hermana de Pier, le comunicaba el fallecimiento de su amado y se arrojó al vacío. Solo en los fugaces instantes de la caída, la heredera de los Ros sintió alivio a su dolor. Su decisión, que sería cuestionada e incomprendida por quienes la habían amado incondicionalmente, causaría un cisma en la familia Ros Adell.

La muerte de Agnès, antes de que cumpliera los diecinueve, congelaría durante años la vida de aquellos a los que iba a causar un dolor irreparable.

SEGUNDA PARTE

1924-1926

19

1924, diez años después

Aquel era el único día del año que no podía pasarse por alto. Lluís llegaba tarde a su turno en el quiosco, pero pedaleaba con todas sus fuerzas para ajustar el tiempo y cumplir con todos. Mientras serpenteaba con la bicicleta que se había comprado con los ahorros de varios meses, solo podía pensar en Agnès. La extrañaba tanto que, a veces, sentía que seguía a su lado. No le había contado a nadie aquello de las presuntas visiones, entre otras razones por miedo a que lo tomaran por loco, pero de vez en cuando tenía la sensación de verla. La última imagen de su hermana se le había grabado a fuego y era capaz de recrearla con gran exactitud, como si jamás hubiera envejecido. Sin más, se le mostraba entre la multitud de las Ramblas, escondida entre los puentes creados por los brazos, las piernas y los bastones de los burgueses. Y aunque sabía que aquellas apariciones emergían de lo mucho que la extrañaba, de alguna forma lo reconfortaban. Verla suponía aceptar que, allí a donde hubiera viajado, su hermana estaba bien.

Absorto en aquellas cavilaciones, no se dio cuenta de que un vehículo estaba a punto de cruzarse en su camino. Afortunadamente, el conductor frenó a tiempo y solo se llevó una sonora regañina.

—Pero ¡¿estás loco o qué?! ¡Dónde puñetas tienes la cabeza! —exclamó el conductor, más por el susto que por un justificado enojo. Por un pelo no se lo había llevado por delante, lo cual demostraba que Lluís era un piloto habilidoso y capaz de maniobrar en el último suspiro. Avergonzado, el joven se disculpó hasta la saciedad.

—¡Lo siento! ¡Ha sido mi error! Pero ¡no se enfade tanto, hombre!

Retomada la dinámica que llevaba antes del contratiempo y sin dejar de pedalear, el joven Ros, que ya había cumplido los veinticinco años y se había convertido en un hombre desde todos los prismas posibles, se adentró en la calle Tallers.

A medida que avanzaba por los sucios surcos asfaltados del distrito, iba saludando a los antiguos vecinos que, pese a todo, no le habían olvidado. La familia Ros Adell había sido muy querida en una de las zonas más humildes de la Ciudad Condal y, tras la muerte de Agnès, muchos eran los que seguían ofreciéndoles sus más sinceras condolencias cuando se dejaban ver allí.

Lluís llegó al portal del edificio en que había crecido y dejó la bicicleta junto a una tienda de comestibles que tocaba puerta con puerta con su antiguo hogar. Sin perder tiempo, entró en el negocio.

—Pere, ¿puedes vigilarme la bici? —preguntó al tendero, que, con una sonrisa, aceptó sin siquiera emitir respuesta. A veces, el lenguaje gestual era más directo y entendible que una recopilación de palabras mal elegidas.

El joven abandonó la tienda y se adentró en el inmueble. Subió de cuatro en cuatro los escalones de las desvencijadas escaleras hasta la puerta de madera vencida que daba a la azotea. Pasando la mano por debajo de un pequeño felpudo que presidía el acceso, encontró una vieja llave de metal con la que la abrió.

Una suave sacudida solar le dio la bienvenida al espacio donde sus vidas habían cambiado radicalmente. Con un nudo en la garganta, se acercó hasta la barandilla de piedra, justo en el punto en que había un ramillete de flores recién cortadas y atadas con una cinta de seda.

Preso de una tristeza desgarradora, Lluís extrajo un ramo de rosas de la bandolera que solía llevar a todos los lugares, adecentó las flores y las depositó junto a las que ya le habían precedido.

Durante unos minutos se quedó mirando al vacío, intentando

comprender las razones de su hermana para morir de aquella forma. Podía comprender que la noticia de la muerte de Pier había sido demasiado dura, pero seguía teniéndolos a ellos y, aun así, se había ido para siempre sin despedirse.

Pese a que había transcurrido una década completa, con sus días y sus noches a favor y en contra, seguía amándola infinitamente. Agnès era la mejor hermana que podía haber tenido y su ausencia dolía a todas horas.

Cada aniversario de su muerte, cuando llevaba las flores para honrarla, hacía el mismo ejercicio personal. Se prometía a sí mismo que algún día, si el viento soplaba a favor y tenía un golpe de suerte, compraría el quiosco Canaletas con la idea de darle un toque creativo al servicio y alinearse con los deseos de su hermana. Año tras año, Atilio y él mismo trataban el asunto con el señor Esteve, con la idea de reblandecerlo y conseguir el cambio que tanto soñaba Agnès, pero siempre se daban de bruces. Un sueño que también había compartido con Pier, basado en incluir dulces en el menú del quiosco, pero por las vicisitudes de la vida jamás lo habían hecho realidad. De todas formas, el heredero de los Ros estaba decidido a llevarlo a cabo algún día. El quiosco, para aquella humilde familia catalana, era algo más que un simple trabajo o negocio. Representaba el sueño de tener algo propio y de vivir de ello.

Suponía ser los dueños de su propio destino.

—¿Lluïset? ¿Eres tú? —preguntó la voz temblorosa de una anciana.

El joven, volviéndose al instante, se emocionó al ver a doña Gero, la vecina que había vivido en su mismo rellano y a la que tenía un cariño infinito. Un ángel en la tierra de casi setenta años, consumida por las cataratas y un dolor de huesos infernal, que apenas salía de su domicilio. Como mínimo, no habían coincidido desde hacía cinco años, aunque el camarero nunca fallaba en aquel aniversario.

—¡Gero! Pero ¡qué alegría verte! —exclamó el último descendiente de los Ros, antes de acercarse hasta la mujer y abrazarla como si se tratara de su misma abuela.

— 207 —

—¡Déjame verte, hijo! —comentó la vecina, que le acariciaba el rostro para identificar sus facciones—. Madre mía, cómo has crecido, granujilla... Estás hecho un hombre de arriba abajo.

—Nada, Gero. Solo un poco más mayor. Sigo siendo el de siempre, pero algo más corpulento —soltó Lluís al tiempo que le arrancaba una sonrisa a la mujer.

—Supongo que habrás venido por Agnès, ¿no?

—Sí... Se la extraña como el día en que decidió irse para siempre...

La mirada de Gero se empañó poco a poco. Todos seguían en shock, pese a que hubiera transcurrido una década.

—El amor, hijo mío, a veces duele tanto que no puede soportarse... Y esa niña tenía un corazón de seda.

Lluís sintió que sus lágrimas empujaban obsesivamente para salir con urgencia. No era propenso al lloro fácil, pero cuando se trataba de Agnès, era incapaz de contener aquel batiburrillo de emociones.

—Gero..., me encantaría quedarme todo el día, pero tengo que irme a trabajar. Solo he pasado un momento para dejarle unas flores a mi hermana.

—Ve tranquilo, hijo. Yo me encargo de que duren y custodien su alma.

El joven abrazó de nuevo a la vecina, sintiendo que volvía a ser un crío y que nada de aquello había sucedido. Al abrir los ojos, vio a Agnès junto al ramo de rosas. Simplemente le sonreía.

Lluís no se atrevió a preguntar a Gero si ella también podía ver a su hermana e, intentando huir de algo que muchos calificarían de enajenación absoluta, se despidió de la vecina con un sentido beso.

Tras controlar la hora en su reloj de bolsillo y ver que apenas le quedaban cinco minutos para empezar su turno en el quiosco, se deslizó veloz por las escaleras del inmueble, se subió a la bicicleta y echó a pedalear como un loco.

Atilio solía enfadarse cuando llegaba tarde, pero aquel día siempre era una excepción, y el gerente ni siquiera valoraba la posible demora. Haciéndose el sueco, pasaba por alto cualquier retraso simulando que todo estaba en orden.

— 208 —

Don Ramon se había quedado sin palabras. El estado de Rossita seguía en caída libre, pero en aquella ocasión había tocado fondo.

El propietario de la herboristería donde su esposa trabajaba estaba al límite. Todos comprendían que la pérdida de Agnès era un golpe durísimo de asumir, pero habían transcurrido diez años y la vida seguía. Al menos así lo veían la mayoría de los vecinos del distrito que habían intentado ayudarla sin éxito.

Rossita, con la mirada perdida, esperaba sentada en una vieja silla de madera y respaldo de esparto. Bebía pausadamente un vaso de agua. Adela, la esposa del dueño del comercio, también trabajadora de este, intentaba mantener unas palabras con una madre a la que la decisión de la hija había arrebatado la esperanza de seguir respirando. La vida de la matriarca de los Ros Adell era un drama.

—Don Ramon, le pido perdón, pero esta vez la situación ha sido más grave de lo habitual. Rossita necesita atención… Sé que me pidió que le diera un trabajo, pero pasan los años y ella no mejora.

El paterfamilias de los Ros escuchaba al hombre a quien había pedido un favor con la cabeza en otro lado. Feliciano había acudido a él cuando necesitaba dinero para mantener abierto su establecimiento, y don Ramon hizo lo propio cuando necesitó una ocupación para su esposa. De modo que había sido una cosa por la otra.

Las labores de cosedora se habían diluido con la pérdida de Agnès y, engañándose a sí mismo, Ramon había creído que, con un nuevo enfoque, Rossita dejaría de torturarse. Pero nada más lejos de la realidad. Su amada esposa, día tras día, se dejaba arrastrar por una profunda depresión, y él se veía incapaz de ayudarla.

—No se preocupe, Feliciano. Lo comprendo. Lo mejor será que Rossita no vuelva a venir. Dígame cuánto es el coste de las vueltas que ha dado mal y se lo repondré enseguida.

—No, no, por favor, don Ramon. No se preocupe por eso. Lo importante es que Rossita mejore cuanto antes.

El prestamista asintió y, tras estrecharle la mano al dueño de la herboristería, se acercó a su esposa para cogerla del brazo y acompañarla a casa.

Rossita lo miró desconcertada, como si su presencia no existiera y pudiera traspasarla. Sin más, se incorporó lentamente y se dejó llevar por la inercia de su acompañante.

—Buenas tardes y disculpen las molestias —dijo don Ramon, apesadumbrado.

A paso lento, abandonaron el comercio e iniciaron un paseo que los obligaba a cruzar por las Ramblas. Pese a que el camino trazaba una línea recta hacia el quiosco Canaletas, el paterfamilias de los Ros pensó en dar un ligero rodeo para evitar encontrarse con Lluís y ahorrarle el disgusto. Solo les quedaba un hijo y sentía la necesidad de sobreprotegerlo.

Cuando la puerta de la herboristería encajó con el desvencijado marco de la entrada y el silencio volvió al comercio, Adela abrazó a su esposo, entristecida.

—Pobre Rossita… Tan buena persona y cargando con una desgracia tan grande. Me temo lo peor si no consigue encontrar el camino de regreso…

—Don Ramon se hará cargo. Si alguien puede ayudarla son su esposo y su hijo. Recemos por ellos en la próxima misa. Falta les hace…

Mientras los propietarios de la herboristería volvían a sus quehaceres, don Ramon procuraba pasear a ritmo tranquilo para que Rossita pudiera recuperarse tomando el aire fresco.

—¿Sabes qué día es hoy, Ramon?

El prestamista enmudeció durante unos instantes.

—Sí…

—Te prometo que no quería dar mal las vueltas, pero se me ha nublado la razón. No puedo dejar de pensar en mi pequeña… Ojalá fuera yo quien hubiera muerto…

Don Ramon, tragando saliva y buscando fuerzas en un alma que se había quedado sin existencias, intentó no agravar más la situación con un comentario fuera de lugar.

—Todos la extrañamos, mi amor, pero debemos seguir. Es lo que Agnès querría…

— 210 —

Rossita suspiró y, con la poca energía que su cuerpo albergaba, procuró acompasar su paso con el de su esposo. Solo pensaba en sumergirse bajo la almohada y esperar a que Dios la reclamara a su lado. Deseaba perderse en los estrechos rincones de sus propios recuerdos y no volver jamás al mundo de los vivos, donde un ser superior, inexplicablemente, la había sometido a un castigo terrible.

Felipe, el repartidor del café en grano y otros productos para el quiosco, llegó al mismo tiempo que Lluís. Atilio miró con comprensión al joven camarero y se puso a dar órdenes como si no se tratara de un día tan señalado:

—Niño, ayuda a Felipe con los sacos de café.

Lluís simplemente afirmó y, tras dejar la bicicleta junto a la entrada posterior del quiosco, empezó a cargar los sacos que el operario iba descargando de un carro. Aunque los vehículos a motor ya habían ganado la partida a los viejos métodos de transporte, algunos oficios seguían reacios a cambiar sus tradiciones. Y la empresa para la que trabajaba Felipe era una de ellas.

Mientras el joven acababa de colocar los suministros, el repartidor se acercó a Atilio para que le firmara el albarán de entrega.

—Mánchme el papel, don Atilio…

El gerente plasmó una rúbrica perfecta, dejando entrever que su caligrafía y su lectura habían mejorado desde que el Cachorro le impartiera las lecciones.

—¿Le dejo lo otro? Lo de siempre, ¿verdad?

—Sí, por favor, y toma, cóbrate —comentó Atilio al tiempo que extraía un fajo de billetes del bolsillo del delantal y se lo entregaba a Felipe.

El repartidor, satisfecho, guardó el dinero en su bolsillo y volvió a subirse al carro para seguir con la ruta marcada.

Lluís, atento a la reacción de su mentor, quiso poner de su parte para compensar el retraso.

—Este saco lo pongo aparte, ¿no?

—Sí. Y haz una cafetera de ese grano. En quince minutos vendrá la tropa…

Lluís siguió las órdenes del gerente y, tras depositar el saco en otro espacio del quiosco, donde solían tener sus pertenencias, lo abrió para coger el grano suficiente para moler y preparar una cafetera.

En cuestión de quince minutos, el silbido del vapor de la máquina alertó a los habitantes de las Ramblas para que acudieran al avituallamiento de primera hora de la tarde.

Mientras esperaban, el joven camarero vertió el café recién hecho en dos botellas grandes de leche vacías y empezó a preparar una nueva cafetera, esta vez del grano del suministro normal.

Antes de escuchar un nuevo silbido, se formó una pequeña cola de indigentes y clientes de apariencia humilde y bolsillo roto junto a la fuente de Canaletes. Unas veinte personas esperaban su turno pacientemente.

Atilio hizo la señal a Lluís para que empezara a rellenar unas tazas metálicas con café con leche y las repartiera en dos bandejas. Con destreza, el joven cargó diez tazas para cubrir un primer viaje hasta al inicio de la cola y las sirvió. Por cada café le entregaban una taza vacía que cada persona llevaba de antemano. Al terminar, el camarero regresó al quiosco y repitió la operación.

Afortunadamente, sobró una taza y no se generó ningún malentendido. Los improvisados clientes se diluyeron Rambla abajo y los dos habitantes del quiosco se distrajeron lavando las tazas que les habían devuelto vacías.

Aquella solía ser la mejor hora en el quiosco, puesto que algunos aún abrazaban la siesta y los señores tenían pendiente salir a pasear en compañía de algún amigo. Un momento ideal para repartir cafés gratis a los más necesitados, sin miedo a que algún cliente se quejara por el olor o el aspecto de los de vida precaria.

En las Ramblas, como en cualquier otro espacio de la ciudad, la diferencia de clases seguía marcando los límites sociales.

Lluís jamás se había pronunciado sobre aquel hábito de Atilio, que, desde hacía años, cumplía con su buena obra diaria en favor de los vecinos del distrito que apenas tenían un pedazo de pan para comer. El gerente no podía ofrecer más de veinte tazas de café diarias, pero sufragaba de su propio bolsillo las consumiciones sin que el señor Sala tuviera constancia. De haber sido descubierto, tal vez el gran capitán del recinto hubiera acabado de patitas en la calle. Sin embargo, Atilio era un trabajador magnífico y muy posiblemente el dueño del quiosco habría valorado los pros y los contras hasta decantarse por hacer la vista gorda. Total, aquel acto de altísimo altruismo a él tampoco le afectaba en sus finanzas.

—Chaval, ¿estás bien? —preguntó Atilio, casi al descuido, pero haciendo clara referencia al día.

—Sí, Atilio… Gracias por preguntar…

Durante unos minutos, cada uno se encargó de sus labores, hasta que el joven camarero quiso tener unas palabras para su amigo:

—No te lo he dicho nunca, pero esto que haces es maravilloso. Tienes un corazón como la catedral de grande, Atilio.

El gerente lo miró de reojo y sonrió con disimulo. Realmente disfrutaba de ayudar al prójimo, pero que Lluís lo valorara suponía una satisfacción mayor. Al igual que un padre se siente orgulloso de que su hijo le regale el oído con buenas palabras, el gerente se dejó embargar por una felicidad similar.

El heredero de los Ros había pasado por enormes contratiempos y, pese a seguir en la flor de la vida, había crecido como un buen hombre, decente y con grandes valores. Y en una ciudad como Barcelona, abrazada a los cambios constantes y a las influencias de propios y extraños, eso tenía un mérito superlativo. Verlo a su lado, disfrutando de mimar un enclave que se iba deteriorando con el transcurso de los años, le hizo entender que había cumplido con parte de sus objetivos personales.

Y la vida, como todos sabían, podía ser demasiado efímera.

20

Lluís observaba con interés todos los recodos del cuerpo desnudo de Esther, mientras ella se limitaba a sonreír y posar. Aquel era el único encuentro que la muchacha mantenía sin interés económico, por el simple placer de estar con alguien que le aportaba paz y ternura. Si no hubiera dejado su Zaragoza natal para buscarse la vida en la gran Barcelona, quizá se habría comprometido con un joven como el heredero de los Ros, un chico maduro para su edad y con las ideas claras. Aunque Lluís no la quería, y ambos lo sabían. Él, pese a que habían transcurrido diez años desde la partida de Laura, seguía enamorado de aquel recuerdo con el mismo compromiso al que habían llegado en la biblioteca del domicilio de los Pons. Y aunque la vida seguía, las personas podían llegar a esperar de muchas formas.

Esther sabía que Lluís no la amaba en el sentido más estricto de la palabra, pero de alguna forma les unía un cariño especial, quizá porque había significado su primera experiencia en el ámbito sexual, sin condiciones ni obligaciones. Simplemente se habían acomodado el uno al otro, pasando buenos ratos de mutuo acuerdo.

La prostituta era diez años mayor que él, pero pocas veces sentía la diferencia de edad. Desde el día en que se presentó en el quiosco, tras una noche agitada en el prostíbulo donde trabajaba, y el joven camarero la trató con respeto y delicadeza, había aceptado aquel particular trato. Era el secreto de ambos, y no había razón por la que romperlo hasta que uno de los dos decidiera ponerle punto final.

Esther, que ahora trabajaba por su cuenta y tenía una larga

clientela gracias a la fama de una belleza que insistía en no abandonarla, se tomaba aquellos encuentros como lo que hubiera deseado vivir de joven y se había quedado en meros sueños. Aunque era una ramera más del conocido Distrito V, Lluís la trataba como si fuera su novia. En pocas palabras, aquel joven era una especie en extinción.

—Sabes que deberías buscarte a una chica de tu edad, ¿no? —susurró Esther mientras se dejaba retratar por un Lluís aún desnudo sobre la cama de su amante. De vez en cuando se sentía inspirado e insistía en dibujarla.

—No tengo intención de buscar ni de encontrar a nadie. Tú eres mi musa y sigo comprometido con Laura. El resto poco me importa...

La meretriz suspiró al escuchar las palabras del chico. Realmente era un *rara avis* en un pequeño mundo como el de las Ramblas, lleno de buscavidas, maleantes y desagradecidos que se creían los amos del distrito. Mediocres que se las daban de divos por el mero hecho de soltar unas míseras monedas.

—¿Y piensas esperarla mucho? Porque el tiempo pasa y tu momento se esfumará...

—La esperaré lo que haga falta... Además, tú y yo nos entendemos a las mil maravillas, ¿no crees? Ambos sabemos lo que significa nuestra relación y no le ponemos condiciones... ¿Qué tiene de malo disfrutar del momento?

Esther se incorporó para coger un cigarrillo y sentarse en la cama, reposando su larga y oscura melena contra la pared.

—Es absurdo, pero reconozco que a veces siento celos de Laura... Es una joven muy afortunada. Más le vale volver para que no te escurras en la cama de otra...

Lluís sonrió con cariño. Tenía una gran conexión con aquella mujer de la que tanto había aprendido, y sus encuentros eran todo lo que necesitaba para saciar su carencia de amor real. Pero Laura tarde o temprano regresaría a Barcelona y entonces su historia de amor reemprendería el vuelo desde el punto en el que la habían dejado.

—Aún no he terminado, preciosa... —comentó el joven Ros al

ver que la modelo se había saltado a la torera lo de quedarse inmóvil.

—Ya es suficiente por hoy, zalamero. Va, que Atilio se extrañará de que llegues siempre tarde.

Lluís se incorporó para rebuscar en su chaleco el reloj de bolsillo e hizo una mueca. Esther tenía razón; era realmente tarde.

—¿Seguimos la próxima semana?

—¿Con el retrato o con el revolcón? —preguntó la prostituta, haciendo uso de una excelente ironía.

—Pues con ambos, si a su majestad le parece bien.

Ambos soltaron una sonora carcajada, mostrando la sintonía que se respiraba en el ambiente.

—¡Anda, vete ya!

Lluís se vistió tan rápido como le fue posible y se arrojó a la cama para darle un último beso a su amante. Mientras terminaba de abotonarse la camisa, le guiñó el ojo y abandonó el apartamento.

La prostituta, de nuevo sola, cogió el retrato que el joven había dejado sobre la cama con las prisas y lo miró atentamente.

Nadie en el mundo volvería a verla con aquella visión tan perfecta. Nadie volvería a hacerla sentir como si jamás hubiera vendido su sexo por pura supervivencia.

Ni todo el dinero del mundo podría igualar lo que Lluís le regalaba en cada encuentro.

Isidro Lorenzo, el nuevo barbero de la rambla dels Estudis, se acercó hasta la mesa del Zúrich donde estaban Isaac Pons y Ramon Ros. De pie, algo apartado, se mantenía el Tuerto en silencio. En eso de proteger a quien le daba de comer era un verdadero experto, haciendo alarde de una discreción de manual.

El rapabarbas, nervioso por el encuentro, se presentó educadamente:

—Disculpen que les moleste, caballeros. Me llamo Isidro Lorenzo y teníamos una cita para hoy.

Don Ramon, amable aunque sin alterar el semblante, le dio la bienvenida:

—Siéntese, por favor. Le estábamos esperando.

El hombre, obedeciendo, tomó asiento justo en la silla que quedaba entre los dos prestamistas.

—Pablo nos ha contado que ha preguntado por nuestros servicios. Acaba de abrir una barbería en el barrio, ¿no?

Isidro, aún nervioso, intentó ser lo más claro posible. La reputación de aquellos dos hombres les precedía, y todos sabían que habían dado un paso más en su iniciativa altruista, que habían legalizado para poder ofrecer créditos a un interés inmejorable a los emprendedores que quisieran instalarse en la zona. Para los dos asociados era una forma de mejorar un distrito que seguía cargando el lastre de la mala fama.

—Así es, don Ramon. Se trata de un negocio familiar, pero abrirlo me ha supuesto un gasto más elevado del inicialmente previsto, y querría ofrecer la mayor calidad a los clientes. Una inyección económica me permitirá comprar mejores utensilios, lociones y, de paso, adecentar el local.

Los dos prestamistas se miraron en señal de aprobación. Llevaban tanto tiempo juntos en aquellos menesteres que podían comunicarse con una simple mirada.

—Pablo nos ha comentado que goza de una buena reputación y que su negocio no está supeditado a cargas ni condicionado por terceros. Usted ya me entiende… —comentó Isaac, siempre con un semblante más alegre que el de su socio, al que la vida había endurecido.

—Así es, señor Pons. Solo deseo prosperar e integrarme en el barrio con buen pie.

—¿Conoce entonces las condiciones? En un plazo estimado de cinco años, solo deberá devolvernos lo prestado más un dos por ciento del importe que nos solicite y que nosotros consideramos que se ajusta a nuestras posibilidades. Comprenderá que somos una empresa nueva y que usted es de los primeros en pedirnos ayuda.

Isidro afirmó con interés. Estaba conforme con todo lo que le comentaban.

—Lo comprendo, señor Ros, y desde luego me parecen unas

condiciones excelentes. Solo querría preguntarles algo... Sé que, cuando se incumplen los plazos, algunos prestamistas suelen recaudar lo adeudado de formas, digamos, poco ortodoxas. Y, siéndoles sincero, temo por la integridad de mi familia. Querría saber qué condiciones imponen para ese tipo de asuntos desagradables, antes de tomar una decisión en firme.

Ramon e Isaac sonrieron conscientes de la preocupación del pobre hombre. Quien más quien menos conocía las represalias que tomaban aquellos que, como el Satanás, habían gobernado los bajos fondos. Aunque, afortunadamente, de aquel malnacido nadie sabía nada desde hacía diez años, cuando Lluïset fue herido al proteger a su padre de la agresión de un navajero.

—No se preocupe, Isidro. Nosotros no somos unos prestamistas al uso, ni tampoco la banca siempre inflexible cuando se incumplen los plazos estipulados. Si antes de la finalización del contrato tiene algún inconveniente, esperaremos pacientemente. Nuestra empresa se basa en la confianza en el prójimo, no en la ganancia especulativa.

El barbero asintió mientras seguía escuchando atentamente a Isaac.

—Si fuera por las ganancias, no estaríamos hablando de este asunto, amigo mío. Esa es la razón por la que deseamos entrevistarnos con los solicitantes, para conocer sus verdaderos motivos y comprobar si encajan con nuestra filosofía. El dos por ciento que le solicitamos es el importe destinado a cubrir los gastos legales y de notaría que la ley nos obliga a cumplir en estos casos.

—Comprendo, don Isaac. Espero no haberles ofendido con mis dudas. Siendo sincero, no he pegado ojo en toda la noche dándole vueltas a este asunto.

Los prestamistas y su guardaespaldas aceptaron de buen grado la inocencia del hombre.

—Dicho esto y con todo aclarado, qué le parece si me da hora para cortarme el pelo. Creo que necesito los retoques de un verdadero entendido en el tema —comentó Isaac, relajando el ambiente. Ese tipo de bromas las tenía por la mano.

Tras llegar al acuerdo y compartir un café con el nuevo cliente, los prestamistas se quedaron una hora más en el Zúrich para recibir otra solicitud. En ese caso se trataba de un asunto privado que no dependía de la nueva gestión legal. Para los temas de cariz puramente humano, la sociedad Ros & Pons se saltaba simplemente la burocracia, como llevaban haciendo desde los inicios.

Antes de terminar el nuevo café que habían pedido, Isaac mostró su preocupación por la familia de su mejor amigo:

—¿Cómo está Rossita? Entonces ¿no volverá a la herboristería?

—No lo creo, Isaac... A todos nos sigue afectando lo sucedido con Agnès, pero mi querida esposa permanece atrapada en un punto de no retorno.

—Huelga decir que puede venir a trabajar a la fábrica cuando quiera. Sería una jefa de sección magnífica. Nadie como ella conoce los tejemanejes del sector textil.

Don Ramon apuró el café antes de extraer la pipa del bolsillo de su americana y encenderla pacientemente. Tras un par de profundas caladas, agradeció la oferta de su amigo.

—Ya has hecho mucho por nosotros, Isaac. Y sabes que te lo agradezco de corazón, pero no creo que Rossita esté para muchas labores. De momento, descansará en casa, y ya veremos cuál es el siguiente paso.

—Dale un buen abrazo de mi parte y dile que la queremos. Todos deseamos que pueda pasar página y recuperar la vitalidad que la caracterizaba.

—Lo mismo deseo, querido amigo...

Pablo escuchó la conversación en silencio, sintiendo una tristeza infinita por una mujer a la que quería como a una madre. Rossita siempre le había tendido desinteresadamente una mano, y verla tan hundida le hacía sufrir.

Por desgracia, perder a una hija era algo que no podía compensarse de ninguna forma. Pablo bien sabía que no siempre estaba en sus manos solucionar los problemas de quienes quería, aunque no era de los que llevaban bien lo de resignarse y quedarse de brazos cruzados.

Aunque no era habitual encontrarse con momentos en los que apenas había clientes en el quiosco, Lluís empezaba a preocuparse.

El faro de sus sueños había tenido su máximo esplendor ocho años antes, en 1916, y había ido perdiendo fuelle desde entonces hasta que el dueño de la licencia expedida por el Ayuntamiento, el señor Esteve Sala, había optado por no renovar el contrato.

Y la razón era evidente. Como empresario de gran visión —años después llegaría a ser precisamente presidente del Fútbol Club Barcelona—, el señor Sala había analizado cómo el quiosco se desbordaba cuando los hinchas culés pasaban por las Ramblas para conocer los resultados del equipo o celebrar sus logros. Y como dicha masificación social había conferido un éxito sin igual al pequeño local de las Ramblas, se había planteado ser más ambicioso. Con la intención de rentabilizar unas ganancias interminables, se las había ingeniado para abrir, justo enfrente del quiosco, el Bar Canaletas, que a los pocos años se convirtió también en restaurante. Era un espacio amplio y preparado para satisfacer las exigencias de sus parroquianos.

Desde hacía años, cada vez que el equipo de fútbol ofrecía buenas noticias, llamaban desde el bar del campo del F. C. Barcelona —también propiedad del señor Sala— al Bar Canaletas. La razón era avisarlos de que iban a tener una afluencia masiva al cabo de un rato y que, por tanto, tenían que abastecerse con rapidez de materia prima y reforzar la plantilla de camareros. El nuevo objetivo empresarial consistía en aumentar la producción de bocadillos para satisfacer al máximo número de clientes.

Además, el señor Sala, tras analizar las consecuencias del bum de la asistencia futbolera, se había dado cuenta de que los triunfos deportivos ya no repercutían tan positivamente en el pequeño quiosco. Así que ya no necesitaba la licencia del faro y podía focalizarse en su nueva aventura comercial.

Y es que los forofos se habían ido decantando por el nuevo local hasta el punto de convertir el Bar Canaletas en una especie de sucursal del Barça, donde los socios del club deportivo podían conseguir un trato preferente si mostraban el carnet oficial.

Mientras Lluís le daba vueltas al ligero declive que había sufrido su puesto de trabajo, comprendió que no solo las cuestiones deportivas habían influido en la falta de clientes, sino que muy probablemente también había tenido algo que ver la gran epidemia de tifus que había azotado la ciudad en 1917. Se clausuró la fuente de Canaletes, sembrando una preocupación generalizada en todos los habitantes de la gran vía barcelonesa. Y aunque el señor Sala se las había apañado para montar una instalación de supuestos rayos ultravioletas sobre el quiosco con el objetivo de purificar el agua, la medida no había servido de nada. El esfuerzo del empresario resultó estéril.

Con la marcha del antiguo propietario, el quiosco había entrado en un notable declive, pese a que los nuevos dueños de la licencia respetaran el equipo humano y la estructura misma del quiosco. No obstante, sin la visión del señor Sala ni sus constantes ansias por innovar, el local había perdido fuelle.

Lluís había propuesto la idea de Agnès y Pier de añadir dulces a la oferta del comercio, pero los nuevos gestores no querían ni cambios ni novedades. Deseaban tan solo gestionar el pequeño establecimiento a la vieja usanza, y sacarle una rentabilidad con el mínimo esfuerzo y una escasa inversión.

Y ese era el problema. Los tiempos cambiaban y, más allá de los feligreses de toda la vida, la fama y el gancho del local habían caído en el olvido.

Mientras pensaba en el descenso de aquella montaña rusa, vio aparecer por la fuente de Canaletes a la Moños, posiblemente la vecina más célebre, bonachona y enloquecida de toda la Rambla. Las malas lenguas aseguraban que, de muy joven, aquella mujer se había dedicado al arte de la costura en los almacenes El Águila y El Siglo, así como a servir en una familia burguesa que la había conducido irremediablemente a la perdición personal. Al parecer, embaucada por amor, había tenido una cría con el heredero de la noble estirpe catalana, y le fue arrebatada a los siete años para educarla según una tradición intensamente cristiana. Y su pérdida le hizo perder la chaveta.

Pese a ser la chiflada de las Ramblas —con una justificación más que comprensible—, todos la respetaban. Hasta el más desalmado podía ponerse en su lugar y entender el dolor que la había llevado a perder el mundo de vista. La Moños llegó a ser tan célebre en el distrito, que en aquel 1924 algunos comercios de la zona aprovechaban el gancho de su triste historia para publicitar sus productos. Cualquier excusa era buena para ganarse unos céntimos extra, y la desgracia ajena siempre había tenido un gran tirón popular. Cualquier ramblero de raíz tenía constancia de que aquella mujer, mañana tras mañana, abandonaba su hogar en la calle de la Cadena para asearse en la fuente de la plaza del Padró y pasar toda la jornada a la intemperie.

Como signo distintivo, se labraba un moño alto y tieso como el asta de una bandera, para después empolvarse el rostro y pintarse como un papagayo. Y, provista de su típico y fiel abanico, deambulaba de mar a montaña y de montaña a mar, siempre a lo largo de las Ramblas, para pedir una pequeña contribución. Las floristas, que le habían cogido cariño, solían regalarle alguna colorida flor con la que adecentar el moño, y otros le mostraban su cariño con alguna que otra moneda de poco valor.

Atrapado por la presencia del mito, Lluís la observó detenidamente, como muchas otras veces había hecho desde el interior del quiosco, para esbozar su figura en el cuaderno de dibujo. La Moños jamás se había acercado hasta el enclave de bebidas, pero aquel día todo cambió. Su visita iba a ser la primera de muchas mientras el joven de los Ros siguiera trabajando en el lugar.

Sorprendido por tener a la legendaria señora a apenas unos centímetros, perdió la capacidad de reacción y la clienta, con inocencia infantil, le planteó una pregunta con una vocecita casi imperceptible:

—Señorito, ¿quiere que le cante una canción o le recite un versito?

Lluís estaba petrificado por conocerla en persona después de tanto tiempo admirándola, y Atilio, que había presenciado toda la escena, no dudó en salir al rescate:

—Doña Dolors, qué le parece si nos canta algo a cambio de un cafetito con leche. ¿Le parece bien?

La mujer, con la expresión propia del que no está bien de la cabeza, empezó a cantar una copla a capela, mientras Lluís se desbloqueaba y le preparaba la consumición.

Tras servirle la bebida caliente, casi como si fuera una niña inocente, la Moños se la tomó a sorbitos con la expresión de quien degusta el último manjar de su vida. Antes de irse, quiso agradecer el detalle al joven camarero:

—Eres muy apuesto, chiquillo.

Y, sin más, volvió a diluirse por las Ramblas mientras seguía pidiendo unas monedas y vivía según las normas de su mundo interior. Quizá estaba loca de atar, pero todos los vecinos de las Ramblas y de los distritos junto al mar la protegían amorosamente. Era uno de los suyos, una institución viviente de la que no importaban ni su pasado ni su presente.

En pocas palabras, la Moños formaba parte del patrimonio humano de la zona más humilde y canalla de la Ciudad Condal.

21

El cielo amenazaba con romper aguas en cualquier suspiro, dándole una atmósfera triste a aquella primera hora de la mañana de sábado.

Lluís pedaleaba con intensidad para llegar a tiempo a la recogida. Se le habían pegado las sábanas después de una semana agotadora, pero tenía un compromiso con su padre y, de paso, se ganaba un sobresueldo que no le iba nada mal para ahorrar para sus cosas. De hecho, gracias a aquel trabajo en la fábrica de Isaac Pons se había sufragado la bicicleta y más de una sesión de cine con Esther. La meretriz se había convertido en lo más cercano a una confidente, y con ella había recorrido algunas partes del Paralelo que solo conocía por boca de sus clientes. Una vía que llevaba tiempo albergando las salas de fiestas y los bares más canallas de la ciudad, por los que el heredero de los Ros empezaba a sentir una cierta atracción.

Mientras pensaba en todo lo que había logrado gracias a aquel trabajo de repartidor y se planteaba buscar algún encargo en la Escuela de Bellas Artes, empezó a lloviznar. Un importante contratiempo cuando uno tenía que recorrer aún calles sin asfaltar y el fango se acumulaba en pocos minutos. Lluís aumentó la frecuencia del pedaleo para llegar lo antes posible a la fábrica de la familia Pons y evitar empaparse por completo.

Al llegar a la garita de entrada, se encontró al Tuerto, que solía ocuparse de la vigilancia los fines de semana para que sus dos trabajadores pudieran tener algo de descanso. El resto de la semana simplemente custodiaba el lugar alternando las guardias con sus compañeros.

Al verlo, la mano derecha de don Ramon no tardó en abrirle la verja de entrada e invitarlo a entrar en la garita. La lluvia había empeorado y el joven estaba calado de pies a cabeza.

—¡Vamos, entra!

Lluís dejó la bicicleta bajo un pequeño toldo y se adentró en la reducida estancia con la intención de cobijarse.

—No veas cómo llueve… —soltó el joven mientras intentaba secarse con la misma inercia de su movimiento, tal y como hacían los gatos.

—Has escogido un mal día para repartir, chaval —soltó Pablo en tono de guasa.

—No me digas… —respondió Lluís, dejando claro que ya no era un crío y que sabía cómo mantener una conversación de igual a igual.

El vigilante le sirvió un café que tenía reservado en una jarrita, cogió un paraguas e hizo la acción de salir del puesto.

—Tómate el café y espérame aquí mientras te secas un poco. Voy a avisar a tu padre de que has llegado.

—Gracias, Pablo.

El Tuerto abrió la puerta con decisión y, tras desplegar el paraguas y maldecir las inclemencias del tiempo para sus adentros, se sometió al azote de la tormenta. Cruzó la larga explanada donde estaban los carros y los vehículos de reparto habitual y entró por la puerta que daba al garaje y al edificio central de la fábrica.

Mientras esperaba, Lluís degustó con ansia el café y empezó a calentarse en una pequeña estufa de carbón que el Tuerto tenía en la garita. No es que hiciera un frío de pelar, pero si se secaba con mayor rapidez, al menos intentaría eludir un más que posible resfriado.

A los pocos minutos, pudo ver a través de la cristalera cómo Pablo salía de la zona del almacén de la fábrica, ubicada junto al garaje, y regresaba soportando una lluvia que ya empezaba a menguar de intensidad.

Lluís esperó a que llegara su amigo para abrirle la puerta. Ligeramente empapado, el antiguo navajero se acomodó de nuevo al calor de la garita.

—Tu padre dice que esperes a que claree y luego vayas al almacén. Tienen preparado el pedido, pero es mejor aguardar. Si no deja de llover, no puede hacerse la entrega —comentó Pablo, que dejaba plegado el paraguas y se acercaba a la pequeña chimenea.

Tras coger la taza con café manchado que había dejado sobre una mesita, el Tuerto se sentó en su silla de control con la intención de esperar a que el tiempo mejorara.

Lluís, atento a los movimientos de Pablo, seguía saboreando el café frío y se lo tomaba con calma. En cuestiones de análisis climático, nadie podía saber a ciencia cierta cuándo el cielo iba a plantarse para cambiar de rumbo.

—Por cierto, chaval…, ¿tu padre ya sabe lo de Esther?

Al joven de los Ros la pregunta lo pilló por sorpresa.

—¿A qué te refieres?

—Tú ya sabes a lo que me refiero…

Lluís carraspeó nervioso y sin saber muy bien cómo salir de aquella encerrona.

—No lo sabe…

—Pues ahórraselo… Y, de paso, no sería mala idea que dejaras de verla.

—Y eso ¿por qué?

—Porque no es lo mejor.

—Pero pasamos un buen rato juntos y nos divertimos. ¿Qué tiene de malo?

—No lo dudo, chaval, pero solo te traerá problemas. Deberías buscar a alguna jovencita de tu edad que no esté tan comprometida… Tú ya me entiendes.

Lluís escuchó atentamente el consejo de un hombre que admiraba desde pequeño. Para él, el Tuerto era una especie de solucionador de problemas.

—Lo pensaré…

Pablo asintió con cierta resignación, consciente de que su consejo no tenía el poder de cambiar las ideas fijas de un chico al que consideraba su hermano pequeño.

Con el último sorbo de café, Lluís se fijó que había cesado de llover. Agradeciendo las palabras y el calor para secarse, decidió cumplir con sus obligaciones.

—Voy a ir a por los encargos. A ver si aguanta el tiempo y puedo repartirlos.

Al Tuerto le pareció una buena idea y simplemente observó cómo el joven abandonaba la garita y se subía a su bicicleta para desplazarse hasta la zona del almacén.

Mientras Lluís se alejaba, el exnavajero siguió dándole vueltas a lo de la prostituta y al marrón en el que el chico podía involucrarse. Él no era nadie para juzgar a los demás y odiaba meter las narices donde no le llamaban, pero conocía los entresijos del Distrito V y cómo la gente cantaba la traviata por el simple disfrute de criticar. Y aunque no fuera de forma activa, don Ramon seguía teniendo algunos detractores en el barrio, que insistían en verlo como el enemigo principal por sus negocios altruistas.

Cuando Lluís llamó a la puerta del almacén, le abrió el paterfamilias de los Ros. Por la hora, ninguno de los otros repartidores había llegado y don Ramon le pidió que lo acompañara al interior.

—Ven, hijo. Acércate.

El joven siguió las indicaciones del gerente de la fábrica hasta llegar a una mesa de roble grande y alargada que estaba a un par de metros de la entrada. Allí había dos fardos de ropa envueltos cuidadosamente.

La mano derecha de Isaac Pons entregó a Lluís dos direcciones después de aclararle el destino de cada fardo:

—Este de aquí es para el Eixample izquierdo y este otro, para Gràcia. Son buenos clientes de la fábrica, así que ve con cuidado para que lleguen en las mejores condiciones.

Lluís asintió al tiempo que cogía el papel con los destinos y cargaba los dos fardos.

—Evita los caminos de barro, no sea que te resbales y tengas que volver con la ropa hecha unos zorros.

—Tranquilo, papá. Sé por dónde ir y tendré el máximo cuidado.

Don Ramon, seguro del compromiso de su hijo, lo acompañó amablemente hasta la entrada del almacén para abrirle la puerta y ayudarlo a cargar los fardos en la bicicleta. Tras darse un abrazo, se despidieron con cariño, y el improvisado repartidor cruzó el descampado para alcanzar la garita y saludar de un timbrazo a Pablo.

El Tuerto levantó la mano para devolverle la cordialidad y siguió a lo suyo.

El día seguía triste y decaído, y el fango de las calles dificultaba la entrega, pero Lluís pensó que lo que le pagaban por aquel servicio no estaba nada mal. Además, al aceptarlo, sentía que su padre estaba orgulloso de él. Lo de Bellas Artes había sido toda una decepción familiar, ya que sus padres eran más partidarios de otro tipo de oficio con más futuro, pero tras la tragedia de Agnès tampoco le habían puesto muchas dificultades. Y eso a Lluís lo tenía contrariado. Sin mala intención, se había aprovechado de la desgracia de su hermana para estudiar lo que había querido y, una vez terminados los estudios, apenas había encontrado algún encargo que le hubiera dado la razón. Así que ayudar en la fábrica se había convertido en una especie de tapadera a la espera de que vinieran tiempos mejores.

El padre Gabriel releía con atención el periódico a pie de barra mientras se perdía en sus lamentos. Atilio, consciente de que soportar las quejas de los clientes era una habilidad más del buen camarero, dejaba que el responsable de guiar a los fieles hasta el cielo le diera la murga:

—Estos americanos… ¡nos van a poner la ciudad patas arriba! ¡Y qué idiotez la del barcelonés de creer que son el ejemplo que seguir! Antes los gabachos, y ahora, lo peor de cada casa. ¿Cómo vamos a tomarlos de ejemplo si son los descendientes de aquellos individuos que en el Viejo Continente no queríamos ver ni en pintura? Que Dios nos asista, Atilio…

El camarero, cuidadoso con sus comentarios, intentó tomar una posición neutral:

—Ya se sabe, don Gabriel…, todo es cuestión de modas y de intereses. La Gran Guerra ha aumentado su popularidad, pero ¡tranquilidad y buenos alimentos, monseñor! Tarde o temprano, los de aquí se darán cuenta de que no hay nada como ser barcelonés…

Atilio, sabio y cabal como pocos, llevaba tiempo oyendo las quejas de sus clientes respecto a la importancia que se daba a los estadounidenses. Tras la que luego llamarían Primera Guerra Mundial, la idolatrada París había cedido el turno a la lejana Nueva York. Los soldados yanquis le habían salvado el pellejo a Francia con tal alarde que el mundo había descubierto a la gran potencia del momento.

La sociedad a pie de calle los veía como héroes modernos, y los custodios de la cultura, como adversarios de las buenas formas y del saber estar. Quienes modelaban el intelecto catalán aborrecían los gustos norteamericanos y temían que sus formas directas y abruptas se expandieran como un virus inquisitivo y letal.

Y es que los grandes salvadores del continente europeo lo tenían todo mecanizado, y para muchos eran los demonios que atentaban contra el viejo *statu quo*, los portadores de un nuevo paradigma que pretendía cambiar las costumbres labradas durante décadas con un gran esfuerzo social.

—Padre, no me sea tan cerrado, que no todo lo moderno es malo. Mire el cine, los electrodomésticos y los grandes almacenes, donde uno puede encontrar de todo —comentó Lluís, metiéndose donde no le llamaban.

Atilio, que lo miró de mala gana y temeroso de la crispada reacción del cura, intentó arreglar el contratiempo creado por su discípulo.

—Mosén, deje al jovencito, que tiene la cabeza llena de pájaros. Aún no ha comprendido lo que podríamos llegar a perder si damos carta blanca al engañoso progreso.

—Tal cual, querido Atilio. Cómo se nota que eres un hombre bragado en mil batallas y que comprendes la importancia de mantener las tradiciones —sentenció el cura antes de dar un nuevo sorbo a su bebida.

Lluís, que en el acto comprendió que había metido la pata, volvió a prestar atención a Rogelia, una clienta que le había visitado expresamente para pedirle ayuda.

— 229 —

Desde hacía algunos años, eran muchos los vecinos del distrito y los fieles a las Ramblas que iban a verlo para contar con sus habilidades. Deseaban que el joven camarero les escribiera una carta para sus allegados y les adjuntara un retrato, de modo que sus seres queridos pudieran ver cómo se encontraban en el momento presente. Una «moda» que había puesto en práctica Atilio tras recibir la misma ayuda de Lluís y ver el potencial que el aprendiz tenía para los gestos desinteresados.

Así que, casi a diario, se acercaba algún vecino del barrio para, por el precio de un café, conseguir algo que le hubiera costado un ojo de la cara en la calle. Entre la carta del escribano, que solía cobrar de lo lindo, y el retrato del minutero —un fotógrafo ambulante, a menudo autodidacta y equipado con una cámara de cajón de fabricación casera, que entregaba un retrato en cuestión de minutos—, los clientes se hubieran visto obligados a realizar un desembolso impensable. A los más desfavorecidos les salía más a cuenta el precio del café y la compañía de un chico que era todo alegría y bondad.

Mientras Atilio apaciguaba las quejas del mosén, incrementadas por la desafortunada intervención de Lluís, el retratista empezaba a trazar las líneas maestras de doña Rogelia, que ya pasaba de los setenta y estaba más arrugada que una pasa. Una vida entera sometida a las exigencias de una fábrica inclemente y a la insalubridad de un hogar que se caía a trozos la había castigado en exceso, aunque aquel día se había presentado con sus mejores galas para ser inmortalizada en todo su esplendor.

En el tiempo que la mujer se terminó el café con leche, Lluís creó un retrato al carbón tan realista que el mismo cura lo ensalzó. El arte del heredero de los Ros ya era superlativo.

—Chico, yo no sé qué haces aquí perdiendo el tiempo, con esa virtud que Dios te ha dado. ¡Deberías estar restaurando la capilla Sixtina!

Lluís rio por la desmesura del comentario.

—No me sea exagerado, don Gabriel, que con la catedral de Barcelona ya me conformaría... ¿No tendrá algún encarguillo para mí en su iglesia?

El mosén, tan ágil para recular como para quejarse, serpenteó con destreza su respuesta:

—El primero de la lista te pondré cuando hagamos las restauraciones. Hasta entonces, sigue con estas buenas obras, porque Dios todo lo ve y todo lo recompensa. Más jóvenes como tú deberíamos tener en el distrito. ¡El futuro no sería tan negro!

Atilio, con la intención de echarle un capote a su tutelado, intervino para zanjar la conversación y dejar que el retratista terminara tranquilamente con su encargo:

—Déjelo, don Gabriel, que está concentrado. Si lo distrae, doña Rogelia será quien salga perjudicada. Y este retrato va directo a su hijo, que vive en Sabadell y hace una década que no se acerca por Can Fanga.

El cura, comprendiendo que debía dejar al pintor en paz, pagó el café y abandonó el quiosco para llegar a tiempo de dar la siguiente misa.

Lluís trazó con desparpajo unos minutos más, hasta que dio por finalizado el retrato y se lo mostró a la clienta.

—¿Y bien? ¿Qué le parece? ¿Le hace justicia?

La mujer se emocionó hasta el punto de que le empezó a temblar todo el cuerpo.

—Qué manos tienes, bendito. Jamás me he visto tan hermosa como en este retrato. ¡Que Dios te bendiga! —comentó emocionada la clienta, mientras le devolvía el dibujo al camarero.

Lluís lo cogió de nuevo para plegarlo en tres partes y adjuntarlo al sobre donde ya habían introducido la carta para el hijo de doña Rogelia.

Aquellos encargos eran mucho más que un gesto hacia el prójimo. Para Lluís eran la forma de seguir vinculado al barrio que lo había visto nacer, y de hacer algo por unos vecinos que en su mayoría adoraban a su familia. Su padre, don Ramon, bendecía a los demás con ayudas económicas, y él, ahorrándoles gastos y molestias para seguir en contacto con sus seres queridos.

No sabía explicarlo, pero para el heredero de los Ros aquello era como cumplir con una especie de misión personal y familiar, como el destino que el universo, Dios o la misma providencia habían querido para él. Además, le resultaba tan fácil que aquellas personas fueran felices, al menos durante los instantes en los que las ayudaba, que se sentía un privilegiado por tener un fin en la vida.

No había podido salvar a su hermana, pero cada vez que le arrebataba una sonrisa a un cliente que le pedía la carta y el retrato, se reconciliaba un poco más con su recuerdo. Si Agnès hubiera estado viva, con toda seguridad se habría sentido orgullosa de lo que hacía con su talento.

22

Sentada en una discreta silla de madera, junto a una mesita típica de bar con superficie de mármol redondeado y pie de hierro forjado de estilo modernista, Rossita perdía las horas mirando los dibujos que su hijo había hecho de Agnès. No tenía ninguna foto de su hija, pero podía recordarla al detalle. Diez años después de su muerte, no había olvidado ninguna de sus virtudes, y es que no solo había perdido a su pequeña y a su única confidente, sino también la esperanza de tener nietos que le alegraran las largas tardes de invierno.

Lluís, intentando devolverle un ápice de la luz que su madre había mostrado años atrás, solía hacer dibujos de lo que habría sido de Agnès. Desarrollando una imaginación sin igual, el único heredero de los Ros había pintado a su hermana en numerosas facetas. A veces con ellos, a veces con Pier, le regalaba a su madre una realidad imposible pero capaz de apaciguar su dolor. Y a Rossita no le quedaba más esperanza que interpretar aquellos dibujos como la vida que podrían haber tenido.

Mientras la esposa de don Ramon remiraba un dibujo en el que toda la familia estaba en el quiosco, como si posaran para uno de esos retratos fotográficos de los que todo el mundo hablaba desde hacía años, Lluís adecentaba las plantas del patio y regresaba al interior para preparar un poco de café.

De vuelta al soleado oasis del Eixample, su madre seguía con el mismo semblante, como si hubiera permanecido pétrea. Aunque ya no le sorprendía aquella reacción. La matriarca llevaba demasiado tiempo cargando un peso descomunal y el verdadero milagro era que no se la hubieran encontrado sin vida. A veces, al verla tan decaída sentía la necesidad de estrecharle la mano y susurrarle al oído que podía irse tranquila. Él se haría cargo de su padre para que ella pudiera reunirse con Agnès y recuperar el sentido de su propia existencia, aunque fuera en otro plano. Porque vivir sintiéndose muerta no era vivir; era simplemente formar parte del vacío más absoluto.

Intentando no darle vueltas a una desgracia de la que estaban constantemente impregnados, el joven artista sirvió el café, se sentó junto a su madre y, con el cuaderno de pintura en las manos, empezó a imaginar una nueva escena con Agnès. Quizá así podría darle un mínimo de luz a la jornada.

Mientras dibujaba, quiso hacer partícipe a Rossita de algunos detalles de su día a día. El chismorreo tenía la virtud de reanimar incluso a quien insistía en ocultar la cabeza bajo el ala.

—El propietario del quiosco ha contratado a un chico nuevo... —dijo Lluís, sin causar ninguna reacción en su madre—. Es un auténtico maestro de los cócteles. Llegó hace un par de años de La Habana y ha estado trabajando en el Maison Dorée... Dice que su sueño es tener su propia coctelería en el centro, y que está ahorrando para traer a su familia a Barcelona.

Mientras simulaba seguirle el hilo, Rossita dejó el dibujo en la caja de galletas que solían usar con Agnès para guardar los hilos y todos los utensilios de costura. Tomó un sorbo del café que le acababa de preparar su hijo.

—Está buenísimo, cariño... —se limitó a susurrar la madre.

—¿Quieres que siga contándote? ¿O te estoy aburriendo, mamá?

—Sigue, por favor... No sé ni dónde tengo la cabeza.

El artista comprendió perfectamente a lo que se refería aquella mujer que adoraba.

—Pues bien, el otro día Ezequiel me estuvo enseñando a hacer lo que en Cuba llaman el daiquiri. Creo que en la ciudad nadie sabe preparar los cócteles como él..., y sería bueno servirlos a los clientes del quiosco.

Rossita volvió a dar un pausado sorbo al café y siguió simulando que escuchaba a su hijo con un mínimo de interés.

—Allí solo piden café y sodas.

—De momento sí, mamá, pero el nuevo propietario cree que, con la inauguración del metro, vendrán muchos más clientes desde la zona de Lesseps. A pocos metros del quiosco han abierto ya la parada de la primera línea de la ciudad. Y dicen que pronto no será la única.

—Demasiado progreso... Prefiero el tranvía o ir paseando a todas partes —soltó Rossita ante la sorpresa de su hijo. Al parecer, la temática de la conversación había despertado ligeramente a su madre del letargo.

Poco a poco, Lluís le fue contando que la línea del gran metro barcelonés pronto tendría una parada en la zona del Liceo, con acceso también en la misma Rambla. Por lo que había escuchado, la línea cruzaría la ciudad de mar a montaña, aunque los clientes que pasaban por el quiosco al salir de la estación de plaza Catalunya coincidían en el mal trago que suponía sumergirse en el subsuelo de la ciudad. La aventura de bajar a las entrañas barcelonesas no compensaba a la mayoría. Entre las infinitas escaleras de los accesos y los constantes controles del billete por parte de unos implacables revisores, a los barceloneses el invento parecía no atraerlos demasiado. Pero a él le apetecía visitar la famosa estación de Lesseps y alejarse de un distrito que lo mantenía atado a sus humildes orígenes.

Tras las cavilaciones sobre el nuevo medio de transporte y finalizar el bosquejo, Lluís cambió de tema para explicarle a su madre lo que había dibujado. En la lámina podía verse a Agnès, con el aspecto que habría tenido en aquel 1924, cuidando del jardín del hogar, mientras Rossita servía el café en la misma mesita en la que se encontraban.

Al verlo, a la madre de Lluís le brillaron ligeramente las pupilas.

—Gracias, cariño, suerte que te tengo...

El artista, con un nudo en la garganta, hizo el esfuerzo de darle un beso en la mejilla sin derrumbarse, recoger las tazas y volver a la cocina. Cuidar de su madre era cada día más difícil y, aunque mantenía la voluntad intacta, algunos comentarios le dolían como puñaladas. Por más que se esforzaba, seguía teniendo la sensación de que sus buenas intenciones caían casi siempre en saco roto.

Aquella tarde, pendientes de los resultados deportivos del F. C. Barcelona, se habían reunido un gran número de caballeros en el quiosco. Al margen de alguna soda, Atilio, Ezequiel y Lluís no habían dejado de servir cientos de bebidas alcohólicas, solicitadas por los clientes que pretendían amenizar la espera. Entre el gentío se escurrieron dos caballeros vestidos al estilo británico, con traje de tres piezas y sombrero panamá. El porte que lucían era impecable, y el joven de los Ros sintió una ligera envidia al verlos. A veces pensaba en cómo hubiera sido su vida de haber nacido en una familia acaudalada. Se había prendado en más de una ocasión de los anuncios del periódico que anunciaban ofertas para confeccionarse trajes a medida a un precio ajustado. De hecho, solía quedarse embobado en los escaparates de los grandes almacenes El Siglo, que estaban a poca distancia del quiosco.

Los dos hombres, alzando ligeramente la voz para que el joven camarero pudiera escucharlos entre el alboroto general, pidieron dos sodas bien frías.

—Enseguida, señor —respondió Lluís mientras aceleraba el ritmo y empezaba a preparar las bebidas. Cuanto antes las entregara, antes podría seguir atendiendo al resto de los clientes, que estaban especialmente exigentes aquella tarde.

En el momento de servirles las consumiciones, la multitud gritó de alegría. Los rotativos acababan de anunciar en sus enormes pizarras de la Rambla que el gran equipo de la ciudad había ganado al eterno rival.

Los dos hombres se abrazaron de alegría y brindaron efusivamente por el triunfo.

Durante más de media hora, trabajar allí se convirtió en una verdadera odisea. Los clientes, desbocados, pedían a destajo y como si aquel fuera el último día de su vida. A los tres camareros se acabaron sumando dos efectivos más para cubrir las exigencias de la tarde.

Cuando la zona empezó a despejarse, Lluís se sentó un segundo en una caja de bebidas que tenían al fondo de la barra para tomarse un respiro. Estaba agotado. Solo pensaba en limpiar su parte e irse a casa para sumergirse dos días enteros en la cama. El esfuerzo había sido titánico y Atilio le había dado permiso para tomarse cuarenta y ocho horas de descanso.

Antes de que pudiera desconectar completamente de lo que sucedía a su alrededor, escuchó cómo uno de los dos caballeros intentaba captar su atención.

—¡Eh, chico! ¡Acércate un momento!

Lluís, resignado, se incorporó para atender nuevamente a los clientes. En el quiosco no existía descanso posible en los días que el F. C. Barcelona tenía partido.

—Dígame, caballero. ¿Desea algo más?

—Sí. ¿Podrías decirme quién es el autor de esos retratos que tenéis allí, sobre la máquina de café?

Ante una pregunta que le afectaba directamente, el joven camarero no supo cómo reaccionar. Lo último que hubiera esperado era que alguien se interesase por su obra.

—¿Perdone? No sé a qué se refiere...

—Vamos, chico, si no es tan difícil. ¿Conoces quién ha hecho esos dibujos? —insistió el caballero ante un Lluís que parecía haberse quedado en blanco.

—Los ha hecho él, caballero. Él es el autor —comentó Ezequiel, que había asistido a toda la escena y no se había podido contener—. Son buenos, ¿verdad?

El caballero, sorprendido él esta vez, enmudeció durante unos instantes, generándose una situación un tanto extraña.

—¿Los has hecho tú? —preguntó de nuevo, algo más entero.

—Sí, señor...

—¿Y tienes algún título que demuestre esas capacidades? Porque déjame decirte que son realmente buenos.

—Si se refiere al título de Bellas Artes, lo tengo, señor...

—Pues harías bien en enseñarme toda tu obra. Entiendo que tendrás más bocetos, ¿no? —preguntó mucho más seguro el insistente individuo.

— 237 —

—Tengo muchos cuadernos llenos...

—Entonces, chico, déjame decirte que estoy muy interesado en verlos... Permíteme que me presente como Dios manda: me llamo Aleix Muntaner y soy marchante de arte.

A Lluís le dio un vuelco el corazón. Un representante de artistas, en aquella época, era un billete directo a los mejores encargos, y, aunque estaba sobradamente preparado para asumir cualquier reto, la sombra de la duda le agarrotó las manos. ¿Y si, después de todo, no era tan bueno como decían? Ser un pintor de prestigio en la época en que el modernismo había producido grandes exponentes y en Els Quatre Gats se reunía la *crème de la crème* pictórica era casi una utopía. Y más para un recién graduado en Bellas Artes que trabajaba como camarero y repartidor para una fábrica textil.

—¿Cuál es tu nombre, artista? ¿O se te ha comido la lengua el gato?

—Lluís, señor... Lluís Ros...

Al marchante le gustó la sonoridad del nombre del pintor que acababa de descubrir y, mostrando su entusiasmo, intentó captar su atención:

—Qué te parece si mañana, a esta misma hora, paso a tomarme otra soda y tú me enseñas una selección de los dibujos que más te gusten. Si son tan buenos como estos, quizá podamos llegar a un entente y trabajar juntos, Lluís...

Al camarero se le iluminaron los ojos. Aquella era una propuesta inesperada pero altamente deseada, por lo que aceptó al instante.

—Será un placer, señor Muntaner.

El marchante, satisfecho por haber obtenido el compromiso, pagó las consumiciones que había tomado con su amigo y se despidió amablemente para sumarse a los últimos rezagados que empezaban a abandonar la zona de Canaletes.

Había encontrado un mirlo blanco en el lugar más insospechado.

A la hora convenida, Aleix Muntaner se presentó en el quiosco, tan elegante como la primera vez, para analizar los dibujos de Lluís.

Alternando el paso de las hojas de varios cuadernos con ligeros sorbos de una soda a la que empezaba a coger adicción, apenas gesticulaba.

Lluís se había pasado la noche en vela remirando mil veces los cientos de retratos y bocetos que guardaba y a los que jamás había dado importancia. Conseguir el favor del señor Muntaner podía abrirle las puertas a trabajos remunerados; sin olvidar aquello que hacía desinteresadamente, necesitaba ganar dinero para ayudar a su familia. Por aquel entonces, daba casi todo lo que conseguía en el quiosco a sus padres y, aunque seguía sin saber cuándo regresaría Laura, llevaba tiempo intentando apartar algunas ganancias para ser digno a ojos de la familia Pons. Siendo realistas, él solo era el hijo de uno de sus trabajadores de la fábrica y vivían en el Eixample gracias a que, por amistad, Isaac les cedía el piso como parte del sueldo que percibía su progenitor. Pero los Ros Adell seguían siendo una familia normal y corriente, alejada de cualquier lujo.

Mientras hacía el cuento de la lechera pensando en todo aquello a lo que iba a tener acceso si conseguía que el señor Muntaner lo representara, el marchante seguía analizando su obra con atención.

Al cabo de más de una hora, el caballero, de cuarenta y cinco años, dejó el último cuaderno sobre la barra del quiosco y, antes de pronunciarse, dio un último trago a su bebida.

—No debería decirte esto para que no se te suban los humos, pero tienes un talento único, Lluís. ¿Qué te parecería trabajar conmigo?

El chico no sabía si saltar de alegría o abrazarse a aquel desconocido para agradecerle sus palabras, pero, en lugar de reaccionar sin medida, simplemente controló sus emociones.

—Sería todo un placer, señor Muntaner, pero no querría dejar el quiosco. No sé si es posible compaginar su propuesta con mi puesto de trabajo.

El marchante, sorprendido por la claridad mental del joven, se tomó aquel comentario como propio de alguien con la cabeza muy bien amueblada. Acostumbrado a tratar con divos de tres al cuarto, Lluís era un *rara avis*.

—Chico, puedes hacer lo que te plazca. Mientras puedas desplazarte de vez en cuando y tengas los encargos a tiempo, me da igual dónde pases el día.

El artista respiró tranquilo. Aquellas eran excelentes noticias.

—¿Y cómo se procede, señor Muntaner? —preguntó inocentemente el camarero.

—Pues con un apretón de manos y dando tu palabra de que nos seremos leales. Si el tándem funciona, más adelante firmaremos algún compromiso de exclusividad, pero de momento quiero ver qué tal van las cosas. ¿Te parece bien?

—Me parece excelente, si me permite decirlo.

El marchante soltó una inesperada carcajada por el comentario. El chico le había caído en gracia.

—Por lo pronto, trabajaremos en una selección de estos retratos, por si puedo conseguirte alguna exposición. Si ven tu obra, muchos querrán contratarte. Por muy bueno que seas, tenemos que conseguir que te conozcan. Pero eso déjamelo a mí.

—Como usted diga, señor Muntaner.

Satisfecho con la nueva adquisición para su cartera de clientes, el marchante pagó la consumición y le aseguró al heredero de los Ros que muy pronto se pondría en contacto con él. El quiosco iba a convertirse en el espacio donde gestionaría temporalmente los negocios artísticos. Una nueva alianza, forjada en la cúspide de las Ramblas, había nacido para dar un empujón a un chaval que se lo había ganado a pulso. Por fin parecía que el sol volvía a alumbrar a los Ros Adell.

Como la mayoría de los miércoles desde hacía meses, Lluís y Esther salían del cine con la emoción a flor de piel, en esta ocasión tras ver *Los diez mandamientos*. Lo cinematográfico cautivaba a grandes y pequeños, y cada película suponía adentrarse en una nueva aventura que los trasladaba a otros mundos. El cine suponía vivir otras vidas, abandonar una realidad que en muchas ocasiones era mísera y triste, y sentir la magia durante el tiempo que duraba el filme.

Barcelona se había convertido en la ciudad con más salas de

cine del mundo, en dura pugna con Nueva York y París. La pareja solía acudir al cine Kursaal o al Diorama para disfrutar de unas salas más lujosas y espaciosas que las de antaño. Ya por aquel entonces, la pasión por el celuloide era tal que se generaba un silencio sepulcral cuando se alzaba el telón. Los espectadores viajaban mentalmente a una vida de ensueño gracias en parte a la música de una pianola oculta junto a la pantalla de la proyección.

Tras tomarse un café en una cafetería alejada del distrito, donde nadie los conocía, se dirigieron al piso de Esther para terminar la cita por todo lo alto. Aquella era una especie de rutina de la que ambos disfrutaban sin obligaciones ni compromisos. Eran dos amigos especiales a los que la realidad había separado en cuestiones de pareja, pero unido para vivir experiencias inolvidables. Con todo, debían ocultar sus encuentros para no tener que responder a las exigencias morales y sociales de la época.

Aquel día, Lluís sintió que Esther se comportaba algo diferente de lo habitual mientras hacían el amor. Normalmente era apasionada y cariñosa, tanto en el trato como en el roce íntimo, pero durante todo el coito se había mostrado triste y decaída. El joven camarero pensó que podría deberse a algo que él había dicho o hecho. Siempre dispuesto a aclarar las cosas al momento, se sentó en la cama para descubrir qué estaba sucediendo.

—¿Soy yo o te pasa algo? Te noto diferente…

La prostituta, suspirando profundamente, se incorporó de la cama para enfundarse un ligero camisón y encenderse un cigarrillo. La confesión no era fácil.

—Algo pasa, sí… —Esther intentaba encontrar las palabras adecuadas a una despedida.

—Te escucho…

La mujer, más cariñosa, se sentó junto a su amante. No pretendía hacerle daño, aunque estaba segura de que era algo inevitable.

—Esta es la última vez que vamos a vernos…

Lluís reaccionó al instante. ¿Qué había cambiado? ¿Por qué tenía que terminar algo que a ambos satisfacía por igual?

—¿De qué estás hablando, Esther? ¿No lo pasamos bien juntos?

—Sí, cariño, pero me voy a ir de la ciudad…

El camarero se sintió desconcertado. Aquella era la primera vez que escuchaba el deseo de Esther de irse de Barcelona. De hecho, siempre había mostrado una actitud totalmente contraria.

—¿Irte? ¿A dónde? ¿Por qué?

—Verás…, uno de mis mejores clientes me ha pedido que me vaya con él a La Bisbal. Es un buen hombre y me da la oportunidad de comenzar de nuevo… casándome con él.

Lluís, dolido ya por la inminente separación, empezó a comprender las razones de su amante.

—Sé que estás decepcionado, y sabes que te voy a extrañar un mundo, pero ya tengo una cierta edad y pocas veces tendré una segunda oportunidad como esta. ¿No te alegras por mí?

—Claro que sí, Esther… Solo que yo también te voy a extrañar.

La prostituta se acercó al joven para acariciarle el pelo cariñosamente.

—Además, Laura está por venir, y mejor que no te pille con este lío. No creo que entendiera que no hay nada de lo que preocuparse, ¿no te parece?

Lluís asintió resignado. Esther tenía toda la razón del mundo. Nadie habría entendido aquella historia libre de todo compromiso. Él seguía amando a Laura y, aunque pudiera parecer lo contrario, jamás se había enamorado de Esther.

Lo suyo era otra historia muy diferente.

—¿Y cuándo te vas?

—Mañana por la mañana…

El joven sonrió con melancolía mientras acariciaba la mejilla de la mujer que tanto le había ofrecido desinteresadamente. Y como jamás le habían gustado las despedidas, optó por tomarse la separación como un «hasta pronto».

—Entonces deja que te haga un último retrato. Así podré tener un recuerdo de lo que hemos vivido estos meses…

Esther asintió amorosamente y dejó que el joven artista inmortalizase el último adiós. Aunque evitó dramatizar el fugaz instante, algo se le quebró en el alma. Pese a decirse a sí misma que aquella historia no había trascendido, lo cierto es que ella sí se había enamorado de Lluís. El joven Ros le había ofrecido la oportunidad de sentir cómo hubiera sido vivir una historia de amor real, si no hubiera dejado Zaragoza cuando solo era una cría.

Había tomado malas decisiones desde su llegada a la Ciudad Condal, pero aquella bella relación había sido lo mejor que había vivido en el nuevo mundo. Y ese sería el preciado regalo que iba a llevarse a la tumba.

23

1925

Lluís estaba tan emocionado que no sabía si abrazar al señor Muntaner o salir del quiosco de un brinco y gritar a pleno pulmón que su obra iba a ser expuesta.

Pese a que en aquel mes de febrero hacía un frío que pelaba y en el quiosco hubieran preferido asar castañas para mantenerse calientes, los tres camareros habituales aguantaban el tipo a base de infusiones y de algún que otro café con leche bien cargado de anís. La meteorología no podía condicionar su ritmo laboral y, aunque las inclemencias del tiempo azotaban con fuerza, los clientes habituales se iban presentando a cuentagotas. Eso sí, nadie faltaba a su visita al templo de las bebidas callejeras. Lluís, que no había podido esbozar ni un simple trazo durante gran parte de la jornada laboral, al tener las manos congeladas, sentía que el frío había desaparecido por completo con la buena noticia.

Su marchante había hecho un esfuerzo al salir de casa para cerrar el acuerdo de la exposición y darle los consecuentes detalles. Y es que exponer en la mítica Sala Parés, la más antigua de la ciudad, era un logro superlativo.

El señor Muntaner había quedado tan fascinado con la obra del joven camarero que había tirado de contactos y amistades para que sus retratos se expusieran durante un mes. Lluís sentía que había alcanzado un éxito sin igual. De saberlo, todos aquellos con los que se había cruzado en la facultad de Bellas Artes y habían repudiado su obra por considerarla tan vulgar como su procedencia estarían maldiciéndolo.

Olvidándose del frío, el joven artista quiso tener un gesto con su representante.

—Señor Muntaner…, no sé cómo agradecerle lo que ha conseguido. Sigo sin creérmelo…

El marchante, al borde de la congelación, intentó cerrar el asunto con buenas formas para regresar al calor de su hogar.

—Lo que importa es que la exposición te abrirá las puertas a encargos de mayor nivel y ambos saldremos ganando. Considera esta oportunidad como una prueba de fuego. Pronto sabremos cómo los entendidos valoran tu arte.

Tras las escuetas reflexiones, Aleix Muntaner terminó rápidamente el café con leche y se despidió con prisas.

—El próximo lunes expondrán tu obra, pero lo mejor es que, de momento, no pases a verla. Sé que te hace ilusión, pero si mantenemos tu identidad en secreto, llamaremos más la atención. A quien puede costearse tu arte suele atraerle el misterio, y no hay mejor gancho que nadie te haya visto en persona. No sé si me explico… El misterioso artista de las Ramblas puede convertirse en un enigma por resolver. Y eso forma parte del juego.

Lluís, feliz de que alguien más que su familia y los vecinos de las Ramblas pudiera apreciar sus dibujos, comprendió la estrategia de su representante. Además, de Musha había aprendido que la exposición pública era lo de menos. Él no pintaba para obtener el reconocimiento de los demás, sino para captar aquello que lo rodeaba y convertirse en una especie de recopilador de los testimonios más auténticos de la Ciudad Condal.

—Lo comprendo, señor Muntaner… No se preocupe.

—Esa es la actitud. Tú confía en mí y te encumbraré antes de que puedas darte cuenta. Y ahora me vas a permitir que vuelva a casa, ¡que se me están congelando los cojones! ¡Dios, qué frío hace! ¡Parece que estemos en medio de un glaciar!

Los tres camareros lo miraron con resignación mientras intentaban entrar en calor cada uno a su manera. Al menos el marchante podía cobijarse en su cálido hogar, porque a ellos aún les quedaban unas horas de servicio.

Invitado a la consumición por el heredero de los Ros, el marchante se dirigió hacia la plaza Catalunya en busca de un taxi que le llevara hasta su casa. Con aquel tiempo, a pie no hubiera llegado ni a la plaza Universitat.

Lluís, absorto por la noticia y con la cabeza en las nubes, se arropó con una pequeña manta mientras esperaba estoicamente detrás de la barra a que alguien requiriera de sus servicios. Algún cliente, sin saberlo, recibiría su bebida de manos de uno de los futuros artistas de mayor renombre de Barcelona.

Antes de que pudiera volver a tocar de pies en el suelo, Atilio se le acercó para ofrecerle un poco de café con coñac, la mejor manera de entrar en calor.

—Toma, artista, que aún palmarás antes de la exposición. Tómate esto, que te reconfortará.

Lluís, siempre atento a las sugerencias de su maestro, cogió la taza aún caliente para degustar un mejunje que aborrecía. El alcohol era para él un vicio repugnante, al que sucumbía en contadas ocasiones.

—¿Ya sabes quién ha vuelto? —preguntó Atilio, extrañado de que Lluís no lo hubiera mencionado.

—No, ¿quién?

El gerente del quiosco, consciente de que estaba a punto de darle la segunda gran noticia de la jornada, quiso implicar a Ezequiel, que llevaba tiempo siendo uno más del reducido grupo de trabajadores.

—Eze, vente, que vas a ver cómo el benjamín se nos viene arriba...

El cubano, siempre dispuesto a escuchar un chismorreo, se acercó rápidamente a sus dos compañeros.

—Venga, Atilio, que me tienes en ascuas. ¿Quién ha regresado?

Su maestro simplemente respondió con una expresión de la cara.

—Es... ¡No! ¿Ha vuelto Laura? —soltó Lluís, esperanzado y con una gran dosis de inocencia.

Atilio asintió con un discreto movimiento de cabeza.

—Pero ¿por qué no me lo han dicho? ¡Si nuestras familias viven en el mismo edificio!

—Querían darte una sorpresa y celebrarlo el sábado con una cena especial, pero, la verdad, no me he podido contener. Sé lo que esto representa para ti... Pero, oye, yo no te he dicho nada, ¿eh?

—Pero ¿ya ha llegado? ¡No me lo puedo creer!

—Por lo que me ha comentado hoy tu padre, cuando no estabas, llegó ayer por la noche. El viaje desde París en tren es largo y cansado, así que ahora no vayas tú a molestar... Prométeme que dejarás a la chica tranquila hasta la cena. Después de once años, podrás esperar un par de días, ¿no?

Lluís, emocionado como un crío en Nochebuena, prometió algo que sabía que no iba a poder cumplir. Llevaba tanto tiempo aguardando ese momento que la noticia de su exposición quedó relegada a un segundo plano. Reencontrarse con Laura para descubrir si había cumplido con su palabra de esperarlo era lo único en lo que podía pensar. Una obsesión que casi lo llevó a cometer la locura de dejarlos allí plantados y presentarse con toda la desfachatez en el domicilio de los Pons. Aunque se esforzó para alejarse de su impulsividad habitual y reculó en silencio.

Durante dos días, Lluís estuvo atrapado en un sinvivir. La advertencia de Atilio de no hacer ninguna tontería le había hecho reflexionar, aunque estuvo a punto de dar un paso en falso en numerosas ocasiones.

La víspera de la cena entre familias, se acercó hasta el piso de los Pons, aunque a última hora se lo pensó dos veces y decidió hacer las cosas bien. Si sus padres habían acordado esperar hasta el sábado, debía respetar su decisión. Puede que incluso fuera idea de la misma Laura, que sintiera la necesidad de tomarse su tiempo después de tantos años de ausencia. El motivo realmente no importaba, porque él quería que el reencuentro fuera idílico y propio de las ideas del joven Werther. Había releído docenas de veces el libro de Goethe que le había regalado su gran amor y ansiaba comprobar si ella seguía llevándolo consigo.

Tras resistirse a la tentación de llamar a la puerta, Lluís se marchó sin que nadie llegara a descubrir su presencia, aunque, justo cuando estaba a punto de bajar el primer escalón del rellano, sintió la necesidad de volverse hacia la ventana de la cocina, que daba al patio de luces. Una intuición que obtuvo su recompensa, puesto que, por la ranura de las persianas mal encajadas, entrevió la figura de su amada. Y el impacto fue brutal. Su gran amor lucía más bella de lo que había imaginado. Se quedó unos segundos en silencio, viéndola hablar con su madre y sin que las mujeres percibieran su presencia. La sonrisa de la heredera de los Pons lo deslumbró hasta el punto de hacerle comprender que seguía amándola locamente. La pasión había quedado al instante reforzada por una realidad que se había hecho esperar más de diez años.

Para Lluís, verla de nuevo supuso un inesperado bálsamo que lo ayudó a calmar una ansiedad que había irrumpido con fuerza en cuanto supo de su regreso, en el quiosco. Al menos, se veía capaz de esperar a la cena en la que, por fin, iban a reencontrarse en persona.

Al día siguiente de ver furtivamente a Laura desde las escaleras del inmueble en el que ambas familias vivían, el joven heredero de los Ros se presentó a primera hora en la fábrica de los Pons.

En la garita de entrada estaba José, uno de los hombres del equipo de Pablo, que, como de costumbre, lo saludó con un ligero movimiento frontal de la gorra, para luego dejarlo pasar.

Lluís cruzó la explanada donde estaban los vehículos que repartían el género por las tiendas barcelonesas y aparcó la bicicleta en la salida de mercancías. Siguiendo el ritual de cada sábado, llamó a la puerta lateral de emergencia para que le abriera el responsable de la zona y le diera los pedidos especiales que debía entregar a los clientes preferentes de la compañía.

Tras cargar la mercancía en las alforjas de piel que se había instalado él mismo en la bicicleta, el joven se subió a su ligero transporte para empezar con el reparto. Antes de que pudiera dar la primera pedalada, escuchó cómo alguien intentaba reclamar su atención:

— 248 —

—¿No vas a saludarme?

Lluís, con el corazón a punto de fracturarle el pecho, intuyó la identidad de quien le hacía la pregunta. Y, volviéndose al instante, reconoció al amor de su vida.

—¿Laura? —preguntó absurdamente, tras haberla visto el día anterior.

—¿Tú qué crees? —soltó la hermosa joven, con una sonrisa deslumbrante y un brillo especial en los ojos. Tal vez no fuera la escena soñada, pero a ambos la ambientación les traía sin cuidado. Llevaban años deseando aquel reencuentro y las circunstancias eran lo de menos.

Lluís, de un rápido vistazo, vio que Laura estaba sentada en unos escalones, leyendo un libro que reconoció al instante.

—¿Creías que después de tanto tiempo no iba a llevarlo conmigo?

El joven de los Ros no supo qué responder y, con un discreto movimiento, extrajo su ejemplar de una de las alforjas de la bicicleta. Ninguno de los dos había olvidado la promesa.

Laura sonrió emocionada al ver que el *Werther* seguía en poder del chico al que amaba y, para rematar el juego iniciado de niños, abrió la hoja de papel que hacía las funciones de punto de libro. Ante la sorpresa del joven artista, le mostró el retrato que le había entregado en su despedida.

Aquel gesto marcó la necesidad de valorar la idoneidad del juego gestual y de los silencios. El tiempo, al contrario de lo que muchos aseguran, no lo borra todo.

—¿Qué haces aquí? —preguntó Laura, intentando mantener la compostura, aunque lo que hubiera deseado era mordisquearle el labio con ternura. A sus ojos, Lluís se había convertido en un hombre apuesto de obvio magnetismo.

—Los sábados hago encargos para la fábrica. Es uno de los trabajos que tengo…

—No lo sabía… Mis padres no me han contado mucho de lo que ha ido sucediendo durante mi ausencia… Sé lo de tu hermana y poco más.

Lluís hizo una mueca de tristeza e intentó eludir un tema que le seguía doliendo terriblemente.

—Ya… Y tú ¿qué haces en la fábrica?

—Mi padre quiere que me encargue de todo cuando se jubile y, aunque aún queda mucho tiempo para eso, ha insistido en ponerme al día cuanto antes. Hoy hemos venido a una primera visita… Antes me he cruzado con tu padre. Me alegra mucho que trabaje con nosotros.

El artista, aún nervioso por el inesperado reencuentro, seguía sin saber muy bien cómo reaccionar. Solo pensaba en acercarse hasta Laura para abrazarla y susurrarle que la había extrañado hasta el punto de que su ausencia le oprimía la respiración, pero comprendió que necesitaba procesar aquella charla antes de confesarse de nuevo. Todo parecía demasiado repentino.

Al ver que Lluís estaba en shock, Laura intentó mantenerlo a su lado un poco más.

—Mi padre dice que te has convertido en un gran artista y que van a exponer tu obra.

El pintor trató de responder sin que se le notara la emoción de volverla a ver. Debía mantener las formas para que no lo tomara por un crío inmaduro.

—Sí, el próximo lunes.

Laura sonrió con la intención de adelantarse a una posible invitación.

—Entonces iremos juntos a verla… Me he perdido mucho de la ciudad y me encantaría que me mostraras los cambios.

Lluís, con la emoción en su punto más álgido, aceptó al instante. Le hubiera dicho «sí» a todo.

—Puedo acompañarte a donde quieras, aunque no puedo ir a la exposición.

—¿Cómo que no puedes ir? Pero si tú eres el protagonista, ¿no?

El pintor sintió cierta vergüenza. Su gran amor tenía toda la razón del mundo. Que el creador de la obra no pudiera reclamar su autoría acudiendo a la galería era del todo absurdo.

—Mi representante cree que es la mejor estrategia para conseguir encargos.

—Puede que tu representante sea un poco imbécil… Ya pensaremos en algo para que, al menos, puedas ver tu obra expuesta.

Lluís, incapaz de gestionar el desborde emocional, decidió dejar la conversación para un momento más adecuado. Necesitaba entender por qué se sentía tan bloqueado en presencia de Laura.

—Tengo que irme o llegaré tarde a las entregas. Nos vemos esta noche.

Laura asintió, consciente de que el encuentro era en verdad difícil para ambos. En once años habían pasado demasiadas cosas sin haber podido compartirlas y necesitaban reconectar sus realidades.

—Sí, en la cena de mi casa...

El artista asintió y, nervioso, subió a la bicicleta para alejarse dolorosamente de la mujer de su vida. Todo era realmente confuso y le urgía reconfigurar sus emociones.

Cuando apenas se había distanciado unos metros, Laura sintió la necesidad de decirle algo importante, algo que debía saber antes de la celebración de esa noche.

—¡Espera! ¡Tengo algo que...! —gritó con todas sus fuerzas, pero el heredero de los Ros ya no pudo escucharla.

Al instante, la joven lamentó no haberle podido contar una noticia que con toda seguridad cambiaría la impresión que tenía de ella. Aunque para ciertos asuntos familiares ya estaban pensadas las celebraciones formales. Y si algo había aprendido en sus años en la idílica París era que los más pudientes adoraban desenvolverse en el siempre sibilino juego de las apariencias.

24

La cena en casa de los Pons se convirtió en una gran decepción para Lluís, que poco podía imaginar que el reencuentro con el amor de su vida sería tan amargo.

La familia Ros había aceptado de buen grado celebrar el retorno de Laura, aunque Rossita se mostró notablemente ausente durante toda la velada. La atmósfera marcada por el estilo modernista que tanto obsesionaba a Isaac relucía en todo el inmueble, dejando claro que el paterfamilias era el encargado del diseño de las estancias y su esposa, Júlia Masriera, del resto de las cuestiones familiares.

Por aquel entonces, la acaudalada familia tenía dos sirvientas que hacían desde los servicios de limpieza hasta la preparación de las comidas.

Al tratarse de una celebración por todo lo alto, los anfitriones insistieron en realizar el convite en el comedor central del inmueble, gracias a que la estancia había sufrido algunos cambios y albergaba una mesa de mayor capacidad para recibir invitados. La ausencia de Agnès había equilibrado el número de comensales, por lo que pudieron repartirse con mayor facilidad y Laura y Lluís se situaron codo con codo.

Tras tomar una deliciosa sopa de primero, la carne a la jardinera dio paso a una importante noticia que se había mantenido en secreto. Isaac, ansioso por dar la buena nueva, golpeó ligeramente su copa de cristal de Bohemia para reclamar la atención de los presentes:

—Disculpad que interrumpa la degustación de este excelente estofado, pero no puedo demorarme más en un comunicado vital para nuestra familia. Los Ros Adell sois como hermanos para nosotros, y hemos decidido haceros partícipes de dos noticias que consideramos excelentes para el devenir futuro.

Los invitados, sorprendidos, dejaron de comer mientras esperaban acontecimientos. Lluís, que estaba ansioso por conocer aquel misterio, solo pensaba en pedirle permiso a Isaac para verse con su hija. Aunque solo se atrevía a mirarla a fogonazos, casi furtivamente para no molestar a nadie, sentía que había llegado el momento de asumir un compromiso mayor. A sus veintiséis años deseaba pedir la mano de una joven a la que conocía desde los diez, y nadie podía dudar de que se habían ganado el derecho de elegir tras una larga espera.

—Como podéis ver, Laura ha regresado tras once años en París, donde se ha formado con excelentes calificaciones tanto a nivel académico como formal. Su madre y yo consideramos que nuestra única heredera se hará cargo de la fábrica cuando mi momento haya pasado, así que no vamos a demorar su formación real. En Francia ha tenido el honor de ser una de las primeras mujeres en estudiar la dirección y gestión de una empresa textil, así como el patronaje y diseño de moda. Una formación en todos los aspectos integral. Y no cabe decir que sus calificaciones han sido impecables. Como podréis imaginar, siento un orgullo infinito por mi hija... —dijo Isaac ante la mirada de su esposa, emocionada.

A Laura, algo avergonzada, los halagos no solían sentarle demasiado bien y prefería simplemente ocuparse de las cosas sin buscar protagonismo.

—Por otra parte —continuó Isaac—, también nos complace anunciaros que Laura está comprometida con Amadeu Mas, el hijo de un importante empresario textil de la ciudad. La semana pasada acordamos las nupcias y la unión de ambas familias para el próximo verano. Lógicamente, estáis invitados al convite.

Al escuchar el anuncio de Isaac Pons, Laura miró de refilón a Lluís, que simplemente sintió que quería morirse en aquel preciso instante. No podía creerse que el amor de su vida fuera a casarse con otro, y el impacto de la cruel realidad lo quebró como el rayo que impacta sobre un viejo tronco.

— 253 —

—Felicidades, Laura. Nos alegramos mucho por tu regreso y por las buenas noticias que acaba de compartir tu padre. Ya sabes que para nosotros eres como una hija, y será un honor acompañarte en un día tan señalado —dijo don Ramon en nombre de los suyos, aunque Rossita no parecía estar en la misma habitación y el semblante de Lluís era todo un poema.

—¿Te encuentras bien? —preguntó Laura al joven de los Ros, consciente de que la noticia lo habría destrozado. Se lo había intentado decir en persona, en el encuentro de la fábrica de aquella misma mañana, pero, entre las dudas y el poco tiempo que habían compartido, la noticia había llegado al interlocutor más interesado por el peor de los canales.

—Perdón…, estaba distraído. Felicidades, Laura. Te deseo lo mejor —respondió escuetamente Lluís, sin apenas gesticular.

La procesión iba por dentro e hizo un verdadero esfuerzo para contenerse y no hacer un drama siciliano en casa ajena. El heredero de los Ros era consciente de que su familia estaba varios peldaños por debajo de la de los Pons, pero había esperado con ilusión la oportunidad de demostrarles que adoraba a Laura.

Y sin más, de un plumazo, le habían arrebatado la esperanza que había estado mimando, día tras días, desde hacía más de una década. Con toda seguridad, lo que le había ayudado a sobrellevar la pérdida de Agnès. De nuevo, la vida le parecía una mal nacida.

Al anuncio le siguieron el deleite de aquel delicioso estofado y una bandeja de postres con diversos brazos de gitano rellenos de crema y trufa.

Durante el resto de la cena, Lluís apenas abrió la boca y fue el primero en animar a sus padres a regresar a casa con la excusa de que al día siguiente tenía encargos que atender relacionados con su marchante. Obviamente, Laura no se tragó el pretexto del hombre al que seguía amando pese a todas las circunstancias. Con frialdad, el artista se despidió y dio por cerrada la traumática velada.

De regreso a casa, antes de darse las buenas noches, don Ramon entró en el cuarto de su hijo para averiguar el motivo de esa actitud distante. Por mucho que fuera un muchacho empático y amable, desconocía el amor que su vástago sentía por la ahora prometida, y, en consecuencia, que acababa de recibir un mazazo descomunal.

—Hijo, ¿te encuentras bien?

—Sí, papá..., ¿a qué viene esa pregunta? —respondió con aspereza Lluís, que se mantenía distraído preparando su bandolera con los utensilios de dibujo que iba a necesitar al día siguiente.

—No sé, hijo... Me ha parecido que estabas ausente en la cena. Creí que ibas a estar contento con el regreso de Laura. De pequeños siempre fuisteis muy cercanos.

El joven calló, haciéndose el loco. Era tan evidente que la noticia del compromiso lo había afectado que no quería perder el tiempo explayándose en los motivos. Tan listo que era su padre para algunas cosas y tan ciego para otras.

—Me alegra que haya vuelto, papá, pero tengo otros asuntos en la cabeza y han pasado muchos años. Todos hemos cambiado... Nuestras vidas dejaron de ser como eran hace mucho.

Don Ramon gesticuló para darle la razón y, viendo que no había mucho donde hurgar, dejó que su hijo siguiera con sus asuntos.

—No te vayas a dormir muy tarde.

—Descuida.

Cuando el hombre cerró la puerta tras de sí, Lluís deseó gritar y llorar para liberarse de la rabia acumulada. Aún no podía entender que Laura hubiera aceptado casarse con otro, pero decidió borrarla de su mente, al menos durante unas horas. Quizá, dejándose llevar por un profundo sueño reparador, vería las cosas de otra forma por la mañana.

Por mucho que lo intentó, aquella noche fue incapaz de pegar ojo. Laura estaba demasiado presente en sus cavilaciones. El dolor provocado por la decepción del desamor le obligó a dar vueltas y más vueltas a unos cambios que no sabía cómo aceptar ni gestionar. Deseaba con todas sus fuerzas pedir explicaciones a la mujer que amaba, pero bien sabía que un compromiso entre familias significaba un férreo acuerdo del que era casi imposible zafarse. Los Pons no eran de ceder ni de poner en mal lugar el buen nombre de sus antepasados. Y él no era más que un camarero que trabajaba en un quiosco callejero, sin apellido ilustre ni un patrimonio que avalara su candidatura.

Con la decepción de saber que Laura jamás se convertiría en su esposa, Lluís abandonó a primera hora de la mañana su hogar en unas condiciones deplorables. Apenas probó bocado en el desayuno y se enfrentó a la dura jornada con el ánimo por los suelos y dos míseras horas de sueño a las espaldas.

El señor Muntaner, su marchante, le había conseguido el primer encargo de solera. Citó al interesado en el selecto Círculo del Liceo, un club privado fundado más de setenta y cinco años antes, en plena Rambla y junto al teatro con el mismo nombre, aunque ambas instituciones eran independientes. El Círculo del Liceo era un espacio de aires británicos en que la fusión de las decoraciones clásica y modernista tenían una gran relevancia. De hecho, Isaac Pons era uno de sus miembros y, de vez en cuando, desayunaba en el lujoso espacio junto a los hombres más influyentes de la Ciudad Condal.

Ofuscado por lo que estaba viviendo y relacionando aquel espacio con el padre de Laura, Lluís se presentó a la hora convenida sin tener en cuenta la cuestión de la etiqueta. Tras llamar y esperar a ser recibido, un serio empleado del lugar, ataviado con un traje sobrio aunque de corte desfasado, se extrañó de su presencia.

—¿Qué desea, caballero? Creo que se ha equivocado de lugar...

Lluís, que estaba que trinaba por los recientes acontecimientos, no dejó pasar la ofensa. A él, lo de la lucha de clases lo agotaba, y los más pudientes le parecían unos soberbios que pedían a gritos una lección lingüística.

—Dudo que me haya equivocado, señor. Pregúntele a uno de sus socios, el señor Domènech, por mi presencia. Él es quien me ha citado aquí a esta hora. No vaya a ser que el que se confunda sea usted...

El «portero», molesto e irritado por lo que asumió como una vacilada, quiso asegurarse del motivo de su visita antes de dejarle

— 256 —

entrar en el club privado. Las normas eran estrictas e inalterables por propia petición de los afiliados.

—¿Y cuál es el motivo por el que querría verle el señor Domènech?

—Ha solicitado un retrato, pero si tanto problema es, puedo irme por donde he venido y usted ya se encargará de solucionarlo con él. No me haga perder el tiempo, señor... —soltó con dureza Lluís, que estaba harto de que los pudientes se creyeran los amos de la ciudad. Él, que conocía la verdadera esencia de los barceloneses de las Ramblas, tenía muy claro de qué lado estaba.

—Está bien. Pase y sígame... —dijo sin más el trabajador del Círculo, consciente de que podía perder más que ganar si no dejaba pasar al chico. Para quienes regentaban aquel lugar, él mismo no era más que un sirviente con buenos modales.

Antes de entrar propiamente en el club privado, pasaron por un discreto guardarropía en busca de una americana para el dibujante.

—Esta debe ser de su talla. Póngasela, si es tan amable. Comprenderá que existe un protocolo en el Círculo y debe vestirse de etiqueta. Con la chaqueta bastará.

Lluís, que pensaba más en largarse de allí cuanto antes que en su forma de vestir, se puso la chaqueta sin rechistar. Cuanto antes se ataviara con una especie de esmoquin de finales del siglo XIX, antes podría regresar al quiosco y empezar su turno.

Y, provisto de la imagen más casposa y vetusta de toda su existencia, dejó que el cicerone del Círculo del Liceo lo acompañara por varias estancias, como si pretendiera hacerle un tour privado por pura limosna. Lluís, por mucho que estuviera experimentando un día del revés, valoró gratamente la visita, consciente de que era un privilegiado. Nadie del distrito había tenido la oportunidad de estar en un espacio de tanta categoría.

Al final del recorrido por esos salones y comedores ocupados por hombres que parecían rescatados de siglos anteriores, Lluís llegó a una zona repleta de obras de pintores modernistas, como Ramon Casas, y bustos y piezas de arte repartidas con equilibrio.

En un infinito sofá que serpenteaba por el perímetro, apurando un puro de intenso olor, un hombre de amplios bigotes, patillas abultadas y una panza que determinaba su elevado estatus social agradeció su visita.

—Señor Domènech. Este chico asegura que ha quedado con usted para un retrato.

El caballero lo miró con señorío para comprobar a quién le había enviado su marchante, el señor Aleix Muntaner.

—Gracias, Manuel. Puedes dejarnos.

El trabajador, esta vez con menos ínfulas, desapareció de la impecable sala, no sin antes regalarle una mirada de total desprecio al joven. Irónicamente, los más mediocres eran los más estúpidos en el trato humano.

—¿Eres el artista de Muntaner?

—Sí, señor. Me ha enviado para hacerle un retrato.

El burgués tosió ligeramente por los efectos del tabaco y, sin moverse, lo animó a empezar.

—Adelante, cuando quieras, pero nada a color. Solo un retrato a carboncillo o lápiz. Es para mi nieta, que vive en Viena y va a ser su cumpleaños. Así tendrá algo con lo que recordarme.

—Comprendo. Entonces ¿lo quiere aquí mismo?

—No vamos a irnos a ningún lado, chico. Puedes usar la ambientación u olvidarte del fondo. Tú sabrás. Estos cuadros han sido pintados por los mejores artistas de la ciudad. Así que estás ante pura historia…

Lluís asintió en silencio mientras extraía las herramientas de dibujo, un pequeño caballete portátil y una lámina de tamaño medio. Con todo preparado, se dispuso a trazar las líneas básicas del retrato.

El modelo no dejó de moverse, atendiendo primero a la prensa que estaba leyendo y después dándole algo de conversación al pintor. Pero, como no era muy amable, Lluís dejó que hablara por los codos y simuló, de vez en cuando, una sutil aprobación por su parte. Su mente había quedado atrapada en el compromiso de Laura, y bien sabía que a los burgueses les encantaba escucharse a sí mismos, por lo que simplemente se concentró en su obra.

Al cabo de una hora, terminó el retrato. Algo cauto ante la

— 258 —

reacción de un individuo que podría haber comprado la ciudad, se lo enseñó a su cliente. En el acto, el burgués dio muestras de su sorpresa.

—Chico, tus dibujos en la Sala Parés son buenos, pero esto…, esto es de un nivel superior. Déjame decirte que estoy muy satisfecho por tu trabajo y que hablaré con otros socios del Círculo. Estoy seguro de que habrá más de un interesado en tu obra.

—Se lo agradezco, señor Domènech.

El acaudalado cliente le miró con una ligerísima simpatía antes de hacerle la señal para que se retirase.

Al salir de la estancia, a Lluís lo esperaba un nuevo «portero», que lo custodió por los recodos de aquella especie de antiguo museo del poder hasta despedirlo en la puerta principal, la misma por la que había entrado al Círculo. Durante todo el recorrido, el empleado del club privado apenas gesticuló y solo se pronunció para reclamarle la chaqueta prestada y dejarle claro que allí posiblemente no iba a regresar.

Lluís, sin dar mucha importancia a la actitud de aquellos subalternos, y pensando solo en la recompensa que iba a percibir por su trabajo, subió poco a poco por las Ramblas para llegar al quiosco una hora antes de empezar su turno.

Parco en palabras, se puso el delantal y el uniforme de camarero y se plantó en la barra, a la espera de noticias más esperanzadoras.

Atilio, siempre atento con la gente que quería, notó enseguida que al chico le preocupaba algo, pero, lejos de importunarlo en un momento que claramente parecía poco propicio, decidió respetar su espacio. En casos dramáticos, lo mejor era esperar a que el otro quisiera abrirse y compartir lo que tanto le afligía.

25

El siguiente sábado, cuando había transcurrido una semana desde la trascendental cena, Lluís se presentó en la fábrica de los Pons cuando el sol apenas llevaba un par de horas calentando la gran ciudad. Aquella noche había llovido de lo lindo y el repartidor llegó con los zapatos y los bajos del pantalón llenos de barro. Para dirigirse a aquella zona del Poblenou, no tenía más remedio que atravesar algunos descampados y calles sin asfaltar, así que aquella superficie, más típica de un pueblo, le había jugado una mala pasada. Afortunadamente, para el reparto de los encargos no se precisaba una etiqueta concreta, y los burgueses, que a veces eran unos desalmados, solían comprender ese tipo de circunstancias. Era al verlo agotado de pedalear y hasta las cejas de barro cuando sentían el valor del precio que pagaban por el privilegio de tener un género de alta calidad sin apenas despeinarse.

Posiblemente porque aún era demasiado temprano, en la garita de entrada de la fábrica estaba Lorenzo, otro de los vigilantes de Pablo. Un tipo simple pero amable, que jamás ponía pegas a Lluís. Simplemente levantaba la gorra para saludarlo, y la interacción quedaba rápidamente en el olvido.

Sin más, el hijo de los Ros Adell se adentró en el recinto fabril por la entrada de carga y descarga, aprovechando que a aquella hora no había movimiento. Lorenzo ejercitó su saludo habitual y Lluís se acercó hasta la puerta lateral del almacén para sacarse de encima el encargo y darse un respiro con algo que lo hiciera sentir bien. Aún estaba triste por lo que había sucedido en la cena y, para amortiguar el desconsuelo, había planeado acercarse a la plaza

Universitat antes de entrar en el quiosco, para hacer algún retrato del entorno. Aquella zona siempre le aportaba paz y sosiego, y, como estaba cerca de la plaza Catalunya, le venía de camino.

Casi como un ritual, aparcó la bicicleta y llamó a la puerta. Mientras esperaba respuesta, se frotó los ojos por el cansancio. Llevaba varias noches sin apenas pegar ojo y empezaba a notar el daño colateral del desamor.

Al abrirse la puerta, casi le dio un jamacuco. Al otro lado, Laura, resplandeciente como un ángel, había tomado el lugar del capataz. A veces era don Ramon quien lo atendía, pero cuando su padre no estaba en la fábrica o tenía otros asuntos que despachar, le abría Juana, la responsable del grupo de hiladoras.

Al ver a su gran amor, Lluís sintió morirse de vergüenza. Había pasado, en cuestión de días, de amarla incondicionalmente a no poder ni mirarla a los ojos. El retroceso era notable.

Laura, en un intento de normalizar la situación, procuró conducir el incómodo instante a lo usual:

—Hola, Lluís… Vienes a por los encargos especiales, ¿no?

—Sí… —respondió escuetamente el heredero de los Ros, sin saber qué decir ni cómo reaccionar.

—Sígueme, por favor…

El repartidor, obediente, se alineó con su gran amor mientras intentaba comprender qué estaba sucediendo. Aquel encuentro seguía siendo un misterio.

A los pocos segundos llegaron a la gran mesa de la zona, donde esperaban dos fardos de ropa de pequeñas dimensiones. Al verlos, Lluís pensó que iba a terminar antes de lo previsto con el reparto.

—Hoy son pocos. Los preparó Juana para enseñarme cómo se hacía…

El joven, consciente de que, al fin y al cabo, Laura lo era todo para él, juzgó que había llegado el momento de dejarse de vergüenzas y reconsiderar su decepción. No tenía sentido castigarla por una situación de la que no tenía ninguna responsabilidad.

Pese a estar ya en plena década de los veinte, seguían produciéndose matrimonios de conveniencia, y la familia de Laura tenía sus propios intereses. Además, él no era más que un muerto de hambre que intentaba salir adelante con una gran voluntad de ayudar a su familia. Así que empatizó con su amada mientras escuchaba las instrucciones del reparto.

Cuando Laura terminó, Lluís cogió los fardos y las direcciones de entrega y se dispuso a salir del almacén. Con amabilidad, Laura lo siguió sin pronunciarse, pero dándole vueltas a lo que tenía que aceptar por la fuerza.

Antes de llegar a la salida, el repartidor se armó de valor, consciente de que no tenía nada que perder.

—¿Cómo es que hoy me has atendido tú? ¿Juana está bien?

Laura enmudeció unos segundos, buscando las palabras adecuadas para dar a quien seguía siendo el amor de su vida la respuesta que merecía. Pese a la injusticia, nada había cambiado y seguía amándolo con la misma intensidad del día en que abandonó la Ciudad Condal a regañadientes.

—¿La verdad?

—Sí, te lo ruego. No quiero más secretos, por favor.

—Tienes razón… —respondió Laura antes de sincerarse—. La verdad es que ayer le insistí para que me dejara entregarte el género. Y no podía negarse a la petición de la hija del jefe…

—¿Y por qué lo hiciste?

—Porque necesitaba verte y darte explicaciones por lo de la cena… Llevo toda la semana buscando una excusa para que podamos encontrarnos a solas…

Lluís gesticuló con comprensión. Le resultaba imposible odiar a Laura, ni guardarle rencor. Aquella actitud no entraba en su naturaleza.

—No te preocupes… Es lo que es. No negaré que tengo el corazón roto, pero habrá que resignarse. Felicidades, de nuevo.

La heredera de los Pons lo miró con amor y, cogiéndolo sutilmente del brazo, lo acompañó al exterior. Dejándose llevar, Lluís vio que lo conducía hasta el espacio donde habían conversado por primera vez en la fábrica.

Y, agarrados de la mano, Laura se dispuso a vaciarse y a aclararlo todo.

—Cuando supe que volvía a Barcelona, me dijeron que me habían comprometido. Al principio me negué con rotundidad, pero mi padre me explicó que la empresa pasa por apuros y el enlace nos otorgaría el favor de una importante familia de empresarios textiles que nos salvarían de la quiebra. Por lo que sé, mi padre no le ha dicho nada a don Ramon para no preocuparlo. Sé que él considera que a veces deben hacerse sacrificios, pero yo tengo otra perspectiva... —reconoció la heredera de los Pons antes de hacer una pausa, la antesala de una confesión que llevaba días gestándose en sus cavilaciones—. Yo te sigo amando, Lluís. Tanto como el día en el que me obligaron a irme. Me he pasado estos once años soñándote, recreando nuestro encuentro, y ahora, después de tanto tiempo, habrá sido en balde —siguió Laura, que se confesó como un libro abierto antes de que las lágrimas contenidas se convirtieran en un hecho. Por el tono de su voz y la opacidad de su mirada, era imposible que estuviera mintiendo.

El artista, en shock por una confesión que no esperaba, necesitó sentarse unos minutos para aclarar las ideas. Llevaba una semana culpándola de algo que la había torturado tanto como a él, y ahora se sentía mezquino e infantil por haberla considerado un títere sin corazón. Quizá, después de todo, no merecía el amor de Laura tanto como había creído.

—Siento haber reaccionado de esa forma, pero me rompí por completo. Toda la ilusión y el deseo de volver a verte que había albergado en silencio durante años se quebraron en un instante y no supe digerirlo. Fui un cretino porque no pensé que hubieras aceptado en contra de tu voluntad. Y yo te amo..., te amo tanto, Laura.

La joven, emocionada por la sinceridad del hombre de su vida, lo abrazó como si fuera la última vez que fueran a verse. Había querido ayudar a su familia hasta el punto de bloquear sus deseos y ahora se sentía incapaz de eludir lo inevitable. El compromiso estaba marcado a fuego entre las familias y, sin un motivo de peso, negarse al enlace supondría un terrible daño colateral para los Pons.

—Espérame un momento. Ahora vuelvo.

Lluís asintió mientras observaba cómo Laura volvía a entrar en la fábrica y, en cuestión de minutos, salía con la chaqueta y un pequeño bolso en el que siembre llevaba el libro de Goethe y el retrato que el artista le había hecho. Era lo único que necesitaba en la vida para sentirse feliz.

—¡Vámonos! Tendré que enfrentarme a un enfado monumental de mi familia, pero intentaré que mi padre entre en razón. Necesito pasar tiempo contigo después de haberte soñado durante años. No puedo negarme a lo que me dicta el corazón.

Lluís sonrió por primera vez desde la cena y le tomó la palabra. Él era el primero que no deseaba nada tanto como pasar la vida al lado de su gran amor.

En un acto reflejo, el repartidor cargó los fardos en las alforjas de la bicicleta, recolocó el sillín algo más atrás para dejarle un espacio en el cuadro y le tendió la mano para que subiera a bordo. Con dos fuertes pedaladas, logró estabilizar el rudimentario vehículo y aceleró para evitar las preguntas de Lorenzo. Afortunadamente, el vigilante estaba distraído y de espaldas, y no los vio salir. Por fin eran libres de estar juntos, libres de tenerse el uno al otro después de más de una década de recuerdos y deseos en silencio.

Aquel paseo se convirtió en la columna vertebral que sostendría sus esperanzas. Ambos, sintiendo que nada más importaba, recorrerían la ciudad como si no existieran convenciones sociales, ni sacrificios impuestos ni tampoco la dinámica de las crueles apariencias. Se necesitaban y les importaba un pimiento lo que los demás pudieran pensar de aquella improvisada fuga. La alternativa era inexistente y debían recuperar el tiempo que los Pons les habían robado sin tener en consideración su voluntad. ¿Qué tenía de malo amarse pese a tener familias tan desiguales socialmente? Quizá la fábrica de los Pons estaba en riesgo, pero ellos no eran los responsables de reflotarla. No era justo que tuvieran que cargar con las obligaciones de otros.

A un par de calles de la fábrica, Laura sintió la necesidad de parar un instante. Tenía algo urgente que decirle al joven que la había esperado incondicionalmente, algo que no podía esperar.

—Para un momento, por favor, necesito decirte algo importante...

Lluís, temeroso de que se hubiera arrepentido de irse a la torera, pensó que la aventura había tenido muy poco recorrido.

Con delicadeza, se detuvo cerca de un árbol, en una zona ligeramente cubierta, y cuando puso los pies en el suelo para estabilizar la bicicleta, Laura se abalanzó sobre su torso para besarlo con una intensidad que jamás olvidaría. Aquel largo beso se convirtió en la renovación de los votos que se habían intercambiado bajo el piano, años atrás. Ambos fueron conscientes del compromiso que suponía y dieron rienda suelta a sus emociones más palpitantes para inmortalizar un secreto a voces. Aquel beso era el símbolo de una entrega mutua, pero, sobre todo, la alianza inquebrantable de que jamás nadie volvería a separarlos. Pausadamente abrieron los ojos para mirarse fijamente y, en silencio, volvieron a jurarse amor eterno.

Ambos sintieron que, cuando los astros se alineaban, la vida era simplemente maravillosa.

—Vamos a terminar la entrega. Y después llévame a ver la ciudad, que hace mucho que no estoy en casa y seguro que habrá mil novedades que me encantará ver.

Lluís asintió. Aquella era la mejor propuesta que jamás nadie le había hecho, y la ilusión de compartir la mágica atmósfera barcelonesa lo animó a jugárselo todo. En sus adentros sabía que aquella fuga iba a tener repercusiones familiares, pero la amaba tanto que, si se lo hubiera pedido, la habría acompañado hasta el fin del mundo. Para el heredero de los Ros, el tiempo que pasaba con Laura transformaba su realidad en una infinita paleta de colores, mientras que, durante los años en los que había estado solo, el blanco y negro había sido la constante.

—Necesito que me prometas algo, Lluís —soltó de repente Laura, tomando por sorpresa al artista. Fuera lo que fuese, no estaba en disposición de negarle nada. A ella no.

—Quiero ver tu exposición. Escuché a mi padre hablando con el tuyo sobre el éxito que estás teniendo y me muero por ver lo que has creado durante estos años. ¿Prometes que vas a llevarme?

Lluís dejó pasar unos segundos para encontrar la respuesta adecuada. El señor Muntaner le había aconsejado no ir a la Sala

Parés como estrategia comercial, pero, siendo sincero, ardía en deseos de ver cómo lucía su obra expuesta en el espacio más célebre de la ciudad. ¿Por qué no podía disfrutar del destello de su éxito? Romper con la promesa dada al marchante también tendría sus consecuencias, pero estaba dispuesto a romper con todo por estar junto a Laura. El dilema era inexistente.

—Te lo prometo. Iremos.

La joven sonrió antes de animarlo a reemprender el camino. Tenían mucho por ver y, aunque era muy temprano, el tiempo se esfumaba en un suspiro cuando uno apenas lo tenía en cuenta.

Tras entregar el último paquete cerca de la plaza Orient, en el barrio de Gràcia, empezaron el recorrido de ensueño descendiendo por el lujoso paseo de Gràcia para contemplar las mágicas obras del gran Gaudí y la filosofía modernista que revestía el entorno, que en ningún otro lugar del mundo podía apreciarse. A Laura, Barcelona le siguió pareciendo el enclave más precioso sobre la faz de la tierra, incluso muy por encima del misticismo de la vieja París. La Ciudad Condal, su ciudad, no tenía parangón.

Llegados a la plaza Catalunya, se adentraron en el nuevo barrio de la Catedral. Recorrieron la nueva Via Laietana, tomaron la calle Princesa hacia el mercado del Born y al final llegaron al parque de la Ciutadella. De camino pararon a tomar un café, relajadamente, y compraron un *xuixo* de crema en una pastelería casi centenaria que aseguraba tener la receta francesa de origen.

En la Ciutadella se dejaron encandilar por las atracciones de un parque de Barcelona que ya estaba en notable decadencia. Aquel espacio era la remodelación del antiguo Saturno Park, que había funcionado durante años con dos larguísimos turnos diarios y al que ambos habían ido de críos, antes de que Laura partiera hacia París. Con la inocencia de quien aún se siente un niño y quiere revivir un pasado glorioso, decidieron probar algunas de las atracciones que aún estaban en marcha. Empezaron por la pista de patinaje, el carrusel y las conocidas salas de tiro Pim, Pam, Pum. Superada la primera tanda de recuerdos, se enfrascaron en Los Urales, una montaña rusa de infinitas subidas y bajadas en vagoneta que tenía un tramo que simulaba adentrarse en las entrañas de un dragón. Lo siguiente fue entrar en el laberinto circular, del que no recordaban que costaba horrores salir, y, para terminar, entre carcajadas y muestras de plena felicidad, condujeron en círculos sobre la pista ondulada de Las Olas Hechizadas, gracias a la misma fricción del cochecito en el que se habían montado.

Más tarde visitaron el parque de las fieras y se dejaron deleitar por la banda de músicos que tocaba piezas de charlestón en el quiosco cercano a la fuente principal. Antes de abandonar la que había sido una de las zonas barcelonesas más apreciadas por sus vecinos, navegaron por el lago del mismo parque en una de las románticas góndolas venecianas.

Durante un par de horas, volvieron a ser los niños que se habían jurado amor eterno en una Barcelona mítica y romántica.

Casi atropelladamente, probaron todo aquello que hubieran deseado compartir durante los años distanciados. A la hora de comer, regresaron al barrio del Born para tentar a la suerte en una discreta taberna de comida casera, donde pidieron dos platos de pan tostado con tomate y embutido del país, típicos de la ciudad.

Antes de adentrarse en la rambla de Santa Mònica, los dos amantes pensaron en visitar la Sala Parés, donde se exponía la obra del artista, aunque primero había que resolver un pequeño contratiempo. Se acercaba la hora de irse a trabajar al quiosco Canaletas, por lo que Lluís tomó la decisión de acercarse hasta el faro y llegar a un acuerdo con Atilio. Si alguien podía entender sus necesidades vitales, ese era el gerente del lugar. Lluís lo consideraba como un padre y no dudó en ir a pedirle ayuda para terminar aquella jornada de ensueño junto a Laura. Ambos tenían muy claro que la rebeldía iba a jugarles en contra, pero se sentían tan enamorados que descartaron dejarse llevar por la prudencia. A veces, en la vida, uno debía dejarse llevar por el lenguaje del corazón.

A unos metros del quiosco, mientras llegaban paseando con la bicicleta en la mano, Atilio advirtió su presencia. Su sorpresa fue tal que se le dibujó una inmensa alegría en el rostro. Aún no había visto a Laura desde su regreso, y seguía albergando un cariño superlativo a la joven.

—Pero ¡qué ven mis ojos! ¿Eres tú, Laurita?

La joven de los Pons asintió con el brillo de su mirada.

—Pero ¡si estás preciosa! Te has convertido en una mujer que quita el hipo. ¡Deja que te abrace!

El gerente abandonó al instante la barra y le dio un fuerte achuchón a la joven. Mientras la acogía entre sus brazos, sintió el peso de la vejez. El tiempo pasaba a un ritmo endiablado y hasta la fecha nadie había podido negociar una tregua con él.

Tras el recibimiento, los dos jóvenes se tomaron una refrescante soda, tal y como solían hacer de niños, y Lluís le explicó lo sucedido a su amigo. Necesitaba disponer de aquella jornada libre por el bien de su estabilidad emocional, y el gerente no puso ninguna pega. Entendía perfectamente la magnitud del amor que se profesaban y las dificultades con las que se habían ido encontrando.

Media hora más tarde, tras ponerse al día, los dos enamorados abandonaron el quiosco y se dirigieron a la Sala Parés. Ambos albergaban una emoción máxima, y el artista sintió que no podía tener mejor compañía que la del amor de su vida para contemplar el éxito de su propia obra.

Mientras se alejaban, Atilio los observó con cariño. Aquel par de críos se lo merecían todo, y deseó que la vida les diera una segunda oportunidad. Bastante complicado era vivir para encima no poder hacerlo junto a la persona que uno elegía.

Antes de que se diluyeran entre el gentío, el gerente sintió un fuerte pinchazo en el pecho y durante unos segundos se quedó agarrotado. Le costaba respirar, pero como no era la primera vez que pasaba por aquel dolor, supo tomar las medidas adecuadas. Poco a poco recuperó el aliento y se engañó a sí mismo diciéndose que solo era el cansancio. Ya tenía cincuenta y cinco años y a veces el trabajo era excesivo.

Sin que se hubiera dado cuenta, Ezequiel observó el nuevo episodio del gerente, aunque, respetuoso con su jefe, no se pronunció. Atilio era un hombre cabal y él no era quién para darle lecciones de vida ni decirle lo que debía hacer. Muy posiblemente, el viejo camarero ya habría pasado por la consulta del médico y estaba al tanto de lo que podía sucederle.

— 268 —

Los dos amantes dejaron la bicicleta cerca de la calle donde se encontraba la Sala Parés. Lluís pidió a Laura que no descubriera su identidad para pasar desapercibidos y evitarse líos con el señor Muntaner, y su amada prometió no ponerlo en un compromiso. Ilusionados por lo que iban a encontrarse en la exposición, se acercaron a la galería de arte cogidos de la mano. Su apariencia era la de una pareja normal, pero el joven Ros se sentía en el paraíso mientras le acariciaba ligeramente los dedos con cariño. No podía ser más feliz.

Pudieron entrar en la sala sin problemas, aunque pronto se les acercó el encargado de la sala para averiguar sus intenciones. Laura lucía como una joven de la burguesía, pero Lluís, como un simple trabajador de las Ramblas, y en una sala de semejante categoría se reservaba el derecho de admisión.

Viendo las dudas del muchacho, Laura le pidió al responsable de custodiar el orden en aquel espacio cultural que la acompañara a unos metros con la intención de tratar cierto asunto en privado. Lluís, extrañado, se quedó expectante mientras valoraba la gestión de su amada. Tras unos minutos de educada charla, y de que el encargado observara con desconfianza al artista, la situación se resolvió por sí sola. El trabajador regresó a la pequeña silla donde pasaba las horas muertas y, con una expresión pícara, Laura se acercó hasta el pintor para cogerlo del brazo e iniciar el tour.

—¿Qué le has dicho para que nos deje quedar?

—Nada. Vamos a ver tus dibujos y luego hablamos.

Lluís se quedó con la mosca detrás de la oreja por la ambigüedad de la respuesta, pero se sentía tan feliz que ni siquiera se esforzó en darle importancia. Solo le importaba Laura y lo que estaba a punto de presenciar.

Poco a poco fueron recorriendo un espacio de tamaño reducido, aunque habían colocado todas las láminas de Lluís con un buen gusto notable. Allí podía haber más de cincuenta obras, y Laura se deleitó con todo lo que su gran amor había creado en su ausencia. Las estampas eran de temática y protagonismo variados:

vecinos de las Ramblas, clientes habituales del quiosco, familiares y, por encima de todo, retratos de Agnès.

Por mucho que intentó evitarlo, a la joven de los Pons se le escapó alguna lágrima al contemplar la imagen de la hermana de Lluís y recordarla casi como si aún siguiera con vida. Los retratos de su amado eran tan perfectos y detallados que se le formó un nudo en la garganta, aunque disimuló con una habilidad envidiable para no preocupar a un Lluís al que le brillaban los ojos como nunca había visto. Y es que pronto intuyó la emoción que debía estar sintiendo ante un momento tan importante para un creador. ¿Qué representante podía negarle ese derecho a su autor? Laura pensó que el tal Muntaner tenía que ser, como mínimo, un cretino de mucho cuidado.

Cuando ya habían recorrido el discreto perímetro varias veces y se disponían a abandonar la Sala Parés, la heredera de los Pons vio cómo el responsable de la sala se levantaba y se acercaba a un armario para extraer un cuaderno de tamaño medio y un carboncillo. Había llegado el momento de cumplir con la palabra dada al trabajador y buscar la complicidad de su querido artista para saldar la deuda contraída.

—Mi amor, sé que no querías que nadie conociera tu identidad, pero he tenido que llegar a un acuerdo con el señor de la galería para que nos permitiera ver tu exposición.

—Lo imaginaba… ¿Y en qué consiste ese acuerdo? —preguntó el heredero de los Ros, preparado para cualquier petición.

—Le he tenido que decir quién eras. Pero, a cambio de que no revele que hemos estado aquí, le he prometido que le harías un retrato rápido. Es un gran admirador de tu obra.

—Entonces has conseguido un buen trato —reconoció el artista, que le regaló una expresión de amor infinito—. Hagámoslo y cumplamos con tu palabra.

Laura, emocionada por volver a presenciar el proceso creativo de Lluís, le acompañó hasta el encargado, que a su vez los estaba esperando con el cuaderno y el lápiz que el retratista iba a utilizar.

Ante todo, Lluís le pidió al hombre que se apoyara en el marco de la entrada principal, como si estuviera esperando a alguien, y

— 270 —

los tres salieron a la calle para escenificar la creación. Colocado a una distancia prudencial, el joven artista empezó a esbozar a una velocidad sorprendente, mientras el de la galería posaba y Laura, al verlo trabajar con tanta maestría, se quedaba maravillada.

Media hora más tarde, estrechaban la mano del responsable de la sala, antes de regresar a por la bicicleta e irse a casa. Había llegado el momento de poner fin a una aventura de ensueño gracias a la que habían podido reencontrarse tal y como habían soñado.

Tras tantos años de separación, necesitaban reconocerse emocionalmente y sentir que la llama de aquel cariño infantil no solo seguía intacta, sino que se había alimentado hasta un límite indescriptible.

El amor, de nuevo, volvía a darles la oportunidad de vivir sus deseos en una ciudad donde todo seguía siendo posible.

26

De un manotazo, Laura arrojó al suelo varios libros de la estantería que tenía más cercana en la biblioteca y se dispuso a marcharse bruscamente de la estancia, con un enfado que sus padres jamás habían presenciado. La mujer de veintiséis años que había regresado a Barcelona no tenía nada que ver con la dócil niña que tuvo que irse a París a regañadientes.

Sus padres, desconcertados por su comportamiento, le habían recriminado la rebeldía de pasar todo el día fuera de casa sin dar noticias de su paradero. Y Laura, que sabía muy bien cómo escurrir el bulto, no confesó lo que sentía por Lluís, ni que había experimentado el día más maravilloso de su existencia. Llegados a ese punto de no retorno, sus padres jamás lo entenderían.

Antes de que pudiera ocasionar más destrozos, Isaac intentó poner freno a una situación que obviamente se les había ido de las manos. Quería hacer un último intento, sacando partido de la nostalgia y de la buena relación que siempre había mantenido con su hija.

—¡Espera, Laura! —soltó Isaac con tono imperativo, consiguiendo retenerla.

—¡¿Qué quieres ahora?! ¡Ya está todo hablado! Si me tratáis como una niña, no tenemos nada más que decirnos.

Isaac usó sus recursos de emergencia para solucionar una tesitura que se había enrocado.

—Júlia, ¿nos dejas un momento a solas? Me gustaría hablar con ella —dijo Isaac a su esposa, que para esos asuntos carecía de mano izquierda.

La madre de Laura, con un mosqueo de la altura del monumento a Colón, se levantó y abandonó la biblioteca, no sin antes dejarle un recado a su hija:

—No voy a tolerar otro numerito como este, señorita. A la próxima, te vuelves a París en el primer tren.

Laura la miró con indiferencia, consciente de que la relación con su madre había pasado de ser cordial a meramente testimonial. De hecho, la culpaba de ser la única responsable de que la hubieran prometido en matrimonio por mero interés.

Cuando la esposa de Isaac abandonó la biblioteca de un portazo, este intentó solucionar un caos superlativo.

—Siéntate, hazme el favor.

Laura respiró hondo para calmar la rabia contenida y obedeció. Su padre tenía el poder de apaciguarla con pocas palabras, aunque ni por asomo iba a cambiar de idea.

—Hija, sé que ya eres una mujer responsable e incluso independiente, y que no podemos tratarte como cuando eras una niña, pero no puedes desaparecer de esta manera. ¿Sabes la alarma que has ocasionado?

La heredera de los Pons recapacitó un poco.

—Lo siento, papá, pero ya soy mayor para ir a pasear sin tener que dar explicaciones, ¿no crees?

—Mi amor, te comprendo, pero no puedes comportarte como si fueras una salvaje, y menos aún cuando estás comprometida. Si alguien llegara a enterarse, podríamos estar en un problema. Y ya conoces la importancia de que te cases con el heredero de los Mas.

Laura miró a su padre, de nuevo enojada. Habían decidido por ella y en su nombre, y consideraba que su atrevimiento era una falta de respeto. Comprendía las necesidades familiares, pero nadie le había preguntado; la decisión de sus padres era propia de siglos pasados. Ella, que se había educado en una París moderna, exigía cierto poder de decisión sobre su futuro.

—Sois vosotros quienes no me habéis dado alternativa. ¿Por qué tengo que casarme con un idiota al que ni conozco? Es que no logro comprenderlo, papá. Por un lado, me dices que seré tu heredera en un mundo lleno de hombres y, por otro, que tengo que ceder a una tradición desfasada en la que la familia decide con quién voy a tener hijos. ¿Tú lo ves normal?

Isaac fue incapaz de rebatir aquella reflexión bien estructurada. Sin haberlo pretendido, habían actuado con una notable contradicción y era lógico que Laura viviera semejante conflicto interior.

—Hija, necesitamos que este matrimonio se celebre… Sé que nos odiarás por ello, pero ya no podemos romper el compromiso. Hacerlo sería nuestra perdición.

A la joven se le subieron los colores por la rabia. No sabía cómo huir de aquella situación y el desespero la estaba llevando al límite de su tolerancia.

—Dime al menos con quién fuiste. Necesito quedarme tranquilo de que nadie ha querido agredirte o molestarte. Temo por las represalias de algún malnacido que aún me la tenga jurada.

La hija del señor Pons dudó si confesar la verdad, pero comprendió que ya estaba todo perdido, por lo que decirle a su padre lo que sentía por Lluís solo podía reportarle algún cambio positivo. Los Ros y los Pons siempre habían estado muy unidos.

—Fui con Lluís…

—¿El hijo de Ramon?

—¡Pues claro, papá! ¿Quién si no? No conozco a ningún otro Lluís.

Isaac se temió la recreación de un drama siciliano. El asunto parecía más complejo de lo que había pensado de inicio.

—Hija, no estarás…

—Sí, papá, estoy enamorada de él. Lo he estado desde que éramos niños, y siempre soñé con formar una familia a su lado. ¿Lo comprendes? ¡Me habéis desgraciado la vida! —exclamó Laura ante la sorpresa de Isaac.

El paterfamilias de los Pons conocía la sintonía de ambos cuando eran niños, pero no que aquella amistad infantil se hubiera transformado en un amor de verso y trovador. Desde luego, apreciaba muchísimo a Lluís, pero lo suyo no podía ser. Las dos familias eran casi hermanas, pero no podían unirse de aquel modo. El compromiso asumido con los Mas era inquebrantable, y, de perder aquella oportunidad, tanto los Pons como los Ros acabarían en la miseria.

Intentando dejárselo claro a su hija, se acercó para tomarla de la mano y hacerla entrar en razón. Sí, le estaba pidiendo demasiado, pero estaba seguro de que ella lo acabaría aceptando. Por la familia debía asumirse cualquier compromiso.

—Mi amor, comprendo que ames a Lluís, pero vuestra relación es imposible. Siempre seremos dos familias amigas, pero los Ros carecen de nuestra categoría social, y la tradición sigue siendo de vital importancia. Tu madre jamás lo aceptaría.

A Laura se le empañaron los ojos al comprender que no tenía escapatoria. Resignarse iba en contra de su naturaleza.

—Pero tú, papá, ¿lo permitirías?

Isaac, triste por verla tan enamorada y desdichada, no supo cómo ayudarla.

—Yo, mi amor, no puedo hacer nada. Lo siento.

Laura, desconsolada, le retiró la mano abruptamente, se puso en pie de sopetón y abandonó la biblioteca. Se sentía terriblemente infeliz, sometida a un laberinto emocional del que era imposible encontrar una salida. Y sin Lluís todo dejaba de tener sentido. Sin él, prefería regresar a París para librarse del pasado e intentar olvidarlo. Si no podía tenerlo, lo mejor era dejarlo ir.

Mientras observaba cómo su hija abandonaba su estancia favorita, Isaac Pons se sintió el peor ser humano de aquella gigantesca metrópolis. Él, que lo había hecho todo por ver feliz a su hija, era el responsable de su eterna desdicha. Afectado, comprendió que había cometido el peor error de toda su existencia al no haberle preguntado su opinión. Imponer jamás era una solución que aportara buenos resultados.

Lluís llevaba un par de días sin saber nada de Laura. No podía olvidarse del día que habían pasado juntos y tenía la sensación de que ella lo había disfrutado de la misma forma, así que le parecía extraño que no hubieran vuelto a coincidir. Muy posiblemente, la imposición familiar era la responsable de aquel silencio.

La dinámica de las últimas semanas era poco esperanzadora para los habitantes del quiosco. El negocio se resentía incluso cuando el metro atraía a más ciudadanos hacia las Ramblas, y el Bar Canaletas, regido por el antiguo propietario del quiosco, se había posicionado inteligentemente para quedarse con parte de la clientela habitual. Su espacio, más preparado para servir al cliente, y su vínculo con el F. C. Barcelona habían sido los detonantes del cambio de preferencia popular.

Resignado a que pasara simplemente el tiempo, Lluís se entretenía reproduciendo en su cuaderno el recuerdo de Laura en la Sala Parés. Tenía grabada aquella imagen, y la falta de trabajo le permitía distraerse con la autorización de Atilio, que parecía más cansado de lo habitual. Al igual que Ezequiel, él también lo había visto pasar por momentos complicados, pero por respeto tampoco había querido darle un sermón. Si existía alguien inteligente, que sabía lo que hacía, ese era el gerente del quiosco.

—¡Si aquí tenemos al gran artista del Liceo! —soltó el marchante Aleix Muntaner, presentándose por sorpresa.

Al escuchar su voz, Lluís disimuló y escondió rápidamente el dibujo que estaba haciendo, para nada quería que el representante atara cabos y supiera que lo había contravenido visitando la exposición.

—¿Señor Muntaner? ¿Qué hace por aquí? —preguntó desconcertado su representado.

—¡Vengo a traerte grandes noticias, artista! Va, ponme un café y te canto la traviata —comentó el hombre, siempre haciendo uso de juegos de palabras que rozaban el esperpento.

Lluís asintió al tiempo que le preparaba la comanda.

—¿Cómo va, don Atilio? ¿Se encuentra usted bien? —preguntó el marchante al ver al gerente blanco como el papel.

—Sí, sí, don Aleix. Solo es un poco de cansancio acumulado.

El representante de Lluís, siempre sincero y sin filtros, le dio el consejo que sus dos empleados llevaban varios días pensando:

—Vaya usted a hacerse un chequeo, hombre. Así se asegura de que la maquinaria está en orden. A nuestra edad, hay que hacer ciertas concesiones si uno quiere llegar a peinar canas.

El gerente sonrió por compromiso y con la intención de sacárselo de encima lo antes posible. Aquel charlatán lo saturaba a la mínima.

—Está todo en orden, pero gracias por interesarse.

Aleix Muntaner, sin darle más importancia, se centró en el café que su tutelado le acababa de servir. Tras darle un sorbo, rebuscó en el bolsillo interior de su americana a rayas y aspecto gangsteril —de la Chicago de la época— para extraer un sobre marrón claro.

Ante la atenta mirada de Lluís y sus dos compañeros, el marchante se congratuló de transmitirle la buena nueva:

—Aquí tienes el pago por el retrato del Círculo del Liceo. Es una suma más que considerable y ya le he restado mi comisión, así que es todo para ti, jovencito.

Lluís, sobreexcitado, abrió el sobre y se quedó de piedra. Allí dentro había el dinero equivalente a medio año de trabajo en el quiosco. Aún seguía sorprendiéndole que alguien quisiera pagar por algo que él hacía sin mucho esfuerzo.

—Pero eso no es todo… Tu trabajo ha tenido tanto éxito que varios caballeros del Círculo desean contratarte. Así que vete preparando, porque la gente pudiente paga lo que no está escrito para obtener lo que quieren.

Lluís no supo qué decir. Aquella noticia era demasiado importante para procesarla en un simple instante.

—Pero…

—¡Nada de peros, chico! Ya puedes ir comprándote un buen traje, porque en el Círculo hay que cumplir con una cierta etiqueta. Y vas a ir muchas veces, me temo.

El camarero simplemente asintió.

—Don Atilio, ¿mañana permitiría a Lluís salir un poco antes para que pueda llevarlo al sastre? Quiero regalarle un traje al chaval —comentó el marchante, sin dar opción a una negativa.

—Sí, claro. Llévelo a un buen maestro y que lo dejen como un pincel. Ya le va tocando un poco de elegancia, que sigue arraigado al distritito y es uno de los estirados del Eixample desde hace una década. ¡Imagínese qué sinsentido!

El marchante aplaudió el comentario del gerente y le tomó la palabra para que Lluís pudiera salir antes al día siguiente. Del resto ya iba a encargarse él.

Media hora más tarde, el representante del heredero de los Ros se alejaba del quiosco, casi en sincronía con la llegada de Laura, que aparecía por la calle Pelai. Lluís, al verla, sintió que nada más en el mundo importaba. Cuando estaban juntos, el entorno se desvanecía.

Sin dejar de mirarse durante el trayecto que los separaba, la hija de los Pons se acercó inocentemente al quiosco. El magnetismo que sentían era tan descomunal que habrían podido bombardear la ciudad y ellos ni se habrían enterado.

—¡Laura! ¿Qué te trae por aquí? ¿No me dirás que has venido a visitar al artista? —preguntó el gerente para romper la tensión del momento.

La joven, algo vergonzosa, dejó claro que no solo había ido por ese motivo, sino que no había otra razón en el mundo. Lluís era el epicentro de su universo interior.

—Sí, don Atilio. ¿Me permite robárselo un momento?

—Desde luego, bonita. Lo que necesites.

Laura hizo un gesto a Lluís para que la siguiera hasta la zona más apartada de la barra y, cuando nadie podía escucharlos, dio gracias a Dios por volver a verlo. Con lo que había tenido que soportar aquel par de días, temía que su separación fuera definitiva.

—¿Qué sucede? ¿Dónde has estado estos días? No imaginas cómo te he extrañado…

Laura, emocionada, le acarició ligeramente la mano.

—Mis padres me han reprendido por lo del otro día, pero no podía esperar más a verte. No importa lo que digan o piensen. Solo quiero estar contigo.

—¿Ha pasado algo?

Laura pensó la respuesta antes de preocupar al amor de su vida.

—Sí, pero creo que hay una solución. Debo regresar antes de que sospechen que he venido a verte, pero encontrémonos el viernes a las cinco, en la salida de la fábrica. Te esperaré en la puerta de siempre y buscaré alguna excusa para salir un poco antes. Tenemos que hablar de algo importante.

— 278 —

Lluís, desconcertado, quiso adelantar los acontecimientos. Era incapaz de esperar tanto tiempo.

—Pero… ¿por qué no me lo explicas ahora?

—El viernes, mi amor. Ahora tengo que irme, pero no olvides que te amo y que nadie podrá separarnos.

—Pero ¿y tu compromiso?

—De eso te hablaré cuando nos veamos. Solo espérame y sé paciente. De verdad, tengo que irme.

Lluís aceptó los tiempos marcados por su gran amor y se limitó a devolverle la confesión. Él también la adoraba con todo su ser.

Laura le soltó la mano con suavidad, lo miró con una estima indescriptible y regresó a la calle Pelai, por la que había irrumpido en escena. Mientras la veía deslizarse por el empedrado, el heredero de los Ros pensó que era incluso más maravillosa de lo que había soñado durante todos aquellos años. Laura era única en el mundo, y él tenía la fortuna de ser el elegido después de tanto tiempo.

La vida, después de todo, empezaba a estar de su lado.

Al día siguiente, Lluís salió antes del quiosco. Tal y como había acordado con Atilio, Aleix Muntaner iba a llevarlo a equiparse adecuadamente para sus visitas al Círculo del Liceo. Las peticiones de retrato no hacían más que aumentar y el representante de artistas intuyó que el pintor tendría que desplazarse a más de un domicilio de las personalidades influyentes que controlaban la ciudad, de modo que requería un lavado de cara por completo.

Tras coger un taxi y que Lluís alucinara por ser la primera vez que se subía a uno, se desplazaron hasta la famosa La Tijera de Oro, una sastrería de gran reputación en la ciudad. Por aquel entonces, los más jóvenes y los menos acaudalados solían comprarse los trajes en alguno de los numerosos grandes almacenes, como el Sepu, en la misma Rambla, Can Jorba, en el Portal de l'Àngel, y El Siglo; los caballeros, sin embargo, buscaban mejores telas y patrones hechos a medida, solo disponibles en La Tijera de Oro y el Taller El Cid. Y para aquella ocasión, el señor Muntaner se decantó por la maestría del primer negocio, dado que tenía alguna que otra deuda pendiente con el segundo.

Lluís, que recordaba a su madre y a Agnès trabajando como modistas en casa, sintió cierta tristeza mientras el sastre le tomaba las medidas. Resultaba irónico que fuera a tener su primer traje de tres piezas más corbata a los veintiséis años, pero las cosas llegaban cuando era el momento adecuado. Era pura ley de vida.

Con la lista de remiendos anotada, después de aceptar una semana de margen para recoger el encargo, representante y representado pasaron por una sombrerería donde el artista se decantó por un ejemplar de ala corta. Tras la cabeza, tocaba renovar el calzado, y en una zapatería de estilo inglés remataron las compras. Allí mismo, aprovechando que disponían de una sección de peletería, el marchante insistió en que Lluís eligiera un maletín lo suficientemente grande para albergar todos los utensilios de dibujo. La decisión fue costosa y, tras las profundas dudas, el joven Ros se quedó con un maletín de aspecto médico, abombado y espacioso, en el que podía meter un pequeño caballete desmontable.

Menos un lienzo grande, en aquella bolsa cabía toda su habitación de soltero.

De regreso a las Ramblas, en otro taxi, el marchante le comentó a su tutelado los nuevos planes que había pensado para gestionar su carrera. Todo estaba saliendo a las mil maravillas y era importante moverse con inteligencia.

—La próxima semana terminará la exposición de la Parés, pero ya he hecho algunas gestiones y expondremos tu obra durante un par de meses en el famoso Lion d'Or de las Ramblas… ¿Qué te parece?

—Pero ¡si es uno de los locales más prestigiosos y míticos por la afluencia de artistas y bohemios! ¿Realmente cree que aceptarán mi obra?

—Ya está cerrado, Lluís. Quien no corre, vuela, chico, y yo soy como uno de esos hidroaviones que se ven en el puerto. No olvides que mi trabajo es cuidarte.

Lluís, sorprendido por la buena noticia, insistió en valorar la gestión de su representante:

—Se lo agradezco de corazón, señor Muntaner. Usted ha conseguido que este sueño se haga realidad.

—Bueno, chaval, tampoco nos pongamos sentimentales, que esto va de negocios y yo me saco lo mío. Venga, te dejo aquí, cerca del quiosco, y sigo en ruta, que aún me quedan asuntos por resolver. Recuerda que el jueves tienes cita en el Círculo del Liceo con el señor Maragall para que le hagas un retrato.

—Allí estaré, no se preocupe.

—Y no te olvides de recoger antes el traje e ir de etiqueta. Al principio te sentirás extraño, incluso incómodo, pero cuando uno se acostumbra a la buena tela y al mejor patrón ya no puede dejar de vestir con elegancia. Así que me lo agradecerás con el tiempo.

—Descuide. Allí estaré, de etiqueta también —sentenció Lluís mientras descendía del taxi entre la plaza Catalunya y las Ramblas.

Durante unos instantes, pensó en pasarse por el quiosco, pero comprobó en su reloj de bolsillo que se había hecho tarde y decidió poner rumbo a casa para enseñarle a su madre todo lo que su representante le había sufragado con la intención de encontrar mejores clientes y defender su imagen.

27

Tal y como había prometido a Laura en su última visita al quiosco, Lluís se presentó en la fábrica de los Pons diez minutos antes de las cinco de la tarde. Dubitativo por si iba a encontrarse con problemas con el vigilante, se acercó hasta la garita con la bicicleta en la mano. En caso de ser cuestionado, alegaría que iba a visitar a su padre para hablar de un asunto familiar.

Al llegar a la barrera de acceso, esta vez el muchacho se encontró con Pablo, la mejor de las opciones dada su amistad y su habitual discreción.

Al verlo, el Tuerto salió de la caseta para saludarlo amablemente.

—Y tú ¿qué haces por aquí, chaval? ¿Vienes a ver a don Ramon?

El artista aprovechó la pregunta para justificar su presencia:

—Sí. Tengo que preguntarle algo importante. ¿Está en la fábrica?

—Por ahí anda, como siempre. Ya sabes que tu padre es un culo inquieto y suele ir de un lado a otro. Si quieres, deja aquí la bicicleta y pasa tranquilo. Yo te la vigilo.

—Gracias, Pablo —respondió el hijo de su mentor mientras dejaba el rudimentario vehículo en una zona que no molestaba y se adentraba en la explanada de los coches de reparto. Disimulando, se acercó hasta la puerta lateral de la salida de mercancías.

Cuando el joven estaba a un par de metros, vio cómo Laura salía por la puerta en la que habían quedado. Vestía a lo Belle Époque y Lluís se quedó fascinado. Era como si cada vez que se encontraban se dejara atrapar por la primera impresión y se le olvidaba su belleza.

Al verlo, la joven le hizo una señal para que la siguiera hasta un espacio más apartado.

El Tuerto, desde lejos, vio cómo los dos jóvenes se juntaban, pero no le extrañó que hablaran. Eran amigos desde niños y la situación no le parecía en absoluto inadecuada.

Parapetados tras unos bidones grandes, la pareja consiguió algo de cobijo e intimidad.

—¿A qué viene tanto secreto? ¿Qué está sucediendo? —preguntó Lluís, desconcertado.

—Siento no haber podido verte antes, pero mis padres están muy molestos desde el otro día.

—Y eso ¿por qué?

—Pues porque saben que nos vimos… y que te amo —confesó Laura, sin nada que perder. Solo deseaba que pudieran estar juntos.

—Y se habrán opuesto por completo, supongo…

—Sí… Y tampoco hay forma de romper el compromiso.

Lluís lamentó su mala suerte. Resignado, entreveía el final de una historia de amor que empezaba a ser furtiva, y la desesperanza ahogó su ánimo.

—No pienso aceptarlo, mi amor… Solo deseo que estemos juntos y creo que sé cómo conseguirlo.

Cuando Lluís iba a preguntarle lo que tenía en mente, apareció un lujoso coche en la garita de entrada. El brusco ronquido del motor provocó que ambos se volvieran y Laura cambió en el acto el semblante.

—No puede ser… —soltó bruscamente.

—¿Qué pasa? ¿Quién es?

—Mi prometido… Había olvidado que mis padres le habían pedido que me acompañara a casa. Después de lo del otro día, no se fían de mí.

—¿Justamente ahora?

—Sí… Mañana te espero a las diez de la mañana en la azotea de casa. Buscaré una excusa para verte allí, y te lo cuento todo.

—Pero, Laura… —fue lo único que pudo decir el heredero de los Ros antes de que su amada lo dejara con la palabra en la boca.

Al tiempo que la joven caminaba hacia la garita, el coche de

Amadeu se acercaba al centro de la zona de carga y descarga para estacionar y permitir que descendiera el heredero de los Mas. Con un gesto amable, el adinerado prometido de Laura abrió la puerta trasera y la invitó a entrar.

Mientras el individuo se hacía el galán de tramoya, Lluís abandonaba la zona oculta para acercarse al almacén y llamar a la puerta. A fin de no levantar sospechas, simuló que realmente estaba buscando a su padre, aunque no pudo evitar cruzar la mirada con la nueva amenaza.

Amadeu Mas, que se movía con tranquilidad y aún no se había subido al coche, lo observó con recelo, intentando atar cabos. Tenía la oportunidad de averiguar algo más del tipo que estaba rondando a su prometida.

Cuando Lluís se adentraba en la fábrica, Amadeu subió al coche e inició el sutil interrogatorio, como si no se le viera el plumero a leguas:

—Y ese individuo ¿quién era?

—¿Lluís? Un amigo de toda la vida.

—¿Y qué hace en la fábrica? ¿Trabaja con vosotros?

—Solo los fines de semana. Reparte el género que apartamos para los clientes especiales. Pero su padre es el capataz. Ha venido para hablar algo con él. Un asunto familiar, me ha dicho.

—Entiendo —asintió el heredero de los Mas, sin tragarse la excusa. Conocía bien el rostro del compromiso y tenía muy claro que Lluís era mucho más que un viejo amigo, aunque ya pensaría cómo sacárselo de encima.

Por lo pronto, el prometido de Laura le pidió al chófer que los condujera hasta la residencia de los Pons. Dejándose llevar por la dinámica del camino y el relieve de la ciudad que observaba a través de la ventanilla, procuró no enojarse ni pagarlo con su futura esposa.

Necesitaba mantener las formas hasta que se hubiera celebrado la boda, y los celos eran la peor de las compañías en momentos de incertidumbre, aunque a él, a quien nadie tosía, le irritaba no tenerlo todo bajo control.

— 284 —

El resto de la tarde se construyó con el vaivén de las apariencias. Amadeu acompañó a Laura hasta su domicilio y aceptó tomar café con la familia Pons, mientras la madre de su prometida se comportaba como la mujer más agradable del mundo. Aquella unión interesaba a todos, pero sobre todo a la esposa de Isaac, que quería mantener el estatus social a cualquier precio. Unirse con los Mas le abriría las puertas al círculo burgués más selecto, pasando a ser una cabeza visible más de los que controlaban los límites de la ciudad. Mientras la veía sonreír falsamente a los comentarios de Amadeu, su hija pensó en lo poco que su madre respetaba su voluntad. En ningún momento había tenido la decencia de preguntarle si aquella unión era de su agrado, y confirmó de nuevo que su padre era su única esperanza de salir de aquel entuerto y librarse del temido minotauro del laberinto familiar.

Tras la simulación de clases, la degustación de café y la ingesta interesada de dulces, el prometido de Laura le pidió unos minutos a Isaac. Deseaba tratar un asunto en privado.

Extrañado por la petición, el cabeza de familia aceptó educadamente el encuentro en su biblioteca y, ante la atenta mirada de madre e hija, los dos hombres se retiraron para entablar una conversación que, por lo pronto, desconcertó a los presentes.

Tras cerrar con llave las dos puertas correderas de madera y ofrecer un coñac al prometido de su hija, el empresario se sentó en uno de los dos sofás de piel noble, dispuesto a escuchar cualquier argumento. En el otro, Amadeu esperaba pacientemente degustando su licor.

—Tú dirás. ¿En qué puedo ayudarte?

—Verá, don Isaac, no querría ser irrespetuoso, pero hoy he visto a su hija, en la fábrica, junto a un joven. Déjeme decirle que parecían mantener una relación más estrecha que la derivada de un intercambio puramente laboral. Como comprenderá, considero una falta de respeto ver a mi prometida en condiciones sospechosas y junto a otro hombre —soltó con aparente educación Amadeu, pese a que era evidente que el mensaje iba cargado con toda la mala leche del mundo.

—¿Cómo dices? ¿Un joven? —preguntó desconcertado Isaac.

En aquella empresa pocos hombres había, y menos de la edad de su hija.

—Según me ha comentado su hija, se trata de un tal Lluís. Un supuesto amigo de la familia.

—¿Te refieres a Lluïset? ¿El hijo del capataz?

—El mismo.

Isaac mutó rápidamente de semblante. Sabía lo que su hija sentía por el pequeño de los Ros, pero resultaba fácil defenderlo frente a Amadeu.

—No tienes que preocuparte por nada, Amadeu. Se conocen desde que eran críos y siempre han sido como hermanos. No quieras ver fantasmas donde no hay más que cariño fraternal.

El heredero de los Mas, que de tonto no tenía un pelo, quiso finalizar la advertencia sin parecer demasiado agresivo, aún quedaba margen para subir el tono si las cosas tomaban otro matiz:

—Le aseguro que parecían más que amigos, señor Pons, pero respeto su palabra y lo dejaré pasar en esta ocasión. Aunque no querría que me tomara por un imbécil, porque si descubro que alguien me está tomando el pelo, no tendré más remedio que hablar con mi padre para replantearnos el enlace. Como comprenderá, no tengo ninguna intención de ser un cornudo popular. No sé si me sigue...

Isaac, alertado por el tono directo y mordaz del joven, comprendió que debía encargarse inmediatamente de la situación, y le dio su palabra de que los dos jóvenes no volverían a encontrarse, si eso lo tranquilizaba. Amadeu, consciente de que con la medida quebraría desde dentro las intenciones de Laura, aceptó encantado.

Isaac Pons iba a mancharse las manos en su lugar, y Amadeu se sintió poderoso al ver que el empresario cedía de inmediato a su voluntad. Sin duda, tenía a los Pons comiendo de su mano.

Terminada la charla y con Amadeu ya de camino hacia su domicilio, el paterfamilias de los Pons llamó a Laura, notablemente enojado. El tono de su padre no invitaba a buenas noticias, pero ella aceptó ir a la biblioteca con la intención de sacar por fin los trapos sucios y que los dos pudieran llegar a un acuerdo.

Afortunadamente, la matriarca no fue invitada a la conversación en *petit comité*, no tanto por secretismo como para evitar que la bola de nieve se hiciera más grande. En cuestión de segundos, todo podía magnificarse de forma incontrolada.

—Dime, papá... —soltó Laura, dispuesta a la dureza de un nuevo asalto con Isaac.

—¿Esta tarde te has visto con Lluís en la fábrica?

—Sí.

—Pero ¡cómo se te ocurre semejante tontería! ¡Amadeu os ha visto y sospecha de vosotros! ¡No sabes lo que me ha costado convencerlo de que solo sois amigos de la infancia!

—Es que no solo somos amigos, bien lo sabes...

A Isaac se le subió al instante el bochorno de la ira. Creía haber controlado a su hija con la anterior reprimenda, pero estaba claro que su rebeldía iba en aumento. Laura estaba fuera de control, y él no tenía ni la más remota idea de cómo solucionar aquello de una forma amistosa.

—Que yo recuerde, ya hablamos de esta cuestión. El compromiso debe seguir adelante. Así que te pido expresamente que, hasta que no contraigas nupcias, no vuelvas a ver a Lluís. Es por el bien de la familia.

Laura mostró una mueca de total desaprobación. Aquello que su padre le pedía era del todo imposible, pero se dejó llevar por la esperanza de lo que aún tenía que proponer a su gran amor. Así que optó por adoptar la estrategia de regalarle el oído a Isaac y decirle lo que quería escuchar, para después hacer lo que le viniera en gana. Lo mismo que sus padres habían hecho al prometerla sin su consentimiento.

—De acuerdo. No volveré a coincidir con él. Pero mis sentimientos no van a cambiar. Lo he amado desde pequeña, y vosotros me estáis pidiendo que tenga una vida desgraciada solo porque es lo que más os conviene.

—Hija, no es tal como lo cuentas...

—Papá, es tal cual lo afirmo, y vuestra presión pesará sobre tu conciencia —soltó Laura con semblante de hierro, al tiempo que se iba hacia la puerta de la biblioteca y dejaba a su padre a solas con sus propios demonios. La carga de saber que estaba empujando a Laura hacia una vida de infelicidad lo atizó en la sombra. Tantos años esforzándose por criarla bien para que una decisión interesada pusiera tierra de por medio al estrecho vínculo que había mantenido con su única hija. El último trago que dio a la copa de coñac le supo a mentira y a ansias de redención.

Escondida en la zona donde estaban los lavaderos, Laura esperaba a Lluís. Nerviosa por si no podía acudir a la cita, no hacía más que darle vueltas a la forma de salir de aquel entuerto. Tenía claro que no iba a casarse con el hijo de los Mas, entre otros motivos, porque le causaba una aversión tremenda. Solo había amado a Lluís, y nadie podía arrebatarle los sentimientos. El amor no se elegía como si fuera un negocio o un plato selecto, sino que te reclamaba cuando menos lo esperabas y se convertía en un compromiso eterno.

El heredero de los Ros abrió con cuidado la puerta de acceso a la azotea y se aseguró de que nadie lo siguiera. Estar allí arriba le recordaba a sus múltiples vivencias en las alturas de la ciudad. Su familia había tomado cientos de decisiones de peso en un espacio donde uno podía sentirse libre de decantarse por su propia voluntad y tomar el camino correcto.

La divisó escondida entre las sombras de la habitación que albergaba el fregadero comunitario. Al entrever su rostro acariciado por el claroscuro de la atmósfera, el artista suspiró de amor. En cualquier circunstancia y condición, Laura conseguía robarle todos los sentidos e incluso la capacidad de raciocinio. Por ella hubiera cruzado el desierto sin agua ni alimentos, por una simple cuestión de fe.

—Empezaba a temer que algo te impidiera venir —susurró Laura antes de acercarse al amor de su vida y besarlo con pasión. Llevaba demasiados días esperando volver a rozar aquellos labios y el simple recuerdo la había enloquecido.

Con dificultad, se despegaron al cabo de unos minutos.

—Cuéntame qué pasa. ¿Qué es eso que has pensado?

Laura, dispuesta a ofrecerle un discurso en el que el concepto de amor era el eje central, se rindió a sus deseos. Solo quería estar con él, donde fuera y cuando fuera, pero con él.

—Mis padres no romperán el compromiso de forma voluntaria, así que solo nos queda una opción… —explicó la joven antes de que Lluís la interrumpiera, nervioso.

—No lo vamos a conseguir.

—¿Quién dice que no? Vamos a fugarnos. Al menos para lograr que entren en razón. Si realmente me aman, comprenderán y respetarán mi decisión.

Lluís pensó en la opción de la fuga durante unos instantes. La idea no era mala, aunque llevarla a cabo iba a poner a las dos familias del revés. Amaba a Laura por encima de todo, pero sentía cierta reticencia a dejar a sus padres en una situación desagradable. Y más después de que el recuerdo de Agnès se fuera diluyendo con el tiempo. Pero, por otro lado, crear un dilema crucial en la mente de los Pons podía ser el camino más directo para romper con el compromiso. Isaac Pons y Júlia Masriera deberían enfrentarse a la disyuntiva de conservar el amor de su hija o perderla de una vez por todas.

—¿Entiendes que, si lo hacemos, corremos el riesgo de que nos separen para siempre?

—Lo sé, pero debemos intentarlo, mi amor. No nos queda otra alternativa, si de verdad queremos estar juntos.

El heredero de los Ros asintió con decisión tras meditarlo unos segundos. Tenían la oportunidad de, por lo menos, intentarlo, así que se prestó a llevar a cabo el plan, mientras se olvidaba del daño que iban a ocasionar a sus padres. El amor, al fin y al cabo, siempre conseguía equilibrar el universo.

—Hablaré esta tarde con Atilio y le pediré que me consiga temporalmente algún lugar donde quedarnos. Tiene muchos conocidos en el distrito y comprenderá la importancia del asunto. Ya sabes que es como mi padre.

Laura estuvo de acuerdo con la idea, sintiendo que juntos podían salir airosos de un trance que se les había complicado en exceso. Pero para lograr grandes cambios se necesitaban medidas extremas, y ambos estaban dispuestos a asumirlas.

—Habla con él e intentemos irnos cuanto antes. Cada día que pase, lo tendremos más difícil.

—Hoy mismo trataré de resolverlo —afirmó Lluís antes de besarla de nuevo. Sus labios hablaban por sí mismos, y la decisión que habían tomado era un compromiso que acababan de labrarse a fuego.

No importaban las consecuencias si con ello lograban estar juntos. Las convenciones sociales, propias de otros tiempos, ya no podían regir la vida de unos barceloneses que abrían su mente a nuevas esperanzas. Aquel siglo debería abrazar un cambio para construir una sociedad más libre e igualitaria, cuyos individuos fueran capaces de decidir por sí mismos.

28

El sol de finales de octubre se resistía a dar la jornada por concluida e intentaba mantener un manto luminoso sobre la extensa Barcelona; la sensación de frío era notable. Pero a Lluís el clima poco le importaba. En su carrera a contrarreloj por evitar que Laura se le escurriera de entre los dedos, le daba vueltas a lo de fugarse con la única mujer a la que había amado. Era la única solución antes de bajar los brazos y dar su enlace por perdido, pero le preocupaba lastimar a sus padres e irritar a los Pons, que desde siempre se habían portado excelentemente con ellos. Al menos, así lo recordaba desde pequeño.

Muerto de frío, se puso la americana por encima del delantal de trabajo y se dispuso a preparar algo caliente para pasar las horas que aún le quedaban en el quiosco. Un camarero, acostumbrado a desenvolverse al aire libre, tenía sus propios recursos para adaptarse a las inclemencias del tiempo.

Mientras preparaba el café, escuchó a su agente, Aleix Muntaner, llamándolo desde cierta distancia. Sus visitas relámpago solían ser portadoras de buenas noticias y de alguna forma siempre lo obligaban a romper con su rutina.

—Ros, ya que estás en movimiento, ponme uno de esos —comentó el marchante cuando Lluís aún le daba la espalda.

Sin apenas inmutarse, el camarero levantó ligeramente la mano para hacerle saber que le había escuchado.

—Y no tardes, chaval, que te traigo buenas noticias.

El heredero de los Ros, presa de la curiosidad, sirvió con celeridad en la barra ambos cafés.

—¿A qué viene tanto alboroto? ¿De qué se trata? —preguntó el camarero, haciendo alarde de una sutil ironía natural.

Muntaner liquidó la mitad del café de un sorbo y, mostrando las dotes de un actor de teatro clásico, simuló que se había quemado el esófago con el mejunje.

Tras la broma, que solo a él le hizo gracia, se dispuso a compartir la buena nueva. Antes de pronunciarse, extrajo del interior del chaquetón un sobre abultado, lo depositó despacio encima de la barra y con cariño lo acercó a su representado.

—Esto es a cuenta de la última sesión del Círculo. Pero eso no es todo. Estoy tratando con algunos negocios de la Rambla y del distrito para que te encarguen carteles comerciales. Lo de anunciarse gráficamente se está poniendo de moda y, chico, tenemos que adaptarnos a las nuevas tendencias…

Lluís se sorprendió por el comentario. Él era un retratista de estilo clásico y poco sabía de promociones. Además, las técnicas usadas para crear carteles eran diferentes a las suyas, así que por un instante se dejó llevar por las dudas:

—Pero yo soy retratista, señor Muntaner… Jamás he hecho un cartel publicitario.

El agente terminó lo que le quedaba del café de un nuevo trago e intentó convencer a su pupilo. La cuestión era ganar dinero a toda costa para mantener un estatus que seguía apuntando alto.

—Tranquilo, chico. Si es lo mismo. Tú solo preocúpate de crear a tu manera y ya hablaré con quien tenga que hablar. Es una cuestión de imprenta y de color, y tengo contactos para esos menesteres. Así que solo has de dibujar el producto y listos.

—Como usted vea…

—¿Confías en mí o no? ¿No te he demostrado que puedo conseguirte a los mejores clientes?

Lluís simplemente asintió. En el fondo, su representante tenía razón. Un dibujo era un dibujo y, a decir verdad, no había nada que le impusiera tanto respeto como para no atreverse a reflejarlo en la hoja de un cuaderno.

—En fin… Me voy, que ando apurado y con este frío no hay quien se espabile. ¡No te lo gastes todo de golpe, truhan! —soltó el señor Muntaner mientras le guiñaba el ojo con picardía. Para un *bon vivant* como Aleix, Lluís ya tenía edad para gozar del desenfreno y el frenesí en un buen harén de mozas de la zona. Rambla abajo iba a encontrar tantas pretendientas como su billetera pudiera sufragar.

Cuando estaba a un par de metros del quiosco, un grupo de tres jóvenes de edad parecida a la del artista, vestidos elegantemente, golpearon intencionadamente en el hombro al marchante en el momento de cruzarse sus caminos. Muntaner, que los tenía bien puestos, no se cortó ni un pelo y recriminó la vulgar actitud de los niñatos.

—Vigila por dónde vas, empanado —dijo Muntaner al más alto y corpulento, a quien Lluís reconoció al instante. Se trataba de Amadeu Mas, el prometido de Laura.

Al verlo sin la compañía de su futura esposa, intuyó que aquella visita tenía el fin de provocarlo; las casualidades no existían.

—Disculpe, caballero, estaba distraído —comentó con burla el joven mientras sus compañeros se descojonaban de risa.

—Ya, claro, y yo soy el dueño del Paralelo. Anda y vete a cagar...

Los tres jóvenes aumentaron la burla al ver la reacción de Aleix Muntaner, que, para evitar males mayores, decidió dejarlo estar y alejarse de las Ramblas. Para retarse con pretenciosos maleducados, ya tenía sus encuentros con los de alta alcurnia.

Lluís se volvió para evitar directamente a Amadeu, aunque la estrategia le salió mal. Con su actitud, incrementó la molestia del prometido de Laura.

—Eh, tú, tontito, ¡sírvenos! —soltó el egocéntrico hijo de papá, intentando humillar al joven Ros desde el primer momento.

Atilio, al ver que aquellos tipos llegaban cargados de problemas, intervino para atajarlos de raíz:

—¿A quién llamas tú tontito? Ya te puedes ir largando con tus amiguitos, que aquí no os vamos a servir. Si estás borracho, ve bajando por las Ramblas, que algún lugar encontrarás donde te alimenten la tontería...

Amadeu aumentó el tono con una intensa dosis de mala leche. Las palabras del gerente acababan de tocarle las narices.

—¿Y tú por qué te metes, viejo? ¿Acaso te he hablado a ti? Le he dicho al chico que nos atienda y eso es lo que hará. Anda, pírate...

La mecha de Atilio se prendió en el acto.

—Mira, imbécil, os largáis ahora mismo o aquí se lía la de Dios. Vosotros mismos...

Antes de que Amadeu replicara con el grado máximo de insolencia, Lluís reaccionó:

—Tranquilo, Atilio, que seguro que ya se van. Diría que ya han soltado la amenaza que los ha traído hasta aquí...

Amadeu sonrió con maldad. El heredero de los Ros había comprendido perfectamente la razón de su presencia, por lo que el objetivo ya estaba cumplido.

—Un minuto y llamo a la municipal.

—Con un minuto es más que suficiente. Relájate, abuelo —dijo Amadeu mientras Atilio se contenía. De haber sido por él, le habría propinado un manotazo de los que jamás se olvidan, pero, para no complicarlo más, se retiró ligeramente para que su tutelado y el impertinente visitante pudieran intercambiar las últimas impresiones.

—¿A qué coño has venido? No tienes pinta de que este sea tu barrio... —soltó Lluís, demostrando que no se dejaba intimidar fácilmente.

—Tampoco soy un miserable como tú. ¿De verdad crees que sus padres le permitirían casarse con un fracasado? Vamos, hombre, ni siquiera un muerto de hambre de tu nivel creería en esos cuentos de hadas...

—No tienes ni idea de lo que hablas. Anda y piérdete con tus amiguitos...

Amadeu se golpeó el pecho para intimidar a su contrincante y callarle la boca al pobretón.

—Mira, tarado, ya me he cansado de jueguecitos. El otro día te vi en la fábrica. Y sé muy bien que entre tú y Laura hay algo más, así que ya te la puedes ir sacando de la cabeza, porque jamás será tuya.

—Ya veremos...

Amadeu se sorprendió de la seguridad del camarero.

—Tengo la bendición de su familia, así que, si insistes, me la llevaré a Madrid cuando nos casemos y jamás volverás a verla. Tú sabrás lo que haces...

Lluís tomó la amenaza por una posibilidad muy real, pero no quiso seguirle el juego. Amadeu no era más que un perro rabioso que ladraba con fuerza para intimidar, pero sabía que, a la hora de la verdad, se había criado en un palacio de cristal y no comprendía la ley de los bajos fondos. En Canaletes estaba fuera de su entorno y era vulnerable.

—Tomo nota... Y ahora ya te puedes ir largando, que me espantas a la clientela.

Amadeu hurgó en el bolsillo para sacarse unos céntimos y se los arrojó despectivamente a la cara.

—¡Por las molestias! —soltó antes de dar la espalda a Lluís, abrazarse a sus amigos y sentir que había salido victorioso de aquel lance. Aunque eso era lo que él creía, y no lo que el resto de los presentes interpretaban.

Mientras se alejaban molestando a diferentes transeúntes, Atilio y Ezequiel se acercaron hasta su compañero para darle apoyo moral.

—Déjalos, no son más que escoria que ha venido a provocarte, así que mantén la mente fría y no hagas nada de lo que te puedas arrepentir. Supongo que este malnacido es el prometido de Laura, ¿no? —preguntó con perspicacia Atilio.

—El mismo.

El gerente suspiró al comprender que la tarea de romper aquel compromiso iba a ser titánica. Ezequiel se permitió el lujo de interrumpirlos:

—Sé que esto no va conmigo, pero ¿puedo decir algo? Creo que podría ayudar.

Lluís y Atilio, sorprendidos por el comentario, lo animaron a seguir.

—Claro, Eze, ¿qué sucede? —preguntó Lluís, a la expectativa.

—Hace un mes empecé a trabajar en La Criolla. Antes de que me digáis nada, sé que el lugar no tiene buena fama, pero necesito el dinero y buscaban a alguien que supiera preparar cócteles.

—¿En La Criolla? Madre mía, Ezequiel, a ese antro no se acerca ni el mismísimo demonio... —comentó Atilio, sorprendido por la confesión de su compañero.

—Lo sé, pero la necesidad apremia, amigo mío. El caso es que a esos tres llevo viéndolos cada noche desde que empecé mi turno.

—¿Estás seguro de eso? —preguntó Lluís, alertado al instante.

—Tan seguro como que quien te ha hablado es el hijo de papá que lleva la voz cantante del grupo. En La Criolla se lo permiten todo porque se deja un dineral cada noche. A esos tres los pierden la manteca, los cócteles y las fulanas de bajo pedigrí. Si este es el prometido de tu chica, vaya perla se va a llevar de por vida...

Atilio y Lluís se miraron al instante. A ambos se les ocurrió la misma idea. Se abría un resquicio de esperanza para que los herederos de los Ros y los Pons pudieran finalmente estar juntos. La providencia les ofrecía una última oportunidad.

—¿Crees que podríamos ir una noche y pillarlo en su salsa? —preguntó animado Lluís.

—A partir de la una de la madrugada, suelen estar en su auge. Y los viernes nunca fallan.

—Gracias, Eze. No sabes la oportunidad que acabas de darme.

Ezequiel sonrió y, antes de volver a sus asuntos, quiso legar una frase para la posteridad:

—A este, de estar en Cuba, lo muelen a palos en el Malecón. Alguien tendrá que darle una lección para que se le bajen los humos.

Atilio y Lluís sonrieron por el comentario de Ezequiel, que tenía la misma gracia regalando sentencias verbales que preparando combinados. No en vano, en aquel momento empezaba a ser reconocido en las Ramblas como uno de los mejores cocteleros de la ciudad.

Con el cubano de nuevo en la otra zona de la barra y aprovechando que se habían quedado solos, Lluís quiso pedirle un favor a Atilio. Brevemente le explicó que necesitaba un lugar donde quedarse un par de días con Laura. Habían planeado fugarse para evitar el compromiso con Amadeu. La intención era chantajear a los Pons para que dieran su brazo a torcer al ver lo mucho que se amaban, pero con la información de Ezequiel se había abierto un nuevo escenario. Lluís solo necesitaba un poco de margen para arreglar un encuentro con Isaac y hacerle ver quién era en realidad su futuro yerno.

Atilio, siempre dispuesto a cuidar de su protegido, comprendió la medida desesperada, y más después de lo que acababa de presenciar, por lo que le prometió que le dejaría su propia casa, mientras que él se marcharía unos días a la de un conocido. Obviamente, no era ninguna molestia, e incluso le ilusionaba que los dos enamorados pudieran estar juntos para el resto de sus días. Atilio había presenciado los pequeños pasos de aquel amor desarrollado desde la infancia y le irritaba que la vida fuera tan perra como para no permitirles estar juntos. Además, a él eso de los convenios familiares siempre le había parecido una memez que solo favorecía a los más ricos.

Con todo acordado, Lluís aseguró que, al día siguiente, iría con Laura para recoger las llaves y explicarle su plan. La ilusión de darle la vuelta a la situación animó al joven de los Ros, hasta el punto de que sintió que estaba ante la oportunidad de su vida. Era ahora o nunca.

29

Lluís esperaba a Laura en la plaza Universitat para poner en marcha un plan que, con suerte, les permitiría estar juntos definitivamente. Ansioso por la llegada de su gran amor, revisó varias veces que llevaba encima las llaves del domicilio de Atilio y el dinero que había recibido de Aleix Muntaner, con el que se atrincherarían hasta conseguir el sí de Isaac a citarse en el quiosco. El plan era sencillo.

Para librarse del control maternal, Laura había mencionado a su opresora que tenía que pasar por la mercería del barrio para comprar unos hilos que le urgían. Estaba enfrascada en pleno proceso de finalizar la confección de una blusa.

Su madre, sin entender que una joven de su categoría no delegase ese tipo de asuntos mundanos a las personas que tenían a su cargo, acabó cediendo en favor de su hija.

Por suerte, la treta salió a pedir de boca y, al verla llegar, el joven de los Ros sintió que estaban haciendo lo correcto. La estrategia era arriesgada, pero no dejaba de ser su única alternativa. O se lo jugaban todo a una mano, o podían olvidarse de pasar la vida juntos.

Laura besó a Lluís con una pasión desenfrenada, llegando a levantar algún comentario que otro de transeúntes fanáticamente cristianos. Tras reírse del apuro, se dispusieron a esconderse del mundo y activar la segunda fase del plan. Ezequiel se había comprometido a llevar dos notas escritas de su puño y letra a sus padres. Tanto Atilio como el cubano no deseaban otra cosa que verlos felices y alejados del maldito qué dirán.

—¿Tienes las llaves? —preguntó Laura, ansiosa.

—Sí, mi amor. Atilio me ha dicho que nos ha dejado comida para dos días, así que deberíamos tener más que suficiente…

—¿Solo dos días?

Lluís pensó en las palabras adecuadas para explicarle que existía una nueva oportunidad de arreglar aquello sin llegar a un cariz dramático que todos podrían lamentar. No podía esconderle por más tiempo lo que sabía de Amadeu.

—Tengo un plan que, si sale bien, nos ayudará a estar juntos. Pero quiero explicártelo con calma. En casa de Atilio estaremos más tranquilos.

—Gracias a Dios que alguien nos comprende. Sin su ayuda habría sido difícil no acabar en un mugriento hostal. No podemos permitirnos nada mejor.

El heredero de los Ros la admiró con deleite, le acarició el rostro y la tranquilizó.

—Sí que podemos. Ayer, el señor Muntaner me pagó el último encargo y es una suma considerable, pero veamos cómo es lo de Atilio. Si no nos convence, podemos irnos a un hotel. Sea como sea, saldremos adelante.

Laura asintió y subió a la bicicleta de Lluís para emprender rumbo hacia las entrañas del Distrito V, el barrio en el que Atilio había nacido y vivido desde siempre.

Ansiosos por entregarse el uno al otro, se adentraron por las siempre complejas calles de la zona más conflictiva de la ciudad, pasando por delante del edificio donde Lluís había vivido con su familia y donde Agnès había fallecido. El artista decidió pararse un segundo para rendir su particular minuto de silencio. El recuerdo era demasiado fuerte para pasarlo por alto.

—¿Estás bien, mi amor? —susurró Laura al ver a su chico afectado.

—Sí… Ella seguro que nos habría ayudado —respondió escuetamente el artista al tiempo que ella le acariciaba con emoción.

Tras unos instantes de silencio, reemprendieron el camino para llegar lo antes posible al hogar del gerente del quiosco.

Llegados al lugar que se convertiría en su bastión, el heredero de los Ros hizo el esfuerzo de subir la bicicleta a peso para evitar que se la robaran. Con toda la esperanza del mundo, el joven se comió cuatro pisos labrados con un centenar de estrechos escalones hasta coronar la cima. Ahogado por el esfuerzo, extrajo la llave que le había dado Atilio y se adentraron en el espacio que iba a convertirse temporalmente en su guarida.

Como casi todas las casas del distrito, se trataba de un piso con un largo pasillo como columna vertebral y tres habitaciones a cada lado. Más allá de una discreta cocina y un lavabo sin bañera, el resto no estaba nada mal. El gerente del quiosco mantenía el lugar pulcro, y tanto el mobiliario como los objetos de decoración eran los mínimos imprescindibles. Afortunadamente, les había dejado en la despensa leche, pan, huevos, arroz y algunas verduras. En la habitación más grande, a la cama de matrimonio le sobraban soledad y dimensiones para un hombre cálido como el gerente.

Tras echar un buen vistazo, ambos se arrojaron sobre la cama y se besaron con pasión. Llevaban casi media vida esperándose, y nada pudo frenar un magnetismo a flor de piel.

Puede que Lluís hubiera tenido sus experiencias con Esther, pero jamás había hecho el amor con toda la connotación de la palabra. Lo suyo había sido un asunto de cariño que se había esfumado completamente con el regreso de Laura. De hecho, era lo que ya había anticipado Esther que sucedería cuando regresara a la ciudad el amor de su vida.

Apasionados pero con delicadeza, empezaron a desabrocharse el uno al otro la camisa, la blusa, el pantalón y la falda, y en último lugar se quitaron la ropa interior.

Desnudos, el prisma que tenían de sí mismos cambió con el juego del sexo, pero la esencia del amor, que permanecía intacta, hizo que se ofrecieran rápidamente el uno al otro. Aquella era la prueba de que se habían elegido incluso mucho antes de conocerse en el quiosco. Era difícil de explicar, pero sentían que aquella conexión procedía de otras vidas en las que se habían reencontrado una y otra vez, creando una conexión mística que se palpaba con cada beso, con cada caricia. Posiblemente habían estado entrelazados desde el principio de los tiempos, en la misma génesis de la

— 300 —

vida. Puede que nadie los creyera, que pensaran que eran un par de inocentes soñadores, pero les bastaba con mantener su compromiso en silencio. Ninguna palabra o definición podía mejorar la atmósfera a la que se habían entregado.

Fundirse en un solo ser acentuó su convencimiento de que debían formar una familia, y el placer se acabó convirtiendo en la motivación para atreverse a una rebeldía sin igual.

El ligero remordimiento de haberse fugado se esfumó con la primera caricia.

Tras más de una hora de recorridos sensuales y orgasmos al límite de sus fuerzas, se quedaron abrazados sobre la cama y sin pensar en nada más. Después de tanta espera, por fin sus almas se habían comprometido para toda la eternidad y ya nada podía torcerse.

Rompiendo el misticismo de aquella mágica burbuja, Laura recordó las palabras de Lluís sobre una posible salida que tenía en mente, y no dudó en indagar un poco más:

—¿Qué era eso de un plan que tenías? ¿En qué has pensado?

El amante mostró su felicidad. Lo había olvidado por completo con tanto dejarse ir.

—No te lo vas a creer, pero hemos tenido un golpe de suerte. Uno de esos que no esperas y que lo podría cambiar todo.

Laura, ansiosa por conocer la estrategia, le mordisqueó el cuello. Lo deseaba a todas horas, pese a que no estuvieran casados y no pudieran estar juntos sin tener que esconderse. Pero el amor engullía cualquier sinrazón, capaz de arrasar con toda lógica.

—¿Me lo vas a contar o piensas hacerte de rogar un poco más?

A Lluís le encantó el comentario. Adoraba la forma en la que Laura se expresaba.

—Ayer se presentó Amadeu en el quiosco. Vino a amenazarme.

—¿Cómo? ¿Por qué no me lo has contado antes?

—Porque quería explicártelo en el momento adecuado.

—Sigo sin entender la oportunidad a la que te refieres.

—Verás, Ezequiel, mi compañero del quiosco, está trabajando desde hace semanas en un local de fiestas muy conocido. Se encarga de los cócteles y...

—¿Y eso qué tiene que ver con nosotros?

—Pues que, al ver a Amadeu en el quiosco, lo reconoció en el acto. Es un cliente habitual del local nocturno.

—No es posible...

—No hay duda de que lo es, mi amor. Al tal Mas le va la mala vida y el vicio en todas sus expresiones, así que, si conseguimos que tu padre vaya al antro y lo vea con sus propios ojos, estoy seguro de que será el primero en romper el compromiso.

Laura necesitó un instante para procesar la noticia. Tenían la oportunidad de asestarle un golpe al nuevo rico donde más le dolía. La oportunidad era única.

—He acordado con Ezequiel que se pasará más tarde para recoger dos notas que entregará a nuestras familias en nuestro nombre. Nosotros no podemos volver a casa para hacer fuerza y necesitamos que mañana vayan al quiosco para que pueda explicarles lo de Amadeu. Con la fuga, al menos conseguiremos llamar su atención.

Laura asintió y se incorporó de la cama, aún desnuda, para acercarse al bolso con el que había huido de casa. De hecho, ya había valorado la necesidad de tener que comunicarse por carta con sus padres para, al menos, decirles que estaba bien, así que extrajo varios papeles y la estilográfica que solía usar para escribir notas y firmar documentos importantes que le había regalado su padre al regresar de París. Isaac quería que su hija tuviera todas las herramientas necesarias para usarlas en el trabajo y no había escatimado en la inversión.

Ansiosa por conocer el desenlace de toda aquella estratagema, la heredera de los Pons sugirió que era el momento de redactar las cartas para que estuvieran listas a tiempo. Dándose una pausa en lo de amarse con desenfreno, se pusieron a ello.

Poco después, satisfechos por lo que consideraban una petición justa, dejaron las misivas sobre la mesa hasta que fueran recogidas por el cubano. Con el deber cumplido, regresaron a las labores amatorias como si se tratara de la primera vez que unían sus cuerpos.

El segundo vendaval amoroso mejoró de largo al primero, más

inocente y comedido, y, relajados por lo que consideraban una estancia en el paraíso, el sueño los venció con una paz que jamás habían sentido. Y es que, en el fondo, su único delito era quererse, y contra eso no había culpa posible, ni tampoco penitencia. Contra eso simplemente quedaba aceptar que la vida podía ser maravillosa cuando se alineaban todos los astros.

El timbre de la puerta despertó bruscamente a Lluís, que reparó en que se habían quedado dormidos sin tener en cuenta el tiempo.

Aún confuso por haberse despertado de golpe, el artista separó el brazo de Laura que yacía sobre su pecho y, tras dejarlo en una posición cómoda, se vistió rápidamente para atender al visitante. Si era quien pensaba, no iba a insistir en llamar, consciente de que estaban allí casi furtivamente y no podían levantar sospechas.

Tal y como esperaba, al otro lado estaba Ezequiel, que se había prestado a actuar como mensajero en defensa del amor de los dos jóvenes. El cubano se lo tomó con el humor típico de los que han nacido y crecido en áreas tropicales:

—Ya veo que estás muy atareado, Lluïset... Va, dame las notas, que voy a dejarlas donde toca y luego me vuelvo con mi esposa, que al veros me ha entrado una añoranza infinita.

Lluís, manteniéndose en silencio, dio importancia a lo de «quien calla otorga» y se acercó a la mesa del comedor para coger las dos cartas y entregárselas a su compañero de fatigas. Este, que pese a las bromas era de lo más discreto, se despidió asegurándole que iba a cumplir con lo prometido. Si de algo le gustaba alardear era de ser un hombre de palabra.

Refugiado de nuevo en el piso de Atilio, el artista pasó por la cocina y se sirvió un vaso de agua. Luego regresó a la cama, donde Laura todavía lo esperaba dormida. Durante unos instantes, admiró su rostro tranquilo y lleno de luz, y se acurrucó a su lado, como si quisiera encajar en una sola pieza. Solo quedaba esperar a que Isaac y su padre entraran en razón y se presentaran a la cita del día siguiente en el quiosco.

Aunque para ese encuentro aún quedaban horas y tenían tiempo de sobras para disfrutar de una luna de miel improvisada.

Aquella misma noche, mientras la gran mayoría de los barceloneses yacían al resguardo de sus hogares y en la zona más pudiente del Eixample había dos familias muy preocupadas por la desaparición de sus dos herederos, Ezequiel llamó a la puerta de los Ros. Su cometido era entregar lo que se suponía que provocaría el cambio en una situación que empezaba a ir a la deriva.

Tras golpear a la puerta con el pomo de hierro en tres ocasiones, el cubano esperó pacientemente con la certeza de que no sería muy bien recibido. Nadie estaba esperándolo precisamente a él y, para complicarlo más, era el portador de unas presuntas malas noticias. La verdad siempre era la mejor forma de seguir adelante.

Cuando estaba a punto de llamar por cuarta vez, antes de darse por vencido, abrieron la puerta. Don Ramon, al que conocía de las mil y una visitas al quiosco, se sorprendió de verlo a él en lugar de a su hijo. Al instante, se alarmó.

—¿Ezequiel? ¿Qué haces aquí? ¿Sabes dónde está Lluís? ¿Le ha pasado algo a mi hijo?

El camarero, manteniendo la serenidad que requería el papel que había aceptado interpretar, hizo lo posible por tranquilizar a un hombre al que respetaba por todo lo que hacía por los demás.

—No, don Ramon, no se apure, que Lluís está bien.

—Entonces ¿qué pasa? ¡No entiendo qué está sucediendo!

—Mire, yo solo traigo dos cartas. Una es para usted, de parte de su hijo, y la otra es de Laura para el señor Pons. Por favor, léanlas antes de sacar conclusiones precipitadas y lo comprenderán. Sus hijos están a buen recaudo, pero necesitan su ayuda para deshacer este entuerto.

El prestamista no supo qué decir y enmudeció durante unos instantes. Poco a poco fue relajando el semblante.

—Entonces ¿seguro que está bien?

—Le doy mi palabra, señor Ramon. No se preocupe. Atilio les ha facilitado un lugar seguro.

— 304 —

—¿Atilio? Pero ¡¿por qué están montando todo este lío?!

El cubano lo miró fijamente a los ojos para dejarle claro que el motivo era de peso.

—Por amor, don Ramon. Se quieren desde pequeños y solo desean tener la oportunidad de estar juntos. Por favor, lea su carta y entregue después la otra al señor Pons. Lluís necesita de su intermediación.

El prestamista, comprendiendo el mensaje, agradeció la entrega y se despidió del camarero adentrándose de nuevo en su hogar.

Con los nervios a flor de piel, fue a la habitación de su hijo para sentarse sobre la colcha y leer la misiva. En pocas palabras, Lluís le contaba que habían huido para llamar su atención y que necesitaba hablar con ellos, porque tenía pruebas que podrían liberar a Laura de su compromiso con Amadeu Mas. Aunque era algo que solo podía decir en persona. Por esa razón, le pedía que convenciera a su amigo Isaac para se encontraran en el quiosco al día siguiente, a las cinco de la tarde.

Recompuesto de las cuatro líneas de aquella carta, se acercó a su esposa, que estaba tranquilamente sentada en una mecedora del comedor, sin apenas percibir qué estaba sucediendo. Tras darle un beso en la frente y acariciarle la mejilla con amor, le susurró unas escuetas palabras antes de subir al domicilio de los Pons.

—Enseguida vuelvo, mi amor. Tengo que hacer algo por Lluïset. No tardo.

La mujer sonrió como si le estuviera dando la autorización para abandonar el piso. Con el corazón en llamas, el paterfamilias de los Ros fue a entregar personalmente la nota de Laura a su amigo Isaac. Ramon sabía que su hijo había jugado bien sus cartas, consciente de que a Isaac solo le haría entrar en razón la mano tranquilizadora del único amigo de verdad que tenía en la gran ciudad. Juntos podrían resolver una situación que se había salido de madre.

Como era de esperar, en un primer momento Isaac reaccionó de forma diferente que Ramon, tomándose muy a pecho la carta de su hija. Reunidos los tres padres en la cálida biblioteca de su hogar, Júlia e Isaac consideraron intolerable el chantaje al que los estaban sometiendo sus hijos, aunque poco a poco fueron comprendiendo que con la mano dura el asunto no iba a tener recorrido. Ya habían obligado a su hija a abandonar la ciudad once años antes, pero ahora era toda una mujer la que se estaba enfrentando a una autoridad que no consideraba ni válida ni lícita.

La madre de Laura, en una actitud exageradamente dramática, quiso llamar a los municipales para que obligaran a Atilio a decirles dónde se escondían sus herederos, pero Isaac, que era más templado y cabal, le frenó los pies para no empeorar la situación. Ambas familias estaban implicadas y, aunque no tenía en mente alterar los planes ya cerrados, al menos coincidió con su amigo en que debían dar la oportunidad a sus hijos de explicarse; nunca podrían alegar que no habían sido escuchados.

Algo más tranquilos tras unas copas de coñac en el estómago y la certeza de que sus herederos se encontraban bien, decidieron dar la noche por terminada y presentarse al día siguiente en el quiosco. A ellos también les parecía el lugar más adecuado y neutral para acabar con la rebeldía.

Antes de que don Ramon regresara a su hogar, preocupado por haber dejado a su esposa sola, Isaac lo tomó amigablemente del brazo para dejarle clara su postura:

—Ramon, sabes que ir no cambiará nada, ¿no? No puedo ceder al deseo de mi hija porque este compromiso es lo que nos salvará de la quiebra.

El prestamista, mirándolo como el amigo que lo comprende todo, puso de su parte para relajar el ambiente y, de paso, a su amigo:

—Ellos lo interpretarán como un gesto de buena voluntad, y lo resolveremos sin que llegue a más. Acudir a esa cita es imprescindible para recuperar a nuestros hijos, amigo mío.

—¿Cómo puedes estar tan seguro?

—Porque conozco a Lluís y sé que nunca superará ciertos límites. Intentará conseguir lo que cree que es justo, pero aceptará tu decisión después de que le hayas escuchado.

Isaac se mostró algo contrariado.

—¿Puedo serte sincero? Jamás hubiéramos tenido que enviar a Laura a París...

—Poco importa eso ahora. Hagamos lo correcto y verás cómo se resuelve todo.

Isaac le dio un abrazo a su fiel compañero y se despidieron con cariño.

De nuevo en casa, Ramon se acercó a su esposa para resumirle lo que había sucedido. No había querido anticiparle los acontecimientos sin hablar antes con Isaac y tomar una decisión conjunta. Movió una silla justo al lado de la mecedora, pero Rossita se adelantó inesperadamente a la conversación, rompiendo con la sensación de que vivía en otro mundo. Bien sabía lo que estaba ocurriendo y quiso compartir con su marido lo que creía más correcto:

—Ramon, solo nos queda un hijo. No seas duro con él y escúchalo. Lluïset está por encima de cualquier otra cuestión, y los dos se están rebelando por amor. ¿No sabemos nosotros lo importante que es eso?

El prestamista, emocionado tras mucho tiempo esperando unas palabras tan lúcidas, tomó la mano de su esposa para besarla y tranquilizarla.

—Lo sé, mi amor. Lo ayudaré en todo lo que esté en mis manos. Él sabe que nos tiene incondicionalmente a su lado, aunque sus decisiones no se alineen con las nuestras.

Rossita, satisfecha con las palabras del hombre al que jamás había dejado de amar, sonrió por primera vez en mucho tiempo. El miedo a perder al único hijo que le quedaba había prendido la antorcha que alumbraría el camino que iba a llevarla de regreso a casa.

30

La comitiva de los Ros y los Pons, representada por ambos pater-familias, se presentó en el quiosco con una puntualidad suiza, tal y como era de esperar en hombres de su categoría. Para los caballeros de bien, llegar a la hora acordada era una muestra de respeto y valores.

Cuando los vio a lo lejos, acercándose por la calle Pelai, Lluís sintió que todo aquello era un error y que iba a recibir una reprimenda histórica, pero Atilio, confabulado en el plan, posó una mano en el hombro de su pupilo para infundirle ánimos. Sabía perfectamente por lo que estaba pasando, pues rebelarse contra un padre siempre era un plato de mal gusto.

—Tranquilo, Cachorro, solo muéstrales lo mucho que os amáis y el error que están a punto de cometer con ese malnacido. Ezequiel y un servidor estamos aquí para darte apoyo, no lo olvides. Todo saldrá bien, ya verás.

Lluís lo miró algo azarado, pero asintió y mantuvo la posición para recibir en unos segundos a sus allegados. El primer asalto de aquel combate emocional acababa de empezar.

El encargado de romper el hielo fue el joven camarero, que les ofreció una muestra de buena voluntad:

—Antes de empezar, ¿qué os pongo? Lo mejor será que hablemos en condiciones agradables.

Ramon e Isaac se miraron comprendiendo que no podían enfadarse con la sangre de su sangre. Al fin y al cabo, no eran más que dos chicos enamorados, y quien más quien menos había deseado experimentar el amor propio de las novelas del Romanticismo.

—Ponnos dos sodas, que el café nos va a sobreexcitar y bastante cargaditos venimos… —soltó Isaac con tono cordial. Aquella frase era la advertencia de que venían en son de paz.

Recogiendo el guante de la amabilidad, Lluís no tardó en servirles las bebidas para empezar con las explicaciones. Atilio, desde la otra parte de la barra, dejó claro al chico, con una mirada, que tomara tranquilamente la iniciativa. Él y Ezequiel se encargarían del resto de los clientes mientras aclaraban las cosas.

—Pues tú dirás, Lluís… Cuéntame vuestro plan, porque no sé a dónde queréis llegar con esto —dijo Isaac, clavándole la mirada.

El heredero de los Ros tragó saliva, respiró hondo y se dispuso a exponer unos hechos incuestionables. Conociendo la realidad, nadie podría dudar de que tenía el poder de la razón.

—Señor Pons, papá… Ante todo quiero pediros perdón por la preocupación que os hemos causado. Sé que ha sido desconsiderado por nuestra parte, pero no hemos encontrado otra forma de conseguir vuestra atención.

—No es la mejor forma, chico, pero ahora ya estamos aquí, así que no le demos más vueltas y vayamos al grano. ¿Qué eso que necesitamos saber? Porque, si se trata de que os amáis, eso ya nos ha quedado claro y conocéis nuestra postura.

Lluís, dispuesto a ser inflexible, continuó cuando Isaac terminó su turno.

—Hace dos días, Amadeu Mas, el individuo con el que han prometido a Laura, se presentó en el quiosco para amenazarme.

Isaac gesticuló con sorpresa ante la acusación. Posiblemente era lo último que esperaba escuchar.

—Lo desconocía y desde luego no me parece tolerable. Puedo decirte que se quejó expresamente de que os había visto juntos, pero le aseguré que no había motivo alguno de preocupación y que yo mismo lo solucionaría. No tenía ningún derecho a amenazarte, así que me encargaré personalmente de que te pida disculpas —alegó Isaac, aún sorprendido por la noticia.

—Por suerte, Atilio intervino para que la sangre no llegara al río. Pero lo importante no es la amenaza, sino que el mismo Ezequiel nos comentó que conoce a Amadeu, así como la fama que le precede en el mundo de la noche. Y no es una valoración precisamente positiva.

—¿A qué te refieres? ¿De qué lo conoce? —preguntó desconcertado el padre de Laura.

—Mejor será que os lo explique él. Ezequiel, ¿puedes venir un momento, por favor? —preguntó Lluís a su compañero, que rápidamente dejó lo que estaba haciendo para echarle un capote.

Frente a los dos padres de familia, el camarero repitió lo que ya había mencionado en su momento. El relato no dejó en buen lugar al heredero de los Mas.

—Ese tal Amadeu es un cliente habitual de La Criolla. Supongo que ustedes conocen la fama del lugar y de lo que allí sucede…

A Isaac y a Ramon se les heló momentáneamente la sangre. Toda Barcelona conocía aquel pozo de vicio y perdición.

—¿Y tú qué tienes que ver con ese antro? —preguntó Isaac, algo despectivo por culpa de una mala gestión nerviosa.

—Trabajo allí desde hace un mes, sirviendo cócteles. En la ciudad no hay muchos expertos en la materia y en Cuba me harté de prepararlos, así que me contrataron a la primera.

—¿Y qué pasa con que vaya a La Criolla? Amadeu debería ser libre de ir donde quiera mientras sea soltero. El lugar no es el más adecuado, pero merece el beneficio de la duda… —replicó Isaac a regañadientes para desmontar la noticia y no aceptar que había comprometido a su hija con un malnacido.

—Señor Pons, si me lo permite, el tal Amadeu es de los peores clientes de La Criolla. Todas las noches hace acto de presencia y siempre va acompañado de los dos amigos con los que amenazó a Lluís y de mujeres propensas a la mala vida. Usted ya me comprende… —detalló el cubano ante el asombro encubierto del empresario textil—. Además, su comportamiento es poco educado con las señoritas y es de los que usan los reservados para sus fines personales. Eso cuando no provoca trifulcas con otros clientes. Vaya, que es un perla de mucho cuidado…

Isaac y Ramon estaban desconcertados. Cualquier padre decente habría querido tener bien lejos a semejante elemento, pero costaba creer un relato tan inverosímil.

—¿Y tienes pruebas de esto que dices?

—Solo tiene que ir a La Criolla y verlo por sí mismo —sentenció el camarero, esperando que los dos hombres procesaran una información que no era sencilla de digerir.

Durante unos minutos nadie habló. El asunto ya era demasiado peliagudo para interrumpir las cavilaciones.

Isaac, reactivando el encuentro, quiso conocer la opinión del hijo de su amigo antes de decidir el siguiente paso. Él era quien más tenía que perder con el asunto.

—Entonces ¿qué propones, chico? Porque si querías que lo supiéramos es porque habrás pensado en algo...

El heredero de los Ros comprendió que acababa de abrirse la oportunidad que había estado esperando.

—Creo que podríamos ir esta misma noche a La Criolla y descubrir si todo esto es cierto. Solo así podrá tomarse la decisión más conveniente. Yo amo a Laura como jamás he amado a nadie en mi vida y lucharé por ser digno de ella. Pero lo más importante es que no puedo permitir este enlace.

Isaac respiró hondo e intentó encontrar la forma correcta de solucionar un nuevo problema que no esperaba. De ser cierto, él sería el primero en romper aquel vínculo, porque su querida hija no podía contraer nupcias con un maleante de esa calaña. Por mucho que procediera de buena familia, el honor de los Pons estaba por encima de los títulos nobiliarios. Si tenía que resolver los problemas de la fábrica, ya buscaría otras vías.

—Está bien. Iremos esta misma noche, si a Ramon le parece bien.

El padre de Lluís asintió, dando su autorización y compromiso.

—Hablaremos inmediatamente con Pablo para que nos acompañe después de cenar. Y nos gustaría que se nos sumase Atilio; así formaremos un buen grupo. Pero solo accederé si mañana Laura regresa a casa sin más condiciones. Prometo que no habrá represalias, porque el motivo que habéis expuesto es de peso, pero necesito que te comprometas a ello, Lluís —exigió Isaac Pons con seriedad.

—Ya lo hemos hablado y ambos estamos de acuerdo. Así lo haremos.

El empresario relajó levemente la dureza inicial de su expresión al escuchar las garantías del camarero. La facilidad con la que acababa de obtener la concesión lo tranquilizó del todo.

—¿Y cuál es el plan, hijo? Porque, para comprobar lo que ha contado Ezequiel, deberíamos pasar desapercibidos —preguntó por primera vez don Ramon.

—Ezequiel nos llevará a una mesa que está apartada, detrás del improvisado escenario. Con el pago adecuado puede reservarse, pero ya me he encargado de eso… —comentó Lluís ante la atención de los dos padres de familia.

—¿Y de dónde has conseguido el dinero? —preguntó algo extrañado su padre.

—De uno de los retratos de un cliente del Círculo del Liceo. El mismo día que vino Amadeu a amenazarme, había pasado el señor Muntaner para darme el pago.

—No puedo permitirlo, chico. Deja que yo sufrague ese gasto… No deja de ser el futuro de mi hija —dijo Isaac con los modales de un auténtico caballero.

—No, señor Pons. Deseo encargarme yo. Solo pido que vayamos esta noche.

Pese a no estar del todo de acuerdo, el empresario aceptó la propuesta y, durante la siguiente media hora, concretaron los detalles del punto de encuentro y de cómo iban a pasar desapercibidos en La Criolla. Con todo en orden, los implicados en la caza nocturna se comprometieron a no faltar a la cita, conscientes de que podían ayudar a que Laura se librase de una vida miserable.

Don Ramon se abrazó a su hijo antes de regresar a casa con Isaac y, sin que nadie pudiera desvelar sus palabras, le susurró algo al oído: «Bien hecho, hijo. Estoy orgulloso de ti».

Lluís evitó sonreír al escuchar el reconocimiento de su padre y se despidió manteniendo las formas, con la sola idea de volver a casa de Atilio y explicarle al amor de su vida que todo había salido bien. La esperanza de que pudieran estar juntos seguía viva, y su corazón latía más fuerte que nunca. Aquel día comprendió que,

— 312 —

pese a las adversidades, jamás debía darse nada por perdido. El destino, un posible dios o la simple perseverancia tenían el poder de cambiar vidas cuando era de justicia, y Laura y Lluís se habían ganado a pulso estar juntos desde el día que habían aceptado, por la fuerza, una separación que les pareció eterna.

A mediados de los años veinte, el Distrito V era conocido por muchos barceloneses como el barrio chino, un territorio de tendencia criminal construido con la esencia de los inmigrantes que procedían de cualquier rincón del mundo.

En el antiguo barrio de la familia Ros, la prostitución, la mala vida y la delincuencia campaban a sus anchas, y los locales de la filosofía de La Criolla constituían auténticos templos de perdición.

Hasta el más inocente sabía que aquel cabaret era un espacio donde confluían obreros hartos de soportar abusos, anarquistas siempre dispuestos a echar mano de su pistola —para reclamar justicia—, tipos de lo más acaudalados a los que solo les preocupaba ocultar sus vicios más punibles —buscaban con desesperación emociones al límite— y lobos de mar que traficaban con mujeres de dudosa reputación. Una amalgama humana que se reunía todas las noches entre aquellas cuatro paredes de libertinaje y frenesí para simplemente buscar el sentido de su mísera existencia.

En La Criolla, el jazz, el charlestón y la música de cabaret deleitaban a sus parroquianos más asiduos mientras trapicheaban con la mandanga —cocaína— y se dejaban llevar por las caricias de la absenta y sus vicios más ocultos.

A simple vista, lo que más destacaba del local eran unas columnas en las habían pintado diferentes tipos de palmeras, un imponente mostrador de zinc de doce metros y los gigantescos espejos que cubrían el perímetro con el fin de dar una mayor amplitud al estercolero.

Y es que en La Criolla todo era posible si se jugaba al claroscuro.

Pasada la medianoche, un grupo de cinco hombres habló con

— 313 —

uno de los camareros de la entrada para reclamar la mesa que habían reservado detrás del escenario. Tras la debida comprobación, el mismo mozo los acompañó al reservado, pasando frente a la barra en la que Ezequiel estaba preparando un par de cócteles. Disimuladamente, el grupo y el cubano se miraron sin levantar sospechas. El plan estaba en marcha y solo cabía esperar a que Amadeu Mas y sus secuaces hicieran acto de presencia.

—Si quieren pedir, deben ir a la barra. Luego alguien les traerá lo que consuman —indicó el camarero de La Criolla con tono seco y desagradable. La forma de vestir, o quizá que eran nuevos clientes, le hizo sospechar que no eran trigo limpio.

La mesa por la que habían pagado una buena suma estaba oculta tras el pequeño escenario y un juego de gruesas cortinas de una tonalidad violín oscuro.

El local estaba prácticamente hasta la bandera, aunque todavía quedaban algunas mesas libres en la parte frontal, delante de la tarima en la que supuestamente aquella noche iba a actuar una cupletista de medio pelo.

Para evitar que nadie reconociera a los implicados, Pablo fue el encargado de acercarse hasta la barra donde estaba Ezequiel para pedir unos cócteles. Disimuladamente, regresó a la mesa en espera de acontecimientos.

A decir verdad, La Criolla era tan peculiar que el grupo se quedó sorprendido de lo que allí sucedía, y Atilio, entre susurros, reconoció que le apenaba ver al cubano trabajando en aquel antro por cuatro míseras perras. Como no tenían tema de conversación, al ser una salida forzada por las circunstancias, el gerente del quiosco sugirió a los dos prestamistas que le fiaran el capital necesario a Ezequiel para que pudiera abrir un local único en la Ciudad Condal. El cubano, en las horas muertas del quiosco, había compartido sus conocimientos con el gerente, dejándolo altamente sorprendido. Que aquel chico tenía un don para la combinación de licores era un hecho.

La idea fue bien recibida, aunque postergaron la conversación para otro momento más oportuno, dado que todos estaban lidiando con una gran tensión.

— 314 —

Hacia la una de la madrugada, una hora después de la llegada del grupo, aparecieron Amadeu y sus dos amigos. Desde el inicio ya se hicieron notar. Para evitar ser reconocidos antes de tiempo, Isaac y Lluís se parapetaron tras sus compañeros, mientras Pablo y Ramon gozaban de la visión más clara y esperaban al momento adecuado.

Solo tomar asiento en una de las mesas que habían quedado libres frente al escenario y pedir whisky de garrafón, Amadeu dio la señal a uno de los camareros de la barra para que les enviaran a tres fulanas. Con los vasos a rebosar de alcohol, un par de botellas recién descorchadas sobre la mesa y un cenicero que fueron rellenando con las colillas de sus puros de importación, los tres maleantes empezaron a disfrutar de lo lindo. Sus gritos sobrepasaban el volumen del jaleo de la sala y solo rebajaron algo el escándalo para escuchar la primera canción de la cupletista, que no tardó en llevarse una reprimenda:

—¡Bájate ya, vieja, que se te ha pasado el arroz! ¡Queremos jazz del bueno! —gritó Amadeu, haciendo alarde de un despotismo descomunal.

La cupletista, condicionada por el acoso verbal, no tuvo su mejor actuación y abandonó el escenario para librarse del hostigamiento de aquellos nuevos ricos. Casi como si lo hicieran a conciencia, aquella noche se mostraron en su salsa. Amadeu y los suyos reían a mandíbula batiente, y el magreo al que sometían a las tres prostitutas era casi ofensivo.

Desde el inicio, Isaac no se perdió ni un segundo de aquel lamentable espectáculo, típico del rico que se cree dueño de todo y de todos. Aquella gentuza no comprendía que si toleraban su presencia era por el dineral que se dejaban noche tras noche, pero poco les importaba. Eran los reyes del mambo.

Tras acumular una alta dosis de tensión, rabia e indignación, Isaac Pons no pudo soportarlo más. El maltrato a la cantante lo indignó hasta el punto de levantarse de la silla para ir a donde estaban aquellos malnacidos y dejarles las cosas claras, aunque, antes de que pudiera abandonar el cobijo del reservado, Pablo lo frenó cogiéndolo del brazo.

—Tranquilo, señor Pons. ¿Está seguro de que quiere ir allí y enfrentarse a ese imbécil? ¿Quiere que me ocupe yo?

Isaac, respirando hondo, negó la ayuda.

—Gracias, pero no. A este hijo de puta le tengo que parar los pies yo mismo —respondió al tiempo que se libraba de la presión de Pablo y se dirigía a la mesa de los tres atontados.

Sin más, se sentó en una silla vacía ubicada frente a Amadeu y esperó a que el grupo compuesto por Lluís, Ramon, Atilio y el Tuerto le cubriera las espaldas.

Al principio, Amadeu no le hizo ni caso. De hecho, ni lo vio, aunque uno de sus amigos lo alertó de que había unos tipos en la mesa con cara de pocos amigos. El heredero de los Mas dejó de comerle el cuello a su furcia y se encaró a los visitantes.

—¿Y tú qué quieres, idiota? ¿Quién os ha dado vela en este entierro?

Isaac lo observó implacable, aprovechando que Amadeu aún no lo había reconocido.

—Atontado, ¿no ves que soy Isaac Pons?

El nuevo rico parpadeó como si estuviera procesando la información y, al reconocerlo, ni siquiera cambió de tono. Estaba tan pasado por el alcohol y la mandanga, cuyos restos se extendían sobre la mesa, que se sentía simplemente invencible.

—¡Hombre, el señor Pons! ¡Si viene bien acompañado! —soltó con sarcasmo al identificar a Lluís—. ¿Y esta comitiva? ¿Os venís de fiesta con nosotros? —soltó gritando a los cuatro vientos para provocar a quien podría haber sido su futuro suegro.

—Lo diré solo una vez: olvídate de la boda y de mi hija. Hemos terminado con esta farsa.

El niño rico se tomó la amenaza como si no fuera con él y siguió alternando la conversación con el magreo a la furcia que tenía sentada en su regazo.

—¡No te enfades, suegro! ¡Somos hombres y los hombres hacemos estas cosas! Seguro que tú, con estos amigos que te acompañan, has hecho muchas locuras...

Isaac lo miró impasible. No tenía nada más que decir.

—Mañana hablaré con tu padre y romperemos el compromiso.

— 316 —

Lo de esta noche te saldrá bien caro —dijo en tono amenazante Isaac, al tiempo que se incorporaba y se disponía a abandonar el local.

Con los gritos, el resto de los clientes del cabaret empezaron a prestar atención a la trifulca. Todos querían saber qué estaba sucediendo con aquellos tipos a los que ellos también despreciaban.

—¡Qué iluso es, caballero! ¿No ve que mi padre jamás dejará de apoyarme? Si no me caso con su hija, perderá un acuerdo que lo llevará a la quiebra. ¡Lo tenemos cogido por los huevos, señor Pons! —gritó Amadeu mientras se emborrachaba con su propio ego. Para aquel tipo no había nada más satisfactorio que pisotear a los demás. Se creía el dueño y señor de toda la ciudad.

Lluís hizo un esfuerzo para controlar su ira y no arrojarle una silla a la cabeza. Si de él hubiera dependido, aquel malnacido ya se habría llevado un buen correctivo.

—¡Hemos terminado! ¡A tomar por culo ya! ¡Buenas noches! —soltó enérgicamente el empresario mientras hacía ademán de moverse hacia la salida, acompañado de los suyos.

Al ver que lo dejaba con la palabra en la boca, el heredero de los Mas apartó de mala gana a la prostituta que tenía encima y se incorporó con bravuconería. No iba a tolerar que nadie lo pusiera en ridículo ante tantos testigos.

—¡Usted no se va a ninguna parte, señor Pons! Aquí se hace lo que yo digo, ¡¿estamos?! —gritó Amadeu, casi al límite de la afonía.

Nadie contestó, precisamente para no empeorar una situación que se había convertido en un auténtico polvorín. Desesperado, el niño rico la tomó con el heredero de los Ros.

—¿Así que has sido tú quien ha montado este drama, camarerito? ¡Acércate, que voy a partirte la cara! —gritó el malnacido de Amadeu, que se abalanzaba sobre Lluís para darle una lección.

Antes de que pudiera dar un paso más, Pablo le soltó un puñetazo en plena mejilla, noqueándolo en el acto. De forma violenta, Amadeu cayó en redondo, y sus amigos, asustados por el impacto, empezaron a atenderlo. La bronca terminó de cuajo con el derechazo del Tuerto, que mantuvo la calma en todo momento. Más allá de un buen moretón y los instantes de inconsciencia, el derrotado saldría del cabaret con la lección bien aprendida.

Tanto el grupo como el resto de los clientes se quedaron mudos durante unos segundos, a la expectativa de que Amadeu diera señales de recuperación. Al comprobar que volvía en sí, la comitiva de los Ros Pons abandonó La Criolla, dejando a los vencidos a su suerte.

La noche había puesto fin al compromiso entre dos importantes familias del textil de una forma abrupta y violenta, aunque jamás había existido la posibilidad de un entente pacífico. De eso ya se había encargado Amadeu Mas con una actitud intolerable.

Ya en la rambla de les Flors, el grupo se despidió con la satisfacción de haber puesto punto final a un error imperdonable. El relato de Ezequiel incluso se había quedado corto ante los sucesos de aquella velada. Para evitar males mayores, Ramon pidió a Pablo y a Atilio que acompañaran a su hijo al lugar donde se escondía con Laura. Lo mejor era prevenir que en un descuido los hubieran seguido. Antes de que Isaac cogiera un taxi con Ramon para regresar al Eixample, el padre de su amada le reclamó a Lluís la palabra dada:

—Espero que mañana ambos regreséis a casa. Deberíamos poner fin a este asunto.

—Sí, señor Pons. Así lo haremos. Y gracias por haberme creído.

El empresario quiso tener un gesto de última hora con un chico al que, pese a todo, tenía un cariño infinito.

—De buena nos has librado, Lluïset... Te estaré siempre agradecido por ello.

El joven aceptó las palabras de buen grado y el grupo se disolvió con la sensación de que le habían evitado a Laura una vida desdichada. Solo por ese motivo, el numerito de aquella noche bien había merecido la pena.

31

1926

Lo sucedido en La Criolla abrió un cisma entre las familias Pons y Mas. Como era de esperar, el líder de la gran estirpe de empresarios catalanes protegió el honor de su heredero y negó las acusaciones de Isaac Pons sobre la mala vida de Amadeu. El compromiso se rompió bajo la amenaza de que, si el escándalo salía a la luz, habría duras consecuencias.

Pese al conflicto, Isaac decidió seguir adelante para proteger el honor de su hija, una decisión que también lo llevó a enfrentarse con su esposa, Júlia Masriera, que consideraba que podían pasar por alto el episodio nocturno. Para una mujer de su estirpe, los enlaces estaban pensados para crear alianzas fundamentadas en los intereses familiares, no en razones amorosas. La madre de Laura era una mujer tajante en ese aspecto, aunque mantenía una lucha interior entre darle a su hija lo que deseaba y conservar el equilibro y la posición de su apellido.

Roto el compromiso con Amadeu, Lluís y Laura se reunieron con sus padres para dejar claras sus intenciones de contraer nupcias. Por parte de los Ros, la autorización fue plena. Los padres del artista tenían una visión casi futurista respecto a algunos temas sociales; ellos, que se habían casado por amor, comprendían la voluntad de su hijo. Además, al perder a Agnès, habían entendido que por amor podía tomarse cualquier decisión, y no deseaban que el único hijo que les quedaba huyera de su influencia por negarle algo que tenía todo el sentido del mundo. Para los Ros, la tradición tenía peso hasta cierto punto y jamás iban a anteponerla a los valores humanos.

Por otro lado, contrariamente a toda lógica, la familia Pons se enrocó en su negativa al matrimonio de los dos jóvenes. Comprendían el amor que se profesaban, pero consideraban que Laura debía unirse a algún descendiente de buena familia para mantener el estatus y el buen nombre. Y en esos menesteres, como ya se había visto anteriormente, Júlia tenía el peso de la decisión. Isaac mantenía ciertas dudas al respecto, pero seguía alineándose con su esposa, quizá porque, aunque el suyo había sido un enlace de interés, con el tiempo había llegado a amarla. Su experiencia le hacía decantarse por la vieja usanza.

Por su parte, viendo que sus padres le negaban la felicidad, Laura decidió encerrarse en su habitación bajo llave y solo salía por motivos imprescindibles. Al principio, su reivindicación generó más de una crisis nerviosa en su madre, pero, poco a poco, sus progenitores comprendieron que por la fuerza tampoco ganarían nada y cedieron a la decisión de su hija, permitiéndole la reclusión.

Consideraban que tarde o temprano recapacitaría y volvería a la normalidad de la fábrica. Y ya habría tiempo entonces para recuperar la alegría y decantarse por un nuevo pretendiente que tuviera la aprobación de todos. Ese era el único punto que los Pons Masriera estaban dispuestos a negociar.

Laura era prisionera simplemente por reclamar una libertad de la que consideraba ser merecedora. Pasaron varias semanas antes de que Lluís tomara cartas en el asunto e intentara una nueva estrategia para poder acercarse al amor de su vida.

A las nueve de la mañana de un cálido final de marzo, Lluís abandonó su hogar, se subió a su bicicleta y recorrió el camino que se sabía de memoria hasta la rambla de les Flors, el tramo de las Ramblas donde solían situarse las vendedoras de flores de la ciudad. Casi como un ritual, Lluís cruzó la plaza Universitat, recorrió la calle Pelai y bajó por las Ramblas desde la plaza Catalunya en dirección al Portal de la Pau.

Aparte de saludar a algún que otro vecino que conocía del quiosco, se enfocó en hacer el trámite lo más rápido posible para llegar a tiempo a su cita diaria. Como conocía a Manuela, una de las floristas más veteranas y amables de la zona, fue directo a elegir la rosa más grande y de aroma más intenso de su tenderete.

—Qué chica más afortunada la que goza de tu favor, Lluís... —comentó Manuela, que sabía muy bien a quién iba destinada la flor.

—Bien lo sabe, Manuela, porque es el amor de mi vida y no voy a rendirme... Si es necesario, le llevaré todas las rosas que puedan plantarse en Cataluña.

La florista sonrió por las enamoradas palabras del joven. Sin duda, aquel muchacho estaba hecho de otra pasta, no era un simple vendedor de humo más, de los que había conocido demasiados especímenes.

Tras adquirir la rosa, se la colocó entre el chaleco y la camisa y volvió a su casa pedaleando como si se acabara el mundo.

En su cuarto, puso dos hojas del tamaño de una cuartilla en sendos sobres y los etiquetó a mano con «Laura» y «Familia Pons», respectivamente. Y, con la rosa en la mano, subió hasta el piso donde vivía la mujer de su vida para cumplir con el ritual diario. De hecho, llevaba con aquella rutina desde hacía semanas.

A las once en punto, el heredero de los Ros llamó al timbre del piso de la familia Pons. Nervioso, esperó a que alguien le abriera la puerta, quizá porque era consciente de que no sería muy bien recibido. La familia de Laura le agradecía que les hubiera abierto los ojos con Amadeu Mas, pero las buenas palabras habían finalizado justo con aquella historia. Para ellos, todo lo relacionado con el joven Ros representaba problemas.

Cuando Lluís ya estaba a punto de darse por vencido y regresar a su piso, Amparo, la sirvienta de la familia, abrió con lentitud la puerta. La mujer ya contaba con varias décadas de esfuerzos a sus espaldas, y a veces le costaba encontrar la energía necesaria para darse mayor brío en sus acciones.

—Buenos días, señorito Lluís... —susurró la mujer para no alertar a los residentes del inmueble. Conocía muy bien las directrices de los Pons de no darle mucha coba al joven enamorado.

— 321 —

—Buenos días, Amparo. Espero que hoy se encuentre deliciosamente bien. Le traigo lo de siempre: cartas para Laura y para sus padres, así como una rosa para quien lo es todo para mí. Usted ya me entiende…

La sirvienta sonrió al ver que aquel Romeo catalán seguía emperrado en conquistar la voluntad de sus patrones, y no dudó en coger ambas cartas y la flor.

Lluís, respetuoso, hizo el ademán de irse, aunque recordó que aquel día tenía algo más que repartir. Con suavidad, extrajo una pequeña cajita de bombones, que entregó a la mujer.

—¿Y esto, señorito? ¿A quién debo dárselo? —preguntó inocentemente la señora. Nadie tenía ese tipo de detalles con una mujer cumplidora y atenta.

—Esto es para usted, Amparo. Para agradecerle su ayuda. Pero hágame un favor y no los devore el primer día, porque luego crean adicción y no sé cuándo podré volver a regalarle otra cajita.

La sirvienta soltó una carcajada amable.

—Qué ocurrencias tienes, chico. Eres un sol.

—Lo mismo digo, Amparo —respondió Lluís antes de darse media vuelta y bajar por las escaleras hasta su casa.

Con aquella entrega ya se cumplía un mes de aquella práctica diaria, y, aunque todavía no había obtenido respuesta, sintió que iba por buen camino. En algún momento, los hechos se desarrollarían en su favor.

Tras cerrar la puerta con suavidad, Amparo se dirigió al cuarto de Laura y llamó a la puerta con delicadeza en un par de ocasiones. La reacción de la hija de los Pons fue casi inmediata: abrió, recogió la rosa y el sobre a su nombre y dio un cariñoso beso a la sirvienta. Aquella mujer era la única aliada que tenía en casa y sus visitas le aportaban el único momento de luz y esperanza de la jornada.

De nuevo sola, Laura olió entre suspiros la rosa y la dejó en un jarrón que tenía sobre un delicado escritorio de estilo modernista que le había comprado su padre. En el mismo recipiente había varias rosas más que, a primer golpe de vista, parecían aguantar el paso del tiempo y eran reacias a marchitarse.

Ansiosa, se sentó sobre la colcha con las piernas cruzadas y abrió el sobre a su nombre. Con delicadeza, extrajo una hoja gruesa, que incluía un retrato suyo hecho por Lluís. Laura lo observó y se admiró de la capacidad creativa de su amado. Aunque no la tuviera delante, el artista demostraba tener una memoria única, capaz de reproducir un sinfín de detalles que habían quedado almacenados en su retina pictórica.

Con la yema de los dedos, rozó suavemente los trazos del artista, sintiendo que estaba acariciando a Lluís. Era difícil de explicar, pero con el tacto podía sentirlo a su lado; como si realmente estuviera allí cumpliendo condena voluntaria.

Tras unos minutos con la mente en otro plano espacial, Laura giró la hoja para ver la frase de todos los días: «Cuando cierro los ojos, es como si estuviera a tu lado. Te esperaré mil vidas si es menester. Te amo».

Aquella frase era la forma más dulce y apasionada de recibir la intensidad de un amor fuera de toda duda. Presa de la emoción, Laura se acercó hasta el ejemplar del *Werther* que tenía en la mesita de noche, entre cuyas hojas guardó un nuevo retrato del amor de su vida. El libro, con el tiempo, había engrosado su contenido por culpa de los numerosos retratos que iba escondiendo aleatoriamente en el interior. Y con el corazón a mil latidos por segundo y la sensación de nostalgia elevada a la enésima potencia, se tumbó en la cama para dejar pasar el tiempo hasta la cita del día siguiente.

Amparo se acercó sigilosamente hasta la biblioteca de la casa, donde Isaac leía viejas obras y simulaba trabajar en un nuevo proyecto textil. Desde que su hija se había recluido voluntariamente, apenas podía pensar en la fábrica ni en los préstamos con Ramon, y el refugio de los libros le confería la paz que no hallaba en ningún otro lugar.

La sirvienta golpeó en dos ocasiones a la puerta. Esperaba la autorización del señor.

—Pase, Amparo. No es necesario que llame primero —aclaró Issac, mostrando un rostro algo agotado. Toda aquella historia le había pasado factura.

La sirvienta entró en la estancia y se acercó hasta el escritorio para entregarle la carta del hijo de su mejor amigo.

—Es la costumbre señor. Me educaron para llamar antes de entrar y para preguntar antes de hablar. A mis años, comprenderá que una ya no tiene energía para comportarse de otra forma.

—Lo sé, Amparo… Tiene usted razón. Supongo que mi hija habrá recibido su rosa y su retrato, ¿verdad?

—Desde luego, señor Pons. Como siempre, a la misma hora. Si me lo permite, ese chico la ama como nunca he visto a un hombre amar.

Isaac la miró con cierto recelo al entender que se estaba metiendo donde no la llamaban, pero se mostró incapaz de enojarse con ella. Llevaba más de veinte años a su servicio y la consideraba casi como su abuela. Además, comprendía la estima al muchacho, dado que conocía a los amantes desde que eran críos.

—Con permiso —dijo la sirvienta antes de retirarse y dejar a Isaac con sus asuntos.

Durante unos instantes, el líder de los Pons dudó en abrir la misiva, pero finalmente cogió el abrecartas del escritorio e hizo los honores. Dentro del sobre, como cada día, una pequeña hoja del tamaño de una cuartilla mostraba una petición sincera.

Señores Pons:

Disculpen mi insistencia, pero mi amor por Laura sigue intacto. Les ruego que recapaciten su postura y me permitan prometerme con ella. Creo firmemente que la haré la mujer más afortunada de la ciudad y, sin duda, del mundo.

Con respeto,

Lluís

Isaac suspiró algo cansado y abrió un pequeño cajón del escritorio para guardar en él la carta. Dentro, numerosas misivas idénticas esperaban la aparición de una nueva colega. Aquello duraba demasiado tiempo, pero cada elemento tenía su propio cometido.

Personas, objetos, emociones... formaban parte de un gran todo que representaba el amor en toda su magnitud.

Las Ramblas seguían albergando las esperanzas de los barceloneses, tal y como llevaban haciendo desde sus inicios. Pese a la sombra amenazadora de la Via Laietana y de la majestuosidad imponente del paseo de Gràcia, los auténticos ciudadanos de corazón y alma seguían con las vicisitudes de sus propias vidas en el espacio que los había visto crecer y desarrollarse como residentes.

Entre las sutiles novedades de un entorno orgánico y cambiante, el quiosco Canaletas recibía algunas mejoras estructurales.

Para apaciguar el descenso de clientes y compensar las pérdidas en la facturación, el marchante Aleix Muntaner había elaborado una estrategia a prueba de bombas. Aquel avispado mercader de obras de arte y artistas en auge, que conocía el poder de la publicidad para atraer y recaudar ingresos extra, había llegado a un acuerdo con el dueño de la actual licencia del quiosco para lograr que ciertas empresas quisieran promocionar sus productos en el mítico enclave de la ciudad. Hábil en el arte de la palabra, le había conseguido algunos encargos a Lluís, siendo los más relevantes los carteles para la marca de licores Montpelet.

Así que, aquella mañana, Atilio, Ezequiel, Lluís y Muntaner observaban cómo un par de operarios habían trepado hasta la cúpula del quiosco para fijar alrededor del imponente reloj central varios carteles diseñados por el artista autóctono.

Al principio, el heredero de los Ros había mostrado alguna reticencia en adentrarse en una disciplina que desconocía, pero el marchante lo había convencido de que todos los artistas del mundo habían aceptado ese tipo de encargos en algún momento de su vida, y que no dejaba de ser una variante de su maestría. Tan solo tenía que hacer el diseño en un lienzo de dimensiones diferentes y la imprenta ya se encargaría del resto.

La cuestión era que Montpelet y otras marcas de licores habían mostrado su interés por publicitarse en la cúpula del local, y pagaban una cantidad considerable a repartir en tres partes: una

— 325 —

comisión para el marchante, otro pico para el propietario del quiosco y un pago final para el creador del arte. El negocio era redondo y todas las dudas se desvanecieron en cuanto Lluís apreció que sus diseños estaban en boca de todos. Tal fue el éxito que el heredero de los Ros acabó cogiéndole el gusto por la relevancia y las notables ganancias. Para demostrar que era un digno candidato a la mano de Laura, necesitaba aumentar sus recursos económicos y dejar claro que podía ganarse honestamente la vida más allá de servir consumiciones, y que a Laura no le iba a faltar de nada.

—¿Qué, chico? ¿Estás contento?

—Mucho, señor Muntaner… No pensé que fuera a reconocerlo, pero me siento orgulloso de los carteles.

El marchante tomó las palabras de su pupilo al pie de la letra.

—Lluís, en esto del arte, lo mejor es no limitarse. Todo es posible y a todo debes decir que sí. Luego ya te apañarás para sacarlo adelante, pero nunca te permitas dudar de ti mismo. Entre un lienzo y un cartel apenas existen diferencias, solo el lugar donde se expone la obra.

El artista, sin dejar de mirar cómo acababan de colocar el último anuncio de bebidas, estaba totalmente maravillado por lo bien que su obra quedaba en su amado quiosco. Con suerte, los carteles atraerían a más clientes y podría afianzarse en uno de sus empleos. Aunque hubiera deseado contar con la presencia de Laura para disfrutar de un momento tan especial. Porque él, siendo sinceros, lo hacía todo para lograr una vida a su lado.

—Chico, vete preparando, porque esto es solo el principio. Empiezas a estar en la mira de los más influyentes, así que los encargos no te van a faltar.

Lluís sintió el latigazo de la responsabilidad. ¿Y si no podía con todo lo que estaba por llegar? Lo de dibujar le apasionaba, pero seguía preocupado por recuperar a Laura y, por más vueltas que le daba, no encontraba una forma más directa de demostrar a sus padres que la amaba con locura y que era digno de su hija. Las cartas seguían sin surtir efecto, pero tampoco podía forzar la máquina. Después de lo sucedido con Amadeu, había prometido a sus padres que iba a respetar la decisión de los Pons, y, aunque lo había hecho a regañadientes, no podía darles más disgustos.

En un arrebato de felicidad, Lluís miró a Atilio buscando una chispa de complicidad. Gracias a él formaba parte de aquella mágica comunidad; gracias a él había madurado y crecido como un hombre de provecho. Atilio era más que un segundo padre para el heredero de los Ros; era su tutor, su amigo y, sobre todo, el mayor confidente que había tenido hasta la fecha.

Al observarlo, apreció que el gerente del quiosco tenía una sutil expresión de dolor. Reposaba la mano sobre el pecho y parecía intensificar la presión de vez en cuando. Lluís ya había presenciado aquella reacción del gerente y, de nuevo, se preocupó por su salud. ¿No debería sugerirle que fuera al médico? Si Mahoma no iba a la montaña, entonces la montaña debería ser la que visitara al profeta.

—¿Están bien colocados? ¿Se ven rectos desde allí? —preguntó uno de los operarios, que, subido a una larga escalera, remataba la instalación de los carteles publicitarios.

—¡Están perfectos! ¡Ya pueden bajar! —gritó Aleix Muntaner, antes de echar una ojeada a su reloj de cadena y descubrir que se le estaba haciendo tarde para llegar a la siguiente cita—. Bueno, señores, me voy a ir, que tengo algo de lo que ocuparme. Y tú, chico, sonríe y disfruta de este momento, ¡que pocos llegan tan alto a la velocidad de un hidroavión!

El artista sonrió por las animadas palabras de su mentor artístico y le estrechó la mano en señal de agradecimiento.

Para alguien que se había criado en el peor distrito de la ciudad, aquellos avances demostraban que nada era imposible. Lluís se veía capaz de emerger desde el epicentro de la ciudad para hacerse con la oportunidad de que los Pons reconsiderasen su postura.

Al igual que la Barcelona de aquel primer cuarto de siglo, un individuo podía expandir su buen nombre y dar un giro radical a su futuro.

32

Las semanas transcurrieron con una cadencia inquietante para Isaac Pons, que sufría al ver a su hija encerrada en su propia estancia y negándose a entrar en razón. El líder de la familia no acaba de comprender qué más podía exigirle su hija, después de haberla liberado del compromiso con Amadeu Mas. De alguna forma, algo enturbiaba su coherencia, quizá porque la voz y el criterio de su esposa eran determinantes en aquel tipo de asuntos y primaba sobre la voluntad de su propia hija. Si no hubiera sido por la actitud de Laura, el entuerto familiar, de carácter caótico y extremo, habría quedado reducido a la mínima expresión y apenas habría importunado a sus familiares. Podían pasar días sin noticias de su hija, más allá del sutil trajín de las cartas de su amado y de la comida que le dejaban a la puerta de su habitación. Una situación que parecía enquistarse a marchas forzadas y que exigía un cambio radical.

Tras darle vueltas y comprender que la relación con Laura se iba deteriorando lentamente, Isaac decidió pedirle que lo acompañara a dar un paseo por la ciudad. Una petición que no podía imponer, pero sí sugerir con amor y respeto. El paterfamilias de los Pons lo había intentado todo y carecía de recursos. Su pequeña ya era una adulta de veintisiete años y no estaba en condiciones de volver a enviarla a París en contra de su voluntad.

Laura tardó en aceptar el paseo por el desengaño que sentía hacia sus padres, pero, tras la promesa de que solo se trataba de airearse y de que iban a estar solos, dio su brazo a torcer. Después de todo, dejarse acariciar por el agradable clima barcelonés no podía hacerle daño.

A la mañana siguiente, padre e hija empezaron el recorrido de una forma parecida al último paseo que habían realizado juntos, antes del traslado a la Ciudad de la Luz. Isaac, en cierta forma, era un hombre de rituales familiares, y pensó en trazar la misma ruta para ablandar a su pequeña. Porque él, aunque Laura ya fuera una mujer en todos los aspectos, seguía viéndola como una cría a la que le costaba negar petición o deseo alguno.

Después de atravesar la plaza Universitat y la calle Pelai, se desviaron por Tallers para evitar el quiosco de las Ramblas. La heredera de los Pons, que de tonta no tenía un pelo, supo que su padre alteraba el paseo con excusas de mal pagador. Pero aquel día no se trataba de echarle en cara nada, sino de darle la oportunidad de conversar y hacerle entender que aún estaban a tiempo de echarse atrás.

Con la intención de soltar amarras y recuperar la sintonía perdida, pasaron por la Casa Beethoven para comprar nuevas partituras, y Laura pudo elegir la melodía que más se ajustaba a sus nuevos gustos musicales. Tras la visita al emblemático comercio, descendieron por las Ramblas hasta llegar a la rambla de Santa Mònica, donde seguían estando casi los mismos puestos de libros de viejo que en su última visita. Tras sus improvisados tenderetes, siempre a merced de las inclemencias del tiempo, los vendedores de cultura de segunda mano esperaban pacientemente la visita de sus lectores más fieles.

Como dos visitantes curiosos, padre e hija saltaron de nuevo de un puesto a otro, hasta llegar al del librero que les vendió los dos ejemplares del *Werther*.

Y Laura se llevó una sorpresa mayúscula al encontrar unos volúmenes que consideró una señal del destino. Entre las numerosas muestras de la literatura clásica, destacaban dos libros de *Romeo y Julieta*, unidos de nuevo por una cinta de seda. La heredera de los Pons tuvo la primera impresión de que aquella coincidencia era una ironía de lo que estaba viviendo, aunque la inocencia de la joven se esfumó en el acto cuando el librero hizo uso de su vieja caja de herramientas verbal para sacar tajada.

—¿A que son bonitos, señorita? —preguntó el hábil comerciante, con la intención de repetir un argumento que podía hacerle ganar unas monedas.

—Preciosos, diría yo...

—¡Y especiales! Son los ejemplares de la célebre *Romeo y Julieta*, del genial William Shakespeare, que pertenecieron a dos amantes...

—Y por eso están unidos por la cinta, ¿verdad? —soltó la joven Pons, al tiempo que avergonzaba al caradura y le obligaba a frenar la patraña.

—Así es...

—¿Sabe qué? Me encantan, así que me los voy a llevar. ¿Puedo, papá? —preguntó Laura, haciendo uso, después de mucho tiempo, de una cercanía que Isaac valoró al instante.

—Por supuesto, hija... ¿Nos los puede envolver junto con estos? —comentó el empresario mientras entregaba al librero los ejemplares que él había elegido en el transcurso de la conversación.

El vendedor, liberado del peso de haberla pifiado, envolvió los libros con papel de periódico, los aseguró con varias vueltas de cordel y se despidió de los clientes con un leve gesto de la cabeza.

A varios pasos del improvisado tenderete, mientras se acercaban a Colón, padre e hija soltaron una carcajada infantil por lo vivido.

—¿Has visto las santas narices que tenía el charlatán? Aunque debo reconocer que sabe vender los libros de amor con cierto misticismo.

—Hace lo que puede, hija. No hay tantos lectores en la ciudad y necesita comer como todos. Cuando el hambre aprieta, se es capaz de cualquier cosa, y no siempre tiene que haber maldad.

El anecdótico episodio les ayudó a reconstruir algún puente emocional del pasado, e Isaac insistió en subirse a una de las golondrinas para poder visitar el nuevo restaurante Mar i Cel, que habían abierto al final del rompeolas. La nueva política urbanística contaba con otras novedades, como el faro ubicado al final de la ramificación que se adentraba en el mar, a la que también se accedía mediante un paseo acuático por la costa, aprovechando la ruta de las famosas embarcaciones barcelonesas.

Así pues, superado el Portal de la Pau, embarcaron en una golondrina y surcaron el tenue oleaje que protegía la ciudad sin apenas decirse una palabra. La simple caricia de la brisa marina consiguió que Laura bajara la guardia y valorase lo que su padre intentaba hacer, que no era otra cosa que acercarse cariñosamente desde la bondad.

En el restaurante Mar i Cel, sacaron provecho de la novedad del local y de las virtudes de los platos marineros y las recetas típicamente catalanas. Y fue en ese espacio, desenfadado y luminoso, donde tuvieron la conversación que ambos necesitaban para desbloquear una situación absurda. El empresario conocía los sentimientos de su hija, pero al verla hablar de su gran amor, con la honestidad y transparencia de quien no tiene nada que perder, se replanteó su postura:

—Hija, comprendo que Lluís signifique tanto para ti, pero, en este asunto, el estatus familiar está marcado por la tradición. Nosotros te amamos, pero también debemos preocuparnos por tu porvenir.

Laura escuchaba atentamente a su padre sin apenas tocar lo que le habían servido. Entendía que estaba ante la más que probable última conversación sobre el asunto, y necesitaba ser convincente. O lograba tocarle la fibra a su padre, o no habría esperanza de cumplir con sus anhelos.

—Papá, siento que el amor es lo más importante de la vida, y Lluís lo ha sido todo para mí desde que éramos niños. Nos prometimos esperar a que yo regresara, y no ha pasado ni un solo día en el que no lo haya extrañado desde la distancia. Por favor, no me obliguéis a renunciar a lo único que deseo en la vida. ¿No he aceptado todo lo que me habéis pedido? ¿No me he ganado el derecho de poder elegir con quién quiero tener una familia?

Isaac apenas supo qué argumentar. Objetivamente, su hija tenía más razón que un santo, y sabía que su negativa no era más que una pataleta de autoridad, pero seguía sin encontrar la solución.

—Lo sé, mi amor, y soy consciente de que se trata de una cuestión incomprensible, pero me pides un imposible.

—Habla con mamá para que permita el enlace. Poned vuestras

condiciones, si así lo deseáis, pero no me privéis de este amor. No comprendo cómo esta unión puede ser un problema, cuando nuestras familias siempre han estado tan unidas. ¿Por qué Lluís no puede ser mi esposo?

Isaac bebió con la cadencia de quien medita sin prisa para ganar tiempo. Cualquier mala respuesta podría conducir a una fractura definitiva con su pequeña.

—Sabes que Ramon es como un hermano para mí y que adoro a su familia, pero no pueden aportarnos la estabilidad ni la posición que necesitamos. Anulado el compromiso con los Mas, volvemos a estar en una situación delicada. Podríamos perderlo todo, mi amor…

Laura lo miró con una intensidad a la que su padre no estaba acostumbrado y, viendo que no daba su brazo a torcer, lo intentó de una forma aún más dramática y oportunista. Era el último clavo ardiendo al que podía agarrarse y apenas sintió remordimientos al jugárselo todo con el as que tenía en la manga.

—Papá… Sabes por qué se suicidó Agnès, ¿verdad? —preguntó Laura, provocando un silencio profundo en su padre. Tras la pregunta, al empresario le costó retomar el curso de la conversación.

—Hija, no sé a dónde quieres ir a parar…

—Por amor uno es capaz de cualquier locura. Aunque sea descabellada o incluso mortal. Agnès amaba tanto a Pier que comprendió que no quería vivir sin él, y yo amo a Lluís con la misma pasión. Es el único hombre con el que podría darte nietos, el único que me ha hecho feliz… Te lo pido de nuevo, papá. Intercede por este amor y danos tu bendición.

El líder de los Pons recibió una estocada emocional superlativa, y el castillo de naipes que había levantado a base de mentiras piadosas y falsas creencias se derrumbó con violencia. Solo de pensar que su hija podía acabar como la de Ramon, se estremeció hasta el punto de comprender que ya no podía negarse a un sentimiento tan poderoso. Había llegado el momento de removerlo todo y recuperar un equilibrio que jamás se tendría que haber desajustado.

—Está bien, cariño... Hablaré con tu madre —dijo sin más Isaac, con la sensación de estar avergonzado por su cabezonería. En su obsesivo afán de proteger a su hija, la había convertido en la esclava de su propio egoísmo, por lo que era el momento de reconstruirlo todo. Reconocer los errores era la única forma de avanzar con los cimientos reforzados.

Aquella misma noche, en la biblioteca privada de los Pons, los padres de Laura se enfrascaron en una discusión sin igual. Todas las diferencias que habían acumulado con los años afloraron al tratar el asunto del enlace de su hija.

Isaac, tras escuchar estoicamente los improperios que le lanzaba su esposa y morderse la lengua con la ayuda de algunos lingotazos de coñac, esperó a que el cúmulo de tonterías llegara a su fin.

Con paciencia, intentó que Júlia comprendiera que aquella misma tarde su hija le había abierto los ojos. Le estaban fallando y la terquedad de que pasara por el aro debía terminar. Laura era una mujer de veintisiete años, capaz y habilidosa que merecía ser escuchada. Si podía encargarse de la herencia empresarial, podía determinar con quién pasar el resto de sus días. Era una mujer preparada para el mundo moderno, a la que no podían pedir un sacrificio tan mayúsculo, así que Isaac estaba decidido a darle una oportunidad a Lluís.

—Lo siento, Júlia, pero no voy a permitir que nuestra hija sea una desdichada cuando tiene toda la vida por delante. Como responsable de esta familia, he tomado la decisión de que puedan comprometerse.

La madre de Laura, ofendida por lo que consideraba un ataque directo a su voluntad, quiso advertir a su esposo:

—Como cabeza de familia tienes la última palabra, pero debes saber que me opongo rotundamente. Por respeto a Laura no montaré un cirio, pero esta decisión que solo tú tomas cargará sobre tu conciencia y marcará un antes y un después en nuestro matrimonio. No lo olvides.

— 333 —

Isaac, algo acalorado por la advertencia de su esposa, se sirvió otro coñac antes de confesar lo que hacía años que retenía en el buche:

—Mira, Júlia, vamos a dejarnos de apariencias y memeces de tres al cuarto. Ni tú ni yo nos hemos amado como deberíamos. Al principio creía que sí, que nuestro amor se había desarrollado con el roce de los años, pero la historia de nuestra hija me ha hecho aceptar la realidad. Nuestra unión fue interesada y me niego a que Laura sufra el mismo destino.

—Estás ciego, Isaac. No has comprendido nada después de tantos años. Lo que importa no es el amor; lo que importa es seguir estando en lo más alto. ¿Cómo crees que se forjan las grandes estirpes? ¿Por qué crees que nuestras familias decidieron nuestra unión? Me decepcionas...

Isaac, harto de ceder y callar, se enrocó en su postura. No tenía ninguna intención de perder el favor de su hija.

—Es mi decisión definitiva, así que espero que de buen grado te unas a ella. Pero si prefieres seguir haciéndole daño, puedes optar por lo que consideres oportuno. Laura es mi única heredera y nada tiene más sentido para mí que hacerla feliz.

Júlia Masriera, con semblante amargo, se incorporó para acercarse a la mesa donde estaban los licores. Impasible, revisó las botellas y se sirvió un brandi. En silencio, volvió al sofá individual de la estancia para sentarse de nuevo y beberse de un trago la copa.

Cuando la quemazón del esófago se desvaneció, recuperó la palabra. Ya que no podía hacer valer su voluntad, al menos iba a imponer las condiciones:

—Tú ganas, pero solo aceptaré el matrimonio con dos condiciones...

Isaac, algo aliviado tras haberse enfrentado a una lucha dialéctica digna de los titanes nórdicos, esperó el comentario de su esposa.

—Tú dirás.

—Nuestra hija no puede casarse con un camarero ni con un bohemio de tres al cuarto que dibuja en sus ratos muertos. El marido de Laura debe ser un hombre capaz de proporcionarle el estatus que merece por estirpe, así que solo daré mi bendición si deja de trabajar en el quiosco y a dedicarse a esa chorrada del arte. A cambio, podrá casarse con nuestra hija y le daremos un puesto de trabajo de categoría en nuestra empresa. De esa forma, ambos podrán relevarnos en un futuro con una posición de prestigio.

Isaac valoró por sorpresa la petición de su esposa, llegándose a poner en su lugar y comprender sus intenciones. De alguna forma, aquella solución resolvía el problema familiar, contando con el esfuerzo de ambas partes. Si Lluís realmente amaba a su hija, lo dejaría todo por estar con ella. Era el sacrificio personal que debía asumir para convertirse legalmente en un Pons.

—Me parece justo y cabal. Hablaré con los chicos y les transmitiré nuestra propuesta. El tiempo dirá si se aman tanto como dicen o si las cuestiones personales están por encima de la estima.

La madre de Laura, satisfecha a medias, se incorporó para dar por concluida aquella negociación. En aquel preciso instante, Isaac le parecía un hombre débil y mediocre, pero la vida la había puesto en aquella tesitura y, como matriarca, Júlia había ejercido sus obligaciones.

Antes de abandonar la estancia, quiso advertir una última cosa a su esposo:

—A partir de mañana, tú y yo dormiremos en habitaciones separadas. Creo que nuestra relación ha quedado seriamente dañada después de este cambio de impresiones. Espero que lo entiendas, Isaac.

El paterfamilias de los Pons, esperando algo parecido desde hacía mucho tiempo, aceptó la nueva condición de la mujer con la que se había casado por interés. Sutilmente, acababa de darle la razón con la decisión que había tomado respecto a su pequeña. Laura debía casarse por amor, entre otros motivos, porque era de las pocas cosas que, como padre, podía concederle en aquella época.

El marchante Aleix Muntaner recogió a Lluís en el quiosco, cuando apenas eran las once de la mañana. Con la autorización de Atilio, el joven había sido convocado por un importante artista que volvía a la ciudad después de muchos años de ausencia. Un célebre pintor que, encontrándose con unos amigos en el Lion d'Or, había contemplado la obra expuesta del joven Ros hasta el punto de quedar fascinado. Por tal motivo había preguntado entre los camareros del local para contactar con el representante del retratista y pedirle un encuentro.

Sin conocer la identidad del célebre pintor, por expresa petición de este, Muntaner indicó a Lluís la valoración que los expertos hacían de su obra, y la necesidad de vender algunos retratos. Comprendía que estuviera apegado a sus pinturas, pero, para propagar su nombre a los cuatro vientos, algunos dibujos debían formar parte de colecciones privadas. Solo así conseguirían mayores y mejores encargos, más allá de los clientes del Círculo del Liceo.

Vestido con el traje que Muntaner le había sufragado, descendieron por las Ramblas hasta llegar a la rambla dels Caputxins y al mítico bar que la *crème de la crème* de la bohemia barcelonesa había tomado como sede desde hacía décadas.

El interior del Lion d'Or cautivaba todos los sentidos. Desde su inauguración, abrazaba una atmósfera innovadora y un magnetismo sin igual, casi cósmico para los barceloneses que estaban a otro nivel. Se trataba del café de la bohemia y del misticismo, capaz de albergar la esencia literaria y cultural de la época, el espacio donde los profesionales de la pluma más creativos se codeaban de tú a tú con la burguesía y los especímenes de la clase más acaudalada. El Lion era pura esencia barcelonesa, y la magia que habían vivido aquellas cuatro paredes estaba a la altura de los grandes eventos parisinos que se prolongaban hasta altas horas de la madrugada.

Solo entrar, Lluís se enamoró de la solemnidad del salón principal. La chimenea propia de los castillos de cuentos de hadas y la armadura ataviada de armas y estandartes le hicieron comprender el poder de aquella declaración de intenciones terriblemente ecléctica. La estancia estaba dominada por una tenue luz que atravesaba unos ventanales de mil tonalidades, al estilo de las vidrieras religiosas de otras épocas.

Al Lion d'Or se lo conocía por lo exótico, trepidante e incluso sensual, aunque todos coincidían en que el salón histórico era la joya de la corona. Una antesala inicial que daba paso a la rotonda interior, donde se acumulaban, como murciélagos en su descanso diurno, los más canallas de la urbe. Un juego de claroscuros repartido silenciosamente por los reservados y los comedores privados del lugar.

Lluís bien sabía que aquel local atraía a los más curiosos y abiertos de miras, y que cualquier artista que se preciara tenía que visitarlo al menos una vez en la vida.

A mediados de los años veinte, sin embargo, el Lion ya había entrado en clara decadencia por culpa de la afición al cabaret y sus daños colaterales. Pero el primer salón medieval, donde se habían citado con el desconocido artista, mantenía la esencia del pasado diluida en una atmósfera prácticamente eclesiástica.

Tras echar un primer vistazo, dieron con el misterioso artista en una de las mesas más solitarias. Un hombre al que Lluís no reconoció, pero que heló la sangre del marchante. El pintor interesado en la obra del joven retratista era uno de los artistas más consagrados del momento y, curiosamente, había vivido muchos años en la misma Ciudad Condal. Al parecer, había regresado para resolver unos asuntos personales y no quería volver al extranjero sin tener un cara a cara con el joven del que muchos ya hablaban maravillas. ¿Y si era el nuevo Dalí o la versión actualizada de Ramon Casas? El malagueño pretendía averiguarlo en persona.

A Lluís, Pablo Picasso le pareció un hombre de mirada dura e inquietante, con el aspecto de un campesino afrancesado y las ariscas ínfulas propias del pescador de red y sardinas. Sus manos eran abruptas y su mirada, inquisitiva y penetrante. Solo el pelo algo largo y peinado con la raya a un lado suavizaba los surcos de un rostro desconcertante.

Cuando el retratista y su representante llegaron a la mesa, el

— 337 —

famoso pintor no se anduvo por las ramas; todos conocían su poca delicadeza.

—Toma asiento, chico… Y usted, déjenos un rato tranquilos. Quiero hablar con el pequeño genio sin distracciones —sentenció Picasso ante la sorpresa de Muntaner, que aceptó y dio un paso al lado, a la distancia apropiada.

Lluís no entendía nada de lo que estaba pasando y se sentía incómodo en una situación que ni siquiera había buscado.

—¿Cómo te llamas, chico? ¿O se te ha comido la lengua el gato? —soltó Picasso de mala gana. Sus formas eran vulgares.

—Lluís Ros, señor…

—Te seré franco porque aborrezco perder el tiempo. He conocido a muchos artistas, pero tú…, déjame decirte que tienes algo especial. Algo orgánico que hace que un simple trazo cobre vida, y eso es lo más difícil de conseguir, porque se tiene o no se tiene.

—Gracias. ¿Cuál es su nombre, señor? —preguntó inocentemente el retratista, sin saber que estaba ante una auténtica leyenda.

—Pablo… Con Pablo nos entenderemos bien.

Lluís asintió sin problema. A él, lo del nombre del artista le daba igual. Por su parte, Picasso contribuyó al misterio con sus extrañas preguntas y evasivas, precisamente para no condicionar el momento. No quería que el chico se impresionara y declinara el reto.

—Ya que has venido, iré al grano. ¿Ves esa obra tuya de allí? —dijo el pintor señalando uno de los dibujos expuestos de Lluís—. Si no me equivoco, es el quiosco que hay en la rambla de Canaletes, tocando a la plaza Catalunya, ¿verdad?

Lluís afirmó antes de darle una pequeña explicación:

—Sí, señor… Es un lugar muy especial para mí. Trabajo allí desde los catorce años.

Picasso puso los ojos como platos. Aquel dato se le había escapado y era de vital importancia para comprender el alma del dibujo.

—Ahora lo entiendo… Quiero comprarlo. Te pagaré lo que tu marchante considere justo.

El heredero de los Ros no supo qué responder. Tantas emocio-

— 338 —

nes eran difíciles de asimilar, y más cuando había ciertas obras que no estaba dispuesto a vender por motivos personales. Precisamente aquella era una de las elegidas.

—Le agradezco el interés, pero no está en venta. Me une a él un valor sentimental.

Picasso, sorprendido por no haberlo motivado con lo único que movía realmente al mundo, pensó en una alternativa para llevarse el cuadro. Se había obsesionado con él y no iba a salir del Lion d'Or sin llevárselo consigo.

—¿Qué te parece si nos lo jugamos a un reto? —preguntó Picasso mientras Lluís seguía cavilando quién narices tenía delante. Por más que arañaba en sus recuerdos, no le sonaba ningún pintor famoso con aquella apariencia.

—¿Ahora?

—Eso es, chico, ahora mismo. Vamos a aprovechar este encuentro haciéndonos un retrato el uno del otro en no más de quince minutos. Los presentes serán los jueces y, cuando transcurra el tiempo, dictaminarán quién es el ganador.

—¿Y cuál será el premio? Porque entiendo que querrá algo a cambio, si usted gana.

Picasso sonrió al comprender que el chico, aparte de buen artista, no era ningún imbécil, y se sintió aún más motivado para seguir adelante con la competición.

—Si yo gano, me vendes el dibujo del quiosco y me quedo el retrato que me hayas hecho.

—¿Y si gano yo?

—Recibirás la suma de dinero que acuerde con tu representante y elegirás tú el dibujo que podré llevarme. Lógicamente, te quedarás con el retrato que te haré y del que podrás disponer si algún día quieres venderlo. No te preocupes, porque mis obras se cotizan al alza.

Lluís pensó durante unos segundos la respuesta más adecuada. Lo cierto era que el reto le parecía motivador y, aunque podía perder una obra que amaba, necesitaba dinero para poder demostrar a los Pons que no era un muerto de hambre. Entre el quiosco y los encargos, empezaba a vislumbrar un ahorro considerable y la po-

— 339 —

sibilidad de potenciar su apellido ante los que deseaba que fueran sus futuros suegros.

—Acepto, aunque solo si me dice su nombre. Usted conoce el mío, y deberíamos retarnos en igualdad de condiciones.

Pablo sonrió por primera vez ante la reflexión del joven. Lo cierto es que empezaba a caerle bien.

—Pablo... Picasso.

Al escuchar el nombre de su contrincante, Lluís empalideció. A pocos palmos tenía a uno de los más grandes artistas de la época y se lamentó de no haberlo reconocido. El arte de Picasso había cruzado incluso la frontera más minúscula del globo terráqueo, encumbrándolo entre los elegidos, y él lo había tratado de tú a tú sin tener la menor idea de su identidad. Durante un instante se sintió un imbécil.

El retratista se incorporó para estrechar la mano del maestro. Restando importancia a los modales, Picasso le preguntó si en su bandolera guardaba lo necesario para llevar a cabo el reto. El heredero de los Ros afirmó, nervioso.

En poco más de diez minutos, todos los clientes del Lion d'Or formaron un corro alrededor de la mesa para presenciar un duelo apasionante pero desigual. Lluís sentía la adrenalina del juego y Picasso simplemente lo miraba con una ligera soberbia, sabiéndose el triunfador. Aleix Muntaner se encargó de ejercer de juez y, cuando el minutero de su reloj de cadena marcó las doce en punto, dio el pistoletazo de salida a los competidores.

El joven retratista empezó a bosquejar atenazado por los nervios. Intentaba captar la esencia de Pablo, que simplemente seguía bebiendo y apenas movía el lápiz. Cuando apenas faltaban cinco minutos para finalizar la contienda, el malagueño aumentó el ritmo de sus trazos, totalmente concentrado.

Lluís se encontraba en la fase de las luces y sombras, dejando atónitos a los clientes que se habían reunido a su alrededor, mientras que los seguidores de Picasso sabían que el estilo pictórico del artista malagueño no tenía parangón.

Cumplidos los quince minutos de rigor, Aleix Muntaner dio por finalizado el duelo, pidiendo a los rivales que dejaran sobre la mesa el retrato y el lápiz. Intentando ser lo más objetivo posible, el marchante sostuvo ambos retratos en el aire para que todos pudieran verlos y, tras el margen de valoración, pidió que los presentes votaran.

Ante la sorpresa de los dos artistas, el recuento fue muy igualado, aunque el condicionante de llamarse Picasso decantó la balanza en favor del malagueño. Lluís y el mítico Pablo se estrecharon la mano con respeto y, antes de que el ganador pudiera acordar la suma que pagaría por el dibujo que se iba a llevar, quiso tener unas últimas palabras con el joven retratista:

—Ha sido un placer, chico. Te auguro grandes éxitos, aunque te confesaré un secreto: no prestes mucha atención a los marchantes, mejor déjate llevar por ti mismo.

Lluís aceptó el consejo de buen grado, y más viniendo de toda una institución pictórica.

—Considerando lo importante que este dibujo es para ti, elige el que prefieras que me lleve… —soltó el pintor, ante la sorpresa de un Lluís que valoró infinitamente el gesto.

Recorriendo rápidamente la exposición de su obra, optó por otro boceto del quiosco en el que no estaban ni Agnès, ni Pier ni sus padres. Era más sencillo, pero pensó que agradaría a su rival. Picasso lo cogió satisfecho y abandonó el Lion d'Or en compañía de Aleix Muntaner, con quien estaba acordando los detalles del pago.

Lluís, aún asombrado por lo que acababa de suceder, volvió a sentarse para remirar el retrato que el gran Picasso acababa de hacerle. Aquel bosquejo era propio del periodo surrealista por el que pasaba su autor, aunque algo lo atrapó con tal fuerza que se sintió incapaz de apartar la mirada.

Así distraído, se le acercó uno de los camareros del Lion, que, sin haber pedido nada, le sirvió un vermut.

—Aquí tienes un regalo de la casa, chico. Que sepas que los que trabajamos aquí hemos votado por tu obra, pero contra Picasso era una gesta que tenías perdida de antemano —reconoció el hombre, robándole una expresión de profunda satisfacción al retratista.

Sin pensarlo, Lluís dio un intenso sorbo a la bebida y siguió observando el trazado del malagueño, mientras esperaba el regreso de su marchante. Acababa de perder una de sus obras, pero había ganado una buena suma por ella y también la posibilidad de vender algún día aquel Picasso a un precio desorbitado.

Fue entonces cuando el artista comprendió que el célebre pintor le había hecho un regalo sin igual, para mostrarle la admiración que le había despertado. Posiblemente, su obra tenía un valor muy superior al que había creído hasta entonces.

33

Como una rutina impuesta en tiempos convulsos, Lluís se acercó a la hora marcada al piso de la familia Pons. Era lo de siempre: entregar los dos sobres y la rosa con los que llevaba semanas intentando trasladar un claro mensaje.

Habituado a la espera, llamó con la intención de librarse con rapidez de su acto de buena fe y dirigirse al quiosco. Al heredero de los Ros siempre le abría la sirvienta del hogar, y en ningún momento pensó que algo iba a cambiar, aunque se equivocaba.

Ante su asombro, Isaac Pons fue el responsable de recoger aquel día las misivas y la flor. Lluís, totalmente en blanco, se anticipó mentalmente a una posible reprimenda por parte de un hombre al que desde siempre había considerado como a un tío. Lo de Amadeu había sido mucho más que la obsesión por alejarlo de su amada; simplemente no podía permitir que nadie se aprovechara de Laura ni de una familia que de alguna forma seguía considerando la suya.

Avergonzado, Lluís entregó las dos cartas y la rosa al paterfamilias de los Pons y se dispuso a abandonar el rellano con el rabo entre las piernas. Estaba ansioso por esfumarse y evitar males mayores, pero cuando ya había dado media vuelta y se disponía a poner tierra de por medio, Isaac Pons lo frenó con autoridad:

—¡Lluís, espera!

El joven Ros suspiró antes de volverse y asumir la reprimenda.

—Mañana me gustaría que me acompañaras a un lugar. ¿Puedo contar contigo a las diez? —soltó el padre de Laura ante la sorpresa del artista, que accedió en el acto.

—Desde luego, señor Pons.

El empresario esbozó una sutil sonrisa, consciente de la sorpresa que le tenía preparada. Además, aquello de no tutearlo, después de haberlo visto crecer, le pareció una estupidez.

—¿Ahora me vas a tratar de usted? Vamos, hombre, que te conozco desde que eras un renacuajo...

—Perdón, Isaac, es que ahora me cuesta encontrar la forma correcta de comportarme en tu presencia. Ya no sé lo que es más adecuado.

—Nada ha cambiado, Lluís. No seas tonto. Venga, ve tranquilo y mañana nos vemos a la hora acordada.

El artista, más relajado, le regaló una sutil reverencia y se dio media vuelta para descender con prisa las escaleras y abandonar el edificio. Aún no podía creerse que Isaac quisiera hablar con él. Si ataba cabos, las alternativas de éxito eran pocas, pero quizá su insistencia había causado algún efecto.

El padre de Laura observó las dos cartas que tenía en la mano y regresó al interior para distribuirlas adecuadamente. Había llegado el momento de dejar los egos de lado y restablecer los puentes para empezar de cero.

A las diez, Lluís llamaba a la puerta de los Pons, puntual a la cita. Vestido con el traje que le había comprado Aleix Muntaner para dar la mejor de las impresiones, esperó a que le abrieran.

En aquella ocasión, volvió a hacerlo la sirvienta, que, con una sonrisa y un guiño, le pidió que entrara y se dirigiera a la biblioteca. El artista conocía aquel piso como si fuera la palma de su mano. Cuando llegó a la estancia más ilustre del inmueble, se encontró a Isaac tras su escritorio, ultimando unas notas.

Al verlo, el imponente paterfamilias mostró un semblante amable y reaccionó dejando sobre la mesa la estilográfica con la que escribía. Se puso en pie y se acercó hasta el visitante.

—Buenos días, Lluís. Acompáñame, si eres tan amable.

El hijo de los Ros aceptó sin hacer ademán de hablar, por respeto y por vergüenza, y siguió al paterfamilias hasta la entrada.

Allí, el hombre se enfundó un chaquetón, tomó el bastón con el que le gustaba aparentar nobleza y se caló un bonito sombrero panamá de paja.

—Vamos, que se nos hará tarde —soltó simplemente el padre de Laura, antes de abandonar su hogar seguido por el hijo de su mejor amigo.

Sin preguntas ni moralejas baratas e innecesarias, descendieron hasta la calle y se acercaron a un taxi que el empresario había reservado para la ocasión. Y, subidos al moderno vehículo motorizado, pusieron rumbo a un destino mágico.

—Llévenos al Park Güell, si es tan amable —indicó sin más Isaac Pons, ante la sorpresa de un Lluís que jamás se había alejado tanto del epicentro de la ciudad.

Por respeto, el heredero de los Ros no preguntó el motivo de aquel paseo. Si el padre de Laura deseaba compartir con él alguna información, iba a recibirla de muy buen grado, pero odiaba la idea de pensar que era un individuo obsesivo.

El camino hacia la montaña pelada era una odisea soñada por Lluís. El joven artista ni siquiera se había montado en el metro para llegar a los barrios que, como Gràcia, iba anexando la gran urbe.

De subida, y dejando atrás las caricias del Mediterráneo, el artista disfrutó de la elegancia y la luz del paseo de Gràcia, observando a los más pudientes pasear por una vía pensada para el solaz de los burgueses. Un largo recorrido presidido piedra tras piedra por los edificios más solemnes y disruptivos del momento. Isaac, viendo la admiración del joven, dejó que disfrutara de la ruta, dejando para más tarde la charla que tenían pendiente.

Tras superar la Manzana de la Discordia y la increíble casa Milà, proyectada por el discutido Gaudí, cruzaron la Diagonal para adentrarse en Gràcia. Las calles se parecían más a las del Distrito V, aunque ni por asomo quienes habitaban en lo que parecía un pueblo moderno eran de la misma calaña. Aquel barrio era un enclave en constante desarrollo, donde los edificios modernistas emergían como setas y la luz bañaba balcones y vidrieras.

Llegados a la plaza Lesseps, recorrieron el último tramo hasta las puertas del célebre Park Güell, que hasta hacía cuatro años había sido un proyecto privado basado en lo que los ingleses llamaban «ciudad jardín», que tanto había obsesionado al poderoso conde Güell.

Meses antes, el consistorio de la ciudad había comprado el parque para abrir sus puertas al público, e Isaac había querido aprovechar la visita para tratar el asunto de suma importancia con el chico. En aquel jardín del Edén estaban prohibidos los pícnics, las comidas, las meriendas y los fuegos, pero el visitante podía gozar de un recorrido inédito, rodeado de naturaleza y de la arquitectura propia de un genio.

Llegados al acceso principal del parque, antes de descender del vehículo, Lluís quedó asombrado con los pequeños edificios que presidían la entrada, que parecían sacados del cuento de Hansel y Gretel. Jamás había visto nada igual, y sintió el arrebato de extraer su cuaderno de dibujo y recrear aquella fantasía. Pero la presencia de Isaac lo coartó, comprendiendo que, si habían llegado hasta allí, no era precisamente para bosquejar ni dar rienda suelta a su creatividad.

—Vuelva en una hora y media, por favor. Cubriré el tiempo de espera y el viaje completo —comentó Isaac al taxista, que aceptó encantado. Aquella carrera iba a suponerle los ingresos de toda una jornada.

Con todo en orden, el empresario y el artista descendieron del taxi e iniciaron una agradable caminata. El interior del lugar era aún más espléndido que su fachada exterior, y, con actitud contemplativa, fueron recorriendo las partes más urbanizadas y paseando por los diferentes senderos que conducían a la plaza de la Naturaleza. Gaudí se había inspirado en el dicho popular y, como en Roma, todos los caminos llevaban al mismo punto.

Dejándose imbuir por una cálida atmósfera y la sensación de estar en otro mundo, admiraron los pabellones de la entrada, las tres fuentes que recorrían la escalinata hasta la sala hipóstila y la gruta de la pata de elefante, que estaba destinada al refugio de carruajes. Llegados a la enorme plaza de suelo de arena y bordeada por unos bancos ondulantes recubiertos de *trencadís*, se sentaron

— 346 —

para observar la ciudad a sus pies. Aquella infinita urbe era su lugar en el mundo, las calles que en un futuro los verían morir. El entorno con el que se identificaban de corazón y en el que ambos habían creado sus propias raíces.

Y allí, relajados y receptivos a cualquier posibilidad, llegó el momento de la verdad y de abrirse a pecho descubierto.

Lluís intuyó que las noticias no iban a ser de su agrado. Si Isaac se había tomado tantas molestias era porque quería aliviar el golpe emocional. Y no andaba desencaminado, puesto que aquella fantasía, ubicada a apenas unos kilómetros de casa, lo había trasladado a una nube. Así que, resignado, se concentró en memorizar el entorno para más tarde reflejarlo en su cuaderno de artista. Al menos iba a sacar algo en positivo.

Mientras Lluís estaba absorto en sus temerosas cavilaciones, Isaac decidió entrar en materia. Había llegado el momento de resolver, de una vez por todas, la incómoda discordia familiar.

—Supongo que estarás dando vueltas al motivo por el que te he traído aquí —dijo Isaac, iniciando la conversación en un tono relajado y cordial.

El hijo de su mejor amigo asintió intentando no parecer ansioso.

—Entiendo que se trata de Laura...

—Entiendes bien. Lluís, esto tiene que acabar y creo que ha llegado el momento de encontrar una solución a lo vuestro. Y digo a lo vuestro porque claramente os amáis y no vais a bajar del burro.

—No, señor. Lo intentaremos hasta las últimas consecuencias.

El empresario dejó pasar unos instantes de reflexión antes de recuperar la dinámica de la conversación.

—Cuéntame: ¿qué tienes pensado con mi hija? ¿Por qué crees que puedes hacerla feliz?

El heredero de los Ros no necesitó ni una fracción de segundo para dejar clara su postura. Había pensado en ello desde los catorce años.

—No he amado a nadie más y solo formaré una familia si es a su lado. ¿Qué más podría desear?

—Entonces ¿estarías dispuesto a todo por estar con Laura?

—A todo.

—Comprendes que no será fácil, ¿verdad?

—No tengo miedo a las dificultades. A su lado me siento capaz de enfrentarme a cualquier contratiempo.

El empresario respiró hondo, consciente de que las condiciones que iba a imponer al chico eran crueles. Las exigencias de su esposa, Júlia Masriera, eran excesivas, pero aceptarlas había sido la única forma de que accediera al enlace, de modo que se armó de valor para situar a Lluís ante un dilema de dimensiones cósmicas. La decisión dependía totalmente del hijo de su mejor amigo.

—Bien sabes que te aprecio como a un hijo, pero autorizar vuestro matrimonio supone romper con las tradiciones familiares, algo que mi esposa no ve con buenos ojos. Tras meditarlo, sin embargo, hemos decidido darte una oportunidad.

El heredero de los Ros estuvo a punto de abrazarlo de felicidad antes de conocer la segunda parte de la explicación. Aquella noticia era una verdadera sorpresa, por lo que intentó mantener las formas y dejar que Isaac terminara su argumento.

—Lo que sea, Isaac. Mi amor por Laura está por encima de cualquier otra cosa.

—Comprendo… La cuestión, Lluís, es que, para que accedamos al enlace, tendrás que renunciar a algunos aspectos de tu vida —dijo Isaac, que advertía la dureza de lo que iba a pedirle. Conocía los sueños de aquel joven tanto como si fueran los de un hijo propio, y se sentía como un miserable al ponerlo en semejante tesitura.

—¿A qué cambios te refieres?

—Deberás dejar de trabajar en el quiosco y rechazar los encargos como retratista. Nuestro apellido no puede relacionarse con un camarero que además lleva una vida bohemia. Sería la comidilla de todos. No me malinterpretes, no tengo nada en contra de tu trabajo ni de tu arte, pero se trata de la imagen y del mensaje que daríamos a nuestros iguales, y no podemos permitirlo. Sé que te estamos pidiendo algo muy duro de aceptar, pero no hay otra opción.

Lluís apenas pestañeó. Aquello que le pedía Isaac suponía romper con todos sus sueños desde pequeño, y no le parecía justo renunciar a lo que había conseguido con tanto esfuerzo. Aunque lo que sentía por Laura era demasiado preciado para ponerlo en una balanza y elegir.

Mientras lo pensaba, se sintió terriblemente mal e incluso experimentó la necesidad de llorar de pura impotencia, pero cuando creía tocar fondo, el recuerdo de Laura lo abrazó. Y fue entonces cuando supo que podía plantearse la renuncia sin caer en el vacío más absoluto.

—¿Y qué haré en la vida, Isaac? He llegado hasta aquí después de mucho esfuerzo y solo sé trabajar en el quiosco y crear mis dibujos —confesó el chico, apesadumbrado.

—Eso no será un problema. La segunda parte de la petición es que empieces a trabajar en la fábrica. Allí te sentirás cómodo, porque están tu padre y Laura, y poco a poco lo aprenderás todo. Incluso creo que lo que has aprendido en el quiosco te ayudará con la gestión empresarial. Sabes tratar a las personas y administrar un negocio. Eso es mucho más de lo que la mayoría puede decir.

Lluís escuchó con atención la propuesta. No le parecía una mala alternativa, pero todo era demasiado intenso para procesarlo en un instante.

—En caso de que aceptes, te confesaré que tengo planes para vosotros. Me gustaría que, cuando me jubile, Laura y tú os encarguéis del negocio familiar. Soy consciente de que te estamos pidiendo mucho, pero es la única forma de que la unión no perjudique a lo que hemos construido mi esposa y yo.

El artista, aún sin palabras, asintió por pura inercia. Necesitaba un poco de tiempo para hacerse a la idea. Su vida iba a cambiar por completo, enterrando definitivamente unos sueños a los que debía sumar los de su hermana y Pier. De alguna forma, se había comprometido con ellos a que algún día el quiosco sería de la familia, y ahora se veía obligado a romper a la fuerza la promesa en beneficio de su propia felicidad. ¿Por qué no podían respetar la simple voluntad de dos amantes que habían soportado el peso de la distancia durante años? ¿Tan difícil era alegrarse por la felicidad de quienes se querían?

—Qué te parece si te tomas un tiempo para pensarlo. No hay

prisa, Lluís. Solo quería informarte de nuestra decisión en un entorno agradable, pero considero que lo adecuado sería que lo madurases. ¿Te parece bien? —propuso Isaac con el corazón en un puño. La expresión del joven era todo un poema, y la sensación de ser un miserable se adueñó un poco más de la conciencia del empresario.

—Está bien, Isaac... Gracias.

La conversación diluyó por completo la buena sintonía y, acompañados de un intenso silencio, regresaron al edificio donde vivían las dos familias. Antes de que separasen sus caminos, Isaac quiso pedir algo más al hijo de los Ros:

—¿Podrías subir un momento conmigo? Laura me ha hecho prometer que irías a verla cuando regresáramos. Y creo que, con lo que hemos hablado hoy, ya se han terminado las distancias y las prohibiciones.

—Por supuesto, Isaac —respondió Lluís, antes de seguir al empresario textil hasta la biblioteca, donde estaba esperando el amor de su vida.

Tras ser recibido con una sonrisa, el paterfamilias los dejó a solas para que pudieran hablar. Comprendía perfectamente que merecían aquel instante, después de todo lo que habían soportado.

Juntos al cabo de tantos días, Laura no pudo evitar abalanzarse sobre Lluís y besarlo como si aquel fuera el último encuentro de su vida. Había deseado hasta la saciedad volver a sentir la textura y el sabor de sus labios, y necesitaba tenerlo de nuevo entre sus brazos.

El heredero de los Ros respondió con la misma pasión que su amada y, tras unos instantes en los que el entorno desapareció por completo y los sentimientos tomaron el mando, intentaron recuperar la compostura. Se habían deseado tanto que el ansia los había atrapado en un torbellino sensorial.

—¿Sabes lo que me han pedido para que podamos estar juntos?

—Sí, me lo contaron ayer.

Lluís la observó con tanto amor que a Laura le pareció que se derretía. Lo que sentía por aquel joven superaba cualquier relato de amor, cualquier canto entonado por los míticos trovadores del Medievo.

—Tu padre me ha dado un tiempo para pensarlo, pero no hay nada que pensar.

—Sé que te están pidiendo demasiado, mi amor, pero nada podrá impedir que estemos juntos. Sea ahora, con sus condiciones, o más adelante, cuando tengan que aceptarlo de todas formas... Yo te amo y te amaré siempre como el primer día.

Lluís sintió que su alma se ensanchaba y la luz surcaba todo su cuerpo. Cuando estaba con Laura, el resto del mundo dejaba de importarle. Amaba el quiosco y retratar, pero la amaba más a ella, y, aunque necesitaba procesar el cambio, tenía clara su respuesta.

—Aceptaré, mi amor. No quiero esperar ni forzar más. Así estaremos juntos sin hacer más daño a nadie.

Laura lo escuchó emocionada. Que estuviera decidido a dejarlo todo por ella no era más que la confirmación de que era el elegido. Y simplemente supo que, por fin, podía ser feliz.

—Entonces, hazlo según creas conveniente. Yo te esperaré lo que haga falta. No tenemos por qué casarnos hoy mismo. Un matrimonio no cambiará lo que sentimos.

Lluís asintió y volvió a besarla con pasión. Sentía la necesidad de mantener el contacto constante, como si formaran parte de la misma raíz.

Tras un beso prolongado, Laura quiso darle una última sorpresa.

—Espera un momento, tengo algo para ti. —Se acercó a las estanterías de la biblioteca donde parecían estar sus libros y cogió dos ejemplares atados con una cinta. Se acercó sonriente al amor de su vida para enseñárselos.

—¿*Romeo y Julieta*? Estos son nuevos...

—Los compré con mi padre en el paseo en el que todo se desencalló. Fue el día en que comprendió que te amaba con locura y que debía replantearse su postura —comentó la joven sin perder la alegría reflejada en su rostro. Estaba radiante—. Curiosamente, los encontré en el puesto del mismo librero al que compré los de Goethe, y me contó la misma historia de los amantes, así que, sea cierta o no, me parece que es una señal.

Lluís acarició los libros con un amor delicado y paciente.

—Puede que incluso esta historia encaje mejor con nosotros, aunque tenemos la oportunidad de darle un final feliz.

Laura le acarició la mano sin apartar la mirada.

—Podríamos tener un ejemplar cada uno. Serán nuestras verdaderas alianzas.

—Sí, quiero… —afirmó Lluís antes de volver a besarla y fundirse en un plano desconocido. Por fin, la distancia y las barreras familiares habían desaparecido. Solo era cuestión de tiempo acostumbrarse a una nueva vida con sueños intercambiados.

La vida con Laura simplemente tenía el color que, sin ella, perdía por completo.

La cálida caricia del aroma de las Ramblas había conseguido tranquilizar a un Lluís aún agitado por las circunstancias. Aquella mañana apenas habían atendido a algún cliente; la decadencia del quiosco empezaba a ser preocupante. Por mucho que se aferrasen al pasado, Atilio y su pupilo —que habían vivido lo mejor de la historia del lugar— se sentían entristecidos por ver cómo sus sueños se iban esfumando lentamente; una enfermedad crónica les usurpaba la energía hasta dejarlos en los huesos.

La tristeza de Lluís aumentaba por varias razones. A la charla que tenía pendiente con Atilio, en la que iba a renunciar al trabajo, se le sumaba el final forzado de su carrera artística. Por tal razón, había quedado primero con el marchante, para explicarle sus motivos y, sobre todo, para pedirle que vendiera toda su obra a excepción de diez láminas que deseaba guardar. Todas ellas eran imágenes del quiosco en su momento más álgido junto a las personas vinculadas al lugar que tanto había amado: Agnès, Pier, Musha y tantos otros cuyo recuerdo temía perder definitivamente por el cruel efecto del olvido. Poco a poco había ido olvidando sus rostros, su olor y su esencia, y solo aquellos retratos lo ayudaban a no dejarse llevar por el peso de lo atemporal, del vacío existencial.

Así que, cuando se lo planteó a Aleix Muntaner, el marchante no supo cómo reaccionar. No podía creerse que un talento como aquel decidiera renunciar a su don por amor. Y más cuando, según su perspectiva de la vida, lo de querer iba y venía, cambiando constantemente de usuarios y de circunstancias. Pero el arte no, el arte era eterno y encarnaba el amor más puro que el ser humano podía albergar. Un amor sin igual hacia las formas, los colores y la fantasía. Porque, sin la irrealidad pictórica, al hombre no le quedaba nada real por lo que luchar. Pero él no era nadie para decirle al chico que su amor podía caducar y que quizá, en un futuro, se lamentaría de lo que había sacrificado. Si tenía que aprender la lección, debería hacerlo por sí mismo. Él sería el único responsable de su fracaso existencial.

—¿Estás seguro de esta decisión? —preguntó por última vez Aleix Muntaner, dándole la oportunidad de recapacitar y echarse atrás.

—Es una decisión irrevocable. Solo quiero quedarme los diez retratos que he separado y el boceto que me hizo Picasso. El resto puede venderlo al mejor postor.

El marchante se mordió la lengua, consciente de que no era nadie para sembrarle dudas. Resignado a perder a uno de sus mejores artistas, simplemente aceptó la renuncia.

—Está bien… Dame unas semanas para encontrar compradores y para recaudar lo que te deben de los últimos trabajos.

—Gracias, señor Muntaner. Lamento avisarlo con tan poco tiempo, pero debo decidirme cuanto antes —aclaró Lluís, aparentemente sereno y con las ideas claras, aunque la procesión iba por dentro. Ambos lo intuían, porque cortar por lo sano con un sueño resultaba durísimo para alguien que había logrado sus aspiraciones tras mucho esfuerzo.

—Cuando lo tenga todo, te lo acercaré a tu domicilio. Y no cabe decir que, si te replanteas la decisión, puedes contactar conmigo. Seguro que encontraríamos la forma de reactivarlo todo —comentó el marchante, resignado pero lanzando un sutil guiño a Lluís para que no descartara ninguna hipótesis.

—Gracias, señor Muntaner —dijo el joven de los Ros antes de ir a estrecharle la mano a su representante. Con un gesto instintivo, Aleix tuvo el arrebato de apartarle los dedos y darle un sentido abrazo.

—¡Ven para acá y déjate de manos!

Un agitado nudo les comprimió la respiración, pero intentaron aparentar que aquella despedida solo era temporal, un «hasta pronto» más que un «hasta nunca». Y, con todo dicho, el marchante se alejó por las Ramblas para, a unos metros del quiosco, levantar la mano una última vez sin volverse.

Aquel gesto emocionó al joven camarero, que comprendió que había llegado el momento del auténtico adiós. Aún no había hablado con Atilio, que, por otra parte, empezaba a olerse que aquel iba a ser uno de los días más tristes de su vida.

—¿Estás bien, Cachorro? —preguntó el gerente, con la mosca detrás de la oreja.

Lluís se mordisqueó los labios, intentando buscar las palabras adecuadas. Alejarse del quiosco y de Atilio era como abandonar el propio hogar. Quería a aquel hombre de una forma tan íntima y personal que lo consideraba su maestro, su mentor, sangre de su sangre. Atilio le había enseñado los secretos de la vida, a observar el valor real de su entorno, a comprender las señales de las buenas personas…, a sentirse simplemente amado en una comunidad.

Y le dolía tanto hacerle daño que estaba sufriendo lo que no estaba escrito. Aquel era el peor momento de su vida, junto al día que le comunicaron la muerte de su hermana. Y sí, podía visitarlo mil veces, pero nunca iba a ser lo mismo. Aquella decisión era durísima, implacable y aterradora.

—Atilio, tengo que hablar contigo… Es importante.

El gerente lo miró con ojos de cordero degollado, consciente de que había llegado el instante que había temido desde hacía años. Era una despedida anunciada.

Emocionado y asustado, Atilio sintió un leve pinchazo en el pecho, pero apenas le dio importancia. Lo que estaba por pasar era lo único a lo que podía prestar atención.

—Te vas, ¿verdad?

—Sí… —susurró Lluís con una dificultad titánica. Reconocer su marcha era como soportar un gélido cuchillo hundido en la génesis de su propio ser.

—¿Y puede saberse por qué? ¿No estás bien?

Lluís aumentó la profundidad de su respiración. La explicación era la parte más dura, porque suponía confesarle a aquel hombre, a quien amaba como a un padre, que elegía a otra persona en su lugar, que era una especie de suplente en la categoría de sus seres queridos.

—No es eso… Trabajar aquí, contigo, ha sido un sueño, pero no tengo alternativa si quiero casarme con Laura.

Al escucharlo, Atilio ató cabos. Él, que era perro viejo, dedujo que una familia de categoría no querría a un camarero por yerno; a su vez, comprendía que el amor lo podía todo y que la vida pasaba en un suspiro. Quería tanto a aquel chaval que no podía retenerlo para siempre. Era el momento de que levantara el vuelo, y él lo sabía.

—Lo imaginaba… Y te han pedido que también dejes lo del arte, ¿verdad? Por eso el numerito de ahora con Muntaner.

—Sí.

—Es la historia de siempre, Cachorro. Los que controlan el cotarro se las apañan para que todo sea a su medida, aunque, conociendo a don Isaac, no habrá mala fe en esa petición. Solo quiere lo mejor para su hija, no se lo tengas en cuenta.

Lluís asintió, incapaz de responder. Las lágrimas se habían apoderado de sus entrañas. Sentía una tristeza tan profunda que el entorno desapareció por completo.

—Lo siento de verdad, Atilio…, yo…

El gerente sintió un nuevo pinchazo en el pecho, pero ni se inmutó. No era el momento de numeritos y fuera lo que fuese podía esperar. Si tenía que aceptar aquella despedida, quería hacerlo bien, con todos sus matices, con todas las emociones a flor de piel.

—Cachorro, la vida no termina en este quiosco. Simplemente ha llegado el momento de que te enfrentes a una nueva etapa, a algo infinitamente más bello.

—Pero amo el quiosco y no quiero alejarme de ti. Lo has sido todo para mí, Atilio. Bien lo sabes.

Las palabras de Lluís fueron un azote tremendo para el gerente, aunque, como siempre, estrechó el cerco a sus emociones y simuló una entereza estoica y ejemplar. Su único objetivo era ayudar al chico a pasar el mal trago. Esa era su última responsabilidad con el único hijo que había tenido. Porque Lluïset había representado eso para él: lo había sido todo.

—Este lugar está en decadencia, así que lo dejas antes de que sea demasiado tarde. Yo mantendré el faro encendido hasta que me jubilen, pero tú debes zarpar y vivir. Debes formar una familia con Laura y trasladar tus sueños a un espacio nuevo donde puedas cuidarlos. Déjalo todo, pero no renuncies a dibujar, porque eso forma parte de tu esencia. Si lo haces para ti, nadie podrá arrebatártelo jamás. Haz que sea tu secreto en la vida.

Lluís, que escuchaba atentamente a su maestro, comprendió el valor de aquellas palabras y simplemente asintió antes de darle un poderoso abrazo cargado de años de vínculo, sabiduría y amor. Un abrazo que solo los padres y los hijos pueden darse en los momentos más duros de su existencia conjunta.

Secándose las lágrimas con disimulo, el gerente se separó unos centímetros para restaurar la atmósfera. Estaba todo dicho, solo quedaba guardar aquel último día en el rincón más valioso de su corazón. De alguna forma, seguirían atendiendo a los clientes del quiosco juntos, incluso cuando ya no estuvieran en este mundo. Aquel era el compromiso que ambos habían adquirido en aquel espacio mágico ubicado en la cúspide de las Ramblas.

Bajo una lluvia torrencial, un numeroso grupo de vecinos del Distrito V y de clientes del quiosco daban el último adiós a Atilio, el hombre que había conseguido mantenerles la llama de la esperanza, siempre con amabilidad y devoción.

El padre Gabriel, de la iglesia de Betlem, se había ofrecido para acompañar al alma del gerente del quiosco Canaletas hasta la otra orilla, sintiendo una pesadumbre infinita. Todos los presentes habían tenido alguna relación con Atilio, que representaba la mano amable de un distrito que los había tratado con dureza día tras día. Pero el gerente, siempre luminoso, siempre dispuesto, siempre cordial, les había tendido la mano desinteresadamente, consciente de lo que era pasar por un mal momento o necesitar una voz amiga con la que compartir la desdicha. Atilio era simplemente el confidente y el amigo de tantos que en el cementerio del Poblenou nunca se había presenciado un entierro tan multitudinario. Un adiós sincero y no marcado por ser el de una personalidad de la ciudad.

El adiós a un hombre que lo había merecido todo.

Lluís, destrozado por la pérdida, continuaba cabizbajo junto a Laura y su padre, que mantenían la compostura para ayudarlo, aunque, a su vez, también sentían el peso de la tristeza.

Atilio había fallecido a los cincuenta y seis años, solo una semana después de su última conversación con Lluís, en el mismo quiosco. La muerte se lo había llevado a su feudo con las botas puestas y en pleno acto de servicio. Un infarto, que lo había estado avisando demasiadas veces, había sido el trascendental mensajero. Pero el gerente, obstinado e incapaz de alejarse de su guarida de bebidas, había preferido dejarlo todo en manos del destino, razón por la que no se había podido despedir como Dios manda de sus más allegados; solo, simbólicamente, del joven Ros el día de su renuncia.

Atilio dejaba lo mejor que un ser humano podía mostrar en su existencia. Para algunos había sido un ser de luz; para otros, un hombre de corazón gigantesco; para Lluís, sin embargo, el mejor amigo que jamás podría tener. Perder a Atilio supuso un golpe mortal en su maltrecho ánimo, que ya había sufrido un cisma por la cruel toma de decisiones. Perder a Atilio suponía morir un poco más en vida, una nueva herida en la esencia vital que aún no había cicatrizado por la desaparición de Agnès.

Pese a la dureza del momento, cuando llegó el instante del último adiós, Lluís se acercó al ataúd de su mentor. Con una cadencia cargada de silencio, depositó un papel sobre la noble madera, que la lluvia y el viento se encargaron de empapar y de abrir, dejando al descubierto un retrato en el que aparecían sonrientes Atilio y Pier. Aquel dibujo era el último recuerdo que Lluís tenía de ellos y del que jamás se había querido desprender. Aunque ya no le pertenecía. Ahora pasaría a convertirse en el mapa que conduciría a su amado maestro al lado de Pier y de Agnès.

Con toda seguridad, allí donde estuvieran, montarían un

quiosco como el de las Ramblas, donde aplicarían todo lo aprendido en la bella Canaletes y seguirían mostrando lo mejor del ser humano.

Atilio sería recordado por todos como uno de los personajes más amados de la historia de la gran vía barcelonesa.

Como el único farero capaz de guiar a cientos de almas errantes hacia las profundidades marinas de la ciudad que tanto había amado.

TERCERA PARTE

1949-1951

34

1949

La Granja La Pallaresa de la calle Petritxol estaba llena hasta la bandera. Solo llevaba tres años abierta, pero su fama había alcanzado límites insospechados gracias a sus chocolates a la taza, los deliciosos suizos y el reclamo de los *melindros* para mojar y deleitar hasta el paladar menos agradecido.

Aquella tarde, Lluís y su hija Candela, de doce años, habían dado un paseo por aquella vía, perdida entre las Ramblas y la catedral de Barcelona, para que la menor de los dos hermanos de la familia no sufriera el peso de las últimas horas de su abuelo Isaac, que, postrado en la cama, tenía a la familia en vilo. Por ello, Laura se había quedado con Antoni, el hijo mayor, de quince años, de modo que el vetusto cabeza de familia pudiera disponer de unos instantes de silencio.

A Lluís, eso de pasear con sus hijos lo relajaba, aunque las circunstancias de aquel día eran especiales.

Candela empapaba una y otra vez los *melindros* en el suizo del tamaño de un transatlántico que le habían llevado y hojeaba un ejemplar de *Mujercitas*, de Louisa May Alcott. Su padre, un empresario ejemplar, leía atentamente *La Vanguardia* del día mientras degustaba su propio chocolate a la taza con parsimonia. Aquel, sin duda, era el oasis que había necesitado con su hija después de semanas de tensión familiar por el estado de salud de Isaac.

El estruendo de las conversaciones colindantes era considerable, pero padre e hija estaban absortos en sus propias lecturas.

— 361 —

Tras un profundo sorbo y dejar que la dulce calidez del chocolate le bañara el paladar, Lluís Ros se topó con una noticia que le llamó especialmente la atención.

En un reportaje a dos páginas, el periódico detallaba una exposición en el Museo de Historia de la Ciudad para conmemorar los años de existencia de las Ramblas. Mediante el testimonio de fotografías fechadas incluso antes de finalizar el siglo XIX, así como los dibujos y pinturas prestados por coleccionistas privados, quien visitara la muestra podría hacer un recorrido visual por la vida y las vicisitudes de la gran vía barcelonesa. Lluís, atrapado por la noticia, soltó un sutil suspiro, despertando en el acto la atención de su hija, que dejó de focalizarse en la lectura. Aquella cría siempre estaba preocupada por su padre.

—Papá, ¿estás bien?

Lluís, con la mirada aún entre las líneas, se las ingenió para responder como si todo estuviera en orden:

—Claro, hija. ¿Por qué lo preguntas?

La niña, con mirada inquisitiva, evidenció que no iba a dejarse engañar tan fácilmente.

—Porque has suspirado y tú nunca suspiras. ¿Has leído algo que te haya preocupado?

—En absoluto, mi amor. Solo un reportaje sobre el Museo de Historia de la Ciudad y una exposición que me ha llamado la atención. ¿Ves? —comentó el padre, mostrando a la pequeña el artículo para que pudiera quedarse más tranquila.

—Ah…

—Habla de las Ramblas y de que están exponiendo cuadros, fotografías y dibujos. Parece interesante.

La niña, sin el más mínimo interés por el museo y la exposición, asintió con desgana para regresar a la degustación del suizo y a la lectura de su apasionante novela.

Candela había heredado la belleza de sus padres por partes iguales. De pelo lacio y oscuro como la noche más profunda, destacaba por una mirada ágil y perspicaz que le ofrecía el poder de averiguar el estado de ánimo de los demás. En eso era como una sacerdotisa del antiguo Egipto, capaz de controlar el clima y las mareas.

— 362 —

Los ojos de aquella niña eran del espeso azul de la costa barcelonesa y encajaban a la perfección con las dimensiones del canon de belleza de finales de aquellos años cuarenta. Una nariz menuda, provista de la misma curvatura que uno de los toboganes del parque de atracciones del Tibidabo, remarcaba unos labios perfilados y carnosos, siempre brillantes por el influjo de la luz. Su larga melena, recogida con un elaborado moño de la época, le daban el aspecto de una princesa extraída directamente de los cuentos de *Las mil y una noches*. Pero su expresión relajada y amable era lo que realmente cautivaba a sus padres, que veían en ella un reflejo de su tía Agnès, a su misma edad. A veces costaba comprender que dos generaciones tan alejadas pudieran beber de la esencia de una misma fuente.

Tras salvar la situación con Candela, el paterfamilias de los Ros Pons empezó a leer el artículo con interés, hasta que, al fijarse atentamente en una de las fotografías, reconoció varias de las obras que había vendido antes de casarse con Laura. Al parecer, el marchante Aleix Muntaner había ofrecido sus dibujos en bloque para no separarlos ni reducir el valor. Y como el dinero no era inconveniente para sus contactos, posiblemente las obras formaran parte de la colección de alguno de los burgueses del Círculo del Liceo, o de otros clientes a los que había retratado veinticinco años atrás.

La sensación de ver sus dibujos fue agridulce. En el reportaje se hablaba de diferentes artistas reconocidos, aunque se destacaba a un joven de identidad desconocida que había sido famoso un par de décadas atrás por trabajar en el quiosco Canaletas y tener un don casi divino para el retrato. Al leer aquellas líneas, el empresario sintió un ligero mareo. Había renunciado por amor a algo que se le daba especialmente bien y, aunque no había dejado nunca de esbozar, con el tiempo su producción artística se había reducido a la mínima expresión. De hecho, tras lo vivido en la Guerra Civil, apenas había tenido la necesidad de bosquejar ni un mísero garabato. Era como si lo que había presenciado con los bombardeos a la ciudad lo hubiera bloqueado indefinidamente, pero en ese momento, al ver una parte de su obra en aquel reportaje, sintió un desdibujado escalofrío. ¿Qué habría sido de su carrera artística si jamás lo hubiera dejado? ¿Qué habría sido de su vida si hubiera seguido en el quiosco?

Las preguntas lo abrumaron de tal manera que permitió que el pasado irrumpiera sin pedir permiso para recordarle que lo más conveniente era no dar vueltas a lo que ya no podía cambiarse. Lo hecho hecho estaba, y sus decisiones, tomadas en aquel momento con la certeza de que eran la mejor opción, le habían ofrecido experiencias tan maravillosas como el nacimiento de sus dos hijos y el regalo de estar junto a Laura hasta el último de sus días. Haciendo un fugaz balance, lo que había ganado era demasiado valioso para tener remordimientos.

Abandonando la ensoñación y unas cavilaciones hasta cierto punto peligrosas, Lluís dobló el periódico para dejarlo sobre la mesa y terminar su taza de chocolate. Primero esperó a que su hija marcara la página del libro por la que iba y, cuando volvió a prestarle atención, empezaron a hablar del abuelo y de la escuela. De lo mucho que le gustaba asistir a las clases, al contrario que Antoni, quien aborrecía la institución educativa y jamás hacía las tareas. En eso, el hermano mayor de Candela no tenía muchas luces. Le importaba tan poco lo que le enseñaban en las aulas que tenía todos los números para acabar de aprendiz en la fábrica familiar, aunque a Lluís tampoco le parecía una mala opción. Todos valían para algo, y él era el primero que trabajó durante años como aprendiz en el quiosco Canaletas y a la misma edad de su hijo mayor.

Terminados los excelentes *melindros* y habiéndose limpiado el bigote de chocolate, padre e hija abandonaron la granja para regresar al cobijo de una familia que pasaba por momentos delicados. Isaac temía morir solo, y Lluís, que era de cumplir con su palabra y salvaguardar el honor hasta las últimas consecuencias, quería ser gentil y acompañarlo en el último suspiro, aunque le hubiera arrebatado un pedazo de su alma cuando solo era un joven lleno de aspiraciones y sueños.

El graznido de las gaviotas, desde la lejanía, se fundía con la tristeza de la familia Ros Pons. El ajetreo de la maquinaria pesada del puerto mercantil, operando de sol a sol, mantenía un ritmo constante y aletargado, mientras Laura daba el último adiós a Isaac. Su padre, un hombre firme, que había llegado a convertirse en su aliado, yacía bajo tierra en la sepultura familiar.

Un cáncer de páncreas, feroz e intransigente, le había arrebatado la vida cuando se había ganado la oportunidad de dejarlo todo de lado para disfrutar de sus nietos.

A Laura y a Lluís les había costado un mundo darle dos herederos a un hombre que no siempre había priorizado lo que consideraba justo, pero que en el momento preciso se había enfrentado a su esposa en defensa de un matrimonio que contradecía la ley del apellido. Hasta los treinta y cinco, Laura no se había quedado embrazada de Antoni, pese a intentarlo con todos los recursos que tenían a su alcance, y dos años más tarde, cuando el matrimonio ya empezaba a aceptar que solo tendrían un descendiente, surgió la sorpresa: la heredera de los Pons empezaba a gestar a Candela.

Habían transcurrido veintitrés años desde que Lluís había tomado la gran decisión de adoptar otro tipo de vida. En ese intervalo se había convertido en esposo, en padre y, sobre todo, en un digno administrador de la empresa de los Pons, que gestionaba mano a mano con Laura. Isaac había cumplido con su palabra, y la pareja llevaba más de una década encargándose de la dirección de la fábrica textil. Y todavía más desde que Isaac cayó enfermo y emprendió su férrea lucha contra una enfermedad arisca y egocéntrica. Pero el destino marcaba las cartas y jamás ofrecía una segunda oportunidad. Posiblemente perfilaba un detallado mapa que conducía del pasado al futuro, según sus propias decisiones. En eso, como solía decirse, el destino era caprichoso y variable.

En aquellas más de dos décadas, Lluís no se había acercado al quiosco de las Ramblas, más por nostalgia y para contener el azote del arrepentimiento que por miedo a averiguar cómo había seguido el negocio sin su gran pilar. Atilio, su gran maestro de vida, su mejor amigo sobre la faz de la tierra, le había enseñado a transformarse, a convertirse en la piedra angular de una nueva vida alejada del pasado. Distrito, Ramblas, arte…, todo aquello se había esfumado entre los escombros del olvido; cuando recordaba viejas es-

— 365 —

cenas carentes de tonalidad, sentía que los años lo habían endurecido enraizándolo en otro sector, en otras perspectivas vitales. No tenía quejas de lo que le había ofrecido la nueva etapa, pero seguía pensando que la anterior había albergado unos destellos irreemplazables. Había sido una época abrazada por la magia de la propia vida.

Hasta el inicio de la infame Guerra Civil, la fábrica textil de los Pons funcionó con una dinámica desigual, atrapada por los altibajos propios de una producción enfocada en la ropa de corte femenino.

En los años previos a la guerra, Lluís había conseguido una pequeña tregua con sus suegros al encargarse de la confección de los carteles publicitarios de sus productos. El joven seguía teniendo buena mano para todo tipo de ilustraciones e Isaac logró canalizar el talento de su yerno para que pudiera seguir encubiertamente con el arte, aunque de una forma interesada y totalmente acotada al entorno empresarial.

Sin embargo, fue Aleix Muntaner, al inicio de las hostilidades militares, quien convenció a Isaac para que el retratista pudiera crear varios carteles en favor del alistamiento de los jóvenes en el bando republicano. La experiencia ya la tenía con las promociones de la empresa, por lo que solo era necesario que pusiera su talento al servicio de la patria.

Las ansias políticas habían ablandado al padre de Laura hasta el punto de permitir que su yerno colaborase con el marchante publicitario. En señal de agradecimiento, quien organizaba las tropas republicanas en nombre del gobierno catalán les había otorgado el contrato para la fabricación de una parte de los uniformes de campaña.

Todo parecía ir viento en popa, aunque la tregua de Isaac hacia Lluís apenas duró unos meses, y todo se fue al garete cuando surgió la posibilidad real de que llamaran al heredero de los Ros a filas, pese a la edad que tenía. Hacer frente a la amenaza de los nacionales era la máxima prioridad de momentos convulsos y pronto serían necesarios los máximos efectivos que pudieran reunirse.

Al conocer la temida noticia del posible reclutamiento de su hijo —del que ningún padre quería oír hablar ni una palabra—, don Ramón no tardó en mover hilos para evitar que Lluís pisara una trinchera. Una misión que se tomó del todo personal y de la que alcanzó el éxito gracias a los importantes incentivos económicos que sufragó bajo mano.

Lo de cambiar favores por dinero era más viejo que el propio mundo, y como «quien paga, manda», consiguió que su heredero se librase de un destino incierto, ejerciendo funciones en la retaguardia como un miembro más del Comissariat de Propaganda de la Generalitat; un organismo que inicialmente abrió sus oficinas en la avenida 14 de abril del distrito barcelonés de Gràcia.

Aunque para conseguir que la ayuda a Lluís fuera una realidad, tuvo mucho que ver la gestión interna de Isaac Pons. De hecho, el empresario tiró de contactos entre los altos cargos del gobierno catalán para conseguir que su yerno pudiera hacer frente a su obligación patriótica sin alejarse de su familia.

Para lograr el milagro burocrático, el padre de Laura trató el delicado asunto con Mateo Comellas, un conocido empresario textil de su confianza, que formaba parte del grupo de organización militar de los republicanos catalanes y que le debía un par de favores. Años atrás, y en tiempos de la crisis del sector, Isaac le había comprado todo el género y las telas que los demás le habían devuelto, salvándole de la absoluta quiebra empresarial.

Con el conflicto armado ya iniciado, Mateo se había asegurado una posición bien cubierta —con mano en el destino de los combatientes—, sugiriendo que, si sobornaban a ciertos responsables de la cadena de mando, podrían asegurarse de que Lluís quedara en una situación privilegiada, propuesta que fue atendida con máxima obsesión por parte del paterfamilias de los Ros y que fue crucial para ayudar a su hijo. Una vez más, y tal y como había sucedido años antes en la guerra del Rif, el dinero les daba una segunda oportunidad.

Así pues, mientras Lluís tenía un vínculo ineludible con la patria alejado del conflicto más cruel y despiadado y don Ramon temía que el pacto no sufriera algún contratiempo de última hora y su hijo terminara en el frente, Isaac y Laura se encargaron de llevar la empresa familiar hacia buen puerto, el de la supervivencia.

Pese a las carencias del momento y de dedicarse exclusivamente a la confección de uniformes, los malos tiempos no impidieron que la heredera de los Pons siguiera con la esperanza intacta de cumplir su sueño. Con un talento notable por el diseño de los vestidos bajo la filosofía francesa del *prêt-à-porter*, la esposa de Lluís tuvo que aparcar temporalmente sus anhelos hasta que llegaran tiempos mejores. Tarde o temprano la vida les daría una nueva oportunidad, y entonces podría lanzarse de cabeza a una pasión que seguía manteniendo intacta.

Durante un año, Lluís colaboró con el Comissariat de Propaganda de la Generalitat, que pronto se convirtió en el centro de información y difusión pionero de las tierras catalanas. Se trataba de un organismo moderno y muy bien coordinado que tenía como objetivo que el discurso institucional del gobierno catalán luchase cuerpo a cuerpo con la propaganda franquista y los argumentos del gobierno de la República, para equilibrar las fuerzas.

Lluís pronto comprendió que formaba parte de un organismo ideado para que las instituciones catalanas pudieran luchar efectivamente contra el fascismo, y moralmente no tardó en alinearse con las funciones que llevaba a cabo.

Los integrantes del Comissariat pronto superaron la capacidad de su sede, y con la intención de no frenar sus tareas, «requisaron» el restaurante La Punyalada y el hotel Majestic, ambos ubicados en el paseo de Gràcia, para no darse por vencidos en los momentos más duros del conflicto armado.

Gracias a la experiencia obtenida antes de la guerra, Lluís tuvo un papel fundamental en la confección de los carteles que el Comissariat utilizó para contraatacar con los potentes y certeros efectos de la propaganda gráfica.

Pero llegados al punto de inflexión de la guerra, el heredero de los Ros comprendió que, para librarse definitivamente del frente, tenía que implicarse con la causa con mayor intensidad. No era suficiente con los pagos bajo mano a quien controlaba el reclutamiento de activos, ni con el diseño de carteles para el Comissariat. Era necesario añadir más argumentos de peso en su historial para mantener el impacto del cuerpo a cuerpo a una distancia más que prudencial, y después del primer bombardeo en Barcelona, el verano de 1937, el yerno de Isaac Pons empezó a alternar sus funciones con un nuevo rol en la Junta de Defensa Passiva de Catalunya. La organización fue creada para construir una efectiva infraestructura de refugios por toda Barcelona, aparte de divulgar entre los vecinos de la ciudad las medidas preventivas para protegerse en caso de bombardeo y organizar el servicio de alarma de asistencia ciudadana. En pocas palabras, era la entidad responsable de la protección civil contra los ataques aéreos.

Y así fue como Lluís vivió a caballo entre las dos «instituciones» para sobrevivir lejos de un conflicto que fue arrinconando paulatinamente a los republicanos, hasta que cayeron definitivamente en la batalla del Ebro.

Ambas familias hicieron frente a la pesadilla de la guerra con los recursos que tuvieron a mano. Mientras seguían produciendo uniformes para el ejército republicano, sobrevivieron con mucha dificultad, pese a que la suerte estuvo temporalmente de su lado y les libró milagrosamente de los primeros bombardeos que sufría la Ciudad Condal.

La suerte, sin embargo, es tan aleatoria como caprichosa, y a finales de 1938 la aviación italiana, aliada con los sublevados, bombardeó los muelles del puerto de la ciudad, los recodos más valiosos de la Barceloneta y algunos objetivos aislados del perímetro fabril del Poblenou. Huir no era una opción viable cuando los inocentes quedaban atrapados en una pesadilla de consecuencias mortales, y cuando parecía que nada podía empeorar los tristes acontecimientos, uno de los aterradores ataques aéreos impactó sobre los almacenes de la fábrica de los Pons, con la intención de causar una pérdida estratégica en la producción de uniformes de la tropa republicana.

Aquellos ataques estaban milimétricamente estudiados por la inteligencia militar enemiga, buscando eliminar los centros neurálgicos y productivos de los catalanes, más allá de las incuantificables pérdidas económicas y humanas. Desafortunadamente, el tsunami enemigo se llevó por delante una buena parte del perímetro de la empresa de los Pons, así como una veintena de trabajadoras y al gerente, Ramon Ros, que aquella jornada estaba inmerso en el inventario de una producción que tenía que partir con urgencia hacia el frente.

Antes de que la escuadrilla italiana soltara lastre y se librara de todos sus mortíferos proyectiles, sonó el aviso antiaéreo de la fábrica, aunque los trabajadores no tuvieron tiempo de ponerse a buen recaudo. La pesadilla sucedió con la rapidez y la efectividad propias de un tornado tropical. Aparte de afectar al almacén de la fábrica, las bombas arrasaron los telares y la maquinaria más importante y valiosa de la factoría y las víctimas quedaron sepultadas bajo un triste cementerio de metal, madera y hormigón.

Al día siguiente del ataque, y mientras se realizaban las tareas de recuperación de los cuerpos de las víctimas, se reveló la peor de las noticias: el estado de los cadáveres apenas daba la oportunidad de reconocer su identidad, y en más de un caso los familiares tuvieron que intuir de quién se trataba.

Con la muerte de don Ramon y de las veinte trabajadoras que estaban en el almacén en el momento del fatal suceso, la fábrica interrumpió su actividad hasta el final del conflicto armado, y solo cuando se inició la dictadura, Isaac, Lluís y Laura tomaron la decisión de reconstruir parte de la zona afectada para retomar la producción textil y salir de un fuerte contratiempo que los amenazaba con la ruina más absoluta.

La tragedia vivida en el recinto fabril fue del todo traumática para ambas familias, pero para Lluís, la pérdida de don Ramon supuso una profunda e incurable herida de la que jamás acabaría de recuperarse. No estar presente cuando la muerte le arrebataba caprichosamente a su padre, le hizo caer vertiginosamente en un precipicio de desesperanza, afectándole hasta la raíz de su ser.

A las penurias de la época y a la incertidumbre de lo que sucedería una vez perdida la guerra, Lluís le sumó el vacío de seguir adelante sin otro de sus grandes referentes vitales. La vida insistía en golpearle allí donde el daño era más incontrolable e intenso; allí donde la puñalada era más profunda.

Al entierro de Isaac Pons apenas se presentaron unos pocos individuos para dedicarle un último adiós. Quizá fuera porque el empresario se había alejado de su mujer y sus allegados, o porque las malas lenguas lo habían acosado sin descanso, celosas de que su fábrica fuera la única con licencia para confeccionar ropa militar. Una concesión que había irritado a la mayoría de los magnates de la gran metrópolis barcelonesa, encabezados por el rabioso líder de la familia Mas, que aún estaba herido por la ruptura del acuerdo nupcial con Laura.

Y como cualquier desgraciado vanidoso suele hacer cuando tiene la oportunidad de cobrarse una deuda, le dieron la espalda en tiempos difíciles.

Poco a poco, con la cadencia de quien no tiene a dónde ir, los últimos conocidos de Isaac que habían asistido al entierro para ofrecerle sus respetos se alejaron del lugar donde yacía el patrono, quedando Lluís, Laura, sus dos hijos y doña Rossita a merced de los recuerdos. A mitad de siglo, las dos familias habían quedado reducidas a la mínima expresión, y seguían sobreviviendo pese al siempre incierto azote del presente.

Aunque doña Rossita ya tenía setenta y dos años y había recuperado parte de su vitalidad ayudando en la empresa, estaba postrada en una silla de ruedas. Le costaba valerse por sí misma, pero para Laura era una pieza fundamental en la nueva dinámica empresarial. Tras la guerra, con el nuevo rumbo de fabricar prendas de moda con patrones basados en la demanda popular, doña Rossita había asumido el mando del patronaje. Laura, en sus años de estudio en París, había desarrollado un notable talento para el diseño de los modelos, pero necesitaba de los conocimientos de la antigua costurera para que las prendas fluyeran sobre cualquier cuerpo. Juntas habían pasado infinitas horas trabajando codo con codo y potenciando una relación casi maternofilial. Rossita había tomado a Laura como si fuera su propia hija, y su nuera la apreciaba como a una madre de verdad, a diferencia de la que la había abandonado casi a pie del altar.

Ambas mujeres, ilusionadas por un futuro que aliviase el dolor que les había causado la represión militar contra la ciudad y la muerte de don Ramon, albergaban una esperanza máxima en Candela, la menor de la familia, una cría de apenas doce años que empezaba a despuntar por un talento superlativo en el diseño y la confección de nuevas prendas. En los nuevos tiempos se necesitaban nuevas ideas, ilusión y pasión para descollar sobre la producción estándar que podía encontrarse en la Ciudad Condal.

Para que se pudiera mover con cierta fluidez, Antoni, el hijo mayor de la pareja —y que acababa de cumplir los quince años—, había tomado la responsabilidad de acompañar a su abuela en todo aquello que pudiera necesitar. Pese a que andaba algo perdido y odiaba los estudios, se había convertido en la mano derecha de la matriarca en temas logísticos. No era un chico muy dado a expresar lo que sentía, pero se palpaba su lealtad y fe en una mujer que parecía ser la única capaz de entenderlo.

Antoni era un joven de expresión dual, capaz de desconcertar a quien tuviera delante. Su rostro, atractivo pero de dureza angular, le confería una aparente actitud chulesca, aunque en el fondo de su alma se escondía una realidad muy diferente. De mirada clara y penetrante, tenía la capacidad de intimidar con un pestañeo, aunque se debatía en una lucha interior entre lo que deseaba hacer con su vida y a lo que se veía obligado por el influjo paternal.

El heredero de los Ros Pons solía jugar con la constante contradicción, en parte porque aún seguía buscando la razón de su existencia. Amaba a su familia, pero necesitaba sentirse libre y campar a sus anchas.

Por su parte, Candela era la responsable de acompañar a la abuela en cuestiones morales y artísticas. A Rossita, su nieta le recordaba cada segundo a su querida Agnès. A ojos de la antigua matriarca de los Ros Adell, su nieta y su difunta hija eran como dos gotas de agua.

En silencio, los últimos rezagados de la ceremonia pensaron en la ausencia de Júlia Masriera, la esposa de Isaac Pons. Una controvertida mujer que, poco después del enlace entre los herederos, había decidido hacer las maletas y mudarse a París en busca del buen nombre familiar. Su rabieta había representado un gesto egoísta, pero, en una época en que el divorcio era complicado y tedioso, desaparecer por las malas era la alternativa más habitual. No importaban los certificados ni la burocracia cuando uno de los dos cónyuges ya no podía soportar al otro. Y eso fue lo que realmente sucedió entre los padres de Laura cuando las máscaras pasaron a mejor vida.

Así que, pocos meses después de haberse iniciado el último año de la década de los cuarenta, solo quedaban los últimos descendientes de dos estirpes que se las habían ingeniado para salir adelante y prosperar, pese al sinfín de cambios.

—Papá, ¿podemos visitar al abuelo y a la tía? —preguntó Antoni, con la idea de aprovechar el desplazamiento para despedirse de todos sus ancestros.

Lluís experimentó un fuerte sentimiento de tristeza al venirle el recuerdo de su padre. Siempre lo tenía presente, pero cuando pisaba el cementerio, la fugacidad de los tiempos pasados lo constreñían en una sensación de ahogo.

—Si a tu madre le parece bien, podemos ir...

Laura, seria pero serena tras la pérdida de Isaac, asintió dando pie a que todos empezaran a deambular por los serpenteantes caminos de Montjuïc en dirección a la parcela donde descansaban los restos de parte de sus seres queridos.

Sin apenas hablar, Lluís abrazó a Laura por el hombro para acompañarla en el sentimiento. Él mejor que nadie sabía lo que era perder a un padre al que se amaba sin condiciones.

Mientras los herederos de aquel imperio textil recorrían un sendero empedrado y ascendente y dejaban atrás algunos monumentos mortuorios dignos de los mejores maestros del Renacimiento, Antoni empujaba la silla de su abuela y Candela le contaba sus avances en el arte de la costura. La abuela escuchaba con devoción.

De camino a las tumbas de don Ramon y Agnès, Lluís compró unas flores frescas a una gitana que conocía de anteriores visitas. Una mujer humilde y alicaída que se rodeaba de cubos de agua en los que resguardaba el género para adecentar las tumbas. Siempre con los labios sellados, siempre respetuosa, acompañaba a los visitantes y les daba la oportunidad de presentar su pésame con algo más que lamentos y tristeza.

A los muertos, cualquier detalle les parecía relevante.

Llegados a la tumba familiar, Lluís se dispuso a dejarlo todo como los chorros del oro, en tanto el resto de los miembros de la estirpe hablaban en silencio con el abuelo y la tía que habían traspasado hacia un lugar incierto. Lamentablemente, de Agnès, solo la abuela y los ahora representantes de la familia albergaban algún recuerdo, porque los niños solo habían escuchado alguna que otra historia del pasado. A los dos hermanos les hubiera encantado conocer a aquella chica risueña que se había sacrificado por amor. Inconscientemente, les parecía un acto heroico por parte de una tía del todo etérea.

Mientras gran parte de la familia se quedaba en segundo plano, Lluís repartió los claveles sobre la tumba familiar, al tiempo que la libraba de las malas hierbas y adecentaba el mármol que sobresalía abruptamente de la tierra. El ahora paterfamilias, que se esmeraba con los detalles, habló en silencio con su hermana. La añoraba hasta el extremo de sentir un dolor crónico en el centro de su pecho.

Tras recomponerse con cierta dificultad, reagrupó a los últimos supervivientes para regresar a casa. Perder a alguien a quien habías amado sin límites ni condiciones suponía enfrentarse con estoicidad a una constante grieta emocional, densa, asfixiante, demoledora, y Laura, que empezaba a mostrarse más afectada por las consecuencias del entierro de Isaac, dio signos de necesitar su espacio de soledad y silencio.

Había llegado el momento de asimilar que su querido padre ya no volvería a recibirla con un café en la oficina de la fábrica, ni la llamaría simplemente para besarla y susurrarle al oído que era la mejor hija que jamás podía haber tenido. Por mucho que hubiera tenido sus defectos y que no siempre hubiera acertado en sus decisiones, Isaac había enmendado todo traspiés cometido con altas dosis de buena fe. Quien más quien menos se llevaba a la tumba una lista de errores que jamás podría corregir.

El ilustre notario que había gestionado las últimas voluntades de Isaac Pons durante décadas se alegró de reencontrarse con la hija de su cliente. «Alegrarse» quizá no era el término correcto, pero sí sentía satisfacción por verla en la notaría tras años de ausencia. Desde la muerte de su mejor amigo en la fábrica y para enfrentarse a los asuntos más difíciles de digerir, Isaac había preferido ir solo. Una decisión que sus descendientes jamás habían puesto en tela de juicio. Usualmente eran gestiones obligatorias por ley, a las que hubiera renunciado con gusto solo para rebelarse contra un gobierno dictatorial y fascista. Al paterfamilias de los Pons, el Caudillo siempre le había parecido un hombre detestable, y en más de una ocasión hubiera deseado cantarle las cuarenta. Y es que Isaac, tras la guerra, había vuelto a sufrir las represalias de los falangistas, que se esmeraban en perseguirlo por culpa de la licencia para la producción de los uniformes republicanos. Dispuestos a encausarlo con cualquier excusa de mal pagador, lo acusaban de haber conspirado durante años contra el Estado y de ser un «rojo de mierda».

La notaría estaba en un edificio noble de estilo modernista tardío de las Ramblas, al que muchos conocían por una escalinata que suponía toda una delicia visual y un ascensor de madera que había sido de los primeros en llegar a la ciudad. A decir verdad, la heredera de los Pons sentía atracción por aquel magnífico espacio, aunque no por el notario, al que desde hacía años tenía en el punto de mira por miedo a que gestionara interesadamente los asuntos de su padre.

Isaac había fallecido solo una semana antes, pero el cancerbero legal la había citado, por expresa petición del testador, para dejarlo todo resuelto.

—La fábrica y el edificio donde resides con tu familia te los ha dejado a ti. Como era de esperar, nada para Júlia… Tu madre ya se llevó lo que quiso y más cuando abandonó a tu padre, aunque, si me permites sincerarme, esa mujer no merece ni un grano de arroz. Después de cómo le quebró el ánimo a Isaac, nadie en su sano juicio la habría mencionado en las últimas voluntades.

—Dejemos a mi madre en paz. Es un tema que forma parte del pasado. ¿Cómo debo proceder ahora? —preguntó la nueva cabeza de familia, con la intención de terminar con tanto papeleo y regresar al lado de su amado esposo. Dada la tristeza, lo necesitaba más cerca que nunca.

—Solo debes rubricar unos documentos y la transferencia quedará validada. También tendrá que hacerlo tu esposo. Por petición de tu padre, queda como administrador y garante de todo el patrimonio hasta que Antoni sea mayor de edad.

—Me alegra que mi padre supiera rectificar al final de su vida. Cuando me dé cita, vendremos a formalizarlo.

—Antes de finalizar, queda algo pendiente…, algo que tu padre me confió personalmente para entregártelo cuando él falleciera. Consciente de que le quedaba poco tiempo, me dejó este sobre a tu nombre —dijo el notario mientras seleccionaba un sobre, de entre todos los documentos del testamento, y se lo daba a la beneficiaria.

Laura se quedó algo sorprendida por aquella última voluntad, pero aceptó de buen grado la misiva. Decidida a leer el contenido en otro espacio más adecuado, la recién nombrada matriarca de los Pons se despidió con la cordialidad que la caracterizaba. Los años habían apaciguado su rebeldía adolescente, desarrollando la empatía y el sosiego emocional hacia sus hijos, las cuestiones de la empresa familiar y el gran amor de su vida.

De nuevo en el paseo de Gràcia, y desconcertada por los acontecimientos del día, Laura entró en una conocida cafetería de la zona y pidió un café con leche y una pasta con los que amenizar la pausa. Necesitaba poner las ideas en orden y comprender que todo había cambiado. Las responsabilidades se habían acentuado, pero era ley de vida.

Al instante se acordó del maravilloso paseo que había dado

con su esposo por toda la ciudad, cuando apenas tenía veintisiete años. Había transcurrido un cuarto de siglo y seguía amándolo como el primer día. Se sentía muy afortunada de haber encontrado a su otro «yo», puesto que el amor era la piedra angular de una vida satisfactoria en todos los sentidos.

Intrigada por las últimas voluntades que su padre le había dejado aparte, la empresaria extrajo el sobre de su bolso y se dispuso a leerlas al tiempo que el camarero le servía la consumición.

Mi amada Laura:

Cuando uno es consciente de que pronto lo dejará todo atrás, empiezan los remordimientos, los miedos, las carencias y las ausencias. Inconscientemente, te atrapa aquello en lo que te has equivocado y que entiendes que podrías llevarte contigo allí a donde sea que uno vaya. Pero cargarlo eternamente sería la peor de las penitencias.

Siempre hice lo que creí que era mejor para ti, y soy consciente de que me porté mal con Lluís por miedo a romper una familia que desde hacía años navegaba a la deriva.

Fue injusto obligarlo a que renunciara a todo, sabiendo que te amaba con locura y que podíamos controlarlo con un asqueroso chantaje emocional. Y me arrepiento de ello como de ninguna otra cosa en la vida.

La guerra y la muerte de Ramon, mi querido amigo, me ayudaron a comprender que uno no debe ser partícipe del sufrimiento y el atropello de otros seres humanos. Un hombre puede hacer mucho daño solo con el abuso de poder y de posición. Como bien habrás intuido, tu enlace con Lluís fue el inicio de la decadencia de mi matrimonio, pero el haber intercedido a vuestro favor es lo único que ha logrado apaciguar un dolor crónico. Supongo que, por todo ello, siento la necesidad de disculparme con ambos, por haberos obligado a un dilema indecente. Siempre me he sentido como un hombre despreciable por haber maltratado a un chico que demostró tener un corazón infinito. Por favor, no me odies por lo que hice, porque yo mismo lo he estado haciendo desde el día en que me lo llevé al Park Güell para darle un ultimátum terrible.

Lamentablemente, uno no siempre tiene la certeza de estar haciendo lo correcto. Vivir consiste en equivocarse, en aprender la lección y, en el mejor de los casos, en tomar decisiones más acertadas. Pero nunca coartar la libertad de otro ser humano cuando sabes que tienes cierto poder sobre él. Eso es propio de las personas que no merecen compartir la dicha de un amor incondicional. Espero que algún día puedas perdonarme. Yo he sido incapaz de hacerlo, incluso sabiendo que no me queda mucho tiempo a vuestro lado. Solo te pido que reces por mi alma, para que pueda ser digno de lo que me espere a partir de ahora.

Os amo a ti y a los chicos, y, desde luego, aprecio a Lluís como si fuera el hijo que jamás tuve.

Espero que algún día tengamos la oportunidad de volvernos a reencontrar.

Tu devoto padre,

Isaac Pons

Tras leer las sinceras palabras del hombre que la había amado sobre todas las cosas y ver cómo reconocía su error, Laura pensó en lo mucho que su esposo había sacrificado por estar a su lado. El amor incondicional que Lluís le había demostrado desde que eran niños, incluso renunciando más tarde a todos sus sueños y anhelos, hacía que Laura no pudiera quitarse de la cabeza la injusticia que su fiel compañero había sufrido durante años. Lluís le había ofrecido todo lo que humanamente se podía ofrecer y, de alguna forma, ella necesitaba compensarlo por un sacrificio tan desinteresado.

Laura tomó el café con leche con pequeños y pausados sorbos. Acogiéndose a la ancestral filosofía de «cuando se cierra una puerta, siempre se abre una ventana», pensó en que tenía la oportunidad de aprovechar las circunstancias y devolverle aquello que sus padres le habían arrebatado con toda la mala fe del mundo: debía resarcir a su marido de todo el agravio sufrido.

Recién estrenada la cincuentena, seguía amándolo como el primer día, con la certeza de que el heredero de los Ros era el gran amor de su vida. Un acto de fe superlativo podría dar la oportunidad a Lluís de recuperar los sueños que había olvidado a regañadientes.

Pese al azote de las dificultades de la posguerra, las mañanas barcelonesas de primavera parecían momentos al margen de la opresión, de esos que uno deseaba compartir con sus seres queridos. Y más cuando se elegía el domingo para seguir con el tradicional paseo por las Ramblas y empaparse de la armonía de una ciudad que, no obstante las carencias, siempre estaba en movimiento. Una urbe amable y abierta a infinitas posibilidades que solo debían intuirse para poder cogerlas al vuelo.

Laura había insistido en aquel paseo dominical con la excusa de que necesitaba romper con la dinámica de pasar el fin de semana en la casa de Vallvidrera, donde la naturaleza los envolvía todo el año y marcaba el ritmo del descanso.

Lluís, algo extrañado por un cambio tan repentino, aceptó la propuesta no sin antes sentir una leve punzada emocional por volver a la zona que tanto le había marcado desde pequeño. Seguían viviendo en el mismo edificio del Eixample, cerca de la plaza Universitat, pero jamás había regresado a la zona de Canaletes por motivos obvios. Más de un cuarto de siglo en el que el líder familiar se había convertido en un auténtico maestro en ocultar sus reflexiones, en un chamán capaz de embrujar recuerdos perdidos en el vacío existencial.

Lluís no podía tantear el pasado porque le aterraba caer en la trampa de la nostalgia, así que lo mejor era dejar las cosas tal y como estaban y enfocarse en el camino que se le iba presentando, sin más. Llegado al puente del futuro, ya se plantearía cómo cruzarlo; las vicisitudes de la existencia era mejor vivirlas cuando hacían acto de presencia. Y esa era la actitud que había adoptado desde el día en que había sumado el apellido Pons a los que ya tenía de origen.

Ante la insistencia de la matriarca, la familia tomó rumbo hacia la rambla de Canaletes; a Lluís empezaron a entrarle unos ligeros escalofríos. Llegados a la altura del célebre quiosco, el empresario sintió que una fuerza incontrolable lo frenaba, pero no tenía ninguna intención de sucumbir al monstruo que había albergado durante décadas, alimentándolo con sus propios miedos.

La indecisión era una carga de la que se había desprendido a lo largo de la guerra, por lo que se armó de valor y trepó hasta la puerta del templo que seguía llamándolo desde la cúspide del olimpo que él mismo se había creado.

Aquel pequeño faro multiforme seguía dispuesto a perdonarle sus años de abandono. La simbiosis que habían creado a principios de siglo seguía inquebrantable pese a todo.

Laura, que estratégicamente estaba llevando a cabo un plan trazado con esmero, se desmarcó de toda la lógica y los invitó a tomar algo en el quiosco de bebidas. Sabía que su propuesta iba a azotar la moral de su esposo, pero, tras las últimas voluntades de su padre, la heredera de los Pons necesitaba comprobar de primera mano el efecto de un pasado glorioso. Si en Lluís atisbaba una mísera chispa de nostalgia, ella debería actuar en consecuencia.

—¿Qué os parece si tomamos algo fresquito en este quiosco?

Los dos vástagos se mostraron entusiasmados después de la caminata que habían dado. Un refresco bien cargado de azúcar siempre era bienvenido, sin importar el dónde ni el cuándo.

—¿Te parece bien, mi amor? —preguntó Laura tramposamente a Lluís, que en aquel preciso momento la estaba maldiciendo con cariño. Ya tendrían tiempo de hablar de aquella inesperada jugarreta urdida a traición.

—Sí, claro, cómo no...

La familia, parcialmente animada, se dirigió hacia el mostrador donde esperaba un viejo camarero con expresión de zorro exhausto y hastío vital. Posiblemente, como el lugar estaba poco concurrido, la ausencia de trabajo se le estaba haciendo insoportable.

—¿Qué les pongo, señores? —preguntó el hombre con una actitud alejada de lo que Atilio, Lluís y Ezequiel solían ofrecer a los visitantes del lugar.

—¿Aún sirven sodas? —preguntó Lluís, entrando sutilmente en juego.

—Por supuesto, caballero… ¿Les pongo cuatro?

—Si es tan amable…

Antoni, el hijo mayor, preguntó extrañado por un mejunje del que jamás había escuchado hablar.

—¿Soda? ¿Qué es eso?

—Es un refresco especial que se servía aquí. De pequeño yo lo tomaba…

Laura, aprovechando la ocasión, intervino para generar ciertas expectativas.

—¿Sabíais que vuestro padre trabajó muchos años en este negocio? —preguntó la matriarca a sus hijos mientras dejaba completamente vendido a un Lluís que la miraba desconcertado. ¿Qué le estaba pasando a Laura?

—Cariño, no creo que eso importe ahora —respondió el padre antes de que sus hijos lo sometieran a un interrogatorio de primer grado.

—¿Trabajaste aquí? ¡Nunca nos lo habías contado! Yo creía que siempre habías estado en la fábrica del abuelo —soltó la hija pequeña de la familia, con notable sorpresa.

—Tu padre no, cariño. Empezó a trabajar aquí de muy joven, y te diré más: amaba este lugar. Y no era para menos, porque en su época era maravilloso —explicó Laura, dándolo todo para ejecutar su plan—. ¿Sabes cómo llamaba todo el mundo al quiosco?

—¡No! ¡¿Cómo?!

—El faro de las Ramblas…

—¡Guau! Y eso ¿por qué? —preguntó de nuevo Candela, con la emoción a flor de piel.

—Pues porque alumbraba a todos los paseantes de las Ramblas, hija mía. Y tu padre era muy querido por todos —sentenció la madre con orgullo. Ya no había marcha atrás.

Los dos herederos se quedaron sorprendidos por el relato.

—¿Y por qué dejaste de trabajar aquí? —preguntó Antoni, participando por primera vez en la conversación.

—Otro día os lo cuento, hijos. Por hoy ya hemos tenido suficientes historietas —soltó Lluís con expresión agridulce, al tiempo que un torrente emocional lo azotaba con cientos de recuerdos desordenados.

Antes de que Antoni y Candela tuvieran la opción de insistir, su padre desvió la atención hablando con el camarero:

—Perdone…, ¿puedo preguntarle algo?

—Sí, claro. Usted dirá, caballero.

—Antes de la guerra aquí trabajaba un camarero llamado Ezequiel. ¿Sabe lo que ha sido de él?

El hombre removió en su baúl de recuerdos en busca de un rostro asociado a aquel nombre, aunque no tuvo éxito.

—Lo siento, no me suena… Pero aguarde, que mi compañero lleva más años en el puesto y quizá él sepa algo.

—Se lo agradezco —respondió atentamente Lluís mientras esperaba a que el buen hombre hiciera la consulta.

Con cierta parsimonia, el camarero recorrió todo el perímetro del quiosco para tirar de la lengua a su colega, que ya peinaba canas. Tras oír la pregunta, el hombre del cabello blanco se levantó con cierta dificultad de la caja de refrescos en la que estaba sentado, mientras leía la prensa del día, y se acercó hasta el cliente y su familia. Cuando lo tuvo a pocos centímetros, tuvo la sensación de conocer la identidad de quien preguntaba.

—¿Lluïset? ¿Es usted el chico que trabajaba aquí y hacía retratos para los del barrio?

El empresario, pillado infraganti, no supo qué responder. Que lo reconocieran después de tantos años fue una sorpresa mayúscula.

—Pues sí, caballero, el mismo —dijo el líder de los Ros Pons mientras tendía la mano al camarero.

El hombre, notablemente emocionado, recordó al instante las hazañas del retratista.

—¿Sabíais que vuestro padre era toda una celebridad en las Ramblas?

—Bueno, bueno, no es para tanto… —soltó en el acto el paterfamilias, avergonzado.

—Y eso ¿por qué? —preguntó Candela, ansiosa por conocer la parte oculta del hombre al que admiraba.

—Era muy amable y atento con los clientes, e incluso les regalaba a veces unos retratos maravillosos. De hecho, yo mismo vine con mi esposa y me hizo uno en cuestión de minutos. Eran muchos los que lo apreciaban, a él y también al famoso Atilio, que era el gerente del quiosco.

Al escuchar el nombre de su maestro, a Lluís se le formó un nudo en la garganta.

A los dos críos les costó creerse el glorioso pasado de su padre, y Laura, orgullosa de su inocente artimaña, observó a su esposo con admiración. Tal y como había deseado, se estaba generando la señal que necesitaba para aventurarse a darle la sorpresa de su vida. Solo era cuestión de tiempo que Lluís pudiera recuperar sus viejos sueños.

—Atilio fue como un padre para mí —dijo escuetamente el empresario, que intentaba escurrir el bulto.

—No ha habido otro como él en el barrio. Su muerte entristeció a todo el distrito —confesó el camarero, ofreciendo un sutil pésame tardío.

Durante unos instantes se generó un silencio salvador. Lluís no había pasado por un apuro semejante desde hacía años y, cuando se sintió ligeramente recompuesto, intentó averiguar algo más sobre el paradero de sus viejos compañeros.

—Entonces ¿sabe lo que sucedió con Ezequiel? Era el camarero cubano experto en cócteles. Tras renunciar al trabajo, no volví a saber nada más de él y me encantaría hacerle una visita por los viejos tiempos.

—Sí, señor. Abrió una coctelería en el distrito y le ha ido de lujo. Pase a visitarlo algún día, que seguro que se alegrará.

Lluís sonrió con amabilidad al conocer el destino de su viejo amigo, y sin más siguió compartiendo la soda con su familia, hasta que se despidieron cordialmente y retomaron el rumbo hacia Colón para llegar al Portal de la Pau y subirse a una de las míticas golondrinas. A Laura y a Lluís el recorrido les trajo mil recuerdos. Lo habían vivido tantas veces con sus respectivos padres que se lamentaron de no haber seguido la tradición.

Al fin y al cabo, la vida era el disfrute de los pequeños detalles, y transmitirlos a sus descendientes era su responsabilidad. Solo si fomentaban su ilusión por ser parte de la ciudad, conseguirían que Antoni y Candela se sintieran miembros de la luminosa comunidad barcelonesa.

La estancia estaba sutilmente iluminada por la luna llena. Aquella madrugada, las constelaciones que cubrían el firmamento de la gran metrópolis jugaban a reequilibrarse en silencio.

El matrimonio Ros Pons había heredado la gran estancia de los abuelos, que con el tiempo habían decidido hacer más suya dando valor a detalles más comunes que a la opulencia de Isaac y su esposa, a pesar del poder adquisitivo de la familia. Solo unos muebles de madera de pino trabajada con estilo minimalista relajaban el peso de unas paredes que habían seguido con atención la vida de sus inquilinos durante décadas.

—Dime que no has sentido un cosquilleo cuando estabas allí —susurró Laura a su esposo mientras lo abrazaba en la cama de matrimonio y ambos se dejaban atrapar por el sutil tacto de unas sábanas de calidad.

Acababan de hacer el amor sin apenas dejarse llevar por las explosiones de placer para no despertar a sus hijos. Seguir con tanta cautela les hacía sentir como adolescentes que se amaban a escondidas.

La heredera de los Pons aprovechó un instante valioso y relajado para conocer la impresión que su esposo había tenido en el quiosco Canaletas.

—¿Tú qué crees? Hacía tanto tiempo que no pasaba por allí… Parece que haya transcurrido toda una vida.

Laura sonrió satisfecha. La primera fase de su plan había salido a pedir de boca.

—Quizá sea un buen momento para conseguir la licencia del quiosco. La fábrica funciona por sí sola y sé que ese siempre fue tu deseo.

Lluís suspiró al instante. Aquellas palabras eran tan ciertas como que amaba a aquella mujer más que a nada en el mundo.

— 384 —

—Eso ya pasó, cariño. Era el sueño de un crío.

Laura le cogió suavemente el rostro para volverlo hacia ella y mirarlo a los ojos.

—¿En serio crees que voy a tragarme esa tontería? Vamos, mi amor, que a mí no puedes engañarme —soltó Laura, haciéndose la ofendida, un gesto que logró robarle una sonrisa a su marido.

—A ver, no negaré que a veces lo he pensado, pero ya sabes a lo que me comprometí con tus padres. Acepté esta vida y soy muy feliz a tu lado.

—Pero podrías serlo aún más con el quiosco. Y dibujando… Sé lo que hiciste para que pudiéramos estar juntos, pero renunciaste a tus sueños, y eso no es justo. Creo que ha llegado el momento de ponerle remedio.

—Nunca fue negociable, ya lo sabes…

—Pero ahora sí lo es. Todo ha cambiado. Mi padre ya no está y tenemos la seguridad de la fábrica. ¿Por qué no recuperarlo en el punto en que lo dejaste? —insistió Laura, convencida de que su esposo daría su brazo a torcer.

—Para qué vamos a complicarnos la vida. Nos va bien tal y como estamos.

Laura entreabrió los ojos expresando su disconformidad. Estaban en el preludio de una batalla dialéctica de primer nivel.

—Pues entonces hazlo por mí. Quiero que cumplas tus sueños.

Lluís la observó con el mismo amor infinito con el que llevaba mirándola toda la vida. Su esposa siempre sabía qué teclas tocar para hacerle cambiar de opinión. Nadie en el mundo había albergado tanto poder sobre él.

—Al menos informémonos y veamos si es viable. A los niños les encantaría y podríamos honrar la memoria de tu hermana. Ella quería que fuera de la familia, ¿recuerdas? —sentenció Laura, alcanzando un punto de no retorno. Agnès seguía siendo una profunda espina clavada en el alma de su marido.

—Qué jodida eres. Lo pensaré…, pero, de momento, creo que tenemos algo más importante que discutir —soltó Lluís mientras se posicionaba ágilmente sobre su esposa y se disponía a amarla con la misma pasión con la que lo había hecho por primera vez en la cama de Atilio.

Desde pequeños, habían formado el mejor tándem de la ciudad, por lo que alinearse otra vez bajo un nuevo objetivo en común era motivo más que suficiente para no perder la voluntad de nutrirse de renovados propósitos. Sin sueños, la vida podía convertirse en un mero ir y venir sin destino.

35

Volver al pasado para hurgar en unos recuerdos que se habían mantenido a una distancia prudencial removía a cualquiera. Y Lluís, tras años de haber aceptado una vida confortable junto al amor de su vida, volvía a escuchar su voz interior, aquella que le susurraba que vivir tenía que ser algo más que formar una familia y asumir una estabilidad socialmente aceptable.

Para muchos barceloneses, alcanzar unas metas poco exigentes podía ser la cúspide de sus propósitos, pero para aquellos ciudadanos que brillaban en las noches más profundas y que anhelaban empaparse de la diferencia respecto a los entornos asfixiantes de un distrito humilde, eso no era suficiente.

Y es que para el empresario, que desde pequeño había navegado contra el oleaje de lo convencional con determinación y claridad, cargar con una verdad a medias era extenuante. Suponía vivir a remolque de un presente labrado a regañadientes.

El amor podía con todo, era capaz de transformar hasta el alma más obstinada. Y del mismo modo que su hermana había tomado la determinación de traspasar a otro plano para estar con el hombre al que amaba, él lo había dejado todo atrás por una realidad que lo había conducido a una felicidad sesgada. Amaba a su familia con todas sus fuerzas y pensaba que se había labrado un buen porvenir, pero no podía evitar sentirse en la piel de otro, jugando un papel que quizá no le tocaba.

Era afortunado por haber triunfado allí donde muchos jamás llegarían. Hombres fallecidos en las trincheras de una desgarradora guerra que, pese a su juventud, jamás regresarían ni tendrían una oportunidad como la suya de hallar una estabilidad sin aristas. Chicos como él, a los que la suerte había resultado esquiva y que vagaban por el desolado terreno del más allá. Y en eso se sentía un elegido, un hombre señalado a dedo por un ser superior que había decidido darle una larguísima tregua.

Por desgracia, los sueños no siempre podían mantenerse bajo control y, con el asalto emocional en el quiosco Canaletas, Laura se había encargado de reabrir la trampilla que había estado ocultando con recelo, la que daba acceso a los anhelos de épocas anteriores.

Lo primero que Lluís vio aquella mañana, al abrir los ojos, fue el relajado rostro de su esposa, aún dormida.

Durante unos segundos la admiró con amor. Ella era su gran excusa para levantarse a diario y comprendió que era incapaz de no escucharla. La opinión de Laura siempre era recibida como una propuesta amable, como una sugerencia sincera que solo buscaba allanarle el camino hacia algo mejor. ¿Y si tenía razón y había llegado el momento de recuperar el quiosco?

En el faro, Atilio le había enseñado el sentido de la vida, y, viéndolo con perspectiva, quizá podía convertirse en el espacio donde transmitir la misma sabiduría a su propio hijo.

Si lo valoraba con el prisma de la objetividad, recuperar el quiosco suponía matar dos pájaros de un tiro. Por un lado, recuperaría la ilusión que había perdido al renunciar a su puesto de camarero en el faro. Por otro, ofrecía una alternativa y un propósito a su vástago con el que pudiera abrirse camino. La fábrica familiar funcionaba a las mil maravillas, y en eso Laura tenía más razón que un santo. Además, ella era capaz de llevar no solo una empresa textil, sino el Vaticano al completo, si así se lo proponía, por lo que, de decantarse por seguir adelante con aquella locura, dispondría de cierto margen para hacerlo resurgir de sus cenizas.

Animado por la idea de tener un nuevo propósito, Lluís quiso compartir el desayuno con su familia. Escuchando más que hablando, conoció de primera mano las inquietudes de sus seres queridos, y más tarde decidió tomarse la mañana libre para meditar sobre una cuestión que lo había puesto del revés.

Tras cruzar el portal del edificio del Eixample donde vivían, del que eran los propietarios tras recibir la herencia de Isaac Pons, el ahora garante de ambos apellidos paseó relajadamente por las calles de su amada Ciudad Condal con la fijación de tomar la decisión correcta.

Pese a los contratiempos propios de la posguerra, Barcelona le seguía pareciendo una ciudad llena de posibilidades y compuesta por capas, por luminosos recodos y dimensiones superpuestas. Y no por su llamativa arquitectura o unas posibilidades siempre en auge, sino por la clara energía que serpenteaba en sus calles y se reflejaba en los ventanales y escaparates de los infinitos comercios de la urbe. Solo el barcelonés de raíz entendía la vida metropolitana que esculpía entre el Mediterráneo y la montaña de Collserola.

Antes de enfrentarse a un nuevo envite, el líder de los Ros Pons decidió acercarse a las sillas de alquiler que había en las mismas Ramblas, un espacio donde aislarse y meditar sobre su profundo dilema.

Durante media hora, se limitó a observar la dinámica de Canaletes, así como la de la clientela del quiosco. Apenas un par de transeúntes se tomaron la molestia de pedir dos fugaces cafés, y Lluís pudo constatar que el origen de sus deseos estaba en claro declive.

El quiosco de su época poseía un misticismo sin igual, marcado por el magnetismo de Atilio y su infinita capacidad para mimar la amalgama de los bajos fondos. Podrían haber influido sus aires a la mítica París o la majestuosa Nueva York, pero el gran camarero había sido el único artífice de un éxito exponencial.

Y allí sentado, cerca de la fuente de Canaletes, codeándose con el vaivén propio de la plaza Catalunya, Lluís tuvo una visión que le erizó la piel, esa sensación que no había vuelto a experimentar desde que tomó la decisión de cambiar de vida.

Fue justo en el instante en que se disponía a abrir el cuaderno de dibujo que había comprado especialmente para la ocasión cuando tuvo la impresión de ver a Agnès justo en la zona de la barra que solía ocupar cuando visitaba a Pier. Con una expresión de profunda paz, no había envejecido ni una sola hora.

Lluís no supo cómo reaccionar. ¿Volvía a soñar despierto?

¿Acaso su hermana era real o se trataba de una nueva visión portadora de un mensaje que debía descifrar?

Incapaz de determinar los motivos de una aparición que lo había abandonado durante años, el artista recuperó su esencia y bosquejó como si en cualquier momento pudiera esfumarse su musa. Deseaba tanto trasladarla al papel, rendirle el honor de que presidiera aquel nuevo cuaderno que, mientras trazaba a la desesperada, sus ojos se empañaron por la emoción. Fuera real o no, recuperar una visión que lo había abandonado en el campo de batalla le regaló un alivio emocional infinito. Algo se había desbloqueado en su percepción de la realidad; era como si de nuevo lograra percibir una gama de colores superior, como si fuera capaz de captar un sinfín de dimensiones que cabalgaban insistentemente unas sobre otras.

Cuando finalizó el boceto, casi poseído por una mano divina, despertó del letargo. Tras años de haber perdido de su memoria la imagen nítida de su hermana, tenía ante sí un nuevo boceto de apariencia casi fotográfica. ¿Cómo podía recordar tantos detalles después de décadas de ausencia? Aquel primer retrato, en cuerpo y alma, era un enigma de fácil resolución. Agnès, desde el más allá, o quizá su propia conciencia infantil, le empujaban a considerar la epifanía.

Debía coger con firmeza las riendas de la segunda oportunidad que Laura le estaba brindando. No podía hacer oídos sordos a lo que había deseado toda su vida.

El quiosco Canaletas debía pertenecer a la familia, formar parte del patrimonio de aquellos que siempre lo habían considerado su hogar, sin juzgar si era rentable o popular. El faro necesitaba quien lo cuidara para que pudiera seguir alumbrando a los que se habían ido extraviando por el gran paseo catalán.

Laura se había convertido en la voz de la razón, en el espejo de lo que aún vivía en su alma. Y solo el amor de su vida podía haberle abierto los ojos con tanta sutileza.

Había llegado el momento de recuperar el papel que tanto había ansiado, de asumir las funciones de nuevo farero de las Ramblas. Por mucho que se lo hubiera estado negando a sí mismo, estaba predestinado a recuperar la esperanza de una comunidad que se había apagado lejos del paraíso. El quiosco Canaletas era la ermita a la que podrían volver a acudir aquellos que buscaran un milagro.

Recuperándose de la revelación mientras se tomaba un café en el quiosco, Lluís consiguió la ubicación de la coctelería de su antiguo compañero Ezequiel. Sentía la necesidad de volver a verlo para ordenar sus emociones más primarias y alinearse con la nueva voluntad que había adquirido en aquellas sillas de alquiler de la rambla de Canaletes.

Afortunadamente, el local del cubano estaba a unas pocas calles del enclave de las sodas. Ezequiel, pícaro y observador como pocos, había encontrado un espacio en una de las mejores áreas del Distrito V, donde sus visitantes podían sentirse seguros a altas horas de la noche.

El Malecón era la coctelería más selecta de la gran metrópolis barcelonesa, y su fama se había extendido con firmeza después de que los republicanos hubieran hincado la rodilla y se iniciaran los duros tiempos de la posguerra. Pese a las estrecheces de la mayoría, aquella coctelería se había convertido en el selecto espacio donde los más sibaritas se deleitaban con sofisticadas copas, cerraban importantes negocios con un apretón de manos y compartían punzantes reflexiones sobre la vida.

Decidido a recuperar la vieja sintonía con uno de los hombres que le habían ayudado a recuperar a su esposa, Lluís fue en su búsqueda con los nervios a flor de piel. El reencuentro se había hecho esperar y la incertidumbre de cómo lo recibiría Ezequiel marcó la pauta de sus intenciones. Y es que la muerte de Atilio había arrasado como un huracán con las relaciones personales de quienes habían tenido algún vínculo con el gerente. A todos les dolía reencontrarse sin la presencia del gran maestro, y la mayoría habían preferido evitar la tristeza marcando una indefinida distancia. Esconderse bajo el refugio más profundo que uno pudiera encontrar resultaba de lo más tranquilizador.

En El Malecón, el paterfamilias de los Ros Pons sintió una ins-

— 391 —

tantánea admiración por su antiguo colega. El establecimiento estaba decorado con una elegancia exótica que te transportaba a la Cuba de la época, sin restricciones ni miramientos. Las mesas estaban delicadamente espaciadas por todo el salón central como si fueran pequeñas plantaciones de caña, los sofás de piel invitaban al sosiego y una luz tenue confería al espacio la atmósfera típica de la hora dorada. Un equilibrio de elementos que susurraba confort al alma del visitante. Si aquel entorno no era un pedazo del paraíso en medio del oasis callejero barcelonés, ya podía bajar el dueño de los cielos para aclarárselo a los presentes.

Cautivado por la magia del lugar, Lluís se acercó hasta una de las mesas más apartadas, desde la que podía verse una panorámica completa. Sin duda, al cubano le habían ido bien las cosas, y el líder de los Ros Pons se alegró de no haber sido el único de la «familia» capaz de prosperar. Estar allí, de cuerpo presente, era realmente especial para el empresario catalán, que seguía sintiéndose en deuda con su antiguo compañero. Gracias a él habían derrotado al altivo Amadeu Mas, reduciéndolo a simples cenizas.

Una joven con la piel propia de las tonalidades del desierto y de pretéritos rasgos africanos se acercó a Lluís para tomarle nota.

—Buenas tardes, caballero. ¿Qué le gustaría tomar?

Lluís cogió una carta de bebidas escrita a mano y la revisó con atención. No fue difícil decidir lo que le apetecía.

—Querría el mejor cóctel que pueda prepararme el propietario. ¿Sabe si podría hablar con el señor Ezequiel?

La camarera, sorprendida de que el visitante conociera el nombre de su marido, mostró su lado más amable y conciliador.

—¿Con mi esposo? ¿Se conocen?

Lluís puso los ojos como platos al escuchar la noticia. No tenía ni idea de que el cubano hubiera podido traer a Barcelona a su familia, aunque más de dos décadas daban para albergar muchísimas novedades.

—Sí, pero hace muchísimos años que no coincidimos. Me comentaron recientemente que había abierto esta coctelería y, como pasaba por la zona, me he decidido a hacerle una visita. ¿Podría decirle que ha venido Lluïset, el del quiosco?

La mujer, tan amable como se había mostrado desde el principio, asintió.

—Ahora mismo se lo digo. Está en la oficina haciendo cuentas. Seguro que se alegrará de que le salve la papeleta. Odia los números —comentó la esposa del cubano, con ironía, antes de desaparecer momentáneamente de la zona de las mesas.

A los pocos minutos, un Ezequiel al que se le marcaban los surcos propios de la edad y mostraba un sinfín de canas apareció con una sonrisa deslumbrante.

—¡¡Lluïset!! Pero ¡qué ven mis ojos! ¡Acércate, muchacho, que te has ganado un buen abrazo por la visita! —exclamó el rey de los cócteles barceloneses cuando apenas estaba a un par de metros del empresario—. Pero si estás igual que siempre, muchacho. ¡Cómo me alegra verte después de tantos años!

—Bueno, bueno, que cincuenta ya pesan lo suyo, Eze, y ya no soy aquel Cachorro que conociste —aclaró el líder de los Ros Pons, al tiempo que se daban un abrazo sincero.

Ambos rieron por el comentario y no tardaron en tomar asiento.

—¿Cómo es que has venido a verme? ¿Va todo bien? —preguntó el antiguo compañero de fatigas de Lluís, algo más calmado.

—Todo funciona a las mil maravillas, aunque, si te soy sincero, he venido porque necesito tu opinión sobre un asunto. Creo que podría serme de gran utilidad saber lo que piensas.

El cubano, honrado por la visita y porque su amigo valoraba su criterio, tomó la iniciativa:

—Cómo no, amigo mío. Pregúntame lo que quieras, aunque primero me permitirás que te prepare el mejor cóctel de mi humilde morada. Eso es lo que mi esposa me ha comentado que deseabas pedir, ¿no?

Lluís asintió, experimentando una felicidad que hacía años que no sentía. Ezequiel se ausentó unos minutos para acercarse hasta la barra y prepararle su inigualable daiquiri. Mientras lo elaboraba con una maestría sin igual, el empresario pensó que el cubano tenía muy buena mano para esos asuntos. Su fama en la Ciudad Condal estaba más que justificada.

De nuevo en la mesa, mientras Lluís se dejaba llevar por la explosión de sabores de la deliciosa bebida, Ezequiel le resumió aquellas más de dos décadas de ausencia, marcadas por la muerte de Atilio. De hecho, tiempo después de que falleciera el maestro del quiosco, el originario de La Habana se había decidido a abrir aquel negocio gracias a un secreto que en ese preciso momento confesó a Lluís. Atilio, siempre pensando en quienes apreciaba, le había prestado dinero para montar El Malecón poco antes de la tragedia, y el cubano jamás se lo había podido devolver por culpa del maldito infarto que se lo había llevado por delante. Y ese generoso acto del gran gerente, aún en ese año de 1949, seguía torturándolo a todas horas. Atilio le había dejado con la sensación de una eterna deuda, aunque tenía claro que se habría sentido orgulloso de lo que había creado con su ayuda.

Tras el vaivén de los recuerdos, Lluís le contó su idea de adquirir la licencia del quiosco para dar un nuevo esplendor al mítico local. Y nadie mejor que el cubano, que había abierto su propio negocio de bebidas, para aconsejarlo.

—No voy a engañarte... No será fácil, amigo mío. El quiosco ha perdido reclamo y clientela, y, por lo que sé, al tipo que tiene la concesión ya le compensa obtener el beneficio mínimo. Lleva años sin invertir ni una peseta en promocionarlo ni adecentarlo. La fama le precede y es un hueso difícil de roer, pero si quieres mi opinión, deberías hacerlo.

—Laura es quien me está animando a que me lance de una vez por todas. Bien sabes que los negocios son difíciles al principio, y más si están condicionados por las circunstancias. Pero creo que me lo debo a mí mismo y me apetecería intentarlo por los viejos tiempos.

El cubano sonrió al ver que Lluís tenía la decisión bastante digerida y se prestó a ayudarlo en lo que pudiera necesitar.

—Déjame decirte que tu padre y Atilio estarían orgullosos de tu decisión. No conocí a tu hermana, pero pondría la mano en el fuego por que ella también se alegraría. Le preguntaré a mi distribuidor si puede conseguirme el contacto del propietario de la licencia. Puede que en el Ayuntamiento no te lo faciliten. Para este tipo de gestiones son unos incompetentes.

Lluís se lo agradeció de corazón y, tras alargar la conversación más de una hora con la reconstrucción del pasado, se despidió de Ezequiel con la intención de regresar a casa. La mañana de reflexión había sido fructífera y empezaba a pensar de otra forma. Volvía a alinearse con la idea de rendir honores a un pasado glorioso.

Una semana más tarde, cuando el frío de finales de septiembre empezaba a apoderarse de los transeúntes de las Ramblas, Lluís fue recibido en el Ayuntamiento de la ciudad para tratar el asunto de la licencia. Estaba decidido a seguir adelante con el sueño, pese a que intuía que no iba a ser nada sencillo conseguirlo. Alguien que podía estar sacando una buena tajada por el arrendamiento del local no se iba a desprender tan fácilmente de una gallina que quizá ya no daba huevos de oro, pero sí los mínimos necesarios para cenar tortilla a diario y satisfacer el estómago.

En el Ayuntamiento le explicaron que aún quedaban casi dos años de explotación, porque la licencia estaba otorgada hasta 1951. Su única opción era esperar a la siguiente convocatoria y mostrar sus credenciales para optar a la nueva concesión por un periodo de cinco años. Ni siquiera su historia personal, vinculada al local, ablandó al jefe del organismo público que se ocupaba de esos menesteres.

Descartada la vía legal, al líder de los Ros Pons no le quedó más opción que coger el camino menos convencional, echando mano del contacto que el cubano había conseguido gracias a sus buenas formas. El objetivo era llamar a don Diego Martos García y concertar una cita para tratar un asunto que Lluís le aseguraría que podía ser de su interés.

En una escueta llamada telefónica, el empresario de locales de alterne y bebidas espirituosas se interesó por escuchar la enigmática propuesta, aunque, por su forma de responder, dejó claro que era un hombre acostumbrado al trapicheo de barrio y a la vulgaridad de los peores acuerdos en los suburbios.

Lluís desconfió inicialmente de la predisposición del hombre,

— 395 —

pero, consciente de que no tenía elección, acordaron verse en el Zúrich al día siguiente, el mismo lugar en el que su padre y su suegro solían conceder desinteresados créditos a quienes más los necesitaban.

Una sutil lluvia se extendió por todo el centro de Barcelona, como premonición de que algo no iba a cuajar. A Lluís, que lloviera en momentos tan delicados lo incomodaba, pero si quería la gestión del negocio, no tenía más opción que acudir a un encuentro que él mismo había planteado con algunas dudas.

Como su padre siempre le había inculcado, el paterfamilias de los Ros Pons se esmeró en llegar con antelación. Cultivar las apariencias era de vital importancia para dar la impresión de que era un empresario cabal y serio.

Contrariamente a la idea de Lluís, Diego Martos apareció veinte minutos más tarde de lo acordado. Ataviado con un traje gris perla, de talle parisino pero estilo desfasado, parecía estar a punto de reventar por la gran panza que cargaba con cansancio. Agotado, se sentó sin muchos modales.

—¡Vaya día de mierda! —dijo el explotador de la licencia, antes de desprenderse de su sombrero de ala corta y desabrocharse los tensos botones de la americana para permitir que su estómago se expandiera a sus anchas—. Tráigame un coñac, que la lluvia me pone de mala hostia —soltó de nuevo el empresario cuando el camarero apareció con una reverencia.

—¡Marchando, señor!

Durante unos instantes, el hombre se recolocó la vestimenta y el cuerpo entero, y esperó a que llegara su bebida para tomar posiciones.

Tras ingerir medio vaso de un trago y pedir una nueva tanda al *garçon*, Diego Martos se mostró dispuesto a escuchar la propuesta de Lluís.

—Entonces... ¿de qué negocio quería hablarme?

—Le seré franco, señor Martos. Estoy interesado en subarrendarle la licencia del quiosco Canaletas.

— 396 —

El empresario frunció el ceño e intentó averiguar el repentino interés de aquel hombre.

—¿Del quiosco? Imposible. Tengo la explotación hasta 1951.

—Todo puede hablarse, ¿no cree? Seguro que existe la forma de que pueda tener en cuenta mi propuesta.

—¿Y por qué ese quiosco? No creo que sea, ni de lejos, mi mejor local.

—Trabajé allí de pequeño y me gustaría retomar ese negocio. Se trata de un asunto de interés personal —dijo Lluís, sincerándose en el acto. Disimulando podría bajar el precio, pero el líder de los Ros Pons no estaba para estrategias financieras. Quería pagar el precio justo y poco más. Lo de la especulación no iba con su forma de pensar ni de actuar.

Diego Martos se fulminó la nueva copa de coñac antes de seguir con el asunto:

—El negocio de las Ramblas no va nada mal y me genera buenos dividendos. Así que solo pensaría lo de traspasarle la licencia si la compensación fuera irrechazable. No sé si me explico...

—Alto y claro, señor Martos. ¿De cuánto estamos hablando?

—Hombre..., debería ser el doble de lo pagado. Así se amortizaría el negocio y tendría unas ganancias fijas en un solo pago. Eso, o ya puede ir quitándoselo de la cabeza...

Lluís, dispuesto a todo, decidió no darle más vueltas al asunto. Al fin y al cabo, el precio iba a marcar las posibilidades del éxito de su causa.

—Insisto, ¿de cuánto estamos hablando?

El desagradable propietario de la licencia simuló hacer unas cuentas mentales. Una patraña usual para dárselas de interesante.

—Así, a bote pronto, calculo que rondaría unas doscientas cincuenta mil pesetas —soltó el bravucón, consciente de que era un precio desorbitado. Por aquel entonces, un buen piso en la Ciudad Condal podía rondar las doscientas mil.

—Ese es un buen pico por un local que tampoco está en su mejor momento, ¿no cree?

—Lo de que no está en su mejor momento lo dirá usted... El quiosco funciona bien y, entre lo que vale la licencia y lo que dejaría de ganar, no aceptaría menos del precio que le acabo de indicar. Lo siento, pero es lo que tiene no querer vender. Lo toma o lo deja.

Lluís se mordió la lengua. La prepotencia con la que hablaba aquel tipejo le hizo sentir el impulso de levantarse y dejarlo allí con la palabra en la boca, pero estaba realmente interesado en el quiosco y no pretendía romper las negociaciones cuando apenas habían empezado.

—Deje que lo piense, entonces.

—Piénselo, pero no se demore más de un mes, porque lo hablado caducará. Le recuerdo que es usted quien desea comprar, no yo quien quiere vender.

El líder de los Ros Pons tomó nota de la intransigencia del negociante y quedó en llamarlo dentro del plazo marcado para confirmarle si quería seguir adelante o bien desestimaba la compra.

—Pues, con todo aclarado, me iré. Debo atender otros asuntos, señor Ros. Quedo a la espera de su decisión —soltó fríamente Diego Martos, que volvió a abotonarse la americana con dificultad y abandonó el Zúrich abriendo un roñoso paraguas para protegerse de la llovizna.

Mientras se alejaba torpemente por el sobrepeso y el alma podrida, Lluís pensó que darle semejante fortuna a aquel desgraciado era sucumbir al poder del especulador, del que abusa porque es consciente de la necesidad ajena. Ese individuo representaba lo que más odiaba en la vida y, sin poder evitarlo, experimentó una sensación agridulce. El sueño iba a salirle muy caro.

36

La biblioteca familiar había presenciado las grandes decisiones de la familia Ros Pons. En aquel cálido espacio con aroma a papel, madera de antaño y ambientación típica de los bosques catalanes al llegar el otoño, se habían jurado amor eterno Lluís y Laura, así como acordado su enlace y resuelto otras cuestiones familiares durante más de tres décadas.

Diseñada bajo el criterio de Isaac Pons, con sus filigranas de estilo modernista y albergando gran parte de la literatura universal, aquel templo que invitaba a vivir otras vidas se había convertido en un espacio trascendental para el matrimonio. En la biblioteca, los problemas se transformaban en soluciones, nuevas posibilidades y firmes tomas de decisión.

Laura escuchaba atentamente el relato de su esposo acerca de la negociación por la licencia del quiosco. Sin duda, el tal Diego Martos era un hombre sin escrúpulos, despreciable en el trato y el aspecto, de los que sabían descifrar las oportunidades para cazarlas al vuelo.

Doscientas cincuenta mil pesetas era un dineral capaz de crear un agujero en la economía de cualquier familia, independientemente del estatus y el apellido.

—Puede que sea el momento de cerrar la empresa de préstamos, mi amor. Ya lo hemos hablado, pero era el sueño de nuestros padres, no el nuestro. Y nos está ocasionando más quebraderos de cabeza que otra cosa. Jamás estuvo pensada para sacarle un rédito...

Lluís, que escuchaba atentamente a su esposa, no pudo hacer

más que darle la razón. El sueño de Ramon e Isaac se había mantenido activo hasta el fallecimiento de su suegro, pero quizá lo más sensato era ponerle el punto final. Las expectativas de los paterfamilias habían sido saciadas desde hacía mucho, y la altruista empresa había quedado notablemente tocada tras la muerte de Ramon Ros.

—Tienes razón. Puede que sea el momento de cambiar un sueño por otro. Finalizar los préstamos sería no solo conveniente, sino indispensable si queremos la licencia del quiosco. Con el ahorro de los préstamos, el golpe financiero no sería tan drástico.

—Hablemos con Pablo y expliquémosle la situación. Sé que está por jubilarse, ahora que tiene casi sesenta y uno, pero podría alargar sus obligaciones un poco más y ayudarnos con la gestión del quiosco. Se le ve en buena forma y sigue viviendo en el distrito; su familia agradecería tenerlo cerca. ¿Qué te parece? —propuso Laura, que a todos los efectos era la heredera del imperio familiar y quien tenía la última palabra tras la muerte de su padre.

—Conociéndolo, seguro que acepta. Siempre ha cuidado de nuestro bienestar, y el quiosco es un lugar que conoce al dedillo.

Laura asintió dando por buena la decisión que habían tomado en equipo, y tomó unas notas en el cuaderno financiero que se extendía sobre el escritorio que había pertenecido a su padre. Lluís se acercó al mueble bar y sirvió dos coñacs. Con tranquilidad, le acercó uno a su esposa y se sentó de nuevo en uno de los confortables sillones de la estancia. Mientras Laura completaba las notas, su esposo siguió con la reflexión:

—Doscientas cincuenta mil pesetas… Cerrando los préstamos solo ahorraremos en futuros gastos, pero me parece un precio excesivo. No creo que podamos cubrirlo sin que perjudique nuestras finanzas…

Laura dejó de anotar lo que tenía en mente para mirarlo con amor y hacerle una nueva propuesta:

—¿Y si vendemos el piso de tus padres? No lo usamos desde que Rossita se vino a vivir con nosotros y su valor debe de estar cercano al importe de la licencia. Si, además, le sumamos algo de lo que tenemos ahorrado, podría ser factible. Sé que le tienes cariño al piso, pero no es más que una pequeña parte de nuestro patrimonio, mi amor.

Lluís consideró la propuesta dándose unos instantes para la reflexión. La visión de su esposa siempre era acertada y cabal, y estaba en lo cierto con el nulo uso que hacían del inmueble. Desde sus inicios, aquella casa le había causado una sensación agridulce. Su hermana apenas la había podido disfrutar y allí habían quedado marcados por la tristeza y la desgracia. Una dinámica que se había extendido tras la muerte de su padre y que acentuó la impresión de estar marcado para siempre. De hecho, los mismos Pons se habían encargado de alquilar y vender otros pisos del edificio, por lo que el patrimonio real se centraba en el que ahora vivían. El resto de las porciones del pastel no eran más que posibles ganancias para cubrir momentos difíciles, o bien inyecciones económicas para establecer nuevos negocios familiares.

—Déjame que primero se lo plantee a mi madre y, si está de acuerdo, podría ser la solución, aunque realmente me pregunto si merece la pena tanto sacrificio por adquirir una licencia que apenas llegará a los dos años.

Laura dio un trago a su coñac. A continuación, dejó reposar el vaso sobre el escritorio y se acercó hasta su marido. Con amor, se sentó lateralmente sobre las piernas de Lluís y lo abrazó.

Antes de descansar el rostro sobre el pecho de su esposo, expresó su sincera opinión:

—Mi amor, el tiempo no es lo importante. Lo esencial es que tienes la oportunidad de cumplir un sueño que abarca mucho más que tus deseos. Si sale bien, estoy segura de que te concederán la nueva licencia. Una vez estés dentro, lo administrativo será más sencillo. Ya sabes cómo funcionan las cuestiones burocráticas en este país...

Lluís asintió mientras suspiraba al ritmo acompasado de su esposa. Siendo objetivo, vender el piso era la única solución, y desprenderse de él podía ser la forma de empezar una nueva etapa alejados de un pasado que jamás se había esfumado por completo. El quiosco no era un nuevo negocio del que obtener una renta, sino la posibilidad de hacerse con el oráculo que había marcado sus destinos durante años. Amaba aquel lugar, y poder gestionarlo como consideraba que debía hacerse confería un nuevo propósito a su vida. Si el secreto de la existencia se basaba en cumplir con aquello que se deseaba desde el corazón, obtener la licencia se convertiría en la piedra angular que marcaría la segunda parte de su vida.

El estruendo de la vieja campana de la capilla de la escuela avisó a los estudiantes de que había finalizado la hora del recreo. Transcurridos veinte minutos desde la última clase, Antoni Ros Pons y Chufo Martínez se escurrían por el estrecho pasillo que había junto a los lavabos de la zona de juegos para trepar por un muro descascarillado y salir a la calle.

De un salto, ambos chicos se libraron de la carga escolar, no sin antes ser descubiertos por una mujer que cargaba una bolsa con la compra y que los miró con la expresión típica de quien regaña sin tener vela en el entierro. Que se estaban escapando de la escuela para hacer novillos era una evidencia, pero poco les importaba lo que pudiera pensar quien descubriera su fechoría. A sus quince años, se creían los reyes del mambo; estaban por encima del bien y del mal.

—¡A dónde vais, desvergonzados! —gritó la mujer, que se tomó a pecho un papel que no le tocaba.

—¡Déjenos en paz, señora, y vaya usted con Dios! —gritó Chufo entre carcajadas.

Antoni se sumó a la burla apoyando la desvergonzada reacción de su joven colega. ¡Que aquella vieja se metiera en sus asuntos!

Con la enérgica rapidez propia del adolescente, ambos corrieron como si no hubiera un mañana por las calles del Eixample, hasta alcanzar la plaza Universitat.

Con perspicacia, se adentraron por las vetustas vías del antiguo Distrito V. Llegaron a un colmado regido por una mujer casi centenaria que aguantaba estoicamente al pie del cañón. Aquella no era la primera visita de los jóvenes, que sabían muy bien cómo explotar su cara dura y conseguir gratis algo con lo que pasar la tarde.

—Tú distraes a la vieja y yo le afano unos cigarrillos y algo para beber. ¿Trato? —dijo Chufo sin dar muchas opciones a su amigo, que asintió convencido de que aquella estrategia era simplemente la mejor.

Tras estrecharse las manos para infundirse coraje, los dos jóvenes se ubicaron estratégicamente en el perímetro de la tienda, listos para entrar en acción.

Josefa, la tendera, apenas contaba con un cuarto de visión, y, con dificultad, se volvió para atender a los clientes. De haberle preguntado, jamás hubiera podido identificar al comprador. Para la pobre abuela, la realidad se ceñía a un juego de sombras y voces.

—¿En qué puedo ayudarle, caballero? —preguntó con calma la víctima.

A Chufo y a Antoni se les escapó una risa nerviosa.

—Querría una docena de huevos. De esos que tiene allí, detrás de las latas —soltó el joven Ros Pons con la intención de distraer a la tendera y permitir que su secuaz se abasteciera.

La mujer, casi arrastrándose por la fatiga y la edad, se acercó muy lentamente a los supuestos huevos para satisfacer al cliente.

—¿Se refiere a estos? —preguntó inocentemente la dueña del comercio, que, aparte de prácticamente ciega, estaba más sorda que una tapia.

—No, no. Esos que están más a la izquierda, los del fondo —comentó Antoni, intentando que el cuchicheo no enviara al garete toda la pantomima.

Josefa, paciente y agotada, se acercó a una pequeña escalera, que ubicó cerca de la estantería donde supuestamente reposaban los huevos, y se dispuso a subir con una extrema torpeza.

Cuando ya había superado el primer peldaño, Chufo dio la señal a su colega para que abandonara la distracción y saliera por patas. Ya tenía la compra hecha.

Josefa comprendió que le habían tomado el pelo cuando escuchó el portazo que los dos críos dieron al abandonar el negocio. Por desgracia, no era ni la primera ni sería la última vez que le hacían esa jugarreta, pero contra la maldad de los jóvenes no podía hacer nada. Había superado guerras, hambre y situaciones tan al límite del aguante humano que una trastada más o una trastada menos tampoco iban a sacarla de pobre.

Chufo y Antoni se escurrieron entre la gente del barrio, no sin que los vecinos los observaran con recelo. Cuando los jóvenes corrían de aquella forma, es que algo habían hecho, así que, durante toda la travesía y hasta que llegaron a la zona trasera de unas barracas, junto a la iglesia de la plaza Castilla, los juzgaron de mala manera. Pese a la desconfianza, los vecinos estaban acostumbrados a las excéntricas dinámicas de los suburbios.

Siguiendo a ciegas a su compadre de fechorías, Antoni trepó por un muro que se aguantaba solo con la esperanza del párroco de la zona. Accedieron a un pequeño tejado que quedaba a oscuras. A simple vista, el lugar era propio de una guarida de ratas y, como apenas llegaba la luz del sol, aprovecharon el aislamiento para ponerse cómodos y repartirse el botín.

Chufo extrajo de debajo de la camisa una botella de brandi y dos paquetes de cigarrillos.

Con una sonrisa pícara, el camarada de Antoni se deshizo del corcho de la botella, con la ayuda de un pequeño estilete que siempre llevaba encima, y dio un profundo trago al brandi. Tras pasarle el licor al hijo de Lluís Ros, se encendió un cigarrillo con una caja de cerillas que también había usurpado a la pobre tendera.

En un par de horas, los chicos se fulminaron el licor y se fumaron un paquete entero de pitillos, dos de los productos más difíciles de conseguir en una posguerra que había ampliado hasta la saciedad la lista de limitaciones y prohibiciones. Robarle aquel tesoro a la tendera suponía hacerle una verdadera jugarreta.

Con la alegría en el cuerpo y los pulmones a rebosar de toxicidad, abandonaron el olvidado rincón de la ciudad y subieron por el lujoso paseo de Gràcia hasta llegar al cine Fémina, ubicado en el número 23 del elegante paseo barcelonés. Aquel reino del celuloide era conocido por los esperados estrenos de la 20th Century Fox y los pases de las grandes producciones hollywoodienses aptas para todos los públicos. Un cine que, contra todo pronóstico, durante los años cincuenta alcanzaría la celebridad por sus proyecciones en formato cinemascope.

Pese a la inocente bravuconería de ambos, Chufo y Antoni eran dos desvergonzados de buena familia. Ambos abusaban de la buena fe de sus progenitores e iban a una escuela de renombre, no apta para todos los jóvenes de la ciudad. La pillería de Martínez, sin embargo, era mayor que la del hijo de los Ros Pons, que solía actuar por mera imitación de su amigo. Prueba de ello era que, a diario, el tal Chufo se adentraba en el despacho de su padre, un reputado abogado al servicio de algunos políticos del régimen, para usurparle un puñado de billetes de una caja fuerte que el hombre creía que le iba a proteger de los robos. El chico, que había averiguado la forma de afanar lo necesario para sufragar sus caprichos sin que su progenitor se percatara de la falta, acostumbraba a invitar a Antoni al cine, consciente de que era la gran pasión de su amigo. Desde luego, el heredero de los Ros Pons estaba encantado de que alguien le financiara sus discretos vicios.

Con el alcohol aún circulando por su riego sanguíneo, compraron dos tíquets para ver el filme de aventuras que estaba arrasando aquella temporada. A media película, Chufo se durmió como un tronco, pero Antoni, cautivado por lo que aparecía en la inmensa pantalla, se dejó llevar por una ficción que jamás llegaría a vivir. Aquel wéstern le hizo sentir que su realidad estaba muy lejos de las aburridas aulas. Su único deseo era formar parte, algún día, de aquellos afortunados que vivían de crear maravillosas porciones de vida en el celuloide.

Por lo pronto, seguía perdido en un viaje del que desconocía su próximo destino.

Antoni entró cabizbajo en la azotea del edificio en el que vivía con su familia. Su intención al escaparse de la escuela no había sido enfurecer ni decepcionar a sus padres, pero una llamada del centro educativo a Lluís Ros y la reiteración de fugas en comunión con Chufo Martínez lo habían sentenciado.

Consciente de que se las iba a cargar, y que se lo tenía bien merecido, el pequeño de los Ros Pons se acercó hasta la posición de su padre, que en silencio observaba la Barcelona que se extendía a sus pies. Desde aquellas alturas podían divisarse todos los tramos de la Rambla y los distritos anexos, topándose finalmente con el horizonte marino.

Intentando no revelar su posición, Antoni procuró pisar con cautela el suelo ardiente de obra vista que lo separaba del paterfamilias.

Durante unos minutos, ninguno de los dos pronunció una palabra. Lluís observaba la ciudad sin prisas y su hijo intentaba imitarlo, aunque con la cabeza llena de cavilaciones. Esperaba un castigo ejemplar por lo que había hecho, pero aceptaba que eran los daños colaterales de haberse librado de una situación que lo consumía. No quería estudiar y su decisión era innegociable. Le pesara a quien le pesase.

—Ya sabrás que nos han avisado de tus ausencias escolares…

Antoni se mantuvo en silencio. Defenderse era la peor opción posible. Solo el lejano runrún de los coches, los tranvías y las motocicletas libró a la escena de una atmósfera de lo más incómoda.

—No te preguntaré dónde has estado, porque no quiero preocuparme de que estés callejeando, pero esto tiene que parar, Antoni.

El joven, sintiendo la necesidad de abrirse por completo a un hombre que respetaba no ya por ser su padre, sino por la forma en la que siempre lo había tratado, quiso dejar clara su postura:

—Papá, odio estudiar, y lo sabéis. No quiero preocuparos, pero no pienso volver a la escuela.

Lluís, consciente de que su hijo tenía la decisión tomada y que su obcecación por algo que deseaba era firme, optó por darle opciones y no una regañina moralizante:

—Entonces tendrás que trabajar en la fábrica. Empezarás como aprendiz y, quién sabe…, quizá prosperes en el negocio.

—¿La fábrica? Pero, papá… A mí no me importa la ropa. Para Candela es el negocio perfecto, pero yo ansío otras cosas. Ella es como mamá y la abuela, y lo suyo es diseñar patrones.

El líder de los Ros dejó que el alcance de la supuesta disyuntiva de su hijo surtiera efecto.

—O la fábrica, o estudiar. Tú verás. Más adelante, cuando seas mayor de edad, podrás hacer lo que quieras, pero ahora la alternativa es esta. Tú eliges.

Antoni, rendido a la evidencia, sopesó sus opciones. La fábrica no era la panacea, pero al menos iba a librarse de los estudios y en algún momento conseguiría algo de dinero, así que comprendió que su padre le estaba ofreciendo una auténtica oportunidad. Lluís Ros no podía reírle eternamente las gracias, ni dejar que actuara como un caprichoso niño de papá, así que, en realidad, le estaba tendiendo la mano para que pudiera ganarse sus oportunidades. Y eso el joven heredero lo respetaba de verdad.

—Pues la fábrica.

—Bien. Ya te diremos cuándo empiezas. Y ahora vamos a cenar, que es tarde y no quiero hacer esperar a tu madre y a la abuela... —sentenció Lluís, que se dirigía hacia la puerta de la azotea que daba acceso a la escalera interior.

Antes de cruzar el umbral, se dio la vuelta para llamar la atención de su hijo por última vez:

—¿Vienes o no?

Antoni, abandonando la visión panorámica de una ciudad que había perdido oportunidades tras la guerra, rehízo el camino hacia el interior del edificio. Y con la típica actitud del vencido en la batalla, reconoció con un suspiro su derrota:

—Voooy...

Rossita Adell tomaba el sol en la amplia terraza del piso familiar. Semiescondida entre un cúmulo heterogéneo de geranios, margaritas y rosas, pasaba el rato con Candela, la luz de sus ojos.

Lluís se acercó a ellas. Candela terminaba un delicado zurcido y Rossita la observaba con un amor infinito, orgullosa de las capacidades de la pequeña. Sentía mucho más que la consabida pasión de una abuela.

—¿Qué tal lo he hecho, *iaia*? —preguntó la cría mientras su padre besaba a la matriarca en la frente.

—Impecable, Candelita. Coses mejor de lo que yo lo hacía en mis años mozos —afirmó Rossita con una cierta torpeza verbal.

Los años y la pena anclada en el corazón le habían mermado notablemente la fluidez en su forma de expresarse.

—Mamá, no exageres, porque tú siempre fuiste la gran maestra del barrio. ¡Que algún día te lo cuente, hija! —comentó con alegría Lluís.

La pequeña se sintió satisfecha por el halago y, aprovechando que su padre había llegado y podía quedarse con su abuela, pidió permiso para acercarse a la cocina y coger algo para merendar. Ese rato haciendo labor le había abierto el apetito.

Sin más, dejó a madre e hijo solos para que pudieran hablar de sus asuntos.

Lluís acercó una de las sillas auxiliares que había en la terraza y se sentó junto a la matriarca. Cogiéndola de las manos con suavidad y cariño, se preparó para contarle lo que tenía en mente. La opinión de Rossita era de vital importancia para él en aquel asunto familiar.

—Mamá, me gustaría consultarte algo.

La abuela de la familia lo miró expectante.

—Me ha surgido la oportunidad de comprar la licencia del quiosco Canaletas. Y ya sabes lo importante que siempre fue para mí y para Agnès… —dijo Lluís ante la atenta mirada de la mujer que le había dado la vida—. El problema es que el precio es muy alto, así que habría que hacer un esfuerzo si realmente quiero hacerlo posible. La cuestión es que lo he valorado con Laura y creemos que, si vendemos el piso en el que empezamos a vivir en este edificio, podríamos hacer frente al coste. Sé que se trata de un viejo sueño y que nuestra vida se ha desarrollado en otros ámbitos, pero me gustaría que el quiosco recuperase el esplendor de cuando trabajaba allí de niño. Y, no sé, quizá servir pasteles como quería Agnès…

Rossita fue aumentando sutilmente su sonrisa mientras escuchaba a su hijo. Apreciaba el brillo de ilusión proyectado en las pupilas de Lluís, y no necesitaba nada más para concederle lo que pedía. Si alguien conocía el amor de su heredero por el quiosco era precisamente ella, y por eso estaba dispuesta a ayudarlo sin condiciones. Por Lluís, hubiera dado un sí rotundo aunque no estuviera del todo conforme con la propuesta.

Hacía tiempo que Rossita vivía un tiempo de descuento y, resignada a resistir contra viento y marea, no veía la hora de reencontrarse con aquellos que habían partido antes del temporal. La matriarca conocía el peso de la tragedia y la pérdida, y, sobre todo, lo que suponía renunciar a la propia voluntad de vivir por una mera cuestión de ausencia.

Rossita lo miró emocionada mientras, con una cierta dificultad, intentaba acariciarle la mejilla. Lluís, consciente del deseo de su madre, le acompañó la mano hacia su propio rostro, al tiempo que observaba el brillo en su mirada gentil. Por primera vez en mucho tiempo, el silencio aportaba un destello de vida.

—Véndelo... El quiosco te devolverá aquello que te arrebataron para ser completamente feliz.

—Pero, mamá, es el piso donde vivíamos cuando...

Rossita esperó unos segundos antes de hablar, para expresarse correctamente.

—Es solo una casa, cariño... Y ya solo quedamos tú y yo. Los recuerdos estarán siempre aquí —susurró mientras se señalaba el corazón por encima de la blusa.

El heredero de los Ros pensó en la importancia de las mujeres de aquella familia. Descartando a Júlia Masriera, por motivos obvios, el resto se habían convertido en grandes maestras de vida. Agnès, Laura y ahora Rossita le habían regalado grandes lecciones existenciales. Y siempre cuando más lo había necesitado.

Interpretando las palabras de su madre como el permiso que necesitaba para desbloquear emocionalmente la venta del piso, Lluís tomó la decisión de proseguir con el plan de comprar la licencia. Por mucho que el precio fuera desorbitado, los implicados consideraban que el valor de un sueño era incalculable.

Un mes más tarde, el agente inmobiliario que los Ros Pons habían contratado para vender el hogar del Eixample donde Lluís había vivido con sus padres les daba una buena noticia. La transacción finalmente estaba completada y ya podían disponer del dinero. Tras descartar a varios interesados en el inmueble, la familia se había decantado por el señor Estrada, un médico de cabecera de renombre que pretendía usar el piso como consulta privada y domicilio particular. El hombre había dedicado toda su vida a cuidar de la salud del prójimo y su reputación le precedía, por lo que el matrimonio vendedor estaba satisfecho de tenerlo como vecino.

Laura colgó el teléfono con una sonrisa evidente.

—¡Ya está hecho! ¡Se ha realizado el ingreso! —soltó con alegría la matriarca ante la atenta mirada de su esposo.

Lluís, emocionado por lo que representaba el espaldarazo definitivo para hacerse con el quiosco, se acercó a su esposa, la rodeó por la cintura y la besó con pasión adolescente. Gracias a la insistencia de aquel ángel, iba a cumplir el sueño de su infancia y el de aquellos que se habían apeado por el camino. El quiosco era como El Dorado, un deseo inalcanzable para la mayoría de los mortales.

—Esto solo ha sido posible gracias a ti, mi amor. No sé cómo podré agradecértelo —susurró Lluís, que se sentía el hombre más afortunado del mundo.

—Te lo mereces por tantas cosas que, si las enumerara, no saldríamos jamás de este despacho. ¿Qué te parece si luego lo celebramos como Dios manda? El quiosco será nuestro verdadero negocio. No algo heredado, sino lo que siempre has querido, y que ahora es también mi propio anhelo.

Lluís volvió a besar a su esposa experimentando un amor profundo y reparador. Se sentía absolutamente realizado por tener una compañera de viaje tan única. La vida, pese a todo, mirándola desde todas las perspectivas posibles, le había compensado a su manera. ¿Quién en su sano juicio podría quejarse?

Tras los achuchones fruto de una alegría desbordada, Laura tomó la decisión de llamar por la línea directa a Pablo. Ya que habían recibido el dinero con el que empezar el trámite del traspaso de la licencia del quiosco, era el momento de cerrar la compañía de préstamos que sus padres habían mantenido abierta con la ilusión de hacer buenas obras. Y a la mano derecha del señor Ramon le iban a proponer unas últimas funciones antes de la jubilación.

Radiante por cómo estaban sucediendo las cosas, la matriarca descolgó el teléfono para contactar con el área de los telares. Allí,

— 410 —

en su pequeño y confortable despacho, Pablo se ocupaba de resolver los contratiempos de la producción, a la vez que seguía coordinando la seguridad de la garita de entrada, donde un subalterno lo mantenía informado.

El antiguo navajero había dejado atrás la mala vida, después de sobrevivir a la Guerra Civil y de convertirse en una pieza fundamental en el buen engranaje de la industria textil de los Pons.

—Pablo, por favor, ¿podrías venir a las oficinas? —preguntó Laura cuando el Tuerto la atendió al otro lado de la línea—. Te esperamos, gracias.

La antigua heredera de los Pons sonrió con el ahínco de quien no quiere que el instante termine.

Por su parte, Lluís le regaló un amor infinito con la expresión de su rostro. Cuando la veía en acción, trabajando duro pero siempre con un positivismo extremo, se sentía orgulloso de lo que había conseguido su mujer por sí sola. Isaac tenía buen ojo para la selección de personal, pero con su hija se había superado; tomó la mejor decisión posible cuando la eligió para que lo sucediera en el cargo.

Laura se había ganado el respeto de los chacales de una industria que seguía movida por un cierto despotismo machista y el vaivén de los maletines cargados de pesetas. Y ella, aprovechando la oportunidad que le había brindado su progenitor, se había alzado como la única responsable de que la fábrica funcionara a un ritmo de producción admirable.

Antes de que Lluís pudiera deshacerse de sus cavilaciones, Pablo llamó a la puerta. Educadamente, pidió permiso para acceder al despacho.

El famoso Tuerto se había convertido en un hombre muy diferente al joven delincuente que don Ramon había sacado de la calle. De matón, había pasado a jefe de producción justo y responsable, asumiendo precisamente las mismas funciones que su tutor había ejercido con destreza antes de morir durante el bombardeo de la aviación italiana en 1938. Pablo superaba los sesenta, pero seguía manteniendo un porte espléndido y unas facciones que, al endurecerse por la edad, lo hacían incluso más temible. Ahora marcaba territorio sin pretenderlo, aunque el don de la intimidación no dejaba de ser la herencia de tantos años de proteger a quienes quería. El tiempo había pasado para todos, pero el antiguo navajero se mantenía en plena forma.

—Pasa, Pablo. ¿Quieres un café? —preguntó Lluís con gentileza.

—A un café nunca me puedo negar, ya lo sabes. Si no es mucha molestia, lo aceptaré encantado.

Mientras el visitante se sentaba en el pequeño sillón de la estancia, el hijo de su mentor le preparaba un expreso tal y como había hecho en mil ocasiones cuando trabajaba en el quiosco.

Al verlo, el Tuerto recuperó viejas sensaciones. Aquel hombre hecho y derecho era como su hermano pequeño, y sentía un orgullo infinito por lo que había conseguido en la vida.

—¿En qué puedo ayudaros? —preguntó el jefe de producción, intrigado por la llamada. Las reuniones no sucedían con frecuencia, porque en aquella fábrica todos se respetaban y existía un gran equilibrio. De hecho, jamás se había producido un conflicto entre los trabajadores. Isaac Pons, con esmero, había logrado crear un ambiente sólido y confortable.

—Lo cierto es que queríamos proponerte algo. Y estoy segura de que será de tu agrado —empezó a explicar Laura con tono relajado—. Lluís y yo hemos esperado a tener la disponibilidad adecuada para hablarte de cierto asunto, pero acabamos de recibir buenas noticias y no tenía sentido dilatarlo más…

—¿Recuerdas el quiosco Canaletas? —preguntó Lluís mientras le servía el café a su hombre de confianza.

—Cómo olvidarlo… Pasamos media vida allí —comentó el capataz, manteniéndose a la expectativa.

—Pues hemos decidido adquirir la licencia.

A Pablo se le escapó una expresión de profunda sorpresa. Aquella era una noticia que le parecía excelente por los recuerdos que le traía y porque era consciente de lo mucho que representaba para su «hermanito».

—¿En serio? —soltó el Tuerto antes de lanzarse al ruedo con algún comentario.

—Muy en serio… ¿Qué te parece la idea? —preguntó el hijo de don Ramon, esperando la sincera opinión de su viejo amigo.

—Maravillosa. Mejor, imposible. Sé lo importante que el quiosco era para ti y para tu hermana. Pero déjame decirte que también lo era para tu padre, aunque no fuera de expresar sus emociones. En más de una ocasión me habló de lo feliz que le hacía verte allí. En aquel quiosco vivimos grandes momentos.

El líder de los Ros Pons sintió en el pecho la fugaz punzada de una intensa emoción. Pablo tenía más razón que un santo y sus palabras lo animaron a seguir adelante. Si aún albergaba alguna duda, se esfumó gracias al comentario de su viejo aliado.

—Solo hay un pequeño contratiempo que ya hemos resuelto. La licencia es costosa, así que nos hemos visto obligados a hacer algunos ajustes en nuestras finanzas y vender algo de patrimonio para conseguir el importe de la compra. Pero estarás de acuerdo en que los sueños bien merecen el esfuerzo que uno pueda asumir —comentó Laura, sin perder la compostura y predispuesta a sincerarse con el Tuerto tal y como siempre lo habían hecho. Aquel hombre, que los había visto crecer y los había protegido desde la sombra, era uno más de la familia, como si fuera un tío o un primo carnal.

—Sin duda…

—Mi idea es a la larga centrarme en el quiosco, pero durante los primeros meses no podré estar allí más de media jornada, dado que debo compaginarlo con la fábrica. Así que nos gustaría que también estuvieras en el nuevo negocio para cuidar de Antoni cuando deba ausentarme —dijo Lluís.

—¿De vuestro hijo?

—Sí…, ya sabes que tiene problemas con los estudios. Llevamos tiempo valorando que trabaje en la fábrica, pero, con la posibilidad del quiosco, nos gustaría que se curtiera en un espacio más reducido. Yo mismo lo aprendí todo allí, y creemos que el cambio podría irle a las mil maravillas. Quizá entienda la importancia de tener una buena formación y la retome con el tiempo —siguió explicando el paterfamilias de los Ros Pons bajo la atenta mirada de quien había sido la mano derecha de su padre.

—Por mí no hay inconveniente, pero no creo que pueda compaginarlo con la fábrica y los préstamos. Apenas llego a todo y, siendo sincero, la edad empieza a pasarme factura. Habría que encontrar a alguien que pudiera sustituirme en alguna de las responsabilidades que ahora tengo.

Laura asumió el mando de la conversación cuando el antiguo navajero trató el asunto del viejo negocio de sus padres:

—Lo cierto es que hemos hecho números y creemos que deberíamos cerrar el servicio de préstamos. Ese era el sueño de nuestros padres, pero no el nuestro, y nos gustaría arriesgarnos con el quiosco por muchos motivos. Ya sabes que Lluís tuvo que elegir entre seguir en el quiosco o casarse conmigo, y es obvio por lo que se decantó.

Pablo asintió con seriedad. Conocía la historia del chantaje de los Pons por boca del propio padre de Lluís. Así que, para su hermanito, conseguir la licencia del quiosco era un acto de justicia divina.

Fuera quien fuese el que gobernaba en las alturas, se lo debía.

—En ese caso, no habrá problema. Si me lo permitís, me parece lógico cerrar un negocio para abrir otro, y el quiosco creo que nos va a ilusionar a todos. Además, sigo viviendo cerca, así que me será más práctico desplazarme al nuevo lugar de trabajo.

Laura y Lluís asumieron la declaración de intenciones de Pablo como un sí incondicional y siguieron tratando el asunto durante un buen rato para organizarse y asegurar los pasos a seguir.

La ilusión generalizada se estaba alineando con una fluidez mágica, y el deseo de recuperar el viejo sueño familiar empezaba a calar hondo en los últimos supervivientes de una época que para todos había sido dorada.

El notario del desagradable Diego Martos los atendió con desgana en su despacho de la zona noble del paseo de Gràcia para darles malas noticias. Cerca de la Manzana de la Discordia y de la rambla de Catalunya, el responsable de tramitar el cambio de titular de la licencia tuvo que declinar la oferta de Lluís Ros. A última hora, el vendedor había reculado con la excusa de sufrir posibles consecuencias legales, aunque en realidad se trataba de una artimaña para sangrar más dinero a los Ros Pons. Diego Martos era uno de esos usureros de barriada que se habían enriquecido con el negocio del alcohol y sabía muy bien cómo presionar a quien tenía que soltar el peculio.

Según el notario, su cliente temía caer en una ilegalidad al subarrendar la licencia por el tiempo que le quedaba de concesión, y se había plantado en el último momento.

—Mire, ambos sabemos que esto va de cantidades y no de miedos por los trámites legales. Acabemos con tanto protocolo absurdo y dígame cuánto más quiere por la licencia. ¿Nos vamos entendiendo, señor Balañá? —dijo Lluís, acostumbrado a la ley de la calle y a oler a la legua a los tipos problemáticos desde el primer día. En eso, el heredero de los Ros era un perro viejo.

El notario lo miró por encima de sus lentes antes de revisar unos papeles y entrar sin más preámbulos en la verdadera negociación:

—Mi cliente asumiría el riesgo por cincuenta mil pesetas más. En efectivo y aparte de las doscientas cincuenta mil ya acordadas por contrato.

Lluís lo miró fijamente sin dejarse ablandar. Su voz interior ya le había advertido de aquella posibilidad el día en que se habían conocido en persona, por lo que las nuevas condiciones no le sorprendieron.

—Puedo valorarlo, pero querré una garantía por escrito del pago extra. Que sea aparte del total para que no acabe a fondo perdido.

—Podemos estudiarlo, claro está —comentó sin más el notario, que estaba acostumbrado a los negocios que se cerraban bajo la mesa y sin estrechar la mano. No en vano sacaba una buena tajada por llevar a cabo los tratos con éxito.

—Déjeme valorarlo un par de semanas y le confirmaré mi decisión final. Pagar trescientas mil pesetas por la licencia es todo un abuso. No están tratando con ningún nuevo rico. Sé cuándo intentan tomarme el pelo —sentenció Lluís, al tiempo que se levantaba

— 415 —

de la silla y abandonaba la estancia—. No se moleste, conozco el camino de salida.

Y, sin más, Lluís Ros salió de la notaría con la sensación de que tenía la licencia a su disposición. Lo que había sucedido en aquel despacho formaba parte de una negociación hostil, iniciada por una propuesta inoportuna de compra cuando el vendedor ni se lo había planteado. Cuando uno quería adquirir algo que no estaba en venta, debía tener muy claro que la única arma para cerrar el trato era el dinero. Lo emocional siempre quedaba al margen en esos casos.

Ya en el paseo de Gràcia, el paterfamilias de los Ros Pons cogió un taxi para dirigirse a la fábrica del Poblenou y explicarle a Laura lo sucedido. Aquella decisión solo podía tomarse de mutuo acuerdo.

Al escuchar las nuevas condiciones, Laura sintió que le subían los calores. La oficina era un espacio bien aireado, pero la ofensa le jugó una mala pasada.

Fruto de la impotencia, Laura soltó un improperio que resonó hasta en la zona de máquinas, y las trabajadoras se miraron entre sí, preocupadas por la reacción de una jefa que siempre había mantenido la calma. Que en la oficina estaban tratando un asunto peliagudo era más que evidente.

—¡Menudo malnacido!

Lluís la miró fijamente con la intención de calmarla. Comprendía su enojo, pero nada que pudiera conseguirse fácilmente se valoraba como era debido.

—Ya contábamos con esta posibilidad, mi amor. ¿Desde cuándo una negociación nos ha salido a la primera? Esos tipos viven de sangrar y de sacar lo máximo de la necesidad o de la ilusión de quien compra. Cálmate y valorémoslo… Nada merece que nos llevemos un disgusto.

La matriarca asintió consciente de las palabras de su esposo. Desde luego, negociar era todo un arte en aquellos años cincuenta, y más cuando la Guerra Civil había hecho tantos estragos. Quien más quien menos se buscaba la vida para asegurarse unos mínimos en caso de un nuevo conflicto. Y en Barcelona, al igual que en el resto de España, seguía existiendo mucha picaresca y grandes dosis de maldad.

—Cariño, es tu sueño, y ahora también el de todos nosotros. Es un incremento importante en el importe, pero el quiosco puede darnos muchas alegrías. Ya sabes que, al final, buscamos lo mismo que nuestros padres con los préstamos: poca rentabilidad, pero mucha ilusión y pasión.

Lluís asintió. Se trataba justamente de alcanzar lo que su esposa acababa de reflexionar. No era una cuestión de dinero, sino de valorar si entraban a sabiendas en el juego de un tipo que intentaba sacar lo máximo de su gestión. El notario había dejado claro que no habría sorpresas de última hora, y que, pagando el total de trescientas mil pesetas, el faro de Canaletes sería suyo. Siendo objetivos, aquellos estafadores solo intentaban sacar una mayor tajada dentro de los límites de la negociación.

—El problema será conseguir ese dinero extra, aunque creo que lo tengo resuelto sin tocar más patrimonio ni ahorros.

Laura, predispuesta a seguir adelante, se interesó por la idea de Lluís:

—¿De dónde has pensado sacarlo?

—Si consigo encontrar a Aleix Muntaner, el marchante que gestionaba mi obra, podría pedirle que vendiera los retratos que me quedan y el dibujo que me hizo Picasso. Puede ser un buen pico.

Laura gesticuló con cierto desagrado. Los retratos que le quedaban a Lluís eran los más personales e irremplazables. Un preciado tesoro en el que podía verse a toda la familia unida frente al quiosco. Un testimonio de otras épocas que había sobrevivido al azote del olvido.

—Esos dibujos lo son todo para ti, mi amor. Busquemos otra forma o démoslo por perdido. Al menos lo habremos intentado y con eso debería bastarnos.

Meditabundo, Lluís asumió la voz cantante. El sueño había pasado a ser una necesidad. Se negaba a bajar los brazos de nuevo, ni a renunciar a su propósito vital. Solo necesitaba averiguar cómo ajustar sus cuentas y dar la estocada final.

—Ya no podemos dejarlo de lado. La licencia del quiosco puede ser un punto de inflexión para todos. Nos irá bien como familia y ayudará a que Antoni madure de una vez. Cincuenta mil pesetas es un importe aceptable si lo valoramos como una nueva fuente de ingresos. Tengo la certeza de que puedo reflotar el quiosco y devolverle el prestigio que tuvo en su época dorada. Además, ya hemos vendido el piso de mi familia, así que no hay marcha atrás.

—Pero hablamos de los dibujos que jamás quisiste vender —dijo Laura, entristecida. Era consciente de lo que Lluís estaba dispuesto a perder, y le dolía en el alma ver cómo se veía obligado a una renuncia semejante.

—Mi amor, son la llave de todo este asunto y puedo volver a dibujar. Tener nuevas obras es solo cuestión de tiempo.

Laura se tomó unos instantes para reflexionarlo, dando algunas vueltas a la deriva por el perímetro de la oficina. Con las ideas más claras y el ánimo equilibrado, se acercó a su esposo para situarse a la altura de sus ojos y llegar a un acuerdo final.

—¿Seguro? ¿De verdad lo ves claro?

—Seguro.

—Entonces, hagámoslo —sentenció la matriarca, dispuesta a todo por contentar a su marido. Él lo había hecho todo para demostrarle su amor y no era justo darse por vencida cuando estaban a punto de conseguirlo. Controlar el miedo era un recurso que había desarrollado con pericia durante la guerra y resultaba de lo más útil para maniatar las vicisitudes del día a día.

Si el maldito Diego Martos no se retractaba a última hora, estaban muy cerca de conseguir la gestión del quiosco.

— 418 —

37

Encontrar a Aleix Muntaner no fue una tarea sencilla. El antiguo marchante de arte había desaparecido de la faz de la tierra después de la Guerra Civil, y fue necesaria la intervención de Pablo para indagar sobre su paradero.

Gracias a que aún vivía en el distrito junto a su esposa e hija y que sabía de qué hilos tirar y a quién se podía untar, el Tuerto consiguió que en la Sala Parés le dieran el último paradero conocido del representante. El temor a perder la vida por el estigma de ser un rojo y sus vinculaciones con artistas catalanes de tendencia republicana le había obligado a retirarse a un pueblo de Girona, donde el mundo parecía haberse detenido antes del siglo xx.

Peratallada era el enclave perfecto para que nadie hurgara en su pasado. Con el deseo de pasar aún más desapercibido, adquirió una discreta casa en una callejuela medieval, un lugar idílico donde había abierto un pequeño anticuario. Muntaner no necesitaba dinero para sobrevivir, gracias a que se había forrado con la gestión de sus artistas; cubierto hasta el fin de sus días, había optado por un exilio voluntario. Su única obsesión, a sus setenta años, era evitar que le usurparan aquello que se había ganado en las calles de Barcelona. Además, convicciones políticas aparte, tras la contienda había comprendido que le convenía esfumarse de la metrópolis catalana para no terminar humillado en público, o incluso ejecutado en el castillo de Montjuïc con el garrote vil.

Lluís y Pablo viajaron hasta la pequeña localidad gerundense en un Fiat 500 B Topolino, el coche favorito del matrimonio Ros Pons para sus escapadas a la montaña o a la costa. Durante el largo trayecto no hablaron de lo que sucedería si Lluís no conseguía vender los antiguos retratos ni el boceto de Picasso. Aquella era una posibilidad que los dos hombres ni se planteaban, así que disfrutaron de la belleza de un verde paisaje alejado del asfalto gris de la urbe. Sin prisa y con voluntad de recuperar pequeños arrecifes anclados en su memoria, rememoraron los viejos tiempos, así como el recuerdo de Agnès, don Ramon e Isaac. Ambos habían vivido estrechas experiencias con los tres, y poder hablar de los tiempos pretéritos los ayudó a sentirse más vivos. La nostalgia, bien gestionada, era un aliciente insuperable.

El viaje a Peratallada se alargó hasta las cinco horas. Al llegar al pueblo, se sorprendieron por la belleza y las reducidas dimensiones del lugar. Sin duda, Muntaner había elegido la localidad más apartada y con mayor encanto de todo el territorio catalán, una que los forasteros ni siquiera consideraban en sus mapas.

Quizá por su total aislamiento, los pocos habitantes del enclave los observaron con extrañeza a su llegada. Nadie con un vehículo como aquel había pisado jamás sus tierras, y no fueron tomados en serio hasta que se personaron en el minúsculo bar de la plaza mayor. Allí, cuatro parroquianos mal contados se guardaron las espaldas con la incertidumbre de que los forasteros no fueran nacionales de paisano que se habían presentado en el pueblo con la intención de remover el avispero. Muchos de los habitantes de la zona habían sufrido severas represalias del régimen de los sublevados después de perder la guerra.

Tras demostrar que eran de fiar y asegurar que eran amigos del último vecino llegado al enclave, el hijo del dueño del bar los acompañó hasta el anticuario donde se escondía Aleix Muntaner.

Mientras recorrían las estrechas calles empedradas y se dejaban llevar por una atmósfera conservada de otras épocas, Lluís observó al chico con cariño. Le recordaba a él mismo a su edad, y el pasado hizo acto de presencia. Había llegado hasta aquel punto indefinido de la geografía catalana persiguiendo el sueño de siempre, intentando recuperar al niño que había encerrado bajo llave por un dilema sin mucho recorrido.

Cuando estaban a punto de llegar al negocio, a Lluís se le heló la sangre. A lo lejos, al final del camino y junto a la entrada de la discreta parroquia del pueblo, tuvo la sensación de ver a su hermana. Aquellas apariciones se habían prolongado hasta sus veinticinco años, haciéndole creer que eran fruto de sus temores e inseguridades, pero la nueva presencia le ofrecía un claro mensaje.

Por miedo a que creyera que había perdido la cabeza, el paterfamilias de los Ros Pons no comentó la aparición con su colega, aunque se quedó clavado frente al portal donde vivía Aleix, con la mirada perdida hacia el lugar en que creía haber visto a su hermana. Estaba seguro de no haberse inventado aquellas visitas.

El joven guía, al ver distraído a aquel desconocido, se preocupó por él.

—Señor, ¿se encuentra bien? Es aquí... —dijo sin más, esperando una confirmación antes de regresar a sus asuntos en la plaza del pueblo.

Pablo miró a Lluís, haciéndose la misma pregunta que el crío.

—Sí, sí... Lo siento, me he distraído —respondió el empresario al ralentí, mientras volvía a enfocarse en el motivo por el que habían viajado hasta aquel pueblo. La visión de su hermana solo podía albergar un mensaje: tenía que conseguir el quiosco al precio que fuera.

Sobre Lluís recaía la vieja responsabilidad de cumplir con un sueño que con los años se había extendido a su propia familia y a los allegados más cercanos.

Tras recompensar al chico con unas pesetas, los dos forasteros llamaron al timbre del anticuario. Dispuestos a esperar lo que fuera necesario, se armaron de paciencia, seguros de que Aleix Muntaner se encontraba en el interior. Si se escondía, habría que rogarle una atención especial por el pasado que los unía.

A veces las impresiones son todo lo que uno tiene y, al cuarto intento en balde, Lluís retrocedió unos pasos para tener una perspectiva mucho más general del espacio. Usando la clásica técnica de no moverse hasta presentir algún movimiento oculto, cazó el instante en el que las cortinas de la ventana superior se agitaban ligeramente. Esa era la inequívoca señal de que el marchante no se fiaba ni de Dios ni del Estado. Era un anarquista de corazón y de intenciones que había creído en una sociedad igualitaria, pese a que él tampoco la hubiera fomentado. El dinero forjaba la desigualdad de clases desde el inicio de los tiempos.

Seguro de que dentro de la casa se escondía su antiguo marchante, el heredero de los Ros tomó la decisión de anunciar su presencia a voz en grito. Si conseguía que el viejo representante se acordara de él, tendrían alguna posibilidad de ser atendidos. Así que, desde el punto hasta el que había retrocedido, decidió gritar su nombre:

—¡Señor Muntaner! ¡Soy Lluís Ros! ¡El retratista del quiosco Canaletas con el que trabajó hace más de veinte años! ¿Se acuerda de mí?

Al momento, la cortina que se había movido suavemente volvió a cobrar vida y dio paso al rostro de un abuelo que lo miró fijamente. El análisis facial duró unos segundos. Lluís, convencido de que el desconfiado habitante de la casa lo había reconocido, regresó a la puerta del negocio, donde Pablo lo había estado observando durante todo el proceso.

—¿Crees que te habrá reconocido? —preguntó el Tuerto con ciertas dudas.

—Estoy seguro.

Poco después, el negociante les abría la puerta. Castigado por los años y posiblemente por las circunstancias de una Guerra Civil que había marcado a todas las generaciones, Muntaner los recibió con la poca amabilidad que le quedaba.

—¿De verdad eres tú, Lluís? Madre mía lo viejo que estás… —soltó con ironía el vetusto marchante, al tiempo que arrancaba una sonrisa a los dos visitantes.

—El tiempo ha pasado para todos, Aleix… No crea que usted sigue siendo el figurín que era. ¿Se acuerda de Pablo? —preguntó el heredero de los Ros para identificar a su acompañante y tranquilizar al anciano.

—Sí, claro. Cómo olvidarse del hombre que custodiaba a tu padre a sol y a sombra. Pero pasad, pasad.

El interior del anticuario era un caos con sus propias reglas de organización. Las obras de arte campaban a sus anchas por un espacio reducido, sin control ni criterio. Allí podía haber piezas de incalculable valor, mezcladas con objetos fracturados y fragmentos de viejas historias que habían sido rescatados del cubo de la basura. A Pablo, el lugar le recordó a la Cueva del Distrito V, y a su ajuste de cuentas con el Satanás. El episodio prácticamente estaba enterrado en el jardín del olvido, aunque durante mucho tiempo hizo perdurar su mala fama en las calles. El pasado ya no lo perseguía como antaño, pero las muertes que cargaba a sus espaldas seguían tan presentes como el día en que las había ejecutado. Jamás obtendría el perdón de quienes habían perecido bajo el filo de su navaja, ni siquiera el suyo propio.

Muntaner, pese a mostrarse más decrépito y miedoso, se alegró de verlos. Lo normal, tras años de supervivencia, era que el marchante estuviese marcado por la incertidumbre. Lluís pronto comprendió que ante sí tenía a un hombre que había elegido el aislamiento voluntario para despedirse relajadamente de este mundo. Como los elefantes que, al intuir su final, se dirigían a un cementerio del que nadie conocía la ubicación, pero cuya leyenda seguía en el imaginario popular.

Con dificultades, Aleix los condujo hasta el patio trasero de la casa, donde encontraron una discreta mesita de mármol rodeada de cuatro sillas oxidadas por las inclemencias del tiempo. No eran los jardines de Versalles, pero sí un espacio tranquilo en el que poder conversar.

Mientras tomaban asiento, el representante cogió una botella de coñac de la alacena de la cocina, junto a tres vasos, para deleitar el gaznate de sus invitados. Tras servirles una copa, con los recuerdos al borde del abismo, el castigado Muntaner se mostró predispuesto a conocer el motivo por el que lo habían estado buscando. Si habían removido cielo y tierra para encontrarlo es que tenían un motivo de peso.

—¿Cómo me habéis encontrado?

—Uno de los trabajadores de la Sala Parés aseguró conocerle, y nos facilitó su posible paradero a cambio de una generosa compensación. Aunque tampoco nos aseguró que pudiéramos encontrarle, porque, según nos dijo, a usted siempre le había gustado jugar al despiste. Así que podría decirse que ha sido una pequeña odisea —explicó Lluís, ante la atenta mirada de Pablo, que iba asintiendo mientras su colega daba las oportunas explicaciones.

—De eso se trata…, de que nadie me encuentre. Aunque ya ha pasado una década desde que perdimos la guerra, no me fío ni del Tato… Nunca se está a salvo del todo. Vaya bocazas el de la Parés… Debe de ser Joaquín, que suele ir más pelado que una rata y es incapaz de negarse a unas monedas.

—No culpe al pobre hombre. Al fin y al cabo, le conté quién era para convencerlo, y le aseguré que necesitaba de nuevo a mi marchante… Y lo cierto es que así es —dijo Lluís con amabilidad.

Los dos visitantes comprendían el temor del viejo gestor de artistas. Al fin y al cabo, los franquistas se habían hecho con la victoria y muchos barceloneses seguían viviendo atemorizados por el cambio de tornas. El régimen de Franco ofrecía tiempos convulsos. Pero ese era otro tema del que iban a poder debatir durante un par horas, una vez tratada la cuestión central de la visita. A Peratallada, Lluís y el Tuerto se habían desplazado por intereses comerciales.

—Madre mía… ¡Hay que ver lo jodida que se ha puesto la vida! En fin, ¿en qué puedo ayudaros? Porque, si habéis venido hasta el culo del mundo, algo querréis…

Los dos visitantes comprendieron que ir dando vueltas a lo evidente era absurdo, por lo que Lluís tomó definitivamente el mando de la conversación:

—¿Se acuerda de los retratos que me quedé cuando nos despedimos? Pues necesito venderlos y, de paso, también el que me hizo Picasso.

—O sea que estás más pelado que una rata y necesitas efectivo.

—Más o menos. La cuestión es que solo usted podría ayudarme con esta gestión. Lo de vender mi arte se le daba de lujo, señor Muntaner.

El marchante esbozó una sutil sonrisa bajo el blanco bigote que le cubría prácticamente la totalidad de los labios y pensó su respuesta durante unos instantes.

—Han pasado demasiados años sin que nadie sepa nada de ti

—dijo al fin—, pero lo cierto es que tu obra fue muy valorada en su momento y puede que aún haya quien esté dispuesto a pagar por esos retratos. En estos casos suele mitificarse tanto la obra como al autor, por lo que habrá aumentado de valor. En cuanto al Picasso, si lo vendemos explicando la historia real, te lo sacarán de las manos. Todo lo creado por el malagueño es oro en el mercado.

—¿Y cuánto cree que podría conseguir por mis diez retratos y el de Picasso?

—No te voy a mentir, Lluís. Desde la guerra he estado bastante desconectado, pero, haciendo una tasación rápida, diría que unas cien mil pesetas.

El empresario sintió un profundo alivio al conocer la posible cifra. Aquel importe era suficiente para cubrir la totalidad del pago, y no dudó en seguir hasta el final. Quería disfrutar de la licencia del quiosco lo antes posible.

—¿Podría encargarse de la venta? Aunque lo necesito con una cierta urgencia.

Aleix Muntaner lo sopesó de nuevo. Tenía que echar mano de agenda para ver a quién podía interesarle, y muchos de sus clientes yacían bajo tierra por edad o por mala suerte.

—Me queda un poco lejos Barcelona, y ya no estoy para viajes largos, así que mañana haré algunas llamadas desde el bar del pueblo e intentaré hablar con el dueño de una de las pocas galerías de arte que siguen en activo. ¡A la Parés, que les den por el culo, por bocazas!

Los dos visitantes soltaron una carcajada ante la mirada satisfecha del marchante. Empezaba a recuperar viejos hábitos y parecía estar ya en su salsa.

—Pediré que te hagan el trámite y así podrás cobrarlo tú mismo sin tener que volver a pasarte por aquí. En mis condiciones actuales es lo mejor que puedo hacer por ti.

Lluís agradeció la sinceridad de su antiguo colaborador y quedó en esperar nuevas instrucciones. Antes de cerrar el acuerdo, se comprometió a entregarle él mismo la comisión si conseguía encontrarle un comprador.

Aleix Muntaner se lo agradeció, pero renunció a llevarse nada.

Comprendía el esfuerzo que Lluís había hecho para encontrarlo, y con la simple visita dio por saldada la deuda.

Durante un par de horas disfrutaron de la mutua compañía, recordando las experiencias por las que habían pasado juntos. Aquel reencuentro les hizo entender la importancia de lo que uno sembraba en el presente, y de cómo la buena fe y los valores ayudaban a crear un recuerdo inolvidable en los demás. El legado consistía precisamente en cómo te recordaban los demás, más allá de lo que se alcanzaba en la vida. Quizá por eso el éxito o el fracaso eran conceptos que perdían toda su fuerza mientras se hacía el camino.

La vida, a fin de cuentas, consistía en mantener la llama de la propia identidad; en dejar huella en aquellos que seguían el legado respetando lo que se les había enseñado durante el trayecto.

El telón solo podía bajarse cuando ya no quedaba nada por decir.

Aquel 25 de diciembre, bajo un aire gélido, Rossita Adell, Lluís Ros, Laura Pons y sus dos hijos se acercaron hasta el quiosco Canaletas para celebrar que eran los propietarios de la licencia. La magia de la Navidad había obrado el milagro y, aunque el establecimiento estaba cerrado por la festividad, la familia sintió que juntos iniciaban una nueva etapa.

El paterfamilias no podía creerse que finalmente el mítico faro de las Ramblas fuera suyo.

Sin duda, Laura había sido su gran apoyo y la persona que lo había empujado a seguir soñando cuando menos se lo esperaba. El heredero de los Ros se había adaptado a una vida relajada y estable, y recuperar viejas obsesiones era como dar palos de ciego. Pero ahora que había alcanzado la cima, lo tenía cristalino: «Solo la voluntad de cambiar genera segundas oportunidades».

Emocionado pero cabal, Lluís decidió inmortalizar el preciado instante, y pidió a su familia que posara junto a la zona frontal del quiosco. Oxidado por la falta de práctica, le costó entrar en calor, pero, cuando la creatividad le robó el control, trazó un recuerdo que presidiría el interior del local en el inicio de los nuevos tiempos.

Aquella primera obra de la nueva etapa pictórica de Lluís Ros albergaría, entre trazos, algo más que un reflejo de la simple realidad. Mientras bosquejaba con la ilusión recuperada, tuvo la sensación de ver a todos los integrantes de su era dorada. Atilio, don Ramon, Agnès y Pier se mostraron tal y como el artista los recordaba, dándole la oportunidad de recrear la mayor escena humana que jamás había ejecutado sobre el papel. La gran familia estaba unida, sin importar el tiempo ni el espacio.

El faro, por fin, volvía a ser gobernado por uno de sus auténticos descendientes. El sueño volvía con más fuerza que en sus inicios.

38

1950

Un considerable grupo de vecinos de las Ramblas se reunió alrededor de la fuente de Canaletes para presenciar los cambios en el quiosco. La voz había corrido rápidamente por el distrito; se aseguraba que el chico que antiguamente había trabajado en el local era ahora el dueño de la licencia. Un joven que, un cuarto de siglo más tarde, pretendía recuperar tanto la imagen como el valor de un espacio que, de alguna forma, era patrimonio de los que vivían en el epicentro de la Ciudad Condal.

El frío de aquel enero de 1950, procedente de las gélidas aguas del puerto, no fue un impedimento para aquellos que anhelaban noticias que los hicieran sentir vivos.

A unos metros del quiosco, dos hombres revisaban las obras. Lluís y Pablo comentaban la jugada mientras los trabajadores de un importante taller de hierro y madera del Poblenou se encargaban de devolver al quiosco la imagen que había mostrado en su máximo esplendor. En sí, un aspecto más modernista, más entrelazado con las formas naturales y, sobre todo, con una nueva cúpula donde volvería a verse el reloj que daba la hora de la gran vía barcelonesa. De hecho, aquella cúpula tenía un diseño muy similar al de los faros tradicionales, como un alumbrado que guiaba a los parroquianos hasta su café recién hecho.

Entre el gentío, varias mujeres de avanzada edad reconocieron a Lluís, pese a que el niño se había convertido en un hombre hecho y derecho que cargaba más de medio siglo a sus espaldas. Curiosas por confirmar que su intuición era la acertada, se acercaron a los dos hombres que dirigían las obras. A un par de metros, la portavoz de la curiosa comitiva fue la encargada de descubrir el gran secreto:

—Disculpen que les interrumpamos, pero ¿son ustedes Lluïset y el Tuerto?

Los dos hombres, sorprendidos por haber sido descubiertos antes de abrir, fueron todo lo amables que pudieron.

—Sí, señora. Los mismos —respondió Lluís amigablemente—. Disculpe, pero como han pasado tantos años… ¿Nos conocemos? —preguntó el propietario de la licencia, intentando hacer memoria. Aún le costaba encajar las facciones del pasado y recuperar la conexión con aquellos a los que había tratado con asiduidad.

—Muchos de los que hoy nos hemos reunido aquí pasábamos por el quiosco cuando eras un crío y trabajabas con Atilio. Así que déjame decirte que nos alegramos mucho de que vuelvas a abrirlo como era. Durante años daba lástima verlo tan dejado…

Al escuchar a la mujer, Lluís comprendió que lo del quiosco era mucho más que un negocio. Simbólicamente, se había convertido en un enclave esencial y humano para muchos vecinos, y le pareció que haber invertido tanto en él adquiría un sentido mayor; una trascendencia atemporal y carente de límites.

Antes de que el nuevo propietario del local pudiera extenderse en sus explicaciones, una de las mujeres de la comitiva se volvió hacia el gentío para confirmar la buena nueva:

—¡Son Lluïset y el Tuerto! ¡Han vuelto para encargarse del quiosco!

El considerable grupo de vecinos gritó de júbilo, rompiendo la distancia y acercándose hasta el líder de los Ros y su acompañante para abrazarlos y ofrecerles la mejor bienvenida. Hasta el individuo más agostado y arisco del distrito se alegró de volverlos a tener en el barrio y de que quisieran dar una nueva vida al establecimiento. Para todos ellos, recuperar la esencia del quiosco suponía recuperar su valor como comunidad, y siendo los más olvidados de la ciudad, la buena noticia los hizo sentirse importantes.

Durante más de una hora, Pablo y Lluís escucharon las peticiones de sus vecinos, compartieron sus recuerdos y recibieron los mejores deseos para la nueva etapa. Desbordados hasta cierto punto, se comprometieron a acelerar las obras para abrir lo antes posible.

El objetivo era llegar al 1 de febrero con todos los deberes hechos e inaugurar la nueva etapa del quiosco de las Ramblas. Aquel día subirían la persiana de un local callejero que iban a rebautizar como El faro de las Ramblas.

Un nombre al que todos dieron su bendición y que auguraba muchos éxitos.

Pese a que llevaban días mentalizándose y preparando el gran estreno, Lluís, Pablo y Antoni estaban como flanes. Había llegado el día de la verdad y desde el interior del quiosco, con las persianas aún bajadas, podían escuchar el gran movimiento popular. El hijo de Lluís iniciaba su primera etapa laboral y se sentía algo más superado que sus dos compañeros. Su padre lo había adiestrado durante las semanas de la reforma para que estuviera listo desde la primera toma de contacto, pero seguía siendo un crío de quince años al que le apetecía bien poco estudiar, pero sí enfrascarse en el mundo real. El quiosco suponía empezar en cuestiones laborales en la mejor de las compañías y en el mismo espacio en el que su padre había madurado como aprendiz, gracias al influjo del gran Atilio. Tras aquella barra popular, todo era posible.

Al verlo atacado de los nervios, el paterfamilias de los Ros Pons comprendió lo que debía haber sentido Atilio al tenerlo bajo su custodia. La responsabilidad era máxima. Los roles cambiaban a la vez que los tiempos, pero el círculo, irónicamente, estaba a punto de cerrarse.

—Lluís, ¿abrimos ya? —preguntó el Tuerto, predispuesto a todo, pese a su edad, y animado por formar parte del equipo de camareros.

Con la familia había acordado solo acompañar al joven heredero, pero poco a poco le había ido cogiendo el gusto al tema y se ofreció por un tiempo indefinido como trabajador de barra. Así, el hijo de su mentor no tenía que buscar urgentemente nuevos camareros y todo quedaba en casa. Además, la antigua plantilla del quiosco había renunciado a su puesto y jornal para ser trasladados a otro negocio del irrespetuoso Diego Martos. Y es que Lluís había adquirido la licencia a pelo, con una parte de la maquinaria interior y de la estructura del quiosco. El resto, como iba a ser reformado, tuvo que conseguirlo rascándose con ganas el bolsillo, y lo sufragó en parte gracias al excedente logrado con la venta de sus dibujos y del retrato que le había hecho Picasso.

De hecho, con el margen obtenido, Lluís había comprado una cafetera más moderna, pero de funcionamiento similar a la original, y una mejor vajilla, además de instalar, en el centro del quiosco, un escaparate donde podían verse los dulces tradicionales que iban a servirles desde la pastelería La Colmena, de la calle Jaume I, gracias a un reciente acuerdo. Los biscuits de la reina, los massini, las cocas, los merengues, los *xuixos* de crema, los tocinillos de cielo y los bizcochos lucían maravillosamente en el corazón del discreto comercio.

Lluís revisó que todo estuviera en orden y, antes de abrir, cogió una especie de póster de tamaño medio para salir del local y rematar la apertura.

—Enseguida vuelvo y abrimos —comentó a Antoni y a Pablo, que simplemente esperaron a la señal.

El líder de la familia Ros Pons abandonó el quiosco por la vidriera de la parte posterior y cogió una larga escalera que usaban para acceder a la zona de los anuncios de la cúpula.

Al verlo, el murmullo general de quienes esperaban a la inauguración aumentó y, entre bisbiseos y tímidos aplausos, se escuchó algún que otro grito de ánimo popular:

—¡Vamos, Lluís! ¡Que queremos un café de los tuyos!

El dueño del quiosco sonrió por el comentario y ubicó la escalera en la parte central del discreto inmueble. Subió con agilidad y colocó el póster en el espacio central de la cúpula, justo al lado del reloj.

Los clientes se mostraron atentos a lo que hacía aquel hombre a quien muchos habían visto crecer y, cuando descubrieron el mensaje del cartel, aplaudieron a rabiar, emocionados. Dibujado por el propio artista, pudieron ver el detallado retrato de Atilio con el nuevo nombre que les daba la bienvenida al quiosco: EL FARO DE LAS RAMBLAS.

Aquel gesto fue muy valorado por unos vecinos que tenían al antiguo gerente en alta estima y como referente de toda una época. Un hombre de gran corazón que siempre les tendió la mano y que por fin tenía el reconocimiento que merecía. Los políticos encumbraban a artistas y personalidades, pero nadie se acordaba de los ciudadanos que lo habían dado todo hasta la extenuación para crear una Barcelona más bella, a vista del mundo.

Entre aplausos, Lluís descendió por la escalera y regresó al interior del quiosco. Era el momento de abrir el chiringuito y empezar un nuevo ciclo vital.

—Vamos… Ha llegado la hora —comentó el dueño de la licencia, al tiempo que los tres se distribuían por las zonas básicas de la barra y empezaban a subir la persiana.

Lo que Antoni vio fue precisamente aquello que había escuchado de su padre. La misma impresión que Lluís había tenido de crío y que lo había marcado para siempre. Ser uno de los tripulantes de aquel barco anclado al gran paseo barcelonés era un auténtico privilegio. Un regalo de vida del que muy pocos tenían el privilegio de formar parte.

Ansiosos por darles la bienvenida, numerosos clientes se acercaron a la barra para pedir café o sodas, siguiendo la tradición de otras épocas, y muchos se interesaron por Lluís y por lo que había sido de su vida.

El nuevo responsable del negocio atendió con gran amabilidad a todos los clientes que pudo y explicó a los presentes que su hijo algún día iba a tomar el relevo de lo que ya era un negocio familiar. Durante aquellos primeros instantes, Lluís recuperó las sensaciones que tanto había añorado, siendo consciente de lo mucho que había sacrificado en su vida. Hasta que el sueño no había sido palpable, no había podido experimentar el gran peso de su pérdida.

Mientras servía consumiciones a destajo y veía que la pastelería

— 432 —

y los dulces tenían una gran aceptación entre los feligreses, el antiguo aprendiz observó la pared de cristal y hierro forjado del fondo del local, donde había colgado los retratos de aquellos que, como Agnès y Pier, habían soñado con aquel momento.

Por un instante, Lluís volvió a ser el inocente Cachorro que se creía capaz de comerse el mundo y sintió que no existía sensación más plena que volver al lugar donde uno había sido realmente feliz.

Tras una semana en la que numerosos vecinos se acercaron al recién inaugurado comercio, hizo acto de presencia una mujer mayor, de porte humilde y mirada anclada en la bondad. Escabulléndose del gentío que solía emerger de la salida del metro de plaza Catalunya y colapsaba parte del tramo inicial de las Ramblas, doña Conchita, una antigua vendedora del mercado ambulante del Distrito V, se acercó hasta la zona de la barra en la que Lluís pasaba el rato enjuagando algunas tazas de café.

A aquella hora de la mañana, transcurrida la pausa del desayuno en las oficinas de Via Laietana y los comercios colindantes, los únicos que se dejaban ver por la cúspide de las Ramblas eran los auténticos oriundos de la zona, esos hombres y mujeres que habían pasado toda su vida en un espacio que consideraban como su pequeño rincón existencial. Un lugar que no podían abandonar pese a los crueles contratiempos de la guerra y los azotes de burgueses, clérigos y reconvertidos a la visión interesada del régimen franquista. En las Ramblas, quien más quien menos sobrevivía a su manera.

Distraído en sus propias cavilaciones, el nuevo propietario del quiosco no vio venir a la clienta. Demasiadas emociones en apenas una semana de exitosa reapertura lo tenían con la mente en otra dimensión. Doña Conchita, tan elegante como educada, no quiso importunar a Lluís y dejó que la atendiera cuando el hombre advirtiera su presencia, unos segundos que le sirvieron a la mujer para reordenar la propuesta que la había llevado hasta el quiosco.

Una deuda era una deuda y la palabra dada iba a misa.

Tras terminar de enjuagar la última taza, Lluís se dio cuenta al fin de la presencia de la clienta y, algo avergonzado por haberla hecho esperar, se apresuró a tomarle nota.

—Disculpe, señora. No la había visto. ¿Qué le pongo?

Conchita, algo nerviosa, respondió con un balbuceo trabado:

—Eh, pues…, póngame un cafelito, si es tan amable.

—¡Marchando! ¿Le apetece una pastita para mojar o acompañar?

La clienta negó con un sutil movimiento de cabeza y Lluís abandonó momentáneamente su puesto para acercarse a la cafetera y preparar, en apenas unos segundos, la consumición. Sin perder la sonrisa, se acercó hasta la mujer para servirle con delicadeza.

—Aquí tiene, reina. ¿Puedo ayudarla en algo más?

Doña Conchita dudó un instante antes de comentar la razón que la había llevado hasta el quiosco:

—Disculpe si le parezco indiscreta, pero nada más lejos de mi intención… ¿Es cierto que usted es Lluïset, el hijo de don Ramon?

El líder de los Ros Pons reaccionó a la cuestión con una cálida sonrisa. Cualquier motivo que lo relacionara con su añorado padre le generaba un destello de felicidad.

—El mismo… ¿Nos conocemos? Disculpe, pero han pasado muchos años desde que trabajaba aquí y he perdido la cuenta de las muchas personas que conocí por aquel entonces.

La mujer se relajó al instante. Estaba en el lugar adecuado y ante la persona que andaba buscando desde antes de la guerra.

—Más bien diría que conocí a tu padre. Tú eras un crío por aquel entonces, pero te recuerdo como si fuera ayer mismo.

—Entonces podría decirse que sí nos conocimos… En cualquier caso, me alegra que volvamos a vernos.

—Y a mí de haber venido. Te confesaré que hace tiempo busqué a tu padre, pero tras la guerra corrió la voz de lo que le había sucedido y me entraron mil dudas. Acepta mi más sentido pésame.

—Se lo agradezco de corazón… Disculpe, pero ¿cómo me ha dicho que se llamaba?

—Conchita… La de las Acelgas.

Al escuchar el mote, Lluís parpadeó nervioso. Acababa de recuperar un pasado que había olvidado por completo.

—¿No es usted la vendedora a la que a veces íbamos a comprar verduras? Si no recuerdo mal, mi hermana y yo visitamos varias veces su puesto en el mercado.

—¡Así es! Y qué triste fue lo que le pasó a la pobre Agnès. Los que llevamos toda la vida en estas calles aún recordamos aquella tragedia. Tenía tanta vida por delante...

Lluís asintió, recordando irremediablemente el rostro de su difunta hermana. No pasaba ni un día en el que no la extrañara con todas sus fuerzas.

—Nos destrozó por completo.

—No podría ser de otra forma.

Durante un instante se generó un incómodo silencio. El suicidio de la heredera de los Ros había engrosado el lado oscuro del distrito y la leyenda de la joven que se había arrebatado la vida por amor aún seguía latente.

—Os estuve buscando durante mucho tiempo, pero no fue hasta hace unos días que escuché que habías regresado al quiosco, y necesito hablar contigo de un asunto que no puedo olvidar.

El nuevo gerente del quiosco, desconcertado, le prestó toda su atención. El semblante de la mujer se había endurecido al instante, por lo que Lluís intuyó que lo que tenía que decir no era fácil de expresar.

—La escucho, doña Conchita.

La clienta carraspeó ligeramente y, armándose de valor, se dispuso a soltarlo todo. Necesitaba limpiar su conciencia.

—Mucho antes de la tragedia de tu hermana, don Ramon me ayudó económicamente para que pudiera mantener el negocio abierto. Mi marido había enfermado y me vi con dos bocas que alimentar y salir adelante en una época en la que todo carecía de valor y las verduras apenas daban algún rédito.

—Comprendo... —dijo Lluís, que escuchaba atentamente el relato.

—Poco a poco le fui devolviendo el dinero a tu padre, pero cuando dejasteis el barrio, se me complicó la situación y no pude

— 435 —

reembolsarle la parte que aún adeudaba. Y después, con la guerra, todo fue tan difícil…

—No se preocupe, doña Conchita. Mi padre lo hubiera entendido sin problema. Ya sabe que no prestaba dinero para conseguir un rédito, sino para ayudar al barrio y a sus vecinos.

La mirada de doña Conchita cristalizó en un segundo. Recordar cómo don Ramon le había tendido la mano desinteresadamente la quebró sin más. Sin la gentil ayuda del paterfamilias de los Ros, hubiera caído en la mayor de las miserias.

—Lo sé, hijo, pero quiero cumplir con mi palabra, por respeto a tu padre y a mí misma. Era un hombre de una bondad infinita y necesito devolver hasta la última peseta que me prestó. Sé que no será mucho, pero a principios de cada mes volveré para irte pagando lo que falte.

Lluís, sorprendido por la propuesta de la mujer y consciente de la dificultad que suponía desprenderse del poco dinero que debía tener, intentó romper el acuerdo moral que tenía con su padre y liberarla del peso de conciencia propio de quien no tiene nada pero es un ser humano con valores profundos.

—Discúlpeme, doña Conchita, pero no puedo aceptarlo. Mi padre hubiera dado por zanjada la deuda hace ya mucho tiempo. Por favor, quédese con el dinero y dele un mejor uso. Siguen siendo tiempos difíciles y lo va a necesitar. Usted ya me entiende…

La clienta, incapaz de liberarse del nudo en la garganta que le oprimía las palabras, insistió:

—Por favor, Lluís, coge el dinero y deja que haga esto por tu padre. El remordimiento de no habérselo devuelto a tiempo me ha estado torturando desde mucho antes de la guerra.

El gerente la observó durante unos instantes. Comprendía los motivos por los que debía aceptar su gesto, pero le costaba no dar el asunto por zanjado. Y esa era la razón por la que su padre había sido tan querido en el barrio.

Hasta el menos avispado sabía que, en caso de apuro, la deuda quedaría saldada. Pero para doña Conchita se trataba de la necesidad de respetarse a sí misma y de ser fiel a sus propios valores individuales.

—Está bien, lo cogeré, pero haremos lo siguiente —dijo Lluís mientras se movía hacia el punto contrario de la barra—. Espéreme un segundo, por favor.

La clienta asintió parcialmente satisfecha. Se sentía más tranquila después de años de haber convivido con un profundo sentimiento de culpa.

El paterfamilias de los Ros Pons se acercó hasta una pequeña estantería de cristal, de la que extrajo una caja de madera con un faro tallado. Sin más, regresó al espacio donde estaba doña Conchita para dejar la caja sobre la barra. Con mimo, la abrió dejando entrever un juego de dominó antiguo, una baraja de naipes usada y unos papeles guardados en un sobre que también albergaba el anillo y la cadena de su padre. En aquella caja conservaba lo único que le quedaba de don Ramon, y que había decidido dejar en el quiosco para que, de alguna forma, el espíritu de su progenitor lo acompañara en la nueva aventura.

—Mire, en esta caja está lo único que tengo de mi padre. Así que pienso que será el lugar idóneo para ir guardando lo que usted quiera traerme, y lo usaré para mantener el quiosco y la memoria de quienes hubieran deseado formar parte de esta nueva etapa. ¿Le parece bien?

A doña Conchita se le inundó el lagrimal de felicidad. El gesto de aquel hombre era más amable de lo que habría esperado.

—Gracias, hijo. Me estás dando una paz que de verdad necesitaba. No cabe duda de que eres el digno heredero de tu padre.

Lluís intentó disimular el azote emocional que sintió en ese instante. Demasiados recuerdos habían irrumpido sin piedad y a contrapié, y el paso del tiempo casi había borrado a conciencia los últimos instantes junto al hombre que le había dado la vida, cayó en la fosa de la nostalgia más profunda. Lo extrañaba tanto que sintió un peso descomunal.

Al ver lo que su propuesta había causado en el hombre, la clienta lo tomó de la mano con la intención de transmitirle todo el amor que le quedaba. La gran mayoría de los barceloneses, a los que habían arrebatado parte de su humanidad en la guerra, habían hecho de tripas corazón para seguir adelante con heridas imposibles de cauterizar. Gracias al sueño de tomar las riendas del quiosco, el heredero de los Ros había hallado el mejor remedio para reconciliarse con el pasado. Pese a la nostalgia que se palpaba en todos los tramos de las Ramblas, conservar la memoria era lo único indispensable para recuperar la esperanza de vivir.

39

Los integrantes del quiosco, al completo, sentían los nervios a flor de piel, aunque Lluís, consciente de la importancia que suponía ser entrevistado para promocionar el negocio, parecía más nervioso que Antoni o el Tuerto.

La nueva dirección del mítico quiosco de las Ramblas, icono del modernismo en el epicentro de la ciudad, había despertado el interés de una prensa alineada con la tendencia del régimen imperante. A aquellos que se habían empecinado en mantener bajo control el antiguo esplendor de la gran vía barcelonesa no les hacía ni pizca de gracia que Lluís hubiera recuperado el timón de un velero que empatizaba con aquellos que se negaban a cambiar de bando.

Pero prismas de una misma realidad había muchísimos, y precisamente el recuerdo del glorioso pasado del negocio de Canaletes había cautivado a uno de los periodistas más destacados del *Diario de Barcelona*. Por ese motivo habían propuesto al nuevo dueño un extenso reportaje en el que contar cómo el negocio había resurgido de sus cenizas.

Al principio, Lluís había titubeado un poco, consciente de que no hacer ruido en una situación de opresión encubierta parecía la mejor opción para seguir adelante sin toparse con trabas, pero Laura y sus más allegados le habían instado a no tener miedo y aprovechar la oportunidad. Si alguien quería tocarle las narices, encontraría cualquier excusa para darle en la cresta.

Tras mirar y remirar cientos de veces el reloj, aparecieron dos hombres a la hora convenida. Ambos, vestidos a la moda yanqui de traje con americana holgada y sombrero de media ala, destacaban

— 439 —

entre la multitud. A simple vista, podían ser políticos, empresarios o gente de interés social, dado que en las Ramblas el estándar de los transeúntes era otro estilo más informal.

Inspirando con intensidad, Lluís buscó el equilibrio necesario para enfrentarse a las preguntas. Mostrarse nervioso no le beneficiaba en nada.

Quien habló primero fue el que parecía llevar la voz cantante:

—Buenos días. Lluís Ros Adell, ¿verdad?

—El mismo. ¿Son ustedes los periodistas del *Diario de Barcelona*?

—Así es, caballero.

Para romper el hielo, el propietario del quiosco quiso mostrar su amabilidad y les ofreció algo para tomar. Así podría tener un respiro antes de enfrentarse a la batería de preguntas.

—¿Les apetece beber algo antes de que empecemos?

Los dos periodistas se miraron para encontrar un punto de acuerdo y, sin más, asintieron.

—Yo tomaré un café solo. ¿Y tú, Ricardo? —preguntó el periodista a su compañero, que, por la cámara de fotos que llevaba colgada, dejaba claro cuáles eran sus funciones en aquel dúo.

—Una soda, por favor.

—¡Marchando! —exclamó Lluís sin prestarles mucha atención. Si evitaba el contacto visual directo, pasaría menos vergüenza.

Al cabo de unos minutos, el camarero sirvió el pedido con elegancia. Pese a la aparente tranquilidad, los nervios seguían anclados en lo más profundo de su ser.

—Si le parece, señor Ros, mientras le hago algunas preguntas, mi compañero se encargará de sacar algunas instantáneas para ilustrar el reportaje. Después se las hará a usted y a su equipo.

—Me parece perfecto. Disculpe, ¿cómo se llama? No querría equivocarme si necesito comentarle algo.

—Cómo no. Carlos Montblanc… —dijo el periodista con orgullo. Aquel apellido tenía una profunda historia en la ciudad y pocos eran los que no conocían al Montblanc del *Diario de Barcelona*.

Tras degustar el café y mostrarse sorprendido por su sabor y textura, el periodista barcelonés extrajo un bloc de notas de una cartera de piel que llevaba cruzada al pecho y se dispuso a iniciar las preguntas. Por su parte, sincronizado con el momento presente, el tal Ricardo se apartó para disparar algunas fotografías del entorno.

—Si le parece bien, empezaremos por su vínculo con el quiosco. Según tengo entendido, usted trabajó aquí desde los catorce años, ¿verdad?

—Sí. Empecé de aprendiz y estuve hasta los veinticinco a las órdenes de don Atilio Massot, que era quien dirigía el negocio. Él era el verdadero maestro del lugar.

Carlos Montblanc asentía al tiempo que Lluís explicaba sus primeros pasos como camarero y sus experiencias en los años veinte. El periodista se mostró verdaderamente interesado en el relato del nuevo gerente del negocio y comprendió los motivos por los que había decidido adquirir la licencia. Su intención de dar al quiosco la luminosidad de su viejo esplendor era toda una declaración de intenciones.

Una hora más tarde, finalizada la entrevista, Lluís, Antoni y el Tuerto se dejaron fotografiar con gusto, mostrando el orgullo que sentían a diario al defender lo que se había convertido ya en un sueño familiar.

Las palabras del líder de los Ros Pons y su emocional forma de expresarse captaron la atención de los enviados del diario, que empatizaron con la causa. Y, con toda la cobertura realizada, los dos periodistas se despidieron agradeciendo la hospitalidad de Lluís y su «familia».

La experiencia había sido altamente satisfactoria para todas las partes, y el propietario del local se quedó más relajado por cómo había transcurrido la visita. Laura había demostrado de nuevo tener más razón que un santo. En su opinión, aceptar la propuesta de la prensa podría ayudarlos a promocionar el quiosco y captar nuevos clientes. Y no iba tan desencaminada.

Desde que habían adquirido el negocio, la visionaria esposa de Lluís no dejaba de repetirle a todas horas la misma idea: «Sé que solo te importan el barrio y los antiguos clientes del quiosco, pero esta ciudad ya no es la que era y empiezan a hospedarse nuevos ciudadanos y turistas que desconocen la historia que tú has vivido. Es el momento de abrirnos al mundo para conseguir que todos conozcan el magnetismo de nuestro faro. Si nadie habla de nuestro quiosco, ¿quién sabrá que existe?».

Un par de días más tarde, se presentó en el quiosco el fotógrafo del *Diario de Barcelona* que había cubierto el reportaje. Para la ocasión iba cargado con una carpeta de tamaño medio, que no tardó en dejar sobre la barra, antes de librarse de su sombrero y pedir una consumición.

—Buenos días, caballero. ¿Qué le trae de nuevo por aquí? —preguntó Lluís, sorprendido de su regreso.

El fotógrafo, risueño, no se anduvo por las ramas:

—Lo primero, volver a degustar su café. Le aseguro que es el mejor que he catado en toda mi vida, y eso que nací en estas calles. Cuando era un renacuajo, en las Ramblas podían encontrarse los mejores cafés del mundo.

—¿Era usted vecino de las Ramblas? —preguntó extrañado el propietario de la licencia del quiosco, mientras se fijaba mejor en las facciones del cliente. Podrían haberse cruzado en el pasado, puesto que muy posiblemente tenían una edad similar.

—Así es, Lluís… ¿Puedo tutearle?

El propietario del quiosco se quedó algo sorprendido, pero no vio motivo para negarle una petición tan educada.

—Claro que sí… Ricardo, ¿verdad?

El fotógrafo sonrió pícaramente, despertando un interés mayor en el nuevo gerente.

—Eso es. Sé que te parecerá increíble, pero pondría la mano en el fuego… que nos conocimos de críos.

Lluís afinó su capacidad de observación. Había algo en las facciones del fotógrafo que empezaba a sonarle.

—Pues ahora no sabría decirte…

—¿Tú no tenías un amigo con el que merendabas en las azoteas y que trabajaba repartiendo periódicos?

Lluís palideció al instante. ¿De verdad Ricardo Morales estaba frente a él? ¡Aquel fotógrafo era el mejor amigo que jamás había tenido! Sorprendido, abrazó con ilusión la gran noticia que la vida le estaba ofreciendo.

—¡Me cago en todo, Ricardo! ¿De verdad eres tú? Pero ¡si hace décadas que te perdí la pista!

—Ya ni te acordabas de mí, ¿eh? ¿Qué han pasado? ¿Casi cuarenta años?

—¡O más! Espera, que me libro del delantal y salgo a darte un abrazo como Dios manda —exclamó Lluís ante la atenta mirada del Tuerto y de su hijo, que sonrieron al descubrir la ilusión que al líder de la familia le hacía aquel reencuentro.

Tras unas sinceras y cálidas carantoñas fraternales, los dos hombres se enfrascaron en el esencial ejercicio de recordar un pasado ya vencido, con la intención de ponerse al día lo antes posible.

Para Lluís, reencontrarse con Ricardo suponía recuperar parte de la felicidad de unos años en los que había disfrutado realmente de la vida. Unos años en los que todos a los que amaba aún estaban a su lado y la inocencia infantil lo mantenía conectado a un futuro incierto pero maravilloso. Ver a Ricardo era como volver a los diez años y comprender que, aunque los recuerdos solían diluirse entre las sombras, siempre estaban disponibles para trasladarte al lugar en el que realmente habías sido dichoso. Y en eso consistía vivir, en crearse pequeños oasis a los que regresar cuando todo parecía perdido.

—¿Por qué no volviste? —acabó preguntando el propietario del quiosco antes de pedirle a Antoni que les sirviera otro par de cafés.

—La vida, amigo mío. Empecé una nueva etapa en Madrid y el tiempo alteró todos los planes.

—Entiendo... ¿Y cómo acabaste siendo fotógrafo? Aún recuerdo lo que te apasionaba la fotografía. ¡Si hasta te cogieron en el estudio de los Napoleón! Lo cierto es que trabajar para el *Diario de Barcelona* parece algo importante...

Ricardo dio un sorbo al café antes de responder.

—A este nivel, lo es.

—Pero ¡sigue, sigue! ¡Que me tienes en ascuas!

El fotoperiodista sonrió ante el interés de su viejo amigo.

—Al poco de llegar a la capital, encontré también trabajo de repartidor de periódicos. Era lo mismo que hacía aquí y, poco a poco y con paciencia, fui escalando en la redacción. Tras ahorrar durante años, tuve la oportunidad de comprar una vieja cámara usada y demostrar que lo mío ya venía de lejos.

—No sabes cuánto me alegra escucharlo. Ambos conseguimos lo que deseábamos, ¿no? —comentó Lluís con una sinceridad que le nacía del centro del pecho.

—Teníamos clarísimos nuestros objetivos, así que solo podían caer por su propio peso. Oye, ¿y cómo te fue en la guerra? ¿Estuviste en el frente?

—Por suerte, me libré. Gracias a mi padre y a mi suegro, me quedé en la ciudad colaborando para el Comissariat de Propaganda de la Generalitat y, más adelante, ayudando a la Junta de Defensa Passiva de Catalunya, con los refugios antiaéreos…

—¿Y don Ramon?

—Lo perdimos en un bombardeo que los italianos hicieron contra la fábrica de mi suegro. Desafortunadamente, aquel día estaba trabajando en el almacén…

—Lo siento, amigo mío. Era un hombre formidable. Siempre cuidó de los míos, así que albergo un grato recuerdo de él. Mi padre solía decir que era el único jefe al que habría seguido hasta el fin del mundo… —reconoció Ricardo con la intención de desdramatizar el duro momento y ofrecer un sutil toque de romanticismo al relato. Por cómo se había expresado Lluís, su viejo amigo lo había pasado realmente mal en la guerra.

—¿Y tú? ¿Fuiste al frente?

—Sí, pero tuve suerte. Conseguí que me enviaran como fotoperiodista y, aunque me vi en más de un apuro, las fotos me dieron una segunda oportunidad cuando todo terminó. Estaba en el bando republicano, pero varios periódicos se interesaron por las instantáneas y decidí regresar a Barcelona para aceptar la oferta del diario que te ha hecho el reportaje.

Lluís sintió un gran alivio al escucharlo. Que ambos hubieran superado el acoso de la muerte le ofrecía un hálito de esperanza.

—Por cierto, ¿cómo me has reconocido? Si no recuerdo mal, te marchaste antes de que empezara a trabajar en el quiosco. Seguramente ya sabrías que por aquel entonces era uno de mis sueños, pero, vamos, parecía algo inalcanzable —preguntó Lluís al darse cuenta de que no había indagado sobre un asunto vital.

—Por el retrato de tu padre, el que tienes colgado allí al fondo —comentó Ricardo mientras señalaba el dibujo—. Reconocí a don Ramon en el acto y, cuando Carlos te preguntó por tus dibujos, até cabos. Ya de pequeño tenías un talento inmenso, así que solo podías ser tú. Aparte del nombre, claro...

Lluís agradeció la observación de su amigo. Resultaba increíble que se hubieran reencontrado después de tantas décadas sin saber nada el uno del otro. Los amigos que uno hacía de pequeño eran los más honestos e insustituibles de toda la etapa vital; prácticamente se establecía una relación consanguínea.

—¡Se me olvidaba! Te he traído las fotos que el *Diario de Barcelona* ha descartado. Quizá te gustaría tenerlas —dijo Ricardo mientras abría la carpeta que reposaba sobre la barra y empezaba a mostrar las instantáneas a su amigo.

—Madre mía, ¡pero si son buenísimas! Mirad esto —soltó emocionado Lluís para llamar la atención de su hijo y del Tuerto.

Sin prisa, los tres miembros del quiosco observaron las fotografías, mostrando su admiración por el don de Ricardo. El reportero gráfico había captado hasta el más mínimo detalle y esencia del comercio, así como la relación que existía entre los tres camareros.

Antoni, totalmente absorto en las instantáneas, no pudo evitar mostrar todo su asombro:

—Son maravillosas. El encuadre, la composición... Parecen fotogramas de las películas que veo en el cine... Debería dedicarse a los filmes, señor Ricardo.

El fotógrafo se sorprendió por el comentario del hijo de su amigo y entrevió en sus palabras una pasión que él mismo conocía de pequeño.

—Veo que algo entiendes, chaval. ¿Te gusta la fotografía?

—Muchísimo, señor. Es lo que más me gusta del cine. Las imágenes que consiguen trasladarte a otros mundos y que muestran una realidad que jamás tendré a mi alcance.

Mientras el chico mostraba su pasión y Ricardo felicitaba a Lluís por el don que el joven parecía haber heredado de su padre, el Tuerto analizaba la escena con atención. Sabía de la falta de interés del crío por los estudios y jamás lo había visto tan emocionado con algo.

Después de valorar las instantáneas y de repasar otros momentos de sus vidas que habían quedado en el tintero, Ricardo declinó alargar la visita por motivos laborales. Se había distraído en exceso y tenía prevista una reunión con su editor. Con tanta cháchara se le había hecho tarde, pero se comprometió a pasarse en otra ocasión para seguir recuperando el tiempo perdido. Ahora que volvía a ser un barcelonés más, no tenía sentido alejarse de nuevo del único amigo que había tenido en la infancia. Además, intuía que degustar aquel café iba a convertirse en una auténtica adicción.

Mientras se alejaba Ramblas abajo, el Tuerto observó al fotógrafo con indecisión hasta que, alegando una excusa barata, se ausentó unos minutos de su puesto. Nervioso, dejó el delantal sobre la barra y abandonó el quiosco modernista.

Asegurándose que estaba lejos del campo visual de Lluís y Antoni, Pablo aceleró el paso hasta dar con Ricardo y detenerlo para robarle unos instantes. Tenía algo importante que proponerle, pero no había querido hacerlo en el quiosco para no mandar la sorpresa al garete. Sorprendido de que el camarero frenara su paso en seco, el fotógrafo escuchó qué tenía que decirle aquel hombre que había sido la mano derecha de don Ramon:

—Disculpe que le importune, pero me gustaría consultarle algo.

—Usted dirá… —soltó Ricardo, intrigado.

—Verá, he observado la pasión con la que Antoni miraba sus fotos y le escuchaba, y, siéndole sincero, jamás lo había visto tan ilusionado con nada. El chico es un dolor de muelas para sus padres. No quiere estudiar y la ha liado en más de una ocasión, pero creo que si pudiera aprender fotografía, se le despertaría el gusanillo de un oficio de futuro.

— 446 —

El fotógrafo se sorprendió por la confesión. Al ver al chico en el quiosco, había creído que su intención era la de tomar las riendas del negocio cuando Lluís se jubilara, pero también había observado cierto brillo en la mirada del joven. Algo típico en quien sabe lo que desea y se jura a sí mismo que algún día lo conseguirá. En eso se había sentido totalmente identificado con el chaval.

—¿Usted podría conseguirme una cámara para que aprendiera lo básico? En un par de semanas cumplirá los dieciséis y querría hacerle un regalo especial. Además, no sé si podría darle algunas lecciones. Le pagaré lo que crea conveniente.

Ricardo sonrió por las buenas intenciones de aquel hombre, comprendiendo por qué la familia Ros siempre lo había apreciado como a un hijo. Y como la idea era excelente, no dudó en ayudarlo. Compartía la reflexión de que a Antoni podría irle de perlas desarrollar una pasión que parecía mantener en silencio.

—Las cámaras son difíciles de conseguir y no son baratas. Al igual que la película y los carretes. Pero creo que podré ayudarle con ese asunto. El abuelo del chaval fue muy amable con mi familia, por lo que me siento en deuda con él. Si le parece bien, le regalaré la primera cámara con la que empecé. Para iniciarse en esto de la fotografía es ideal y yo no voy a darle uso. Será mi regalo de cumpleaños.

El Tuerto, más que satisfecho por el inesperado acuerdo que acababa de conseguir, no pudo hacer otra cosa que agradecerle su generosidad:

—Muchas gracias, Ricardo. Dígame entonces cuánto le debo por las clases y se lo acerco más tarde donde usted me diga.

—No se preocupe. Llegado el caso, ya hablaremos de lo que debe aprender el chico.

El hombre de confianza de los Ros Pons le estrechó la mano para cerrar el acuerdo y, con la intención de liberarlo del inesperado bloqueo urbano, regresó hacia el quiosco con la alegría de estar gestionando un asunto que podría cambiarle la vida a un crío al que consideraba como propio. Después de tantos años con la familia Ros, se había mimetizado con su entorno en todos los sentidos. Además, si su olfato no le estaba jugando una mala pasada, cuando alguien mostraba una pasión como la que había expresado Antoni, quienes lo rodeaban no solo debían apoyarla, sino que estaban obligados a generar todo tipo de dinámicas para que el interesado pudiera materializarla.

40

El día en que Antoni Ros Pons, el camarero más joven del quiosco, cumplía dieciséis años fueron varios los vecinos de las Ramblas que pasaron por el mítico comercio para felicitarlo. Aquella muestra de fraternidad sorprendió a un joven que no espera tal afecto. De hecho, vivir en sus propias carnes la cortesía de los que amaban lo que simbolizaba el faro le hizo comprender, por un lado, la pasión de su progenitor por recuperar el negocio y, por otro, el valor de una comunidad que, pese a haberlo perdido casi todo, seguía construyendo su día a día con la esperanza de que los vientos soplaran a favor.

A media mañana se reunió el mayor número de visitantes con la intención de robarle una sonrisa al chico. Entre la multitud que se escudaba con la petición de un café, una soda o un buen refresco, la figura de Laieta, la nieta de la pastelera titular de La Colmena, fue una de las más valoradas por parte del descendiente de los Ros Pons. Desde la reapertura del negocio, se habían visto con mayor frecuencia, siempre con la excusa de recoger los dulces para el quiosco, aunque Lluís y el Tuerto sabían muy bien lo que significaba el ir y venir del muchacho. Antoni ya tenía edad para enamorarse de una moza de bien, y a su padre, desde las primeras visitas, aquella relación le recordó a su propia historia con Laura. Mágicamente, el quiosco tenía el poder de generar sinergias humanas, de unir diferentes personalidades para que se influyeran mutuamente en sus propios devenires. Y quizá por rememorar aquel recuerdo lejano, el dueño del quiosco daba manga ancha a su hijo, mandándole con cualquier excusa a la pastelería para que pudiera encontrarse con su amada.

Laieta era una atractiva joven de pelo de tonalidad arena y mirada marinera típica de los pueblos mediterráneos. Destacaba por una boca hermosa de labios perfilados y una nariz que, aunque algo grande para el equilibrio de sus facciones, le proporcionaba una personalidad diferencial. Cuando se deshacía el moño con el que se protegía mientras trabajaba con su abuela en el obrador, mostraba una larguísima cabellera de aspecto suave y fluido. Con un lunar en la mejilla y otro cerca del labio superior, dejaba entrever las pistas suficientes de lo que sería su belleza al superar la adolescencia.

De no haber nacido en Barcelona, muchos habrían identificado a Laieta con las antiguas diosas de los pueblos griegos.

El día señalado, la joven pastelera se presentó con un merengue elaborado con sus propias manos, al que incluyó una vela para que el chico que le hacía tilín tuviera una sorpresa. Tras soplarla, los presentes aplaudieron a rabiar, robándole la vergüenza a los dos jovenzuelos, que no dejaron de mirarse, casi furtivamente, durante todo el rato que la chica se quedó en el quiosco.

Tras el improvisado pastel y una ronda gratuita de consumiciones para los clientes más fieles, apareció Ricardo con un paquete bajo el brazo.

Hasta el menos avispado intuía que aquel presente iba destinado el homenajeado, pero el fotógrafo se encargó de darle cierta emoción. Con disimulo, lo dejó sobre la barra del quiosco, como quien abandona un periódico, y llamó la atención del Tuerto. Consciente de su papel en la sorpresa, el antiguo navajero dejó de limpiar la vajilla y se unió a la fiesta, no sin antes servirle un café al fotoperiodista, que no pedía otra cosa desde que había descubierto que su viejo amigo de la infancia regía el mítico enclave de las Ramblas.

Después de deleitarse lentamente con el amargo sabor de ese mejunje tan valorado, decidió que el heredero de los Ros Pons no debía esperar más.

—Felicidades, chavalín. Aquí tienes algo de parte de Pablo y de un servidor.

Antoni y Lluís se quedaron de piedra. Ninguno de los dos hubiera imaginado jamás que aquellos dos hombres se aliarían para darle una sorpresa. Emocionado, el adolescente se dispuso a abrir el paquete delicadamente envuelto.

—¿Y esto? No tenías que hacer nada, Ricardo —comentó Lluís, agradecido por el gesto de su amigo de la infancia.

—Nada, nada. Estamos seguros de que al chico le gustará —respondió el fotógrafo.

Cuando Antoni arrasó salvajemente el envoltorio, dejándose llevar por la emoción, y abrió una bonita caja de metal con el aspecto de una bobina de cine, se quedó atónito. Tembloroso, extrajo una cámara fotográfica de la marca española Werlisa, de reciente salida al mercado. Aquello no era un regalo; era un sueño para el chico.

—Pero… —intentó decir Lluís, sin comprender el motivo de semejante lujo.

Ricardo, que finalmente había comprado una cámara de fotos nueva, miró durante un instante al Tuerto para guiñarle, cómplice, el ojo derecho. Ambos sabían que el fotoperiodista se había salido del guion con la ilusión de que el chico tuviera un regalo inolvidable.

—El segundo día que pasé por el quiosco, Pablo y yo nos fijamos en cómo te atraían las fotos. Me equivoco, ¿o esto es algo que te apasiona?

Antoni, aún sin palabras, hizo un esfuerzo para reconocer su sueño:

—Sí, señor… Es lo que más me gusta en el mundo… Pero esto es demasiado.

Ricardo y Pablo sonrieron satisfechos. Acababan de cumplir con éxito el objetivo que se habían marcado.

—¿De verdad te gusta, rapaz? —preguntó el Tuerto, conociendo la respuesta de antemano.

—¡Me chifla, Pablo! ¡Mil gracias a los dos!

El fotoperiodista, intentando rebajar el deslumbrante efecto del presente, pidió un nuevo café.

—Pues venga, ponme un cafetito y luego te explico cómo funciona. A partir de la próxima semana, si a tu padre le parece bien, te daré algunas lecciones para que te vayas espabilando. A ver si pronto consigues tu propio estilo.

Lluís, feliz por un detalle superlativo hacia su hijo, no pudo hacer más que ceder a la propuesta. Posiblemente jamás había visto tan emocionado a su vástago.

Tras la sorpresa, mientras Antoni toqueteaba la cámara junto a Laieta, los tres hombres se reunieron en una esquina de la barra para charlar un rato. Lluís, intencionadamente, quiso arrinconarlos para agradecer, una vez más, el detalle:

—No sé de cuál de los dos fue la idea, pero, de verdad, gracias. A ver si esto de la fotografía le gusta y se endereza de una vez.

—Pablo tuvo la idea y yo me sumé encantado. Creo que hablo por los dos si digo que ha sido muy satisfactorio darle una motivación al chaval —afirmó el fotoperiodista, orgulloso de la iniciativa tomada junto con el antiguo hombre de confianza de los Ros.

—Bueno, yo lo sugerí, pero Ricardo me ha sorprendido en el último minuto. No me esperaba lo de la cámara nueva; pero, como bien dice, ha sido muy satisfactorio —soltó el Tuerto con la voz entrecortada. Se sentía emocionado de formar parte de aquella pequeña comunidad.

—Si tiene que aprender, mejor que lo haga con una cámara nueva. Tiene más prestaciones y es más sencilla de manejar. Además, me debían un favor y era una ganga, así que mejor esta que una de las mías, que ya están para el arrastre. Si le gusta, es un buen punto de partida.

—Al menos, déjame que te compense las clases —sugirió Pablo, sintiéndose todavía en deuda con Ricardo.

—Nada, hombre. Me invitas a un café cuando venga a enseñarle cuatro cosas y estamos a mano. ¿Te parece? —comentó Ricardo ante la atenta mirada del dueño del quiosco.

Que ambos, sin conocerse, hubieran unido fuerzas para pensar en un detalle tan descomunal solo podía achacarse al magnético poder humano del faro. Haciendo memoria, no era la primera vez que Lluís veía aquel tipo de inesperadas alianzas entre quienes desarrollaban un vínculo especial al cobijo del establecimiento.

Durante un buen rato, los tres hombres siguieron dándose pa-

— 452 —

lique, aprovechando que la clientela se había diluido por la hora y el negocio estaba tranquilo.

Por su parte, Antoni, con sutil picardía, siguió las instrucciones básicas del fotoperiodista y se dedicó a inmortalizar a la chica de sus sueños y a aquellos tres hombres que acababan de hacerle eternamente feliz. Con aquella cámara empezaba una nueva forma de congelar el tiempo y conferir eternidad al quiosco de las Ramblas.

Durante los siguientes meses, el éxito de El faro de las Ramblas fue mayúsculo. El quiosco no solo recuperó su esplendor, sino que los antiguos clientes llevaron a las nuevas generaciones al lugar para que mimaran la tradición y los espacios que consideraban esenciales para la ciudad. Pese a que muchos ciudadanos se sentían vencidos por el resultado de la guerra, allí, entre la barra y la cúpula del quiosco, podían compartir su identidad y hablar de sus valores en una lengua que seguía perseguida. Y no era una cuestión de bandera o de ideología, sino del sentimiento de pertenecer a una ciudad, a una perspectiva vital. Lo mismo que podría haberle sucedido a un habitante de cualquier otra parte del país con respecto al lugar donde había nacido. Para la gente de a pie, la vida era mucho más importante que un pedazo de tierra o la absurda voluntad de someter a un igual, a otro ser humano.

Poco a poco, en el quiosco adquirió peso el sentimiento ciudadano, albergando la esperanza popular de que algún día podrían ser libres según sus creencias y sin hacer daño a nadie. El ambiente era magnífico, pero cuando pasaba alguna patrulla de los municipales, los clientes cambiaban de tema y simulaban no tener nada que ver con una actitud rebelde para evitarse dolores de cabeza.

El quiosco de Canaletes albergaba un sentimiento identitario y arraigado a unos orígenes como en ningún otro espacio de la Ciudad Condal, y pronto se convirtió en un refugio seguro de la clandestinidad ideológica. Una filosofía que se potenciaba cuando los resultados de fútbol eran buenos y los seguidores barcelonistas acudían a Canaletes para festejarlo por todo lo alto.

— 453 —

El Bar Canaletas del señor Sala seguía siendo una institución en la zona, pero Lluís se encargó de pensar en fórmulas imaginativas para atraer a los amantes del balompié y darles la oportunidad de disfrutar del triunfo deportivo, siguiendo los cánones de la más pura tradición de la Rambla.

Fue durante los primeros meses de aquel 1950 cuando se puso de moda acercarse al quiosco para pedirse «un Atilio» o «un Pier», dos combos que consistían en un bocadillo de fuet más refresco o en uno de tortilla francesa con una copa de vino. Ambas ofertas calaron hondo en los visitantes y, cada vez que el F. C. Barcelona ganaba, el quiosco volvía a quedarse sin existencias. La fiesta duraba hasta altas horas de la madrugada y las proclamas catalanistas eran incesantes, lo que afectaba moralmente a los municipales, que se veían incapaces de cortarlas de raíz.

La gente se sentía temporalmente feliz y anhelaba su propio instante de gloria. Necesitaban gritar a los cuatro vientos que estaban hartos de la opresión y la frustración constantes. Deseaban recuperar la libertad que les había ofrecido el país antes de la gran contienda, y el quiosco de Canaletes les proporcionaba el canal que tanto habían extrañado en tiempo de guerra.

Lluís observaba con admiración al matrimonio que acudía todos los miércoles a su negocio desde que lo había reinaugurado.

A simple vista, parecían dos abuelos más de los muchos que podía verse pasear por la rambla de Canaletes, pero por la meticulosidad de sus acciones y su idéntica petición de dos cafés con leche, casi como si fuera un ritual, tenían cautivado al propietario del lugar.

El hombre, siempre ataviado con un traje marrón oscuro y unas opacas gafas de sol, tenía todos los números de ser invidente. Jamás se desprendía de sus lentes de corte clásico y aún mantenía la elegancia de antaño. Peinado hacia atrás para mostrar una buena mata de pelo, pese a su avanzada edad, aceptaba la constante ayuda de su esposa, que le colocaba las manos en la taza para que pudiera orientarse. Por su parte, la mujer era una adorable abuelita de la época. Curvada por el influjo de una decadente joroba, caminaba con cierta dificultad, a pesar de que daba la sensación de llevar perfectamente las riendas de la situación. Sus facciones eran amables y suaves, dejando claro que décadas atrás había sido una atractiva mujer de notable elegancia. Vestida con un traje chaqueta de patrón clásico y una blusa de tonalidad rosada, lucía con orgullo un collar de perlas de tamaño medio. Era como si la edad no le impidiera arreglarse con esmero cuando pisaba la calle.

Aquella pareja de abuelitos llegaba todos los miércoles, antes de las once de la mañana, y hacía una parada en el quiosco. Tras tomarse sus respectivos cafés con leche y hablarse con amor, emprendían el camino descendente hacia el puerto, sin hacer ruido y ocultándose sutilmente entre el gentío.

Eran discretos, luminosos y sabían cómo mimetizarse con el gran paseo barcelonés.

Lluís, que llevaba ya algunas semanas preguntándose sobre el destino que debían tomar, aún no sentía la confianza suficiente para indagar en el asunto. Preguntarles sobre su intimidad hubiera supuesto una mala educación intolerable, y valoraba aquella visita semanal hasta el punto de negarse a ponerla en riesgo por simple curiosidad.

Y hubiera seguido con la misma actitud si aquel miércoles no hubiera acontecido un hecho que lo cambiaría todo.

Por primera vez en semanas, los dos abuelitos pidieron un *xuixo* de crema para compartir. Aquel era un dulce muy valorado en la ciudad, una ingesta de matiz tradicional que niños y adultos consumían a todas horas. Gracias al acuerdo que el quiosco tenía con la mítica pastelería La Colmena, en el faro servían los mejores *xuixos* para el deleite de sus clientes.

Alineándose al azar la siempre curiosa posición de los astros, mientras los dos abuelitos iniciaban sus respectivos sorbos al café, Antoni llegó con los dulces de la mañana. Siempre bien acompañado por Laieta, entraron en el quiosco y empezaron a colocar las piezas de la pastelería en una zona casi presidencial, para que todos los transeúntes pudieran degustarlos con la vista.

— 455 —

Cuando los dos jóvenes acabaron de distribuir los dulces, la mujer susurró algo a su esposo y, en el acto, el hombre se dispuso a alterar la rutina que habían mantenido desde el primer día.

—Disculpe, caballero. ¿Podría ponernos uno de esos *xuixos* de crema para compartir?

El propietario del quiosco, sorprendido por la ruptura de la tradición, asintió consciente de la oportunidad y cortó una de las pastas en dos partes, colocándolas en sendos platitos con un tenedor y un cuchillo de postre antes de servirlas a los clientes.

La abuelita, que lo miró con un amor infinito por la gestión, colocó el plato de su esposo justo donde tenía las manos para que pudiera palparlo y, a continuación, empezaron a degustarlo.

Durante unos minutos, el matrimonio comió pausadamente el tradicional dulce y, al terminarlo, volvieron a susurrarse unas palabras.

Lluís los observó con disimulo, pensando en las ganas que tenía de saber algo más de aquel matrimonio. De alguna forma, le hubiera gustado tener a unos abuelos con tanto carisma.

—Disculpe —repitió el hombre—, estábamos comentando con mi esposa que este *xuixo* tiene el mismo sabor del que venden en La Colmena. ¿Es posible que sea de allí?

Lluís, sorprendido por el fino paladar de los clientes, no dudó en tomar aquella pregunta como el punto de partida de lo que podía ser una bonita relación con sus clientes.

—En efecto, señor. Mi hijo acaba de traer varios dulces de esa pastelería.

—Déjeme decirle que eligen bien los productos que sirven. Nosotros somos muy fieles a La Colmena —comentó el cliente, con una amable sonrisa. Su mujer, atenta a la charla recién iniciada, secundó la expresión de su esposo con un leve gesto.

—En ese caso, aquí mismo tienen a Laieta, la nieta de la propietaria. Seguro que agradecerá el cumplido.

La joven, que aún no se había ido y que había seguido toda la escena, sonrió a la pareja con amabilidad.

Tras los halagos, los dos abuelitos siguieron deleitándose con el café tal y como solían hacer todas las semanas. Lluís, viendo que

— 456 —

tenía la oportunidad de alargar la conversación para averiguar algo más de sus clientes, se dispuso a efectuar un acto generoso.

—Si me lo permiten, querría invitarles a otro *xuixo*. Me he fijado que vienen todos los miércoles y me gustaría premiarlos por su fidelidad.

La pareja, agradecida, aceptó la invitación, y Lluís repitió la operación de partir el dulce en dos y volver a servirlos en sendos platitos de postre.

Intentando no mostrarse demasiado insistente, esperó unos minutos a que la pareja saboreara pacientemente la delicia. Llegado el instante idóneo, intentó forzar la empatía con los dos abuelitos:

—Me perdonarán la inoportuna pregunta, pero llevo semanas cuestionándome el motivo por el que siempre vienen el mismo día y a la misma hora. Sé que no es de mi incumbencia, pero reconozco que me pica la curiosidad.

La mujer, con una sonrisa celestial, recibió con educación la pregunta del gerente. La bondad que expresaba con su mirada era inigualable.

—No se preocupe. No es ninguna molestia. Seguimos una especie de tradición... —empezó a confesar el hombre, con cierta cadencia.

—¿Una tradición?

—Sí. Antes de la guerra solíamos bajar todos los miércoles al centro. Venimos de Gràcia y nuestros hijos nos ayudaban con las compras y el paseo —comentó la mujer, que terció inesperadamente en la conversación.

—Las tradiciones jamás deberían perderse —apuntó Lluís con cierta cautela. Intuía que aquella historia tenía una segunda parte no tan alegre.

—Está en lo cierto, caballero.

Durante unos instantes, el silencio volvió a generar una sutil incomodidad.

—Y sus hijos ¿no los acompañan? —preguntó el propietario del quiosco, consciente de que acababa de jugárselo todo a una mano.

—Ya no pueden... —susurró la abuelita, apesadumbrada.

— 457 —

Antes de que Lluís pudiera cambiar de tema para no herir sensibilidades, el hombre, con cierto aplomo, acabó soltando lastre:

—Los perdimos en la guerra… Y desde entonces intentamos hacer lo mismo que hacíamos con ellos para respetar su memoria. Es lo que habrían querido.

Al escuchar el motivo real de su visita al quiosco, Lluís sintió un profundo corte en el alma. Él, que había perdido a su padre en el bombardeo de la fábrica, empatizaba como nadie con aquellos que habían perdido a sus seres queridos en el cruel conflicto armado.

—Siento escucharlo, caballero. Yo mismo perdí a mi padre y no puedo imaginar lo que debe suponer la pérdida de un hijo —confesó Lluís, mientras Antoni, el Tuerto y Laieta seguían atentos a la conversación con el corazón en un puño.

Los abuelitos acababan de robarles el alma a todos los presentes.

—Qué tragedia, joven. Nadie estuvo a salvo de tanto sufrimiento —susurró la mujer, notablemente alicaída. La conversación la había obligado a pensar en la ausencia de quienes habían formado parte de su propio ser.

—Si no es mucho preguntar…, ¿cuál era esa rutina que hacían? Me parece maravilloso que sigan con la tradición que tenían con sus hijos. Mientras mantengan su recuerdo, seguirán a su lado.

La mujer esbozó una triste sonrisa por la reflexión del camarero y decidió sacarle de dudas:

—Bajábamos en la parada de metro de plaza Catalunya y lo primero era tomarnos un café con leche en este quiosco. Después continuábamos hasta la Boqueria para comprar unos bistecs de buena calidad y, a poder ser, verduras frescas.

—No hay mejor mercado en Barcelona donde encontrar productos de calidad —sugirió Lluís mientras escuchaba el relato.

—A veces parábamos en el Sepu, o en alguno de los almacenes de la zona para comprar aceite o algún producto de oferta. En nuestro barrio no se encuentra lo mismo que en el centro de la ciudad —apostilló el hombre, ya mucho más suelto que al inicio de la conversación.

—Y antes de volver a casa pasábamos por la catedral para rezarle a santa Lucía; le pedíamos que mi marido no perdiera completamente la vista.

Lluís tragó de nuevo saliva. Aquella parte del relato volvía a ponerle a flor de piel las emociones.

—Espero que haya escuchado sus plegarias —susurró el nuevo gerente.

—Aún conservo algo de visión, pero no creo que sea por mucho tiempo. Ya lo he aceptado —comentó el abuelito, notablemente resignado.

—¿Y cómo es que conocen tan bien los dulces de La Colmena? Su paladar ha sido infalible cuando han degustado el *xuixo* —soltó Antoni, tomando parte por primera vez en la conversación.

—Después de la catedral, íbamos a la pastelería a comprar un trozo de coca y, a veces, elegíamos otros dulces para acompañar el café de la tarde —respondió la abuelita para aclarar cómo habían averiguado el sabor del dulce.

Al escucharla, Laieta tuvo la certeza de haberlos visto en alguna ocasión por la pastelería de su abuela. Ella solía estar en la trastienda o repartiendo los pedidos, pero de vez en cuando hacía acto de presencia en la tienda cuando se necesitaba un refuerzo para atender a los clientes.

—Ahora que lo dicen, estoy segura de que alguna vez los he visto en el local.

—¡Yo a ti sí que te he visto, bonita! —comentó la abuelita, recuperando cierta ilusión en su mirada.

Laieta se ruborizó por el cariño con el que la mujer hizo el comentario.

—Tengo que regresar para ayudar con los pasteles de la tarde. ¿Quieren que los acompañe mientras damos un paseo? —sugirió la joven con amabilidad. Aquel matrimonio la había cautivado en apenas unos minutos.

—Si no es molestia, nos harías un favor. Hoy no me encuentro muy fina y nos iría bien tu ayuda —susurró la abuelita, aclarando en parte el porqué de sus cambios de expresión durante la charla.

—¡Por supuesto! ¡Será un placer! —exclamó Laieta, con una sinceridad emergida desde el mismísimo corazón.

Antes de que se fueran, Lluís quiso conocer el nombre de sus clientes para tomarlo como el punto de partida de una nueva amistad que estaba por florecer. Aquel instante, de alguna forma, era una clara muestra de por qué el quiosco resultaba tan mágico. Allí todos tenían su propio protagonismo. El anonimato no era más que una oportunidad para entrelazar las manos y crear una comunidad entre seres que solo buscaban vivir en armonía y paz.

—Antes de que se marchen, ¿podría preguntarles su nombre?

—Cómo no. Mi esposa se llama Mundeta y yo, Agustí.

—Será un placer poder atenderlos siempre que decidan visitarnos. Déjenme decir que admiro cómo han salido adelante pese a los contratiempos vividos. En mi humilde quiosco siempre serán bienvenidos.

La pareja de abuelitos agradeció las palabras de Lluís y, dispuestos a seguir con su rutina vital, aceptaron la hospitalidad de Laieta para pasear hasta La Colmena.

Su fortaleza les acababa de regalar la oportunidad de conocer a otras buenas personas con las que compartir un último tramo de existencia. Pese a la tragedia, quizá sus hijos seguían moviendo los hilos de la incertidumbre, desde el más allá, para que no se sintieran tan solos.

41

1951

La afluencia de los clientes, de los ciudadanos de otras partes de la ciudad e incluso de los turistas seguía a buen ritmo, y Lluís poco a poco fue recuperando la tradición de hacer retratos sencillos a precio de café. Antiguos usuarios del quiosco, que deseaban enviar una imagen especial a los familiares que vivían lejos, preferían el arte del heredero de los Ros a la foto de unos minuteros que seguían presentes en las partes más concurridas de la ciudad. Aquel servicio artístico, a veces unido a la redacción de una carta para ayudar a los que aún eran analfabetos, era constante y muy valorado incluso en los distritos que rodeaban la plaza Catalunya. Y no es que se anunciara precisamente, sino que el popular boca a boca obraba la magia. No había mejor publicidad que la que otorgaba el cliente satisfecho con sus recomendaciones.

Antoni aprendía a diario gracias a las virtudes del quiosco, a las enseñanzas de su padre y a lo que los clientes le contaban. Entre unos y otros le ayudaron a confeccionar un puzle del hombre que le había dado la existencia y del que comprendía que apenas había conocido en profundidad.

Fueron incluso los mismos clientes quienes le hablaron del gran Atilio, de Agnès y de las pillerías del artista del quiosco Canaletas, al que todos querían como al hijo pródigo del barrio.

Pero las enseñanzas que su padre había previsto darle con aquel trabajo no se reducían a los recuerdos y a la cultura popular. La intención de Lluís era restablecer todo lo bueno que habían hecho en aquel espacio con actos de sincera bondad, y desde el principio su hijo empezó a encargarse a diario de los veinte cafés gratuitos para aquellos que carecían de recursos. De hecho, en el mismo quiosco había un pequeño cartel en el que se indicaba que a las diez de la mañana era la hora del café gratuito, previa muestra de auténtica necesidad.

Y la prueba de que deseaban ayudar de verdad al prójimo era que Pablo se encargaba de controlar la cola y a los usuarios para que Antoni pudiera servir y recoger las tazas utilizadas sin verse involucrado en ningún malentendido. Y es que a veces los mismos necesitados se enfrascaban en absurdas trifulcas para solicitar su derecho a un servicio totalmente desinteresado. El ansia de no tener nada y el temor a perder una oportunidad podían en ocasiones jugar en contra de la voluntad del resto de los mendigos que acataban respetuosamente las normas. Aunque nadie en el quiosco tenía en cuenta la falta ajena. Allí, lo de juzgar jamás se aplicaba.

Aquel miércoles coincidieron en el nuevo quiosco modernista un gran número de clientes habituales, destacando Mundeta y Agustí, la pareja de abuelitos que tenían su propio ritual, y Ricardo Morales, que había encontrado un hueco en su jornada para dar clases de fotografía a Antoni.

La pequeña comunidad que se había creado en la rambla de Canaletes era única: vidas entrecruzadas, con sus alegrías y sus problemas, con sus sueños y sus desgracias. Todos se sentían vivos en un espacio reducido donde solo importaba estar en armonía.

En aquel minúsculo enclave de la geografía catalana, se sentían libres y podían mostrarse tal cual eran, sobre todo lejos de las críticas y de los juicios de valor. El quiosco de Lluís era su pequeño paraíso, el lugar al que ansiaban volver una y otra vez sin importar la hora o el día. La cuestión era pasarse por allí, siempre que les fuera posible, y compartir un aliento de esperanza.

Ricardo, con paciencia, enseñaba el lenguaje fotográfico más básico al hijo de su mejor amigo, con la intención de que el joven encontrara su propósito vital. Lo del quiosco era algo que en algún momento iba a terminarse por sus notables ansias de volar lejos del nido familiar. Antoni en eso no se escondía. Una vez confesados sus objetivos, había mostrado a su entorno su verdadera pasión e, igual que su padre había hecho con el arte del dibujo a mano alzada, estaba dispuesto a darlo todo para aprender el noble oficio de captar imágenes y congelar el tiempo.

Mientras Ricardo y el joven camarero debatían sobre la mejor composición y el encuadre, Lluís rememoraba sus lecciones sobre el arte del retrato con Adrién Musha. Décadas después de haberle perdido la pista, seguía preguntándose qué habría sido de su vida. Posiblemente estaría retratando en el Lejano Oriente, o perdido por las vetustas calles de Grecia o Egipto. El artista checo era un fuera de serie.

—Debes aprender a ver con sinceridad, no solo a mirar. La fotografía real, la de la calle, consiste en captar un instante y congelarlo para toda la eternidad. En un futuro, cuando los hombres y las mujeres del próximo siglo vean tus fotos, deberán experimentar la sensación de que un día existimos, ¿lo comprendes?

Antoni atendía con devoción a las lecciones de su maestro.

—Sí, pero... ¿cómo sé cuándo es el momento adecuado para disparar? Apenas se tienen oportunidades con los carretes y no quiero malgastar las fotos.

—En esa decisión consiste la maestría, chico. Escoger, seleccionar y anticiparte. Cuando aprendes a observar, puedes intuir lo que está a punto de suceder. Es entonces cuando sabes dónde colocarte para conseguir la mejor toma. Has de olvidarte de lo que crees que es mirar, y convertirte en una especie de arquero. Sois tú y el objetivo que vas a fotografiar: una fusión perfecta.

—Pero me resulta tan complicado conseguir el enfoque... Cuando lo intento, pierdo tanto tiempo que el motivo de la foto ya ha pasado —comentó Antoni, algo preocupado por su falta de agilidad a la hora de disparar.

—Esto, chico, es como ser futbolista del Barça. ¿Te crees que son tan buenos porque solo juegan los partidos? Ellos entrenan y practican a diario, y tú debes hacer lo mismo. Cuanto más uses tus ojos para encontrar los detalles y las oportunidades, cuanto más entrenes la mirada, más rápido alcanzarás la maestría. Ni te imaginas los años que he tardado yo en conseguir algo decente.

—¿Y si no consigo captar lo importante? ¿Qué hago?

—Seguir observando y olvidarte de la técnica. Céntrate en la escena y no en la configuración de la cámara; espera al momento adecuado y rebusca sin miedo. Siempre aparece una oportunidad, algo que merece ser captado. Recuerda que los grandes maestros pueden conseguir cinco o seis fotografías al año. Eso ya supone un éxito.

Antoni asintió. Pese a sus inseguridades, las palabras de Ricardo le resultaban cabales y muy motivadoras.

—Lo que haremos es pensar en un proyecto que te llame la atención. Yo, por ejemplo, en mi tiempo libre fotografío las calles de la ciudad y busco esquinas. Me parece que los comercios de las esquinas cubren la vida de quienes pasean frente a sus puertas. En las esquinas reside la vida, allí puedes encontrar la síntesis de quiénes somos.

Antoni seguía escuchándolo casi con devoción.

—Me gustaría retratar a los clientes del quiosco. Creo que eso me motivaría y podría poner las fotos junto a los dibujos de mi padre. Sería como una composición familiar. Él con sus retratos creados a mano alzada y yo con la fotografía de quienes nos visitan. ¿Es un buen proyecto?

Ricardo miró a Lluís sorprendido por la propuesta del chico y no tardó en aplaudir su iniciativa.

—Es el proyecto perfecto, muchacho… ¿Qué te parece si empiezas ahora mismo? Aún no has gastado el carrete, ¿no? —preguntó el fotoperiodista antes de dar luz verde a la sesión.

—No, aún quedan unas cuantas fotos por tirar. ¿Te parece bien, papá? ¿Te gusta la idea?

—No solo me parece bien, Antoni, sino que creo que debes hacerlo. Es una excelente idea —sentenció Lluís, con la intención de animar a su hijo para que se enfocara en el proyecto.

—Entonces, lo primero será preguntar a los clientes si pueden posar para ti. Si aceptan, podrías hacer las fotos con un plano general desde el exterior. Así podrás encuadrar el quiosco y a los modelos. Es importante que utilices la relación de confianza que tienes con ellos para que se sientan cómodos.

Antoni asintió y, emocionado, empezó a preguntar a los clientes habituales. Como era de esperar, todos recibieron la propuesta con emoción y aceptaron con los ojos cerrados.

Y con la autorización de aquellos que sentían cierta estima por un crío que siempre los atendía con amabilidad, Ricardo y Antoni abandonaron el interior del quiosco para alejarse unos metros de la fuente de Canaletes y empezar con el encuadre.

Cuando el joven alcanzó la composición perfecta, fue pidiendo a los clientes que posaran para él, uno por uno.

Al principio sintió un cierto nerviosismo por enfrentarse a su primer proyecto personal, pero, gracias a la cortesía del grupo, adquirió la autoconfianza necesaria para armarse de valor y empezar con la sesión.

Lluís, que observaba a su hijo desde la lejanía, sintió una extraña felicidad, a la par que el peso de la añoranza. Volvió a verse a sí mismo junto a Musha y repitiendo los mismos pasos que Antoni estaba dando.

Consciente de que la vida era fugaz, se juró a sí mismo que jamás permitiría que su hijo abandonara su sueño por factores externos a su voluntad. Él, que lo había dejado todo por amor, entendía que los sacrificios vacíos acababan conduciendo al propio hastío existencial. Si a su heredero realmente le motivaba ser fotógrafo o quizá cineasta, él iba a ponerlo todo de su parte para facilitarle la travesía.

Si algo había aprendido tras tantos años en aquel negocio era que la vida sin sueños ni propósitos se convertía en un mero paseo por un áspero desierto. Alcanzar aquello que realmente te hacía feliz era la única alternativa para sentir que la vida, en el tiempo de descuento, había merecido la pena.

Por primera vez en mucho tiempo, Antoni se sentía atacado de los nervios y no sabía cómo comportarse. Llevaba tiempo rondando a

Laieta y, aunque intuía que ella sentía lo mismo que él, no se había atrevido a verbalizarlo.

Casi a diario, el heredero de los Ros Pons se acercaba hasta La Colmena para recoger el pedido diario y llevarlo al quiosco. Y como lo encargado era notable, la nieta de la pastelera se las ingeniaba para acompañarlo hasta el comercio de bebidas, dando un bonito paseo con el chico por el que había perdido la razón. Entre ambos fluía un intenso magnetismo que la adolescencia se encargaba de llevar hasta los confines de la cordura.

Con el transcurso de los días habían labrado algo más que una bonita amistad, y ninguno de los dos estaba dispuesto a renunciar a algo que les parecía sumamente especial.

Pensando en las horas de complicidad que habían vivido, Antoni se enfundó su mejor camisa corta sobre una camiseta de tirantes a lo Marlon Brando —que no tardaría en ponerse de moda— y, con su cámara, puso rumbo al punto de reunión.

Faltaba un minuto para la hora de la cita, pero el joven camarero llevaba rondando la zona más de una hora. Se había anticipado de forma desmesurada con la intención de no pensar mucho en el encuentro y relajar sus emociones, pero el remedio había sido peor que la enfermedad. Había llegado impoluto al encuentro, pero, fruto de los nervios, la sensación de dejarse apoderar por un molesto sudor nervioso se había convertido en una obsesión.

Antes de que pudiera agarrar con decisión el pomo de la puerta de la pastelería, vio a través del cristal cómo Laieta abandonaba la rebotica del comercio. En aquella estancia interior estaba el obrador de los dulces. Tras dar un beso a su abuela, la joven emprendió el camino hacia la calle sin perder su amplia sonrisa.

Al verla, Antoni reculó para ubicarse junto al escaparate y esperar la presencia de la chica por la que lo hubiera dado todo. De hecho, el heredero de los Ros Pons conocía de primera mano lo que sus padres habían llegado a hacer para estar juntos, y tenía la certeza de que si uno lo intentaba, como mínimo generaba oportunidades que atrapar al vuelo.

Tras cruzar el umbral de la puerta principal de La Colmena, Laieta buscó nerviosamente a su amor, hasta que lo localizó casi inmóvil cerca del escaparate. Era la primera vez que se encontraban por una razón ajena al trabajo, y a la joven Antoni le pareció más atractivo que nunca. Sin duda, aquel día tenía el guapo subido.

Excitada por la cita, la chica se acercó hasta su amigo para darle un inesperado beso en la mejilla.

—¿Y esto? —preguntó nervioso el adolescente.

—Me apetecía… ¿O acaso no puedo besarte?

Antoni, con las mejillas encendidas, asintió tímidamente. Por poder, Laia tenía barra libre en todo lo que se le pasara por la cabeza.

—¿Tienes que regresar muy temprano? —preguntó cauteloso el joven.

—No te preocupes ahora por eso. Entonces ¿me invitas a ver la película esa que me comentaste? Hace mucho que no voy al cine.

—Te invito a esa película y a todo lo que quieras. Aunque, antes de ir, quería proponerte algo —susurró Antoni mientras gestionaba sus nervios a marchas forzadas.

—¿Por eso has traído la cámara?

—Sí, bueno, sí…

La heredera de la gran pastelería barcelonesa sintió la emoción de estar a punto de recibir una propuesta de ensueño. Había pensado tantas veces en aquella cita que ya había perdido la cuenta.

—He pensado que, mientras damos un paseo y hacemos tiempo para la primera sesión de la película, podría hacerte algunas fotos. Me encantaría retratarte.

Laieta, sintiéndose afortunada por haber encontrado a alguien tan diferente y especial, no pudo hacer más que rendirse a la evidencia.

—Desde luego que podemos. A mí también me encantaría.

Algo más seguro de sí mismo por ver que sus intenciones no caían en saco roto, Antoni le hizo un leve gesto, acompañado de una caricia, para ponerse en marcha.

Y aún nerviosos por una cita que intuían que iba a ser trascendental en el devenir de su relación, se adentraron en la zona de Ciutat Vella para recorrer sus estrechas callejuelas y alcanzar el parque de la Ciutadella. De camino, cuando Antoni encontraba un entorno que resaltara la belleza de su acompañante, le pedía unos segundos para inmortalizarla con su cámara.

En el mismo parque gastó la mayoría del carrete que tenía disponible y, como ya había previsto que pudiera pasarle aquello, extrajo uno nuevo que había comprado con las propinas del quiosco. Lo cambió por el gastado y siguió retratando al amor de su vida hasta que decidieron hacer el camino a la inversa en dirección al cine Capitol, un espacio lúdico ubicado en las mismas Ramblas y que estaba apenas a unos metros del quiosco, en la zona de Canaletes.

Antes de entrar a la segunda sesión de la tarde —se les había pasado el arroz con la primera—, hicieron un buen rato de cola.

Mientras Antoni esperaba que el taquillero les vendiera las entradas y les permitiera entrar en la sala, miró de vez en cuando hacia el quiosco para ver si su padre le había localizado. Era difícil tener intimidad cuando estaba en un área en la que todo el mundo lo conocía.

Solo en una ocasión, desde la lejanía, padre e hijo cruzaron la mirada durante unos instantes, guiñándole un ojo Lluís en señal de aprobación. De antemano, Antoni ya sabía que a su padre aquella cita le parecía una idea excelente. De hecho, días atrás, en un rato de escaso trabajo, su progenitor le había reconocido que le recordaban lo que su madre y él habían tenido de jóvenes. Así que, de alguna forma, lo había animado a dar el paso para proponerle una cita a la muchacha.

El Capitol estaba ubicado en el número 138 de la Rambla, tocando a la plaza Catalunya, y había abierto las puertas en 1926, engrosando el infinito número de cines de la capital catalana. De hecho, igual que Madrid, la Ciudad Condal contaba con numerosas salas de cine que el régimen franquista había aprovechado para difundir su mensaje ideológico con el NO-DO y otras artimañas políticas.

Conocido como Can Pistoles, aquel cine era uno de los más valorados por los barceloneses gracias a las películas de aventuras que tanto deleitaban al público de la época. Quizá por ello, entre sus asistentes primaban los de menor edad, que no dudaban en gritar en plena proyección si el malo de turno estaba a punto de cometer una fechoría. Y es que en el Capitol se vivían los largometrajes a flor de piel.

Antoni y Laieta tomaron asiento en las butacas que quedaban justo en un lateral y evitaron mirarse hasta que se apagaron las luces generales. La vergüenza era uno de los motivos de aquella reacción, aunque la mayor parte residía en el deseo por besarse y expresar una atracción que los tenía al límite de su resistencia.

Transcurridos unos veinte minutos de *Alas de juventud*, de Antonio Vilar, el muchacho se armó de valor. Necesitaba imperiosamente sentir los labios de aquella chica que le había robado el corazón. Estaba obsesionado con ella, con tenerla cerca, fotografiarla, cogerla de la mano y simplemente pasear por las Ramblas como si aquel espacio fuera su gran paraíso.

Antoni sentía la ilusión de abrazarse a un presente maravilloso y, sin más, cerró los ojos para quedarse a apenas unos centímetros de Laieta y besarla. Temía ser rechazado, que quizá se lo hubiera imaginado todo, pero el destino solo es moldeable para quienes poseen el arte de la determinación, y sus más profundos deseos fueron escuchados por la providencia.

Durante unos minutos, los dos jóvenes se besaron con una cadencia que alternó la suavidad con una repentina ráfaga de frenesí. Aquellos arrítmicos segundos los empujaron a vivir una montaña rusa de emociones, y al final de aquella experiencia ya sabían que iban a quererse a cualquier precio.

En aquellos primeros años de la década de los cincuenta, lo que se deseaba y amaba seguía siendo eterno.

42

Joan Delafont dejó el negocio durante un rato para acercarse al quiosco de bebidas y darse un respiro. Habiendo regresado con vida de la guerra, él, que era un mecánico de altos vuelos, solo había encontrado trabajo de acomodador y cobrador de las sillas que podían encontrarse en la rambla de Canaletes. Tras haber perdido el brazo izquierdo en un cruento combate cuerpo a cuerpo, nadie le había dado una segunda oportunidad. Solo su primo, que, teniendo la licencia del alquiler temporal de sillas, se apiadó de un combatiente que lo había dado todo por defender los ideales republicanos.

Desde finales del siglo XVIII, la Ciudad Condal contaba con aquel servicio de observación relajada, siempre regido por las leyes municipales. Los asientos habían mutado del incómodo esparto a una mayor confortabilidad del material, y solían estar disponibles según la climatología y la estación. Es decir, cuando hacía un frío que pelaba, nadie se planteaba sentarse para dejar pasar el tiempo en la gran vía barcelonesa. Lo de observar la vida bajo el influjo del sugerente arte del *dolce far niente* no era para todos. Antes de pasar frío inútilmente, mejor uno se iba al cobijo del hogar. Pese a todo, año tras año el servicio de sillas se acomodaba de nuevo en las rambla de Canaletes, y tanto los ciudadanos como los turistas le iban cogiendo gusto al asunto.

El negocio había pasado sus apuros por culpa de la guerra, pero desde el restablecimiento de la «normalidad» había recuperado un nuevo vigor, confiriéndole al paseo barcelonés una alegría especial.

Apenas faltaba una hora para que los ciudadanos habituales de la zona pausaran su jornada y pudieran comer en sus propios domicilios. Cualquier excusa era válida para ahorrar hasta la última peseta, por lo que Joan podía controlar las sillas desde la barra del quiosco y moverse con celeridad en el caso de verse obligado a un cobro exprés.

Con un pitillo colgando de la comisura de unos labios que parecían más un corte de cirujano que un bello detalle facial, el cobrador no tardó en hacer su primera petición del día. De hecho, solía hacer dos o tres descansos en el quiosco para paliar los efectos del aburrimiento.

—Lluís, majete, ponme una copita de Calisay —soltó el cobrador sin apartar la mirada de un periódico del día que algún rezagado se había dejado en la barra.

Antes de que el propietario del quiosco pudiera servirle la bebida, el rey de las sillas solicitó permiso para hacerse con la prensa:

—¿Te importa si le doy una hojeada?

—Todo tuyo, compañero. No sé de quién es.

Joan empezó a leer los titulares sin darse cuenta de que el camarero le servía la copita y que, apenas a unos metros, estaban dos conocidos: Gifré Llorenç, el marido de Josefina, una de las floristas con tenderete fijo en la rambla de les Flors, y Miquel Recasens, el dueño de una carnicería de la Boqueria. Ambos, fieles feligreses del lugar, se lamentaban por la situación que vivían las Ramblas y Barcelona en general.

—Solo han pasado doce años desde que claudicamos y ya nos han comido terreno hasta en las Ramblas. Quién diría que esta era la vía de los cafés, de la cultura y de la modernidad... —reflexionó con tono crítico Llorenç.

—Ni que lo digas. Ahora esto es más franquista que el ideario del propio Caudillo. Hemos llegado al punto de que es más importante tener parientes afines al régimen que haber nacido en las calles que rodean el paseo —afirmó Recasens, sumándose a la valoración de su amigo—. En el mismo mercado ya nadie pide en catalán. Es como si lo que aprendimos desde pequeños estuviera maldito. Cojones, no tengo problema en hablar castellano, porque mi padre era de Murcia, pero de ahí a que tengamos que temer por nuestra integridad si decimos algo en catalán hay un abismo.

—Y eso sin mencionar que se te escape cualquier tontería en la iglesia. Los curas, como siempre, barriendo para casa y aliándose con el mejor postor. Vaya caraduras que están hechos.

Joan Delafont no tardó en unirse a la pequeña comunidad de las quejas diarias.

—Ahora resulta que vosotros vais a cambiar el mundo. No gruñáis tanto, que por lo menos no se os han llevado un brazo por delante —soltó con cierta ironía el cobrador de sillas. Al fin y al cabo, lo único que les quedaba era quejarse con susurros para liberar tensiones.

—Éramos pocos y parió la burra… Y tú, Lluís, ¿cómo lo ves? Porque, siendo realistas, eres el único que estás manteniendo la tradición. El resto de los cafés y locales de Canaletes hacia abajo parecen más un tablao flamenco o un prostíbulo que la supuesta París de nuestra juventud. Eso sí que era gloria, cojones; era señorío.

—Ahora, o vas de leal al régimen, o ya ni puedes irte de putas. Todo está sometido a la castidad de Paquito y su legión de curas. Vaya acomplejado el dictador…

—Otro como Napoleón, que jodía porque estaba jodido —soltó Joan mientras pedía otra copita de Calisay al dueño del quiosco.

Por su parte, Lluís, que esperaba su turno, intentó echar mano de la diplomacia. No fuera el caso que pasara alguno de la secreta y, pillando algo al vuelo, le cerrase el chiringuito:

—El problema es que todos estamos agotados de pelear por nada. Perder la guerra fue un golpe duro. Habrá que adaptarse y esperar a que lleguen mejores tiempos.

—Pues si todo depende de que la palme el Generalísimo, ya podemos esperar sentados —dijo Miquel Recasens, que le hacía la señal a Lluís para que también les sirviera a él y a su amigo un par de copitas de Calisay.

—Si la burguesía no hubiera dado su apoyo al régimen, otro gallo nos cantaría, pero, como siempre, cuando se les toca la cartera, se cagan encima y solo se les aprieta el cinturón a los que dan el callo.

Los tres hombres enmudecieron momentáneamente, pensando en la realidad que vivían.

—Los del paseo de Gràcia sí que están cagados por lo del treinta y seis. Y como no saben cómo evitar otra guerra, ponen la otra mejilla antes que alzar la voz —comentó Gifré Llorenç, elevando el tono reivindicativo.

—Aceptémoslo, señores, nos han cambiado la Rambla. Ahora está pensada para que los franquistas se sientan como en casa, no para el pueblo. Es una extensión castiza y vomitiva —reivindicó Joan mientras se recolocaba bien la tela de la camisa que le cubría el muñón.

—No alcéis mucho la voz, que no estamos en el Liceo. Para sobrevivir hay que saber cuándo se puede hablar con franqueza. Si uno no da la nota, no hay nada que temer —soltó Lluís.

—¡Pero es que dan ganas de gritarlo, puñetas! Solo los ciudadanos de pura cepa le ponemos un poco de ganas. Y aunque sean acciones estériles, algo es algo… —siguió argumentando Gifré.

—¡Pero si nadie nos escucha! ¿O te crees que tenemos voz y voto en algo de lo que sucede en esta ciudad? Mira lo que lleva tiempo pasando con la maldita luz. Viene y se va a todas horas y lo achacan a la hidroeléctrica del Ribagorzana. ¿Tú te crees que esto es normal en una ciudad moderna? ¿O me dirás que Nueva York, París y Milán sufren de lo mismo? Ni siquiera en Madrid es tan descarado.

—Pues, según los políticos, es lo normal en una nación destacada. Como ahora el Caudillo es amiguito de los yanquis, pues parece que todo está en orden. ¿Quién se acuerda de que Paquito era un don nadie para el poder internacional? —comentó Lluís, animando el tono de la conversación.

—¿La luz? Ese no es el problema, lo jodido es el agua. ¿Habéis visto que quieren cerrar el suministro desde las diez de la noche hasta las seis de la mañana? ¿Se les va la pinza o qué? —prosiguió Gifré, más animado que nunca.

—Todo es por la mala política del régimen. Alguien debe decirlo sin tapujos. Mis ancestros eran de otras partes de España; venían a trabajar, y punto. Todos contentos. Pero ahora, a los que vienen de fuera los engañan de mala manera. La pobre gente viene a conseguir una vida mejor que la que tienen en su tierra, pero se los condena a un ostracismo todavía mayor. Encuentran trabajo, sí, pero acaban malviviendo en las barrancas de la periferia con una mano delante y otra detrás. En unos años no seremos más que una ciudad masificada, donde nadie estará a salvo de la decadencia.

Los cuatro hombres, unidos por un ideal común, siguieron poniendo los cimientos para construir imaginariamente una ciudad mejor.

—No hace mucho leí que el Sevillano, el tren que viene del sur, está saturando la estación de Francia —aclaró Lluís con datos objetivos.

—Lo de las barracas es un problema de raíz y costará darle la vuelta. He leído en la prensa que están hechas de cañas, latón y madera, y que no tienen más de veinticinco metros cuadrados. ¿Os imagináis lo que debe ser vivir en esas condiciones? —reflexionó al aire Gifré.

—No sé a dónde iremos a parar —susurró Miquel Recasens mientras observaba con el rabillo del ojo que se acercaban al quiosco un par de marineros de la Sexta Flota estadounidense, que llevaba unos días amarrada en el puerto.

—Y estos dos pájaros ¿qué hacen tan arriba? ¿No se quedan siempre por el Arc del Teatre? Si aquí no hay puticlubs ni cervecerías al gusto... Me da a mí que se han perdido —comentó Joan Delafont, realmente extrañado.

Antes de que pudieran seguir con la crítica social, los dos norteamericanos alcanzaron la barra y pidieron dos cervezas, que se bebieron en un par de tragos. Tras pagar, sin esforzarse ni lo más mínimo en hacerse entender, se dirigieron a las sillas de Canaletes para tomar asiento y observar el paseo. A regañadientes, Joan dejó sobre la barra las monedas que cubrían el importe de sus dos copas de Calisay y se dirigió hacia las sillas para cobrarles la cuota establecida.

Al principio, los estadounidenses se hicieron los suecos para no aflojar la mosca, pero al ver las muecas del cobrador, pagaron sin rechistar.

—Cómo se nota que ahora Franco es un aliado de los de la estatua de la Libertad… Acabaremos como Cuba, siendo el puticlub del mundo. Total, hay más casas de putas en las Ramblas que flores en mi tenderete —sentenció Gifré, que recuperó la seriedad en el tono.

—¿Y qué van a hacer si están un porrón de meses en alta mar y se les aplica la ley seca en los barcos? No son santos de mi devoción, pero hasta cierto punto los comprendo. Dejan dinero y fomentan el trabajo. Sí, es una mierda que nos lo estén arrebatando todo, pero al menos desvían la presión del régimen, porque sus devotos tienen la cabeza en otro lado —opinó Lluís mientras sus dos clientes asentían.

Durante un buen rato, los tres hombres siguieron con su exigente análisis del devenir de las Ramblas, fusionando nostalgia y sensación de derrota. Para todos los barceloneses de cierta edad, la convicción de que en otros tiempos todo era mejor que en el presente había calado hondo.

Joan Delafont, aburrido de tener que controlar a turistas, marineros e individuos turbios afines al régimen ganador, regresó a la barra del bar para tomarse un nuevo respiro.

Consumir era lo de menos, porque en el quiosco de las Ramblas, aunque fuera por lo bajini y tuvieran que morderse la lengua, siempre eran recibidos como héroes, como los vencedores de su propia vida.

La atmósfera de la mañana era sutilmente cálida, como si un extenso manto de seda de tonalidad anaranjada envolviera a los transeúntes de las Ramblas.

Lluís leía las noticias más destacadas del *Diario de Barcelona*, siempre atento a encontrar algo de interés. Desde la guerra eran muchos los que habían desaparecido de la faz de la tierra, engullidos por la silenciosa tierra del campo de batalla o el exilio forzoso. Lejos del hogar, la vida era gélida, pero, en casa, el riesgo de arder por la ideología o una palabra fuera de lugar era demasiado alto.

Casi con un acto reflejo, el líder de los Ros Pons alzó la vista para perderla entre la multitud. Ni siquiera buscaba un destino; simplemente necesitaba sentir la belleza de aquella gran vía barcelonesa que le hacía experimentar una seguridad difícil de definir.

La vida en las Ramblas era orgánica, siempre en constante cambio. Nadie se paraba demasiado tiempo en ningún sitio, porque, igual que el oleaje en un día movido, todos eran como peces nadando a contracorriente.

Paulatinamente, Lluís fue descubriendo la silueta de una mujer, ya mayor, pero que aún albergaba una belleza mística. Un ser luminoso entre tanta oscuridad, miedo y desánimo existencial. Encandilado por su presencia, la siguió atentamente hasta comprobar que se dirigía hacia su establecimiento.

El porte de la mujer era magnético y el dueño del quiosco seguía sin entender la razón por la que era incapaz de apartar la mirada de ella. Llegada a un punto cercano, ambos conectaron visualmente durante unos instantes.

En silencio, Lluís esperó a que la mujer rozara la parte frontal de la barra del quiosco.

—Buenos días, caballero —dijo la enigmática señora, que podía rondar la edad de sus padres.

—Buenos días tenga, señora. ¿En qué puedo ayudarla?

La mujer, sonriente, no dudó en hacer su petición:

—Póngame una soda, si es tan amable. Llevo años deseando tomar una…

—¿Es la primera vez que nos visita?

La clienta, con ritmo pausado y sereno, maniató rápidamente el mando de la conversación:

—La primera vez en muchos años. Aquí trabajaba alguien muy especial para mí.

Lluís abrió los ojos con sorpresa. Al escuchar aquellas palabras, intuyó de quién se trataba.

—Disculpe si soy indiscreto, pero no se referirá a don Atilio, ¿verdad?

La clienta sonrió en el acto. Lluís acababa de leerle las intenciones.

—Al mismo.

— 476 —

El dueño del quiosco sintió la necesidad de acelerar el ritmo de la conversación y se jugó su respuesta a una sola posibilidad:

—¿No será usted doña Florencia?

La clienta aumentó exponencialmente el arco de su sonrisa.

—Sí. Y tú debes de ser Lluïset.

El paterfamilias de los Ros Pons asintió emocionado. Tras décadas de imaginarse al que había sido el gran amor de su maestro, la tenía a apenas un par de palmos. Sin duda, Atilio no había sobredimensionado la belleza de su amada.

—Es un placer conocerla, doña Florencia.

La mujer mantuvo su sonrisa, dejando entrever un leve reflejo emocional en su mirada.

—¿Y a qué se debe su visita después de tantos años? —preguntó Lluís, intuyendo que la alegría estaba a punto de dar un giro radical.

—Hace mucho que no sé nada de Atilio. No sé qué le ha sucedido y si su silencio es debido a mi situación personal, pero, ahora que me quedan pocos años por delante y hace tiempo que enviudé, me he visto con valor de buscarlo.

Lluís intentó disimular la seriedad de tener que contarle la verdad. Por las palabras de Florencia, no sabía nada de lo que le había sucedido a su gran amor.

—Es algo que debo resolver antes de que sea demasiado tarde... —sentenció la amada del maestro de Lluís.

—No resulta fácil darle los detalles de lo que sucedió.

Florencia, al escuchar el pausado preludio del hombre, comprendió que Atilio había desaparecido mucho antes de lo esperado.

—¿Fue la guerra?

—No..., lo cierto es que murió antes. Hará más de veinticinco años.

La mujer cerró despacio los ojos y tomó aire con energías agotadas. Antes de viajar a Barcelona, había valorado aquella posibilidad, pero escucharla por boca de quien había sido testigo de la tragedia del único hombre al que había amado le sacudió el alma. Era de una dificultad máxima asumir aquella dura revelación.

—Ahora comprendo por qué dejó de escribirme.

—Si no recuerdo mal, yo mismo lo ayudé con la última carta que le envió. Le hice un retrato para que usted pudiera verlo. No se imagina cuánto la amaba…

Florencia, incapaz de asumir un dolor tan inesperado, sintió que las piernas le flaqueaban y se agarró a la barra para evitar el drama y desmayarse en plena calle. Al verlo, Lluís abandonó rápidamente la barra para abrazarla con cariño y acompañarla al interior del local. El instante resultaba desolador para quienes habían amado a aquel hombre de bondad infinita.

Tras ayudarla a sentarse en una silla ubicada en una esquina del quiosco y dejar que se recuperara con un poco de soda, Lluís se dispuso a contarle todo lo que Florencia quisiera saber. Nadie como él había compartido tanta vida con el gran camarero y no se cortó en los detalles de lo que sabía que Atilio sentía por ella. La amaba en silencio, pero Lluís había palpado cada una de esas emociones, así como la esperanza que siempre mantuvo de volver a verla, quizá cuando la vida fuera más amable y quisiera darles una segunda oportunidad. Tras el relato del infarto y la sentida despedida que el barrio le brindó, Florencia compartió su lamento por haber llegado demasiado tarde. Años de silencioso amor al que solo pudo dar cabida cuando enviudó. Su esposo había sido uno más de los caídos en combate y, hasta que no transcurrió más de una década de soledad y sus hijos se independizaron, no se había armado de valor para aferrarse a la esperanza de que quizá podrían pasar sus últimos años juntos. Florencia no había dejado de pensar en Atilio ni un solo día, y el peso del remordimiento por no haberse quedado a su lado la había azotado día y noche.

—¿Cuánto tiempo estará en la ciudad? —preguntó Lluís con la intención de hacer algo más por aquella mujer que, de alguna forma, había formado parte de su imaginario durante más de dos décadas.

—Estoy en una pensión cercana, pero mañana debo coger el tren de regreso. Soñaba con no tener que subirme, pero…

Lluís la miró con amor fraternal, y sin decir nada se acercó a la zona donde había colgado varios retratos de los seres queridos que habían formado parte del quiosco. Seguro de estar haciendo lo correcto, descolgó uno en el que se los veía a él y a Atilio sonrientes y con los codos hincados en la barra. Atilio aparecía tan luminoso como de costumbre, tal y como él lo recordaba. Ante la atenta mirada de Florencia, el dueño del local regresó a su posición y le entregó el retrato.

—Me encantaría que aceptara este recuerdo. Somos Atilio y yo en nuestro mejor momento.

La mujer, presa de una emoción palpitante, tomó la lámina con delicadeza.

—¿Estás seguro…? Debe de tener un valor incalculable para ti.

—Insisto, será un honor que usted lo tenga.

Florencia, agarrotada por las emociones, hizo el ademán de acercarse al hombre para abrazarlo. Ambos, como si al rozarse pudieran dar vida a Atilio, pararon el tiempo.

—¿Podrías decirme dónde está enterrado? Querría visitarlo una última vez antes de regresar a casa. Al menos que el viaje no haya sido en vano… —preguntó Florencia mientras deshacían el cálido abrazo.

Lluís pensó unos instantes en la pregunta de la bella mujer y no dudó en ir un paso más allá de la mera respuesta:

—¿Le importa si la acompaño? Podríamos visitarlo mañana por la mañana, antes de que tenga que coger el tren. Le debo una visita desde hace tiempo y será un honor hacerle de cicerone.

Florencia, dichosa por la propuesta, no dudó en aceptarla. Visitar a Atilio, a solas, hubiera sido demasiado duro, y, conociéndose, en un arrebato de indecisión podría subirse al tren sin cumplir con el último adiós.

—Si no es molestia, me harías muy feliz.

—Entonces, no se hable más. ¿Qué le parece si la acompaño hasta la pensión y le cuento lo que quiera saber del maestro? Su visita ha sido pura magia, doña Florencia. Me ha hecho reabrir las puertas a emociones que creí haber perdido con el tiempo.

La mujer asintió encantada y se incorporó de la silla. Estaba lista para conocer todos aquellos detalles del hombre al que amaba y que solo había podido soñar en la distancia.

Lluís se deshizo del delantal, salió del quiosco y cogió del bracito a la encantadora mujer.

—Antoni, te dejo al cargo del chiringuito. Voy a acompañar a doña Florencia a su pensión. No tardaré. Cualquier cosa, díselo a Pablo, que está por llegar.

—Sin problema. Yo me ocupo de todo —respondió amablemente su hijo, que había presenciado toda la escena y comprendía la gentileza que estaba teniendo su padre con aquella mujer.

Paso a paso, Lluís y Florencia se dejaron conducir el uno al otro por un camino lleno de recuerdos, un nostálgico paseo que era el mejor regalo que podían hacerle al bueno de Atilio. Solo así seguiría manteniéndose con vida en sus corazones.

Mientras ellos no lo olvidaran, el maestro del faro de las Ramblas sería eterno.

43

Artal García llegó al quiosco apestando a pescado. A su trabajo como estibador en el puerto de Barcelona, había que sumarle las horas en la pequeña barca familiar que faenaba varias noches a la semana, enfrentándose a los peligros de alta mar. El Mediterráneo no estaba para muchas tonterías y no siempre daba lo suficiente para vivir.

Aunque lo cierto era que aquel cuento de la barquita era una sutil coartada para conseguir algunos productos de estraperlo difíciles de adquirir en una Ciudad Condal aún asediada por las restricciones propias de la posguerra.

Aquel lobo de mar se hacía con tabaco, café y licores que proporcionaba a sus clientes a precios desorbitados; dejando de lado la doble moral de sus actos, les daba la oportunidad de poder disponer de lo prohibido.

Artal tenía una ruta estratégicamente trazada y conseguía aquellos bienes de los barcos fondeados en aguas abiertas, donde los precios variaban según el vendedor. Y ya se sabe: «Hecha la ley, hecha la trampa». Era tan simple como aguzar el ingenio y buscarse la vida, ya fuera en el campo de batalla como en las corrientes marinas y las calles barcelonesas.

Los ciudadanos de la metrópolis catalana llevaban doce años sufriendo de lo lindo las restricciones, mientras que los acaudalados se bañaban en privilegios y amoralidad. Durante la guerra, la ciudad había sufrido el azote del hambre; en lo que parecía ya una larga posguerra, el racionamiento seguía con firmeza.

De hecho, la población de palomas había disminuido a su mínima expresión. Era *vox populi* que los últimos ejemplares habían terminado en la cazuela de algún restaurante o bar de mala muerte de la zona portuaria de la ciudad. Las malas lenguas contaban que en la calle de Santa Madrona podían encontrarse los mejores guisos elaborados con los cuerpos de aquellas aves.

Durante toda la década de los cuarenta, quien más quien menos las había pasado canutas por carecer de casi todo, y muchos se habían decantado por el estraperlo para conseguir lo mínimo necesario. Un negocio dominado por los especuladores que multiplicaban el precio del producto, y que las autoridades perseguían con tenacidad.

Eran pocos los que podían pagarse tal abuso y la mayoría acababan comiendo un solo plato al día, eliminando los postres y echando mano de las gachas de maíz. Aunque el racionamiento del régimen no solo penalizaba el consumo de los alimentos básicos, sino que también afectaba al tabaco y los licores; se repartían entre la población unas tarjetas que solo permitían saborear cincuenta gramos de tabaco semanales.

Antes de que Artal pudiera pedir, el Tuerto lo miró con cierto rechazo.

—Joder, García, apestas a sardinas… ¿Has faenado esta noche?

—¡Faenado con dos cojones! ¡Anda, Lluís, ábreme, que traigo pescadito fresco para tus niños! —soltó el marinero con sorna.

El dueño del negocio sonrió por el comentario del cliente, antes de dejar lo que estaba haciendo y ayudar al estraperlista a entrar en el quiosco.

Tras cerrar la puerta, en un rincón que les proporcionaba algo de intimidad, Artal abrió un saco de tamaño medio, que llevaba colgado en bandolera, y extrajo dos paquetes bien envueltos. Lluís, agradecido, los colocó en un estante oscuro y se sacó del bolsillo trasero del pantalón un sobre que entregó al vendedor.

—Es café del bueno, jefe. Pura calidad.

—Sin duda. Siempre cumples, amigo mío. Los más necesitados te lo agradecerán —reconoció Lluís con honestidad.

El marinero, sin dejar de mirarlo fijamente, no pudo morderse la lengua. Había algo de aquella relación comercial que no comprendía.

—Sé que haces buenas obras con esto, pero… ¿no te saldría más a cuenta hacerlas con el café que te permitan comprar con la restricción?

—Las cantidades están demasiado controladas y no podría cubrir con el suministro a clientes y necesitados. Los números no salen lo mires por donde lo mires.

—Claro…, ¿cómo no había pensado en algo tan lógico?

Los dos hombres se estrecharon la mano para dar por cerrado el acuerdo.

—Venga, pásate al otro lado de la barra y te invito a lo que quieras.

—Pues a un cafelito manchado no te diría que no. Que la mar te cala hasta los huesos, y los míos ya son los de una vieja marioneta.

—¡Ya será para menos, Artal, que estás hecho un toro! Todo el día enfrentándote al oleaje…

Ambos se correspondieron con un gesto amable y Lluís volvió a su posición en la barra, tras lo cual le preparó lo solicitado a uno de los reyes del estraperlo de la ciudad.

Si alguien quería algo, solo tenía que pasar por las manos de Artal.

Mientras el marinero degustaba el mejunje alcohólico, apareció un hombre de baja estatura, pieles caídas y cuatro ridículos pelos peinados de oreja a oreja que cubrían una calva que todo el mundo advertía.

Era como una linterna en medio de la noche más profunda.

Con disimulo, se ubicó junto al pescador y pidió un Cacaolat de Letona, «como los de antes de la guerra».

Lluís, consciente del paripé, se dispuso a servirle el batido de chocolate de la famosa marca catalana, dejando que los dos hombres interactuaran. De hecho, como sabía que Artal no le cobraba ni por asomo lo que podría pedir por el café, Lluís hacía la vista gorda y le dejaba operar sin meterse en camisa de once varas. Una cosa por la otra.

—Puñetas, García, ¡qué mal hueles! —soltó el hombre con retintín.

—¡Anda, Matamala, no me toques las narices, que te va a vender el tabaco tu tía la coja!

Los presentes rieron por el comentario del estibador, que tenía una gracia única para soltar frases hechas.

Disimuladamente, mientras Lluís y el Tuerto los observaban con disimulo, Artal le pasó por debajo de la barra una bolsa con dos cartones de tabaco rubio, del que fumaban los de la Sexta Flota estadounidense.

—Eres un mago, jodido. Sin ti, me estaría subiendo por las paredes. Apenas nos permiten fumar con el racionamiento.

—Pues te sale caro el vicio, amigo mío...

—Lo pago con gusto, bribón.

Ambos soltaron una carcajada. Por mucho que quisieran ceñirse a los negocios del estraperlo, eran amigos de carne, hueso y alma.

Para escurrir el bulto y disimular, el Tuerto intervino sutilmente:

—Oye, Biel, ¿cómo va lo de la huelga? He escuchado que la gente está que trina con la subida del billete.

—¡Veinte céntimos! Y en Madrid lo suben una miseria... ¡Cómo no van a saltar! —comentó Lluís, al ver que trataban un tema de interés general.

—Pues de momento la huelga está dando sus frutos. Hoy no me toca trabajar, pero igualmente nadie se sube a los tranvías. El otro día había toda una flota fuera del campo de fútbol del Barcelona y nadie subió. No sé cómo va a terminar todo esto...

Los presentes resoplaron al conocer el panorama. Una huelga de tal magnitud no se había visto en tiempos de la posguerra.

—Dicen que los únicos tranvías que funcionaban iban cargados de la secreta —sentenció Artal, que odiaba a los del régimen tanto como lo hacían sus compañeros de barra.

—Y tanto que lo iban... Por eso mismo no me presenté voluntario para el servicio. No pienso exponerme a que me den una pedrada por algo que ni me va ni me viene. Total, soy un *mandao*, así que a mí que no me vengan con chorradas.

—Pues como no vuelvan a bajar el precio, se va a liar la de

— 484 —

Dios... —sentenció Lluís, mientras Artal y Biel terminaban sus bebidas y se emplazaban en el quiosco quince días más tarde. El tiempo necesario para que Matamala, entre revueltas y horas conduciendo el tranvía, pudiera terminar los dos cartones de tabaco que acababa de adquirir de estraperlo.

Unos días más tarde, los nuevos cuerpos policiales que perseguían a los ciudadanos más rebeldes al régimen se empeñaron en encañonar a los usuarios para que subieran a los tranvías, y la revuelta popular les explotó en la cara.

La masa apedreó hoteles y se manifestó por las grandes vías de la ciudad, e incluso se las ingenió para descarrilar tranvías en la ronda de Sant Antoni y en las calles Rosselló y Muntaner. El lío estaba servido y fuera de control, y más de un manifestante murió por una reivindicación que tenía todas las de la ley.

La situación se puso peliaguda y, sin recursos para controlar la revuelta popular, el gobierno destituyó al gobernador civil y al alcalde de Barcelona, aparte de dar vía libre a la secreta y a los uniformados. Ellos sí que sabían cómo hacer estragos entre la población. Los fanáticos del régimen tenían aguante cero y, cuando se ponían en serio, no dejaban títere con cabeza.

En Barcelona nada parecía haber cambiado más allá de una sociedad que aprendía a callar y a otorgar. Su única esperanza consistía en soñar con tiempos mejores y, aunque sobrevivir a una guerra y a los caprichos de un dictador era un buen premio de consolación, para la mayoría resultaba insuficiente.

Si uno se portaba bien, agachaba la cabeza y decía amén a todo, al menos tenía la oportunidad de presenciar un nuevo amanecer y prosperar en una sociedad de mentalidad podrida.

Los habitantes de las Ramblas, tras décadas de ilusionarse con un mundo más libre y equitativo, tenían digerido que someterse a la opresión era la única posibilidad de seguir haciendo piña en favor de las nuevas generaciones.

Día tras día, durante casi dos años de resurgimiento popular, el quiosco modernista de Canaletes funcionó a las mil maravillas.

Pese al clima social y la lucha diaria en una Barcelona aún sometida, el negocio había tomado un nuevo empuje.

Lluís no podía sentirse más dichoso por la iniciativa de haber adquirido el quiosco, y a diario se encargaba de recordar a su esposa que sin ella nada de aquello hubiera sucedido. Ambos, como balanceado equipo vital, habían encontrado la vía de la prosperidad. Una familia, hijos, un negocio familiar que les había proporcionado una vida feliz y equilibrada, y ahora un sueño común. Si aquello no era un regalo de los dioses, Lluís no sabía cómo interpretarlo. Había renunciado a su pasión, sobrevivido a duras penalidades y a una guerra cruel, y, pese a todos los contratiempos, su ilusión no se había resentido ni un ápice.

De vez en cuando subía a la azotea de su edificio del Eixample y contemplaba la silueta de la ciudad extendida a sus pies. Se sentía satisfecho de haber conseguido todos los propósitos que se había marcado. El verdadero sueño había sido formar parte de la misma idea, una y otra vez, con la ayuda de los que más amaba.

44

Un desagradable sol filtrado entre unas desfiguradas nubes a punto de darse por vencidas y un ambiente de máxima tristeza reunieron a un gran número de vecinos de las Ramblas. La familia Ros Pons al completo, junto a sus allegados más fieles, como el Tuerto y Ricardo, esperaban frente al quiosco.

Apesadumbrados, Lluís, Laura, Antoni, Candela y la abuela Rossita observaban los momentos previos al derribo de un negocio que les había dado todo durante un par de años. La zona de Canaletes, como era de esperar, estaba abarrotada de vecinos del distrito que querían despedirse de un local que se había convertido en toda una institución del barrio. Varios efectivos de los cuerpos policiales y los operarios encargados de la demolición, a pocos metros del lugar, esperaban la señal para empezar el trabajo.

Tras casi dos años de gestión del quiosco y de haber conseguido recuperar el prestigio y la buena fama, Lluís había recibido una carta en la que se le comunicaba que no iban a renovarle la licencia. El alcalde de la ciudad, Antonio María Simarro Puig, con la excusa de que quería hacer de las Ramblas un espacio más diáfano, atractivo y rápido para los transeúntes, había decidido demoler el mítico quiosco. Pero nadie había creído una sola palabra de semejante patraña. Todos sabían que aquel espacio, junto a la fuente de Canaletes, era una especie de parroquia social con décadas de sabiduría e historia a sus espaldas. Precisamente por esa razón, para controlar los envites del catalanismo más republicano, el alcalde había querido cortar de raíz un ambiente poco propenso a los intereses de los afines al régimen. Según su siempre malpensado punto de vista, en el faro se conspiraba a diario contra el gobierno de Madrid.

Como ya había comprobado Lluís, sobre todo tras la Guerra Civil, la identidad barcelonista y catalanista del quiosco se hacía más evidente con las victorias futbolísticas, a las que se sumaban todo tipo de proclamas reivindicativas. Desde luego, el influjo ideológico del lugar tocaba las narices a los franquistas, que ocultaban sus verdaderas motivaciones tras un nefasto argumento basado en una mejora urbanística.

Lluís hizo lo imposible para evitar aquel desastre, pero la administración se puso de culo y ningún recurso llegó a donde debía. Por lo que, tras meses de gestiones y de intentarlo por todas las vías posibles, los Ros Pons habían aceptado la derrota. El sueño de Lluís había llegado a su fin y era el momento de no darle más vueltas.

Azotados por la tristeza, los presentes permanecían inmóviles, congelados. Nadie se atrevía ni a toser por miedo a que su reacción pudiera acelerar el derribo de aquel templo de las Ramblas.

Instintivamente, Ricardo hizo el ademán de empuñar su cámara para fotografiar los últimos instantes del quiosco de Canaletes. Su capacidad natural para congelar el tiempo lo empujó a rendir sus respetos al mítico local, cuando aún se mantenía en pie, pero Lluís, al interpretar sus intenciones, se lo impidió cogiéndolo sutilmente del brazo. Con un gesto tranquilo, simplemente rechazó las últimas instantáneas.

El último gerente del quiosco sintió que era mejor recordar su amado faro tal y como lo había vivido. Los arrecifes mentales que documentaban lo mejor de tiempos memorables se convertirían en minúsculos placebos a los que recurrir cuando todo pareciera perdido.

En el ecuador de su vida, Lluís había comprendido la idoneidad de acogerse a aquella perspectiva vital.

Ricardo, consciente de la trascendencia de aquella despedida, respetó la amable negativa del propietario de la licencia y, con una acción pausada, dejó que la cámara siguiera colgando sobre su pecho.

El paterfamilias de una estirpe que había ido perdiendo a sus fundadores observó a todos sus seres queridos, orgulloso de que se mantuvieran al pie del cañón.

Y fue al prestar de nuevo atención a su amado faro cuando experimentó el calor de la paz infinita.

Ubicados tras la noble barra del quiosco, Lluís pudo advertir la presencia de aquellos a los que había amado en tiempos mejores y que seguía añorando días tras día.

El líder de los Ros Pons interpretó la aparición de sus pilares como un gesto casi divino, la cálida caricia de una providencia que le tendía amablemente la mano para que pudiera sobrellevar el mal trago sin por ello perder la esperanza. Don Ramon, Atilio, Agnès y Pier le sonreían tal y como lo habían hecho tantas veces en el pasado, para darle a entender que aquel solo era un paso más en su existencia y que tarde o temprano volverían a reencontrarse.

Emocionado, Lluís desvió la mirada hacia su madre con la intención de buscar una aliada. Rossita, intuyendo que su hijo buscaba su aprobación, lo miró con un amor infinito y, durante unos breves instantes, sus almas dialogaron en silencio.

Ambos se habían convertido en los supervivientes de una maravillosa historia que sería eterna.

Antes de aceptar lo que el destino les tenía preparado, mediante un sutil susurro, Lluís quiso comprobar si era el único que había recibido el regalo de aquella última despedida:

—¿Los ves?

La matriarca, sin perder la sonrisa, asintió levemente.

Fue entonces cuando ambos tuvieron la certeza de que los finales realmente no existían y que los abruptos cortes de la existencia solo significaban cambios de etapa ideados para alcanzar un bien superior.

La familia entera esperó a la señal para ver cómo los operarios empezaban a desmantelar su pequeño paraíso. Aquellas minúsculas cuatro paredes de cristal, mármol y hierro forjado, desprovistas de la vida que les habían conferido sus gestores, lloraron en silencio al igual que lo hizo Lluís, de pie y soportando el dolor estoicamente. Tratando de aguantar el tipo, observó cómo su mirlo blanco se derrumbaba entre polvo y escombros, cual torre de Babel. El quiosco lo había sido todo para él, y, aunque solo lo había podido disfrutar durante un par de años, sintió que el esfuerzo bien había merecido la pena. Su desaparición arrastraría definitivamente al olvido los recuerdos de toda una época, a los seres anónimos que habían establecido las bases sobre las que se construiría la ciudad, pero quienes habían disfrutado del amor de su compañía jamás olvidarían el faro de las Ramblas. Nunca lo dejarían morir, transmitiendo generación tras generación el relato de aquel enclave fuera de lo común en la parte más alta de la gran vía barcelonesa.

El faro de las Ramblas emularía con los siglos al mítico faro de Alejandría.

Con una brevedad casi insultante, quienes habían acudido al último adiós del quiosco presenciaron una escena triste y dantesca, en total silencio. La procesión iba por dentro; el vacío se generó al instante, arrasando con cualquier atisbo de esperanza.

El vidrio, el hierro y el cemento, que habían forjado la esencia de aquella construcción de pinceladas modernistas, quedaron reducidos a unos escombros desprovistos de luz. Muchos lloraron con el mismo desconsuelo de quien se despide por última vez de un ser querido; otros sintieron el vacío de perder la comunidad que les había tendido una mano cuando nadie antes lo había hecho, pero solo Lluís sollozó preso de la agridulce sensación de quien consigue lo inimaginable y lo extravía en un cruel suspiro.

Lo usual, lo que hubiera hecho la mayoría, sería escudarse tras la máxima de que la vida seguía, regresando a un negocio textil libre de cualquier frustración. Pero él no lo podía aceptar; él era un hombre forjado, pieza a pieza, por unos sueños nacidos en la niñez.

Durante años, Lluís había sido feliz aceptando lo que tenía, y ahora, cuando perdía lo que siempre había deseado, empezó a sentirse agradecido. Puede que la vida se estructurara en círculos multidimensionales, en espacios que se sumaban unos detrás de otros, pero a él no le daba miedo el futuro.

El quiosco le había ofrecido todo lo que la vida podía enseñar y, al mismo tiempo, él mismo lo había podido compartir con su propio hijo, dejándole un legado humano imposible de adquirir con dinero, poder e influencias.

El quiosco Canaletas se había ganado a pulso el sobrenombre del faro de las Ramblas por motivos obvios. Quizá su intención inicial fuera alumbrar a los barceloneses, guiarlos hacia sus sueños o simplemente advertirles de que debían vigilar con los escollos que protegían la esencia de la misma ciudad. Aunque la razón era lo de menos, porque lo que realmente importaba era que aquel minúsculo espacio se había convertido en un puerto amigo para dos familias que lo habían compartido todo y que, unidas, habían ayudado a expandir un legado humano y sincero.

Antes de cerrar los ojos y dar por concluida aquella bella historia, Lluís experimentó la felicidad de quien ha vivido de verdad y siente que ya lo ha hecho todo en su viaje. El faro cerraba definitivamente sus puertas para que los nuevos barceloneses tomaran las riendas de sus propias vidas. El quiosco pasaba a convertirse en un ente etéreo y sutil que se repartiría por todos los tramos de la gran vía barcelonesa como un recuerdo atemporal y eterno, hasta descender por la escalinata del Portal de la Pau y sumergirse en las azuladas aguas que acariciaban el muelle.

Ser barcelonés era comprender el sentimiento que se escondía tras tantos años de historia, el sentimiento de formar parte de una identidad propia, de emocionarse con el arraigo a un mítico quiosco de bebidas que bajaba definitivamente la persiana.

Agradecimientos

A Laura Mongiardo, por inspirarme día tras día y convertirse en el faro que alumbra mi existencia y mi creatividad. Ella forma parte de la esencia de esta novela y de una comunidad imaginaria en la que todo es posible. Gracias por tenderme la mano desinteresadamente y por no haberla soltado ni un solo día desde que nos reencontramos.

A mi familia: Francesc, Sergi y Rocco Oliveras, por acompañarme en este precioso viaje e inspirar algunos pasajes de esta obra.

A mi madre, Rosa María Jovè, por estar siempre dispuesta a ser de las primeras lectoras de mis novelas y darme su más sincero parecer. Su presencia y sus ánimos son imprescindibles para que siga creando historias después de tantos años.

A mis abuelos, que hace mucho que nos dejaron y de los que también se nutre la esencia de esta novela. A todos ellos, gracias por formar parte de lo real e irreal.

A Santiago Pumarola, por creer, seguir y compartir. Tarde o temprano, dejaremos nuestro propio legado.

A Sandra Bruna, por confiar en esta historia y ayudarme a traspasarla al otro lado, donde la ficción y la realidad forman parte de un mismo concepto. A Mireia Lite, por creer desde el principio en *El faro de las Ramblas* y permitirme compartir esta bella historia, y a Ana María Caballero, por ayudarme a que este relato llegue a muchos más lectores. Con la ayuda de todas ellas, el faro será una realidad a la que siempre podremos recurrir cuando la vida apriete un poco más.

Y a Francesc Miralles, por su amistad y sus valiosos ánimos cuando las cosas no siempre funcionan como deberían.